Hotelles

Emma Mars

Hotelles

Quarto 1

Tradução de Rejane Janowitzer

Rocco

Título original
HOTELLES
Chambre Un

EDITORA ROCCO LTDA.
Av. Presidente Wilson, 231 – 8º andar
20030-021 – Rio de Janeiro – RJ
Tel.: (21) 3525-2000 – Fax: (21) 3525-2001
rocco@rocco.com.br
www.rocco.com.br

Printed in Brazil/Impresso no Brasil

Preparação de originais
MAIRA PARULA

CIP-Brasil. Catalogação na fonte
Sindicato Nacional dos Editores de Livros, RJ.

M326h
Mars, Emma
Hotelles: quarto 1 / Emma Mars; tradução de Rejane Janowitzer. –
1. ed. – Rio de Janeiro: Rocco, 2014.

Tradução de: Hotelles: chambre un
ISBN 978-85-325-2935-0

1. Ficção francesa. I. Janowitzer, Rejane. II. Título.

14-13631 CDD–843
CDU–821.133.1-3

O texto deste livro obedece às normas do
Acordo Ortográfico da Língua Portuguesa.

Se você conseguir viver sem um mestre, sem um mestre de nenhum tipo, me avise, tá? Pois você seria o primeiro em toda a história da humanidade.

Lancaster Dodd, em *O Mestre*,
de Paul Thomas Anderson,
Annapurna Pictures e Ghoulardi Film Company,
Metropolitan Films Export, 2012.

Paris, nos primeiros dias de junho de 2010,
um quarto de hotel no meio da tarde

Nunca fui daquela categoria de mulheres que afirmam que todos os quartos de hotel se parecem. Que não passam de um único e mesmo espaço anônimo, sem classe ou personalidade. Uma espécie de túnel frio, com estilo uniforme, que oferece um conforto padrão até o dia seguinte. Por certo essas mulheres nada fizeram além de dormir neles, entre um trem e outro ou um avião e outro, cansadas pelo desgaste dos transportes. É preciso conhecer um quarto de hotel de dia, quando o resto do estabelecimento está vazio, ou quase, para experimentar o que ele tem de singular, de único. É preciso vibrar, fazer com que os próprios sentidos falem, um por um, para experimentar os vestígios das pessoas que, antes de você, estiveram ali rindo, chorando, amando ou gozando. Nos últimos meses, aprendi que o que se recebe no hotel é a medida certa do que se leva para lá. Se tudo que você faz é mergulhar no sono, no tédio ou na melancolia, nada captará além do reflexo de sua própria tristeza, ou de sua própria inação. E de lá sairá como sempre foi, infelizmente sem uma alteração.

Contudo, se nos dermos ao trabalho de escutar o que um quarto de hotel tem a nos dizer, ao contrário, ouviremos mil histórias, mil curiosidades, mil suspiros aos quais ansiaremos por acrescentar os nossos. Os mais curiosos se sentem por vezes até possuídos pelo que aconteceu ali antes. Um perfume que ficou na cortina ou na colcha da cama. Uma manchinha que sobreviveu. Um arranhão no espelho que forma uma sombra, quase uma silhueta. São detalhes que entram na gente, se insinuam, nos incitando a viver a história que nos aguarda.

É o que me preparo para fazer neste instante, nua, com os pulsos amarrados na cabeceira da cama. Escrever as novas páginas de um relato iniciado bem antes deste dia, bem antes de mim. Como a maioria dos quartos do Hôtel des Charmes, o Joséphine tem um imenso espelho fixado no teto. Assim, enquanto espero que as coisas que interessam aconteçam, tenho todo o tempo de me contemplar. Eu, Annabelle Barlet, nascida Lorand, 23 anos, casada este ano, pronta para me entregar sem reservas ao homem que se prepara no banheiro ao lado. Quem será ele? Nada sei ainda. A única certeza é que ele não é meu marido. Se fosse, estaríamos aqui? Francamente, estaríamos aqui?

Todos me chamam de Elle. Desde sempre e em qualquer circunstância. Talvez porque Belle seria um fardo pesado demais para eu carregar. Mas Elle é ainda pior, não duvidem. Elle, como se eu resumisse apenas em mim todas as mulheres! Concentrasse em mim todos os seus encantos. Cristalizasse todos os seus desejos. Fundisse em mim todas as fantasias, estes metais brutos de que são feitos os homens.

Quando a porta do banheiro range enfim, eu solto vários gritinhos de surpresa, breves. Talvez um pouco agudos demais. Eu devia estar acreditando que a presença dele era apenas um sonho. O desconhecido para, hesita em aproximar-se. Imagino sua mão crispada na maçaneta, sua respiração suspensa.

– Madame? Madame Barlet, está tudo como deseja?

A voz que se eleva não é a dele. Vem do corredor. Nos bastidores, alguém se preocupa comigo. Querem que eu esteja satisfeita. Madame é uma *habituée*. Madame é uma privilegiada neste meio. Meu homem passa instruções. É do tipo que é ouvido, que tem as aspirações atendidas.

– Sim, sr. Jacques... Não se preocupe, está tudo bem.

Não fui tão paparicada na primeira vez que me hospedei neste quarto, há um ano. Também não estava tão segura de mim. Os grandes espelhos me devolviam uma imagem totalmente diferente. Eu já tinha as mesmas formas como um ônus, as mesmas curvas como uma promessa, mas ainda ignorava seu poder, e mais ainda como poderia usá-las. Não tinha o desfrute do outro, e menos ainda o de ser eu.

O que lhe dá prazer, Elle? Hein? Você sente prazer com o quê?
Será que eu sei? O que, exatamente, é capaz de fazer meu ventre derreter?
De me inundar sem sequer me tocar, só de pensar?
O corpo nu de um homem?

O seu cheiro? A visão de um sexo anônimo,
ereto para mim? Encostado em mim? Dentro de mim...

(Nota manuscrita de 5/6/2010, redigida por mim mesma.)

Não, há um ano eu não sabia que cada quarto é um caldo de amor onde cada mulher incuba e aprende finalmente a ser ela mesma. Eu não estava amarrada como estou neste momento e, no entanto, era bem mais prisioneira do que agora. Hoje, não se enganem, sou eu que comando, e não apenas a este homem que treme atrás da porta. A minha entrega é total, mas nunca fui tão capaz de controlar as coisas.

Há um ano, eu ainda era apenas eu, Elle. Todas as mulheres, menos ela mesma. A mulher que eu ainda tinha de fazer nascer...

1

Um ano antes, 3 de junho de 2009, no mesmo quarto de hotel

Nesse dia, eu tinha os movimentos livres, enroscada nos lençóis desfeitos do Joséphine. Livres, porém acanhados. Só conhecia o homem com quem dividiria minha cama há três horas, quatro no máximo. Significa dizer que eu não sabia muito sobre ele, a não ser o estado civil, o tamanho da carteira – em breve o de outra coisa também. No período que precedera esse momento preciso, eu não escutara uma mísera palavra de sua conversa com nossos vizinhos de mesa. Eu não participara dela, a não ser com sorrisos esparsos e dóceis meneios de cabeça. Parecia uma bela planta, como se esperava de mim. O que ele fazia na vida exatamente? Banco? Importação-exportação? Ou fora eleito para algum cargo, presidente de honra de alguma coisa? Em todo caso, era importante o suficiente para impor respeito – e às vezes até silêncio – aos outros convivas.

– Você tem preferência por alguma posição? – ele perguntou ao me ajudar a abrir meu leve vestido branco, de fecho éclair nas costas.

Engraçado: há poucos minutos, curvados sobre nossos pratos de *foie-gras poché* com mirtilo, éramos "senhor" e "senhora". Transposta a porta do quarto, ele passou da autoridade ao "você", intimidade enganadora de corpos que se despem depressa demais.

– Como é? – Eu me engasguei entre dois goles de água com gás.

Um ser vibrando de desejo sincero por você, de quem você espera febrilmente elogios, jamais se preocuparia com considerações técnicas. O seu corpo, o jeito de ele se entregar, daria logo a resposta. Não há necessidade de palavras. Tudo seria somente música, e a harmonia dos sentidos de ambos seria o sinal.

– Quer dizer... Há posições que são um problema para você? Coisas que a bloqueiam?

Eu me virei e o observei mais atentamente do que havia feito até então. Era um homem bem atraente, quarentão ligeiramente grisalho, do tipo atlético, sem dúvida devia ser bastante chegado ao esporte, razão provável de minha presença naquele quarto. Sem isso, eu jamais teria cogitado de dar continuidade ao jantar enfadonho que acabáramos de suportar. Teria me mantido na fórmula básica. Contudo, era só a terceira vez que eu aceitava "continuar com aquilo", como se diz. Em oito meses de atividade, convenhamos, é bem pouco.

Por sua inabilidade, pela maneira corta-tesão de me consultar sobre minhas preferências, adivinhei que ele não era mais experiente do que eu. Talvez eu fosse até sua primeira acompanhante. Evitei fazer a pergunta, para não dissipar o resto de mistério que permanecia entre nós.

– Não... Não especialmente – menti, com um sorriso que eu esperava fosse sedutor.

– Tudo bem... – Ele aprovou com um aceno de queixo, visivelmente tranquilizado. – É só porque é melhor eu saber antes.

Minha cabeça estava em outro lugar...

~~A posição de quatro me incomoda porque é animalesca. E por esta razão só posso praticá-la com homens que eu conheço.~~

A posição de quatro me faz gozar mais do que
as outras posições...
justamente por ser animalesca?
E por esta razão eu sonho em praticá-la com homens
de rosto mascarado, de preferência.

(Nota manuscrita anônima de 3/6/2009,
colocada na minha caixa do correio sem eu saber.)

Eu pensava nos bilhetes que vinha recebendo há algumas semanas, desde que encontrei na minha bolsa um caderninho em espiral de capa prateada, um caderninho em branco que uma mão anônima largara ali dentro ao esbarrar em mim no metrô. Colado no interior, o bilhete enigmático que, com uma caligrafia desconhecida, me alertava:

Um estudo concluiu que os homens pensam em sexo cerca de dezenove vezes por dia. As mulheres, não mais do que dez. E você, quantas vezes se deixa invadir diariamente por esse tipo de pensamento?

Passaram-se vários dias até eu receber, colocada na minha caixa do correio, sem selo nem franquia, uma folha solta perfurada cujos furos correspondiam aos anéis metálicos do meu caderno. O autor sentia um prazer evidente em imaginar quais seriam minhas fantasias. Ele escrevia na primeira pessoa, como se fosse eu.

Por pouco não joguei o papel na lata de lixo sem ler. Cheguei a pensar em fazer uma denúncia de assédio na delegacia. Mas minha curiosidade de estudante de jornalismo foi mais forte, e eu cuidadosamente guardei a folha no meu fichário, sem imaginar ainda que seria a primeira de uma longa série. Pois a mão sem rosto não pararia por ali... Ah, não.

– Nada me bloqueia – terminei respondendo ao meu cliente.

Afinal, ele não era pior do que o pequeno punhado de homens que eu havia deixado que me possuíssem depois de certas noitadas regadas a bebida ou de vários restaurantes medíocres. E se eu pensasse na minha primeira vez nos braços de Fred, minha história mais séria até aquele dia, teria que confessar que a ela também faltara bastante glamour. Pensando bem, na noite em que acabamos transando, eu cedi porque a ocasião se apresentou, porque o curso natural da noite exigia... Não por real vontade. Então, que mal havia hoje em envolver tudo com o discreto verniz de uma transação comercial? Eu não valia mais do que um pedaço de pizza e dois copos de vinho tinto?

Aquele ali pelo menos era rico, educado, bonitão e, acima de tudo, elegante no seu terno de dois botões sob medida, cujo refinamento dos acabamentos eu notara, forro de seda fúcsia e pesponto combinando com a lapela. Graças a ele eu ia ganhar mais em uma noite do que teria embolsado em uma semana de biscates em restaurantes, no caixa de uma lanchonete ou outra coisa do gênero.

Em suma, eu me motivava como podia. Como o champanhe da noite já se dissipava, eu precisava de novo estímulo, de outra efervescência além das bolhas na minha taça.

* * *

Apesar da carta branca que eu acabara de lhe conceder, o senhor-sob-medida, devidamente envolto em látex, penetrou-me sem preliminares, ou quase, e, sobretudo, sem uma palavra, num papai-mamãe sem inspiração. A ausência de *savoir-faire* sexual em pessoas supostamente bem-educadas sempre me surpreende. Provavelmente, é o único aprendizado que não se inculca, para o qual não existem curso particular nem professor.

– Tudo bem? Não estou machucando você?

Não, nem machucando nem coisa nenhuma. Estranha ausência de sensações. Toda a parte inferior do meu corpo parecia anestesiada. Eu sabia que se tratava de mim, de meu sexo, de uma penetração, de um embate que não podia ser mais real, mas não conseguia me sentir envolvida. Com as mãos pousadas nas nádegas dele, eu acompanhava seu vaivém insípido com delicadeza.

– Está tudo bem. – Eu me esforçava para encorajá-lo.

Minha própria inexperiência impedia as iniciativas que ele devia legitimamente esperar da minha parte. Eu deveria suspirar, gemer, sussurrar exortações obscenas em seu ouvido? Até que ponto eu deveria simular? Seria parte do meu serviço?

– E para você, está bom?

Foi tudo que pude achar no momento. Eu sei, foi bem medíocre. Ele se limitou a arfar um sim que prefigurava uma conclusão próxima. Então, preocupado em rentabilizar o momento precioso, como homem de negócios sensato que por certo ele era, imobilizou-se durante quinze segundos, para depois voltar à carga, tão regularmente quanto um metrônomo suíço.

Embora estivesse um pouco ausente, eu não sentia nem incômodo, nem repulsa, menos ainda raiva. A mão que eu passava nas costas dele, acariciando lentamente toda a superfície, da coluna até o meio das costas, era cheia de boa vontade, de desejo de dar prazer. Tomei como prova de sua satisfação os grunhidos que se intensificavam. Francamente, aquela relação não era pior do que muitos exercícios de ginástica horizontal que eu conhecera no passado. E depois, vejam, o interesse de um coito sem paixão é que ele lhe deixa todo o tempo para apreciar o cenário. A decoração dos quartos do Hôtel des Charmes merecia que nos detivéssemos. Além do imenso espelho fixado no teto, uma das raras concessões do lugar às exigências de nossa época, todo o resto da decoração era apresentado como uma réplica fiel do quarto ocupado por Madame de Beauharnais, esposa de Bonaparte, no seu castelo de Malmaison. O conjunto do aposento circular surgia como a mais luxuosa das tendas de campanha, sustentada por uma série de finos pilares de ouro ligados entre si em toda a volta por largas cortinas vermelhas, às quais o drapeado à antiga conferia um volume e um movimento dos mais graciosos. O amplo leito de baldaquim encimado por uma águia de asas abertas, pronta a levantar voo, era guarnecido na cabeceira com dois cisnes dourados e, nos pés, com duas cornucópias. Todo o resto do mobiliário, inclusive as poltronas e um longo canapé dispostos na outra extremidade do quarto, retomava os tons dominantes, ouro e sangue, bem como os motivos florais já presentes no forro e nas colunas laterais do somiê.

A ilusão era perfeita, e não havia necessidade de forçar a imaginação para recuarmos dois séculos. Napoleão tomaria de assalto sua Joséphine com esta mesma precisão mecânica ou, ao contrário, variava seu papel? Estava eu em minhas conjecturas estéticas, ou sexo-históricas, quando o senhor-sob-medida me agraciou com um último arranco dos quadris e um gemido conclusivo. Não levou mais de três ou quatro minutos, talvez impressionado pela majestade do lugar ou, simplesmente, por ainda se sentir pesado pela refeição, enfraquecido pelo álcool.

Tão logo saiu de dentro de mim, rolou para o lado, com o corpo quase em contato com o meu, e soltou este pequeno cumprimento, fruto de reconhecimento pós-orgásmico:

– Sabe... você é muito bonita.

– Obrigada.

Que outra coisa responder, tanto mais quando se está convencida do contrário? Aquela que eu visualizava no teto não me convinha. Nunca me conviera. E eu sabia que esse tipo de sessão não me reconciliaria tão cedo com ela. Roliça demais, demais disso, demais daquilo. Eu era mais para moça desengonçada do que para mulher fatal. Em uma palavra, imperfeita.

– Tenho dificuldade com mulheres magras – confessou. – Tenho medo de quebrá-las... e de me espetar nos ossos delas também.

Maneira de dizer que, para ele, minhas formas roliças não tinham desagradado. Pelo menos um de nós dois estava satisfeito com o menu que eu tinha para oferecer. Fartura em todos os estágios. E nada de ângulos salientes. Capaz de saciá-lo naquele momento, ao que parece.

Peguei na mesinha de mogno o maço de notas que ele me deixou, verificando o valor com um olhar, e aproveitei o desaparecimento dele no banheiro para sumir do quarto, tão muda quanto os fantasmas que o habitavam. O que poderia dizer a ele que não soasse como uma mentira ou uma falaciosa promessa: "Foi realmente demais"? "Obrigada mais uma vez"? "Até breve, eu espero"?

Eu me calcei no patamar da escada, a planta dos pés acariciada pela suavidade do espesso tapete, e me dirigi ao saguão onde ficava a recepção. Lá, do seu balcão encerado, o sr. Jacques me fez um pequeno sinal discreto, um convite explícito para eu me aproximar.

– Correu tudo bem, senhorita?

– Sim, sim – pronunciei à meia-voz. – Muito bem.

O *concierge* do Hôtel des Charmes era imponente com sua libré cintada de lacaio do Grand Siècle enfeitada de passamanaria ouro e prata. Porém, mais do que o uniforme, era sua aparência física que me impressionava: o velho não tinha um único pelo em toda a superfície da cabeça, nem cabelos, nem bigode, nem barba, nem sobrancelhas. Sequer cílios para orlar seus imensos olhos azuis, ligeiramente esbugalhados. Era impossível ser mais imberbe do que aquele homem. Ou ter a pele mais branca.

Surpreendentemente, minha mãe nada perdera de sua cabeleira grisalha com as sessões de quimioterapia. Os seis últimos meses de tratamento derrotaram seus músculos e tônus, não sua cabeça, sempre coberta. Maude Lorand resistiu bem. Aguentou firme como sempre fez, com coragem e humildade, sem uma palavra a mais e sem a menor queixa. Seus pulmões foram para o espaço, mas sua dignidade não arredou um milímetro. Uma estátua de bronze em meio às cinzas.

– Acha que vai precisar de um quarto nos próximos dias? Talvez mesmo amanhã?

– Não sei ainda. De todo modo, se for o caso... será certamente a última vez.

Ele não pareceu surpreso com essa declaração irremediável. Parecia quase feliz, como deu a entender sem ambiguidade o seu largo sorriso. O sr.

Jacques só queria o meu bem. Digamos que – era essa a minha sensação em cada um de nossos raros encontros – ele via o bem em mim. Que, a despeito das aparências e das razões objetivas de minha presença naquele estabelecimento, ele percebia o que eu poderia fazer de bom, ou de melhor. Alguns segundos do seu olhar pousado em mim bastavam para me devolver o ânimo.

Nessa noite, porém, não me demorei junto àquela fonte benéfica. Ele ainda sorria para mim quando eu já estava lá fora, aspirada pela noite suave e ainda criança.

2

Um pouco mais tarde, no mesmo dia

– Então, opção básica... ou fodásica?

A autora do trocadilho ruim, que flertava permanentemente com a vulgaridade, achando que isso aumentava seu charme cafajeste, é Sophia. Minha melhor amiga. Meio que a única, para dizer a verdade. Sophia Petrilli, dois anos mais velha do que eu na idade e pelo menos cinco na experiência com os homens e o sexo. Com cachos castanhos que prendem todos os olhares, seios que convidam desesperadamente mãos suscetíveis a se adaptar a seus contornos perfeitos, olhos onde todos os homens anseiam mergulhar como num abismo. Um de seus primeiros amantes batizara-a de Esmeralda, de tanto que a jovem dançarina que ela é exibia independência indomável e inspirava paixões ardentes. No dia a dia, era apenas Sophia, desajustada, sem namorado sério e sem emprego estável. Mas é suficiente para fazer dela o ser mais vivo e mais independente que conheço, assim como um apoio de uma fidelidade a toda prova. Os caras passam, Sophia sempre fica.

– Hum... – respondi, me esquivando da pergunta com um movimento de ombro. – Segunda opção.

– Dito isto, e por causa da hora, é mais ou menos o que eu imaginava.

O combinado, nas noites em que trabalhávamos, era que nos encontrássemos no Café des Antiquaires, na rue de la Grange-Batelière, a dois passos da sala de leilões do Hôtel Drouot, no coração do 9º arrondissement. A regra era simples: a primeira que acabasse com o cliente esperava pela outra. A primeira opção raramente nos ocupava depois das 23 horas. A segunda prolongava-se mais animadamente além de meia-noite.

– E para você, foi boa a noite?

– Pode-se dizer que sim. – Ela esboçou um sorriso de lado.

– Cliente cheio da grana?

– Entupido de grana, você quer dizer. Nunca tinha visto um Rolex tão espalhafatoso. Para completar, tive direito ao que há de melhor, à suíte Pompadour e toda essa frescurada.

Era outra particularidade do Hôtel des Charmes: cada quarto, invariavelmente alugado por hora, recebia o nome de umas das grandes sedutoras e cortesãs da história da França. Misturavam-se ali favoritas e amantes, rainhas e simples prostitutas passadas à posteridade, assim como uma impressionante congregação de dançarinas, espiãs, artistas e mulheres de reputação duvidosa, todas conhecidas por sua extraordinária ascendência sobre os homens e pela maneira como a usaram durante suas existências conturbadas. Nenhum número era associado aos patronímicos, nenhum número figurava nas portas. Em compensação, como eu mesma pude observar um pouco mais cedo, a decoração de cada quarto estava em perfeito acordo com o caráter e a época das referidas aventureiras, fazendo do quarto uma preciosidade única. Cada quarto encarnava uma mulher, cada fantasma tomava corpo em um desses quartos.

– Que bom – aprovei, forçando meu entusiasmo. – Eu herdei o da Joséphine.

– Que classe! Nunca tinha estado lá?

– Não, ainda não.

Sophia frequentava o Hôtel des Charmes bem mais assiduamente do que eu. Às vezes chegava a duas ou três vezes no mesmo mês, por princípio nunca mais de uma vez por semana. Esses encontros constituíam, contudo, segundo o período e as suas necessidades, o essencial dos seus rendimentos.

– E aí? – ela me perguntou, lançando seu sorriso mais ambíguo. – Que tal ele era? Legal?

– Sophia! – exclamei, por pura formalidade. – Você sabe muito bem... Eu não posso.

Ela conhecia o regulamento tão bem quanto eu: a agência que nos punha em contato com os clientes abastados proibia formalmente que depois saíssemos falando sobre eles. Tudo que tinha se passado naquelas alcovas deliciosamente apelidadas devia imperativamente ficar lá e nunca mais sair. Alguns dos homens que nós acompanhávamos eram importantes, às vezes até poderosos, e toda informação relativa ao comportamento deles na intimidade, em particular alguns detalhes a respeito de suas preferências sexuais, podiam se tornar, nas mãos de seus inimigos, armas temíveis. A confidencialidade era esperada, o segredo impunha-se a nós como um dogma.

Para ser franca, esse imperativo me convinha bem. Ele me protegia das confissões de Sophia e erigia da minha parte uma barreira salutar. Falar de sexo era para ela um prazer pelo menos igual ao ato propriamente dito. Um prolongamento natural, como se sua língua fosse um órgão tão erétil quanto o clitóris, estando os dois ligados por um laço secreto. Esse tema, que considerava universal, ela abordava a propósito de tudo, em qualquer lugar, com seus amigos e com a primeira pessoa que aparecesse. "Enfim, falando sério, você conhece coisa mais digna de interesse do que o sexo?", ela me perguntava com frequência, em tom de provocação. "Não vamos começar a falar da bolsa de valores ou de crianças, hein? Não temos um tostão no bolso e, me interrompa se eu estiver enganada, ainda estamos longe de pensar em filhos. Trinta e um anos é a média de idade das mães que têm o primeiro filho na região de Paris! Trinta e um anos!"

De volta a seu tema predileto, ela se mostrava inesgotável, deleitando-se com detalhes que expunha sem pudor, satisfazendo-se com os que arrancava à força de seus interlocutores.

– Porque o meu cliente desta noite, você devia ver como ele era bem-dotado! Monstruoso! Uma coisa de louco! Com mais estofo até do que a própria conta bancária, para você ter uma ideia.

– Sophia! – eu me indignava, procurando conter um começo de gargalhada.

– O sujeito podia se apresentar no circo, te juro.

– Pare!

– O que foi? Eu não disse o nome dele! Só estou falando do pênis.

– Genial – ironizei. – As aventuras de um sexo anônimo.

– Não, mas de verdade, era tão grande que achei que ia sufocar quando eu chu...

– Ah, sim, tem razão – cortei, para não ter que ouvir mais. – É importante não prolongar demais a felação. Depois eles ficam viciados e não querem saber de outra coisa.

Era minha defesa clássica aos tsunamis de confidências inconvenientes, a única que conhecia: me limitar prudentemente a clichês e algumas frases feitas consagradas, quase sempre extraídas dos artigos mais recentes sobre sexo que eu lia nas revistas femininas.

– Pois é – ela recomeçou. – Mas não é pior do que um que não me toca e exige que eu me masturbe na frente dele durante duas horas... Esse me esgotou.

– Sim, mas, se você se masturba na frente dele, vai ensiná-lo a lhe dar prazer. Nem sempre é tempo perdido.

... na *Cosmo*, especial "Sexo", julho-agosto de 2007. Esta deve ter vindo de lá.

Mas o que eu sabia de verdade, pessoalmente, eu, Annabelle Lorand? Não muita coisa.

A verdade é que a cláusula da agência era o meu melhor álibi para não lhe contar nada. A maior parte das vezes isso bastava para estancar a curiosidade dela, ou esgotar sua logorreia impudica. Minhas confidências eu poderia reservar ao meu pequeno caderno secreto. Mas outra mão, sem ser a minha, consignava-as em meu lugar, na intimidade daquelas páginas brancas:

É uma idiotice, mas tenho a impressão de que cada sexo tem também sua alma gêmea. Como se cada vagina tivesse um só pênis no mundo exatamente desenhado e dimensionado para ela. E vice-versa. Enquanto não a encontra, ela não é capaz de desabrochar plenamente. É meu caso, estou certa de que meu sexo ainda não esteve na presença de sua alma gêmea masculina.

(Nota manuscrita anônima de 2/6/2009,
deixada na minha caixa do correio: até que ele tem razão.)

E, sem conseguir distinguir uma coisa da outra, o fato de outra mão escrever em meu lugar me excitava tanto quanto me indignava. No fim das contas, a ideia devia me perturbar bastante a ponto de ter consentido, uma vez que conservei o caderno e ali guardava religiosamente as fantasias inconfessáveis que o meu assediador anônimo me enviava, chegando a várias por dia. Uma ou duas vezes fiquei vigiando durante bom tempo, de olho pregado na minha caixa do correio, mas nunca o surpreendi.

No começo, consegui esconder de Sophia a existência do meu caderno, mesmo ela sendo dotada de um radar para esse tipo de segredo. Até o momento em que, alguns dias depois, deixei cair minha bolsa em um café, ao pé da sua cadeira. Ela se inclinou para o conteúdo espalhado no chão, em um movimento reflexo.

– O que é isto aqui?

– Nada... Me dê!

– Chique, o caderninho! É seu repertório de posições para sexo casual? – disse ela, rindo.

– Não é não... Pare...

– É sim... Ficou vermelha!

Sem me pedir permissão, abriu nas primeiras páginas e começou a ler em voz baixa...

– Não fiquei vermelha! E pode me devolver isso já!

... Depois mais alta.

– "... E eu me pergunto também que cheiro e que gosto sente o cara ao me lamber embaixo..." – Olha só! Miss Lorand! Resolveu se soltar!

– Sophia, me dê isso, que merda!

Ela acabou concordando, mas o mal estava feito.

– Decidiu escrever *A vida sexual de Annabelle L.* ou o quê?

– Não fui eu quem escreveu isso...

– Não diga!

– Eu te garanto. Um sujeito deixa estas folhas na minha caixa do correio todos os dias. Não sei quem é, nem o que quer de mim.

– Verdade? E você apenas guarda todas aí dentro?

– Eu juro que é verdade.

Presa na armadilha, contei a ela as circunstâncias misteriosas em que o caderninho chegara às minhas mãos. Depois, dia após dia, as páginas de um diário íntimo que poderia ser o meu, mas que um outro – uma outra? – escrevia por mim.

Uma história que a divertiu mais do que chocou. Passou pela minha cabeça a ideia de que Rebecca, a dona da agência, pudesse ser a responsável por este presente venenoso. Mas se fosse o caso, por que seria eu a única destinatária entre todas as Belas da Noite? Porque, caso contrário, Sophia começaria imediatamente com os elogios.

– Isso me deixa louca: de todas as moças de Paris, o débil foi cismar logo com *você*!

– Por que diz isso?

– Bem. Elle... admita que, em tese, isso tem mais a ver comigo do que com você. Eu teria adorado que um cara me desse um presente desses! E posso te dizer que não teria esperado para ele redigir no meu lugar.

Entrego a ela o caderno prateado, como para me livrar dele.

– Se te agrada tanto... fica pra você.

– Pare, não! Ele é seu – ela replicou, de repente séria.

– Imagina... Ele podia ter posto dentro da bolsa de qualquer outra mulher no metrô.

– Não – ela me corrigiu. – Na verdade, pensando bem, não acho que tenha sido um acaso. Ele percebeu que você estava precisando. Você mais do que as outras meninas em volta dele.

"Para soltar você", ela provavelmente devia estar pensando. Olhei para ela com uma expressão cética.

Depois deste incidente, e ainda mais depois que David entrou na minha vida, tive cada vez mais dificuldade em conter os ataques de curiosidade da minha amiga. Na verdade, meu companheiro dos últimos três meses não era um cliente. Nunca tinha sido. As convenções que se aplicavam aos clientes não tinham razão de ser com ele.

– E David? Na verdade, você nunca me disse...

– Nunca disse o quê?

– Bem, como ele é dotado? Normal? King-size? Mini, mas dá o máximo?

– Essa não, você acha que eu vou mesmo responder a este tipo de pergunta?!

"Não custa nada tentar", respondeu seu olhar risonho.

– Vai se encontrar com ele agora?

– Sim... Na verdade, não. Ele deve voltar tarde. Só o verei amanhã de manhã. Se o vir...

Por outro lado, a personalidade e o status no mínimo excepcionais de David faziam convergir nela a balconista e a ninfomaníaca, a sonhadora e a devoradora de homens. Que eu tenha podido fisgar tal espécime a deixava desconcertada e, nem que fosse por solidariedade, em nome de nossa amizade e de nossos anos de confusão sentimental, Sophia considerava obrigação minha compartilhar tudo que eu podia descobrir de exótico ou atraente nele.

– Não acha esquisito encontrar-se com ele depois de um cliente?

– Acabei de dizer. Acho que só vou vê-lo amanhã à noite.

– Mesmo assim... – ela insistiu. – Não tem medo de que ele perceba alguma coisa?

– E você, não acha esquisito nunca ir pra cama duas vezes seguidas com o mesmo cara? – repliquei, ato contínuo.

Touché. Acertei no alvo. O rosto dela ficou sombrio de repente.

Sophia despertava o desejo alheio sem esforço, mas essa facilidade, associada ao gosto mais do que pronunciado pelo sexo, a impedia geralmente de se fixar num homem do seu lado mais de algumas noites. Quando não enganava o amante do momento com o seguinte, reatava com um antigo e terno conhecido, tudo isso gerando vez por outra alguns incidentes cujo preço ela acabava tendo que pagar sozinha. Assim, quando não acabava flagrada, ou quando simplesmente se cansava de uns e outros, passava a maior parte do tempo na companhia de seus brinquedos eróticos, cuja coleção tinha aumentado muito com o passar dos anos.

– Desculpe...

– Não, não se preocupe. Não está totalmente errada... Vamos tomar um ar?

Nós adorávamos aqueles passeios por Paris depois que a noite caía, nas ruas desertas varridas pelos faróis dos táxis, sem outro objetivo senão flanar.

Um de nossos prazeres supremos era ficar olhando as vitrines de antiquários e joalherias que pululavam em torno do Drouot, vários por rua. Como nenhum daqueles tesouros – mesmo os mais modestos – estava ao alcance de nossas magras economias, podíamos dar livre curso aos nossos sonhos. Divagar à vontade sobre "o dia em que" a opulência cairia de repente sobre nós, meteorito de felicidade material escapada do céu.

– Caramba, viu este relógio? – Eu me extasiava apontando um modelo em primeiro plano, quase colado no vidro.

– O cronômetro de homem?

A loja, Antiquités Nativelle, tinha a inteligência de colocar, ao lado de cada objeto à venda, uma notinha explicativa, como os folhetos coloridos que exibem recomendações de leitura em certas livrarias.

– Sim, olhe... É cem por cento mecânico, fabricado em 1969!

– E daí? Está procurando um relógio erótico? – ela ironizou gentilmente.

"69, année érotique", sussurrava Jane Birkin naquele mesmo ano na canção lânguida de Serge Gainsbourg.

– David quase nasceu em 69. Ele nasceu em 5 de janeiro de 1970.

– De qualquer forma, foi concebido em 69. Não me diga que cogita em lhe dar um presente desses!

– Vontade não me falta. É magnífico, não?

Sóbrio e elegante, o relógio olhava para mim de dentro da sua caixinha de veludo, cintilando na penumbra com todo o brilho de seu mostrador azul-escuro. Notei particularmente o arredondado sutil de seu vidro protetor, que certificava sem dúvida possível a idade e a autenticidade do exemplar.

– Mixaria comparado ao do meu cliente... – ela fingiu depreciar o objeto. – Mas eu não cuspiria nele se me dessem.

– Puxa... Você viu o preço?

– Sim, três mil e duzentos euros. Vai ter que fazer extras, minha querida, se quiser agradar o seu nababo!

Sozinha, a bugiganga de luxo representava mais do que meu orçamento para sobreviver dois meses inteiros. Sem contar...

– Com o tratamento da mamãe, eu jamais poderia – suspirei.

O seguro modesto que ela possuía estava longe de cobrir todas as despesas de seu tratamento e, no limite dos meus recursos, eu completava a fatura e tentava dar-lhe um mínimo de conforto, tanto em casa quanto durante suas estadas frequentes no hospital. Uma semana de quimioterapia, uma semana para se recuperar, e por fim uma semana gozando de um estado vagamente satisfatório, antes de tornar a mergulhar nos sete dias de tratamento pesado. Era essa a vida infernal que lhe infligiam. Ela fizera tanto por mim na infância, me dera tanto, que bem merecia que eu gastasse com ela uma justa parte dos meus rendimentos, por mais irrisórios que fossem.

Atrás do relógio que eu cobiçava em silêncio, outro objeto atraiu minha atenção. Um alfinete de cabelo de prata "que pertenceu à atriz Mademoiselle Mars", especificava o comentário manuscrito. Um esplendor da primeira metade do século XIX vendido pela bagatela de mil e setecentos euros. Mais uma maravilha que me escaparia.

Sophia puxou-me pelo braço sem aviso prévio, para longe da vitrine tentadora.

– Vamos, venha, minha bela! Seu príncipe encantado não vai desmaiar porque você não dá a ele brinquedos que valem três salários mínimos cada vez que se encontram!

– Claro que não...

– Aliás, se me permite, tendo em vista as posses do rapaz, ele é que deveria lhe dar este tipo de presente.

– É justamente este o problema – asseverei. – As posses são *dele*, não minhas...

Contudo, eu não podia deixar de dar razão à minha amiga. No pequeno jogo do dinheiro vivo do nosso amor recente, eu era perdedora desde a linha de largada, diante de um competidor como David. Quantos salários mínimos ele podia ganhar em um mês? Será que ficava no limite de quinze a vinte vezes o salário mínimo que certos políticos sonharam durante um tempo em impor ao patronato francês? Em certo sentido, eu preferia não saber. A simplicidade das minhas origens e as condições frugais em que fui criada me conferiram uma consciência aguda do que era decente ou não em matéria de dinheiro. Ora, comprar um relógio daqueles saía totalmente do âmbito do que eu mesma admitiria em tempos normais. No entanto, não conseguia me impedir de sonhar com ele.

– E depois, será que este senhor merece mesmo? – recomeçou Sophia com um tom mais leve. – É verdade, você está pronta a se dividir em duas por ele, e nem sequer sabemos onde ele se situa no ranking dos seus amantes... Top 5? Top 3?

E ela voltou aos seus impulsos. Cismou com meu caderno – logo adquiriu o hábito de chamá-lo de meu "Dez-vezes-por-dia", o número de pensamentos eróticos que eu supostamente devia anotar diariamente – e passou a abri-lo a todo instante, pronta a recolher meus pensamentos mais secretos.

– David é diferente...

– Diferente do quê? Ele não é igual aos outros homens? Ele te propõe coisas esquisitas?

– Eu o amo.

Tentei dizer isso sem tremer a voz, sem parecer mais idiota e coração mole do que eu era interiormente, mas pela careta que minha observação fez nascer no rosto de Sophia, vi que era tudo meloso demais para seu gosto.

– Oh, perdão, tinha omitido esse detalhe... Você o aaaaama! Então ele pode trepar do jeito mais sem graça e não estamos nem aí, claro, sou uma boba.

– Pare... Você sabe muito bem que não é isso que eu quero dizer.

– Ele te fez gozar pelo menos uma vez, esse teu bilionário?

Acontece que eu não tinha vontade de responder a isso. Não, na verdade eu não tinha sobretudo vontade de me fazer a pergunta. Provavelmente porque eu conhecia muito bem a resposta.

Eu me limitei a dar de ombros, acrescentando ao movimento um sorriso que esperava enigmático. Ela não é ingênua. Ela me conhece bem demais.

Para cortar possíveis desdobramentos, dei uma curva abrupta à conversa. Os letreiros de vários cabarés me ofereceram a ocasião que eu esperava.

– Bom, e você, a dança... Tem novos espetáculos em vista?

– Quem dera! "É a crise", ouço isso em toda parte. Eu te juro, nem parece que estou lidando com coreógrafos ou produtores, mas com banqueiros!

– E teu grupo lá em Neuilly?

– Fechou. O miserê está tão grande que até quem tem mais grana está fechando as portas.

– Mas você está conseguindo se virar mesmo assim?

– Eu dou um jeito... – Ela procurou me tranquilizar, sem convicção.

Eu sabia perfeitamente quais eram para ela as consequências da penúria de trabalho.

– Se vê obrigada a pegar mais clientes, é isso?

– Hum... – resmungou, deixando o olhar vagar pelos néons multicoloridos.

– Muitos?

– Em média, dois por semana.

Ou seja, além do limite máximo que ela se obrigara a jamais transpor. Como iria viver? Em que estado sairia de uma atividade que, de ocasional, estava quase se tornando um serviço em tempo integral?

Eu franzi involuntariamente a testa. Estava preocupada com ela. Sophia não ia largar a agência tão cedo. Como muitos arranjos arriscados que aceitávamos com o pretexto de que seriam temporários, este estava começando a durar. Era a vida dela, agora.

3

Paris, dezembro de 2008, oito meses antes

Não é só um efeito da minha discrição natural. Eu hoje não consigo me lembrar em que circunstâncias precisas Sophia me falou da Belas da Noite pela primeira vez. Quero crer que ela ainda não havia se inscrito nessa época. Hesitava. Ela se perguntava sobre a natureza exata dos serviços prestados aos clientes pela agência, insegura devido aos boatos e a muitas fantasias, em parte oriundas de suas leituras ou dos filmes que tinha visto sobre o assunto: *A bela da tarde*, de Luis Buñuel, *Crimes de paixão*, de Ken Russell, ou, mais recentemente, o muito sombrio *Meus caros estudos*, relato de uma história real.

Como ela ficou sabendo da agência? Foi cooptada para, por sua vez, ser admitida? E, se sim, quem desempenhou o papel de intermediário?

Mistério.

– Belas da Noite, *A bela da tarde*... Concordo que não foram muito originais na referência – ela admitiu com seu senso crítico habitual. – Mas também ninguém vai lá pela criatividade deles.

Chegamos a um prédio de bom padrão, em pleno Marais, numa das ruas que delimitam o setor gay da capital. A pequena placa acima do interfone não especificava a natureza da atividade. A empresa tanto poderia vender travesseiros quanto oferecer dançarinas lépidas. *Belas da Noite, 5º andar, frente.*

– Achei bonitinho. – Tentei ser positiva. – Poético.

– Tem certeza de que quer ir?

– Sophia, é apenas um primeiro contato. Eu vim me informar, só isso.

– Está bem... Mas depois não venha me acusar de ter te empurrado para fazer coisas que você não queria. De acordo?

Ergui os olhos para o céu e recorri à minha voz gutural, um pouco aguda, que eu tentava atenuar durante os treinos de rádio exigidos pelo último semestre do curso de jornalismo. Mais quatro ou cinco meses e, com o diploma do Centro de Formação de Jornalistas no bolso, eu partiria para a abordagem das empresas de mídia mais prestigiosas do país, eu, a pequena Rastignac disposta a tudo para ver sua assinatura figurar no final de um artigo.

– Tenho 22 anos. Tudo bem. Sou uma menina crescida.

O elevador era muito estreito e, apesar de nossas medidas discretas, nós nos esprememos, prendendo a respiração.

– Entrem, entrem!

A cinquentona loura e esbelta que nos abriu a porta, mal pusemos o pé no patamar, exalava uma aura de extrema sofisticação. De forma alguma a típica dona de bordel que eu temia.

Ela me estendeu uma mão coberta de anéis e pulseiras espalhados de forma a melhor esconder as manchas senis que apontavam aqui e ali.

– Bom-dia. Rebecca Sibony. Sou a diretora da Belas da Noite – apresentou-se, com seu timbre rouco de fumante inveterada.

Um rastro perfumado, sutilmente inebriante, nos levou a segui-la até o amplo escritório, mobiliado com sobriedade.

– Annabelle está um pouco... nervosa – começou Sophia, sob meu olhar assassino. – Ela precisa que a senhora lhe explique o que se espera *verdadeiramente* das moças que são contratadas.

Rígida na minha cadeira, eu me defendi com uma falta de jeito infantil:

– Nada disso! Eu entendi muito bem!

Com uma velha calça jeans que eu mesma remendei, sapatilhas gastas e os cabelos sem ver um cabeleireiro há séculos, eu parecia uma coitadinha pé-rapada. Não precisava nem um pouco que Sophia piorasse o quadro. Rebecca passou em revista cada polegada da minha anatomia, depois partiu para um monólogo que ela devia conhecer de cor:

– Ouça, não sei o que lhe disseram sobre nós, mas certamente há muita mentira. Nossa atividade sofre muito com o preconceito e suscita muita maledicência. Na realidade, o que propomos é muito simples e, sobretudo, faço questão de acentuar, perfeitamente legítimo: nossos clientes são homens ricos e solteiros que não podem chegar sozinhos nos inúmeros compromissos sociais que têm de participar ao longo do ano. Seu papel, caso se junte a nós, será portanto vestir seu mais belo vestido, sorrir a noite inteira sem deslocar o maxilar e ser capaz de manter uma aparência de conversa, caso alguém peça sua opinião sobre o último filme de Woody Allen. Como vê, não é de fato um bicho de sete cabeças.

"Eu não te falei?", deu a entender Sophia com um movimento eloquente da mão.

No entanto, foi ela, a minha amiga, que me fez o relato de um encontro tórrido organizado para ela pela agência pouco tempo antes. Uma missão sem o mínimo álibi social. Um episódio que, de resto, me fornecera alguns argumentos, logo de cara, para resistir à sua tentativa de me cooptar para a agência de Rebecca Sibony:

"– Sexo casual com desconhecidos! Uma loucura!

– Ah, é? Mas como você...

– Bom, como nos filmes, minha querida. Era para eu estar no Raphaël às três da tarde em ponto, com a recomendação de não me atrasar. As janelas e as cortinas do quarto já estavam fechadas. Imagino que ele deve ter dado ordens ao pessoal. Em seguida, eu devia me deitar nua na cama e apagar a luz.

– E depois?

– Depois, o sujeito chegou. Dez minutos mais tarde, eu diria.

– Você não ouviu quando ele entrou?

– Não, era uma suíte com um vestíbulo. Não deu pra ouvir. Mal distingui a silhueta dele no momento em que empurrou a porta do quarto.

– Não foi um pouco... esquisito?

– Ao contrário! – ela exclamou. – Enfim, no começo eu senti um pouco de frio por esperar ali pelada, sem me mexer. Mas ele tirou a roupa e me pegou nos braços para me aquecer.

– Vocês transaram logo em seguida?

– Não imediatamente. Ficamos vários minutos grudados um no outro, até ele começar a me acariciar.

– E ele não falava nada?

– Absolutamente nada. Tinha só as mãos supermacias. Eu te juro, nunca ninguém me acariciou daquele jeito. Eu fiquei muito molhada, e rapidamente.

– Não tentou ver a cabeça dele? E se o cara fosse o Quasímodo?

– Pelo que pude apalpar do rosto, não me pareceu. Mas, francamente, do jeito como me tocou, ele podia ser o E.T. que eu teria dito sim.

– A esse ponto?

– Espere, ele passou pelo menos vinte e cinco minutos me massageando a vagina. Com os dedos, com o nariz, com a língua... Eu não aguentava mais! Estava completamente encharcada. Creio que gozei pelo menos duas ou três vezes, só assim, antes de ele me penetrar. Isso foi só o *hors d'oeuvre*! Ficamos mais de três horas na cama.

– Duas, três vezes... – repeti, sonhadora.

– E, além do mais, como o cara cheirava bem!

– Bem... como?

– Oh, não sei, um lance superdoce. E o pau dele, eu te juro, tinha gosto de morango ou framboesa... Eu podia comê-lo o dia inteiro!

– Sophia!...

– O quê? Você não pode saber... É como degustar caviar de olhos fechados. Tudo que você perde em visão, ganha nos outros sentidos. Sobretudo os cheiros e o gosto.

– Tá, tá, acho que entendi."

Rebecca recomeçou com sua voz rouca, rompendo o fio das minhas lembranças:

– É lógico, a agência Belas da Noite tem uma certa reputação. Só contratamos e oferecemos moças bonitas, jovens, falando um francês impecável, e ainda por cima cultas. Não forneço cabides nem vasos de porcelana. Mas segundo o que estou vendo e ouvindo, não me preocupo quanto a você.

– É só isso mesmo? – ousei insistir.

– Sim. É a isso que você se compromete contratualmente conosco, e é o que nós faturamos dos clientes.

– Sei – assenti laconicamente.

– Parece decepcionada. O que imaginava?

O seu tom tornara-se mais incisivo, ela ficou de repente mais altiva do que Uma Thurman no anúncio de uma bebida gasosa de nome equívoco. Rebecca Sibony, a seu modo, devia também saber impor respeito ao seu pessoal.

Então um sorriso discreto, quase igual ao da Mona Lisa, acabou desabrochando no seu rosto, e ela acrescentou em voz baixa, acompanhando a observação com um gesto amplo da mão:

– Depois... se o cavalheiro for do seu gosto, aí é outra história. *Sua* história. Você é tão adulta quanto ele. Não estou aqui para impedi-la de ceder a seus apetites, nem ele aos dele.

– É isso que sempre digo – completou Sophia com seriedade.

Eu tentava afastar a imagem da minha amiga, nua naquele quarto de hotel mergulhado na escuridão, entregue ao desconhecido com sabor de frutas vermelhas, acariciador emérito de vaginas.

– Também não vou contratar apenas pré-menopáusicas na minha empresa só para me proteger desse tipo de incidentes!

Ela pontuou esta última fala com um leve suspiro, como se ela mesma não acreditasse que fosse tão dramático, depois soltou uma espécie de riso gutural muito profundo, no limite da tosse.

A mensagem era clara: sintam-se à vontade para levar os homens ao Hôtel des Charmes ou a outro lugar ao final do serviço que ela lhes vendeu, mas ela não queria saber de nada e, menos ainda, cobrar. Essa parte nos pertence totalmente, tempo, tarifas e lucros incluídos. Ao fazermos isso, aceitávamos também os riscos inerentes. Ela me advertiu:

– Nada posso garantir quanto ao que eventualmente possa acontecer dentro desses quartos. A partir do momento em que vocês decidem entrar lá, estamos de acordo que já não estão mais protegidas.

– E se ele se mostrar violento?

– Chega de drama! – interveio minha colega. – São deputados, advogados de empresas, executivos... Nenhum desses caras vai correr o risco de te dar uns tapas, nem de brincadeira.

Ela disse mesmo "de brincadeira"?

– Não importa – cortou Rebecca. – Eu repito: a partir do momento em que você transpõe a porta de um quarto com seu cliente, você está sozinha. Seja o que for que aconteça lá dentro, jamais voarei em seu socorro. Ficou claro? Jamais.

– Sim – concordei.

– E se você cometer o erro de pedir minha ajuda ou de mencionar a agência para um terceiro, por exemplo, a polícia, saiba que negarei conhecê-la. Você será riscada do meu arquivo na mesma hora.

A máscara dura que ela havia vestido desfez-se no mesmo instante.

– Bom! Então, parabéns! Bem-vinda à Belas da Noite!

Os quinze minutos que se seguiram foram ocupados com diversas papeladas, marcando minha integração oficial e imediata na agência, bem como as recomendações básicas que Sophia já me repetira: jamais falar dos encontros a quem quer que seja, mesmo a um próximo, mesmo a um parente ou a outra moça da agência; jamais revelar uma informação ou uma confidência feita por um cliente no âmbito do encontro; jamais mencionar a identidade dos clientes; jamais tentar rever um dos clientes fora das ordens passadas pelo intermediário da agência.

– Sophia me disse que você era jornalista... – inquiriu por fim a loura alta, com uma inflexão ligeiramente desconfiada.

– Sim... quer dizer, não ainda. Estou acabando meu curso.

– Perfeito. Portanto, eu jamais vou achar uma linha na imprensa a respeito deste nosso encontro ou de seu trabalho aqui... Não é?

Sua hipótese soava como uma ameaça.

– Não. Eu preciso de dinheiro. Não de problemas.

– Perfeito! – ela concluiu levantando as duas mãos para o céu. – Depois de amanhã, no final da manhã, você estaria disponível?

Fiquei atônita por alguns segundos. Quer dizer que ela já tinha me achado um cliente? Acreditando no que Sophia devia ter falado de mim – quase podia ouvir minha amiga louvando o que ela chamava de minha "sensualidade aristocrática", meu "*sex appeal* de boa família" –, ela teria se sentido autorizada a fazer uma pré-venda de meus serviços a um de seus clientes habituais?

Como eu já franzia as sobrancelhas, contrariada com o curso precipitado de minha estreia na Belas da Noite, ela suavizou na mesma hora, levantou-se e me concedeu um gesto quase maternal, a longa mão coberta de bijuterias no meu ombro, apalpando a lã barata do casaco.

– Vamos dar um jeito nisso. Vou ajudá-la. Vamos às butiques, nós duas. A-do-ro isso!

– As butiques? – gaguejei.

Na cadeira, Sophia sapateava de alegria como uma colegial.

– Sim, você vai ver, duas ou três comprinhas de nada e vai ficar magnífica! Magnífica.

Esse qualificativo me caía como uma roupa três tamanhos acima do meu. Eu teria que me habituar. E depressa.

4

Seguir de Paris para o subúrbio era cada vez mais um sofrimento, eu devia mesmo dizer um rebaixamento. O poder de atração da capital agia com toda força sobre a garota de Nanterre que eu ainda era. Assim, o trem noturno que eu pegava em Halles, Opéra ou Étoile, para a direção oeste, me parecia a carroça do condenado. Com a diferença de que eu subia nela diariamente.

O suplício se estenderia até eu ter condição de alugar um apartamento independente, e quanto a isto eu já tinha uma decisão formada: antes um quarto miserável em plena Paris do que um conjugado ou um sala e quarto na periferia. Eu queria estar no coração da metrópole, no coração da modernidade. No coração do mundo.

Naquela noite, com meu contrato da agência no bolso, subi na composição azul, branca e vermelha, cuja decoração interior fora recém-pichada, inclusive assentos e bancos dobráveis. Assim que me sentei, senti pousarem em mim vários olhares. Masculinos, entenda-se. Embora estivesse acostumada com o fato, o mal-estar que aquilo me provocava não diminuía com os anos. "Não entendo do que você se queixa!", espantava-se às vezes Sophia. "Espere até ter 50 anos e os peitos nos joelhos. Aí veremos se não fica contente de ser paquerada no metrô."

Enquanto esse dia não chegava, cada olhar insistente me crucificava. Não sabia o que fazer com o interesse dos homens. Eu fazia malabarismos com o desejo deles como um pinguim com uma sardinha congelada. Ninguém me ensinara as regras desse jogo. Não tinha portanto outra escolha senão me manter prudentemente fora do campo e sumir na primeira escapatória que aparecesse. Ignorá-los e contemplar a paisagem – o trem só corria pela superfície a partir da Universidade de Nanterre, a estação anterior à minha – não bastava para dissuadi-los, nem para desfazer meu embaraço.

Então meus olhos caíram acidentalmente sobre a manchete do *Monde*, cuja edição do dia meu vizinho de assento, na casa dos 30, terno e maleta de couro preto, segurava na mão. Vários títulos em letras grossas ocupavam a primeira página, mas um deles em particular chamou minha atenção.

– David... David Barlet – murmurei avançando a mão para o jornal dele.

O homem à minha esquerda aproveitou a ocasião:

– Hã, não... Eu sou Bertrand Passadier. E você?

Ele me estendeu uma mão mole, que eu não segurei, já fechando meus dedos no exemplar do jornal. Sem responder à pergunta, exatamente como se ele tivesse desaparecido do vagão, comecei a ler as primeiras linhas do artigo dedicado ao presidente e diretor executivo do grupo audiovisual privado que levava o nome de David, o Grupo Barlet, proprietário do canal de notícias ininterruptas mais assistido da França, BTV.

Remexendo-se no assento, meu paquerador procurava desesperadamente um meio de captar de novo minha atenção.

– Interessa-se por televisão?

– Hum... – murmurei entre dentes, sem levantar os olhos.

– Se estiver interessada, posso lhe aconselhar três bons investimentos nessa área, sabe? O Grupo Barlet não é ruim, é sólido, mas para o curto prazo há coisas bem melhores.

Eu não estava escutando uma palavra do que ele dizia. Depois de percorrer rapidamente a folha, que detalhava a estratégia da BTV para aumentar a audiência, eu não fazia outra coisa, a partir daquele instante, a não ser contemplar a foto de David Barlet. Já o tinha visto na televisão ou nas páginas sobre mídias dos suplementos econômicos, mas notava pela primeira vez sua semelhança perturbadora com o falecido ator Gérard Philipe. Ela era impressionante. Tive a sensação de ouvir a sua voz tão bonita, tão doce, tão familiar, me narrando *O pequeno príncipe* ou *Pedro e o lobo* na antiga vitrola da mamãe, quando eu era criança.

Porém, enquanto o jovem e eterno galã do teatro e do cinema francês exprimia uma forma de fragilidade, tudo em David Barlet traduzia, ao contrário, força, determinação, vontade ferrenha de lutar e certeza absoluta de alcançar seus fins. Talvez isso tivesse a ver com o rosto ligeiramente mais quadrado e a corpulência que não ficaria deslocada num time de rúgbi. Com o olhar também, que parecia saltar da página e nos desafiar a fazer a mesma coisa.

– ... e não mais do que três ou quatro por cento ao ano, ou seja, absolutamente nada... – prosseguia no vazio meu assediador.

BTV. Eis onde eu devia me apresentar, assim que obtivesse meu diploma. O gesto aliciante de Barlet acima da fotografia inclinava-se para mim como um convite, pensava eu sonhadoramente.

O rangido exasperante dos freios me trouxe brutalmente à realidade e ao painel azul e branco que anunciava na plataforma, bem no nível da minha janela: Nanterre Ville.

Minha estação.

Pulei sem refletir do meu assento, esbarrando ao passar nas pernas de Bertrand Passadier, para aterrissar finalmente na plataforma no exato momento em que as portas se fechavam com um estalo seco. Dentro do trem, meu cortejador do dia se descompunha, boquiaberto, o rosto colado no vidro embaçado pela umidade. Brandindo o jornal que eu fizera refém na fuga, gratifiquei o com um débil sorriso, no fundo nada descontente com minha captura. Na fotografia em três colunas, o olhar intenso de David Barlet parabenizou-me por esta atitude conquistadora.

A casa de Maude, minha mãe, só distava da estação trezentos ou quatrocentos metros. Uma casa geminada, de tijolos, desprovida de jardim – se abstrairmos os poucos metros quadrados de terraço voltados para a rua –, nitidamente mais alta do que larga com seus três andares exíguos. Tanto quanto me lembro, sempre vivi ali com ela, só nós duas, e ninguém para vir romper nossa doce rotina.

Desde o começo da sua doença, tentei ser mais presente, assisti-la, quando meus cursos e meu trabalho em restaurantes me permitiam, em todas as pequenas coisas do cotidiano que se transformavam agora para ela em provações: arrumar a casa, fazer compras, cozinhar, tomar banho...

– Tudo bem, minha Elle? Estava na aula?

Ela por certo conservara todo o cabelo, mas a cor era agora grisalha. Uma tez pálida acusava as rugas do rosto e paralisava suas expressões. Continuava sendo ela, mas eu às vezes tinha dificuldade em reconhecer a mãe, aos meus olhos tão bela, que tinha feito da minha infância sem pai um casulo caloroso.

Havia dias em que ela não tirava o seu velho roupão adamascado, detalhe insignificante, mas que tinha o poder de me provocar lágrimas. Nunca na frente dela, contudo; mais tarde, quando eu ia para o meu quarto.

– Não... É que Sophia queria me falar de um trabalho que uma conhecida dela tinha para mim.

– Interessante?

– Sim... Não... Ainda não sei.

Ela me agradecia sem cessar, congratulava-se em voz alta e para quem quisesse ouvir por ter dado à luz uma menina tão boa. Os filhos eram tão mal-agradecidos hoje em dia. Mas eu não conseguia esquecer de todas as manhãs em que ela saía para trabalhar antes de eu acordar, dos Natais sem um tostão em que ela conseguia mesmo assim fazer de mim uma princesa; até meu curso prestigioso que lhe tinha custado os maiores sacrifícios, numa idade em que se pode legitimamente pretender tirar o pé do acelerador. Então, tanto quanto permitiam meus magros rendimentos, eu tentava apoiá-la, e às vezes até mimá-la um pouco.

– Tome, eu trouxe isto.

Entreguei-lhe uma caixinha branca de macarons, amarrada com fita turquesa.

– O que é? – ela perguntou, com olhos cheios de gula.

– Macarons sortidos de frutas vermelhas: morango, framboesa, cereja...

O fato de os docinhos virem de Paris conferia a eles um sabor inigualável. Admito que às vezes eu trapaceava, comprando às pressas uns doces na confeitaria da estação ferroviária, que eu transferia, no caminho de casa, para uma velha embalagem mais chique que trouxera comigo naquela mesma manhã. O importante não era a marca, mas este pequeno ritual que nos unia.

A campainha da porta, um som rouco, interrompeu nossa pequena alegria cúmplice. Félicité, a velha gata da casa, que não saía mais, colada nas minhas pernas, respondeu com um miado preguiçoso.

– Ih... esqueci de lhe dizer. Fred ligou para avisar que passaria aqui para pegar você. Deve ser ele.

Contive minha irritação e corri para o portão, atrás do qual perfilava-se uma silhueta de capacete, montada nos mil centímetros cúbicos ainda quentes de uma moto preta. Fred, ora. Meu namorado há três anos. O único que eu tinha apresentado à minha mãe até então. Fred Morino, operador de som desempregado, apreciador de artes marciais e altas cilindradas, varapau louro, seco e musculoso, de luvas de couro, cuja principal qualidade era a meu ver ter suportado minhas lamúrias durante todos os meus anos de estudo. Fred, namorado típico destas bandas, desafiante, corajoso, em luta perpétua consigo mesmo e com o resto do mundo.

– Olá, princesa! Não está vestida?

– Vestida para quê?

– Bem... um cineminha! A sessão é daqui a menos de vinte minutos na Défense. Sua mãe não avisou?

– Não.

– Bom. Pode se apressar, então?

– Fred... Não estou a fim esta noite. Vou ficar com ela.

Sem precisar me virar, senti o olhar maternal pousar sobre nós dois através do vidro fosco da porta de entrada.

– Ela teve uma recaída? – ele perguntou sem fingir empatia.

– Não. Eu é que não estou com vontade.

O motoqueiro me observou um instante, sempre sentado na sua máquina, depois abarcou a casa toda com um olhar mais amplo.

– Você não teria me dispensado assim há seis meses, não é?

Falou sem mordacidade, mais como um simples pedido de informação, uma necessidade de saber.

– Há seis meses minha mãe não estava morrendo, Fred – soltei entre dentes, com medo de que ela pudesse escutar.

– Mas você se lembra de que estivemos a dois passos de alugar um apartamento juntos?

Não estava se lamentando. Limitava-se a estabelecer a lista exata de suas mágoas. E devo admitir que, quanto mais se escoavam as semanas, com minha vida tomando um rumo novo, mais eu me esmerava em multiplicar os motivos de discussão.

Um apartamento juntos, sim. Um magnífico sala e quarto em Nanterre, como chegamos a visitar alguns. Era tudo que eu não queria mais.

– Você sabe muito bem que não tenho meios para isso – me esquivei. – Se eu quiser pagar para mamãe o tratamento nos Estados Unidos, tenho que juntar...

– Vinte e cinco mil euros, eu sei – ele me interrompeu com ar cansado. – Você me disse cem vezes.

Vinte e cinco mil euros, este era o preço da terapia genética, intervenção de último recurso praticada numa única clínica no mundo inteiro, em Los Angeles. Procedimento ao qual em geral só as estrelas e os multimilionários têm acesso. A vida tem um custo. Mas o da minha mãe, pelo menos para mim, não tinha. Eu faria qualquer coisa para salvá-la.

Inscrever-me na Belas da Noite sem ninguém saber, por exemplo.

– Repito para você. Enquanto não tiver reunido essa quantia, cada centavo que eu ganhar será para ela.

Ele concordou, tornando-se de repente mais conciliador.

E dizer que eu desejara o seu corpo como uma louca. E dizer que ele tinha sido um dos primeiros a entrar na minha intimidade. A fazer ressoar no meu ventre os acordes misteriosos do desejo. Eu já não conseguia mais sentir o arrebatamento do começo. Via apenas o motoqueiro emaciado, mendigando migalhas de ternura, com olhos úmidos e suplicantes.

– Tudo bem, mas isso não a impede de ser convidada para ir ao cinema pelo teu cara, não é?

– Não esta noite... Não insista, por favor.

Acompanhei minha súplica de um carinho um pouco distante no braço dele. Firmemente, mas sem nenhuma violência, ele repeliu minha mão.

– Eu sei o que deixou você assim, Elle – recomeçou, mais ofensivo.

– Ah, é?

O ruído discreto de passos me informou que minha mãe saíra e estava na escada, alguns degraus apenas atrás de mim.

– Não foi o câncer de Maude. Foi a merda do seu jornalismo.

– Que bobagem...

– É sim, todos esses burguesinhos, esses filhinhos de papai que leem o *Monde diplomatique* e depois vêm nos explicar na TV o que a gente tem que fazer para arranjar emprego! São eles que estão virando a sua cabeça!

– Que saco, Fred... minha cabeça não está virada, só estou exausta!

Sophia não teria dito melhor. Desde que nossos caminhos se separaram, ao sair da Universidade de Nanterre, passei a sentir com ela esse mesmo abismo de classes, essa mesma "fratura social", segundo a expressão tão cara a Jacques Chirac. Para eles, eu era uma traidora da causa. A que tinha renegado suas origens e cuja ambição a levara para o lado dos riquinhos. Eu não vivia na opulência, continuava igual aos dois, mas, à minha maneira, já tinha passado para o inimigo.

– E daí?!

A voz alterada da minha mãe explodiu nas minhas costas. Com a mão trêmula apoiada no corrimão, ela vacilava em cima dos degraus, porém pronta a disparar contra meu companheiro.

– É pecado querer vencer? Hein? O que você quer? Que minha filha se enganche atrás da sua moto pelo resto da vida? É isso que você projeta para ela?

– Maude, eu...

– E depois? Você faz dois filhos nela e mais tarde se manda, porque detesta o que fez da própria existência?

– Mamãe...

Segurei-a pelos ombros e tentei reconduzi-la para dentro. Sua intervenção me emocionava, é claro. Mesmo naquele estado, ela não tinha senão uma coisa no coração: me proteger. Mas eu não queria que ela se cansasse. Eu é que tinha que resolver o problema Fred Morino. Apenas eu.

Pela fresta da porta ouvi a detonação mecânica do bólido sendo ligado. Ele partiu sem esperar o desfecho, em meio a um ronco ensurdecedor. Foi o seu modo de gritar.

O trem que peguei no dia seguinte em sentido inverso, na direção de Auber, foi claramente mais alegre. Rebecca Sibony manteve sua promessa e, por um breve SMS enviado na véspera, já tarde, ela me convocava para uma sessão daquilo que ela chamava sobriamente de "*upgrade*".

Chegando no alto da escada rolante que desembocava no bulevar Haussmann, reconheci-a de imediato com sua longa silhueta esguia. Com um cigarro na boca, andava de um lado a outro na entrada do Printemps, com o celular colado na orelha. Ela me recebeu com uma piscada de olho e um sorriso carnívoro que não queria dizer outra coisa senão: "Minha franguinha, vamos fazer de você uma verdadeira mulher."

Segundo Rebecca, naquele dia o objetivo era tratar de me fornecer o equipamento básico necessário às minhas missões. Ele envolvia três trajes completos: o primeiro para representações diurnas, bem como circunstâncias oficiais, tipo condecorações ou entrega de prêmios (terninho Zadig et Voltaire cinza-chumbo, lingerie Aubade preta aparente sob o casaco, colar de pérolas sintéticas Agatha); o segundo para coquetéis e jantares *en petit comité* (vestido *fuseau* preto Armani com decote pronunciado nas costas, lingerie Lejaby roxa e brincos Fred engastados num leque de pedras semipreciosas); o último para recepções de gala e grandes bailes (vestido com saiote nacarado Jean-Paul Gaultier, lingerie cinza-pérola La Perla, pulseira e diadema Bulgari). Acrescente-se a isso três pares de sapatos combinando, cujos saltos ganhavam três centímetros por faixa horária: seis de dia, nove à tarde, doze à noite.

Bem antes de chegar ao caixa, com nossos braços carregados em excesso, eu solto um sonzinho gutural que trai irritação relacionada à carteira:

– Rebecca, eu acho tudo isso magnífico, mas...

O indicador que ela ergueu em seguida me provou que esperava por esse momento.

– Não se preocupe. É a agência que adianta tudo isso.

Ela falou em adiantamento, não em presente.

– Mas eu não vou ter como reembolsar este tipo de coisa!

– Fique tranquila, não vai sair nada do seu bolso.

Acabei compreendendo. À maneira dos traficantes ou dos passadores de imigrantes clandestinos, Rebecca gratificava suas recrutas com generosos adiantamentos sobre seus ganhos futuros.

– Vai deduzir das minhas primeiras missões, não é isso? – É isso.

– E enquanto eu não tiver reembolsado tudo, trabalharei de graça para vocês?

Ela me encarou por um breve instante, depois soltou seu riso cavernoso:

– E eu que pensava que você era só a mais bonita das duas! Constato com prazer que também é a mais matreira.

Matreira, talvez, mas agora sob as ordens dela.

Bastou, contudo, que ela colocasse autoritariamente todas as sacolas brilhantes nas minhas mãos para que eu não visse mais o presente envenenado, mas a promessa de um futuro muito rico. Uma vida em que não precisarei mais depender de uma Rebecca Sibony para me permitir tais loucuras.

Fred tinha razão. Eu tinha mesmo passado para o outro lado. E não sentia a menor vontade de voltar atrás.

5

Abril de 2009

– Pode abrir os olhos, Elle.

Como ele pôde realizar tal milagre? Em não mais do que vinte segundos, a ampla sala de jantar, os cinquenta convidados e os empregados tinham desaparecido. Estávamos sozinhos, só ele e eu no meio dos ornamentos dourados e das garrafas enormes de champanhe abertas, aureolados pela iluminação bruxuleante de uma interminável farândola de velas. Esta corria ao longo das mesas e substituíra os lustres elétricos que, momentos antes, iluminavam o salão de festas. Os acordes cristalinos de um cravo no salão ao lado, destilando o que parecia uma ária de Rameau, nos envolveu de repente.

– Como... como você fez isso?

Ele e sua voz acariciante, dotada de uma limpidez perfeita que já me maravilhava no intérprete de *Cid* e de *Fanfan la tulipe*. Eu tinha minha pequena teoria sobre a questão: até certo ponto, um protótipo físico determinado produzia um timbre de voz que, de um indivíduo a outro, soava mais ou menos da mesma maneira. A de David Barlet não se contentava em imitar a de Gérard Philipe. Acrescentava inflexões mais graves, mais profundas, que ressoavam muito tempo no ar uma vez proferida a última palavra. Tão surpreendentemente juvenil como o seu modelo, mas apesar disso capaz de nos provocar frissons de um baixo ou de um barítono. Brilho e densidade reunidos.

Agora eu sei. Uma voz de homem, apenas sua voz
pode me provocar um desejo por ele irresistível.
A dele é uma espécie de brinquedo erótico que faz pulsar
o meu clitóris a cada frase.

~~Pois bem, eu me pergunto se ele existe na versão Rabbit...~~

(Nota manuscrita anônima de 15/4/2009: a de David, não posso negar...)

Um minuto antes – só nos conhecíamos há cerca de meia hora – ele me pedira para fechar os olhos. Eu só tive tempo de vê-lo soprar no ouvido de um mordomo de casaca e de deslizar um cartão de visita, rabiscado às pressas, aos nossos vizinhos de mesa imediatos. Minutos depois, deu-se o prodígio. David tinha essa capacidade. A de um mágico. A de um homem cujo poder me pareceu desde então sem limites.

Depois da minha sessão de shopping com Rebecca, minhas missões se sucederam ao ritmo de uma a duas por semana. Como ela havia especificado durante nossa entrevista inicial, essas consistiam, essencialmente, em usar um dos sedutores trajes que ela me comprou, em desfilar de braços dados com um homem com o dobro ou o triplo da minha idade, com as pernas alongadas pela extravagante altura dos meus saltos, o busto e a nuca tão perfeitamente eretos quanto os de uma bailarina, em uma variedade de festas tão espalhafatosas quanto inúteis. Pelo menos era a minha oportunidade de entrar em alguns dos mais belos edifícios da capital – palacetes, ministérios, museus e outros círculos privados – e de recolher, no fluxo inebriante das conversas, algumas indiscrições que a jornalista em mim arquivava cuidadosamente num canto da memória.

Eram raros os convidados que me faziam perguntas pessoais. Limitavam-se a elogiar minha roupa, minha elegância ou minha suposta graça, perfeitamente cientes do papel que eu desempenhava junto do seu interlocutor, o de atriz coadjuvante. Eu não sentia vergonha de me ver reduzida a esse papel. Sabia o que eu valia. Eu suportava tudo pacientemente e pegava meu cheque no final da noite, apenas isso, evitando me envolver naquela comédia mais do que ela merecia.

"– E o emprego na TV, como anda? – me perguntou Sophia algumas horas antes dessa saída.

Finalmente diplomada, eu corria todos os estúdios de TV da capital à cata de um emprego de apresentadora. Tinha feito do audiovisual minha prioridade, e só cogitaria um emprego no rádio ou na imprensa escrita se esgotassem todas as opções imagináveis nesse campo. E de fato eu não negligenciava nenhum canal, nenhum programa, mesmo os menos assistidos. Minhas tentativas não pareciam piores do que as de minhas concorrentes, mas, a cada vez, a resposta era a mesma: não tem experiência suficiente.

– Como se pode ter experiência... se nunca nos dão oportunidade para adquiri-la?! – eu me insurgia diante da minha amiga.

– Eu sei, é idiotice... A mim pedem exatamente a mesma coisa: o frescor de uma bailarina mirim da Opéra de Paris *e* o currículo de uma estrela que encera os palcos há quinze anos.

– 'Sem experiência suficiente', eu sei o que isso quer dizer, na verdade.

– Ah, sim? E o que é?

– Sem pistolão suficiente."

A rede, palavrinha amistosa que faz a diferença, a troca de favores entre "pessoas autorizadas", como dizia um certo humorista... Um mal francês por excelência, que permitia às elites se reproduzir mais depressa do que uma família de ratos, sempre entre si, sempre em proveito dos mesmos privilegiados, e que fechava a porta a todos os demais: a moças como Sophia e eu, sem nome, sem riqueza, sem apoio.

Sem recomendações, estava claro que eu não tinha nenhuma chance.

– Você é encantadora!

O homem que me fez este cumprimento na entrada da casa dos X, um prédio inteiro no muito chique 7º arrondissement, era o meu acompanhante da noite, numa reunião de ex-alunos da HEF, a Escola Superior de Finanças. Ele sucedia, no ranking das minhas missões recentes, um dentista em um congresso, um diplomata em representação oficial, vários diretores executivos de empresas cotadas na Bolsa e uma maioria de altos executivos querendo impressionar seus diretores nas reuniões anuais das respectivas empresas, pavoneando-se diante de seus pares ao lado de uma criatura como eu.

– Obrigada pela gentileza – respondi, enquanto ajeitava meu traje número dois, o vestido Armani, que revelava perigosamente o busto.

– Fui sincero.

François Marchedeau, jornalista renomado da imprensa econômica, exibia um físico sensivelmente acima da média, se comparado com minha clientela das últimas semanas. Menos careca, menos barrigudo, quarentão moreno e de bela estatura, com um terno apropriado para exaltar sua musculatura. Era visível que se cuidava, e, devo admitir, com bom resultado.

– Sabe onde estamos? – ele me perguntou, segurando meu braço para me guiar até a sala de recepção.

– Na casa dos politécnicos.

– Sim, mas me refiro à ocasião. Sabe o que estamos comemorando esta noite?

– Não exatamente, não...

– A HEF é por certo menos conhecida do que a HEC e associadas, mas a maioria dos barões do CAC 40 formou-se lá. Você vai ver aqui a nata do patronato francês. E todos, ou quase todos, saíram das mesmas duas ou três turmas da nossa escola.

Enquanto ele me explicava, o presidente da associação dos empresários franceses, que eu vira falar várias vezes nos noticiários de TV, saudou-o com um breve gesto amistoso, com a flûte de champanhe já na mão.

– E o que você é no grupo?

– Eles me consideram o fracassado da turma. Sou provavelmente o único que não tem conta nas Cayman, nem um chalé em Gstaad.

– Então por que vem a este tipo de festa? Para ser humilhado?

Minha franqueza lhe provocou um ligeiro riso, desprovido de amargura.

– Porque para escrever os meus artigos preciso das informações que eles acabam soltando quando estão duas doses acima. E eles precisam de mim para falar bem das estratégias anticrise que implementam para acalmar seus acionistas e os poderes públicos.

– Toma lá, dá cá.

– Exatamente.

Durante o aperitivo, tive também a oportunidade de ser informada de um plano de demissão iminente num grande grupo da indústria automobilística, do lançamento de um tablet revolucionário e de algumas outras informações privilegiadas que fingi esquecer tão logo ouvi, interpretando à perfeição meu papel de bela ingênua. Nem por isso deixei de arquivá-las num canto recôndito da minha memória, por precaução, fiel aos automatismos de jornalista inculcados por meus professores.

Contudo, o que era excitante na primeira hora tornava-se rapidamente cansativo. E quando nos sentamos à mesa, eu não ansiava por outra coisa que não fosse minha liberação, tão logo o último bocado de vacherin à la rose fosse engolido.

Em um de meus sonhos eróticos recorrentes, sou convidada para uma recepção muito formal. Por diversão, e também um pouco por provocação, eu não uso peça alguma sob o vestido, um modelo bem colado no corpo que revelava sua ausência. Sobretudo da calcinha. As correntes de ar entram sob a seda e afagam minha racha exposta, titilando meu clitóris com uma pequena carícia. Pelos olhares cada vez mais insistentes para as partes salientes do meu corpo, todos os homens me dão a entender, de forma muda, que notaram o detalhe.
Isso os deixa loucos e eles se sentem autorizados, quando eu passo, e apesar da presença de suas esposas, a passar a mão na minha bunda, nos meus seios ou nas minhas coxas...
Seus desejos conjugados têm sobre mim o efeito de um banho de vitalidade. Eu me percebo infinitamente mais bonita do que sou na realidade.
Termino parando meu passeio no meio deles, e então sinto uma mão anônima enfiar-se entre as minhas coxas. Dois dedos afastam meus pequenos lábios e despertam meu sexo inundado.
No momento em que acordo, eles estavam entrando em mim.
A interrupção tão repentina é dolorosa. Sinto uma necessidade dolorosa de ser penetrada... no sonho, assim como na realidade.

(Nota manuscrita anônima de 18/4/2009.)

– Tenho certeza de que você adora tudo isso muito mais do que quer deixar parecer. Estou enganado?

Ouvi sua voz incomparável antes mesmo de vê-lo. Ele se inclinara por sobre meu ombro sem que eu percebesse seu movimento de aproximação. A segunda sensação foi a que excitou meu nariz, um perfume tão suave quanto poderoso, buquê inesperado de notas hesperídeas, de couro novo e tuberosas em botão, talvez lírios. Nunca tinha sentido nada assim. Devia tratar-se de criação sob encomenda. Assim como sua voz, aquela fragrância misturava frescor e força com perfeição.

Ele me estendeu uma mão grande, e somente então entrevi seu rosto pela primeira vez.

– David Barlet.

– Ann... Elle.

– Annelle? – ele completou. – Ou Anaëlle?

A pergunta saiu com candura, talvez uma leve pontada de ironia, mas era impossível zangar-se com ele, pois seu sorriso envolvia tudo com um encanto fascinante.

Rebecca me aconselhara a recorrer a um pseudônimo exclusivo para minhas missões. Todas as moças faziam isso. Sophia, por exemplo, se divertia mudando de nome todas as vezes, ou quase. Já foi Brenda, Zoé, Cléopâtre. Eu optei pelo meu diminutivo habitual, ao mesmo tempo suficientemente enigmático para mexer com o imaginário dos homens, e familiar o bastante aos meus ouvidos para que eu não me enganasse ou me traísse.

– Não, Elle... como a revista. Anne é meu segundo nome – inventei.

Vê-lo surgir assim, no burburinho daquela noite enjoada, como se arrancado do artigo do *Monde* que eu havia lido algumas semanas antes, parecia milagre. Senti vontade de apalpá-lo para me certificar de sua existência real. Em vez disso, apenas apertei a mão que esperava calmamente ser apertada.

– Eu devia folhear mais revistas femininas – ele murmurou com um tom de gracejo.

– Eu falei por falar... Não são na verdade as minhas leituras.

– Ah, sim, e quais são elas?

Como por encantamento, o velhote meio decrépito que ocupava a cadeira à minha esquerda desaparecera, deixando-a vaga. Ele se instalou, desenvolto, talvez ciente do efeito produzido por suas palavras.

– Não sei... os jornais, revistas de notícias...

Nem pensar em bancar a tiete, em lhe falar do *Monde*!

– Não me diga que você lê o jornaleco do nosso amigo François? – falou em voz suficientemente alta para que meu acompanhante pudesse ouvir.

Mesmo monopolizado por uma conversa à sua direita, o outro reagiu com um sorriso mundano de falsa amabilidade.

– Não escute esta velha raposa! É um jornalista frustrado! Já naquela época, de nós todos era o que escrevia pior.

– Tem toda razão – admitiu Barlet, exibindo um ar de triunfo. – Mas eu tinha outros argumentos de sedução, além dos meus poeminhas.

– Sim, não nasci no meio de plumas e de ouro, e, neste ponto, meu caro, devo concordar, jamais pude competir com você.

Um riso comum selou o fim da breve discussão.

– Me conte tudo, Elle: como você e este pássaro depenado, o Marchedeau, se conheceram?

– Nós...

Eu não previra tal interrogatório. Temia sobretudo que meu cliente revelasse o segredo que nos unia. Mas, embora pudesse sentir sua presença nas minhas costas, por certo atento à nossa conversa, Marchedeau permaneceu mudo. Cabia a mim, só a mim, inventar uma história convincente. E rápido. Todo mundo sabe que as melhores mentiras, as que somos capazes de sustentar por mais tempo, contêm pelo menos um fundo de verdade.

– Sou estudante de jornalismo.

– Celsa?

– Não, CFJ. Acabo de me formar. Fiz um de meus estágios no serviço de François.

– E simpatizaram-se – sugeriu David.

– É isso.

O olhar até ali tão suave, tão afetuoso, do meu interlocutor, desapareceu por um segundo para dardejar na direção do ex-colega. Ele o teria fuzilado na hora. O misto de delicadeza e violência naquele homem me desconcertou. De um segundo a outro, ele podia se mostrar tão repousante quanto um bálsamo, ou tão cáustico quanto uma queimadura. Só nesse instante consegui me livrar em parte do fascínio que exercera sobre mim sem querer, para notar o balé dos outros participantes do jantar, mulheres e homens misturados, todos atraídos por sua aura como insetos noturnos. Contudo, havia ali alguns pedigrees que podiam rivalizar com a notoriedade ou a fortuna dele, mas era seu contato, sua atenção e um pouco da sua glória que cada um parecia estar buscando. Todos queriam penetrar no círculo mágico de sua proximidade imediata. Eu mesma, admitida tão perto dele, percebi a onda de inveja de que era objeto crescer à medida que os minutos corriam e ele dedicava a mim seu tempo inestimável.

"– Quem é? Você a conhece?

– Nunca vi. Mas se quer minha opinião, acho-a insignificante."

Eu ouvia os cochichos. Nos bastidores, talvez mesmo a algumas cadeiras das nossas, falavam mal de mim pelas costas, por causa do inesgotável numerário de David Barlet. Quem era eu para tomar conta da estrela da noite? Como eu ousava me impor desse jeito? Eu não deveria encurtar minha conversa com o príncipe da mídia para dar chance aos demais de se aproximar dele?

– E agora, você trabalha onde?

David mantinha toda sua atenção concentrada em mim.

Extremamente perturbada, eu ainda não percebera a tábua de salvação que a vida me estendia. Tão enorme que eu não me sentia capaz de vê-la, subjugada como estava pelo homem na outra extremidade.

– Hum... tenho algumas coisas em vista. Estou me dando um tempo.

– Sei. Então, para resumir... você não tem nada.

Esse tipo de frase irremediável normalmente dá vontade de esbofetear aquele que a profere. Então, por que eu permanecia assim, embasbacada, sorrindo como uma boba, incapaz do menor impulso de orgulho?

Como eu não achava nada para responder, ele levantou lentamente a mão na direção do meu rosto, e me ordenou em voz baixa:

– Feche os olhos, por favor.

– Como?

– Você me escutou: feche os olhos. Só alguns instantes.

– O que é que você...

– Não tenha medo – ele me intimou, com tudo que sua autoridade natural podia ter de sedutora.

Contudo, Marchedeau virou a cabeça, na penumbra da sala de jantar, para recuperar o que, no período de uma noite, ainda era um bem seu: eu. Talvez fosse sua maneira de resistir ao ex-colega, ou de dar a entender que a independência da imprensa ainda não estava completamente morta.

David inclinou-se, como um bom perdedor.

– Eu fico revoltado com a exploração abusiva de estagiárias, mas você vai acabar me fazendo mudar de opinião, François. Sobretudo se as escolhe tão bem.

– Também acha, é? – resmungou o outro, irritado.

Revelar a natureza exata da minha função do seu lado devia incomodá-lo, mas, pela segunda vez na noite, ele teve o *fair play* de não dizer nada.

– Até breve, Elle.

A mão que ele me estendeu tinha um de seus cartões de visita. No gesto, as mangas do paletó e da camisa subiram na direção do cotovelo, mostrando por instantes o antebraço esquerdo envolvido por uma braçadeira nacarada, ajustada com um nó discreto, e notava-se que bem apertado. O estranho ornamento cativou meu olhar um segundo a mais, e ele imediatamente se tornou mais insistente:

– Se você não pegá-lo agora... só Deus sabe quando vamos nos ver outra vez.

– Sim... claro – gaguejei. – Perdão.

Um halo luminoso levou-o em seguida, como para melhor me persuadir de que tudo que acabáramos de viver não podia ser senão um sonho.

– Elle? Você concordaria em me conceder um pouco mais de tempo?

O convite do meu cliente do dia, apesar de estar sendo feito dentro da mais estrita cortesia, me pareceu totalmente descabido. Tão fora de propósito e vulgar quanto uma mão na bunda em plena *garden party*. Havia apenas um homem no mundo com quem eu poderia naquela hora cogitar de ir para a cama. Um único que teria me feito perder todo o controle. E este homem acabara de desaparecer na noite.

– Por que não... – hesitei.

– Rebecca Sibony me falou do Hôtel des Charmes. Parece que é muito interessante. Você conhece?

Eu o havia frequentado uma ou duas vezes nos últimos meses, movida pelo incentivo do dinheiro, ligeiramente estimulada pelo excesso de champanhe borbulhante, suficientemente despreocupada para não ver nisso senão um deslize sem consequência. Em nenhuma hipótese um hábito ou uma atividade propriamente dita.

Maude, Fred, Sophia, Rebecca... David. Seus rostos desfilaram diante dos meus olhos. O que cada um deles teria pensado? O que teriam me soprado? Pegar o dinheiro onde quer que estivesse, de onde quer que viesse? Ou voltar comportadamente para casa, entrar no táxi que meu acompanhante não deixaria de chamar para mim?

Eu começava contudo a vislumbrar em sonho as quatro notas de cem euros que viriam engrossar minhas economias no final da noite, quando o meu celular vibrou e me despertou de repente.

A mensagem de texto vinha de um número desconhecido e selou imediatamente minha decisão:

Não nos separemos assim. Não, o que eu quero dizer é: não nos separemos mais.

6

4 de junho de 2009

Como medir a inviolabilidade de nossos mais pesados segredos? Talvez por acabarmos nos esquecendo deles, tão profundamente inscritos nos nossos silêncios e nas mil maneiras de dissimulá-los, eles escapem durante nossos pensamentos.

Próximo, só Deus sabe como David Barlet tinha se tornado próximo nas semanas seguintes ao nosso encontro tão mágico quanto inesperado. De fato, e como havia sugerido sua primeira mensagem de texto, nós não nos separamos mais. Eu ia de tempos em tempos a Nanterre, na rue Rigault, para dormir na casa de minha mãe, mas não se passava mais um único dia sem que nos víssemos, nem que fosse por uma hora, correndo, ao meio-dia, num restaurante perto da torre Barlet, o edifício ultramoderno de aço e vidro que David mandara construir dez anos antes, no bulevar periférico, para reunir todas as atividades do seu grupo.

– Onde nos encontramos esta noite?

– No Le Divellec. – Ele me indicara um pouco antes, dentro do carro. – Sabe onde fica?

Eu sabia sim, mas jamais frequentara esse estabelecimento conhecido por servir os melhores peixes e frutos do mar da capital, um dos endereços preferidos do falecido presidente Mitterrand, que ia com frequência lá, e por vezes com Mazarine, sua filha secreta.

– Na rue de l'Université, não é isso?

– É isso. Reservei para as 20:30. Está bom para você?

Ele sabia que eu era cem vezes menos ocupada do que ele, mas mesmo assim tinha a gentileza de se preocupar com a minha disponibilidade, quando cada segundo da disponibilidade dele valia alguns centésimos de pontos no CAC 40. As semanas transcorridas tinham sido semelhantes em atenção: consideração, delicadeza e surpresas, todas rivalizando em encantamento e refinamento. David conhecia em especial meu gosto pelas vieiras Saint-Jacques ou por uma simples lagosta refogada na manteiga. Sua seleção do dia não era, portanto, fruto do acaso. Mas do mar e de seu amor nascente.

O excepcional por certo tornara-se minha regra, pratos estrelados em lugares de prestígio, mas eu ainda não ficara *blasée* com todo esse luxo. Tinha conhecido bastante seu oposto para um dia chegar a sê-lo – eu pensava –, ao avistar a fachada azul identificável ao longe na rua.

– Senhorita, bom-dia. O sr. Barlet a aguarda na mesa.

O *maître* seguia a recomendação com zelo e não falhara na sua missão de reconhecimento na entrada. Eu o segui docilmente através da sala discreta, ocupada por uma porção de comensais grisalhos, bem como algumas celebridades da música, da política ou da mídia, cujos nomes me escapavam na hora, atraída como eu estava em direção ao objeto de meu encontro.

David já estava sentado diante de um balde de vinho branco, o olhar perdido na contemplação do viveiro de bichos com garras esperando, impávidos, a hora da rápida fervura. Meu surgimento tirou-o do estado de torpor, fato raro nele, e provocou um sorriso cuja espontaneidade não podia ser posta em dúvida.

– Querida!

Os nomes carinhosos também não figuravam no menu de seus hábitos, sinal de que aquela noite não era para ele apenas mais um jantarzinho na minha companhia. Seu perfume exclusivo, intensificado por um dia inteiro de trabalho, impregnava toda a área reservada para nós, uma espécie de comitê de acolhida familiar.

– Este lugar é sublime.

– Sim, é correto – deixou escapar com um tom indiferente, logo desfeito com um beijo dado por cima dos copos.

– Não se faça de inocente, você sabe muito bem por que estamos aqui – eu disse apontando com um ligeiro movimento de cabeça as lagostas que formavam um conjunto azulado.

Seu sorriso de galã deu lugar a uma expressão rígida, quase dolorosa, como se ele temesse de repente que eu expusesse à luz do dia algum mistério o envolvendo. Não, Sophia, David Barlet talvez ainda não tivesse me oferecido o orgasmo definitivo, as montanhas-russas eróticas nas quais você voa quase todas as noites com um parceiro diferente. Mas ele exibia em todas as ocasiões um rosto tão aberto, tão franco, tão cheio de encanto juvenil – como o ator que a natureza criou para servir de modelo – que qualquer outra mulher no meu lugar o teria seguido até o fim de suas aventuras.

– Primeiro prato do menu "Lagosta azul" – anunciou em voz alta o garçom, carregando dois pratos montados com arte.

Ele pescou com uma redinha o crustáceo de David dentro do caldo. Não pude reprimir minha excitação infantil, os olhos brilhando de gula. A variação em torno do meu prato preferido era uma atenção encantadora. David estava sempre me satisfazendo, mas aquele prato superava tudo que ele tinha me apresentado da gastronomia parisiense.

– Hummm... Você viu isso?

– Lagosta morna, tiras de tupinambo e de beterraba explicou o homem de colete preto, com um guardanapo imaculado sobre o braço. – Bom apetite, madame, bom apetite, monsieur.

– Obrigada.

Não fiquem pensando que sou tão ignorante assim. Sei perfeitamente que não se agradece aos garçons neste tipo de estabelecimento. O motivo é não deixar que eles achem que vocês são do mesmo nível. Mas pouco importava. Eu estava elegante no meu vestidinho preto de lã – um conselho de Rebecca para "uma noite que você quer concluir dentro de belos braços" –, provavelmente muito justo e sobretudo muito curto para um lugar como aquele. Atribuí a ele, de resto, os olhares insistentes que os outros convivas nos lançavam disfarçadamente entre duas garfadas de purê de batata-doce. Ou seria a surpresa de ver o celibatário notório, tão abertamente caçado por todas as solteiras de Paris, na companhia de uma criatura tão comum quanto eu? Uma desaprovação que, apesar das negativas de David, eu já captara durante nossas saídas anteriores.

Eu não estava nem aí. Eu me sentia bem, já meio tonta com alguns goles do delicioso vinho escolhido pelo meu homem.

– Está delicioso – exclamei já na primeira mordida, imediatamente deslumbrada com a profusão de sabores e a sutileza da textura.

– Seria um problema para sua mãe se eu roubasse você dela esta noite?

Ele estendeu a mão por baixo da mesa para colocá-la em cima da minha. Gostei de sentir o peso dela sobre mim, anunciador de outra conexão, de um outro tipo de peso, no qual meu corpo todo seria esmagado e entregue a ele. Diante dessa ideia, fui percorrida por um leve arrepio, mas não suficientemente imperioso para que eu tomasse a iniciativa de arrancá-lo de nosso jantar apenas começado.

Teria adorado que ele me arrastasse até o banheiro
e me possuísse lá, de pé, com a calcinha nos tornozelos, o membro
impaciente apertado contra minha bunda, sem cerimônia,
na urgência de nosso desejo.
Nunca um homem transou comigo num banheiro público.
Eu lhes inspiro amor, sentimentos nobres, um monte de coisas
muito bonitas às quais eu aspiro também, é claro.
Mas eu gostaria que pelo menos uma vez um deles me possuísse
às pressas, no desespero, dispondo de mim como um objeto
concebido a seu bel-prazer e sua ânsia violenta e súbita de sexo.
Talvez eu acabasse de joelhos na frente dele, sobre o piso
manchado, a cabeça do pau inchada a ponto de estourar
abrindo caminho entre meus lábios.
Ele agarraria meus cabelos e projetaria seu sexo duro no fundo
da minha garganta, fodendo minha boca como a uma puta,
acelerando a cadência, com pressa de acabar antes que outro
cliente chegasse. Ele gozaria depressa, vários jatos rápidos, com
um gemido abafado. E eu teria apenas o tempo de limpar a boca
para apagar os traços do esperma que a entupira.
Contudo, de volta à mesa, o cheiro inebriante do pau dele ainda
flutuaria nos meus lábios e perfumaria cada garfada de comida.

(Nota manuscrita anônima de 5/6/2009:
isso me excitaria tanto assim? Suponho que sim...)

Eu notara desde os primeiros envios, mas, com o tempo, o fenômeno ganhava mais precisão: as missivas licenciosas de meu assediador tinham cada vez mais a ver com os acontecimentos da minha vida. Elas procuravam se integrar a eles, explicar com minúcia e realismo pensamentos que eu poderia ter tido. O desconhecido estava ali, naquela sala de restaurante, no exato momento? Ele me observava?

Assim como não podia confessar a David minha atividade na Belas da Noite, eu também não tinha coragem de lhe falar da relação culpada que eu mantinha com o poeta louco que decidira sondar os meus mais secretos pensamentos. À sua maneira, o desconhecido já tinha ganho a partida, uma vez que eu o deixara penetrar na minha existência.

– Sua mãe... Você não queria ficar com ela? – reiterou David.

– Não... não, absolutamente – eu menti pela metade, de boca cheia.

Decididamente, a rainha do departamento de informação... Eu mal mencionei a Maude a maravilhosa irrupção de David na minha vida. Sobretudo tomei a precaução de não mencionar seu patronímico, de medo que ela fizesse uma aproximação imediata com o enérgico homem de negócios que ela podia ver de tempos em tempos no jornal das 20 horas, na sua telinha. Portanto, por enquanto, ela não sabia senão o estrito necessário à sua tranquilidade materna: um David muito cavalheiro e com situação confortável tomara o lugar de um Fred que morava muito pouco no coração dela. Bastava para tranquilizá-la, e tinha me evitado até o momento um choque que eu temia mais do que tudo entre meus dois mundos. Eu sabia que ele era inevitável, haja vista o curso que estava tomando minha relação com este homem do outro lado de um garfo de lagosta.

– Você tem razão, está excelente – ele confirmou, com os olhos semifechados de prazer, triturando uma das tiras do tubérculo.

... Ou como reabilitar um legume injustamente depreciado.

O dinheiro não fazia tudo. David não era apenas uma conta bancária expressiva, suficientemente recheada para nos autorizar este tipo de ágape, todas as noites da semana, se quiséssemos. Ele possuía uma coisa que nenhum prêmio de loteria ou outra operação financeira lucrativa teria podido lhe conferir: educação. O único ingrediente que faltava nas pizzas de Fred, oferecidas, contudo, com o mesmo amor, e bem mais sacrifícios.

O que veio depois estava à altura do divino preâmbulo: cassollette de lagosta com pimenta-preta, e em seguida uma lagosta frita com mexilhões ao molho de champanhe. Este molho me provocou pequenos gemidos de êxtase, incontroláveis, com o palato sutilmente palpitando com a efervescência do vinho espumante.

– É de comer rezando! – sussurrei, enquanto ele interceptava uma gota que escorria pelo contorno carnudo do meu lábio, onde começavam as sardas.

Minha felicidade era a dele, era flagrante. Ele tinha tanto prazer de me ver assim deflorada por aquelas delícias que nem aproveitava os sabores inacreditáveis que despontavam em nossas bocas. Ele exultava por procuração, e, quanto a mim, ficava feliz em incensar a imaginação dele – na falta dos sentidos – com a simples magia das minhas papilas gustativas tão sensíveis, novas ainda, que substituíam as dele, parcialmente indiferentes àqueles acordes maravilhosos.

– Não, sério... eu adoraria saber preparar uma coisa assim.

– Verdade?

– Você não?

– Sim, claro – suspirou.

Seu riso desapareceu no ar.

Desde o começo de nosso relacionamento, eu tive poucas oportunidades de mostrar a ele meus magros talentos de cozinheira, uma pálida cópia dos de minha mãe. Em relação à comida e a todo o resto, eu me deixava levar pelo delicioso turbilhão que ele produzia aparentemente sem esforço, e no qual eu só precisava me deixar flutuar. Turbilhão talvez não seja a palavra certa, pensando bem – é fundamental a escolha da palavra ou imagem exatas para uma escriba aprendiz feito eu. Era mais um ciclone, se considerarmos que o movimento que me aspirava era inegavelmente ascendente e o seu poder, vertiginoso.

Com um gesto quase imperceptível, David chamou o garçom e falou no ouvido dele.

– Não me diga que pediu mais vinho... eu já estou de pilequinho.

– De pilequinho?

Ele repetiu e começou a rir, um riso desinibido. – Se você insistir em empregar as mesmas expressões que a sua mãe, cuidado: da próxima vez posso muito bem convidá-la no seu lugar.

O garçom, que se eclipsara o tempo deste breve diálogo, reapareceu em seguida com um bilhete dobrado em quatro na mão. Para minha grande surpresa, ele o estendeu para mim, me encorajando com um movimento de cabeça a pegá-lo.

– Senhorita... com os cumprimentos do chef.

– Obrigada... – balbuciei.

Um murmúrio percorreu a sala: nenhuma estrela da culinária divulga assim seus segredos à clientela. Menos ainda num santuário da gastronomia como aquele. Mas bastara David expressar sua vontade para a direção aceitar contrariar todas as regras. Simplesmente para satisfazer um capricho, o meu. Eu corei com um misto de satisfação e confusão.

– Você não tem mais desculpa: a partir de amanhã vou pedir a Armand para botar a cozinha à sua disposição – me desafiou meu rei encantador.

Armand, seu factótum, mas também chef particular, graças a quem o cotidiano do sr. Barlet transcorria com tanta perfeição em todos os momentos e nos menores detalhes. Torci minha boca numa careta que eu sabia que iria enternecê-lo.

– Você corre o risco de se decepcionar.

– Risco nenhum. Vamos?

Assim era David, já de pé, dissipando subitamente a miragem que acabara de produzir, ao mesmo tempo gênio da lâmpada e a ventania capaz de mandar o gênio de volta aos seus sonhos.

Pela satisfação demonstrada por todos os funcionários, e sua presteza em nos permitir uma saída tão discreta quanto rápida – os olhares que nos esquadrinhavam tornavam-se mais insistentes do que nunca –, eu supus que o bilhete negligentemente largado em cima da mesa por meu acompanhante era dos mais consideráveis. Contudo, o manobrista do restaurante, que fazia soar no asfalto os saltos do seu sapato envernizado, não veio correndo até nós, como se poderia esperar. Na mão, ele não trazia tíquete nem as chaves do carro, apenas um fino casaco de lã azul-marinho, que entregou a David. David desdobrou-o e colocou-o com autoridade nos meus ombros.

– Não vamos pegar o seu carro? – eu me espantei.

Nenhum sinal do Jaguar preto na rua.

– Não. Vamos caminhar um pouco, se você quiser.

O dia dera lugar à noite durante nossa orgia de lagosta e, a despeito da ligeira refrescada, o ar continuava suficientemente agradável para convidar ao passeio. David me segurou pela cintura, com sua bela mão de homem apoiada sobre a curva voluptuosa do meu quadril, e me levou pela rue Fabert na direção do cais, no sentido contrário dos Invalides, cuja cúpula reluzia no poente. Eu, que me determinara a não deixar ninguém dirigir minha vida, aprendia com ele o prazer do abandono. O risco que corria me parecia pequeno, pois tudo que ele fazia era cercado de segurança e das facilidades próprias da sua casta, com um gigantesco airbag de grana, de conexões e de autoconfiança que aplainava qualquer obstáculo sem nenhum esforço.

Eu gostava de me sentir levada e conduzida dessa forma. Porém, uma vez mais, lamentava que o que poderia ser uma preliminar não fosse seguido por outras investidas ou mais efeitos. Nem sequer um beijo.

Ao chegarmos no Quai d'Orsay, sempre sem trocarmos uma palavra, ele nos fez dobrar à direita, em direção à ponte Alexandre III, uma das mais ornamentadas da cidade. Na base dos lampadários era impossível não notar o grupo de três querubins numa alegre sarabanda e batizado de *Ronde des amours*. Atravessando a elegante ponte de pedra e aço – inaugurada para a Feira Mundial de 1900 –, alcançamos a margem oposta, a *rive droite*, onde alguns passos nos conduziram até um embarcadouro.

– Você sabe – ironizei –, posso ser uma modesta suburbana, mas já andei de bateau-mouche!

Como resposta, ele apenas apontou para um barco ancorado um pouco adiante, recém-pintado, cujas laterais verde-garrafa brilhavam com a tinta nova. No convés, sob uma pequena tenda, a luz de várias velas dançava ao sabor da brisa. Nossa embarcação nada tinha de armadilha para turistas. A postos no estreito pontão de embarque, um mordomo de uniforme e luvas brancas nos recebeu com uma reverência.

– Senhorita, sr. Barlet...

– Boa-noite – murmurei, mais impressionada do que gostaria de transparecer.

Mal pusemos os pés sobre as tábuas envernizadas e os primeiros acordes de um quarteto de cordas se elevaram atrás da tenda bege, tocando uma ária de Vivaldi. Eu hesitei: devia cair na gargalhada ou sucumbir àquela avalanche kitsch, como visivelmente se esperava de mim? Mesmo os autores mais água com açúcar não empregavam mais clichês tão gastos.

David leu meu pensamento em voz alta:

– O cavalo branco estava gripado, mandou que eu lhe pedisse desculpas. Não estará conosco esta noite.

– Hum... – Fingi exasperação. – Diga a ele que um fiscal da saúde vai verificar a autenticidade do resfriado.

– Pode deixar – ele concordou, contendo o riso. – Mas se quiser fazer o obséquio...

O criado afastou um pedaço da lona, revelando uma mesinha redonda arrumada com simplicidade: toalha branca, duas cadeiras de jardim da mesma cor do casco, duas velas, duas taças e uma única garrafa de champanhe. Só então constatei que a tenda era desprovida de teto, aberta acima de nós para uma noite estrelada de primavera.

– Vou logo avisando, serei incapaz de tomar mais do que alguns goles.

– Tudo bem. Eu só tinha a intenção de embebedá-la.

– Ah, nenhuma outra coisa? – falei fazendo trejeitos, com um ar vagamente sensual.

Depois destas palavras, ele segurou minha mão e a acariciou como quem dá polimento num seixo, um toque distraído no qual o objeto do tratamento oferece mais doçura do que recebe.

Sem que percebêssemos, nossa embarcação se afastou da margem, com um zumbido que fazia os copos tilintarem um contra o outro, pequena nota cristalina no meio dos longos vibratos dos instrumentos de corda. Enquanto ele abria o Moët com um simples movimento do polegar, nós ultrapassamos a Concorde e a Assembleia Nacional, já realçadas com suas iluminações noturnas, e passamos ao lado dos arcos envidraçados do Museu d'Orsay, também envolvido pelos projetores dispostos junto da fachada.

Afinal, clichês como aqueles eu não me importava de ter todos os dias. Eu podia fingir, bancar a jovem intelectual indiferente... Ele não era bobo, e eu também não. Quem pode pretender se cansar do espetáculo de tais esplendores, vistos de um barco particular? Portanto, quem era eu para desprezar o que milhões de mulheres sonhariam em viver no meu lugar?

Eu assinei minha rendição com um suspiro, depois com um sorriso. Aquela encantadora operação merecia ao menos isso.

– Então, vamos brindar o quê? – perguntei, brandindo minha taça na direção dele.

– Espere...

Normalmente tão seguro de si, parecia ter sido pego desprevenido por meu convite para fazer nossos champanhes em copos de cristal se tocarem. Seu olhar desviou-se sub-repticiamente para a paisagem de cartão-postal que ia passando de um lado e de outro da embarcação, como se ele procurasse desesperadamente não sei qual ponto de referência.

– Quer dizer que agora existe uma hora para brindar? – importunei-o, nada descontente com minha súbita supremacia.

– Não, claro que não... Digamos que eu gostaria de um cenário mais...

Ele buscava a palavra certa.

– ... mais apropriado.

O lugar me parecia, ao contrário, o mais adequado possível. O barco deslizara até a Pont des Arts, a elegante passarela de pedestres que se tornou ponto preferido de encontros românticos parisienses. Do rio, dava para ver os milhares de cadeados que os casais apaixonados, em pleno encantamento do início da relação, prendiam nas grades do parapeito, para a eternidade, acreditavam. Uma garantia de fidelidade e posteridade que devia fazer sorrir outros eternos, seus vizinhos do Quai Conti, mumificados sob a cúpula da Academia Francesa.

– Creio que nem todo mundo tem a sua opinião!

No exato instante em que passamos sob o arco metálico, uma salva de bravos entusiasmados nos saudou, num clamor de admiração vibrante. Sim, cenas como essa só se viam nos filmes, mas algumas pessoas são suficientemente sortudas para vivê-las, e esta noite eu era uma delas.

Algum daqueles casais já tinha transado aqui, às pressas, protegidos dos olhares por um simples tronco de árvore ou um poste de iluminação?

Uma amiga confidenciou-me um dia que tinha participado, há anos, de uma espécie de concurso informal entre amantes, na internet. Era para ver quem fornicaria no local público mais aberto, ou mais surpreendente, e conseguisse tirar uma foto testemunhando o feito. Ela transou com um dos seus ficantes da época, ora nos estacionamentos subterrâneos do Centro Pompidou, ora nuns arbustos do Champs-Elysées e – a obra-prima – empoleirados no teto de um ônibus cheio de turistas, tão fascinados pelo espetáculo da cidade-luz ao cair da noite que nem perceberam seus movimentos na traseira do veículo.

(Nota manuscrita de 5/6/2009: Sophia?)

A ponte do Vert Galant, uma língua de verdor na extremidade da Île de la Cité, já estava se apagando à nossa direita, e David continuava naquela estranha tensão.

– Annabelle, eu... – balbuciou, com o rosto habitualmente tão animado, mas de repente sombreado por uma expressão que eu não conhecia.

Ah, é preciso estar de fato no centro do acontecimento para ficar tão cega e surda ao que qualquer um, vendo de fora, já teria percebido há bastante tempo.

– Sim?

– Você sabe, sempre dizem que esse tipo de proposta não cai do céu...

– Do que você está falando?

Eu devia estar parecendo uma das máscaras de teatro em pedra que ornavam o vão da Pont Neuf, pequenas gárgulas indecisas, cuja expressão hesitava entre o assombro, o prazer, a alegria ou o medo. Senti fortemente o efeito de aspiração da abóbada sob a qual nosso barco estava entrando, puxado para a frente –, e para a provável revelação de David. Parecia que avançávamos de repente muito mais depressa.

O que ele ia me anunciar? Um novo arrepio, desta vez mais inquietante, me percorreu toda, e não pude esconder dele. Ele se levantou imediatamente para recolocar o casaco nas minhas costas, encostando os lábios na minha nuca ávida de carícias.

– Você vai pegar um resfriado...

– Sim, eu preferia evitar – eu disse sem refletir, no tom de ironia brincalhona que me é tão familiar.

Nesse instante, o braço do Sena que estávamos subindo perdia, naquele nível, boa parte do seu encanto, resumindo-se a um gargalo estreito, sem nenhuma árvore plantada nas margens. Para completar o cenário subitamente sinistro, a sombra do Quai des Orfèvres nº 36, sede famosa da polícia judiciária, obscurecia ainda mais o curso das águas lamacentas, agitadas por redemoinhos tumultuosos. Meu assediador acabaria encalhando entre esses muros?

Muito provavelmente, não, se eu persistisse em não denunciar suas atividades culpadas...

Junto à Notre-Dame, cujas duas torres perfilavam-se à minha esquerda, a vista se abria finalmente, mais risonha, quando o zumbido de um grande inseto se fez ouvir acima de nós, por cima da nossa mesa. O que poderia ter provocado no meu parceiro um movimento reflexo, suscitou, ao contrário, um sorriso no qual pude ler claramente o alívio.

– O que é...

E ergui os olhos para descobrir um objeto preto e circular, do tamanho de uma bandeja de café da manhã, munido de quatro pequenas pás, parando a alguns metros acima da abertura existente no toldo... por cima das nossas cabeças. Um drone!

Ele fazia tanto barulho que as gaivotas que estavam ali vindas do mar, voando e piando, fugiram. Quem poderia estar pilotando aquele aparelho? O objeto já estava descendo sobre nós, conduzido com extrema precisão. Quando chegou a menos de um metro da mesa, uma pinça metálica fixada no centro da estrutura de plástico rígido se abriu com um estalo seco e deixou cair um embrulhinho amarrado com fita, que despencou sobre a toalha com um som oco, leve.

– Sempre dizem que este tipo de coisa não cai do céu – repetiu David. – Mas eu tinha vontade que fosse o caso com você. De verdade: do céu.

Perplexa, olhei um momento para o embrulho. Depois, a um sinal dos olhos dele, peguei-o, ainda muda de incredulidade. O curto passeio de barco nos conduzira além dos lugares-comuns, além dos sonhos de princesa que, do alto das minhas ambições, eu considerava desde sempre com bastante condescendência.

– Vamos, Elle... – arrulhou, com seu timbre inimitável, saído direto de um filme de Christian-Jacque ou de Marcel Carré. – Abra.

Então era isso que ele vinha me escondendo, certamente há semanas.

Como medir a inviolabilidade férrea de nossos segredos mais graves? Com a expressão de surpresa exibida pela pessoa a quem são revelados. Sem dúvida. A minha devia beirar o ridículo naquele instante.

O papel dourado imediatamente arrancado, abri o estojo de veludo que ele escondia: o anel – em ouro rosa e diamantes, verifiquei instintivamente – era a joia mais suntuosa que eu já vira ou mesmo vislumbrara até hoje, um sutil equilíbrio entre a sobriedade da montagem e da lapidação, e a preciosidade extrema dos materiais. Melhor: desde o primeiro olhar, podia-se apreciar a história contida em cada um de seus reflexos, em cada um de seus brilhantes. Aquele anel não saíra da vitrine de uma joalheria. Ele tinha uma memória.

– Ele pertenceu a Hortense, minha mãe – disse David, muito sério. – E à minha avó antes dela. E, se você aceitá-lo, será a terceira geração de mulheres da nossa família a usar esta aliança. Mandei ajustá-lo no seu tamanho.

Família. Aliança. Casamento? Reduzido a nada, o meu cérebro só conseguia funcionar com palavras-chaves, umas chocando-se com as outras num balé de carrinhos de parque de diversões que nada tinha de divertido. Uma pulsação inédita atravessou minhas têmporas. Tive a sensação irracional de que as sardas do meu rosto se avermelhavam como sinais de alarme.

– Aliança?

Fiz cara de quem não compreendeu.

– Anel de noivado e aliança ao mesmo tempo. É retirada e posta outra vez no dedo da noiva, no dia D. É nossa tradição.

Para melhor ilustrar suas palavras, ele retirou o anel do encaixe que o mantinha e começou a enfiá-lo no meu anular esquerdo.

– Espere... não!

Eu recolhi minha mão com um gesto que logo percebi o quanto era descortês. Contudo, foi ele que se desculpou:

– Me perdoe... estou forçando as coisas, como sempre.

Os curiosos que se aglomeravam em torno da catedral não deviam estar captando o que aquele segundo tinha de crítico e incerto para nós, pois alguns começaram a nos aplaudir com entusiasmo. Nosso idílio fluvial era para eles um bônus inesperado no seu pacote "Paris romântica".

Ao contrário do que era de esperar, a incongruência da situação me fez cair na gargalhada.

– Você acha ridículo?

– Não! Não, de jeito nenhum!

Contive minha hilaridade, preocupada em não o confundir.

– É só que é tão...

Inesperado. Imenso. Assombroso. Fantástico. E apesar de tudo um pouco kitsch. Impossível para mim saber qual sentimento devia dominar, a não ser uma imensa gratidão. E a gratidão me preenchia tanto que senti crescer em mim uma onda quente e reconfortante. A segurança de que, com ele, minha vida seria dali em diante um rio tão tranquilo, calmo e romântico quanto aquele no qual navegávamos naquele momento.

Madame Annabelle Barlet. Eu, a garota de Nanterre que sacolejava nos trens suburbanos.

– Não me dê a resposta imediatamente. Pense primeiro.

– Sim... enfim, quero dizer: obrigada por me deixar pensar – respondi de pronto.

No entanto, sem que eu conseguisse saber o quê, tinha alguma coisa errada. Um detalhe soava falso naquele quadro perfeito em todos os pontos. O mordomo, que se mantivera afastado até então, aproximou-se para encher as taças que nós mal provávamos.

As borbulhas que se agitavam, vivas outra vez, me evocaram outras. A véspera. Com aquele que deveria ser – assim eu tinha decretado – meu último cliente. Essa lembrança chamou uma outra, e as circunstâncias de nosso encontro – David e eu – voltaram através das brumas em que eu as mantinha deliberadamente há semanas. Segredos que nós mesmos acabamos esquecendo...

E se François Marchadeau, o amigo de sempre de meu futuro marido, seu parceiro de tênis há anos duas vezes por semana, o homem com quem eu partilhara a intimidade na mesma noite em que David entrou na minha vida... E se François acabasse falando? Belas da Noite, a escolha no catálogo on-line... o quarto no Hôtel des Charmes.

– Vamos combinar uma coisa – acrescentou aquele que ignorava tudo sobre minhas atividades noturnas. – Não estou dizendo isso para apressá-la. Mas se você não demorar demais... eu estava pensando em marcar a data dentro de muito pouco tempo.

O que eu devia entender naquele sorriso radioso, cândido, tão distante das minhas torpezas? Que subentendido me escapava?

– O que você quer dizer com "muito pouco tempo"? – perguntei com um tom glacial, que ele teve o tato de não registrar.

– Dia 18 de junho.

Dia do meu aniversário. Dos meus 23 anos.

Srta. Annabelle Lorand, aceita como marido o sr. David Barlet, aqui presente, e aceita se comprometer com ele pelo resto da vida, numa idade em que seria mais apropriado entregar-se a uma sadia despreocupação?

– Mas é praticamente amanhã! – exagerei voluntariamente.

– Eu sei, mas isso não deve preocupá-la: se você concordar, faremos isso *na nossa casa.*

– No Hôtel Duchesnois?

– Sim. Armand cuidará de tudo. Você só tem que dar a ele a lista dos seus convidados. E assinar também alguns papéis, é lógico.

Eu não podia deixá-lo se impacientar por mais tempo. Aquela associação do primeiro e do suposto "mais belo dia da minha vida" foi a estocada final, o último golpe de mestre do negociador fora de série que David era. Que outra coisa responder senão...

– Sim.

Ao contrário do meu sorriso radioso, por dentro, numa dessas zonas viscerais que desconhecemos e negligenciamos, um abismo acabara de se abrir, bem no fundo do meu ventre. Um ruído surdo assustador, provocando em mim uma onda dolorosa, propagava-se pelo resto do meu corpo, irradiava-se até cada um de meus órgãos, cada um de meus membros.

Era apenas medo? Da felicidade?

Ele se levantou com um salto, contornou a mesa e se inclinou para mim para me dar um dos beijos mais ternos que alguém já aplicou nos meus lábios. Mais terno do que ardente, como me indicava a ausência de palpitação entre minhas pernas. Mas essas sensações às vezes tomam caminhos longos e tortuosos. Tentei me persuadir de que terminariam chegando a bom porto, com o tempo.

Com uma voz febril que não parecia a sua, de patrão, de sedutor, do homem cuja fotografia eu admirava na imprensa, ainda inacessível poucas semanas atrás, David me pediu confirmação com um clarão de súplica nos olhos:

– Sim... Sim?

7

Sim.

Não é preciso mais do que esta palavra para uma mulher se oferecer. Às vezes ela sabe, antecipa. Porém, na maior parte das vezes, ela ignora se essas três letras de consentimento a comprometerão por alguns minutos ou por muitos e muitos anos de sua vida. Só um pouco do seu tempo e do seu corpo, ou toda a sua alma. Escutamos a vontade do momento, as pulsões. Mas o que conhecemos dos nossos desejos futuros? Sabemos antecipadamente quantos "talvez" e, por vezes, quantos "nãos" podem se seguir a um único "sim", ainda que sincero?

Não tive tantos orgasmos assim na minha vida.
Algumas dezenas, não mais.
Mas um detalhe me chama atenção cada vez que ele sobrevém:
sou dessas mulheres que gritam "não" em vez de "sim"
no momento fatídico. Sei que algumas exclamam "meu Deus!",
"mais" ou pronunciam simplesmente o nome do amante.
O que isso revela?
Por que eu sou uma "boneca que diz não, não, não, não, não, não"?
Não tenho ideia.
E nem sei se tenho vontade de compreender
o que isso quer dizer.

(Nota manuscrita anônima de 6/6/2009:
mas como ele pode saber disso???)

Então, eu disse sim, três vezes, como para melhor descrever a parábola de meu próprio destino, e me vi outra vez naquela noite no quarto de David, instalada no interior de seu hotel particular, na rue de la Tour-des-Dames. Número três.

– Venha!

Ele me levou para o moderno quarto de vestir de seu espaço privativo, onde o decorador tivera o cuidado de respeitar o espírito dos interiores românticos nas tapeçarias e escolha de cores, rompendo com o exagero característico desse estilo, em particular graças ao mobiliário ultramoderno, todo em linhas retas e puras.

Tão logo transposta a soleira da porta, ele me abraçou pelas costas, o nariz enfiado na minha nuca, sua virilha aumentando de tamanho à medida que ele a esfregava contra minhas nádegas. Eu gostei daquele imediatismo. Da rigidez imperiosa. Gostei que me quisesse sem preâmbulos nem longos discursos, e sobretudo sem que eu tivesse lhe dado autorização.

– Tire.

Minha calcinha, claro, cujas costuras se percebiam sob a fina camada da lã preta do vestido. Como minhas contorções não se revelaram suficientemente rápidas para o seu gosto, ele passou a mão sob a minha bunda, segurou o pedaço de renda reforçado e puxou-o com um gesto brusco, no evidente intuito de arrancá-lo.

Ai! gritei, meu quadril marcado por um vinco vermelho.

A calcinha não tinha cedido. Simbolicamente, eu resistia a ele, justo a ele, a quem nada ou quase nada do que cobiçava jamais escapava.

– Desculpe, desculpe... – ele sussurrou na minha orelha, mais ofegante e decepcionado do que realmente desolado.

– Não foi nada...

Dito isso, eu apoiei uma das mãos numa cômoda de revestimento metálico prateado e, com a outra, o traseiro projetado o mais longe possível de mim, retirei, dos meus lábios inchados de impaciência, o retângulo de algodão bordado que constituía o último obstáculo ao desejo dele.

Ele roçou meu sexo com um dedo médio trêmulo. Eu não estava tão úmida como imaginava, nem como ele podia esperar. É assim: não sou dessas mulheres que se liquefazem ao primeiro beijo. Minha seiva só escorre depois de delicadas preliminares. Meu corpo é um diesel, e meus sentidos só aquecem lentamente. É preciso saber isso. E David sabe.

Contudo, naquela noite, ele provavelmente esperava que as virtudes conjugadas do champanhe e de seu pedido oficial tivessem o poder de desencadear em mim uma cascata que me deixasse pronta para acolhê-lo. Em vez disso, só teve direito a um ligeiro orvalho, que gotejava timidamente ali onde meus pequenos lábios se entreabriam.

– Elle... – ele ciciou na minha nuca.

Seu dedo, apesar de tudo, foi abrindo caminho entre as duas borboletas de carne, e teve como efeito exibi-las completamente. Uma vez dentro de mim, ele empreendeu um movimento circular, um tanto amplo demais para ser realmente gostoso, e não suficientemente profundo para tocar os abismos sensíveis que algumas de nós escondem, tal qual um tesouro, no fundo de si mesmas.

Então é assim que ele vai me fazer gozar?

Não, David não ia me fazer gozar, e eu não precisava que essa vozinha em mim, vinda sei lá de onde, ficasse chamando minha atenção para esse fato.

Como se também tivesse escutado, ele abriu a braguilha com um gesto seco, liberou o pau – que tive que reconhecer que tinha um comprimento decente, bem como a delicada maciez que oferece às felações um sabor inédito – e introduziu-o sem aviso na minha vagina recalcitrante. Para ela não era um dia de festa, mas ainda assim estremeceu com um espasmo de reconhecimento. Tinha necessidade de ser preenchida, e de preferência pelo homem que eu amava. O vaivém dele era um pouco forçado, atrapalhado pelo ângulo desfavorável que arqueava sua verga, até ele flexionar ligeiramente os joelhos e conseguir alinhar nossos dois sexos de maneira satisfatória. Sophia teria gritado se me ouvisse reduzir a trepada, tão sagrada aos seus olhos, a um exercício de geometria espacial. E, para ser franca, assim emparelhados, seu movimento em mim estava longe de ser desagradável. Eu estava quase me abandonando a essa onda que, sem ser elétrica, produzia uma doce sensação de calor difuso, quando de repente ele parou sem mais nem menos.

– O que foi? – suspirei.

– Nada... Se continuar assim, vou gozar depressa demais.

Eu estrangulei o "já?" contrariado que queimou minha garganta e, com minha voz grave, gratifiquei-o com um reconfortante:

– Está bem... Está bem, meu amor, espere.

Eu já ouvi algumas amigas se queixarem de certos amantes, por
certo não a maioria deles, que elas achavam demasiado
resistentes. "Faz dois dias e ainda está me ardendo!"
Existem homens assim.
Quanto a mim, conheci mais o modelo standard "três estocadas
e depois acaba", ou, mais frequentemente, aquele que
aguenta os dez minutinhos de praxe.
Bem que eu gostaria de saber, nem que fosse uma vez, como
é ficar preenchida muito tempo, plenamente, até esquecer
a sensação da minha vagina sem seu ocupante. Seria mesmo tão
doloroso? Não nos dá um sentimento de plenitude, até de poder
constatar que despertamos um desejo tão duradouro?
Um homem seria capaz de ficar dentro de mim, ereto, talvez
até sem se mexer, horas a fio?

(Nota manuscrita anônima de 6/6/2009: mas o que eu tenho com isso???)

Meio embriagada, minhas nádegas nas mãos dele, calipígia como sei que sou, parada numa posição de desfalecimento caricatural – embora fosse eu a dona de seu prazer agora –, eu acabara de chamá-lo de *meu amor* pela primeira vez. Praticamente sem ter consciência. Não sei se ele notou essa confissão súbita. Mas deve tê-lo exortado, uma vez que retomou pouco a pouco o movimento de pistão com um ardor renovado. Não, eu deveria dizer novo, pois eu ainda não conhecera nele um ritmo como aquele, nem vontade tão manifesta de penetrar-me assim tão profundamente.

De tanto bater num ponto preciso dentro do abismo quente e aveludado, acabou provocando no meu ventre uma espécie de palpitação ligeira, quase uma contração. Eu me sentia ainda longe do orgasmo, porém já naquela região em que o corpo ferve e treme do prazer esperado mais do que sentido de verdade.

– Você gosta assim?

– Gosto... – gemi, amplificando voluntariamente o miado queixoso. – Continue!

Todas as mulheres sabem, mesmo eu: a simulação, desde que não finja o gozo final e limite-se a exaltar as respostas de nossas zonas erógenas às carícias que nos fazem, nada tem de repreensível. Ela constitui um encorajamento que dirigimos ao nosso parceiro, na esperança – em geral recompensada – de que ele se aplique melhor ainda e nos conduza até onde os dois querem chegar. A simulação é o turbo de nosso prazer às vezes tão preguiçoso, tão refratário.

Ele acabara de sair de mim, mas eu retive seu abdome com uma mão para incitá-lo a uma penetração lenta, progressiva ao extremo. Como seria previsível, ele não entendeu a intenção, me atribuindo suas próprias sensações:

– Você também... você também vai gozar?

Não. Talvez eu não tenha a ciência erótica de Sophia, mas adoro acima de tudo o momento de incerteza, quando a ponta da glande roça meus lábios encharcados, afagando-os com um tremor nervoso, depois esquecendo deles bem devagar, procurando o caminho, hesitante, quase tímido, antes de se imiscuir nas dobras de carne rosada com mais determinação, em direção ao irresistível desconhecido que tanto os fascina.

Para recompensar os esforços de David, um fluxo abundante veio banhar seu sexo, subitamente tragado por um novo ganho de fluidez. Inevitavelmente, ele acelerou o movimento, dando livre curso aos grunhidos arquejantes, um pouco ridículos, que normalmente me advertem de uma conclusão iminente.

Havia três meses que éramos amantes, e, findo este prazo, o exame sorológico que fizemos em um luxuoso laboratório de análises clínicas da rue Saint-Lazare levou consigo as camisinhas. O que os casais recebiam habitualmente como uma boa notícia, até como uma etapa crucial na evolução de seu relacionamento, foi para mim o anúncio de...

– Oh, não!!! Não!

... relações ainda mais breves, infelizmente.

Sabe-se que o contato direto com nossas mucosas aumenta as sensações e precipita o desfecho (em que artigo eu havia lido isso? Mistério).

Ele acabara de gozar em mim com longos jatos, quentes e regulares, uma das mãos agarrando meus cabelos compridos como um marinheiro amarrado ao cordame durante a tempestade. Ele despencou sobre as minhas costas curvadas, envolvendo meu peito com os dois braços contraídos, e ficou assim um tempo. Depois me ergueu e me apertou contra si, me levando até a cama de largura inacreditável, que mal tremeu ao desabarmos juntos sobre o lençol claro de seda.

De olhos fechados, o rosto varrido pela respiração regular de David, eu me entreguei ao mesmo torpor que ele, embora privada do motivo que o tinha levado àquele estado. Tentei captar outras manifestações do meu organismo, em vão. Com exceção da digestão de nosso festim solicitando minha barriga, que gorgolejava alegremente com as delícias que havíamos devorado, o resto do meu corpo permanecia em silêncio.

Quando entreabri os olhos, foi para descobrir meu homem encolhido debaixo do ededrom, vestindo um pijama da mesma natureza que nossos lençóis, mergulhado num sono profundo. Tive dificuldade em acreditar que acabáramos de transar. Quanto tempo eu teria dormido?

Minha surpresa foi ainda maior ao constatar que eu mesma estava usando uma camisola que não conhecia, que ele por certo tivera o cuidado de comprar para mim. Embora pudesse admitir que tinham trocado minha roupa enquanto eu estava sonolenta, não imaginava que David tivesse feito minha toalete íntima sem meu consentimento. Contudo, meu sexo, que eu explorei com uma mão apressada, revelou-se tão limpo e seco quanto o de um bebê que acabaram de trocar a fralda.

Eu me ergui, e, encostada na cabeceira da cama de couro branco, reparei nas nossas duas pilhas de roupas perfeitamente arrumadas, bem como o móvel contra o qual ele me possuíra. Ele fez tudo isso sozinho? Nada no quarto traía a urgência de uma efusão recente. Nenhum cheiro de sexo pairava no ar sereno do quarto.

– Algum problema?

A irrupção de seu timbre ligeiramente sibilado no silêncio letárgico me deu um susto. Contudo, eu é que o tranquilizei, com um sussurro autoritário:

– Não, está tudo bem. Durma.

Ele não se fez de rogado, prova de que emergia de um sono profundo. Estava claro que o meu ia me fugir, a partir de agora. Eu me levantei, enfiei meus pés pequenos nas babuchas marroquinas dispostas para mim junto da cama, e desci para o primeiro andar do casarão.

No hall principal, menos amplo, mas com um pé-direito inacreditavelmente alto, ocupado de um lado e do outro por duas vertentes de uma mesma escadaria imponente, um espectro grisalho movimentava-se. Só podia ser Armand, o mordomo exclusivo desde sempre de David Barlet, e, antes dele, de André e Hortense, seus pais.

– Não está dormindo, senhorita?

– Você também não, pelo visto.

Com um pano, ele lustrava distraidamente o vidro de uma gigantesca ampulheta com estrutura de mogno, tão alta e larga quanto um jogador de rúgbi, uma das mais recentes aquisições de David, apreciador de antiguidades e frequentador assíduo dos leiloeiros vizinhos.

– Oh, sabe como é, na minha idade... o sono se torna caprichoso. E depois há sempre alguma coisa para fazer numa casa como esta.

As palavras soaram sem amargura nem crítica, pois o velho homem me parecia a afabilidade e a boa vontade em pessoa. À sua maneira, como seu patrão – seria o caso dizer seu senhor? –, ele cultivava a semelhança com um ator, desta vez britânico, o famoso Michael Caine. Eu já tinha percebido quando ele me abriu pela primeira vez a dupla porta envidraçada na entrada do Hôtel Duchesnois. Já maravilhada com a elegância desta pequena mansão de assombrosa fachada em círculo côncavo, eu ficara boquiaberta quando ele surgiu, perfeita mistura de distinção e fleuma. Eu estava vivendo um conto de fadas, e Armand não destoava.

– Teria sido também a obra ao lado que a acordou?

O mordomo tinha me informado alguns dias antes: o Hôtel de Mademoiselle Mars, contíguo ao nosso, estava em obras há meses. Seu proprietário estava realizando o ambicioso projeto de restaurar esse hotel à sua forma original. Obras faraônicas que não acabavam mais.

– Não a esta hora, pelo menos – insurgiu-se docemente.

– Eu não me lembro mais, Armand... Este hotel pertencia à mãe de David ou ao pai?

A verdade é que meu noivo permanecia mudo a esse respeito, evitando ostensivamente minhas perguntas sobre seus pais, desaparecidos um depois do outro, uns quinze anos antes.

– À sra. Hortense – respondeu, como se temesse que surpreendessem nossa conversa. – Ela era descendente direta da srta. Duchesnois.

– E quem era ela, para que uma residência como esta tenha levado seu nome? Imagino que não acontecia com frequência na época, uma mulher possuir seu próprio imóvel...

– A senhorita tem razão. Mas Catherine-Joséphine Duchesnois não era qualquer uma. Foi uma das maiores atrizes francesas do Primeiro Império. E a grande rival de Mademoiselle George no teatro francês.

Ele recitou o seu pequeno capítulo da história com prazer.

Expus minha ignorância:

– Mademoiselle George?

– Georgina! – exclamou, para não deixar dúvidas. – Uma das mais tórridas amantes de Napoleão.

Então era uma casa de mulheres e de paixão. E eis que era minha vez de entrar no lugar, eu, a pequena Annabelle de Nanterre. Eu sonhava com os faustosos bailes que deviam ter acontecido ali, naquele piso de quadrados pretos e brancos, e na sala de recepção contígua, restaurada com uma fidelidade religiosa, quando dois latidos secos me arrancaram da miragem.

Os dois cães pugs que farejaram meus pés ergueram para mim um olhar inquiridor: "Ah, é você!", pareciam dizer com seus olhos redondos como bolas de gude.

– Sinus! Cosinus! – ordenou o mordomo. – Mais baixo, o dono de vocês está dormindo.

– Aliás, Armand, David lhe falou... sobre Félicité?

– A sua gata, é isso?

Foi dito sem animosidade, mas com um traço de desdém. Seria bom que se acostumasse. Ela e eu estaríamos ali dentro em breve, e mais do que durante algumas noite de insônia. Outras malas viriam se juntar à bolsa de viagem que vez por outra eu trazia. Quanto a Félicité, mamãe havia insistido para que ela viesse comigo: "Leve-a, leve-a, é *sua* gata... E eu, você sabe, não tenho mais muita força para cuidar dela. Vou acabar esquecendo de lhe dar comida, coitadinha."

– Sim, eu previ tudo: tigela, caixa de areia...

– Não, eu quis dizer... em relação a eles?

Apontei para as duas bolas de pelo sedoso que se retorciam, já reclamando seu passeio matinal.

– Ah... Não se preocupe. São bons garotos. Não são?

Elogiou cada um deles com um tapinha afetuoso nas costas.

– Uma outra presença feminina não será demais no meio de todos esses machos – acrescentou com malícia.

– Decerto – aprovei, fingindo mais classe do que tinha. – Obrigada por tudo, Armand.

– De nada, senhorita.

Já estava me afastando quando sua interpelação em surdina me fez parar:

– Oh, senhorita.

– Sim?

– David não me esclareceu...

Ele chamava David, e não sr. David, ou simplesmente senhor, uma familiaridade que, na sua boca, não reduzia em nada o respeito que por certo lhe devia.

– ... A senhora sua mãe decidiu vir morar aqui conosco, depois do casamento?

A oferta de David, por mais generosa que fosse, não havia empolgado mamãe. Ela não concebia deixar Nanterre, a sra. Chappuis, a vizinha, sua única amiga, e todos os pequenos hábitos do bairro da estação, ainda mais no seu estado. Enquanto conseguisse se deslocar, ela continuaria indo sozinha à padaria ou à farmácia e tomando o 167 para ir ao hospital Fourestier.

– Não por enquanto. Mas obrigada por ter perguntado.

Ele aquiesceu com gesto cortês de cabeça.

Ainda que eu nutrisse remorsos por deixá-la sozinha, privando-a também da companhia de Félicité, sua recusa polida me era bastante conveniente. Não conseguia imaginar um enxerto entre o mundo dela e o do meu futuro marido. A rejeição me parecia uma fatalidade, quer na árvore ou na muda, de tão grande que parecia ser o abismo social entre as duas partes. Apesar de todo o seu amor por mim, David jamais aceitaria minha mãe como ela era. A despeito de nossa ligação incondicional, ela jamais suportaria se ver projetada naquele universo de tanto dinheiro, poder e artifício.

– A viagem dela está prevista para breve?

Havia pelo menos uma coisa boa oferecida por David que eu aceitei sem pestanejar: o financiamento integral da viagem terapêutica de minha mãe a Los Angeles. Vinte e cinco mil euros que ele se propusera a pagar em dinheiro, imediatamente, antes mesmo de Maude e ele se conhecerem.

– Dentro de menos de um mês. Mas estou aguardando a confirmação da clínica.

– Está certo – concordou, com um tom de simpatia.

– Aliás, pensando nisso, preciso lhe dar minha lista de convidados.

– Não se preocupe, não há pressa. De todo modo, David sempre me pede para prever com folga.

– Tudo bem.

– Boa-noite, senhorita.

– Boa-noite, Armand.

Destruí as poucas horas de sono que me restavam com todo o peso dessas angústias. Quando acordei, David tinha evidentemente desaparecido, chamado muito cedo pelas mil obrigações do seu dia. Uma tranquilidade irreal – Armand devia ter ido passear com os cachorros –, banhada de raios matinais, reinava no antigo prédio. Percorrer os cômodos de robe de chambre, descalça no piso fresco, era a cada dia um prazer renovado. No hall, a imensa ampulheta exibia todo o seu brilho, fruto do trabalho noturno de Armand.

Reparei imediatamente que Armand tivera o cuidado, provavelmente a pedido de David, de virá-la. O mecanismo começara a funcionar desde o primeiro grão caído no receptáculo inferior. Um montinho de areia clara já se acumulava. Quantos minutos ou quantas horas podia representar? E quanto tempo ainda faltava até que o globo superior estivesse de novo totalmente vazio?

Um reflexo na superfície do vidro me revelou uma série de inscrições, gravadas de alto a baixo do espantoso aparelho, diretamente sobre o vidro: uma escala graduada que ia de um a quinze. Minutos, horas... dias? Dada a lentidão com que cada intervalo se enchia sob meus olhos, optei pela última solução. Quinze dias. Ou seja, duas semanas, grão por grão antes de nosso casamento. A engenhosidade e a delicadeza do dispositivo me provocaram um sorriso de beatitude. Não sou uma mulher de coração volúvel que se deixa levar por gestos românticos... mas convenhamos, que bela intenção.

Só então notei, em cima do aparador de ébano onde Armand costumava deixar a correspondência pessoal de David, um pequeno envelope cor de casca de ovo, como os usados para enviar convites. O mordomo teria se adiantado tanto a ponto de sequer ter me consultado? Como o envelope não tinha nenhuma menção de destinatário, hesitei um instante em abri-lo. Fiquei pensando que, em três meses de vida quase em comum, eu nunca tinha visto a caligrafia de David. Acostumada a SMS e e-mails, em nenhum momento pude apreciar o traço da sua caneta. Mas não, é impossível: ele não!

Não consegui resistir mais, cedi à tentação, com o coração apertado. Levantei a aba e retirei uma folha de papel dobrada em dois. Uma folha perfurada, idêntica a todas que eu recebia há semanas... e, no entanto, a primeira que eu recebia neste endereço. O doido seguira minha pista até aqui.

As palavras também me eram familiares, mas por outras razões. Tão familiares que senti por um instante a sala rodar em torno de mim:

Não é assim que ele fará a senhorita gozar.

8

5 de junho de 2009

Fará a "senhorita" gozar. Por que David me chamaria desse jeito formal? Contudo, até o momento, eu não entrevia outra opinião senão esta, assustadora: David era o meu assediador. Mas não era muito lógico ele falar de si mesmo na terceira pessoa, sobretudo para se denegrir.

Seria louco a esse ponto?

Uma pergunta para afastar outra, igualmente órfã de resposta: como ele conseguia ler meus pensamentos? Eu teria falado em voz alta? Talvez durante uma dessas fases em que o sonho disputa com a realidade... Minha mãe dizia que eu era sujeita a crises de sonambulismo quando pequena, que eu me levantava e às vezes chegava a contar coisas no meio do sono. Talvez fosse de novo o caso...

Vesti-me rapidamente, passei o resto da manhã revistando febrilmente a casa – o termo não combina com o lugar, cujo luxo e dimensões se assemelhavam mais aos de um palácio – em busca de algum bilhete ou outra coisa escrita à mão por David. Nada no quarto, em breve *nosso* quarto, na sala ou nas outras partes comuns do Hôtel Duchesnois. Nada também em cima do famoso aparador da entrada. Quanto ao escritório, logicamente a peça mais suscetível de me fornecer tais amostras, a porta estava fechada a chave. E eu não via como pedir a Armand para entrar lá sem despertar suas suspeitas.

– Posso ajudá-la, senhorita?

Eu estava com o nariz dentro da lata de lixo da cozinha, de quatro sobre o piso, quando ele me surpreendeu.

– Não... – balbuciei. – Não, eu acho que joguei fora uma lista de compras que ainda não havia concluído.

– Ah, que desagradável... Quer que eu ajude a procurar? Acho que conheço sua letra.

Se a mensagem na folha solta não fosse tão pessoal, tão suspeita, seu conhecimento de David poderia ser um recurso crucial. Mas só que... "Não é assim que ele fará a senhorita gozar".

– Obrigada, Armand, eu... pode deixar. Agora que eu comecei, não vale a pena nós dois nos sujarmos.

Simulei um risinho nervoso, que ele aceitou como resposta e como dispensa, desaparecendo na peça do lado.

Quando finalmente...

Tênis François adiado, sexta-feira, 21 horas

Sem confusão possível, o papelzinho fosforescente, manchado de leite e molho de tomate, não podia ser senão obra de David. Era uma caligrafia muito mais redonda e regular do que a do bilhete anônimo, menos nervosa, quase feminina. A comparação não deixava dúvidas. O imenso alívio criou em mim uma pequena depressão que me imobilizou por um instante, sentada no chão gelado. Como pude ter duvidado dele?

Por fim, coloquei o novo bilhete no caderno prateado junto com os outros e fiquei observando a grafia particular de seu autor, cuja identidade me escapava mais do que nunca. Qual era o problema daquele ou daquela que os escrevia? De onde vinha a sensação singular de mal-estar que emanava dos caracteres quase verticais, formados de maneira convulsiva, quase acidental? Por que eu tinha a sensação, ao ler, de que seu autor sofria no momento de escrever?

Eu estava ocupando minha tarde com diversos telefonemas – mamãe, Sophia e algumas ligações infrutíferas, relacionadas aos meus últimos testes para TV – quando chegou um torpedo de David:

Esta noite devo chegar cedo.
Quer sair?

Cedo, na linguagem de David Barlet, significava no mínimo 21 horas.

Não, lamento. Prometi levar
mamãe ao último exame
no hospital antes da partida
para L. A.

Tão tarde assim?

Não se mente sem riscos a um homem que administra meias-verdades durante o dia, no exercício do seu trabalho. Eu tinha de ser mais convincente.

A consulta é às 18:30, mas sabe como é,
pelo menos uma hora de espera,
mais o tempo do exame.
Acho que só vamos sair de lá umas
oito e meia/nove, e depois tenho
de levá-la em casa.

OK. Sem problema.
Mande uma mensagem
quando estiver voltando.

OK, mas não me espere para jantar.
Devo comer em Nanterre com mamãe.
Sabe como ela é:
quando estou lá, não me larga.

É natural. Boa sorte
para as duas. Bj

Bj para vc também.
E mais uma vez obrigada
por tudo que faz por ela.

Minha última mensagem ficou sem resposta. David deve ter ficado preso em uma reunião ou alguma nova urgência. O SMS recebido uma hora mais tarde não vinha do número dele:

Aviso BDN: encontro na galeria Alban Sauvage, rue de Sévigné, 15, 75003, às 20:30 em ponto. O cliente a reconhecerá.

Convite virtual em anexo.

Boa-noite.

BDN, de Belas da Noite. Rebecca, como boa intermediária, sempre tomava o cuidado de nos mandar esse tipo de lembrete pouco antes da hora marcada. E, sem reação de nossa parte, ela insistia, mais e mais, até que tivesse absoluta certeza de que honraríamos o compromisso. A reputação de sua agência dependia disso.

Nas primeiras vezes, ela acompanhara as ligações de recomendações sobre minha indumentária. Agora, em virtude dos retornos unânimes de seus clientes, ela confiava em mim em relação a esse ponto.

Contudo, eu tinha sido clara nas nossas últimas conversas: não aceitaria mais nenhuma missão, até segunda ordem. "Razões pessoais", eu havia sobriamente alegado. Mas sua presente mensagem me provava que ela não dera a mínima. Do seu ponto de vista, eu continuava no catálogo da agência. Eu me contentei, portanto, em aceitar com um simples *Anotado, obrigada.*

Afinal, eu precisava mais do que nunca desse dinheiro. E pelo melhor dos motivos: graças a essa última missão – admitindo-se que uma conclusão no Hôtel des Charmes pudesse ocorrer –, o relógio antigo à venda na Antiquités Nativelle seria meu. Ou, mais exatamente, de David. *Meu* presente de casamento. Minha forma de surpreendê-lo, de deixá-lo sem fôlego.

Não estava traindo David, uma vez que aceitava esse último sacrifício por ele. "Eu não traio David" – repetia interiormente, várias vezes seguidas, como um mantra.

Sim, de verdade, esta vez seria a última. Sério.

– Última vez, é?

– Última vez.

Tentei colocar na frase toda a convicção desejada, mas não convenci. Eu mesma não conseguia mais me convencer: a última, de verdade, e depois tudo ficaria para trás? Toda uma vertente do meu passado retornaria definitivamente à sombra, permanecendo somente na minha memória sem que ninguém jamais fosse lá bisbilhotar?

– Quero te lembrar que você já disse isso outro dia... – observou Sophia ao telefone, moralizadora, enquanto eu escolhia meu perfume. – É sempre a mesma coisa!

Para não ceder ao sentimento de culpa, preferi me concentrar nas imperiosas futilidades do momento. Minha roupa, primeiramente: um vestido preto de folho da Repetto, sapatilhas combinando e uma bolsa de couro preto La Rue, de Nina Ricci, ou seja, o top da tendência da primavera segundo minha conselheira oficiosa. Depois chegou o momento, talvez o mais delicado, de combinar esse conjunto com a fragrância adequada.

Mesmo aqui, no segredo destas páginas, sinto um pouco de vergonha de confessar: adoro o cheiro do sexo dos homens. Não, mais exatamente, adoro o cheiro do sexo do homem que eu amo. Desde a minha primeira vez, eu tinha 16 anos, senti essa embriaguez incrível ao aspirar o sexo daquele que ia me possuir. Ainda hoje, me concentrando, consigo trazer de volta esse buquê um pouco chegado à baunilha, ao álcool e a flores murchando. Por isso vivo me perguntando sobre o aroma do meu próprio sexo e sua capacidade de despertar o desejo dos meus parceiros, como o deles faz comigo.

Evidentemente, nenhum deles fica sabendo, mas, quando encontro um homem que me agrada, mesmo que seja um pouco, uma das primeiras perguntas safadas que passam pela minha cabeça é: como será o cheiro dele? Vai perturbar meu nariz, incendiar minha cabeça e preparar tudo em mim para acolher o homem que o destila?

(Nota manuscrita anônima de 6/6/2009: que horror!)

Sem perfume, eu me sinto nua, incapaz de sair, de me apresentar nesse estado. Com 16 anos, e durante alguns anos, trabalhei quase todos os fins de semana como recepcionista numa perfumaria do Quatre Temps, o centro comercial da Défense. Um complemento de renda então indispensável para mim. Dessa experiência resultaram várias dezenas de frascos de teste e amostras, todos de graça, assim como uma infidelidade crônica em matéria de perfume, elegendo o cheiro do dia ao sabor dos meus humores.

– Ainda está aí... ou já se mandou?

Sophia me trouxe para o momento presente.

– Estou, estou aqui sim...

– Não me diga que está fazendo para pagar aquela porcaria de relógio para o seu milorde?

Ela soltava essas frases em tom de deboche, era seu lado comediante. Mas acertava no alvo.

– Não! – protestei.

– Puta que pariu, não acredito... ela vai mesmo fazer isso! É uma idiota! É isso aí, você está pronta para se casar com o primeiro babaca que aparecer!

Decidido: Miss Dior Chéri, um clássico revisitado, ligeiramente mais velho do que eu, inebriante, mas não em excesso. Apertei duas vezes o vaporizador de cada lado do meu pescoço.

– Quanta gentileza com David! – Fingi me insurgir.

– Mas, e então... ontem à noite, como foi? Qual era a grande surpresa?

Sem saber bem por quê, decidi não contar a ela os acontecimentos decisivos das últimas horas, pedido de casamento e carta anônima inclusive.

– Ah, nada. David sabe da minha paixão por lagosta, ele me levou para jantar no Le Divellec.

– Não venha me dizer: "o melhor restaurante de frutos do mar de Paris", blá-blá-blá...

– É mais ou menos isso sim – falei, rindo.

– E depois... três estrelas também? – Ela usou um tom malicioso.

– Hum... bom desempenho sem direito a medalha.

– OK, já entendi... o básico, e estamos conversados.

Impossível enganar Sophia nesses assuntos. Mas era sempre possível encurtar o debate.

– Sophia, eu preciso acabar de me arrumar...

– Se manda, minha filha, se manda!

Foi o que eu fiz meia hora depois, de táxi, para evitar um eventual atraso.

A galeria Alban Sauvage situava-se na parte baixa da rue de Sévigné, nas proximidades da estação de metrô de Saint-Paul, em pleno Marais.

Embora se reduzisse a uma estreita fachada, percebia-se que era muito funda, com uma sucessão de pequenas salas separadas por painéis móveis. Na vitrine, sem nenhuma menção ao artista exposto, via-se, em lugar de honra, um gigantesco falo de resina cor-de-rosa, vestido como uma boneca: vestido branco, sapatinhos pretos de verniz, colar de pérolas etc.

Uma rápida olhadela em volta pelo interior me informou que o resto da instalação conceitual era da mesma natureza: testículos disfarçados de ursinho de pelúcia, um vulva feita de retalhos coloridos, e assim por diante, cada atributo sexual adotando a aparência de um brinquedo de criança.

– Gosta?

Um jovem careca, vagamente barbudo, de sorriso atônito e olhar excitado saíra rápido da galeria. Pela porta entreaberta eu conseguia captar os ecos dos risinhos mundanos abafados, das taças se tocando e das maledicências cochichadas nos ouvidos. Um vernissage parisiense, em suma. Ninguém queria saber se as criações do artista eram apreciadas ou não. O importante era estar presente, aproveitar o bufê grátis e, sobretudo, ser convidado para a próxima ocasião similar.

– Não sei... estou só esperando alguém.

– Entre, talvez ele já esteja lá dentro.

A afetação de seu convite deixou poucas dúvidas quanto à sua orientação sexual, mas não bastou para eu me decidir.

– Veeenha – ele insistiu me pegando pelo braço, gesto acompanhado de um suspiro exagerado. – Não vai querer ficar aí plantada feito uma bocó!

Não tive outra escolha senão segui-lo no meio da fauna compacta, de visual multicolorido, misturando jornalistas vestidos de preto, artistas desleixados, tatuados ou cheios de piercings, e criaturas seminuas em seus vestidos de luxo.

Eu me perguntava como alguém podia precisar da companhia de uma escort no meio daquela assembleia de gente descolada, onde todo mundo parecia se conhecer e simultaneamente se esnobar, quando meu careca de óculos de tartaruga me estendeu ao mesmo tempo uma taça de champanhe e sua mão para eu apertar.

– Alban Sauvage.

– Ah!... – murmurei. – Então estamos na sua casa?

– Minha casa a crédito, e que me custa os dois braços e as duas pernas, mas sim, pode-se dizer que aqui estamos na minha casa.

Ele teria uma mãe que o bancava? Ou investidores a quem devia convencer de que ele afinal entrara na linha? Pior: eu mesma, sem saber, seria uma espécie de happening conceitual, imaginado por um daqueles malucos presentes? A acompanhante de luxo no país da arte contemporânea...

Eu não sabia como abordar o tema de frente.

– Você...?

– Não. Não sou eu. Pode me seguir, vou lhe apresentar.

Achei que fosse algum tipo de brincadeira quando avistei meu cliente: com um terno justo que marcava a cintura e assinalava sua elegância, o paletó aberto mostrando um colete combinando, o quarentão segurava uma bengala com castão de prata na mão direita e tinha o rosto oculto por óculos escuros. Largando-me com ele sem uma palavra de apresentação, Alban virou imediatamente as costas, arrulhando seu pretexto:

– Vou deixá-los, tenho meus chineses para depenar. Business is business, meninas!

Como eu permanecia estatelada a dois passos dele, o desconhecido retirou os óculos escuros e me olhou de cima a baixo, inicialmente sem uma palavra. Mas tinha necessidade? Livre de seu artifício um pouco grotesco, ele impunha, apenas com o olhar, uma presença magnética. Apesar de seus olhos serem de um castanho comum, ainda que tendessem para o dourado dependendo da luz, o ligeiro franzimento lhes conferia uma expressão de rara intensidade. Um olhar de matador – pensei –, logo expulsando tal pensamento. Em vão, pois ele decidiu fixar-se no meu, agora cativo. Ele me vasculhava. Procurava entrar em mim. Antes mesmo da primeira palavra, fixava no interlocutor seu domicílio.

– Bom-dia, Elle.

O resto estava em conformidade: um rosto longo e oval, maçãs do rosto salientes, estatura alta, porte altivo, nuca um pouco rígida e mãos suficientemente finas que podiam ser de um cirurgião ou pianista...

Figurava incontestavelmente no topo da lista dos meus clientes mais atraentes. Não era bonito como as estátuas vivas na entrada de certas lojas de roupas, bonecos insignificantes, mas provido da aura própria dos mais cativantes personagens da ficção ao encarnarem no palco ou na tela homens e mulheres comuns, finalmente descidos até nós.

Não precisei observar a sala para sentir toda a atenção convergida para ele. A das outras mulheres presentes, especialmente, que tremelicavam em torno de nós como folhas ao vento. Ele não fazia nada de especial – absolutamente nada, mesmo, uma vez que permanecia imóvel –, mas mesmo assim esmagava a concorrência masculina apenas em virtude de sua atitude hierática. Perfeitamente ali, porém longe, como se flutuasse algumas nuvens acima da vil multidão.

– Boa-noite – balbuciei.

O passo que ele deu na minha direção, trôpego, apoiando todo o peso na bengala de madeira preciosa, me provou que aquela enfermidade não era fingida. Longe de prejudicar sua imagem, ela fazia aumentar seu charme. Não era apenas um invólucro, ou uma postura, decididamente. Carregava consigo toda uma história – história que eu imaginava dolorosa –, que só podia ser fascinante.

– Para variar, não me decepciono com as promessas extravagantes de nossa amiga Rebecca.

Mas seu cumprimento, a maneira de me fazer compreender que ele era um cliente habitual de nossos serviços, foi desagradável, e mesmo grosseiro. Geralmente, para um e outro ficarem à vontade, os clientes da Belas da Noite, ao contrário, se esforçavam para desempenhar a comédia da normalidade, como se não tivéssemos tido necessidade de intermediários para nos conhecer. Ele não. E aquela franqueza insólita me irritou profundamente. Como se, de repente, ele buscasse ciosamente estragar a primeira impressão deixada por sua aparição.

– No entanto, é o que fazemos sempre – repliquei com um tom quase ríspido. – Cumprimos nossas promessas.

– Você tem a noite inteira para me convencer disso... Elle.

Detestei o modo de destacar meu nome do corpo de suas frases, de brincar com ele, como um gato com sua presa.

Certo, para minha última missão, teria preferido um ursinho fofo e desajeitado, que simplesmente quisesse se exibir de braços dados comigo. Mas, enfim, as acompanhantes nunca escolhem seu próprio menu.

– Não sei sequer seu nome – ataquei-o de frente. – Você é...?

– Paciência... Isso também temos a noite toda para descobrir.

A cada segundo que passava, o encantamento se dissipava um pouco mais, e eu estava perdendo meu comedimento. Minha vontade de fugir aumentava. A imagem mental do relógio antigo na vitrine da Antiquités Nativelle era o que conseguia me segurar. Sem esse pedante magnífico e seu dinheiro – Rebecca esclarecera, para abater minhas últimas resistências, que ele propusera tarifa dupla para ficar comigo; eu, especificamente –, eu teria dado adeus a ela. Era preciso, pois, aguentar. Mas quanto tempo?

Como se percebesse o pânico me invadindo, o dândi manco mudou de registro e virou um interlocutor mais afável, mais divertido, me fazendo algumas perguntas por pura educação: estudante ou não? Parisiense ou da província? Apreciadora de arte contemporânea ou refratária?

Finalmente dignava-se a descer de seu pedestal.

– Galerias não são muito sua praia, confesse... – falou, com um sorriso mais aberto, quase charmoso.

– Não... não muito.

– Nesse caso, pode me permitir ser seu guia?

– Meu guia?

– É, aqui, esta noite. David Garchey é um artista em ascensão, sabe, já está bem cotado em Nova York e em Londres.

David. Era este o nome de quem estava expondo naquele local. Um leve sorriso interior acolheu a ironia da coincidência. David Barlet. David Garchey. A homofonia era perturbadora.

– Tudo bem, pode me conduzir – concordei, ligeiramente mais descontraída.

Com um ar sedutor, ele ofereceu um braço firme para eu segurar. O braço era fino, musculoso sem ser demais, mas não deixava de desprender uma energia febril, uma tensão contínua. Ao me atrair para uma ou outra obra, um ou outro canto da galeria, o desconhecido aproveitava nossa nova proximidade para se permitir gestos familiares, como fazem os íntimos. Como a mecha de cabelo que caiu sobre minha nuca que ele suspendeu com a ponta dos dedos, chegando a roçar a penugem da minha espinha, percorrida imediatamente por uma onda elétrica.

– Veja – pontificou com uma voz mais pausada, mais grave também. – David não passa de um *enfant gaté*, que veio de um meio favorecido e procura denegrir suas origens.

– Se é o que você diz...

Se eu quisesse abreviar aquela noite de trabalho extra, devia tratar de deixar para ele o melhor papel. Quanto menos contradisséssemos tais personagens, mais rápido eles se cansavam das próprias perorações. Nisso, ele não devia ser muito diferente dos professores universitários que perseguem a aluna crédula, como muitos tentaram fazer comigo na faculdade – sem sucesso.

Àquela distância, eu podia sentir as duas notas do perfume dele, baunilha e lavanda, aquecidas pelo carvão em brasa que parecia habitá-lo constantemente.

– Eu afirmo. O alcance social de sua obra vai muito além dos próprios acessórios.

Assim que pronunciou essas palavras, ele apontou para uma Girafa Sophie gigante, provida de implantes mamários avantajados e vestida com um fio dental de lamê prateado que lhe entrava nas nádegas.

A manga do paletó e da camisa exibiu seu antebraço esquerdo, fazendo aparecer uma letra tatuada, um *a* minúsculo, bem como a ponta de uma caneta. Impossível ver o que a prolongava, mais acima na pele branca.

– Desculpe, mas não sei se entendi o que você falou. Por que ridicularizar os brinquedos da nossa infância, fazer deles objetos sexuais tão grotescos... Por que isso escaparia ao arquétipo do pequeno-burguês que cospe no próprio prato?

Foi mais forte do que eu. Ele tinha aguçado meu senso crítico, que reagira instantaneamente.

Esperei ser dispensada na hora – e sem meus emolumentos –, ou pelo menos ser fuzilada por seu olhar de fogo, mas ocorreu o oposto, seus olhos brilharam com um interesse novo, mergulhados nos meus, sublinhados por um sorriso onde eu li tanto a surpresa quanto a excitação.

– Note bem a escolha dos personagens, Elle: David poderia ter sexualizado ainda mais brinquedos já conhecidos por seus atributos provocantes, como as Barbies. Mas preferiu transformar em símbolos da emancipação sexual objetos que são sinônimos de infância, de inocência...

– OK, se você quiser. E daí?

– O que ele procura encenar é a rapidez e a violência com que as crianças de hoje passam da inocência original à condição de indivíduos sexuados, a ponto de fazer coabitar a criança e o predador sexual em uma única e mesma pessoa. Caçado *e* caçador.

O ranço de moralismo subentendido na sua explanação deixou-me pouco à vontade. E, acima de tudo, me surpreendia vindo de um homem de quem por certo eu ignorava tudo, mas que não me parecia limitado por princípios estreitos.

– Sabe qual é a idade da primeira exposição a um filme pornográfico? – ele recomeçou, desta vez com seriedade.

– Não... não sei... 14 anos?

– Não, 11 anos. Aos 11 anos, a maioria dos pré-adolescentes, tanto meninos quanto meninas, não ignora mais nada sobre felação, sodomia, dupla penetração e práticas bem mais radicais ainda.

– Sim, claro, é um probl...

– Claro que não! – ele replicou, inflamado pelo próprio discurso. – Na verdade, ignoram tudo! E é bem esse o propósito. A banalização das representações da sexualidade propaga a *ilusão* de que cada um é corretamente iniciado e informado sobre o assunto. Toda a publicidade pornô-chique, todas essas roupas sugestivas, os seriados de que as crianças se entopem e que só falam de sexo... nada disso os desperta para a sexualidade. Não é senão um gigantesco mercado, inacreditavelmente lucrativo, mas em absoluto uma educação sexual digna do nome. Tudo é falsificado, deformado, ridículo, por vezes até violento... É tudo, menos erótico. É tudo, menos verdadeiro!

– Então, se entendi bem, o problema não está só no fato de todos esses conteúdos sexuados existirem, e sim, mais ainda, no fato de as crianças serem confrontadas com eles antes de chegarem *naturalmente* à sexualidade?

– Sim – ele concordou com ardor. – É exatamente o que exprimem as obras de David: o excesso de sexo no ambiente precipita todos numa sexualidade *trompe-l'oeil*, puramente ilusória, onde o tempo necessário ao aprendizado foi simplesmente escamoteado. Negado. Nenhuma dessas crianças que consome sexo desde a mais tenra idade está preparada para filtrar as imagens e restabelecer um simulacro de verdade. Elas acreditam piamente nessa merda toda. É este o drama! É este o escândalo!

– Então, na sua opinião, qual seria a idade certa para a iniciação? E, sobretudo, por quem?

A imagem do meu caderninho e suas misteriosas notas me invadiu por um instante. Quem as escrevia não perseguia, à sua maneira tão brutal, tão invasiva, próxima do estupro, o mesmo objetivo: me educar?

– É diferente para cada pessoa. Não existe *uma* idade determinada para deixar despontar a própria libido, como procuram nos fazer acreditar os legisladores e os estatísticos. Cada pessoa tem seu momento certo. Algumas estão prontas mais cedo do que outras. Mas isso não é motivo para alinhar o aprendizado sexual por um modelo padrão.

Deixar que se expressasse o estado sexual natural das pessoas, preservando-as durante esse tempo das solicitações mercadológicas falaciosas da sociedade, era essa a filosofia daquele Rousseau do sexo. Notei, contudo, que ele deixara sem resposta minha segunda pergunta: a quem se devia confiar a educação sexual? A quem, portanto, já que ele recusava – não sem razão – o modelo dominante proposto pelo mercado?

Pensando bem, o seu discurso não me deixara totalmente insensível. Contudo, seria preciso empregar essa forma específica para difundi-la? E os adolescentes do colégio vizinho que passavam várias vezes por dia diante da galeria e eram expostos aos monstros entre Sophia e Gomorra, sem nenhum discurso para prepará-los para aquele espetáculo de rara crueza? Era de fato menos nocivo do que a pornografia que encontravam na internet? O artista não estava sendo cúmplice (involuntário?) do mal que pretendia denunciar?

Guardei minhas reservas éticas para mim mesma. O meu guia vivia de tal maneira o que dizia que acabei achando que David Garchey era ele, que ele era o autor daquelas abominações.

– Ora ora, basta falar no diabo e sentimos seu cheiro de enxofre chegar até nós!

Com um movimento febril de cabeça, ele apontou para alguém atrás de mim, que não tardou a chegar até nós, abrindo caminho com dificuldade entre a multidão de interessados na boca-livre.

– Boa-noite – soltou timidamente o adolescente de camisa branca, com uma longa madeixa de cabelo castanho cobrindo metade do rosto.

– David, eu lhe apresento Elle. Elle, este é o rapaz cujo trabalho eu defendo com tanto ardor, como você pôde constatar.

Doce eufemismo.

Dei um sorriso amarelo para o artista, bem pouco à vontade.

– Boa-noite e... parabéns.

– Obrigado – respondeu timidamente.

– Imagino que suas obras não estão deixando a imprensa indiferente...

– De fato – interveio por ele meu acompanhante. – Tivemos críticas muito boas, mas o mais importante não é isso. O importante é que alguns dos seus colegas não se limitaram ao aspecto polêmico da obra de David, e que só existe para captar a atenção do público. Eles entenderam perfeitamente o alcance social e educativo de sua mensagem.

Como ele sabia da minha futura profissão? Rebecca não devia guardar para si esse tipo de informação estritamente confidencial?

Eu ia questioná-lo a respeito quando uma mulher alta de pele morena, com um vestido de lantejoulas e tão pouco coberta, como se saísse de uma piscina, colou-se nele com uma familiaridade perfeitamente descomplexada. Ela apertou seu corpão de formas ideais contra o corpo, mais seco, do meu interlocutor. Ao contrário de David, o *meu* David, ele não se parecia com nenhum ator em particular. No entanto, a febre que se percebia nele permitia classificá-lo ao lado de Willem Dafoe, Christian Bale ou Anthony Perkins, uma família de físicos inquietos e tenebrosos. Não era belo como uma estátua, não: era incandescente.

– Vamos, Loulou?

– Vamos sim. Elle, vou deixar você com o futuro da arte contemporânea.

O futuro em questão olhou para o bico dos seus sapatos.

– Espere... está indo embora?

Era a primeira vez que um cliente me largava assim, para sair de braços dados com uma mulher cem vezes mais bela e sofisticada do que eu. O folho do meu vestido balançava de raiva e indignação. Abandonar-me dessa maneira me ofendia tanto que eu até esquecia do bônus da noite que sua fuga me privava. Era só o vexame. Simplesmente fora dispensada!

– Não tenha medo. Nós vamos nos rever – prometeu, segurando a cintura da deusa cor de caramelo que me fulminava com seus olhos negros. – Ah, ia me esquecendo...

Esquecendo do quê? Da mais elementar cortesia? Ou de me pagar também, talvez? Dependendo do caso, o cliente me remunerava diretamente e entregava à agência a comissão em separado. Mas alguns *habitués*, que dispunham de uma conta pessoal, pagavam o total a Rebecca e ela se encarregava em seguida de nos repassar nossa parte. Eu não ousei fazer a pergunta, mas supunha que ele pertencia a essa categoria privilegiada.

Ele estendeu o braço tatuado para o meu coque baixo, que já tinha se desmanchado em parte sobre meu pescoço enquanto a festa avançava. Eu me retesei bruscamente quando sua mão se aproximou.

– O que foi?

– Você devia usar um alfinete, em vez de travessa – sugeriu, como se lesse os meus desejos. – Deixaria sua nuca mais livre. E é uma pena escondê-la.

– Sim, não sei... – gaguejei.

– Boa-noite, Elle.

A dupla já ia desaparecendo entre os grupos de convidados, o homem acompanhando cada passo com o estalo seco da bengala no piso encerado... quando de repente ele deu meia-volta e voltou sozinho até mim. O que ainda queria comigo?

– Eu me dei conta de que sequer me apresentei.

– De fato...

Já era tempo, pensei.

– Sou Louis...

Eu continuei na mesma. Louis de quê? Com um gesto evasivo, demonstrei minha legítima curiosidade:

– Louis...?

– Barlet. Sou o mecenas de David Garchey...

Louis Barlet, repeti várias vezes no meu íntimo, para melhor me convencer da realidade dos dois nomes juntos, que tiveram em mim o efeito de uma súbita deflagração.

– ... e irmão de David Barlet.

Ia se afastando novamente, mas fez uma breve parada, todo sorrisos, o tempo de atirar nas minhas costas, como uma granada pronta para soprar seu vento mortal no meu rosto:

– Mas você já tinha adivinhado, não?

O irmão de que David me falava tão pouco, cuja foto não quisera me mostrar, e que ele adiava constantemente o momento de me apresentar. Agora a coisa estava feita. E nas piores circunstâncias imagináveis.

Ele e sua criatura saíram porta afora definitivamente, me deixando ali, sufocando.

– Elle?

Alban, a grande figura da noite, surgiu outra vez na minha frente sem avisar. Ele me estendeu um envelope meio gordo.

– Tome. Louis me encarregou de lhe entregar.

– Obrigada. Mas o que é...?

– Vá, corra! Seu táxi está esperando na porta. Abra quando estiver dentro do carro.

Sem me despedir do artista, me precipitei para fora, onde um carro grande e escuro estava de motor ligado, com as rodas na calçada. Hesitei um instante sobre o endereço a dar ao motorista, depois indiquei:

– Rue de la Tour-des-Dames, 3, por favor. No 9º.

Ele partiu sem uma palavra e, confortavelmente recostada no banco de trás, tive todo o tempo de abrir o envelope que Louis entregara ao amigo galerista. Continha oito notas de cem euros, tão perfeitamente lisas que pareciam ter saído de um cofre do Banco da França. Oitocentos euros para mim, ou seja, o dobro do extra que eu teria recebido caso tivéssemos acabado a noite no Hôtel des Charmes. Montante em conformidade com a promessa dele. Louis Barlet renunciara a me possuir sob o disfarce de seu anonimato... Mas tinha comprado meus serviços como os de qualquer cortesã.

Sua generosidade fazia de mim uma puta vulgar, e ele não devia ignorar esse fato. Como não devia ignorar o laço familiar que dentro em breve nos uniria.

Estava prestes a enviar a David um torpedo anunciando meu retorno quando uma mensagem apareceu espontaneamente na tela do meu smartphone. Sem nenhuma indicação de seu remetente, porém sem ambiguidade quanto à sua identidade:

Até amanhã.

Eu devia ter jogado meu telefone pela janela. Ou simplesmente suprimido essas duas palavras da memória. Trêmula, as têmporas latejando com estranhas descargas, a cabeça prestes a explodir, acabei não fazendo nada. Só lutava para conter as lágrimas que me invadiam, num fluxo incontrolável vindo sabe-se lá de que antiga dor sem nome.

Foi assim que Louis Barlet entrou na minha vida.

9

6 de junho de 2009

Nessa manhã, David não me desejou bom-dia. Não pessoalmente. Ele encarregou seu cartão de crédito, acompanhado de um bilhete manuscrito deixado na minha mesa de cabeceira – nova prova de sua inocência no caso do caderninho –, de me fazer sorrir e me animar para pular da cama.

Você tem um teste hoje,
se não me engano!
Então, trate de se fazer bonita como acha que deve
e sobretudo como tiver vontade.
Eu te amo,
D.

A intenção era maravilhosa, como todas que ele tinha comigo há três meses. Mas eu não conseguia apreciar todo seu sabor. Uma engrenagem continuava emperrada dentro de mim. A emoção não circulava como deveria. Não como no começo. Mas o amor dura três anos, não é assim? Não três meses!

Ao voltar à noite, na véspera, David já estava deitado, transportado para as regiões mais recuadas do sono, ao que parece. Fui tão discreta quanto possível no momento de me juntar a ele na maciez das penas e das sedas, mas não consegui me impedir de me revirar, mais e mais, cada vez que imagens insistentes da noite catastrófica passavam pela minha cabeça.

Não encontrei um qualificativo mais apropriado, nem tinha sangue-frio suficiente para resumir de outra maneira a situação: meu futuro cunhado que, ao que tudo indicava, tinha resolvido me preparar uma armadilha – por quê, eu ainda ignorava –, contratara meus serviços de boneca de luxo sem que meu noivo soubesse. Uma só palavra de Louis a David e todos os meus planos de futuro se dissipariam em um segundo, como poeira ao vento. Minha vida de sonho acabaria; o tratamento milagroso de Maude acabaria... Seu estratagema odioso, e por que não dizer inexplicável, aniquilara tudo que havíamos semeado, David e eu, nos últimos meses. Até o dinheiro contado e recontado no banco traseiro do táxi, tão sujo que ele não ousara me entregar com suas mãos bem tratadas, corrompera o símbolo do meu amor pelo seu irmão: o relógio que agora me repugnava comprar para David, de tanto que ele simbolizaria o fruto da minha vergonha e do segredo que nos unia, a mim e a Louis.

Não conseguia admitir a hostilidade manifesta de um homem que, até então, eu nunca tinha visto. O que eu fiz contra ele? Será que via em mim apenas uma dessas ambiciosas, arrivistas, intrigantes sem qualidade nem cérebro que giravam em volta da fortuna familiar como sanguessugas? Passou por um instante pela minha cabeça que o próprio David pudesse tê-lo encarregado de testar a sinceridade da minha ligação, como provavelmente ele devia fazer com seus mais próximos colaboradores durante os intermináveis processos de recrutamento que ele lhes impunha. Mas não comigo. Eu não acreditava nessa hipótese abjeta... Não depois de um pedido de casamento como o que ele fizera para mim no barco. Um homem capaz desse tipo de coisa não podia ser manipulador em suas questões privadas – é o que o diferenciava de Louis, pronto para todas as maquinações, segundo o que pude perceber.

– Está dormindo? – ele murmurou de repente com voz de sono.

Como se tivesse sentido minha necessidade de ser tranquilizada, ele colou o tronco atlético nas minhas costas, o corpo idealmente ajustado no meu, coxas contra coxas, e acariciou meu pescoço com sua respiração regular. “Deixaria sua nuca mais livre”, me sussurrara Louis uma hora antes. “E seria uma pena escondê-la.”

A lembrança dessas palavras, e mais ainda do contato dos dedos dele ao longo do sulco sensível, à mostra por causa do cabelo que eu prendera em coque, provocou em mim uma sensação inesperada de calor. Uma onda de energia autônoma parecia passear à vontade do meu pescoço até a cintura, para então se apoderar das minhas nádegas e dos lábios carnudos do meu sexo, que incharam quase instantaneamente com um desejo incontrolável. Com um movimento reflexo, apertei minha bunda contra o sexo de David, que não demorou a emergir de seu torpor.

– Foi o hospital que deixou você neste estado? – ele murmurou surdamente, com os lábios colados na minha orelha.

Eu gemi minha resposta, com uma lascívia que não reconhecia.

– Eu quero você... Quero que me foda agora.

– Você não quer que eu...

– Me foda agora! – intimei-o.

Ele não se fez de rogado, liberou o sexo do empecilho de algodão que o aprisionava e enfiou-o em mim, sem preâmbulo nem carícia preliminar, na hora. A posição só permitia uma penetração pouco profunda e idas e vindas de fraca amplitude. Além do conforto que oferecia, a única vantagem que eu via nela era a total licença que dava às minhas mãos para mexerem livremente no meu tufo de pelos, e depois, com dois dedos afastados fazendo um V, num lado e no outro do botãozinho minúsculo que agora apontava entre minhas coxas. Minha respiração se agitava. Um estertor ligeiro me acometeu, à medida que o botão rosado inchava com minha ação. Eu ainda não sentia o grande extravasamento que todas nós esperamos, mas, começando naquele ponto, um estremecimento surdo me atravessou por inteiro. Eu queria mais, mais forte, e sobretudo mais tempo. Eu queria que não parasse, e a boa notícia é que aquilo dependia unicamente de mim. Da minha capacidade de fazer no meu próprio corpo as carícias certas. Minha mão livre encontrou a de David e o convidou a apertar com mais força meu mamilo duro. A ação conjunta sobre minhas duas pontas intumescidas criou uma espécie de arco elétrico. Os músculos das minhas costas e coxas se contraíram num belo conjunto, quase doloroso. Eu teria gostado que essa descarga se prolongasse mais do que poucos instantes, demasiado breves para o meu gosto.

Não me lembro mais da vez em que descobri a técnica certa para me fazer gozar. Imagino que deve ter sido na minha cama de menina, diante de um pôster do Depeche Mode e entre dois bichinhos de pelúcia.

Desde esse dia, faço quase sempre de maneira idêntica: começo acariciando o contorno dos meus seios. Não tem muita explicação, mas parece que, comigo, todos os órgãos eréteis são ligados entre si. Roçar os mamilos com a palma da mão tem como efeito imediato e invariável despertar o bonequinho cor-de-rosa sob seu chapéu. Mas não me precipito em tocá-lo. Prossigo a exploração na parte de cima: bicos dos seios, pescoço, nuca... Às vezes passo também a mão pelos cabelos, que caem lentamente sobre meu rosto como dedinhos afagadores. Sinto o meio das minhas coxas se aquecer aos poucos, e só então deixo uma das mãos deslizar para o umbigo, pela barriga até os pelos púbicos. Brinco com eles por um momento, enrolando meus cachos selvagens em volta do dedo médio e do indicador. A outra mão roça meus lábios. Vez por outra, um dedo ou dois intromete-se na minha boca, e a língua os deixa úmidos.

Embaixo, as coisas sérias começam a acontecer: dedos médio e indicador separados em V, forcado natural que vai passear de um lado e de outro. A cada movimento, a base do meu instrumento natural toca no botãozinho, agora bem excitado. Tenho a impressão de que ele aumenta a olhos vistos. Que ele escorre de mim, como um feijão mágico crescendo, acelerado. E eu prossigo o vaivém, sem interrupção. Há momentos em que apenas fecho os dois dedos numa pinça em torno do clitóris e que, repentinamente esmagado, o imagino vermelho escarlate. Depois recomeço, mais e mais. Só quando meu prazer parece iminente, minha segunda mão entra em ação. Dependendo do dia, aplico um breve movimento circular com a ponta do indicador diretamente sobre a glande, que começa a irradiar um prazer incontrolável. Ou então introduzo o mesmo dedo na vagina, onde ele passeia em todos os sentidos, imerso no meu interior encharcado. Sob o forte efeito dessas ações simultâneas, uma primeira onda nasce a partir do clitóris, aguda, poderosa, e atinge todo o meu ventre. Uma segunda, às vezes seguida de várias réplicas, ruge como um tsunami a partir de um epicentro escondido nas minhas entranhas e explode em duas direções opostas: para baixo até a ponta dos pés, e para o alto onde suspende meu peito e joga minha cabeça para trás. "Oh, não, não...", eu gemo, na maioria das vezes, antes de desabar de uma vez e depois me encolher sobre o lado, esgotada. Satisfeita, apesar de não realmente feliz.

(Nota manuscrita anônima de 6/6/2009: excluindo o pôster do Depeche Mode, está tudo certo ou quase... como ele consegue?)

Contudo, encorajado pelo que ele supunha ser o produto de seus esforços, David redobrou a cadência e não tardou a se descarregar dentro de mim, com um grito de abandono queixoso que se poderia supor doloroso. Sentir suas contrações dentro de mim me pareceu uma espécie de recompensa. Um encorajamento.

Se, por um lado, estava tudo encerrado, David se retirando logo em seguida, por outro lado, eu prosseguia a exploração com o médio e o indicador agora em toda a superfície da minha vulva, introduzindo ora um dedo, ora o outro na minha fenda finalmente úmida. Bem depressa algo se desencadeou, uma onda pareceu nascer sob meu umbigo e foi arrebentar na praia abandonada do meu baixo-ventre e das minhas pernas. Uma única onda, desta vez.

– Nããããão...

Não foi o orgasmo do século, mas não deixava de ser um, tal como eu sabia identificar e sobretudo fazer sozinha, prazeres de bolso para consumir rapidinho entre duas almofadas. Neste aspecto, minha sexualidade com David não diferia muito da que eu conhecera com Fred ou durante meus meses de celibato, feita de um prazer que só podia contar comigo e com mais ninguém.

Contudo, eu imaginava que meu amante teria uma falsa impressão, que atribuiria a si mesmo todo o mérito, mas um leve ronronar, anunciador de um ronco dentro em breve mais poderoso, já se elevava do meu lado. David dormia e eu não tardaria a fazer o mesmo, esgotada pela avalanche de emoções contraditórias, logo transportada para um sonho estranho no qual David Garchey, o pequeno prodígio promovido por Louis, vestido com o mesmo traje de boneca que seu pênis gigante, me murmurava com um sorriso apagado: "Por que você não o ensina a trepar com você? Hein? Está esperando o quê?"

* * *

É uma loucura a virtude de um cartão de crédito ilimitado, ornado com sua cor platinada, preta, ou sabe-se lá que outra cor simbolize o extraordinário privilégio. Sacar o de David uma meia dúzia de vezes durante a manhã que se seguiu apagou quase completamente as angústias e os erros da véspera. A cada digitação da senha confidencial, marca suprema de sua confiança, eu esquecia um pouco mais de Louis, da obra teratológica de David Garchey e de toda a pomposa verborragia conceitual sobre o aprendizado amoroso. Esquecia da ameaça que representava para mim o encontro com o meu cunhado. Eu só escutava a tagarelice das vendedoras, como se elas fossem sereias de uma inebriante melopeia.

– São quatrocentos e cinquenta e oito euros, por favor, senhorita.

– O casaco, a saia, os escarpins, a bolsinha... dão um total de oitocentos e vinte e três euros e cinquenta centavos, por favor.

– Duzentos e sessenta e sete euros, por favor. Tem o cartão da loja?

– Nossa! Vejo que está muito carregada. Quer que lhe chame um táxi?

– Quinhentos e vinte e um euros, já com quinze por cento de desconto para as compras acima de quinhentos, certo?

– Já viu nossa nova coleção? É bem o seu estilo!

Qualquer coisa que me dissessem, eu concordava sem escutar, flutuando sobre um tapete voador de abastança e dinheiro fácil. Em algumas horas, percorri todas as lojas dos estilistas mais ou menos na moda que se instalaram no bairro das Abbesses, triângulo de sofisticação circunscrito entre as muito populares rue Lepic, rue des Martyrs e rue des Trois-Frères. O sol estava radioso e o ar acariciador expulsava os poucos pensamentos sobre os Barlet que insistiam em permanecer.

A outra vantagem de ser identificada como uma cliente sem problemas de final de mês, mesmo considerando que é por conta do homem, é a mudança radical do olhar dirigido a você. De repente, eu não era mais a moça um pouco rechonchuda, à qual se mostra o tamanho 42 com um ar de desdém, mas uma criatura com formas generosas, igual a estes novos manequins, que assumem plenamente suas formas e que a publicidade procura hoje erigir como modelos após tê-las banido durante décadas.

Assim encorajada, eu não tinha mais nenhum escrúpulo em escolher blusas colantes ou saias bufantes que exaltassem minhas curvas voluptuosas.

Um físico "tipo Boucher, ou tipo Poussin", dizia às vezes David, um apreciador de pintura clássica.

Das Abbesses à praça Pigalle, eram só alguns passos até chegar no fim da rue Houdon, dezenas de metros que eu efetuei engolindo um sanduíche de falafel, gorduroso, com o molho escorrendo. O letreiro diante do qual eu finalmente parei, no bulevar de Clichy, era bem mais brilhante do que os das lojas onde eu acabara de estar. Os néons cor-de-rosa e vermelho compunham uma silhueta desnuda que piscava o olho apelando à luxúria. Homens levantavam o nariz, alguns paravam, e um punhado deles sumia através da entrada coberta de espelhos.

– Entre, senhorita, é ótimo também para as mulheres! – convidou-me um porteiro de cabeça raspada, com forte sotaque magrebino. – Entre!

– Não... Eu só vim ver uma amiga que dança aqui. So...

Eu me contive. Só Deus sabe o pseudônimo que ela podia ter adotado num lugar como aquele. Eu não queria desfazer seu anonimato.

– Como é a sua amiga?

– Morena, cabelos compridos e encaracolados... com...

Com o rosto ruborizado, imitei a opulência dos peitos dela com as duas mãos em concha.

– Rá-rá! – Ele dá uma risada, revelando os dentes estragados. – Você acha o quê, menina? Elas são todas morenas com peitões!

– Então como é que vou achá-la? – perguntei com a maior inocência possível.

Ele aplicou nas minhas costas uma mão amistosa, porém firme, me empurrando para dentro do estabelecimento.

– Vai, vai... depois dos espelhos, pegue o pequeno corredor à direita. Entre na porta indicada "privado", e lá você vê todas as meninas. Sua colega deve estar em uma das cabines.

Eu obedeci, maldizendo Sophia por ter marcado encontro comigo no seu local de trabalho. "É o tipo de dança para excitar os caras antes de eles voltarem para casa e dar aquela trepadinha com a patroa", ela resumira na mensagem de voz, transformando aquilo na versão feminina de um espetáculo de strip-tease masculino.

Eu sabia que, nesses tempos difíceis, ela tivera que nivelar suas ambições por baixo. Mas imaginar era uma coisa, ser testemunha de sua degradação era outra.

Entrei num corredor mal iluminado, estreito demais para mim e meu monte de sacolas de grife. Através de uma das janelinhas das portas alinhadas, avistei minha amiga, de costas, vestida com uma calcinha fio dental tão fina que só notei sua presença quando ela dançou virada para mim por um instante. Tempo apenas suficiente para constatar que retirara os dois piercings que costumava usar no umbigo. O movimento lascivo de seus quadris escapava de qualquer coreografia. Suas evoluções com a música frenética que ressoava ali dentro tinham o único objetivo de exibir ao máximo seus peitos, sua boca e a bunda pelo vidro opaco visível do lado oposto da cabine. Por alguns segundos, ela chegava a colar um desses atributos diretamente no vidro. Atrás dele, um homem, sem nenhuma dúvida, se masturbava.

"Cinco minutos!", ela me indicou disfarçadamente, com a mão esquerda esticada na minha direção, sinal de que tinha notado minha presença.

Em um outro dos meus sonhos molhados, estou deitada na minha cama, nua, ocupada em me acariciar. Deve ser verão, pois sinto calor e uma leve camada de suor brota da minha pele nua.
Não estou usando nada, e se me abandono assim tão livremente ao meu prazer é porque estou convencida de estar sozinha nesta casa de férias.
Minhas coxas estão abertas, meu sexo, escancarado, e aplico minha técnica infalível: o V invertido em torno do clitóris ereto, o dedo médio da outra mão mergulhado em mim, já encharcado.
Ali dentro está pegando fogo. Apesar da distância, sinto o suave cheiro do meu líquido vaginal flutuar até o nariz, e isso me excita mais ainda.
No entanto, quando sinto o clímax se aproximar, ouço distintamente passos atrás da porta. O assoalho antigo range sob o peso daquele que se mantém ali, imóvel. Posso quase perceber a respiração contida e ofegante do desconhecido que não ousa mais se manifestar. Ele me surpreendeu por acaso? Estava me espiando?

Em outras circunstâncias, eu teria me vestido às pressas ou disfarçado sob o único lençol branco. Mas é mais forte do que eu. Prossigo o meu trabalho, amplio os círculos descritos pelos dois dedos bem no fundo do meu sexo, à procura de zonas sensíveis mais profundas. Mordo meus lábios. Logo depois não consigo deixar de gritar. Saber que há um homem ali perto, petrificado pela emoção, provavelmente trêmulo com o seu próprio desejo, multiplica minhas sensações. Arquejo ruidosamente... e agora ele também. Ele deve ter empunhado seu pau e agora masturba-se no mesmo ritmo que eu, preocupado em conter os gemidos. Acordo bem na hora em que íamos gozar juntos, suponho. No estado de sonolência que se segue, imagino que ele tenha ido embora sem mais nem menos, sem mesmo revelar sua identidade.

(Nota manuscrita anônima de 6/6/2009: nunca tive este sonho, mas, meu Deus... já vivi esta cena!)

Fiquei alguns segundos a mais contemplando o número de Sophia, quando de repente uma luz vermelha no teto da cabine começou a piscar o que devia ser o fim do tempo.

Dez, nove, oito...

Então, com a bunda virada para o cliente anônimo, o rosto voltado para mim, de olhos fechados, Sophia introduziu o dedo médio na vagina, escondendo o fio esticadíssimo da sua calcinha. Ela se penetrou assim, primeiro com lentidão, depois cada vez mais rápido, simulando a entrada de um outro tipo de membro.

... sete, seis, cinco...

Aquilo fazia parte do contrato? O dedo ia e vinha com vigor, como se ela procurasse atender ao próprio desejo, e não o do cliente.

... quatro, três, dois...

Ela parecia sentir um prazer intenso com a oferenda, mas eu sofria por vê-la naquela posição degradante, naquela troca infeliz: algumas notas por uma fantasia frustrada. Sua boca se entreabria. Suas pálpebras batiam sem controle. Ela ia gozar ali, a alguns passos de mim, para aquele pobre coitado que caíra tão baixo?

... um, zero.

De repente, a cabine ficou mergulhada no escuro. Instintivamente, fui em direção à saída, enquanto a ouvia, atrás da porta vermelha de pintura descascada, recolhendo as roupas que tirara durante o show.

Os minutos prometidos tinham acabado de passar quando ela me encontrou na calçada, sob o olhar malicioso do porteiro.

– Se você disser que gostou, fico preocupada... e se disser que não gostou, eu te esgano! – disse ela, segurando meu ombro num gesto afetuoso.

Eu nunca ousei perguntar-lhe de maneira direta, mas estava mais ou menos convencida de que, no meio de sua sucessão de amantes, figuravam também algumas mulheres. Quem eram elas? De que tipo seriam?

– Eu não falei nada! – Eu ri, meio de lado.

O começo de tarde radioso convidava abertamente ao passeio sem destino, a despeito das sacolas que pesavam nos meus braços. Ainda me restavam duas horas inteiras antes do teste, incluindo a meia hora de metrô para chegar em Levallois-Perret, no estúdio. O perfume inebriante de Sophia, mistura de notas florais com patchuli, disputava com o cheiro esquisito do monstruoso kebab que ela comprara no caminho. Ainda que devorasse o lanche com a elegância de um caminhoneiro na beira da estrada, era para ela que os olhares masculinos convergiam. Sempre foram para ela, validando o sinal de disponibilidade sexual que ela emitia sem esforço, quase sem se dar conta.

Quando terminou de comer, fomos nos sentar a uma mesa na place des Abbesses, ao sol, e saborear um Monaco gelado, seu drinque preferido. Teria sido a ligeira embriaguez da bebida? Não demorei a relatar para ela meu encontro tão pouco fortuito da noite precedente.

– É um doente! Você tem que contar isso para o David.

– E dizer o quê? Que o irmão dele me tratou dez minutos como uma princesa e todo o resto do tempo como uma puta? E por que isso? Ah, sim, espere, eu sei: porque eu *sou* uma puta!

Os dois bebedores de cerveja da mesa vizinha, uns burguesinhos ociosos à caça de novas conquistas, nos lançaram olhares obscenos.

– Enfim, Elle, ele preparou uma armadilha para você pelas costas do irmão. Você não pode deixar isso passar!

– David pode compreender muitas coisas, Sophia... Ele já me aceita como eu sou, apesar dos meus dez andares de elevador social a menos. Mas jamais poderá passar a esponja nesta parte do meu passado. Já imaginou as manchetes na imprensa? "David Barlet, diretor executivo do Grupo Barlet, casa-se com uma garota de programa!"

– Você não é uma garota de programa, porra... Você é uma escort, uma acompanhante de luxo, não tem nada a ver.

Novos olhares insistentes à nossa direita.

– Ah, é? Vai explicar isso para esses chacais da imprensa de fofoca!

Com um olhar azedo, ela dispensou a atenção que nos dedicavam os dois inoportunos, e voltou para mim com um sorriso nos lábios.

– Hã... Não estou sonhando... Você disse mesmo "casar"?

– É, sim – eu suspirei. – Enfim, foi antes da noite de ontem.

– Nã, nã, nã, nã, não! Nada de deprimir! Um dos caras mais bonitos e mais cheios da grana da França quer enfiar a aliança no seu dedo, no *seu dedo*. Então você vai ser boazinha, não vai estragar tudo no último momento.

Meu telefone vibrou dentro da bolsa, suspendendo por um instante as suas injunções:

Urgência BDN: Annabelle,
está disponível para uma
missão hj à noite, Teatro
Champs-Élysées, 20:30?
Tripla tarifa proposta pelo
cliente para compensar pedido
de última hora.
Favor responder o mais rápido
possível.

Sinto muito, outros
planos em vista.

Eu respondi sem um segundo de hesitação, pois se David evidentemente ignorava tudo sobre minha atividade na Belas da Noite, eu também tivera o cuidado de esconder de Rebecca minha união iminente, tendo em vista a notoriedade do meu futuro marido.

Quanto ao demandante daquela missão, eu não tinha nenhuma dúvida sobre sua identidade: Louis Barlet. Que outro poderia ser? Ele me avisara: "Até amanhã."

– Há uma coisa que não está clara na sua história – prosseguiu Sophia. – Como o irmão dele pôde saber de você?

– Não sei. Imagino que seja cliente da agência. Eu vi a moça com quem ele saiu da galeria, então não me surpreenderia.

– Rebecca oferece centenas de mulheres no catálogo. Convenhamos que é difícil ele ter topado com você.

– David pode ter mostrado a ele meu retrato... – especulei. – Ele teria me reconhecido ao folhear o catálogo.

O celular chamou de novo minha atenção.

Já recusou 3
missões no último mês.
Conhece a regra:
mais uma recusa e será
cortada. Pense bem.

Pensei bastante.

OK. Mas preciso lembrá-la
das despesas na sua conta
que suas missões ainda
não cobriram? E que,
a SEU pedido, o reembolso
foi parcelado. Não será liberada
do contrato enquanto não
devolver o dinheiro
até o último centavo.
Sou conciliadora, mas não
administro uma instituição
de caridade!

* * *

Eu sabia disso muito bem. Ainda lhe devia mil setecentos e cinquenta e cinco euros. Uma soma que minhas economias do momento teriam podido largamente cobrir. Porém, mais uma vez, significaria renunciar ao meu presente para David.

– Tudo bem? – inquietou-se Sophia.

– Sim, sim... é só a Rebecca pegando no meu pé.

– Mande essa puta velha passear! – soltou minha amiga. – Basta você pedir uns trocados ao seu bilionário e poderá jogar o que deve na cara dela. Bem assim!

Atirou com desprezo um pilha imaginária de notas para um hipotético empregado. Minha revolta também a aliviava do peso da própria escravidão, ao menos um pouco, ao menos o tempo de rir.

– Milionário, não bilionário – eu a corrigi.

– OK, mas deve ter o suficiente para você honrar suas dívidas. Apague esta cretina do seu celular.

Por ordem dela, eu apaguei o SMS ameaçador de Rebecca. Mas um outro o substituiu quase na mesma hora na lista das mensagens não lidas, acompanhado do toque sonoro característico.

– Ela insiste, a vaca! – exclamou Sophia.

– Ah, não, não é ela... Merda.

O que estavam me informando, com algumas palavras polidas e formais, deixou-me muito pior do que as considerações interesseiras de Rebecca Sibony. Dinheiro não iria mais me faltar de agora em diante, era um fato inegável, e para mim uma vitória sobre o destino miserável que me fora dado no nascimento.

Mas reconhecimento profissional, isto sim, não se compra.

– Quem é?

– Meu teste... foi cancelado. Já escolheram outra moça. A garota da meteorologia.

– Uma total imbecil!

– Eu sei... Mas é tão metida a celebridade da TV, onde aparece todos os dias. A cara dela já é conhecida.

– Hum... Não entendo por que você cisma em trabalhar para esses mandachuvas cretinos da TV. Tenho certeza de que se daria bem trabalhando numa revista.

– Quero lembrá-la de que meu noivo é um dos "mandachuvas" principais – repliquei no ato.

– ... e eu que ignorava que você ia se casar há cinco minutos.

Sophia procurava em vão palavras que me confortassem. Mesmo extenuada pelas horas passadas rebolando diante de um vidro sem rosto, ela ainda achava a energia necessária para me consolar.

– Pelo menos você nunca mais será uma *hotelle.*

– Uma ho-o quê? – eu me espantei.

– Rebecca nunca falou na sua frente?

– Não...

– É assim que ela chama as garotas que terminam quase sempre as missões em um quarto. *Hot* mais *elle* = *hotelle.* Bem sacado, não?

Garotas como ela, Sophia. Uma hotelle que acendia o desejo dos homens de dia, na cabine, para apagá-lo com suas carícias tarifadas à noite.

– Não sabia que ela era dada a trocadilhos literários – debochei.

– Mas para você isso tudo acabou.

Eu gostaria de ter certeza. Gostaria tanto que um emprego na TV tivesse me permitido fechar a porta do quarto Joséphine e de todas as outras portas do Hôtel des Charmes de uma vez por todas. Ser Annabelle, simplesmente. Nem *elle,* nem *hot.*

– Você se incomoda se eu ligar para David agora?

– Claro que não. Ligue. Quer que eu vá embora?

– Não, fique.

Segurei seu braço bronzeado. No verão ela ficava com uma cor tão bonita...

– Não muito disponível, o seu imperador da mídia, hein? – ela observou quando desliguei pouco depois.

– Durante o dia, nunca. Mas por isso mesmo é estranho... Ele quer que eu vá encontrá-lo no escritório.

– Agora?

– Sim, já. Disse que está me aguardando.

– Talvez tenha preparado uma pequena coletiva de imprensa: "Annabelle Lorand, a senhorita está prestes a se casar com David Barlet e é também acompanhante de luxo à noite... como lida com dois mundos tão diferentes?"

– Sua paspalha!

* * *

Deixei-a precipitadamente e, carregando meu monte de compras, entrei num táxi em direção à Porte de Sèvres. Até então, eu só tinha chegado perto da torre Barlet. Uma alta torre de vigia cintilante que dominava o bulevar periférico e, do outro lado, todo o sul da capital, contrastavam com as preferências pessoais de David, mais voltadas para construções antigas. De perto, ela era ainda mais glacial, como constatei ao entrar no hall vertiginoso.

– Srta. Lorand?

Uma loura baixa e gorducha, de feições acavaladas, impressão acentuada pelo coque trançado, me abordou logo nos meus primeiros passos dentro do edifício, provavelmente à espreita da minha chegada.

– Sou Chloé. O sr. Barlet me encarregou de conduzi-la ao escritório dele. Pode fazer o favor de me seguir?

– Sim, com prazer.

– Na verdade – continuou, como se sua vida dependesse disso – ele vai encontrá-la na sala de reuniões. Ele está neste momento com uma pessoa em sua sala.

– Pois não.

Eu me sentia como se tivesse embarcado contra a vontade em uma máquina que me ultrapassava, na qual Chloé por certo não era mais do que uma engrenagem menor e, por isso, sujeita a todas as pressões. Entre nossa entrada no elevador e a porta transparente da sala onde ela me deixou, ela olhou o relógio pelo menos dez vezes.

– Posso lhe oferecer um café? Um chá? Água? Uma bebida gelada?

– Não, nada, estou bem assim. Obrigada.

– OK. O sr. Barlet vai chegar dentro de...

Último controle do cronômetro.

– ... três minutos. Quatro no máximo.

– Perfeito – disse eu, quase começando a rir.

Mas mudei de ideia, imaginando que aquela vida, em que cada entrevista era calibrada por segundos, era o cotidiano daquela pobre moça, mas também do homem com quem eu compartilhava a vida.

Sentei-me em uma das poltronas de couro e rodinhas tinindo de novas, e comecei a folhear publicações de economia espalhadas em uma mesa quando uma sombra se perfilou atrás da divisória de vidro. Seu perfume, uma associação característica de lavanda e baunilha, chegou até mim antes de eu ser capaz de identificá-lo. Eu tinha acabado de levantar o nariz da minha leitura distraída, quando a voz no vão da porta soou:

– Elle! Na nossa casa, em pessoa! Mas que honra!

Com as duas mãos apertadas no castão da bengala, Louis Barlet me encarava com seus olhos tão vivos, com seu terno tão justo – e mesmo assim elegantíssimo – quanto na véspera. Eu devia estar com cara de peixe morto, ou de outra coisa igualmente sedutora, pois seu sorriso se alargou e ele apagou do sorriso o desdém que exibia como um padrão, me oferecendo a expressão afável que adotara nos primeiros momentos de nosso encontro.

Mas eu podia confiar naquela aparência simpática? Será que ele não me atraíra até ali por não ter obtido a resposta esperada por intermédio de Rebecca?

Dei alguns passos decididos e me postei tão perto dele que ele não podia se furtar a uma explicação.

– O que veio fazer aqui?

– O que eu faço aqui?

Ele parecia se divertir com a situação, quase hilária. Sua aparição, mais deslocada ainda do que na noite precedente na galeria, me fulminou tanto quanto na véspera. Exasperante e mesmo assim tão intensa, tão adequada, como se cada uma de suas células sentisse pertencer legitimamente ao local, e no instante presente.

– Creio que minha falta de resposta foi suficientemente clara – martelei. – Não estou disponível esta noite. Nem em nenhuma outra noite, aliás.

– Mas eu entendi perfeitamente na primeira vez.

Ao menos ele admitia claramente estar por trás do convite. Eu o fulminava com o olhar, resistindo à vontade de agarrá-lo pela garganta ou aplicar-lhe uma rasteira no joelho doente.

– Então... então por que me seguiu até aqui?

– Não segui você, garanto.

– Está mentindo! – rugi, contendo minha raiva com dificuldade.

– Acalme-se. Chloé só me informou da sua pre...

– Ah! Os dois estão aqui!

A voz alegre de David entrou na bolha de fúria onde eu me debatia. A bolha explodiu na hora para dar lugar à surpresa, depois aos seus braços que me enlaçaram com um calor comedido.

– As apresentações foram finalmente feitas, magnífico.

Para David, tudo era sempre "esplêndido" ou "magnífico". Se ele não empregasse um destes qualificativos entusiastas, podia-se concluir que a situação lhe parecia medíocre, ou até terrível. Naquele instante, ele parecia sinceramente feliz por nos ver juntos.

Louis tentava dissimular sua exultação, e procurava captar meu olhar para melhor se apropriar dele.

– Pode-se dizer assim, sim.

– Então este aí é o meu assustador irmão mais velho! – gracejou David, apertando o ombro do irmão. – E, acessoriamente, diretor de comunicação do Grupo Barlet.

– Diretor de... – gaguejei, confusa.

– O único que sempre tivemos... e, contudo, de longe, o melhor.

O humor hipócrita de David irritava Louis ao extremo, era evidente. Contudo, na presença do irmão, ele dava prova de um comedimento que destoava de sua atitude exaltada da véspera. O respeito do empregado pelo patrão, certamente. Ou do filho pródigo pelo irmão bem-sucedido.

O diretor executivo virou-se para seu braço direito e pediu com um tom profissional:

– Agora, se você não se incomodar... Tenho duas palavras para dizer a Annabelle. Em particular.

– Claro.

Louis inclinou-se servilmente, me dirigiu um olhar impenetrável e se eclipsou finalmente, logo desaparecendo nos confins do andar, com sua longa silhueta vacilante refletida alguns instantes pelo jogo da luz exterior e dos imensos painéis de vidro.

Louis Barlet tem nádegas musculosas, protuberantes, que imagino divinamente carnudas sob o tecido macio, justo ao máximo, da sua calça. Uma bunda que dá uma irresistível vontade de agarrar, apertar, talvez até de morder, de...

(Nota manuscrita anônima e incompleta de 6/6/2009: sem comentários!)

– Querida!

– Sim?

– Sente-se, por favor.

Eu obedeci e me vi pela primeira vez diante de David, na posição de quem deve escutar com toda a docilidade exigida de uma boa esposa.

– Eu pensei bem nessa sua história de testes para a TV, essas coisas...

– Não vamos falar disso.

– Sim, sim... vamos falar sim... Discuti esta tarde com Luc Doré, o diretor da rede BTV. Ele sonha há muito tempo em criar um horário cultural na sua grade do começo da noite. Nossa programação de quinta à noite não decola. Até então, era eu que freava... mas acabo de dar a ele o sinal verde.

Frear. Sinal verde. Falando desse jeito, o trabalho de David parecia tão simples e agradável quanto uma partida de Mille Bornes. Jogo que ele sempre ganhava, lógico.

– E daí? – Fingi não estar entendendo.

Ele segurou a minha mão.

– Daí, srta. Lorand... Eu devia dizer *sra.* Barlet... Tenho o prazer de anunciar que, dentro de algumas semanas, você vai ser a apresentadora do novo programa cultural da BTV, *Cultur'Mix*.

– Está brincando?

– De jeito nenhum. Consegui os seus vídeos de demonstração no Centro de Formação de Jornalistas, mostrei para o Luc, ele se mostrou empolgado.

– Mas, David... eu nunca fiz programa de TV na vida!

– Pois bem, você vai fazer como noventa por cento dos apresentadores de TV: vai aprender fazendo.

Ele recolheu a mão e se levantou, aparentemente alertado pela pequena Chloé interna que velava por sua agenda.

– Evidentemente, o título é provisório... Se você não gostar, pode mudá-lo. Bom, tenho que ir. Estou atrasado dois minutos. Voltamos a falar esta noite em casa.

Meu marido acabara de subverter minha vida ainda mais radicalmente do que eu havia sonhado. E meu patrão acabara de me deixar sem um adeus, sequer um beijinho.

Infelizmente, para mim, eram o mesmo homem.

10

O trem para Nanterre nunca me pareceu tão bom, nem o trajeto desde o centro de Paris tão curto. Esqueci até das manobras de Louis e das outras não menos inquietantes do meu assediador. Creio que cheguei a sorrir uma ou duas vezes feito boba para a pessoa na minha frente. Gostaria que minha nuvenzinha fosse contagiante e que todos os passageiros pudessem subir nas suas e prosseguir viagem. Talvez fosse pedir demais...

Lá fora, o cair da luz imprimia cores agradáveis aos grandes conjuntos de prédios cinzentos, e de repente eles me pareceram bonitos.

Eu estava tão eufórica que desisti de passar na delegacia do centro da cidade, como tinha prometido a mim mesma nos últimos dias, bem como de dar uma parada na confeitaria e comprar os docinhos para minha mãe. A proposta de David apagava todos os meus temores, todos os meus medos.

– Não faz mal – disse-me Maude, recebendo-me com seu eterno robe de chambre. – Eu fiz um guisado à moda da vovó.

Ela não tinha idade nem descendência, mas a doença já lhe deixava marcas: a tez acinzentada uniforme, rugas que pareciam mais fundas a cada dia, o andar pesado...

De início, tive alguns escrúpulos em exibir minha felicidade na frente dela, mas depois eu contei, enquanto mexia o guisado de vitela com molho ferrugem, cujo aroma de noz-moscada e louro estimulava suavemente meu nariz. Como se quisesse participar da minha alegria, Félicité ronronava descrevendo círculos entre as minhas pernas.

Eu tentava minimizar a chance excepcional que David me oferecia, mas minha mãe soube avaliar o seu justo valor:

– É maravilhoso, minha querida! É maravilhoso...

Ela se colou nas minhas costas e me abraçou com uns braços tão fracos que tive a sensação de que se agarrava em mim para não cair. Passei a mão livre para trás e lhe fiz um carinho, sem tirar os olhos do molho espesso.

– Sim...

– Mas...?

– Me incomoda ele fazer tudo isso por mim.

– Por quê?

– Bom, veja bem: tenho 23 anos, mal saí da faculdade... E vou ter o *meu* programa, num horário de grande audiência, num dos canais mais assistidos da França. Você tem consciência de como as pessoas vão classificar isso?

– Que você deu uma cagada? – arriscou ela, com um risinho, convencida de que falava como os jovens.

– Não... que eu tenho um belo pistolão. Se eu for menos que excelente, vão me massacrar!

Ela encostou o rosto nas minhas costas, como fazem as crianças. Sua voz já alterada ficou mais fraca ainda:

– Mas você *vai ser* excelente, Elle. E ponto final.

– Mamãe... – suspirei com um sorriso. – Sei que é muito bom, mas pode acreditar. Esse tipo de privilégio, sobretudo nesse meio, a gente acaba sempre pagando por ele. A amiguinha do patrão que invade o estúdio, isso irrita todo mundo: espectadores, comentaristas... sem falar dos outros apresentadores preteridos por minha causa. Eu mesma já passei por isso.

Estava pensando no SMS de recusa recebido algumas horas antes, mas tratei de riscá-lo da memória.

Naquela distância, o perfume barato de rosas que minha mãe usava invariavelmente, outrora tão tranquilizador, misturava-se agora com os eflúvios do guisado.

– Eu não acredito na sorte, nem no acaso – ela replicou com toda a firmeza de que ainda era capaz. – Se essa coisa acontece para você, esteja certa, é porque você merece.

– Hum...

– Você me disse que esse Luc de tal adorou seus testes?

– Sim... enfim, foi o que David disse. E além disso acho que o outro procurava agradar o patrão. Pelo que vi hoje, meu querido não deve ser nada fácil de lidar no trabalho.

– Não está sendo gentil com seu amigo – ela me disse com um jeito doce, porém firme.

Eu me virei para ela, um pouco surpresa com a brusca condenação.

– Não sou gentil? Com David?

– Você devia ter um pouco mais de confiança no julgamento dele. Afinal, você mesma diz: ele é o presidente de uma rede enorme. Se ele avalia que você é competente para esse posto, não vejo razão para não acreditar.

Fiquei olhando para ela um momento, desconcertada, com os olhos prestes a transbordar. Mas olhei para a sala, pela porta entreaberta. Em cima do aparador estava a coleção de fotografias minhas que ela conservava religiosamente, um memorial de todos os minúsculos triunfos de minha jovem existência, até as imagens feitas no dia do resultado do exame final do secundário, ou a foto que me mostrava abraçada com Sophia, com nossos diplomas universitários na mão.

– É normal que você tenha dúvidas, minha querida – recomeçou, prendendo minhas mãos nas dela, tão leves. – Mas, com o nível de responsabilidade que ele tem, David não pode se permitir ter dúvidas. E foi *você* que ele escolheu.

Como sempre, ela achava as palavras, as que esclareciam e acalmavam, como todas as vezes em que eu reclamava meu ectoplasma de pai e só tinha como consolo uma antiga foto de cores desbotadas: ele e eu, um bebê bochechudo, datada da época de seu desaparecimento, no final de 1987.

Richard Rodriguez, mestre de obras de origem espanhola com quem ela se casou demasiadamente tarde, talvez por despeito, partiu para coordenar um projeto em Quebec, supostamente por algumas semanas, e nunca mais voltou. Puf, virou fantasma.

– Mamãe, mamãe...

Eu a abracei, com força suficiente para dividir com ela um pouco do meu calor.

– Oh, eu sou uma boba... ia esquecendo do mais importante!

Juntei as mãos como uma menina, novamente animada.

– O que é?

– Espere...

Fui até a entrada, vasculhei dentro da minha bolsa pendurada no gancho e voltei para ela brandindo um envelope comprido, em cuja dobra via-se um planisfério feito de tracinhos.

Maude franziu os olhos interrogativamente.

– O que é?

– Adivinhe! – anunciei toda contente. – O seu passaporte anual para a Disney.

– Hein?

Ela hesitou entre rir e repreender-me. Eu fingi atacá-la com meu florete de papel.

– Não, senhora! Nossas passagens para L.A.! Foi a secretária de David que me entregou ainda agora.

– "É lei?"

– Los Angeles, mamãe... você precisa se atualizar, caramba.

Desde que não ultrapassasse certos limites, ela adorava que eu implicasse com ela, estabelecendo entre nós a cumplicidade que reservamos habitualmente às amigas da mesma idade.

– Você precisava ver a cara da sra. Chappuis quando eu contei que ia para os Estados Unidos neste verão!

– Aposto que ela não acreditou em você.

– Achou que eu tinha pirado, isso sim! "Sei, sei, a América, agora..."

– Você vai mandar um cartão-postal para ela.

– Que você assinará comigo. Vai ficar com mais raiva ainda, a velha ranzinza!

Ela abriu o envelope e tirou de lá os retângulos de papel rígido, cheios de informações e códigos. Percorreu o primeiro por um instante.

– Partimos dia 20 de junho?

Dois dias depois do meu casamento – pensei –, guardando para mim essa informação, incapaz de partilhar com ela minha felicidade quando a vida dela estava em suspenso.

Meu casamento... Mesmo para mim essa perspectiva parecia irreal, uma vez que era muito pouco comentada com meus amigos próximos. David, durante os raros momentos juntos, não falava dele, como se, obtida minha concordância, a coisa já fora adquirida, e os acontecimentos subsequentes seriam apenas uma formalidade insignificante e fastidiosa. Como prometido, Armand trabalhava na sombra para que tudo fosse perfeito quando chegasse o dia, e assim ele me excluía das decisões mais elementares (escolha dos convites, das flores, do menu etc.), e sobre elas eu obtinha somente ecos longínquos, uma vez que tudo já estava ratificado por ele; a própria Sophia, normalmente inesgotável nesse tipo de assunto, parecia incomodada em conversar comigo sobre a data tão próxima. Ciúme? Ofendida por não ter sido desde logo convidada para madrinha?

– Sim, viajamos dia 20, por quê? Tinha previsto outra coisa? – repliquei displicentemente.

– E quando você começa seu novo trabalho?

– A princípio, dentro de três dias, dia 9. Terça-feira.

Tornando a fechar o envelope e segurando minhas mãos nas dela, tão frágeis, ela dirigiu para mim um olhar grave e determinado.

– Eu vou sozinha.

– O quê?! – exclamei.

– Você não pode ir comigo. Precisa trabalhar.

– Mas, mamãe, o avião decola num sábado! Não tem nenhum problema!

– Seja razoável: você não vai fazer uma viagem de ida e volta até o fim do mundo em um fim de semana. E depois é muito importante para você. Não pode sair de férias vários dias, tendo acabado de ser contratada.

– Foi David quem mandou reservar as passagens. E David é *também* meu patrão, mamãe. Se fosse um problema, ele teria me dito. Não teria escolhido essas datas.

Por mais que estivesse enfraquecida pela doença, ela continuava sendo minha mãe, capaz de me impor sua vontade com um único olhar. Uma única palavra.

– Não, não... você fica aqui, minha filha. Eu vou sozinha. Posso muito bem fazer a travessia como uma pessoa adulta.

Ela disse isso como se fosse viajar num transatlântico por várias semanas, sem, contudo, uma pontada de drama na voz.

– Eu não me preocupo somente com a viagem...

– Se não me engano, foi você que me explicou o quanto a clínica para onde está me mandando é *espetacular*, e que uma enfermeira estaria à minha disposição desde a chegada no aeroporto?

– Fui eu... – admiti, com um suspiro culpado. – E ela é *espetacular*. É de fato uma clínica top. Trataram da nata de Hollywood e de pelo menos dois presidentes do Estados Unidos.

– Então o que acha que pode me acontecer de pior do que aqui?

Nada, na verdade. A única coisa a que ela se expunha nessa aventura era a uma cura que, a despeito dos esforços louváveis realizados pelo hospital Max Fourestier de Nanterre, fugia cada dia um pouco mais.

– De todo modo, não vou lhe explicar como a coisa funciona: você está feliz, *eu* estou feliz. E se eu estou feliz...

Ela reprimiu a frase, provavelmente por superstição. Não queria inventar para si um futuro, preferindo sonhar com o meu, de agora em diante radioso. Escolhi não contrariá-la, adiando a discussão para uma outra vez.

O guisado estava à altura das promessas odoríferas, e eu notei na minha mãe melhor apetite do que nas vezes anteriores, ficando aliviada de vê-la engolir com um prazer evidente os pedaços de carne que se desmanchavam.

– Você não olhou sua correspondência?

Eu ainda não avisara ao correio minha mudança de endereço.

– Não. Por quê? Há alguma coisa de especial?

– Não. A papelada de costume: contas, prospectos... Ah, sim, tem uma coisa.

Ela se levantou depressa, com um tônus surpreendente, e se dirigiu para a pequena mesinha da entrada.

– Há um convite esquisito.

– Por que "esquisito"...?

Eu suspendi minha pergunta e o garfo junto.

– Porque não tem endereço no envelope. Só o seu nome.

Em outras palavras: o envelope tinha sido colocado diretamente na sua caixa de correio, mas destinava-se a mim. Quem se dera ao trabalho sabia não só que minha correspondência chegava na casa dela como sabia que eu vinha regularmente aqui para pegá-la. Como o autor das páginas do meu caderninho, pensei de maneira fugaz.

Não estava esperando nenhuma correspondência. Se David quisesse me fazer uma surpresa dessa natureza, jamais teria endereçado para cá.

De volta à mesa com seus passinhos deslizantes, Maude me estendeu o tal envelope. Achei que fosse desmaiar. Minha mão ficou imóvel, crispada no papel.

– Algum problema? – espantou-se minha mãe.

– Não, nada não....

A escolha da cor, um prateado salpicado de paetês, lembrava os modelos usados em participações de casamento ou de nascimento, assim como nas solicitações mundanas, tipo vernissage ou avant-première.

Sobretudo, reconheci a cor exata do meu Dez-vezes-por-dia. Como acreditar em tamanha coincidência? Essa cor tão rara, tão singular.

– Não vai abrir?

A aba não estava colada, apenas passada pela parte posterior retangular. Assim, qualquer um poderia ter aberto e descoberto o conteúdo no meu lugar. Sem que eu conseguisse compreender por quê, essa perspectiva me provocou um arrepio de pavor.

Dentro, o elemento mais visível era um cartão magnético de plástico rígido. Quase caí para trás uma segunda vez ao identificar o logotipo sobre uma das faces:

Hôtel des Charmes

Ele sabia disso também, então...

Uma vez que nenhum dos quartos do hotel tinha número, era impossível saber a qual deles a chave magnética podia corresponder. Estranhamente, passado o choque inicial, foi a primeira ideia que me assaltou: sem essa informação, o cartão era inutilizável.

Já transei diversas vezes nesse hotel, mas até hoje não consegui gozar lá. Não trouxe minha pequena contribuição para os fantasmas de prazer que assombram suas paredes. Isto é grave?

(Nota manuscrita anônima e incompleta de 7/6/2009: o que ele pode saber? Não está dentro do meu sexo para especular assim sobre o que eu sinto ou não!)

No verso do cartão, tinham colado um recadinho cor-de-rosa. Uma espécie de decepção tomou conta de mim ao constatar que a caligrafia da nota era bem diferente da que constava na misteriosa mensagem endereçada a mim:

Cara Zelle,
esta noite, às vinte e duas horas.
Seja pontual.
Não traga celular.

A letra me parecia menos acidentada do que a outra, mais calma e mais regular. A de uma pessoa tranquila, enquanto a primeira exalava inquietação e agonia.

– Má notícia? – perguntou minha mãe, alertada agora pela minha palidez.

Foi o tempo suficiente de consultar o cartão de visita que acompanhava o conjunto, e eu pude responder a ela com total conhecimento de causa, praticamente sem inventar nada:

– Sim... você tinha razão, é um convite.

O cartão branco, em compensação, era impresso. Mas tinha apenas uma única frase, centrada no espaço imaculado, impossível passar despercebida:

1 – Amarás teu corpo.

A analogia deste imperativo com os mandamentos do Decálogo não me escapou. Durante meus estudos, tive umas aulas sobre as formas literárias na Bíblia: sermão, parábola, salmo etc. As tábuas da Lei faziam parte.

– Ah, é? Para quê?

Maude, que respeitava minha intimidade mais escrupulosamente do que um sacramento – atitude que me permitira até então rejeitar seus pedidos repetidos de um encontro com David –, mordia-se agora de curiosidade.

– É... Um baile à fantasia.

– Verdade? Que legal! É sua faculdade que está organizando?

Ela me obrigou a improvisar:

– Sim. O presidente da associação de alunos não mora longe daqui. Imagino que achou mais simpático me entregar em pessoa.

– Você não parece animada... – ela notou, voltando a se servir de meio copo de vinho tinto.

– Você sabe que nunca curti essas festas grandes...

– Vá! Você pode se divertir.

Se minha própria mãe afirmava...

Desta vez, a identidade do remetente era quase certa. Quem senão Louis Barlet podia me convidar assim para um quarto e para um serviço pelo qual já havia pago? Mas o que me perturbava mais ainda do que essa hipótese era que ele pudesse ser a pessoa que me perseguia há semanas com suas mensagens escabrosas. O homem do caderninho. O depravado que metera na cabeça que ia aperfeiçoar minha educação sexual. Quem devia nos iniciar, eu perguntara a ele na noite do vernissage. E eis que eu obtinha a resposta...

Por um momento, eu me revi algumas horas antes, com David e Louis, na sala de reuniões instalada no ponto mais alto da torre. A torre *deles*. Estar na presença dos dois Barlet deixara em mim uma impressão estranha, não somente desagradável, mas quase imoral, um dos dois me pareceu demais, sem que me fosse possível determinar qual. Como se resumissem em si mesmos todas as suas diferenças, seus braços esquerdos me surgiram lado a lado: o de David, envolto no bracelete de seda clara; o de Louis, mais fino, marcado com uma tatuagem que eu ainda não tivera a oportunidade de ver na totalidade.

A campainha me arrancou bruscamente desse enigma sem solução. Sem que eu a visse se deslocar, mamãe já tinha se postado na janela, por certo advertida pelos roncos de moto que ela tanto execrava.

– É o Fred – disse, laconicamente.

– O que ele quer?

– Apanhar os pertences dele no seu quarto.

– Ele avisou que viria?

– Não... Só disse que passaria uma dessas noites.

Meu ex não fazia nada durante o dia e, por acaso, aparecia aqui justo nas horas em que sabia que podia cruzar comigo. A campainha voltou a tocar, o visitante se impacientava.

– Vá para o porão – ela me intimou.

– O quê?

– Desça para o porão, estou dizendo. Ele não vai procurar você lá embaixo.

– Não tenho nenhuma razão para fugir dele. Não o amo mais, só isso...

– Você não precisa disso neste momento – ela decretou com uma inflexão esgotada.

Mas Fred não esperou a autorização dela para atravessar o portão. Sua sombra já se desenhava atrás do verde-garrafa da porta de entrada, a três passos de nós.

– Annabelle?

– Desça! – cochichou minha mãe.

– Annabelle? Eu vi que você está aí. Abra!

– Pare, mamãe, é ridículo!

Ele agora socava o vidro fazendo barulho.

– Abra, merda! Sou eu!

Do lado de cá do vidro, mamãe parecia dividida entre a raiva e o pânico.

– Está lembrada? O cara que você largou como se ele fosse um merda!

Como eu estendesse a mão para a maçaneta, ela me fez parar com um tapinha seco.

– Annabelle, eu a proíbo de abrir a porta. Ele está completamente bêbado!

A voz áspera e ameaçadora do motoqueiro dava razão a ela: ele não estava no seu estado normal.

– Quero só falar com você...

Ele se acalmou um pouco:

– Bem que você me deve uns cinco minutos, não? Depois eu te deixo o resto da vida para fazer o que bem quiser. Cinco minutos, Elle... só cinco minutos.

– Ela não quer falar com você, Frédéric.

A intervenção da doente provavelmente o desconcertou, pois ele ficou mais conciliador:

– Desculpe, Maude... Eu não queria assustar você. Só quero que Annabelle me diga isso na cara.

– Diga o quê, criatura?

– Que acabou...

– Pois então eu lhe digo: acabou! – ela bradou, esgotando as últimas forças. – Acabou mesmo!

Alguns segundos de silêncio se seguiram, depois ele voltou à carga, manifestamente abalado por aquela bravata.

– Por que você diz isso?

– Porque é a verdade. Ela tem outro. Uma pessoa de bem.

"Não!", eu supliquei com o olhar. "Não conte para ele!"

– E quem é?

E enquanto ela crucificava a silhueta agora imóvel, derrotada, do outro lado do vidro opaco, falando de David, da minha carreira assegurada, da minha casa de sonho, dos meus sucessos garantidos, da felicidade que eu iria conhecer, sim, mas com um outro, meus pensamentos se evadiram de novo.

... Para o envelope.

Com a chegada inopinada de Fred, eu não notara seu peso anormal. Bem no fundo, sob os papéis, jazia uma grande chave denteada, gasta pelo tempo e pelo uso. Nada indicava o que ela poderia abrir. Assim como não estava explicado o que se queria de mim naquela mesma noite, além do estranho erro do meu nome: Zelle.

No entanto, eu me sentia cheia de uma certeza, tão embriagada dela quanto o homem atrás da porta estava de seu sofrimento: eu não tinha outra escolha senão obedecer a essa convocação.

Esquivar-me era agora impossível.

11

Nosso professor de metodologia, durante meu curso de jornalismo, afirmava que por trás de cada dito popular se escondia uma verdade. Por isso, era preciso vivenciar, às vezes na própria carne, o que a frase feita escondia realmente, para só assim alcançar o estrato significativo profundamente enterrado sob a superfície banal das palavras.

"Quando vivemos um pouco mais o que escrevemos, e intelectualizamos um pouco menos...", ele professava enrolando a ponta do seu bigodão de General Dourakine, "é uma loucura a força que as palavras então adquirem. Elas *são* o que sentimos. Elas e nós nos tornamos apenas um."

De fato, eu não achava uma única fórmula para definir a febre que me habitava naquele começo de noite. Frio na barriga? Nó na garganta? Arrepios? Todas essas coisas juntas, e muito mais ainda. Mais surdas. Mais poderosas.

Com o envelope prateado enfiado precipitadamente na bolsa, colado no seu irmão maior, o caderninho, corri para pegar o próximo trem, depois que Fred acabou levantando acampamento. Ele capitulara, mas não sem jurar que voltaria para o derradeiro olho no olho.

No vagão meio vazio, em sentido contrário ao fluxo dos moradores dos subúrbios, enfrentei as insuficiências da rede de telefonia celular e tentei várias vezes falar com Rebecca – *no fim das contas*, eu raciocinava, *não foi ela que colocou o mais velho dos Barlet em contato comigo?* – e depois diretamente com Louis no seu número profissional. Uma verdadeira loucura. Dentro da gaiola de transporte, Félicité desaprovava, de resto, numa sucessão de miados contrariados.

Uma secretária eletrônica atendeu quando liguei para a primeira, e uma telefonista antipática para o segundo, informando que o chefe já tinha deixado o escritório àquela hora.

– A senhora podia me informar o número do celular dele?

– Não, sinto muito, não tenho autorização para isso – ela recitou.

– Ouça, compreendo muito bem que a senhora insista em preservar a vida particular dele. Mas acabo de ser contratada por David Barlet em pessoa. Pode verificar com Chloé.

– Não estou pondo sua palavra em dúvida. Mas não tenho autorização para lhe infor...

– Tudo bem! – comecei a me irritar, cortando aquela falação mecânica. – Eu entendi perfeitamente! Mas estou querendo lhe explicar que eu sou a...

Amiguinha do chefão? Futura mulher dele? Como dizer as coisas sem me gabar ou tratar com arrogância uma moça que devia vir dos mesmos bairros periféricos que eu?

Contudo, terminei soltando:

– ... a apresentadora do novo horário nobre da BTV.

Talvez esta versão se revelasse pior ainda.

– Não posso fazer nada – ela falou, provavelmente dilacerada entre o medo de perder o emprego... e o de se tornar inimiga do chefe do seu chefe. – Sinto muito, sinceramente.

O túnel seguinte, que marcava a passagem sob a Défense e a entrada do trem em Paris, encerrou a discussão acalorada. Ele me impediu também de falar do dilema com Sophia, me privando totalmente de sinal.

A cada estação, minha determinação era levada um pouco mais longe, na direção do instante seguinte, pelo sopro do trem que tornava a partir em velocidade. Se eu fosse ao Hôtel des Charmes, tinha plena consciência de que estaria me curvando ao jogo perverso iniciado por Louis desde nosso encontro. Mesmo antes disso, eu especulei com a cabeça fervendo ao me dar conta de que seus primeiros envios inconvenientes tinham precedido meu encontro com David. Se me recusasse a ir, eu estaria me arriscando que ele revelasse imediatamente o que sabia de mim a David. De resto, sua relação de parentesco com meu futuro marido me impedia de prosseguir com as determinações que eu cogitara poucas horas antes. Eu não podia denunciá-lo à polícia sem mais nem menos. E o caderno que trazia sempre comigo, escrito na primeira pessoa, fervilhando de detalhes íntimos, não servia como prova para incriminá-lo. Uma vez que eu o acolhera na minha vida, eu me tornava suspeita de ser a sua autora legítima.

Porém, a esses termos simples, decididos pelo viés da chantagem, veio se acrescentar um parâmetro que eu não podia imaginar alguns dias antes: a curiosidade. Eu ainda me recusava a classificar de outro jeito a pequena perturbação, temperada de azedume e raiva, que a lembrança de Louis me provocava.

– Boa-noite, senhorita. David me pediu para avisar que não vai jantar em casa esta noite.

O Hôtel Duchesnois, iluminado apenas no térreo, destilava o silêncio característico que assinala a ausência do dono da casa nos velhos edifícios. Armand estava de pé na escadaria, com um pano na mão, o ar atarefado dos que são surpreendidos em plena preparação culinária.

– Ah... está bem.

Fiquei um pouco surpresa por meu companheiro não ter tido o cuidado de me avisar pessoalmente... antes de constatar que o trem o havia impedido, e que três tentativas de ligações não completadas estavam registradas no meu aparelho.

Soltei finalmente Félicité de sua caixa, sob o olhar consternado do velho serviçal. Ela deu seus primeiros passos bem devagar no mármore branco e preto, com o focinho colado no chão. Por certo já percebia o cheiro de Sinus e Cosinus, trancados sabe-se lá onde.

– A reunião com os parceiros coreanos corre o risco de se prolongar até tarde. Ele a aconselha a não esperá-lo.

– OK. Então um jantarzinho rápido? – falei, como se Armand fosse uma amiga que chegasse de surpresa.

– Estava previsto, e ele nos espera na cozinha, se a senhorita já está com fome.

– Não estou com fome. Estou *morrendo* de fome.

Era mentira. O jantar precoce com minha mãe ainda me pesava no estômago. A ideia de um segundo jantar não me encantava muito. Mas exibir alegria exagerada foi o único socorro que encontrei no momento para os sentimentos contraditórios que me dilaceravam. No entanto, minha empolgação não foi fingida ao descobrir o conteúdo de nossos dois pratos ainda fumegantes sob as tampas metálicas.

– Camarões salteados com mexilhões ao molho de champanhe – anunciou Armand com solenidade.

A receita cedida pelo chef do Divellec! Mal podia acreditar, sorrindo como uma garotinha na manhã de Natal. A atenção era tão bonita, tão correta, tão capaz de varrer minhas dúvidas...

– David achou que a senhorita ia gostar.

– É... é perfeito! Obrigada.

Tomada pela alegria, dei um beijo casto e sonoro naquela bochecha enrugada. Ele respondeu com um gesto tímido na direção dos camarões dourados de modo ideal:

– À mesa? – propôs, enrubescendo.

– À mesa!

O resultado encantou tanto minhas papilas quanto na recente lembrança. Concluí que, apesar do ar modesto, Armand também poderia ter seu próprio restaurante, em vez de ficar confinado no anonimato de sua domesticidade. Mas seu sorriso de felicidade, satisfeito de me ver feliz, me dissuadiu de abordar o tema.

– Não sei se reparou, mas há algum tempo venho recebendo inúmeras mensagens. Mensagens anônimas.

– Anônimas?

– Pequenas folhas perfuradas, com o meu nome, dobradas em quatro... Você as coloca com o resto da correspondência, em cima do aparador.

– Ah, sim...

Ele fez uma careta ao responder:

– Eu reparei, de fato, mas como nunca me meto nas...

– Não se preocupe, Armand – tranquilizei-o. – Sei que você é de uma absoluta discrição. Só estava perguntando se teria notado alguma coisa não habitual nisso tudo... ou se chegou a falar a respeito com o carteiro.

– Eu perguntei a ele. Mas ele não entrega correspondência sem selo nem endereço. A pessoa que lhe envia essas cartas coloca-as diretamente na nossa caixa. Se a senhorita quiser, na medida da minha disponibilidade, posso vigiar as idas e vindas diante da porta principal.

– É muito gentil de sua parte, sim, eu quero sim.

– Acha que é necessário avisar a polícia?

– Não... obrigada, não, não acho que seja necessário chegar a isso.

A Louis, pensei.

Uma vez que as circunstâncias eram favoráveis, aproveitei para adotar um tom de confidência:

– Armand... você conhece bem Louis?

A menção do irmão de seu patrão provocou um franzir furtivo de sobrancelhas, afundando a ruga entre elas e conferindo ao seu rosto uma brusca gravidade.

A cavalgada surda no andar de cima indicou-me que os dois pugs de David e a minha gata acabavam de se conhecer. Nada de gritos, nada de rugidos: deviam estar brincando.

– Praticamente tão bem quanto conheço o sr. David. Como a senhorita sabe, eu já trabalhava para os pais deles, quando vivos. Posso portanto dizer, sem me vangloriar, que os vi crescer, todos os dois.

– Será que...

Interrompi de propósito minha pergunta para ler nas suas expressões faciais o constrangimento ou a inquietação que ela fazia nascer.

– Sim?

– Louis teria motivos para sentir rancor do irmão?

– Minha mãe sempre dizia: "Mostre-me uma família em que um dos filhos não tenha todas as razões do mundo para sentir rancor dos irmãos e irmãs, e eu mandarei emoldurá-la."

– É verdade – concordei, mas sem me deixar enganar pela sua fórmula pronta. – Mas no caso deles, você não vê nada de mais... específico?

Minha pergunta não pareceu surpreendê-lo, mas ela o deixou claramente pouco à vontade. Ele levou um tempo se servindo de outro copo de vinho branco, depois tomou alguns goles antes de se aventurar na explicação. Seu nariz, marcado aqui e ali por vasinhos vermelhos, assim como o número anormalmente elevado de garrafas vazias de Pouilly ou de Montrachet que eu vira algumas vezes na garagem, me provavam que Armand tinha pela bebida uma inclinação pronunciada. Excessiva, até.

– Falar de David e de Louis sem primeiro falar de André Barlet não faria o menor sentido...

– Por favor. – Eu sorri com simpatia para encorajá-lo.

Mais uma golada do néctar frutado, e ele se soltou finalmente. De ouvidos atentos, eu podia ouvir o leve barulhinho dos cristais de silício que continuavam a escoar na ampulheta, e que cairiam até eu mesma sucumbir nos braços de David, meu marido.

– Para compreender os irmãos Barlet – disse ele – é preciso saber de onde veio o pai deles: ou seja, veio praticamente do nada. Depois da guerra, ele herdou uma pequena fábrica de móveis de madeira quase falida, perto de Nantes, e que só sobreviveu durante esse período perturbado fabricando caixões de pinho às pressas, em geral mal-acabados. O fato é que a clientela não era muito exigente naquela época.

Estremeci ao imaginar as fileiras de tábuas de madeira clara e sequer notei o traço de humor negro, incomum no meu interlocutor.

– Caixões?

– Ninguém tinha dinheiro para comprar móveis, mas os ataúdes eram mais necessários do que nunca, pode acreditar.

Que idade teria então Armand durante a guerra? Ele não era assim tão velho para ter conhecido os tormentos da Ocupação...

– Mas eles não enriqueceram só com funerais, não é? – falei, na esperança de que ele desmentisse.

– Não! Pierre, o pai de André, já havia diversificado seus negócios. Da madeira ele passou aos poucos para o papel. E do papel à impressão e à publicação. Ele investiu em vários títulos da imprensa local. Notadamente um jornal suspeito de manifestar uma certa complacência com as forças de Ocupação: *Le Salut*.

– E depois da Libertação, o que aconteceu?

– O pai e o filho devem ter molhado as mãos necessárias, porque, por um golpe de varinha mágica, *Le Salut* virou *L'Océan liberé*, uma das principais tribunas da Resistência no Ocidente. Foi justamente nesse momento que Pierre colocou André na direção do jornal.

Este retrato de pequeno dono da imprensa regional não combinava com o império midiático cujas rédeas David segurava. O que poderia ter acontecido para levar os Barlet das margens do Loire para as margens do Sena? Da Place du Commerce para o CAC 40?

– André rapidamente manifestou uma ambição bem superior à do pai – ele prosseguiu.

– Como assim?

– Ele começou aproveitando as novas relações de sua família com o CNR...

Eu traduzi para mim mesma apelando para minhas velhas lembranças do curso de história: o CNR, ou Conselho Nacional da Resistência, organização provisória que geriu a transição após a queda do governo de Vichy.

– ... para comprar um por um todos os jornais da região que tinham abertamente colaborado com os nazistas. Por uma ninharia, é claro.

– Incharam artificialmente o número de leitores – completei.

– É isso, e em proporções que Pierre jamais teria ousado sonhar. No começo da década de 1950, *L'Océan liberé*, rebatizado de *L'Océan*, tornou-se o diário de referência de todo o Grande Oeste da França. E estou falando de uma época quase sem TV, com não mais de duas estações de rádio em todo o país. O jornal chegava às mãos de milhões de leitores todos os dias. Um só artigo nas suas colunas podia fazer ou desfazer a reputação de qualquer pessoa. As caixas registradoras rapidamente se encheram em proporções colossais.

O que se seguiu era bastante previsível.

– Imagino que depois disso eles prosseguiram a política de aquisições...

– Com efeito. Pierre morreu em 1956. Mas André não parou mais de comprar tudo que parecia ao alcance de sua carteira: jornais, revistas, mas também emissoras de rádio com a explosão das FMs na década de 1980, depois as redes de TV na de 1990... Em meados da década de 1970, o grupo deixou Nantes e se instalou em Paris. Antes de David mandar construir a torre, tudo acontecia ainda em um prédio *art nouveau* da rue Miromesnil. Os jornalistas da casa chamavam de "o Cargueiro", por causa das janelas em forma de escotilha.

Uma saga à francesa como outras que o país conhecera na mesma época: os Hersant, os Arnault, os Pinault, os Lagardère... A história da dinastia Barlet era apaixonante. Mas eu estava louca para saber é da nova geração.

– E os filhos Barlet em tudo isso?

– É aí que eu queria chegar. André os criou com uma só coisa na cabeça, Annabelle: sua sucessão à frente da empresa. Durante toda a infância deles, ele nunca se comportou como um pai, mas como um árbitro.

– Um árbitro? Você quer dizer que...?

– Desde o nascimento do segundo, David, ele decretou que se abria entre eles uma competição. E que o melhor dos dois seria seu sucessor. Com esse objetivo, tudo era levado em conta: os resultados escolares, claro, mas também as proezas esportivas, o número de amigos, a popularidade e até o sucesso com as mulheres. É como se ele mantivesse um quadro com as pontuações de cada um. Talvez fosse o caso, aliás.

Os anos de juventude dos dois foram uma sucessão de testes e provas para determinar qual era digno do cetro paterno.

Eu me pergunto se, para vencerem no domínio das conquistas femininas, David e Louis não teriam ficado tentados, naquela época, em se avaliar, um e outro, na cama. Teriam transado a três ou mais?
~~A ideia de dois irmãos reunidos pelo traço de união de uma mesma mulher, um mergulhado no sexo dela, o outro engolido por sua boca, alternando orifícios e posições, um e outro capazes de fazer a mulher gozar como ela jamais gozou, esta ideia me perturba e ao mesmo tempo me enoja.~~

(Nota manuscrita anônima de 7/6/2009.)

Depois destas últimas palavras, a voz de Armand perdeu energia. Ele parecia acabrunhado pelo que acabara de relatar com tanta sinceridade.

– É horrível... – pronunciei sem conter meu sentimento.

– Hortense sempre procurou minimizar os efeitos dessa luta aberta. Algumas vezes chegou a se chocar violentamente com o marido. Mas quando ele estava em casa, não adiantava. André atiçava um contra o outro como dois cãezinhos raivosos.

– Mas chegou um momento em que tiveram que se acalmar. O pai acabou fazendo a escolha, não?

Ele fez que sim com a cabeça e, no seu sorriso triste, li que aquilo que poderia ter sido o epílogo do duelo fratricida nada resolvera.

– Sim, não muito antes de morrer, aliás. Talvez tenha sido um acidente, mas ele provavelmente sentiu a coisa chegar.

As dúvidas de Armand quanto à morte de André Barlet não me escaparam, mas me abstive de qualquer comentário.

– Eles continuaram a se enfrentar?

– Mais do que nunca! Assumindo a direção do grupo, David ganhava o primeiro round, mas nem por isso eles pararam de se desafiar: a namorada mais bonita, o relógio mais caro, o investimento na Bolsa mais acertado etc.

Fortuita ou não, a partida de André foi tão súbita que ele nem mesmo pôde apitar o fim da partida. O árbitro morreu antes de dar um fim ao campeonato, que se estendeu ano após ano, e ainda hoje, em qualquer ocasião. Órfãos, os dois jogadores se esgotam em eternas prorrogações.

– Nenhum dos dois jamais sentiu verdadeiramente ter ganho... não é?

– É o que temo – continuou, com uma voz surda.

Contudo, com seu casamento anunciado, David não estava mais muito longe de nocautear Louis definitivamente. Bastava que puséssemos no mundo uma criança num futuro próximo, e a vitória estaria assegurada de fato, não importa o que dissesse seu rival. Sua descendência seria o futuro dos Barlet. O selo inviolável de seu domínio sobre a empresa.

Nesse contexto, eu me espantava que o perdedor dos dois, Louis, tivesse aceitado com boa vontade aparente o prêmio de consolação concedido pelo irmão: diretor de comunicação do grupo. Como ele pôde se satisfazer com tão magra distinção honorífica? Ou talvez ele não se contentasse tanto quanto deixava transparecer... Talvez seu plano tão tortuoso para me atrair representasse para ele a hora da revanche.

Ao pensar nisso, lembrei da energia que circulava naquele corpo longilíneo, que transparecia ao menor contato, mesmo o mais superficial.

– É esta a história toda...

Com as sobrancelhas escuras arqueadas numa posição de expectativa, Armand parecia esperar de mim outra coisa. Uma outra reação. Mas o que eu podia acrescentar? Que eu me sentia de repente como um vulgar troféu? O rabo do Mickey que um dos dois concorrentes se apressava para pegar? A bola na hora do pênalti?

Expulsei essas imagens degradantes o máximo que consegui. No lugar delas, reuni na minha memória frágil todos os sinais mais flagrantes do amor que David tinha por mim, até este jantar que, como um fantasma atencioso, e a despeito de sua ausência, ele quis que fosse perfeito para mim.

– Ele me ama de verdade – eu disse como uma confissão de fraqueza. – E eu o amo também.

Minha voz tremia ligeiramente.

– É o que espero sinceramente de vocês dois.

E dizer que eu declarava abertamente meu amor por David a um quase desconhecido e que ainda não tivera a coragem necessária para anunciar minha união à minha mãe... Eu me desculpava pensando que a irrupção de Fred é que havia me impedido. Que, hoje, eu estivera bem perto de contar tudo a ela. Mas eu mesma não me convencia. Eu me sentia uma estranha nesse suposto "dia mais bonito da minha vida", tão iminente, mas cuja organização me escapava.

De repente, a vibração do meu celular quebrou o instante de emoção. Peguei o aparelho e abri a mensagem com um dedo trêmulo. Havia duas fotografias anexadas: a primeira me mostrava entrando no Hôtel des Charmes; a segunda, no mesmo dia, mas tirada algumas horas mais tarde, a julgar pela iluminação noturna, me mostrava saindo do estabelecimento. As duas fotos tinham sido feitas de um ponto de vista idêntico. Aquele que apertara o disparador me espreitara todo o tempo, sem se mexer. Quanto a minhas roupas, reconheci as que usava na noite do meu encontro com David, eu tinha certeza. A noite que eu terminara no Des Charmes com seu velho amigo Marchadeau. Eu estremeci.

O espaço da mensagem, por sua vez, estava vazio de texto, mas mesmo assim não havia a menor ambiguidade. Alguém me esperava naquele local. E não dentro de duas horas.

Agora.

12

Discreto, elegante, romântico. Assim me pareceu naquela noite o Hôtel des Charmes.

Eis outro jogo literário a que nos submetia nas aulas nosso professor bigodudo, alisando a cabeça calva com a outra mão: esforçando-se para definir cada coisa, lugar, indivíduo, situação ou sensação com apenas três adjetivos. "É mais do que suficiente", ele proclamava. "Não encham seus textos com imagens. Mais valem três adjetivos escolhidos com cuidado do que longas metáforas medíocres."

A distância do Des Charmes para o meu novo domicílio era de trezentos ou quatrocentos metros, não mais. Apesar do declive bem acentuado desse trecho da rue de La Rochefoucauld, não precisei de mais do que uns poucos minutos para chegar ao local, sem olhar para as vitrines ostentosas das lojas de música, tão numerosas no bairro.

O cruzamento dessa rua em declive com a rue Pigalle formava uma espécie de ponta alongada, uma pequena praça triangular que dominava o hotel na sua vertente meridional. O que chamava a atenção ao primeiro olhar era a estreiteza do imóvel: duas pequenas janelas por andar apenas, em cinco níveis, cada peitoril florido com as mesmas pétalas vermelhas cor de sangue.

Sem fôlego, vestida às pressas – eu justificara minha partida precipitada a Armand alegando uma urgência (Sophia!) –, aproximei-me do prédio no exato momento em que a pequena cabine de telefone por cartão, uma antiguidade, começou a soar no vazio.

Tirei o fone do suporte azul, lançando um olhar em volta da pracinha à procura de um hipotético observador. Mergulhada contra a vontade num romance ruim de espionagem, eu começava a sentir um certo medo.

– Alô?

Mas as três árvores raquíticas plantadas ali – seriam cárpinos? – não podiam esconder nenhum curioso. Tampouco as fileiras de motos estacionadas para a noite. Uma respiração regular se fez ouvir alguns instantes do outro lado da linha, depois desligaram de repente na minha cara.

A entrada do hotel pela rue Pigalle sacrificava-se também ao imperativo do segredo. Nenhuma placa muito visível, sem marquise ou toldo chamativo. Apenas o nome do estabelecimento, que só era visível para os transeuntes por uma simples placa cromada:

Hôtel des Charmes
Quartos personalizados
Preços por hora

Febril. Transida. Excitada?

Penetrando no hall – embora não fosse minha primeira vez ali –, eu me senti como uma garota no início do baile de debutantes, pouco antes de seu primeiro encontro. Combati essa impressão ridícula e inspirei profundamente para expulsar a emoção que dominava meu baixo-ventre, dirigindo ao imenso careca de libré um sorriso cúmplice.

– Boa-noite, sr. Jacques.

Seus olhos azuis, eternamente franzidos, me reconheceram com uma expressão afável.

– Boa-noite, senhorita. Deseja um quarto?

– Na verdade... já tenho um cartão.

Tirei da bolsa o retângulo de plástico e entreguei a ele. Ele não manifestou surpresa nem aprovação, limitando-se a pegar a chave.

– Bem. Imagino que alguém lhe deu...

– Se não foi o senhor que me enviou... – concluí para mim mesma à meia-voz.

– Não, não fui eu. Enquanto os clientes não me devolvem no final, eles são livres para dispor delas como quiserem.

– Compreendo. Mas o senhor não tem um meio de saber qual quarto esta chave pode abrir?

– Sim, evidentemente.

Dizendo isso, ele enfiou o cartão na ranhura de um leitor magnético e dirigiu o olhar esbugalhado para a tela embutida no balcão.

– Veja só. Que estranho... – suspirou.

– O que foi?

– Nada, na verdade... o cartão não contém nenhuma informação, contudo...

– Contudo?

– A tarja magnética ainda está ativa. Não parece ter sido reinicializada.

– O que podemos fazer?

Atrasada. Irritada. Impaciente?

– Infelizmente, não vejo outra solução: testá-lo em todos os quartos já alugados. Atualmente, nós temos... onze. Divididos em quatro dos cinco andares.

Cada segundo que me separava do desfecho intensificava o sentimento de traição que me atormentava desde minha partida do Hôtel Duchesnois. Eu não podia fazer isso com David... e eu devia fazê-lo, por ele. Por nós. Uma vez que nenhuma saída legal se abria para mim, era preciso acabar com aquilo aqui, esta noite. Rápido. Correndo o risco de me ver dentro de um destes quartos com Louis.

– Espere...

Do envelope cor de prata, eu tive a ideia de pegar a chave denteada...

– Isto aqui lhe diz alguma coisa?

– Não... lamento. Não usamos mais esse tipo de antiguidade há pelo menos vinte anos.

– Droga.

... Depois, em desespero de causa, o papelzinho rosa que a acompanhava.

– E isto?

Cara Zelle,
esta noite, às vinte e duas horas.
Seja pontual.
Não traga celular.

Então ele me devolveu um sorriso largo e tão franco que só podia ser libertador.

– Quem lhe mandou isto conhece bem a casa, Elle.

Era, eu creio, a primeira vez que ele se dirigia a mim usando meu diminutivo. Imagino que um de seus clientes fizera a confidência a ele.

– O que está querendo dizer? – insisti.

– Zelle não é um erro feito com seu nome. É o sobrenome de uma de nossas mais célebres musas inspiradoras.

... aquelas cujos sobrenomes identificavam os quartos.

– Ah, é? Qual?

– Nada menos que Margaretha Geertruida Zelle.

– Como?

Por mais que eu vasculhasse meu cérebro...

– Mata Hari, se preferir.

Eu preferia, sim.

– Quinto andar. – Ele se antecipou à minha pergunta. – Vai notar a porta mais à direita ao sair do elevador. Mas Ysiam estará lá para ajudá-la.

Ysiam? Era a primeira vez que ouvia este nome exótico.

Uma outra particularidade do Des Charmes era, desde sempre, e agora ainda, a presença de um camareiro em cada andar.

O que me recebeu no quinto andar era um paquistanês, ou talvez cingalês, de pele muito morena e sorriso franco e imaculado. Seus cílios, tão longos que pareciam artificiais, conferiam ao seu olhar uma expressão muito suave que inspirava confiança imediata.

Assim que saí do elevador, ele perguntou o nome do meu quarto com extrema cortesia e depois me conduziu até uma porta vermelho-escura, sem nenhuma placa.

Lá, Ysiam, sem pedir gorjeta, limitou-se a perguntar:

– Vai precisar de mais alguma coisa, senhorita?

– Hã... não... acho que não.

De ajuda nenhuma, pensei, a não ser para espancar aquele que me aguardava no quarto. Adoraria assimilar aquele momento com distanciamento, até mesmo com um pouco de desdém. Mas eu estava um pilha de nervos, prestes a explodir, sensível ao menor barulho, ao menor jogo de sombra ou de luz sobre o carmim da porta, já voltada para o conteúdo do quarto, que, como num pesadelo de criança, eu imaginava repleto com todos os meus mais antigos terrores.

Ysiam me deixou sozinha, e, depois de alguns segundos retendo a respiração, tomei a decisão de deslizar o cartão magnético pela ranhura. O estalo mecânico sucedeu ao bipe eletrônico, e eu só tive que apertar a maçaneta para ir ao encontro da minha sorte.

Perplexa.
Desconcertada.
Encantada.

O quarto não tinha nenhum ocupante, mas era esplêndido. O estilo *Belle Époque* de sua decoração lembrava uma dessas fotos de começo de século, com um ambiente orientalizado, uma variedade de objetos preciosos e coloridos que se vê no mercado das pulgas de Saint-Ouen e nos antiquários. As tapeçarias das paredes associavam motivos florais a uma profusão de insetos dando voltas em todos os sentidos. Armário, aparador e cômoda eram feitos de três materiais exóticos diferentes, que eu não soube identificar. Mas eram os acessórios que melhor assinalavam a época na qual eu me via projetada: várias luminárias Gallé em vidro ornamentado com várias camadas, assim como diversas estatuetas eróticas de bronze, representando essencialmente sátiros agarrados ao corpo nu de uma virgem voluptuosa. A peça principal era um gigantesco biombo com painéis de madeira treliçada.

Fiquei algum tempo contemplando o lugar fascinante. Não vendo ninguém chegar, estava a ponto de ir embora. Brincar comigo como uma boneca de pano ou um desses personagens virtuais de video games, era isto que excitava Louis Barlet? Do mesmo jeito que ele me fizera ir à galeria Sauvage para depois me largar, ele me convocava para cá em vão, sequer se dignando a me honrar com sua presença um só instante.

Eu chorava de impotência e raiva, quando uma sombra anônima enfiou debaixo da porta um papelzinho dobrado.

Tire a roupa.

A ordem lapidar era visivelmente escrita pela mesma mão do bilhete que eu mostrara há poucos instantes ao sr. Jacques.

Sem perder tempo com esta coincidência, apanhei minha bolsa e virei a maçaneta trabalhada da porta... para constatar que ela estava trancada.

O tão doce Ysiam, ou sei lá que outra pessoa, havia interditado o único acesso ao quarto. Eu não cedi imediatamente ao pânico. Afinal, o lugar me era familiar. Não era por certo uma frequentadora assídua, como Sophia. Mas o sr. Jacques sabia o meu nome, sinal de que eu era identificada. A conversa que traváramos minutos mais cedo me garantia que minha entrada havia sido devidamente registrada.

Contudo, o medo já havia modificado meu metabolismo. Eu tremia um pouco. Minha nuca estava mais rígida. Sentia os efeitos da angústia me invadindo dos pés à cabeça e até as sardas do meu rosto, que ardiam como minúsculas queimaduras.

Avistei o telefone, um antigo modelo de discador circular, e liguei para o número da recepção: 00. A campainha soou no vazio. Ninguém atendeu.

Imaginando que talvez o sr. Jacques estivesse patrulhando os andares, lancei discretos pedidos de socorro através da porta, consciente demais do ridículo da situação para pedir ajuda em voz mais alta.

– Sr. Jacques? Senhor? Tem alguém aí?

O silêncio abafado do corredor deserto, onde cada passo era amortecido pela espessura extravagante do tapete, foi o único eco que obtive. Sem grande esperança, tentei introduzir a chave denteada na antiga fechadura, mas a chave era grande demais para a fenda estreita. O porteiro dissera a verdade.

Só havia eu. Eu e aquele quarto sobrecarregado de móveis e motivos, tão hermeticamente fechado quanto uma caixa de joias. Mesmo a única janela parecia lacrada. Impossível virar a maçaneta. Através do vidro fosco, eu percebia ao longe a elegante silhueta do Sacré Cœur.

"Não traga celular." Como uma idiota, eu respeitara a recomendação que me deixava de agora em diante isolada do mundo exterior. A não ser quebrando o vidro e me atirando do quinto andar em cima da pracinha, sinistra flor vermelha sobre a calçada, eu seria prisioneira do lugar tanto tempo quanto meu anfitrião desejasse. Quanto tempo essa palhaçada iria durar?

Comecei a tamborilar na porta com meus dois punhos impotentes, quando um fenômeno surpreendente se produziu às minhas costas: em todo o contorno do quarto, os painéis de madeira onde estavam fixadas as tapeçarias coloridas giraram em torno do próprio eixo ao mesmo tempo, visivelmente movidos por um mecanismo elétrico sincronizado. Eles deram lugar a espelhos verticais apoiados na parede do fundo.

Eu não estava mais sozinha, não. Minha imagem multiplicada ao infinito me oferecia a companhia de todas as facetas da minha silhueta. Todos os meus ângulos, todos os meus rostos, todas as minhas graças e desgraças estavam finalmente reunidas. Eu compreendi que o dispositivo não era senão uma evocação da precedente intimação: "Tire a roupa."

– É disso que você gosta, é? Espiar? É o seu fetiche? – interpelei em voz alta um possível voyeur.

Claro, só obtive o eco da minha voz, alterada pela fúria, abafada pela espessura das tapeçarias.

Da minha bolsa, tirei o caderno cor de prata, cheio dos bilhetes recebidos, e o agitei como um pregador brandindo a Bíblia, rancoroso:

– Isso excita você, hein, imaginar o que eu tenho na cabeça? E na xoxota também, não é?

O silêncio aguçava ainda mais minha raiva.

– Acha mesmo que é violando a intimidade das pessoas que nós a educamos? Está pensando que me tornei uma coisa sua só porque você escreveu no papel duas ou três sacanagens a meu respeito? Mas eu não lhe pertenço! Não lhe pertencerei jamais! Eu sou do David! Do David, está me entendendo?

Vários minutos se escoaram sem que nada se passasse, nem no quarto, nem do lado de fora. Percorrida por longos arrepios, algumas lágrimas à flor das pálpebras, escolhi finalmente obedecer. Se eu quisesse sair daquela armadilha, eu não dispunha de nenhuma outra opção. Estava furiosa. Deus sabe quanto tempo Louis estaria disposto a me sequestrar se eu não obedecesse. A noite inteira? E, nesse caso, como eu poderia justificar com David todas as horas passadas fora de casa? Eu teria que contar tudo a ele, então...

Desfiz primeiramente as fivelas dos meus sapatos, um par de Louboutin presenteado por David, cujo fecho em forma de flor seduzira a fashionista que Rebecca fizera nascer em mim. O resto do meu traje do dia era mais simples, uma vez que estava usando um jeans colante azul e uma camiseta de seda bege, de decote canoa, que mudava de tonalidade conforme a luz. Retirei um, depois o outro, conservando só a roupa de baixo, calcinha e sutiã de renda finamente trabalhada, através da qual se percebia minhas aréolas castanhas e meus pelos púbicos abundantes.

De que modo tal visão podia satisfazer aquele que – eu não duvidava nem por um segundo – devia estar gozando nos bastidores através de algum tipo de vidro espelhado ou câmera?

O que eu observava não era mais excitante do que a Annabelle que me olhava todas as manhãs no espelho do banheiro. Os mesmos quadris, largos demais. As mesmas coxas e as mesmas nádegas, cheias demais. A mesma barriguinha, ligeiramente pronunciada. "Amarás teu corpo"? E ele ainda tinha que ser sedutor!

Como para responder a essa obviedade, a iluminação se modificou de repente, sem que eu tivesse que acionar qualquer comando. Cada lâmpada modulou sua intensidade, mergulhando o aposento numa penumbra atravessada por raios luminosos que modelavam meu corpo de maneira inédita. Cada membro, cada curva, cada volume adotava uma forma nova, mais suave, ao mesmo tempo cheia e harmoniosa. Eu era exatamente a mesma e, entretanto, nunca tinha me visto tão bela, com a mesma altura e o mesmo peso.

Constatei de repente que a temperatura tinha aumentado, pois a despeito da minha nudez eu não sentia nenhum frio. O estremecimento que me percorria nada tinha a ver com a atmosfera, mas com a febre interior, oscilando entre a raiva e a perturbação.

"I could feel at the time
There was no way of knowing"

A voz do cantor, aguda e ligeiramente amortecida, saía de invisíveis alto-falantes dissimulados em cada ângulo, depois de algumas notas de guitarra que não me eram desconhecidas. Eu já tinha escutado aquele trecho, há muito tempo. Quando? Onde? Não sabia muito bem. Esse gênero de soul-rock suave, acompanhado de textura eletrônica bastante datada, não era na verdade o tipo de melodia que Fred apreciava. Foi no refrão que eu consegui adivinhar, dar o título e decodificar a mensagem que me era dirigida por seu intermédio:

"More than this
Tell me one thing...
More than this."

Mais do que isso. Impossível ser mais explícito do que esta ordem sussurrada por Bryan Ferry: ele queria ver mais.

Eu estava com tanta pressa de acabar com aquilo quanto minha razão insistia em dizer? Ou cedia a outra coisa? Ao desejo? Não. Eu sentia um verdadeiro ímpeto. Um impulso irresistível, fruto improvável de sentimentos contraditórios e impossíveis de distinguir.

Desabotoei meu sutiã com uma mão mais ágil do que nunca. Ele escorregou para o chão e liberou meus seios pesados, que manifestaram o prazer de sair da armadura com uma palpitação seguida de um inchaço súbito dos mamilos. Rocei a ponta deles com a palma da mão, para constatar que não tinham endurecido sob a ação de nenhum frescor ambiente. Estavam quentes, quase ferventes. O vaivém da minha mão fazia com que apontassem um pouco mais para a frente, escurecendo sua tonalidade rubra.

"More than this
You know there's nothing..."

Sim. Restava alguma coisa.

A calcinha de algodão, enfeitada na altura dos pelos púbicos com pequenas aberturas de renda, deslizou sem esforço pelas minhas pernas, indo se juntar no chão com o resto das roupas. Mais nada, agora, se interpunha entre o olhar dele e a minha intimidade. Creio que, mesmo na frente de David, eu nunca me mostrara tão sem rodeios, com tanta indecência. Sequer tive o reflexo de pôr a mão no baixo-ventre, lá onde os lábios se juntam e escondem a fenda, dissimulada pelos caracóis castanhos.

Esperei quinze anos para me aventurar nesta região de mim mesma que só um olhar exterior pode conhecer. Creio até que foi nessa época que comecei a me masturbar com conhecimento de causa. Antes, eu ficava me esfregando indistintamente em um bicho de pelúcia ou um travesseiro.
Peguei emprestado um espelho de bolso da mamãe e, trancada no banheiro, um pé na borda da banheira, eu o coloquei em posição vertical à minha fenda. Faltava luz, eu adivinhava meu sexo mais do que enxergava. Lembro de ter repetido a experiência três ou quatro vezes antes de achar o dispositivo adequado: uma lanterna no chão dirigida para minha xoxota, com o espelho em equilíbrio

no rebordo, eu dispunha das minhas duas mãos para afastar as duas dobras escuras e desvendar afinal o mundo desconhecido. Ficava fascinada. Levava muitos minutos apalpando cada recanto, principalmente os que estavam brilhando de umidade, com a ponta do dedo indicador.

Eu tinha um pouco de medo de me machucar. Passando finalmente o dedo no botão rosado, compreendi que não era a dor que eu devia temer. Massageei-o por um momento, desajeitada, mas com suficiente tenacidade para provocar alguns suspiros e quase perder o equilíbrio na banheira esmaltada. Tinha descoberto o que queria saber. E de maneira bem pouco compreensível, nunca mais retomei aquela exploração no ponto onde eu parei na época.

(Nota manuscrita anônima de 7/6/2009:
era no meu quarto, não no banheiro. Quanto ao resto...)

Olhando meu corpo refletido daquele jeito, sob todos os seus aspectos, em todo seu relevo, tive a impressão estranha de descobri-lo pela primeira vez. Então era este quadro que os homens cobiçavam quando eu tirava a roupa na frente deles. Era esta mulher, e não a que o meu olhar crítico, deformado pelos anos de complexos e de educação, fracionava em tantos defeitos. O mais surpreendente é que minhas imperfeições nem por isso desapareciam. Mas vê-las pela primeira vez recompostas em uma paisagem única conferia-lhes um atrativo inegável, que eu estava a mil léguas de imaginar.

O único atributo físico que eu sempre reconheci em mim, na minha intransigência, era a maciez da minha pele. Eu tratava dela com cuidado, usava óleos perfumados, de monoï, de amêndoas doces e de carité, dando preferência aos tratamentos naturais, em vez dos custosos complexos oferecidos pela indústria cosmética, persuadida de que meu charme residia acima de tudo no aspecto sedoso da minha epiderme.

Fechei os olhos instintivamente. Um toque superficial na minha barriga, colo, contorno do seios me confirmou que esses esforços não eram vãos, nem minha reputação usurpada. Minha mão passeava com prazer, aquecendo ligeiramente cada região percorrida, atraída naturalmente para a seguinte, descendo pelas costas até as nádegas e, para acabar, a tão aveludada parte interna das coxas.

Não era mais a voz langorosa do cantor romântico que se espalhava pelo quarto. O coro instrumental expandia a melodia e suas notas de violão executadas em pizzicato. O fim do trecho estava próximo. A música foi subitamente coberta por uma crepitação que me sobressaltou.

O barulho provinha de um console de dois níveis, tão discreto que eu não reparara nele até então, atrás do biombo. Uma pequena impressora começara a trabalhar, cuspindo retângulos de papel grosso. Peguei o primeiro deles e virei ao contrário.

Paralisada. Lisonjeada. Agradecida?

Fotografias coloridas surgiram. Cada imagem me revelava sob um ângulo diferente, enquadrada de maneira mais ou menos reduzida. Era um quebra-cabeça dos meus encantos, com o qual meu instigador daquele jogo de esconde-esconde acabara de se fartar. Estranhamente, todo o rancor se dissipara em mim. Me ver tão bela naqueles mil reflexos de espelho fez brotar em mim uma sensação de bem-estar, de apaziguamento. Hoje eu não fora contratada apenas por meus atrativos, aspectos de mim que eu não reconhecia ainda como plenamente meus. Era bem mais do que isso: eu me sentia reconciliada comigo mesma. A minha imagem fora recomposta e, mais do que tudo, submetida a mim.

O estalo repentino na fechadura eletrônica, pondo um ponto final ao meu cativeiro, não rompeu com este sentimento singular. Tornar a vestir minhas roupas pareceu uma lenta carícia, que eu não fiz nada para precipitar, desfrutando cada momento, cada centímetro de pele afagada. Com as fotos guardadas na bolsa, eu só precisava deixar o local, um pouco grogue. Sem que isso me surpreendesse verdadeiramente, não cruzei com ninguém durante a travessia do hotel até a saída para a rua. Sequer com o sr. Jacques, ausente do seu balcão.

Como um autômato, ainda assim estranhamente lânguida, desci a suave ladeira da rue Pigalle como num sonho. Àquela hora tardia, só alguns bares noturnos ainda estavam abertos. Caminhando, mal percebi os assobios que me dirigiu um grupo de bêbados indelicados sentados num terraço.

Às vezes, me dou conta de que transei com os homens por dinheiro.

Eu, Annabelle. Elle. Mesmo me dizendo que isso não faz
de mim uma mulher tão diferente de todas as vadias
que abrem as pernas para garantir o padrão
de vida a que aspiram, estou pouco ligando.
Paradoxalmente, quando repito para mim esta frase aviltante
algumas vezes seguidas, "eu sou uma puta", uma excitação
surda e estranha toma conta de mim.

(Nota manuscrita anônima de 8/6/2009. Mais uma vez: sem comentários.)

Vibrante, úmida, disponível.

Meu sexo é acariciado pela tira de algodão prestes a entrar nele a cada passo que dou. O contato estimula tanto meus lábios inchados, meu clitóris em fogo, minha fenda entreaberta e palpitante de desejo que, sem o sobressalto de pudor que me retém, eu teria enfiado a mão dentro da minha calcinha, ali mesmo, em plena rua, e executado à vista de todos as carícias cujos resultados benéficos eu conhecia.

Meu sexo, fremente, pronto para tudo ou quase... Faminto.

13

7 de junho de 2009

Se tivesse que dar um depoimento sobre tudo que aconteceu naquela noite, o que eu diria: que eu tinha ficado nua, sozinha, por minha própria vontade, no quarto de um hotel situado a centenas de metros do meu novo domicílio, o qual eu já frequentara no passado? De que infâmia se podia acusar aquele que me conduzira para lá? Como classificar aquilo, a não ser concluindo se tratar de uma extravagância no mínimo incongruente de minha parte?

Que a ausência de Louis no Hôtel des Charmes me desestabilizara não é um argumento que se possa usar contra ele. Também não era culpado da umidade que não deixara meu sexo, ainda molhado quando eu acordei, numa hora em que David já havia saído de casa há muito tempo e me deixado sozinha como todas as manhãs, depois de uma noite atormentada.

O que poderia servir de prova contra o primogênito dos Barlet era este novo bilhete:

Você está sentindo minha falta
dentro de você, não é?

Como os anteriores, este me esperava no aparador da entrada, quando me levantei. Na ampulheta, uma quantidade impressionante de areia já escorrera para a parte de baixo. Nosso casamento, menos alguns grãos...

– Bom-dia, Elle.

O tom era bem-humorado, quase malicioso, e destoava por sua leveza dos meus sombrios pensamentos. Ele me desconcertou tanto que levei vários segundos até reconhecer a voz:

– Louis!

... e a fonte presumida de meus tormentos, anunciada uma vez mais pela inebriante fragrância que ele usava constantemente.

– Eu mesmo, enviado até você por seu futuro marido.

Acompanhou as palavras com uma inclinação de exagerada deferência.

O que ele queria comigo? Como ousava aparecer ali? Minha humilhação da noite anterior não fora suficiente e ainda tinha que vir desafiar-me na hora em que eu saía da cama?

Retive uma exclamação exasperada.

– David?

– Conhece algum outro? – ironizou alegremente.

Seria possível ele ser o monstro manipulador da noite e agir no dia seguinte com tamanha indiferença? Pelo visto, sim. Ele exibia um sorriso radiante, girando a bengala entre as mãos com uma destreza de acrobata. Nada na sua atitude traía nosso "encontro" da véspera.

– Não, é claro. Mas é que...

– David me encarregou de fazer de você uma "verdadeira ateniense".

Dizendo isso, ele pegou minha mão e fingiu beijá-la. Eu a retirei com um gesto brusco, pronta para esbofeteá-lo.

– Uma ateniense... – repeti mecanicamente, gelada de indignação.

– Palavras dele. Então eis-me aqui!

O mordomo, aparecendo sem avisar dos confins do escritório, assentiu com um sorriso inocente. Sua irrupção me impedia de qualquer movimento brusco. Com grande esforço, compus um sorriso crispado, que pareceu enganá-lo.

– Exato, senhorita. David faz questão que se sinta em casa não somente entre estas paredes, mas também no bairro. Pelas razões que agora não ignora mais, este bairro é muito especial para esta família.

– Viu como o tempo está maravilhoso? – acrescentou Louis, entusiasmado, livre da arrogância que exibiu durante nosso primeiro encontro. – Não é um dia perfeito para um passeio a pé?

Uma vez que o chefe da linhagem – e meu futuro marido – aprovara a iniciativa, dificilmente eu poderia recusá-la. Menos ainda diante de testemunhas. Eu precisava achar uma desculpa, e depressa.

Com um breve olhar oblíquo, Louis avistou Félicité, que passeava a alguns passos dali. Da escada, podia-se ouvir a correria de Sinus e Cosinus à procura da nova parceira de brincadeiras.

– Sim, é verdade... mas não estou me sentindo muito bem – aleguei.

– Por isso mesmo, o ar livre vai reanimá-la! – apoiou Armand.

– Francamente, Elle, o que você poderia fazer de melhor hoje? Trate de aproveitar seus poucos dias de liberdade antes de sua estreia na TV. Verá que, uma vez presa no ritmo da emissora, *recreações* deste tipo não serão mais tão frequentes.

Mordi os lábios para não berrar o nojo que sentia. "Recreações"? E como ele classificaria uma sessão como a da noite anterior? Uma inocente distração?

– Não, de verdade... É muita gentileza sua, mas não estou em condições... Se eu quiser estar apresentável na segunda-feira, creio que, ao contrário, o melhor é ficar de repouso.

Por que David entregava a noiva a alguém que, há vários dias, a manipulava com tanto maquiavelismo? Eu me agarrava a esta resposta: ele não devia estar a par das imposturas do irmão. Depois eu pensava em outra perspectiva: em nenhum caso ele poderia ser cúmplice. Não ele. Não David.

– Não custa tentar! Venha!

Ele segurou outra vez a minha mão e, desta vez, apertou com tanta força que eu só poderia livrar-me dele com um safanão.

– Me largue! Está me machucando!

Sob o olhar reprovador de Armand, ele soltou imediatamente a pressão em torno do meu punho, como um menino flagrado em erro.

– Como quiser – balbuciou, olhando para baixo. – Eu só achei que...

Eu o cortei com dureza:

– Achou o quê?

– Que o passeio seria a oportunidade de falar com você um pouco mais.

– Um pouco mais? E sobre o quê?

– Sobre nós... David e eu... Eu o conheço. Ele é cheio de reservas. Tenho quase certeza de que não lhe contou nada ou quase nada da nossa infância. Nem sobre esta casa, aliás.

Touché.

Se ele cumprisse a palavra, a oferta não era desprovida de interesse. E depois, era agora ou nunca meu momento de sondá-lo. Talvez até de fazer cair a máscara que ele exibia em cada um de nossos encontros. De aniquilá-lo de uma vez por todas.

Eu quis também me tranquilizar, imaginando que ele não ousaria tentar nada despropositado em pleno dia, em plena rua. O olhar encorajador de Armand acabou de liquidar com a fúria que não me deixava desde a véspera.

– Bom... está bem – aprovei secamente. – Você me dá um tempo para eu tomar banho?

– Quantos banhos você quiser. Temos o dia inteiro à nossa frente.

No chuveiro, e nos meus ouvidos, aquilo não soava como a promessa de um divertimento inocente sob o sol de primavera, mas como uma ameaça de longas horas de suplício. Eu não esperava outra coisa.

Amassei o bilhete na minha mão fechada – este não iria para o caderno prateado – e, com um nó no estômago, entrei no chuveiro. Menos de quinze minutos depois, reapareci diante do meu carrasco trajando um vestido florido bem simples, embora enfeitado à minha maneira com vários pedacinhos de feltro costurados à mão, sapatilhas cor de carne e uma pequena bolsa contendo apenas o necessário. Suficientemente arrumada para não dar razão a críticas; suficientemente sóbria para barrar qualquer sinal equívoco. Embora não fosse vista, tive o cuidado de vestir a calcinha mais grossa e menos sedutora da minha coleção de lingerie, afastando a imagem da que eu tirara ao voltar da noite anterior, encharcada de secreções vaginais.

Diante do número 3 da rue de la Tour-des-Dames, transpostos o pequeno pátio em forma de quarto crescente e o pórtico antigo do Hôtel Duchesnois, um sol radioso nos acolheu. Eu não podia contradizer Louis neste quesito: estava um dia lindo, que convidava abertamente a um passeio.

Parecia tão bem-humorado que foi difícil não me deixar contaminar pela alegria que ele exibia. Contudo, cada vez que ele olhava para mim, eu me via instantaneamente transportada para o quarto onde, na véspera, eu ficara nua para ele, mais do que jamais ficara para qualquer outro homem.

– Elle... Você tem alguma ideia do que David queria dizer quando me pediu para fazer de você uma ateniense?

A pergunta não soava como uma armadilha. Foi formulada sem mordacidade nem subentendidos, era só para se assegurar de que nível partia a sua aluna. Ele esperava minha resposta, com olhos atormentados pregados nos meus.

– Não – admiti. – Na verdade, não.

– Então saiba que chamamos o bairro onde estamos de Nouvelle Athènes, a Nova Atenas. Entre a rue des Martyrs a leste, a rue Pigalle a oeste e a rue Saint-Lazare ao sul, você tem alguns quarteirões que viram nascer nada menos do que o romantismo francês.

Franzi sem querer os meus olhos intrigados. Estava esperando alfinetadas mordazes, talvez até comentários indecorosos, nunca uma aula de história. Ele parecia decidido a se comportar como se a cena no quarto Mata Hari nunca tivesse acontecido.

– Como assim?

– Em meados da década de 1820, vieram morar aqui todos os maiores nomes dessa nova corrente artística: poetas e escritores, evidentemente, como George Sand, Eugène Scribe, Marceline Desbordes-Valmore, Alexandre Dumas e até, mais tarde, o grande Victor Hugo; músicos como Liszt, Berlioz, Auber, Chopin, Wagner; pintores também, como Delacroix, Vernet, Gavarni e Ary Scheffer. Mas o que se ignora com frequência é que os primeiros artistas a alimentar este viveiro...

Ele interrompeu a enumeração e ergueu os olhos maravilhados, quase olhos de criança, para o edifício de onde acabáramos de sair, único no gênero em virtude da fachada arqueada que se abria para um pequeno pátio principal.

Desde nossa última conversa, notei que ele deixara crescer no rosto uma barba que, longe de encorpar, cavava ainda mais sua fisionomia emaciada. Ela parecia exprimir, na superfície da pele, a febre que o habitava.

– Sim?

– ... foram os atores, Elle. Simples atores.

– A srta. Duchesnois? – perguntei.

– Principalmente. Mas antes dela, outros grandes nomes instalaram-se nesta área: mademoiselle Mars, aqui do lado, no número 1...

Lembrei por um instante do alfinete de cabelos na vitrine da Antiquités Nativelle, aquele que me fizera salivar de desejo alguns dias antes. Mas Louis prosseguia, entusiasmado, com sua longa mão pousada no meu braço para melhor chamar minha atenção.

– O grande Talma, ator preferido de Bonaparte, no número 9. Mas também Marie Dorval, a amante de Alfred de Vigny, um pouco mais abaixo, na rue Saint-Lazare. No começo da década de 1830, esta rua onde você mora hoje era o Champs-Élysées da nova cena artística.

Ouvindo-o exibir todo o seu saber, eu quase esquecia do perverso, do cunhado desleal que obtinha estranhos favores em troca de seu silêncio, do louco que esmiuçava minha sexualidade como num livro surgido do inferno, página após página.

Ele vivia tão intensamente sua descrição que todo o seu ser parecia transportado para a época que tentava fazer reviver.

– Mas por que "Nova Atenas"? – perguntei, curiosa. – E por que todos afluíram para cá?

– De acordo com a versão oficial, o nome teria nascido pela pena de um editorialista do *Journal des débats*, Dureau de la Malle, em 1823. Mas, a meu ver, as razões são bem difusas: com a revolta dos gregos contra o jugo otomano em 1921, a Grécia estava muito na moda nessa época. O estilo neoclássico e neorrafaelita dos prédios de Constantino devem ter influenciado também.

– Neorrafaelita? – interroguei, revelando minha ignorância.

Enquanto falava, ele passou o braço sob o meu, da forma aparentemente mais casta e natural quanto possível, para me levar até a rue de La Rochefoucauld, por onde eu andara na véspera. Fez isso com tanta naturalidade que minha guarda baixou, dando lugar a um calor suave e envolvente.

"Quanto mais você deixar que ele a toque, mais se prepara
para recebê-lo em você, em outro lugar."
Sim, foi a parte interna do meu braço, a pequena extensão
de pele fina acima do cotovelo, tão sensível que
me sussurrou isso, creio eu.
Eu me pergunto se é possível gozar numa zona erógena
aparentemente tão sem importância...

(Nota manuscrita anônima de 7/6/2009.)

No entanto, um novo arrepio me percorreu ao pensar na versão de mim mesma, impudica, oferecida, para a qual ele me conduzira. Por que eu o seguia tão dócil?

– Sim, olhe este imóvel: está vendo os nichos arredondados na parede entre o primeiro e o segundo andar? E aquele outro, as três aberturas serlianas, o postigo central com seu arco abobadado e duas aberturas mais estreitas de um lado e de outro, coroadas por um lintel simples?

Sua erudição, longe de me acabrunhar, abria meus olhos para uma paisagem nova. Ele desvendava todos os mistérios da cidade que eu acreditava conhecer. Uma pressão da sua mão nos meus ombros quase me fez desmaiar.

– Tudo isso – continuou ele – é característico do maneirismo arquitetônico italiano da Renascença.

– Rafael? – perguntei.

– Sim, e também Palladio, Serlio, Sangallo... Percier e Fontaine, arquitetos oficiais do Império, inspiraram-se muito neles. E seus relevos influenciariam depois todo o planejamento de lotes para residências particulares até a década de 1830. A Nova Atenas, em especial.

Desta vez, eu é que segurei o braço dele, e meu seio esquerdo acidentalmente encostou no seu bíceps, que eu sentia tenso ao extremo. Eu me afastei quase na mesma hora, discretamente. Não podia deixá-lo sentir o mamilo rebelde que intumesceu com aquele contato, traindo a efervescência que crescia dentro de mim.

– E depois, ao concentrar tanta beleza e inteligência, o bairro rapidamente se tornou polo cultural de primeira linha, cuja reputação ultrapassou de muito nossas fronteiras. Vinha gente de toda a Europa! Imagine: em 1850 viviam nestas poucas ruas mais de uma centena de artistas. Nem todos passaram à posteridade, mas todos forjaram a alma deste lugar.

Isso foi dito com uma evidente nostalgia, como se ele lamentasse um tempo que não havia conhecido, de cuja aura teria adorado participar.

Tomado de entusiasmo com sua verve, ele sentiu calor. Tirou o paletó, arregaçou as mangas da camisa branca e enrolou-as nos braços. Pela primeira vez, a tatuagem no lado interno do seu antebraço esquerdo ficou totalmente visível para mim. O fato de se desnudar na minha frente, ainda que parcialmente, não deixou de me perturbar, mas procurei me concentrar no desenho que ele acabara de desvendar. Por que aquelas duas asas abertas e o entrançado em volta de uma espécie de cetro me eram tão familiares?

Ele percebeu o meu olhar insistente e explicou com um sorriso quase forçado nos lábios:

– É um caduceu de Hermes.

Um caduceu, isso mesmo, idêntico aos existentes em certas farmácias ou consultórios médicos.

Mais embaixo, na altura do punho, havia também uma letra, um "a" minúsculo, isolado e desenhado com uma tipologia que lembrava a das antigas máquinas de escrever.

– E esta letra aí... Por que só um "a"? A de Artista? De Anarquia?

Minhas hipóteses, um tanto provocadoras, não o fizeram rir. Ao contrário, seu rosto ensombreceu-se de repente e uma expressão contrafeita apagou a frivolidade que ele exibia até então.

– Não, simplesmente a primeira letra do alfabeto – ele terminou murmurando.

Seu recolhimento súbito devia ter me dissuadido de insistir, contudo...

– Apenas a primeira?

– Oh, fique tranquila, as outras virão depois.

Eu li nas entrelinhas o projeto: gravar todas as letras no corpo. Fazer do corpo um silabário vivo, uma caixa de ferramentas que ele carregaria consigo para sempre. Era bonito e meio bobo ao mesmo tempo. Comovente e ridículo. Pueril também. O tipo de coisa que se cogita na adolescência, mais raramente na idade adulta.

– E a pena em tudo isso?

Pois, como eu entrevira na noite do nosso encontro na galeria Sauvage, o caduceu não terminava com uma vulgar ponta bisotada, mas sim com uma pena de caneta.

– Digamos que seja o estilete que permite criar cada uma delas. E no final é o poder que ele tem de reunir letras e formar palavras o que nos cura.

Minha leitura da Bíblia já havia me aclimatado ao conceito de verbo criador, e eis que Louis retomava esse conceito, transformando-o em verbo curador. No princípio era... o sexo, não era? Como puderam nos fazer engolir durante milênios uma gênese desprovida de qualquer ato carnal?

Eu ainda queria interrogá-lo mais sobre o assunto – sua reação me confirmava que eu estava tocando em uma questão muito delicada –, quando ele parou de repente em plena rue Chaptal e puxou a manga da camisa sobre a tatuagem, sua forma de me dizer que aquele capítulo estava encerrado.

Estávamos na altura do número 16. Uma árvore se esparramava entre as fachadas para projetar sua sombra frondosa sobre a calçada. Uma passagem estreita, orlada de plantas, começava ali e levava a um pátio ensolarado onde velhas senhoras descansavam em um banco, à sombra de uma roseira gigante.

Meu olhar se deteve por um instante na placa da rua:

MVR
Museu da vida romântica

– E por falar em alfabeto... – ele recomeçou com um sorriso delicado –, este lugar é o bê-á-bá do Romantismo parisiense. Não se pode compreender este arrondissement e sua história sem o visitarmos antes.

Ele se referia à graciosidade daquele refúgio parado no tempo, separado da agitação moderna pelas poucas dezenas de metros da ruazinha pavimentada? O edifício no fundo do pátio era encantador, com suas janelas e balcões verdes, meio oculto por trás de altos arbustos de rosas-chá.

Ele segurou meu braço com força quando quase tropecei nos blocos de granito desnivelados. O incidente provocou uma nova colisão do meu peito contra ele, desta vez com a lateral do corpo, densa e musculosa.

Eu fiz a primeira pergunta que me surgiu, para não deixar transparecer minha perturbação:

– A quem pertencia esta casa?

– A Ary Scheffer, o pintor. De uma certa maneira, o retratista oficial da intelectualidade romântica. Liszt, Sand, Chopin, Renan... Ele imortalizou a todos dentro destas paredes.

Em vez de me atrair diretamente para o interior do edifício, ele me segurou pela mão para me conduzir ao jardinzinho à direita. Ali, depois de um canteiro de flores cor-de-rosa cercado de alguns bancos, abria-se um esplêndido jardim de inverno, uma ampla varanda envidraçada em arco que prolongava o corpo da construção principal. No exterior e no interior, turistas com máquinas fotográficas a tiracolo e um sorriso nos lábios tomavam chá em volta de mesinhas de bar redondas.

– É bonito, não?

Eu assenti, maravilhada, minha mão sempre prisioneira da dele. Que um lugar destes pudesse ainda existir nesta cidade, nestas condições, à margem do tumulto, era obra de um milagre. E que tenha sido ele – precisamente ele – que me revelou sua existência era a mais cruel das ironias.

Louis me indicou uma cadeira e se sentou também, visivelmente à vontade naquele cenário de um outro tempo. Algumas notas de piano melancólicas saíam de uma pequena cascata artificial, por certo vindas de um alto-falante oculto entre as pedras. Depois de escutar religiosamente o trecho durante um tempo, ele enunciou seu título, com o olhar no vazio:

– *Noturno nº 20* de Frédéric Chopin, em dó menor sustenido. É uma de suas peças póstumas.

Quem mais à minha volta seria capaz de reconhecer uma composição de Chopin depois de ouvir apenas duas frases musicais? Mas eu logo me dominei, imaginando que ele podia muito bem me fazer acreditar que era Schubert ou Beethoven e eu não saberia a diferença.

– Veja – ele continuou –, foi aqui que nasceu o amor de George Sand e Frédéric Chopin. Fala-se muito do encontro deles no Hôtel de France, na casa de Liszt. Ou do pequeno paraíso da praça d'Orléans. Mas, na verdade, é a Scheffer que os dois devem a superação de sua repulsa inicial. A Scheffer e sua mania de mesclar os amigos a todo custo.

Ele disse isso fazendo um gesto que abrangia o edifício, cuja abertura para o jardim desaparecia por trás de uma espessa cortina de veludo cinza, como para melhor proteger o segredo daquela paixão.

– Repulsa? – eu me espantei. – Eu pensei que eles eram loucos um pelo outro...

– Exatamente, eu disse *repulsa*. Sabe o que Chopin escreveu a respeito de Sand depois que a viu pela primeira vez?

– Não...

Então nos trouxeram o chá e os biscoitos pedidos. Depois que me servi, com nossos olhares se cruzando e um delicioso aroma de jasmim escapando aos poucos da minha chávena, ele citou de cor:

– "Que mulher antipática aquela Sand! É de fato uma mulher? Tenho minhas dúvidas."

– Encantador! Um verdadeiro *gentleman*!

– É uma bela lição de humildade amorosa, em todo caso. Você não acha? Nunca se sabe onde uma primeira impressão, mesmo desastrosa, pode nos levar...

Foi minha vez de evitar o assunto excessivamente escabroso que a conversa dele levantava. Eu via bem que a escolha dos lugares, assim como os temas que abordava, nos levariam inevitavelmente à nossa história. Ou melhor, a essa obsessão doentia que ele nutria por mim.

Não vou copiar na íntegra o poema libertino de George Sand dedicado a Alfred de Musset, na época seu amante, mas, de memória, ele começa assim:

"A minha emoção é grande quando digo
que compreendi bem na outra noite
que houve sempre uma vontade louca de me deitar
a dançar. Guardo a lembrança de ser beijada
e eu gostaria muito que isso fosse
uma prova de que posso ser amada
por ti."

O que, pulando um verso em cada dois, traduz-se por:

"A minha emoção é grande quando digo
que houve sempre uma vontade louca de me deitar
e eu gostaria muito que isso fosse
por ti."

(Nota manuscrita anônima de 7/6/2009: se ele pensava em me ensinar alguma coisa, se deu mal. Sophia já me mostrara este poema, quando ainda estudávamos na faculdade.)

Decidi contra-atacar: minha vez de conduzir a conversa:

– Também é uma tatuagem?

Pela primeira vez, minha pergunta o pegou de surpresa:

– Como?

– A braçadeira de seda que David usa: ela esconde uma tatuagem semelhante à sua?

Ele ficou lívido, incapaz de achar as palavras para me responder, logo ele, normalmente tão eloquente.

Ao menos não era raiva. Ao tentar interrogar meu noivo a esse respeito, na cama, alguns dias antes, ele me gratificou com uma resposta irritada e definitiva:

"– Foi um acidente, e não interessa a ninguém, só a mim.

– Nem à sua mulher?

– Não... de todo modo, é passado."

Capítulo encerrado.

Louis puxou a manga, cobrindo o caduceu, como se o gesto tivesse o poder de preservar o segredo do irmão.

– Não... David não exibe esse tipo de coisa.

– Então o que é?

Ele nunca me conhecera tão insistente. Ele só via em mim o que queria ver: uma presa fácil, à sua mercê por conta das informações que tinha a meu respeito. Um joguete, um simples joguete, e uma mulher cujo corpo ele agora conhecia em todos os contornos.

Contudo, eu li por um instante o pânico nos seus olhos sombrios.

– David não lhe disse nada?

– Disse o quê?

– Sobre o braço dele...

– Não. O que eu devia saber?

Ele deu vários goles barulhentos na bebida ainda fervente, depois começou, com a voz menos segura do que de costume:

– Não é apenas uma história de braç... – disse gravemente, recuperando o fôlego.

Por essa introdução, compreendi que não se tratava de um caso sem importância.

Com um olhar amistoso, encorajei-o a prosseguir seu relato.

– Quando eu tinha 20 anos e David 19, nós conhecemos juntos uma moça durante as férias de verão. E nós nos apaixonamos. Todos os dois. Ao mesmo tempo.

A conversa de Armand sobre a rivalidade deles me voltou. O poder àquele que soubesse conquistar as mulheres mais bonitas...

– Como ela se chamava?

– Aurore. Aurore Delbard.

Pronunciar o nome dela parecia ter na sua boca o efeito de uma bebida amarga. Seu rosto foi percorrido por crispações involuntárias. O que ela teria sido para ele, para os dois, para provocar ainda tais sentimentos?

– Em que circunstâncias vocês conhece...

– Pouco importam as circunstâncias – ele cortou, sem ligar para mim. – Apesar da pouca idade, Aurore escolheu David. Eles ficaram noivos, depois se casaram, em poucas semanas.

Casados? Quer dizer que eu não seria a primeira sra. David Barlet? Rejeitei essa hipótese, tão cortante quanto uma folha de papel, tão exasperante quanto um prurido, e me concentrei apenas no relato.

Então Louis havia perdido aquela partida contra o irmão. As marcas deixadas pela derrota podiam ser lidas no seu rosto desfeito. Teria sido o primeiro dos sucessos decisivos que tinham levado David até o trono da família Barlet? Nesse caso, eu era para ele apenas isto: um prêmio de consolação, um brinquedinho que ele estava pronto para quebrar, nas próprias mãos do irmão, já que não dava para roubá-lo?

Pela primeira vez, fui eu que aproximei espontaneamente minha mão da dele, mas ele a recolheu tão depressa que não consegui segurá-la.

– Eles formavam um casal perfeito. Todo mundo os chamava de os Delbarlet. Até os sobrenomes ficavam bem juntos.

Não chamei atenção para a evidência – também com ele o jogo de palavras teria funcionado –, preferindo deixá-lo prosseguir enquanto estivesse disposto a se abrir. Fazia semanas que ele me manipulava e, pela primeira vez, eu tinha a sensação de retomar as rédeas, de levar a melhor. Devido a um movimento nervoso, ele descobriu outra vez o antebraço esquerdo, deixando aparecer o "a" minúsculo. A de Aurore, não pude deixar de fazer a associação.

– Mas o que David e eu ignorávamos é que Aurore era deprimida.

– Deprimida a que ponto?

Ele respondeu à minha impertinência com um de seus olhares loucos.

– Destrutiva. E manipuladora. Na época, ainda não havia um nome para a doença dela...

– E hoje?

– Chama-se síndrome de borderline. Atinge quase exclusivamente as mulheres. Todas abandonadas ou vítimas de abusos quando crianças. Não tenho muitos dados sobre a doença.

De minha parte, resisti à tentação de saber mais sobre o passado assustador da primeira mulher do meu futuro marido. Uma mulher cuja existência até hoje ele me escondera. Racionalizei minha irritação, expulsei a imagem de um David mentiroso e desleal, e tentei imaginar o calvário que a doença de Aurore poderia ter infligido a ele. Até certo ponto, a dor justificava seu silêncio.

E, afinal, quem era eu para julgá-lo, eu, que resistia em apresentar a própria mãe?

– E o que aconteceu? Quero dizer, depois do casamento?

– No começo, as coisas tinham altos e baixos. David conseguia administrar as mudanças de humor e as exigências de Aurore. E Deus sabe como elas eram numerosas. Pois é característico dessa patologia: submeter o parceiro ao maior número possível de provações, na esperança mórbida de fazê-lo não aguentar mais e acabar rejeitando. Aurore era capaz, por exemplo, de engolir o conteúdo inteiro de uma geladeira em uma noite, e depois forçar o vômito e ordenar ao meu irmão que enchesse de novo a geladeira, no meio da noite, quando todos os supermercados estão fechados. Ela se tornava assustadoramente tirânica nesses momentos.

Foi difícil imaginar David, o grande executivo, David, o sedutor um tanto autoritário, se deixar manobrar desse jeito. As peças não se encaixavam. Contudo, era o mesmo homem.

– Ele terminou fazendo?

– Rejeitando-a?! – exclamou, surpreso com minha pergunta. – Não! Ele insistiu até o fim. Não escondo que pensou em jogar a toalha, depois de algumas crises mais violentas. Mas ele aguentava. E eu... eu o apoiava o melhor que podia.

– Não sentia um pouco de ciúme?

Ele, tão orgulhoso, tão altivo, teria passado sem ressentimento da condição de pretendente dispensado ao de confidente do irmão? Mais uma vez, alguma coisa me incomodava. O fato de Louis atribuir a si mesmo um papel tão nobre, tão cavalheiresco, me parecia suspeito, e não me inspirava senão mais empatia por aquele que aparecia como única verdadeira vítima do drama: David.

Louis tinha sido tão apaixonado por Aurore como dizia?

– Se eu tinha ciúme do inferno que ele vivia? Na verdade, não... Em certo sentido, eu agradecia todos os dias ao destino por ter levado Aurore a escolher David, em vez de mim. Mas, apesar de tudo, creio que ainda sentia alguma coisa por ela. Eu não me via mais vivendo com ela, mas desejava sinceramente que ela encontrasse uma forma de apaziguamento com ele. Que ela fosse um pouco feliz, à sua maneira.

Não foi necessário vasculhar mais fundo seu olhar marejado para compreender que não foi o caso. O próprio Louis abordou o epílogo de seu relato:

– No ano seguinte ao casamento, fomos todos passar o verão à beira-mar. Nossos pais ainda estavam vivos. O tempo estava bom, o ambiente mais descontraído do que de costume... Mesmo Aurore parecia melhor.

– O que aconteceu?

– Um dia ela quis tomar banho à meia-noite. O mar estava com muitas ondas e David tentou dissuadi-la. Ela estava sem maiô, mas decidiu que iria nua.

– Ela foi tomar banho mesmo assim?

Seus olhos desviaram-se um instante para o céu, à procura de uma resposta, ou de um hipotético alívio, depois pousaram outra vez em mim, ainda sombrios.

– Sim. Ela agia sempre segundo o mesmo ritual: desafiava David, e como ele era obstinado, acabava assumindo o risco sozinha. Então ele era obrigado a voar para socorrê-la. Mas naquela noite as ondas estavam verdadeiramente muito fortes... Ele não pôde fazer nada. Aurore desapareceu entre dois rochedos salientes, numa espécie de sifão natural que deve tê-la aspirado... e ela nunca mais voltou à superfície.

– Foi assim que ele se feriu no braço?

– Não... não foi por isso. Embora tivesse sido preferível para todo mundo.

Esta última observação foi seguida de um silêncio pesado.

Pensei que, pelo menos, ele não procurava mais fazer sempre o papel de bom moço. Aquele drama, por mais pavoroso que fosse, não restaurava sua imagem. Preterido por Aurore, nada fizera para ajudar o irmão a salvá-la. Contentara-se em assistir o casal se afundando na demência da jovem, ambos aspirados como ela mesma fora pelas correntes submarinas.

– Por que diz isso?

O gorjeio de vários passarinhos interferiu na nossa conversa, como se tentassem trazer um pouco de leveza. Em vão. Cada segundo de mutismo prolongava-se como uma tortura.

Uma ligeira corrente de ar soprou no jardim quando um grupo de visitantes atravessou a cortina cinza, oferecendo-nos um vislumbre fugaz do interior do museu, me permitindo adivinhar a riqueza extravagante do cenário. Da sua moldura, o olhar pesado de George Sand retratada por Ary Scheffer, com uma flor vermelha no cabelo, me encarou um segundo com severidade.

– Infelizmente o ferimento dele não aconteceu naquela noite trágica, pois David levou vários anos para se recuperar – ele disse por fim. – Três anos depois do desaparecimento de Aurore, ele também tentou dar fim à própria vida.

– O quê?

Eu contive um grito. Louis tentou me acalmar com um gesto brusco.

– Felizmente, o idiota não conseguiu. Fez de uma maneira que feriu profundamente as veias do antebraço esquerdo. Suas cicatrizes são... espetaculares.

Por isso o tapa-misérias.

No fundo, o jovem triste e suicida não condizia com o capitão de indústria implacável em que se transformara. A braçadeira era uma precaução elementar para manter seu passado tão pouco glorioso devidamente escondido, e preservar sua imagem atual aos olhos de todos.

Inclusive de mim.

Eu me arrependia de ter forçado suas confidências. De ter querido expor à luz do dia a ferida, por certo ainda dolorosa, em vez de deixá-la repousar em paz no seu estojo de seda nacarada. Ele precisava da minha ternura, do meu amor, da minha presença ao seu lado. Não de uma inquisição.

14

Eu tinha vontade de abraçá-lo e sussurrar banalidades reconfortantes. Que eu não era Aurore. Que eu jamais seria inconsequente a ponto de tomar banho de mar em noite de tempestade. Que eu não faria da vida dele um inferno, nem da minha morte um suplício, pois não tinha nenhuma intenção de morrer, e sim de viver ao seu lado. Muito tempo. Tranquilamente. Talvez sem paixão, mas com todo o amor que ele merecia.

Mas não era David que me sorria, gozador, o ricto desdenhoso entortando seus lábios, do outro lado do bule de chá de onde ainda escapavam vapores sutis de jasmim.

– Você acreditou em mim?

Ele exibia um arzinho de triunfo cruel, como se acabasse de esmagar um vulgar inseto sob o sapato. E o inseto era eu!

– Você acreditou na minha historinha para crianças, Elle?

Eu fiquei muda de raiva. Minha ira só não explodia por causa do estupor, insuflada pela extraordinária perfídia da sua atitude. Como era possível imaginar uma fábula tão mórbida, tão terrível, apenas pelo prazer de ver o interlocutor aderir e grudar, detalhe após detalhe, como uma mosca no centro da teia tecida especialmente para ela?

Louis estava à beira da gargalhada. Ele exultava com a facilidade com que havia me ludibriado. O riso mudo da aranha no momento de devorar sua presa.

– Impressionante como é fácil fazer nascer o romanesco em jovens como você! Um jardim, um pouco de música, algum drama... e vocês se inflamam como palitinhos de fósforo. É quase fácil demais. Chega a ser comovente!

Mesmo cambaleando, consegui me levantar e, o mais dignamente possível, deixar a mesa em direção à rua, sem uma palavra. Esbarrei ao passar por um grupo de turistas asiáticos que obstruíam o caminho.

– Annabelle! Espere!

A despeito da perna manca, ele saiu atrás de mim e tentou segurar meu braço, que recolhi tão prontamente quanto possível, apesar da irregularidade do calçamento.

– Me deixe em paz!

Acabou. Ele podia revelar ao irmão o que quisesse a meu respeito. Eu estava disposta a correr o risco. A pôr à prova o amor que David sentia por mim com toda a verdade. O que era certo, por outro lado, é que eu não suportaria mais ficar entregue à falsidade de Louis, um homem ressentido, abatido pelos fracassos e tão cruel. Ele não ia conseguir mais nada de mim. Podia continuar me enviando quantos bilhetes quisesse com suas insanidades, eles acabariam na lata de lixo sem eu ler. Meus pensamentos seriam meus de novo.

Bastou que eu acelerasse os passos para me distanciar, pois qualquer corrida era impossível para ele.

– Desculpe... – gritava ele às minhas costas, já longe. – Annabelle!

O uso inédito do meu nome não me acalmou mais do que o olhar espantado dos pedestres que assistiam à cena ridícula. Ao chegar à rue Chaptal, virei à direita em direção à rue Blanche, sem diminuir o passo.

Mas, depois de algumas dezenas de metros, o toque do meu celular me forçou a andar mais devagar.

– David?

– Oi, minha linda. Como está indo o passeio com Louis?

– Hã... eu... está tudo bem, tudo bem – menti, com uma voz estrangulada.

– Foi uma boa ideia, não é? Você viu que tempo magnífico?

– Sim...

– Eu sabia que ia gostar. Ele é um guia fascinante.

À medida que ele falava comigo, eu podia sentir meu perseguidor ganhar terreno.

– Pode me passar para ele?

– Não... não, ele está no banheiro – improvisei, sem fôlego.

– Ah, não me espanta. Para esse tipo de coisa ele é uma verdadeira mocinha.

– Quer que eu peça para ele te ligar?

Torci para ele aceitar esta solução, ele que nunca tinha um segundo a perder.

– Não, não tem problema... Eu espero. É um prazer ouvir você durante o dia. Coisa rara.

Desta vez Louis chegou junto de mim, a dois ou três passos. Ele se aproximou mais e agarrou meu punho livre, com seu rosto de ícone marcado por um ricto ameaçador. Sua força me surpreendeu, fiz uma careta.

Não pude conter um breve grito surdo.

– Elle? Elle, está tudo bem? – inquietou-se David do outro lado da linha.

"Responda a ele", me intimou o olhar implacável do manco.

– Sim... Não foi nada, dei uma topada em um...

– Em um...?

Louis estendeu a outra mão para o aparelho, sem soltar o torniquete que mantinha meu braço cativo. Eu não podia mais fugir, e menos ainda gritar. David ouviria tudo.

– Olá, mano! – disse o homem de bengala, com uma desenvoltura desconcertante. – Sim, sim, vai tudo bem. Annabelle é uma aluna, digamos... um pouco dispersa, mas muito curiosa. No final do dia, ela saberá *tudo que deve saber* sobre o bairro.

Ele dera ênfase a essas palavras olhando para mim. Que mensagem esperava me passar?

Eles trocaram as banalidades costumeiras sobre a emissora – uma operação promocional de verão – e finalmente Louis desligou, conservando, contudo, o telefone na mão. Com a outra, ele mantinha meu punho preso.

Então me foi permitido explodir:

– Desculpe? É tudo que consegue me dizer: "desculpe"?

– Se continuar neste tom, eu ligo agora mesmo para nosso querido David. Vindo do seu celular, tenho certeza de que ele atenderá.

A fábula sobre o irmão não era nada, claro, em comparação com o jogo doentio a que ele me obrigara na véspera. Era a vergonha de ter participado daquela palhaçada que eu tinha vontade de atirar na cara dele.

– Vamos! Vamos, pode ligar! – desafiei-o. – E já que começou, conte-lhe o que você inventa à noite em quartos de hotel com a futura mulher dele!

– Duvido que isso o int...

– Ah, sim, ele vai adorar! E não se esqueça de falar das cartas também. Tenho certeza de que ele vai adorar saber que o próprio irmão se excita descrevendo as fantasias sexuais da noiva dele!

Meu peito estufara sem eu querer. Meus seios pareciam prestes a explodir. Os mamilos apontavam através da camada fina do sutiã de algodão e do vestido, tão duros e frios quanto porcelana. Quebrar a lei do silêncio que ele me impunha devia me aliviar, mas eu tinha a impressão de afundar em areia movediça: pensar naquilo me perturbava, expulsar à força a lembrança de suas mensagens fazia com que eu mergulhasse ainda mais nelas, que me puxavam para o fundo, para profundezas de onde eu sabia que seria impossível subir.

Sobretudo não pensar na sua mão pousada neles, apertando-os como um fruto de que se quer extrair o caroço, rolando-os entre os dedos para experimentar o ponto em que o prazer se torna dor em mim, e de novo uma felicidade tão intensa, precisa, localizada, mas pronta a se irradiar pelo meu corpo todo.

(Nota manuscrita anônima de 7/6/2009: evidentemente, nem por isso ele encerrou os envios...)

Provavelmente ele percebeu a brusca modificação do meu estado, pois adotou uma atitude ao mesmo tempo mais delicada e mais determinada, mais orgulhosa também, soltando meu punho, que ficou com uma marca vermelha.

– Eu lhe juro que não escrevi essas cartas de que está falando.

Foi dito com tanta autoconfiança que minha fúria se recolheu.

Depois de alguns instantes de estupor, eu puxei o caderno prateado e o abri ao acaso, numa das folhas cobertas com aquela letra febril.

– Você insiste que esta letra... não é sua? Pode me afirmar, Louis, olhando nos meus olhos?

Ele deixou passar um segundo, e depois, com gravidade:

– Olhando nos seus olhos, eu reafirmo. E vou até fazer melhor: vou lhe provar.

Ele puxou um bloquinho de couro preto, depois uma caneta esferográfica da mesma cor, e encostou a ponta em uma folha ainda vazia.

– Por favor, me dite alguma coisa.

Sua iniciativa me pegou de surpresa.

– Eu não sei...

– Qualquer coisa, o que lhe passar pela cabeça.

– "Aurore Delbard morreu afogada no mar" – terminei dizendo, eu mesma surpresa com a provocação.

Ele me olhou fixamente por um momento, dividido entre a raiva surda e o semblante de admiração – devia estar me achando de fato audaciosa –, depois rabiscou a frase sem levantar o nariz do bloquinho. No final, ele me entregou, aberto.

– Pronto. Pode julgar.

Aurore Delbard morreu afogada no mar.

Fiquei paralisada. Certamente, esta letra era tão vigorosa quanto a do meu caderno, embora mais seca, mais masculina. Contudo, não havia nenhuma confusão possível. A dele corria mais rápido ainda, com uma só linha contínua, movendo-se sem parar sobre o papel, ao passo que as letras formadas por meu assediador anônimo eram mais redondas, mais legíveis também.

Para melhor me convencer, praticamente superpus as duas folhas. Revi-o, alguns segundos antes, deixando correr a ponta da caneta com um gesto que não era, parece, nem artificial nem forçado. Nada a fazer: esta letra não era a do meu Dez-vezes-por-dia.

Todas as loucas hipóteses elaboradas nos últimos dias, todo o amargor, tudo isso desabava como um castelo de cartas sob o pé de uma criança após uma longa tarde na praia.

– Estou confusa, eu...

Ele exibia um triunfo modesto, como se já esperasse.

Como eu permanecia muda, olhando-o fixamente, ele me ofereceu um sorriso que eu ainda não tinha visto no seu rosto. Entre a súplica de quem procura ser perdoado e a reconciliação cúmplice. Um sorriso George Clooney, que provavelmente teria agradado Sophia, grande apreciadora de referências a celebridades.

– Uma vez que esclarecemos certos pontos que a atormentavam, proponho retomarmos nosso passeio, desta vez em melhores bases. Que tal?

O punho que apertava meu estômago me soprava para eu ficar alerta, para não confiar naquela súbita cara de bonzinho, mas a exasperação insuportável dos meus seios clamava o contrário.

– Eu lhe prometo: paro com as brincadeiras.

De quais ele estava falando?

– Mais nenhuma mentira até o fim do dia – concluiu com um ar subitamente sério.

– Nenhuma mesmo?

Com absoluta certeza, eu só tinha uma única vontade naquele momento: voltar para casa sozinha, nunca mais rever na minha vida aquele ser abjeto. Quer fosse ele ou não o responsável pelos meus tormentos.

Mas, quando eu começasse a trabalhar na BTV, ele estaria lá, numa sala a algumas portas da minha. Depois no casamento, dali a escassos quinze dias. E em seguida, ano após ano, todas as ocasiões familiares que nos reuniriam, inevitavelmente. Era o irmão de David, e eu não podia apagá-lo de nossas vidas com um ataque de raiva. O que diria meu futuro marido se soubesse que eu largara ali seu irmão mais velho, só por ele ter me pregado uma peça de mau gosto?

– Vou me manter no meu papel de guia. Nenhum risco de lhe contar lorotas sobre a história do bairro: eu a conheço melhor do que ninguém.

Podia ter sido um novo sinal de sua arrogância, mas eu sabia que ele não superestimava a extensão da própria cultura sobre o assunto.

De cenho franzido, porém quase calma, eu me deixei levar sem uma palavra pelas ruas de Nouvelle Athènes, continuando nossa visita. Fiel ao seu compromisso, ele passou a ser apenas um cicerone loquaz.

– Está vendo o número maior do que os outros acima desta porta?

Descíamos a rue Blanche, e de fato eu notava que certas placas esmaltadas de numeração dos imóveis apresentavam dimensões anormalmente grandes.

– Sim, que estranho...

– É o único sinal distintivo das antigas casas de tolerância ainda visível hoje em dia.

– Ah, é?

Minha ingenuidade suscitou nele um sorrisinho, logo apagado, de medo de me ofender outra vez.

– Mesmo antes de a lei Marthe Richard bani-los definitivamente em 1946, os bordéis e outros lupanares eram obrigados a ser discretos. Não tinham autorização para ter letreiro na rua nem vitrine como em Amsterdã, apenas alguns elementos de decoração da fachada, que os iniciados podiam reconhecer facilmente.

– O quê, por exemplo?

– As famosas lanternas vermelhas, mas também detalhes mais sutis, como vidro fosco nas janelas, uma grade na porta de entrada, ou então persianas que ficavam sempre abaixadas. O "Número Grande", como chamavam esses estabelecimentos, fazia parte dessa panóplia.

Não fiz nenhum comentário a respeito, mas todo o resto da visita girou em torno do mesmo tema, a história dos lugares que percorríamos relatada através do prisma único dos amores terrenos e dos costumes dissolutos de nossos ancestrais: na place d'Orléans, o assunto foi mais uma vez a devoradora paixão entre Sand e Chopin; no número 8 da rue La Bruyère, Louis me contou detalhadamente a relação adúltera que a poeta Marceline Desbordes-Valmore manteve, durante trinta anos, com seu amante Henri de Latouche... Mas o ponto alto foi sem dúvida sua evocação ardente das mulheres da vida que se domiciliaram em torno da igreja neoclássica construída mais abaixo:

– Como elas atraíam os operários do canteiro de obras, e em seguida, quando o canteiro finalmente acabou, os paroquianos, elas passaram a ser chamadas pelo nome deste lugar: as "*lorettes*".

As quatro colunas coríntias e o pórtico de estilo antigo da Notre-Dame de Lorette elevavam-se diante de nós.

– Mas eu tinha entendido que era um lugar chique... Não era não?

– Mas as *lorettes* também! – ele se animou, defendendo a causa delas com fervor. – Elas não tinham nada a ver com as *grisettes* da Bastilha ou de Belleville, que eram geralmente empregadinhas de lavadeiras ou de modistas que vendiam seus encantos às pressas para pagar suas contas no fim do mês.

– Não era o caso das *lorettes*?

– Não! A grande maioria era de moças de qualidade, educadas, sabendo ler e escrever, e em parte sustentadas por seus amantes. A prostituição era para elas mais uma arte de viver do que uma necessidade econômica.

– Mais cortesãs do que prostitutas, em suma.

Ele costuma frequentar mulheres como nós, lorettes ou hotelles, como aquela morena magnífica da noite do vernissage? Talvez até verdadeiras prostitutas, dessas que são catadas nas alamedas do Bois de Vincennes e possuídas de qualquer jeito no banco traseiro de velhas caminhonetes enferrujadas? Qual será a sensação de fazer esse sexo sem nome, quase sem rosto? Será que um homem se sente mais forte, mais viril, mais desejável pelas outras mulheres? Falando sério, um homem se sente diferente depois que penetrou uma vagina envolto em látex, sem afeto, sem ternura, uma bocetinha dócil que não comerá nunca mais?

(Nota manuscrita anônima de 7/6/2009: são assuntos e interrogações de homem... Ele, que pensa viver na minha cabeça, desta vez errou feio.)

Minha frase incisiva desencadeou nele um riso espontâneo. Um riso claro e, me pareceu por uma vez, destituído de cinismo ou de cálculo. Da parte dele, a tensão de nosso recente entrevero parecia totalmente dissipada. Eu gostaria de dizer o mesmo... Eu apenas executava minha parte o melhor que podia, com pressa de acabar.

– Pode-se dizer que é isso, sim.

As horas se escoaram sob o sol, acompanhadas de mais histórias e detalhes arquitetônicos do que eu conseguia assimilar. Foi difícil admitir, mas tive real prazer em escutá-lo falar do estilo veneziano que ornava certos imóveis em volta da place Saint-Georges, todo em medalhões, frisos e candelabros, bem diferente do neoclássico despojado da rue de la Tour-des-Dames.

Na hora do almoço, comemos uma omelete rapidamente numa brasserie próxima da Druot, Le Central, a dois passos dos antiquários que Sophia e eu gostávamos tanto de babar diante das vitrines. Estranha coincidência, Louis parou bem em frente da Antiquités Nativelle. Minha loja fetiche. Depois de uma observação bem breve, fez cara de quem queria entrar.

– Você me dá um minuto?

Sem esperar minha resposta, entrou na loja. Com o coração apertado, impotente, eu o vi mostrar ao vendedor, um homenzinho careca de óculos, o alfinete de cabelos que eu namorava há semanas. O alfinete de prata de Mademoiselle Mars, minha nova vizinha ao longo dos séculos.

Alguns minutos bastaram para ele sair, com um pacote rapidamente embrulhado na mão.

– Tome.

Eu afastei o presente com um gesto que eu queria que fosse firme.

– Louis... Não posso aceitar isso. Se David souber, ele...

Ele me cortou com um tom delicado:

– Não tem nenhuma ambiguidade, nenhum mal-entendido, Elle. Só estou cumprindo as recomendações dele à risca: passear com você... e paparicá-la. À custa dele, é lógico.

Eu reconhecia naquele ato a delicadeza do meu noivo, que por certo deixara aquele poder temporário nas mãos do irmão na maior inocência.

– Nesse caso... Imagino que devo aceitar.

Ele acolheu meu assentimento dócil com um brilho mais intenso nos olhos. Não estava fazendo senão obedecer a David, eu via bem. Sentia um prazer que pertencia apenas a ele. Pois, uma vez que era ele quem concedia as amabilidades, eu lhe oferecia de volta minha perturbação e minha gratidão, coisas com as quais parecia se deleitar.

– Tenho outra compra para fazer. Um pouco enjoada. Se você estiver de acordo, me espere no café. É só uma meia horinha.

Minha mesa habitual no Café des Antiquaires teve para mim o efeito de um porto de chegada após dias e dias de mar agitado. Só faltava Sophia, infelizmente inalcançável no celular, para escutar meus últimos relatos. Na falta de seus ouvidos indulgentes, eu me deixei embalar pela atmosfera acolhedora do lugar, mergulhada num devaneio no qual a atitude lunática de Louis misturava-se com a imagem aureolada do irmão.

Por que aquele desejo de me emboscar? Que prazer tirava de fazer estes joguinhos comigo? Apenas o domínio que exercia sobre a minha pessoa não podia explicar a necessidade que manifestava de testar meus nervos em cada um de nossos encontros.

Sua entrada súbita no bistrô varreu meu rosto com um vento fresco.

– Cheguei! Está feito. Pronta?

Ele segurava na mão uma sacola plástica vermelha e branca, decorada com um D maiúsculo que indicava sua procedência: Drouot, o templo dos leilões. O que ele poderia ter comprado lá de tão urgente? Nada na forma longa do pacote, forrado de papel-jornal, traía seu conteúdo.

Contendo minha pergunta indiscreta, segui-o em um último passeio através da elegante Passage Jouffroy, outro símbolo arquitetônico da Paris romântica. Dentro da galeria, o relógio situado no alto indicava 1846. Como o relógio e as estátuas de cera do Museu Grévin à nossa esquerda, Louis me parecia transportado para um tempo diferente, que não era o das pessoas à nossa volta. Algumas, aliás, olhavam para ele como uma curiosidade turística, um vestígio do dandismo então em voga.

– Você me leva para casa? Estou começando a ficar um pouco cansada...

Caminhávamos desde o começo da manhã e meu pedido deve ter lhe parecido legítimo, pois ele concordou. Alguns passos mais adiante, chegando no bulevar Montmartre, ele chamou um táxi, preocupado com meu estado.

Dez minutos depois, o carro começou a subir a rue de la Rochefoucauld. No cruzamento seguinte, eu avistei a moto preta de alta cilindrada.

– Pare! – pedi ao motorista.

– É mais acima, a rue de la Tour-des-Dames, senhorita.

– Sim, eu sei... Mas pode me deixar aqui, por favor.

– OK, a senhorita é que sabe – concedeu, parando a Mercedes branca junto da calçada.

Arrancado de seus pensamentos, Louis se espantou:

– Algum problema?

– Não, não, está tudo bem – menti desajeitadamente.

Mas ele também percebeu, encostado no monstro mecânico, o corpo modelado pela jaqueta de couro, o capacete no punho: Fred.

– Você ficou pálida, Elle. Foi este rapaz que botou você neste estado?

– Foi... – falei, saltando do carro.

– Quem é?

– Meu ex-namorado... Não tem nada para fazer aqui.

– Está com medo dele?

Eu fiquei rígida. Não sabia dizer o que me desagradava mais: a irrupção sem aviso do meu ex, ou o fato de Louis ser testemunha do meu desconforto.

– Não... não. Mas ainda assim prefiro passar por trás.

Da rue Saint-Lazare, no número 56, subia uma ruela para o norte que oferecia um acesso secreto aos jardins dos palacetes da rue de la Tour-des-Dames. Só os moradores conheciam este atalho.

Porém, segurando o meu braço, com a lateral do corpo colada no meu, Louis exibiu um rosto determinado, me puxando com firmeza para aquele que espreitava nossa chegada.

– Eu o compreendo, sabe? Você não é o tipo de mulher de que se abra mão facilmente. Já que ele veio até aqui, vamos lhe dar uma satisfação.

Má ideia!

Fred nos viu finalmente e se precipitou para nós, com um passo desenvolto e marcial. Eu conhecia de cor seu ar antes de uma briga, olhos e ombros encolhidos, testa baixa, punhos cerrados.

– Então é você o cara? – dirigiu-se familiarmente a Louis.

– Sou eu.

Louis o enfrentava sem medo – ao contrário de mim –, exibindo um ar de desafio aristocrático. Excitado pela resistência, o motoqueiro empurrou-o pela frente.

– Filho da puta! Não está nem aí para roubar namorada de pobres como eu, não é? Já não basta botá-los na rua o ano inteiro? Rouba as mulheres deles ainda por cima?

O desprezo era flagrante. Fred achava que estava enfrentando David, e Louis, cavalheiro, aceitava fazer um papel que lhe caía muito mal a fim de me proteger dos ataques do meu antigo companheiro.

Eu segurei o braço de Fred, duro como pedra, com um movimento desesperado.

– Fred! Pare!

– É este o seu grande amor, porra? Um aleijado?

– Agora você foi longe demais, rapaz.

Desta vez foi Louis que avançou para ele, brandindo a bengala. Sem refletir, eu berrei, na esperança de que Armand ou qualquer outra pessoa da vizinhança viesse apartar ou pedisse socorro.

– Parem!

– Ah, a merda do dinheiro ajuda a fechar os olhos e a abrir as pernas! – cuspia o louro, usando o capacete de escudo.

A primeira bengalada foi direto na viseira, depois uma segunda atingiu a mão de Fred, que soltou um grito de dor:

– Filho da puta!

Ébrio de orgulho e de dor, o ferido ia partir para cima do agressor quando Louis catou alguma coisa na sacola Druot. Do monte de papel ele retirou com uma rapidez impressionante um objeto macio e fino, e o agitou no ar na frente dele. Um chicote!

Cada uma de suas palavras era pontuada com o silvo agudo do couro:

– Nunca mais... chegue perto... de Elle! Entendeu?

– Você é louco! – bradou Fred, visivelmente menos orgulhoso.

Vê-los dispostos a lutar me aterrorizou. Mas, devo admitir também, a cena fez ressoar em mim o instinto da fêmea que se pergunta qual dos dois machos fará valer seus direitos e se atirará em cima dela para o acasalamento assim que o combate terminar. Por um instante me veio o desejo de vê-los se mutilando por minha causa, totalmente nus.

(Nota manuscrita anônima de 7/6/2009: "fêmea"? Mas quem ele pensa que é? Um super-herói?)

Não deu tempo de Fred recuar, a extremidade afiada chicoteou seu rosto deixando um lanho vermelho como sangue. Impressionante, porém superficial, a se julgar pela ausência de sangue correndo. Contudo, foi o suficiente para fazê-lo bater em retirada. Com a mão no rosto, os olhos alucinados, humilhado, recuou até a moto e montou num único movimento. Pronto para fugir.

Mas Louis não pareceu satisfeito com essa vitória. Insistia em ameaçar o outro com o chicote, agitando-o em todos os sentidos. Só no momento em que a moto rugiu e disparou no sentido contrário da rua ele pareceu se lembrar por quem acabara de travar a batalha. Recolheu a bengala caída no chão e se aproximou de mim, mais embaraçado do que fanfarrão.

– Eu sinto muito...

– Você não teve nada com isso.

Então ele pegou a minha mão, virou a palma para o céu e colocou sobre ela o chicote de couro com cerimônia.

– O que é que você...?

– É seu segundo presente. Mas não era para eu me servir dele antes de oferecê-lo a você.

– É magnífico.

"Mas o que você quer que eu faça com isso?", eu me perguntava mentalmente.

– Pertenceu a uma elegante inglesa por volta de 1850 – apressou-se a acrescentar. – Na época, este tipo de acessório estava muito na moda. Inclusive entre as mulheres que não praticavam equitação.

– Obrigada...

Dois presentes, um salvamento... Apesar do seu comportamento tão imprevisível, tão versátil, e da chantagem odiosa que praticava comigo, eu não podia deixar meu herói do dia sem agradecimento. E como beijei castamente suas duas faces, ele encostou na minha nuca uma das mãos, fina e delicada. Pela segunda vez pude sentir seu perfume: o combate havia dissipado a lavanda e exaltado a nota de baunilha. Custei a admitir, mas foi uma delícia que, acrescentada ao contato de seus dedos na minha pele, desencadeou várias ondas de arrepios, primeiro leves, depois com uma intensidade crescente à medida que iam descendo do pescoço até as costas inteiras. Seria possível gozar estimulando uma zona erógena tão pouco orgásmica quanto a nuca?

Não fiquei esperando para descobrir e me afastei dele, com a testa em fogo e o olhar esgazeado.

– Você está bem? – ele se preocupou.

– Estou... tudo bem. Só um pouco abalada com tudo isso.

Apontei para o final da rua, onde o ronco de mil centímetros cúbicos de Fred se afastavam progressivamente.

Alertado pela barulheira, Armand acabara de atravessar o portão e corria ao nosso encontro.

– Deixo você nas melhores mãos de Paris.

– Sim, eu sei – assenti. – Armand é...

– O que aconteceu? – interrompeu Armand, lívido de preocupação.

– Adeus, Elle.

Louis já ia embora, claudicando, o apoio da bengala lhe parecendo mais necessário do que nunca. Seria ele apenas um simulador, um ator que procura compor seu personagem com um verniz de estranheza?

Armand foi me segurando até a escada, como se eu tivesse me ferido no pugilato. Ainda que eu protestasse, afirmando estar inteira e em plena posse das minhas forças, ele tanto insistiu que eu me encostei no seu ombro ainda robusto.

Contudo, achei que ia desmaiar de verdade quando percebi o papelzinho sobre o aparador: um segundo envelope cor de prata, em todos os pontos igual ao primeiro.

– Quem deixou isto aqui? – perguntei, febril.

– Não sei. Achei junto com a correspondência esta manhã. Algum problema?

– Não está selado.

– Ah... Eu não prestei atenção.

– Não viu quem deixou aqui?

Não foi Louis, concluí por mim mesma, uma vez que ele não saíra de perto de mim o dia inteiro.

– Não. Sinto muito.... Está tudo bem, senhorita?

– Sim, sim...

Forcei um sorriso de reconhecimento.

– Obrigada, Armand.

Esperei que ele desse meia-volta para abrir o envelope. Como da última vez, ele continha um cartão de acesso a um dos quartos do Hôtel des Charmes, bem como uma nota manuscrita e um cartão impresso. Decididamente, estava virando um ritual.

Esta noite, às vinte e duas horas,
no lugar de sempre.
Leve seu equipamento.

Meu equipamento? O que queria dizer com isso meu misterioso remetente? Virei o cartão...

2 – Despertarás os teus sentidos.

... quando Armand reapareceu no hall.

– Com todas essas emoções, esqueci de lhe dizer...

– Sim?

Escondi os papéis nas costas, às pressas, como uma colegial apanhada em falta.

– David organizou um jantar aqui hoje à noite. Às nove horas.

– Um jantar?

Eis que meu dilema estava resolvido, como um despertador que dá fim aos pesadelos.

– Ele quer lhe apresentar algumas pessoas importantes da BTV. Seus futuros colegas, de certa forma.

Mas não Louis, eu pensei. Concordei com uma voz neutra:

– Tudo bem.

– Mas não é nada formal – ele procurou me tranquilizar. – Um jantarzinho entre amigos. Só gente próxima de David. Pode-se dizer que é o círculo dos seus íntimos.

Pressenti sem dificuldade – mas com uma súbita secura na garganta – o objetivo oficioso do convite surpresa: o jantar seria meu verdadeiro exame de admissão. E do seu sucesso dependeria evidentemente minha boa integração no topo hierárquico da emissora. Eu devia ser brilhante, mas sem exagerar. Arrumada, mas sem eclipsar as outras mulheres presentes. Alegre, mas sobretudo não histérica. Em nenhuma hipótese vestir a fantasia da castelã que o local e o meu casamento iminente me fariam assumir. Profissa, perua não!

– Eu cuido de tudo. A senhorita só precisa se fazer bonita.

Com um gesto reflexo, vasculhei o bolsinho na lateral do meu vestido. Eu o esquecera o dia inteiro, mas ela não tinha me deixado, com todo seu peso no tecido leve: a grande chave dentada, sésamo de um mundo novo, do qual eu ainda ignorava tudo.

15

8 de junho de 2009

– Não... mas ele é pirado!

Foi esta a reação de Sophia quando finalmente eu lhe fiz o relato telefônico dos acontecimentos da véspera. E, por um momento, eu não soube determinar se ela falava de Louis ou de Fred. Do maquiavelismo de um ou da impulsividade sanguínea do outro. Eu sentia contudo que, sem ousar dizer de maneira tão franca quanto era seu hábito, ela já tomara partido. Minha melhor amiga nunca apreciara verdadeiramente meu namorado motoqueiro. "Esse cara é um fracasso, um tremendo chave de cadeia" era sua frase preferida para defini-lo. Infelizmente, nos últimos anos, Fred se esmerava em lhe dar razão: desemprego, falta de dinheiro endêmica, brigas e confusões regulares etc. Suas intervenções infelizes, na rue Rigault, bem como aqui, na véspera, ilustravam uma vez mais o desequilíbrio no qual se debatia.

Louis – Sophia podia vê-lo e ouvi-lo a partir dos meus comentários no entanto comedidos – era o glamour em pessoa. E mesmo que eu ainda não tivesse a prova formal de que o irmão de David era o esquisito que havia enfiado o Dez-vezes-por-dia na minha bolsa, apenas essa eventualidade bastava para empolgar Sophia.

– Você não quer apresentá-lo a mim?

– Quem, Louis?

– Sim! Adoro esse tipo de cara meio gozador!

– Sophia... Ele é tarado! Sob o pretexto de uma visita de natureza histórica, só me falou de sexo o dia inteiro.

– Francamente, não vejo qual o problema – ela comentou.

– Ele mentiu sem parar. Me fez acreditar que David me escondeu seu passado para me afastar dele. Não é descaramento?

Eu tinha assim tanta certeza? Se bem que ele se retratou e disse que as falsas revelações não passavam de farsa. Mas quem me provava que Aurore nunca tinha existido? E que a braçadeira de David não tapava as cicatrizes deixadas por uma história como aquela?

– Hum... – ela minimizou. – Em todo caso, você cismou com seu Dez-vezes-por-dia: não é ele.

– Não, mas eu acho que você não está se dando conta: dentro de dez dias, este sujeito será meu cunhado!

– Razão a mais para você passá-lo para mim, minha querida. Não ia ser demais? Você e eu seríamos cunhadas!

– Se me permite, não tenho nenhuma vontade de ver você terminar no hospício. Nem de visitá-la na hora do chá.

Mas, mal reagindo quando lhe fiz o pedido oficial para ser minha madrinha, ela desenrolou em voz alta o fio de seu devaneio...

– Tarado, descolado, maníaco sexual... com um pedigree desses... Honestamente, eu acho que poderia fechar os olhos para seus pequenos deslizes.

Ah, essa capacidade que Sophia tem de cair de boca nas complicações! Ela implicava com Fred, mas não se saía melhor. Um de seus recentes clientes como *hotelle*, que a levou duas ou três vezes ao Des Charmes nas últimas semanas, enrabichou-se por ela de tal maneira que está exigindo que ela deixe suas funções para pertencer a ele com exclusividade, sem outra contrapartida além de seu amor eterno.

– Viu só que pão-duro? Se ele quer que eu seja sua putinha em tempo integral, vai ter que soltar um pouco mais do que "minha querida" e "meu amor"!

No que me diz respeito, eu evidentemente calei o que me perturbara durante o dia na companhia de Louis Barlet. Até a perturbação animal que tomou conta de mim no momento da briga, que meu assediador conseguiu perceber. *Uma verdadeira fêmea no momento do cio...*

No meio da nossa conversa, fiquei surpresa ao ouvir a água correr no banheiro contíguo. Excepcionalmente, e embora fosse uma segunda-feira de manhã, David não evaporara antes de eu me levantar.

– Ah, aliás, eu não lhe contei... Falei com Rebecca pelo telefone. Ela estava bem furiosa com a sua desistência de outro dia.

– Não foi você que me encorajou a mandá-la passear?

– Sim, sim... Eu só queria te prevenir que ela não está a fim de esquecer a grana que você deve a ela.

– Vou dar um jeito – me esquivei, com um tom vagamente exasperado.

Dentro de pouco tempo eu teria o dinheiro.

O jantar organizado por David em minha intenção marcou minha entrada no mundo encantado da mídia: a dezena de convidados passou a noite falando mal de um monte de gente que eu não conhecia. Mantendo-me à parte daquela disputa encarniçada, eu provava, creio, minha independência de tom e de espírito. Em outras palavras: meu papel não era só de representação, a bela de braços dados com o chefe. Alice, uma louraça escultural que se apresentou a mim como "diretora de marketing internacional da BTV", insistindo propositalmente no título pomposo, comportou-se claramente como uma rival em potencial. Olhares assassinos, observações suavemente pérfidas e, mais do que tudo, a maneira insidiosa de deslocar a conversa para terrenos nos quais ela sabia antecipadamente que eu ficaria desconfortável, exorbitando na citação de nomes famosos e acrônimos cifrados.

Será que esta mulher dormiu com David?

Provavelmente. Por que ele não teria se sentido atraído pela boca perfeita, os olhos muito azuis, peitos tão empinados como se tivessem acabado de ser refeitos, as nádegas deliciosamente torneadas pelo vestido grudado no corpo, cujo decote profundo mostra judiciosamente o alto do sulco? Impossível para um homem não ter vontade de pular em cima de tal criatura...

Alice e David. David e Alice. Soa muito bem. Talvez bem demais para funcionar. E se eu propusesse a ele um dia, antes de ele se cansar de mim, transarmos os três? Será que eu podia imaginar melhor parceira para um jogo desse tipo? Eu mesma poderia descobrir as sensações provocadas pelos lábios de uma mulher tão bonita. Seus pelos púbicos seriam tão lustrosos quanto seu cabelo? Não imagino que tenha um sexo de mocinha, delicado e róseo, mas o contrário, uma racha grande, lábios carnudos, pequenos lábios com abas longas e muito desdobradas. ~~Boceta de amazona, de conquistadora, com aroma forte e almiscarado.~~

Como reagiria meu homem se me visse lambendo-a ou enfiando vários dedos nela? Eu seria capaz de fazê-la gozar só com minhas carícias?

(Nota manuscrita anônima de 8/6/2009.)

O jantar se prolongou até tarde e, na qualidade de capitão responsável, David terminou mandando seus convidados embora, todos eles esperados a bordo da empresa na manhã do dia seguinte, não sem antes dar-lhes uns últimos conselhos de prudência, haja vista as iguarias refinadas preparadas por Armand, copiosamente regadas. Estávamos os dois tão cansados que ele mal perguntou sobre meu dia com Louis, tendo escutado minhas respostas edulcoradas de um jeito distraído.

– Gostou do broche? – terminou me perguntando.

– O broche... Ah, o alfinete de cabelos, você quer dizer?

– Sim, isso, o alfinete.

– Ele é lindo. Obrigada.

Ele recebeu meu beijo com um sorriso ausente.

Felizmente, eu tomara o cuidado, pouco antes de descer para receber nossos convidados, de esconder o chicotinho inglês atrás de várias pilhas de roupas. Mas eu achava que era um esconderijo bem pouco seguro, e que eu ia precisar me livrar o quanto antes daquele objeto comprometedor.

David apareceu no quarto com uma toalha branca enrolada nos quadris. A barriga de tanquinho, o peitoral maravilhosamente trabalhado, tudo na sua plástica denotava o atleta assíduo. Além das partidas de tênis semanais com François Marchadeau – eu tremia a cada uma delas, especulando sobre os assuntos que os dois podiam abordar –, ele malhava diariamente na sala de ginástica instalada no subsolo da casa, à razão de meia hora por dia. Momento breve, porém intensivo.

Radiante, o rosto milagrosamente poupado pelos excessos da véspera, implicou comigo num tom todo satisfeito:

– Ei, preguiçosa, prepare-se! Vamos nos atrasar.

– Hã... Eu não começo só amanhã?

"Terça-feira, 9 de junho, 8:30", me confirmara Chloé dois dias antes, numa mensagem de voz resumida ao essencial.

– Isso mesmo, senhorita... Só que eu não disse que ia levá-la para o trabalho.

Seu sorriso vibrante destilava uma graça comunicativa. Ele tinha o poder raro de relaxar, de tranquilizar, de fazer as outras almas vibrarem no seu diapasão. Comparado com ele, Louis não passava de um bloco opaco, duro e insondável.

– Onde é então?

– Rá-rá... Vista-se e verá a luz!

Não era um vão jogo de palavras, pois a luz jorrou tão logo entramos na escuridão umas duas horas mais tarde. Obviamente que bem antes do túnel eu já tinha captado alguns indícios do nosso destino: a Gare du Nord, a escada rolante para subir para o mezzanino, o controle da alfândega, as recepcionistas vestidas de uniforme como as das companhias aéreas, o TGV amarelo, branco e azul...

Meus olhos verdes se iluminaram com uma luz infantil.

– Vamos a Londres?

– *Yes, madam.* Não é maravilhoso? Você não vai mais poder se queixar que eu te largo a semana toda.

– Vai passar o dia comigo?

Eu quase batia os pés, de tanto que a surpresa me encantava.

– Não... – ele admitiu, um pouco embaraçado. – Na realidade, tenho reuniões seguidas a partir do meio-dia. Mas pensei que viajar comigo seria divertido para você. Não deixa de ser agradável... e terá a tarde toda para fazer compras.

– É o máximo, você quer dizer! E quando voltamos? Esta noite?

– *Você* volta esta noite, sim. Eu tenho um jantar chatíssimo e uma última conferência amanhã de manhã. Inútil infligir isso a você. A menos que as fusões-aquisições na TNT te interessem tanto quanto a mim.

– Não exatamente – disse eu, fingindo uma careta.

Minha presença do lado dele se revelava pouco necessária e, com os horários idealmente escolhidos, eu poderia me permitir pensar na noite em Nanterre. Eu já estava quebrando a cabeça para descobrir que surpresas *made in Britain* poderia levar para a minha mãe.

Recostada na poltrona de primeira classe no elegante vagão cinza metálico, com seu apoio de cabeça de couro, não demorei a cochilar. David tratava de sabe-se lá qual urgência no laptop e eu, encostada no seu ombro firme e quente, me entregava aos devaneios, desprezando o farto café da manhã que nos ofereciam.

Olhando para a paisagem limitada a longas linhas cinzentas, verdes e azuis, meus pensamentos tornaram-se menos fúteis... Brincando com o anel de Hortense que apertava meu anular – ele continuava pequeno para mim, a despeito do ajuste efetuado a pedido de David –, terminei pousando os olhos na braçadeira de seda que ultrapassava um pouquinho a manga da camisa.

– Quem é Aurore Delbard, David? O que ela é para você?

Não, esta pergunta não chegou a sair dos meus lábios. Embalada pela oscilação suave da composição de grande velocidade, eu rememorava a cena cruel que Louis Barlet representara para mim. Se a tal moça jamais existira, ou se ela não ocupara para David o lugar que ele de início lhe atribuíra, então por que se servir de uma fábula como aquela? Em caso contrário, por que se desdizer tão rapidamente e se atribuir o papel ruim de maquinador?

Ao contrário do que Sophia me exortava a fazer, eu renunciei de uma vez por todas a contar tudo para David. A dez dias do nosso casamento, seria um suicídio. Ele jamais entenderia. Jamais me perdoaria. E um relógio, por mais bonito que fosse, independentemente de seu preço em humilhação e sacrifício, não bastaria para me redimir. Aos olhos dele, eu era certamente tão pura que ele me amou na noite em que nos conhecemos, na sala que ele esvaziou dos ocupantes para oferecê-la a mim como a coisa mais preciosa.

Há dois dias, quando transpus a soleira do Des Charmes, eu sabia que estava depositando minha sorte nas mãos do irmão. À minha inscrição no catálogo da Belas da Noite acrescentavam-se agora minhas fotos, nua, absolutamente indecente, entregue ao olhar dele. Uma delas provavelmente ainda estava no fundo da minha bolsa, aqui, nos meus pés.

Mas eu estremecia imaginando que o que não se via e não se ouvia, o que se manifestava silenciosamente dentro de mim, no fundo do meu ventre naquele mesmo instante, na palpitação involuntária do meu sexo, me deixava muito pior do que todas as provas materiais.

– Elle, está tudo bem?

Devo ter me agitado na poltrona sem querer.

– Sim... Acho que acabei adormecendo.

– Durma, minha linda... Quero que durma!

E para forçar o efeito enfeitiçante de sua ordem, imitou o timbre de um outro encantador, aquele que cativou gerações de crianças ao pôr a própria voz a serviço dos mais belos contos. Gérard Philipe, nas suas obras mágicas.

– Pare! – Eu ri de bom grado. – Quando você faz isso, tenho a impressão exata de que ele está na minha frente.

Para matar o tempo e tentar afastar de mim certas ideias sombrias, peguei meu tablet conectado à internet e comecei a refazer, num mapa, o caminho que Louis e eu percorremos no dia anterior: rue de la Tour-des-Dames, rue de La Rochefoucauld, rue Chaptal à esquerda, depois rue Blanche até a Trinité...

Que engraçado... forma um "e" minúsculo.

Intrigada com essa anomalia, prossegui mentalmente nosso périplo: para o leste pela rue Saint-Lazare, depois rue Taitbout para o norte, antes de descrever uma pequena curva na praça d'Orléans e voltar pelo mesmo caminho até a rue Saint-Lazare...

Não é possível... agora é um "l"!

Tão flagrante quanto um apelo, embora desenhado por um alinhamento aproximado das ruas, meu diminutivo estava ali, com todas as letras. Mais um "l" ao completarmos a volta pela rue La Bruyère, depois o "e" final que nos conduzira à elegante praça Saint-Georges, até a igreja Notre-Dame de Lorette, onde pegamos o metrô em direção à rue Drouot. Para terminar de me convencer, usei a função de marcação e, com a ponta do dedo, repassei cada via com tinta virtual.

"elle"... Não podia ser fruto da minha imaginação nem da minha perturbação. Ele sabia perfeitamente quais arabescos traçamos no bairro de Nouvelle Athènes, passo por passo. Louis não se contentara em botar a cidade aos meus pés, ele me inscrevera na história dela, nas suas pedras, como se fosse a minha vez de ser uma das heroínas cujos retratos ele traçara para mim.

O sopro brusco da entrada sob o canal da Mancha, uma súbita compressão dentro da cabine, cortou na hora minhas divagações. Já bastava. Eu entendera muito bem o jogo dele: a exemplo dos autores românticos, seus modelos, ele plantava em torno de mim uma verdadeira "floresta de símbolos", vasto campo de indícios e coincidências, todos destinados a fazer de mim sua refém. Assim, para onde quer que eu levasse meu olhar ou minha atenção, eu não tinha outra solução senão pensar nele.

Lista dos símbolos equívocos mais corriqueiros, mas que
têm o efeito de me fazer pensar invariavelmente em sexo:
túneis, pirulitos, sorvetes de duas bolas, bolas de Natal, pontas
de aspargos, triângulos com a ponta para baixo, bananas
flambadas ou descascadas pelo alto, pepinos, bolotas,
champignons, damascos abertos, caramelos, a dobra carnuda
do cotovelo, mangueira de incêndio, o pistilo
intumescente de certas flores etc.
Assim como as seguintes palavras, empregadas no seu sentido
literal: saco, pica, boceta, xoxota, fenda, buraco, pentelhos,
enterrar, meter, enfiar, socar, chupar, lamber,
molhar, dedilhar, descarregar...
(Continua no próximo episódio)

(Nota manuscrita anônima de 8/6/2009.)

Embora agora acordada, permaneci de olhos fechados todo o resto da viagem, com medo de que David, levantando o nariz da tela, observasse no meu rosto uma perturbação qualquer. Para ficar inerte e tentar tecer um novo fio invisível entre mim e meu vizinho de poltrona, passei a repetir incansavelmente a fórmula que Sophia, adepta durante um tempo de meditação *ho'oponopono*, me ensinou: "Eu te amo. Sinto muito. Por favor, me perdoe. Obrigada." Dita e redita infinitamente, a frase tinha, segundo a mística havaiana, o poder de purgar nosso corpo dos afetos parasitas e de nos reconciliar conosco.

Cheguei à capital britânica num estado próximo do transe, aparvalhada. David, já pendurado no telefone, no qual falava um inglês de fluente, nada notou. Depois de me deixar no Savoy, um dos mais prestigiosos hotéis de Londres, cujo piso preto e branco não deixava de lembrar o do Hôtel Duchesnois, foi embora na mesma hora, me presenteando com um casto beijo na testa.

– Divirta-se bastante, *darling*. Se precisar de alguma coisa, peça ao recepcionista Clive. Um britânico perfeito, puro Oxbridge. Mais gentil impossível.

– Você o conhece?

– Desde que eu tinha 15 anos, querida. Já ficávamos aqui no tempo dos meus pais. Ele terá prazer em se desdobrar por você.

– OK.

– Já vou indo, nos vemos amanhã.

Clive e sua diligência se mostraram com efeito à altura da reputação. Depois de me fazer aproveitar as maravilhas do spa e do salão de estética, o homem de bigode e costeletas cerradas botou à minha disposição um carro do hotel, que me levou de loja em loja a tarde toda.

Alinhada, paparicada, não tinha outra preocupação senão gastar um dinheiro que ainda não era meu. E tratar de fornir meu guarda-roupa com algo além dos básicos comprados – e a que preço! – por Rebecca. A esplêndida Alice me dera uma pequena ideia do nível de exigência de vestuário em vigor na emissora. Eu tinha, pois, obrigação de honrar meu homem e patrão. Quanto a ele, acho que me mimar não era sua única motivação: ele considerava essas despesas uma espécie de investimento. Procedimento legítimo.

Por volta das 16 horas, pedi para Will, meu motorista, me deixar a algumas ruas do Savoy. Ele se encarregaria de levar minhas compras para o quarto, de onde seriam enviadas diretamente para Paris. Um pequeno privilégio reservado apenas aos hóspedes habituais desse tipo de estabelecimento. Eu estava precisando de um pouco de ar, de um pouco de liberdade.

Perambulei por um tempo, de nariz ao vento, aspirando o odor urbano de Londres, tão diferente do de Paris, e sem dúvida mais metálico, mais masculino. Não pude evitar de pensar nas histórias licenciosas que Louis certamente desfiaria durante um passeio como este. Foi neste hotel que Diana e Dodi tinham se amado em segredo pela primeira vez? As prostitutas bateram calçada por aqui em certa época?

Sem saber por quê, isso me fez pensar em Fred. Fred, o vencido da véspera. Fred, o injuriado, o humilhado. Por certo eu lhe devia algumas explicações e, acima de tudo, desculpas. Ele tinha razão: ele merecia que eu falasse com ele cara a cara. Mas ele não atendia o celular. Talvez estivesse filtrando minhas ligações, ainda digerindo a raiva e o rancor.

Eu fazia estas considerações quando, a apenas alguns passos do Savoy, passei diante de uma das últimas cabines telefônicas vermelhas ainda em atividade. Como sua irmã francesa na frente do Hôtel des Charmes, esta começou a tocar no exato instante em que eu passava por ela. Virei as costas, à procura de um ponto de onde alguém pudesse me espiar, mas não notei nada de suspeito. Só o toque insistente. Incrédula, entrei e peguei o fone preto.

– Alô? Alô... *Is there anybody here?* – gaguejei no meu inglês escolar.

Não, ninguém do outro lado, obviamente.

Em compensação, uma especialidade local chamou minha atenção: em toda a volta do suporte metálico espalhava-se uma profusão de pequenos prospectos promocionais de um gênero particular, cada um exaltando os méritos de uma stripper, de uma garota de programa ou de uma acompanhante diferente. Da indiana de trajes típicos à carnuda matrona burlesca, havia mulheres para todos os gostos. As cabines públicas não deviam estar recebendo mais manutenção regular tanto quanto no passado, pois as camadas de folhetos obscenos se empilhavam, dos mais recentes aos mais amarelados. Na beira da prateleira, um deles me saltou no rosto:

FRENCH LOVE WITH ELLE

O pior não era a referência ao meu diminutivo, mas sim a minha foto, nua, tal como eu tinha me exibido no Des Charmes, na decoração da década de 1900 do quarto Mata Hari, combinando com o tipo de letra escolhido. Eu arranquei o folheto do seu único ponto de fixação e me preparava para amarrotá-lo quando, no verso, algumas letras prenderam meu olhar:

2 – Despertarás os teus sentidos.

Palavra por palavra, o mandamento recebido na véspera. Aquele que eu decidira ignorar.

Encostei-me por um momento no vidro frio, a cabeça subitamente latejando. Cheguei até a largar o folheto amarrotado, incapaz do menor movimento. A mensagem não podia ser mais clara: em Londres, Paris, Nova York ou outro lugar, ele não ia parar. Aonde quer que eu fosse, ele seria capaz de me achar e de me atrair para seus desejos, que eu aceitava em troca de seu silêncio. Sua teia não era feita só de símbolos, mas também de uma presença real, embora invisível, opressora, uma presença como a sentida pelos heróis das narrativas de espionagem perseguidos por um poder oculto.

Saí cambaleando do abrigo vermelho e fiz sinal para um táxi. Inútil retornar ao hotel: tudo de que precisava estava comigo, inclusive minha passagem de volta, que eu não tive nenhuma dificuldade em trocar para pegar o primeiro Eurostar.

Durante todo o trajeto, a alguns anos-luz da excitação sentida na ida, eu me revirei na poltrona como uma insone no seu leito de tortura. Estremeci diante da ideia de que outros prospectos com minha foto pudessem estar colados nas cabines próximas do Savoy. Quem sabe se a mão cúmplice que agia contra mim deste lado do canal da Mancha não poderia também ter colado um prospecto no telefone público situado no hall do hotel... ou, mais eficaz ainda, diretamente no travesseiro da suíte número 24, a de David.

Não consegui recuperar a calma, mesmo recitando os mantras de Sophia. Sob o efeito da raiva, eles se transformavam neste tipo de fórmula: "Eu não te amo, eu te detesto... Não me arrependo um único instante. Quer te agrade ou não, saia da minha vida! Obrigada."

Resisti à tentação de importunar a secretária durona de Louis – nem por um segundo eu duvidava que ela filtraria minha ligação como fizera com as precedentes –, bem como à tentação – mais violenta ainda – de ir direto à torre Barlet assim que descesse do trem.

Se eu fizesse um escândalo na BTV na véspera do meu começo na casa, poria a perder meu futuro profissional. David certamente seria capaz de me perdoar, mas e os outros, os Lucs, as Chloés e outras Alices? E depois eu teria que explicar ao meu futuro marido a razão para tamanho acesso de raiva e medo. Por qual obscuro motivo eu cobraria satisfação do meu cunhado, o mesmo que, na véspera, se mostrara o mais gentil dos guias?

Da Gare du Nord, eu peguei a linha B do trem suburbano, depois a conexão com a linha A nos Halles, na plataforma oposta. Menos de quarenta minutos depois, com passos ritmados por sonolentas piscadas de olhos, eu cheguei a Nanterre.

– Você comeu? – preocupou-se logo minha mãe.

Passava de nove horas da noite, e eu não tinha comido nada depois do sanduíche de pepino engolido enquanto fazia compras pelas lojas de Covent Garden.

– Não...

– Ainda tem o guisado, se você quiser. Ou eu posso te fazer uma salada de batatas.

– A salada vai bem.

Só quando já estava na mesa, com o garfo plantado nos pequenos cubos cobertos de grãos de mostarda e gemas de ovo batidas, eu notei a voz dela mais pastosa ainda que de costume, a respiração difícil. Ela não estava bem, era evidente. No entanto, parecia contente:

– Dê uma olhada no que me entregaram hoje!

Ela foi um instante até a sala de estar e voltou com um vaso entre as mãos, de onde jorrava um magnífico buquê de flores do campo.

– Espere, não é tudo...

Ela me apresentou uma enorme caixa de doces, na qual reconheci instantaneamente o verde-claro e o friso dourado.

– Macarons? – arrisquei.

– *Cinquenta* macarons de rosa.

– Os seus preferidos...

– Sim!

Ela estava feliz como uma menininha que ganhou um saquinho de bombons na saída da escola.

– Sabe de onde veio? Tinha um cartão?

– Absolutamente nada. Mas tenho uma vaga ideia...

A mesma que a minha, a julgar pelo sorriso reconhecido que ela me dirigiu então: David. Como ele podia ser tão perfeito? Mais do que perfeito até. Devo ter mencionado o gosto de mamãe na frente dele, bem inocentemente, e eis que ele a mimava como fazia comigo.

Claro, o fato de ele entrar em contato direto com ela não deixava de provocar em mim um certo mal-estar. Mas essa atenção, afinal bastante legítima a dez dias de nosso casamento, não devia ter outro objetivo senão este: forçar uma apresentação oficial que eu adiava sem cessar.

Eu redigi na hora um SMS de agradecimento:

Obrigada pelas flores
e pelos macarons.
Mamãe está nas nuvens.
Te amo.

Menos de um minuto depois:

Eu te amo também. Mas
infelizmente não fui eu que
mandei as flores.
Sua mãe tem outro admirador!

Louis! Quem mais poderia ser? Fred não foi. Nem mesmo aquele vizinho, o vovô perverso do bairro que durante um tempo fixou sua atenção fetichista na nossa casa.

Louis e sua mania de se imiscuir nos mínimos interstícios da minha vida, pronto a preencher todos os vazios, à sua maneira. Por mais efêmera que fosse, a alegria que ele acabara de proporcionar a Maude não tinha preço. Por isso eu não podia ter raiva dele. E ele sabia perfeitamente: por intermédio dela, era o meu próprio coração que ele estreitava na sua mão fina.

– Em todo caso, hoje, nada de ciúme – acrescentou mamãe. – Você também tem seu presentinho.

– Um presente...?

Ela apontou para uma caixinha coberta de papel prateado em cima do móvel da sala, junto das minhas fotos, cuja presença eu não notara até então.

– Acho que seu colega da associação de alunos tem uma queda por você – ela brincou, com um jeito levado e malicioso.

Eu suspirei, com o pacote vibrando nas minhas mãos, como se se tratasse de uma correspondência suspeita e a mim coubesse desmontá-la.

– Ah... Sim, é bem possível.

Por precaução, eu me retirei para o meu quarto para abri-lo. Sob o olhar desaprovador dos meus velhos bichos de pelúcia, tirei da caixa uma espécie de ovo comprido de metal brilhante. Sophia possuía este modelo na sua coleção de acessórios eróticos? Se sua função parecia evidente, eu preferia não pensar nisso, expulsando da minha cabeça uma por uma as imagens que o punham em cena.

O envelope que vinha junto continha outro cartão do Des Charmes, bem como o eterno papelzinho rosa rabiscado claramente pela mesma mão dos dois precedentes:

Vinte e duas horas.
Não esqueça do seu presente.
Estou certo de que, desta vez,
você honrará nosso compromisso.

16

Há meses eu prometia a mim mesma que um dia acharia a documentação específica para saber se as três árvores plantadas na pracinha eram de fato cárpinos, ou *charmes*, como são conhecidas aqui. *Charmes*: há os que são plantados, os que são vangloriados, os que são vendidos... E eu me preparava para dá-los, com prejuízo, sem receber nada em troca, a não ser um pouco de paz e liberdade.

Contudo, eu me sentia quase leve, como se fosse abandonar naquele quarto uma parte de mim que eu não queria mais. Uma pele morta depois da muda. Sim, era isso, eu ia fingir dar em sacrifício a Louis o que ele queria de mim. Mas eu não estaria mais ali. Nem com ele. Nem para ele. Ele só se apropriaria de uma versão obsoleta daquela que ele cercava há tempos com suas pequenas notas obscenas, sempre pronto para prendê-la nas suas redes. Na realidade, ele devoraria apenas um fantasma. Mastigaria uma sombra. E eu, no fim das contas, deixaria entre essas paredes tudo que ainda me afastava de David, inclusive as coisas que tinha sabido sobre ele e que jamais deveria ter sabido. Então, só então, eu pertenceria para sempre a ele, e só a ele. Annabelle Barlet, esposa de David.

Não sei bem quem eu achava que estava enganando ao remoer ideias tão ingênuas. Quero crer que aquilo me era necessário.

Como já estava atrasada em relação à hora fixada, apressei o passo no metrô Saint-Georges, onde uma completa equipe de filmagem se preparava para rodar uma cena cujo cenário, um quiosque retrô e um Citroën Traction Avant estacionado nas proximidades, evocava o período da Ocupação. Captada pela potência dos refletores, vagueei recuando um século sobre as trilhas que deixáramos na véspera, Louis e eu.

Reconheci os prédios cuja história ele me contara em todos os detalhes. Cheguei a pensar em passar pela rue La Bruyère, na esperança de cruzar com Marceline e seu amante de braços dados. Na esquina das rues Notre-Dame de Lorette e La Rochefoucauld, sob um balcão com colunatas, um Baco me mostrava a língua. Eis alguém que apreciava a ironia da situação... Por uma fração de segundo, eu vi no lugar dele o rosto de Louis como um diabo travesso, piscando um olho. Onipresente.

Por que ele insistia neste papel de pequeno marquês perverso e manipulador? O que David lhe fizera (que ele teria feito exatamente o mesmo no lugar dele, eu não duvidava) para ele me acossar desse jeito, como mais um objeto da interminável transação entre os dois? Se ele aceitasse ser permanentemente o Louis dos maravilhosos momentos de passeio, alegre, às vezes até engraçado, movido exclusivamente pelo desejo de compartilhar todo o seu saber e curiosidade, nós poderíamos nos tornar, ele e eu... não sei, amigos? Em vez de ser um motivo a mais de discórdia entre os dois, eu poderia estabelecer entre eles um traço de união. Ser a imagem da reconciliação.

– Boa-noite, Elle. Não esperava mais vê-la aqui tão cedo... mas estou encantado, é claro.

Tão solícito quanto de hábito, postado no seu balcão, o sr. Jacques me saudou respeitosamente, curvando sua longa silhueta na pequena reverência que costumava fazer, fugaz inclinação de busto tal como praticam em todas as ocasiões os japoneses. Ao passar, o aroma acidulado de uma água-de-colônia de bergamota fez cócegas no meu nariz.

– Obrigada – agradeci, abreviando as amabilidades. – Me diga...

Tirei o ovo de metal polido que tinham me enviado.

– Ah, ah! – ele exclamou, com olhos brilhantes. – Um novo enigma?

Eu já havia pensado e repensado no papel que o sr. Jacques podia estar desempenhando nas encenações de Louis. O hotel era dele, afinal. Os cartões dos quartos não circulavam impunemente por aí sem que ele fosse informado. Ele se contentava em fornecê-los ao mais velho dos Barlet e fechar os olhos para o resto, ou seria mais do que isso, seria o seu cúmplice? A exemplo da cabeça calva, o porteiro permanecia tão liso quanto insondável.

– Está parecendo, sim...

– Nenhum indício, desta vez?

– Não. Apenas isto.

Depositei o objeto na sua mão estendida, longa, aracnídea, tão delicada que era quase inquietante. Ele fechou os dedos sobre o aço cintilante e levou-o até seus olhos esbugalhados.

– Marie... – disse e sorriu, após um tempo de reflexão.

– Marie?

– Marie Bonaparte.

– A filha de... Napoleão III? – arrisquei.

Ele me corrigiu com cortesia, mas eu percebi um leve estremecimento no seu olhar, como uma suspeita de perturbação, que não combinava com a atitude rígida e impenetrável que eu conhecia nele habitualmente.

– A sobrinha-neta de Napoleão I.

– Tudo bem. Acredito na sua palavra. Mas por que um ovo?

Ele arqueou a ausência de sobrancelhas sobre os olhos absurdamente azuis.

– Hum... Nunca lhe contaram a respeito das relações dela com a família Freud?

– Não.

– Marie Bonaparte era muito famosa nos salões e outros círculos intelectuais do final do século XIX. Por frequentá-los com tanta assiduidade, acabou fazendo amizade com algumas sumidades do seu tempo, como um psicólogo francês, Gustave Le Bon.

– Nunca ouvi falar.

– Contudo, na época, falou-se muito dele. Sua obra sobre psicologia das multidões vendeu muito. Foi ele quem aconselhou a Marie a leitura de *Introdução à psicanálise* de Freud.

A fala corria quase como uma fonte, e eu via finalmente onde sua verborragia erudita me levava.

– Ela conheceu Freud, é isso?

– Melhor do que isso: ela fez psicanálise com ele, por quase quinze anos.

– Inacreditável. Mas qual a relação com o ovo?

– Pois bem, Marie Bonaparte era dada a certas extravagâncias. Quero dizer: sexuais.

– Ah, é?

– Ela era incapaz de conhecer um prazer verdadeiro. E, por uma razão até hoje ignorada, convenceu-se de que a origem da frigidez feminina não decorria de nenhum tipo de trauma inconsciente... mas de uma deficiência *anatômica.*

Ele contivera seu timbre grave nesta última palavra, como se temesse insistir demais nela e obter sabe-se lá qual efeito indesejável.

– Anatômica? Como assim?

– Ela afirmava com a maior seriedade que o clitóris ficava localizado longe demais da vagina para cumprir com eficácia seu único papel conhecido: o orgasmo. Chegou a escrever vários artigos sobre o assunto.

– E daí? Ela achava que ia resolver o problema com *isto*?

Eu apontei o objeto oblongo que ele rolava entre as palmas das mãos como se fosse um seixo, trocando-o pela eterna caneta de laca preta e dourada nas extremidades.

– Não, não exatamente. Primeiro ela acreditou poder refazer o que a natureza tinha construído errado. Submeteu-se a não menos que três cirurgias para aproximar do orifício de copulação o pequeno órgão a seu ver tão mal posicionado.

Não pude conter meu grito:

– O quê? Mas ela era completamente maluca!

– Um pouco, sim. Depois depositou suas esperanças na psicanálise, ainda em seus primórdios. Mas, apesar dos anos passados no seu divã, Freud não conseguiu fazê-la abandonar essa fixação. Quanto a esta coisinha aqui...

Ele ergueu o ovo diante de si, frágil troféu brandido à flor dos dedos, com um olhar exaltado.

– ... Esta coisinha faz parte dos numerosos brinquedos íntimos que ela usava e abusava para tentar desencadear, pela estimulação interna, o prazer que a estimulação externa lhe recusava. Estava tão convencida de que eles acabariam por "liberá-la" – perdoe-me a palavra –, que começou a fazer uma promoção obcecada dos primeiros massageadores elétricos surgidos na época. Digamos que fosse uma espécie de sacerdócio erótico.

– Inacreditável.

– Mas não se engane. Por mais excêntrica que fosse em certos aspectos, era uma mulher de bem. Durante a guerra – ela já não era mais tão jovem –, interveio pessoalmente para permitir que vários intelectuais judeus fugissem da Áustria e da Alemanha. Freud, por exemplo, foi um deles.

Inclinou sua alta estatura para me devolver o meu objeto, com um ar vagamente melancólico.

– Você já sabe agora. O Marie Bonaparte fica no terceiro andar, primeira porta à esquerda saindo do elevador. Desejo-lhe uma boa noite, Elle.

Nenhum subentendido licencioso na sua voz. Apenas sua cortesia costumeira.

Eu virei as costas e fui surpreendida pelo sorriso imaculado de Ysiam. Ysiam, que me conduzira à primeira cela. Que não tinha atendido aos meus pedidos de ajuda. A mão que passava as ordens de Louis por baixo da porta. A despeito de seu ar inofensivo, ele não passava de um carcereiro.

– Pode me seguir, senhorita?

Mas seria sensato culpar o mensageiro? Entrei antes dele no elevador, que começou a subir com um ruído abafado. Ao sair da cabine – não trocamos uma única palavra durante o breve transporte mecânico –, ele se afastou para a direita para me deixar passar e me designou do lado direito uma porta azul-escura, cor que eu constatei que decorava todo o andar, da mesma maneira que o vermelho singularizava o quinto e o dourado, o primeiro, aquele que abrigava o Joséphine.

Parada diante da porta, com o cartão na mão, eu me preparava para perguntar-lhe sobre o remetente quando ele quebrou o silêncio que lhe tinha sido imposto na ocasião de nosso primeiro encontro:

– Desta vez não haverá instruções. A senhorita compreenderá o que deve ser feito. Sozinha.

– Sem instruções? – Espantei-me com uma ingenuidade de fachada. – E quem decretou que não haverá instruções hoje?

– Isto eu não posso lhe dizer.

– É a instrução para você, não é?

– Sim – ele concordou.

Eu era capaz de jurar que sua pele tão escura tinha ruborizado.

– Tenho certeza de que você está morrendo de vontade de me dizer...! – eu o desafiei, contente com aquela reserva, como o gato confundindo o rato.

O pobre rapaz perdera sua imutável quietude. Chegava a ser enternecedor, com seus olhos aflitos arregalados, procurando desesperadamente um ponto no qual se fixar.

– De jeito nenhum!

Seu olhar acabou pousando no cartão que eu segurava na mão. Era sua escapatória, e ele o tirou de mim sem perguntar minha opinião. Passou-o no leitor, que imediatamente acionou a abertura da porta. Minha prisão era sua libertação.

Sem mais uma palavra, ele evaporou na direção do fim do corredor num piscar de olhos. Louis podia se orgulhar dele: Ysiam não falhara. Ele devia ser muito bem pago para executar tão bem seu serviço.

Eu sabia contudo que ele voltaria depressa, o que ele fez com efeito tão logo a porta se fechou atrás de mim, para trancá-la devidamente.

O quarto não parecia com nenhum outro, assemelhava-se mais a um consultório, decorado com sobriedade num estilo *fin de siècle* difícil de datar com precisão: uma escrivaninha de cerejeira envernizada coberta com marroquim verde, um abajur metálico, uma poltrona de couro gasto e, sobretudo, na outra extremidade, exatamente sob a única janela, lacrada, um divã de veludo vermelho em cima do qual estava jogada uma profusão de almofadas bordadas a ouro.

Em suma, um ambiente condizente, levando-se em conta a personalidade à qual era dedicado. O que se esperava de mim me pareceu bastante evidente, e eu me recostei no divã sem esperar nenhuma ordem.

Como da primeira vez, um tempo bastante longo se passou sem que alguém se desse ao trabalho de manifestar sua presença. Eu só captava os ecos, bastante distantes, das idas e vindas do elevador, de portas sendo fechadas aqui e ali, e algo como o chocalhar de um carrinho de serviço de quarto sendo empurrado através do corredor.

Só notei a presença do único elemento de modernidade, uma tela plana pendurada como um quadro na parede oposta ao divã, quando ele começou a funcionar espontaneamente. Verifiquei se não teria me sentado desajeitadamente em cima de um controle remoto, mas não. O aparelho tinha sido acionado fora do quarto, eu não via outra explicação para este prodígio. Após um breve chuvisco eletrônico, surgiu a imagem de outro quarto.

Ele contrastava com tudo que eu conhecia do estabelecimento e que fazia sua reputação. Nada de decoração retrô ou evocação preciosa de uma figura histórica. As paredes eram de um preto ligeiramente azulado, o mobiliário resumido a uma cama composta de estrado, colchão e um edredom, bem como duas poltronas estilo Luís XV forradas de tecido escuro.

A iluminação era fraca, e tive que esperar pela entrada de dois indivíduos, um homem e uma mulher, ambos nus e mascarados, para entender o artifício que contribuía para aquela atmosfera tão estranha: seus corpos luziam na penumbra como dois vaga-lumes arrancados da escuridão pela magia de uma luz negra do tipo que os frequentadores de boates adoram. Mergulhados nas trevas, a pele deles sobressaía de maneira intensa, porém irreal, cada defeito disfarçado pelo filtro duplo da luz difusa após a captação eletrônica.

Sabiam que estavam sendo observados? E se a resposta fosse sim, quem seriam eles para se prestar a tal espetáculo? A rapidez com que se puseram em ação, dispensando as preliminares, que deviam lhes parecer supérfluas, me fez imaginá-los simples mercenários, contratados e pagos por Louis para me oferecer o espetáculo de seus embates. A moça, mais baixa e também mais magra do que eu, assim me pareceu – seus peitos se limitando a duas pequenas maçãs apenas salientes –, ajoelhou-se na frente do parceiro e começou a fazer endurecer com a boca o que ainda era apenas um objeto flácido e inerte entre as pernas do rapaz. Ela o chupava com aplicação, eu devia dizer com minúcia, privilegiando os pequenos estímulos com a língua no freio e uma deglutição em regra de todo o pau, apenas lhe reservando esse tratamento privilegiado por instantes, com ataques súbitos, resultando em gemidos cada vez mais pronunciados à medida que o pau inchava, imperioso, no fundo da garganta dela.

O fato de o espetáculo ter sido montado exclusivamente em minha intenção, provavelmente com atores saídos de algum *live-show* na Pigalle, e todo seu aspecto artificial e fabricado, deveria ter me mantido distanciada. Porém, à indiferença misturada com uma leve aversão logo sucedeu a curiosidade – a de ver como ela fazia para proporcionar a ele tanto prazer antes mesmo do desfecho. O que teria me repugnado em qualquer filme pornô agia sobre mim como o mais radical estimulante. Efeito de realidade. Fascínio por aqueles lábios que agora se demoravam na glande já madura, escura e tumescente, brilhando com seus desejos misturados. Me repugnava admitir, mas sim, sim, sim... o número deles me excitava loucamente.

– Continue... assim!

Tive a estranha sensação de ouvir a voz do homem duplicada, cada palavra sublinhada por um estranho eco. Então levantei-me do divã, me aproximei da parede onde a TV estava pendurada e constatei que ao alto-falante integrado do aparelho acrescentava-se com efeito uma outra fonte, mais direta, de alguma maneira mais presente, e por isso mais perturbadora ainda: era no quarto contíguo que os dois estavam transando, e a parede era tão fina que deixava filtrar o menor dos seus gemidos.

Sabê-los próximos a esse ponto, ali, tão perto que eu quase podia tocá-los, desencadeou em mim uma vontade louca e gulosa de me juntar a eles. De participar, ao menos do meu modo. Dividida entre a imagem e o som, eu colava a orelha na parede, depois me afastava alguns segundos para olhar com avidez as cenas que eles me ofereciam, e a cada vez eu me deparava com uma combinação diferente, um Kama Sutra no qual cada um obtinha, segundo sua posição, um prazer específico. Ysiam tinha razão, e o homem que nos guiava na sombra também: eu sabia o que devia fazer. Desta vez não precisava de nenhuma ordem, nenhuma instrução.

Eu só tinha que seguir as mãos do homem que corriam agora sobre a parceira, apertando um ressalto carnudo, correndo sobre uma reentrância, um dedo se imiscuindo ao passar no sulco das nádegas ou fazendo uma incursão entre os lábios marrons, inchados, túrgidos de desejo. Do meu lado do espelho eletrônico, eu tirei a roupa lentamente, peça após peça, cada uma inflamando um pedaço de pele específico ao cair, peles cheias de estímulo: bunda, barriga, coxas, ombros ou mamilos... Não conseguia tirar os olhos das mãos do homem... De pé, a calcinha de renda ainda no lugar, comecei a imitar cada um dos gestos dele. Eu me tornava meu próprio amante, descobrindo sob meus dedos uma doçura inédita.

No momento de tocar o clitóris, que agora apontava entre os lábios, apertado na renda da calcinha e orgulhoso de suas novas proporções, eu vi o homem enfiar o rosto no meio das coxas da mulher morena. A cada lambida, ela ondulava freneticamente, a bunda levitando da cama, os peitos empinados para ele. Ainda que fossem pequenos, pareciam maiores e tensos a cada onda que levava o homem para longe, na direção do seu primeiro prazer. Apesar do porte pequeno da amante, a cabeça dele desapareceu subitamente mais fundo ainda entre as pernas dela. Ele se fundia com o sexo dela, o nariz perdido no meio do monte escuro, como um esfomeado. Ele chupava, mordia, atacava com voracidade cada dobra de carne palpitante. Depois, pelos gemidos que ela começou a soltar, mais estridentes, mais regulares, eu supus que ele introduzira a língua nela, um jogo sexual natural em que se mostrava habilidoso.

O orgasmo a tomou de surpresa, arqueando suas costas num movimento inimaginável, derrubando a nuca, contraindo cada um de seus músculos. Depois ela desabou, parecendo eletrocutada.

Tirando o rosto daquele inferno tão doce, ele a contemplou um instante, como um pintor diante de sua obra-prima. Fora ele que a fizera gozar, e só ele. Sua língua era seu pincel, seu traço de gênio. O triunfo não deve ter bastado para contentá-lo, pois, com autoridade, afastou de novo as coxas fechadas e enfiou o pau. Ele me pareceu maior ainda do que na hora em que entrara na boca da moça.

O homem arfou poderosamente quando a penetrou de frente, nesta hora de pé, com a moça deitada sobre uma mesinha cuja presença eu descobri num canto do quarto. Depois ela manifestou um prazer agradecido quando ele se deitou sobre suas costas, vasculhando por um momento sua bunda com o próprio sexo até encontrar a vulva encharcada, e começou a ir e vir dentro dela ao mesmo tempo que estimulava seu clitóris inchado com a mão.

– Sim... Sim, continue assim – ela implorava.

Sua voz estava reduzida a um sopro. O ângulo da câmera não me permitia contemplar seu rosto completamente, mas eu podia adivinhar a boca entreaberta – eu a imaginava tão úmida quanto sua vulva –, meio escondida por cabelos rebeldes, de onde suspiros escapavam, cada vez mais próximos, cada vez mais sonoros.

A estimulação sincronizada de suas zonas erógenas mais sensíveis parecia dominá-la. Cada vez que o homem a penetrava, ela projetava sua carne palpitante para trás, ao encontro de seu atacante. Ela rosnava agora, sim, soltava um uivo rouco, primitivo, animal, um soluço de prazer que jorrava de todas as partes, a julgar pelos tremores descontrolados de seus membros e de sua nuca.

O segundo orgasmo atingiu-a como um *uppercut*. A cabeça caiu para o lado e, depois que um longo espasmo percorreu sua espinha, ela não se mexeu mais.

Eu também gozei. Uma umidade no meio das minhas pernas, e elas bambearam de repente, me fazendo sentir subitamente todo o meu peso. Eu não flutuava mais. Havia um ano, havia mil anos; estava paralisada de desejo insatisfeito e contido por muito tempo. Eu me apoiei na parede, depois caí de joelhos, uma posição grotesca na qual consegui me arrastar até o divã. Com o nariz enfiado no veludo vermelho, avistei o ovo metálico cuidadosamente pousado em cima do tecido. Ele me olhava. Ele me provocava. Ele esperava que eu agisse.

Atrás de mim, na tela, as hostilidades estavam longe de chegar ao fim. Satisfeito por ter feito sua cúmplice gozar – ele acariciava as costas dela com tapinhas e qualificativos improvisados, falando de "um bom cuzinho para o seu pau" e outras fórmulas um tanto degradantes –, mas nem por isso saciado, recomeçou uma furiosa cavalgada sobre os lábios escancarados, já lustrosos com as primeiras vibrações. O que precedera me pareceu então um simples aquecimento, de tanto que agora rivalizava em ardor – alguns poderiam falar de rudeza, até de violência –, esmagando o corpo supliciado de prazer. A mulher praticamente urrava, e não era possível distinguir os encorajamentos dos pedidos de socorro, da dor da volúpia.

No momento em que tirei a calcinha de renda que continha minha vulva, liberando uma torrente translúcida pela parte interna das minhas coxas, pensei que homem algum até hoje me conduzira a um dilema assim: querer mais e desejar que pare, na mesma felicidade, no mesmo instante. Tudo e o seu contrário, encapsulado no gozo que arrebata e esgota, único.

Ou talvez sim... Talvez neste momento, este ovo, esta capitulação de meu corpo à mercê de um Louis triunfante, cujo olhar por certo não perdia uma migalha nos bastidores... talvez eu estivesse justamente em vias de alcançar meu primeiro e sublime dilaceramento.

Quando por fim introduzi no meu sexo inundado a forma oblonga, a moça da tela berrava com seu novo orgasmo. Eu empurrei a coisa para dentro de mim sem nenhuma resistência, bem no fundo, com um gesto seco, como se eu tivesse pressa de alcançá-la e quisesse gritar junto também. Primeiro minha vagina se contraiu em volta do objeto frio, surpresa com a visita inopinada do intruso, mas depois o acolheu, conseguindo até, após algumas contrações das nádegas e do períneo, brincar com ele, engolindo-o totalmente, aspirando-o para os abismos de onde meus dedos não saberiam desalojá-lo. Novo rei no meu reino.

Finalmente, consegui forças para me içar até o divã, que acolheu meu abandono com a suavidade dos velhos móveis estofados, amaciados pelos corpos que tinham se jogado ali. Com as pernas escancaradas, meu sexo aberto para a tela, eu me sentia penetrada pela sarabanda dos dois protagonistas. Como se o prazer deles atravessasse a tela e se imiscuísse em mim, depositando no meu corpo seus excessos de felicidade.

O rosto do homem, que emergia da sombra intermitentemente, ao sabor de suas mudanças de posição, apresentava traços diferentes segundo as variações da iluminação, mais ou menos suaves, mais ou menos marcantes. David surgiu primeiro, sorridente, tranquilizador, seu rosto juvenil mergulhando no meio das minhas coxas.

Foi neste momento preciso que percebi as primeiras vibrações destiladas pelo ovo dentro de mim, tão poderosas que se espalhavam por todo o entorno da minha vulva, os lábios, até a ponta incandescente do clitóris. Eu não podia sequer tocar nele, de tanto que me parecia sensível, atravessado de cima a baixo por ondas agradáveis que uma mão anônima comandava a distância.

Depois, na imagem seguinte, quando ele levantava a cabeça e aparecia entre as minhas pernas, meu amante elétrico exibia a expressão sombria de Louis, tensa, com seus olhos famintos e ardentes. Era um predador, um lobo decidido a morder com todos os dentes minha carne despedaçada. Os espasmos que tomaram conta da minha vagina provocaram o efeito de dentes pontudos. Eu me sentia rasgada, devorada, cada ínfima parte do meu sexo moída na mandíbula mais poderosa que eu já conhecera. Uma espécie de explosão sobreveio nas minhas profundezas. Deflagração muda, estranhamente desacelerada, como uma reconfiguração para o zero da minha matriz. O medo vivo que me submergira momentos antes apagava-se um pouco mais a cada onda surda. Foi minha vez de me ver aniquilada. Minha cabeça tremeu de repente. Soltei um longo grito silencioso, minha boca em "O" engolindo cada segundo de prazer, uma delícia do presente que eu queria que não tivesse fim.

Quando caí por fim no divã, pesadamente, como que desmembrada, um quebra-cabeça de carne esgotada, vi que a tela tinha se apagado. O ovo também, que retrocedia agora da minha fenda aturdida.

Ele não me tocara um só instante. Ele sequer entrara naquele quarto. Contudo, admiti com um soluço de felicidade, um sorriso enlevado e amargo nos lábios: Louis acabara de me fazer gozar. Louis Barlet tinha me possuído.

E eu ficara reduzida a quase nada.

17

9 de junho de 2009

Nada em cima do aparador da entrada. Nada também na caixa de correio do Hôtel Duchesnois. Na manhã seguinte, não havia qualquer missiva anônima. Evitei interrogar Armand, persuadida de que, com sua diligência habitual, ele teria me entregue qualquer novo envelope.

Este silêncio epistolar poderia ser uma boa notícia. Eu poderia até considerá-lo um recuo satisfeito. Saciado com as imagens da véspera, meu predador, quem quer que fosse, teria soltado a presa, relaxado a pressão por um momento.

Mas não acreditei nisso. A ausência me pareceu ainda mais ameaçadora do que as malhas apertadas que ele tecera antes.

A escolha do traje ocupou uma boa meia hora. Eu não queria fracassar no meu primeiro dia na BTV. Sabia que iam me julgar com inveja, que todas as Alices da emissora me tratariam com perfídia desde o primeiro olhar. Eu devia a mim mesma – e a David também – estar irrepreensível, apesar das formas carnudas e curvas voluptuosas não permitirem que eu me vestisse como gostaria. Completei o conjunto calçando meus Louboutin. Eu me revi experimentando-os sob o olhar satisfeito de David, naquela loja da galeria Vivienne, dividida entre uma alegria de menina e uma consciência muito aguda do jogo de artifícios onde tais acessórios me levavam. Minha mãe estava morrendo de câncer, e eu ali boquiaberta diante de um par de saltos altos de mil euros...

– Bom-dia, Annabelle.

– Bom-dia, Chlo...

– São oito horas e vinte e oito minutos – me cortou a lourinha, no seu tailleur cintado. – David está esperando você na sala de reuniões às oito e trinta e cinco, com toda a equipe. Se quiser, terá tempo suficiente para um café.

Ela estava parada no hall da torre Barlet, alerta, sem dúvida há vários minutos, carregando nos braços um bloco, uma pilha de camisas, um monte de revistas e pelo menos a mesma quantidade de envelopes selados, provavelmente tudo destinado ao patrão: meu homem.

– Tudo bem, obrigada.

Minha resposta a tranquilizou:

– OK, legal. Então vamos.

Seus passos curtos e rápidos, com saltos altos demais para ela batendo nervosos no piso, nos conduziram até os elevadores prontos para voar. Na cabine de aço escovado, ela recitou minha agenda – tal como estabelecida por David, eu supus – com um tom nervoso:

– Depois da apresentação oficial, você tem uma reunião com Albane Leclerc às nove e meia, que vai durar, no mínimo, duas horas. Depois vou levá-la para se instalar na sua sala. Verá que a localização é muito boa, voltada para o sul, a meio caminho da de David e da de Louis.

Por que isso não me surpreendia?

Retornei ao fio de sua litania, duas frases antes.

– Albane Leclerc?

– David não lhe falou dela?

– Não...

– É a chefe de redação do seu programa. Ela vai ajudar você a estabelecer o plano dos primeiros episódios do *Cultur'Mix*. E também a fazer o *briefing* para a redação montar os diferentes temas.

Antecipando minhas interrogações, ela prosseguiu:

– É jovem, mas muito profissional. O pai dela dirigiu *L'Océan* para o grupo durante vinte anos. Ela trabalha diretamente com Luc.

Luc Doré, diretor da emissora. Isso eu sabia, porque ele estava entre os convidados do jantar organizado em minha homenagem.

– Nasceu na profissão, então...

– Sim, de certa maneira.

Era esse o limite da confiança que David me conferia. Ainda que tivesse me imposto ao seu pequeno exército como sua protegida secreta, uma dama de companhia guiaria cada um dos meus passos nesse mundo ainda desconhecido. Assim, a menor das minhas gafes podia ser imediatamente corrigida, e seus efeitos atenuados.

O tinido discreto anunciou o décimo oitavo e último andar. Chloé saiu do elevador, de olho nos rabiscos ilegíveis do seu bloco de notas.

– Esta tarde – recomeçou em modo metralhadora – você tem uma primeira reunião de produção às duas e meia com Luc Doré, mas também com Philippe Di Tomaso, o produtor executivo, e Christopher Haynes, nosso diretor de arte. A ordem do dia é o cenário do programa. Chris já projetou diversas maquetes. A princípio, você só precisa decidir junto com Luc.

Ia tudo tão rápido! E nenhum botão de parada de emergência ao alcance da mão... O que eu poderia responder? Que tinha sido um equívoco, um mal-entendido grotesco? Que eu não tinha nada para fazer ali, e que uma multidão de candidatos mais competentes já estava esperando na portaria do prédio?

Reconheci a sala envidraçada onde fui apresentada a Louis. Instintivamente, procurei sua silhueta de ave descarnada no grupo que já nos esperava, aproximadamente umas vinte pessoas, todas com um copo na frente. Para meu grande espanto, ele não estava lá. O diretor de comunicação claramente não achara útil estar presente.

David surgiu diante de nós no mesmo momento, radioso em um terno cinza-pérola que eu não conhecia (eu desistira de explorar o armário dele, verdadeira caverna de Ali Babá da elegância masculina).

– Todos estão aqui, perfeito!

– Oito horas e trinta e três – aprovou Chloé. – Esperamos mais dois minutos?

– Não, vamos começar. Tenho uma videoconferência com Seul dentro de quinze minutos.

Durante o quarto de hora que ele dedicou à minha investidura, misturando com naturalidade um humor leve e observações mais severas sobre "a aposta no horário nobre da quinta-feira, noite que deve nos permitir captar os telespectadores para não mais largá-los até o fim da semana", eu esperei ver aparecer o irmão a qualquer instante. Mas ninguém chegou. Pelos corredores envidraçados passavam apenas jornalistas de camisa branca e outros clones de Chloé.

Sentada num canto da mesa, em parte disfarçada por uma fila de cabeças que me examinavam com desconfiança polida, Alice, a louraça, manifestava um desinteresse gritante pelo discurso, seu autor e mais ainda pelo assunto, brincando com uma mão febril no smartphone. Decididamente surda ao que se dizia ali, mal disfarçou uma expressão de desprezo quando meu homem manifestou a fé que ele depositava em mim para reerguer o referido horário de programação.

Quando David anunciou o fim da reunião, iniciando em minha homenagem uma pequena salva de palmas fracamente seguida pelo restante dos presentes, Chloé correu para minha rival e soprou na orelha dela não sei que reprimenda. A bela criatura, com os seios artificiais realçados por um vestido supercolante, ergueu-se de um salto e exclamou, visivelmente irritada:

– Agora? Mas o que ele quer comigo?

Aquilo tinha cara de bronca. Mas não pude deixar de imaginar que um chefe cortejando uma de suas funcionárias não poderia agir de outro modo se quisesse disfarçar e atraí-la para sua sala sem despertar suspeitas.

A secretária segurou o braço dela para intimá-la à discrição e levá-la até o corredor, pequeno reboque abrindo caminho para o transatlântico majestoso, cujo balanço de quadris produziu na ala masculina a incontrolável flexão de olhares, atraídos por seus movimentos cativantes. Captei mais de um olhar magnetizado, embora aqueles senhores devessem conhecer os seus encantos há anos.

– Olá, eu sou Albane. Você é Elle, não é?

Naquela atmosfera compassada, esmagada pelo poderio indulgente de David, o sorriso afável e o tom muito direto da jovem e bonita morena, uma mulherzinha magra com jeito de rapaz, me inspirou simpatia imediata. Camisa aberta, calça desbotada, tênis de caminhada mais apropriados a trilhas do que a tapetes espessos, usando como único acessório uma simples corrente de prata no pescoço... Ela se situava a léguas dos tipos fashion da BTV.

Surgida de trás da cortina de corpos mais imponentes do que o seu, ela me estendeu uma mão tão pequena quanto enérgica.

– Sim. Bom, é Annabelle... Mas todo mundo me chama de Elle, na verdade.

– O grande chefe decidiu que nos programas e na comunicação da empresa você seria Elle... Então vamos manter assim, se você quiser.

– Sem problema, eu gosto.

Diretiva. Porém aberta, e muito mais pedagógica do que dava a entender seu linguajar franco. Passou grande parte da manhã me expondo o bê-á-bá do trabalho, esforçando-se para me explicar cada conceito ou cada um dos termos do jargão com que ela mesma lidava há anos. Ela procurava ser paciente, mas não hesitava em chamar minha atenção quando eu não me mostrava suficientemente reativa. Minha condição de futura esposa do chefão não parecia impressioná-la nem refrear sua língua. Deduzi que a relação de amizade profissional que ligava sua família aos Barlet devia colocá-la acima de todas as represálias... ou talvez fosse por sua comprovada competência, que ela não teria nenhuma dificuldade em oferecer a concorrentes caso perdesse o posto.

– Já vou indo – disse-me, ao meio-dia em ponto. – De todo modo, vamos nos rever logo, logo. Você não vai se livrar de mim!

Soou mais como uma promessa do que como uma real ameaça. Albane seria uma aliada, aquelas poucas horas bastaram para me convencer disso.

Meio-dia e nove, teria constatado Chloé, que me mostrou rapidamente minha sala. Ela não mentiu: minha sala era clara, de tamanho extravagante, considerando minha idade e minha experiência, e situada no centro do andar da direção, um privilégio vergonhoso. Através da janela envidraçada orientada para noroeste, a vista do bulevar periférico era espetacular.

Meio-dia e doze: não sem antes me entregar um crachá de acesso ao refeitório com uma foto minha que eu não conhecia – onde David podia tê-la desencavado? –, ela me deixou lá, seguindo pelo corredor com um bando de tagarelas, por certo suas homólogas, a caminho do restaurante da empresa situado no primeiro andar do prédio.

Meio-dia e vinte e dois. Eu olhava há vários minutos para o telefone novinho em lugar de honra sobre a minha mesa, único elemento de decoração visível, na esperança ridícula de uma convite para almoçar. Resisti à tentação de chamar David, necessariamente indisponível, para não me expor à ferida de uma recusa. Louis, sempre invisível, estava fora de cogitação.

Meio-dia e quarenta e cinco... Não aguentando mais, digitei o número de Sophia. Por sorte, ela atendeu imediatamente.

Vinte minutos depois, saboreávamos nossos Monacos excessivamente doces, quase enjoativos, no terraço de uma brasserie das proximidades, Le

Saint-Malo. Diante de saladas mistas, retomamos o fio comum de nossas confidências, âncora tranquilizadora naquele contexto novo e desconhecido, quase hostil:

– Então, quer dizer que teu anel está superapertado! – exclamou minha amiga, constatando meu anular avermelhado. – Acha que vai conseguir tirá-lo e recolocá-lo no dia D?

– Sim, olhe.

Fazendo força no dedo, eu desprendi o anel de ouro rosa, não sem esforço. Com um gesto natural, ela estendeu a mão para pegá-lo e observá-lo mais de perto.

Seus olhos brilhavam de uma inveja difícil de dissimular.

– Bem, minha querida, você não pretende engordar...

– Vou mandar aumentar.

– Mas tenha cuidado, é o tipo de material que não estica infinitamente. É bonito, mas muito frágil.

Ela falava exclusivamente do anel?

Ela examinou a joia em todos os detalhes por um longo minuto, muda de admiração, entregando-se ao prazer e ao sonho. Depois, aproximando mais o objeto dos olhos:

– Você disse que ele pertenceu a quem, antes?

– A Hortense, a mãe de David. E à mãe dela, antes. Mas não sei como ela se chamava. De todo modo, fiz bem de tirá-lo, Armand vai mandar acrescentar nossos nomes e a data amanhã.

Ela balançou a cabeça com um ar entendido, sem despregar os olhos do anel.

– Hum, hum... E eles se casaram em que ano, os pais de David?

– Não tenho ideia. Considerando a idade de David e do irmão, suponho que foi entre meados e o fim da década de 1960. Por quê?

– Porque nesse caso... teu charmoso futuro marido é fruto de um casal de fantasmas!

– O que você está dizendo?

Com uma gravidade pouco habitual, ela estendeu o anel para mim, de maneira a me apresentar o lado de dentro, que tinha sido polido a fim de apagar as inscrições sucessivas.

– Veja você mesma.

– Não estou vendo nada...

– Se inclinar o anel para que a luz incida na superfície, verá que uma antiga gravação aparece em certos lugares. Não dá para decifrar o dia, mas o ano é bem legível: 1988.

Ela estava certa. Sophia, a maluquete, a dançarina leviana, a colecionadora de homens e brinquedos eróticos, conseguira detectar a verdade através do anel que eu usava despreocupadamente há vários dias.

– Tem razão... – murmurei. – Muito estranho eu não ter visto antes.

O relevo era tênue, mas mesmo assim, sob um ângulo preciso, bastava para tornar visível os quatro números. Um pequeno movimento em um sentido ou em outro bastava para devolvê-los à sombra. Olhando de frente, como qualquer observador faria, e como eu mesma a examinara diversas vezes, a aliança mantinha cuidadosamente seu segredo.

Eu estava pasma.

– E ele tinha que idade, em 1988, seu príncipe encantado?

– Dezenove anos... – falei, com uma voz sem vida.

"Eles ficaram noivos, depois se casaram, em poucas semanas", dissera Louis. Em 1988, o ano do primeiro casamento de Louis, esclarecia a miragem cifrada. Ele me jogava a verdade na cara.

Por que Louis sentira necessidade de dizer que aquela verdade, talvez a única entre suas fabulações, era mentira? Por que se retratara daquela maneira? Por medo? Mas medo do quê, de quem?

– OK. Então você deve dizer para o seu queridinho que não pega bem ele te dar um anel comprado no mercado das pulgas fazendo o passar por joia de família.

– Vou dizer a ele...

Rápido: achar outro assunto, não tremer, não desabar na frente dela. Para me recompor, forcei um sorriso sem relação com a minha pergunta:

– E Rebecca? Tem tido notícias?

– Não. De novo, silêncio total. Está começando a ficar chato. Não tenho mais um tostão e estou com dois meses de aluguel atrasado. Se ela não se mexer para me arranjar serviço, não sei onde estarei no mês que vem.

– No pior dos casos, fique no meu quarto na casa da mamãe – sugeri na mesma hora.

– Você é um amor... Mas reconheça que neste momento tem coisa mais divertida do que a casa da sua mãe.

Ela pediu perdão pela observação com um sorriso magnânimo.

– Passou na agência? – eu mudei de assunto.

– Rebecca anda sumida. Não sei como consegue administrar os negócios, mas não é assim que vamos enriquecer. Enfim, isso não te diz mais respeito, nada isso...

Não era uma crítica, talvez fosse saudade da época, sem dúvida breve demais para ela, em que compartilhávamos nossas atividades clandestinas e a estranha comunhão de destinos. Sophia sempre quis nos ver como duas irmãs. A entrada de David na minha vida cortara de repente o cordão tecido de esperança e de adolescência.

Eu sabia que Sophia sempre faria parte da minha vida. Mas nosso beijinho, ao nos despedirmos diante da torre Barlet, quando nos vimos cercadas pelas hordas de trabalhadores em hora de almoço, soou como um adeus.

No elevador, suportei o silêncio e o desconforto de alguns rostos que eu tinha visto naquela mesma manhã durante minha entronização. Ninguém ousou me perguntar se tudo tinha ido bem ou se meu almoço sozinha tinha sido agradável. A síndrome do primeiro dia em todo seu esplendor. Mas o que eu podia saber de fato, eu que vivia meu verdadeiro primeiro dia?

Ansiosa, provavelmente também sob o efeito das revelações de Sophia, segui docilmente a tropa na saída do elevador. Só depois de percorrer a metade do corredor eu me dei conta de que descera no andar errado. Este abrigava uma parte dos estúdios e dos departamentos de produção da BTV. As divisórias também eram de vidro, mas nenhuma deixava passar a luz exterior, privando os corredores da extraordinária claridade que prevalecia no alto do edifício. A despeito da semiescuridão, reconheci imediatamente as duas sombras que ocupavam à minha direita um dos estúdios menores. De onde eu estava eles não podiam me ver, mas mesmo assim eu temia trair minha presença por algum movimento. Então fiquei ali, imóvel, a observá-los, sem fôlego diante da ideia de que eles podiam sair subitamente, e que ficaríamos cara a cara.

David me parecia muito calmo, perfeitamente dono de seus gestos e emoções. Tudo na sua interlocutora, em compensação, traía exasperação. Ela suspendia os cabelos sem parar, nervosamente, com a mão trêmula, o busto agitado, apoiada em uma das pernas, de um modo mais doloroso do que gracioso. Àquela distância, era impossível ter certeza, mas eu teria jurado que seu peito se elevava mais alto e mais depressa do que de costume. Ela soluçava?

De todo modo, ela não falava, limitando-se a escutar a argumentação do chefe, que eu supunha pausada, talvez até tranquilizadora, a julgar pela mão que ele pousara no braço da moça, depois no ombro.

De repente, Alice saiu da sua reserva aflita e desabou nos braços de David. Ele a abraçou por um instante, para mim uma eternidade de sobressalto e raiva contida, antes de afastá-la lentamente usando a delicadeza aristocrática tão própria dele.

"Quer dizer que você tem certeza... é ela que você prefere?"

Como eu fazia quando era pequena, vendo filmes escondida através da porta entreaberta da sala, tentei botar palavras plausíveis nos lábios carnudos da chorosa.

"Sim, é ela. Perdão", David poderia ter respondido.

Não sei quais foram as palavras dele, mas sei que acalmaram a bela loura tanto quanto a crucificaram. Conduzida ao ponto mais baixo de sua soberba, ela baixou a cabeça e deu um passo para trás antes de sumir por uma pequena porta fundida no cenário, em direção aos bastidores, eu supus.

Eu estava orgulhosa dele. Ele soubera acabar com as esperanças dela sem contudo se mostrar brutal ou gratuitamente mau. Agiu como chefe de empresa, firme, porém justo, preocupado com os interesses do conjunto, mas também atento para não ferir nenhum de seus elementos constitutivos. Alice reconduzida ao seu lugar, supus que outras rivais não deixariam de se apresentar, um dia ou outro, aqui ou em numerosas ocasiões nas quais eu não estaria presente para vê-lo em ação. Mas sua lealdade do dia, ao mesmo tempo que lhe fechara a porta de uma velha tentação, abrira para mim a do meu compromisso.

Cair no andar errado não tinha sido um acaso, eu via claramente. Eu precisava acreditar em David, ver seu amor por mim ser exibido a todos, e não apenas através de seus presentes maravilhosos, ver seu amor se encarnar em mais atos e menos palavras. O pequeno espetáculo mudo que ele acabara de me oferecer valia todos os presentes. De agora em diante, pouco me importava que tivesse se casado com uma Aurore ou mesmo com uma Alice antes de mim. Era a mim que escolhera, aqui, agora, contra todos.

Mais do que todas.

18

Isolamento: estado ou situação de uma pessoa isolada (ver Isolar) ou que foi isolada.
Isolar: afastar alguém do convívio com outros seres humanos.

O *Larousse* me dava a definição, mas a minha melancolia não aceitava. Emparedada na minha sala ministerial, eu passava da contemplação do céu e suas infinitas variações meteorológicas à consulta do dicionário que uma mão anônima pusera ali, para mim, durante o horário de almoço. Reli também as anotações feitas durante a explicação de Albane, que aprofundaram ainda mais meu sentimento de carência e inadaptação. David me dera o mais belo presente possível, mas o presente funcionava como um espelho implacável, onde tudo que eu não era – não ainda, teria se apressado a corrigir minha mãe – se destacava em relevo.

Devo ter cochilado um instante, pois, quando Chloé irrompeu com seus olhos redondos de indignação, estremeci e senti um entorpecimento que levou vários segundos para se dissipar.

– Está tudo bem? – perguntou ela, preocupada.

– Sim...

– Porque estão lhe esperando... Sala de reuniões número 3. Às quatorze horas e trinta...

Que eu já prejudicasse seu belo planejamento no primeiro dia por certo a escandalizava, mas evidentemente ela não falou nada. Mostrou-se até generosa ao não me notificar o número de minutos de meu atraso. Limitou-se a indicar a porta, como se eu pudesse me enganar e, com seu passinho apressado característico, me convidou a segui-la imediatamente e bem depressa, como pareciam dizer seus saltos, através do labirinto dos corredores.

* * *

Não sei o que notei em primeiro lugar. A silhueta? O riso? Ou os ecos de lavanda de seu perfume que flutuavam longe, fora da sala, como apelos para que o seguissem?

Cercado de três outros homens – reconheci Luc Doré por sua cabeleira grisalha e seu rosto cor de bronze envelhecido –, ele falava alto, eloquente, muito à vontade. Contudo, tinha um quê de incongruência vê-lo nesse contexto. E não somente em virtude do que eu conhecia dele ou das outras circunstâncias nas quais estivéramos juntos. Dava para ver no excesso de segurança: ele não estava no seu elemento. Desempenhava um papel e, mesmo sendo muito experiente na interpretação, continuava sendo uma comédia que o afastava de si mesmo. Ele provavelmente desprezava seus interlocutores.

– Elle! – exclamou Louis, quando finalmente entrei no seu campo de visão. – Não a esperávamos mais. Vejo que você já assimilou todas as regras da empresa: o poder pertence a quem mais se faz esperar.

Enrubesci. O restante do grupo virou-se para mim e cada um se apresentou. Com exceção de Luc, que se atribuiu o direito de me dar um abraço amistoso.

– Bem-vinda, Elle. Não tive a oportunidade de voltar a lhe dizer esta manhã, mas estamos todos muito contentes por você estar conosco. De verdade!

Uma pressão das duas mãos nos meus ombros acompanhou suas palavras de acolhida. O gesto era puramente afetuoso. Luc pertencia à família dos táteis, mas sou capaz de jurar que o mais velho dos irmãos Barlet fez uma careta de desagrado ao me ver assim abraçada. Entregue, durante um breve instante, mesmo que tão casto, nas mãos de um outro homem.

– Louis, você fica conosco? – lançou Luc.

– Hum... Por que não? Afinal, a montagem de um novo programa importante é *também* a imagem da emissora. Não?

Os demais concordaram com um murmúrio indulgente.

Eu não via Louis desde sua altercação com Fred, dois dias antes. Achei que parecia cansado, seus traços estavam mais cavados do que na minha lembrança. Suprema e sublime injustiça, aquela alteração febril exaltava o que havia de mais animal, de mais puro e, para resumir, de mais sensual nele.

A despeito de seu abatimento, ele me lembrava uma fera, cada movimento expressando toda a força, toda a energia pronta a transbordar em uma explosão de vida frémente. A torre Barlet era sua gaiola de vidro. Ele aceitava sua sorte, mas, como todo animal selvagem em tais circunstâncias, nunca parava de buscar a saída, o caminho para uma selva onde pudesse se movimentar. Ele devoraria seus guardas e seus tratadores na primeira oportunidade.

– Chris, pode nos mostrar o que preparou?

O tal Chris, um homem alto e louro, flácido e barbudo, com visual de adolescente retardado muito apreciado por designers gráficos e outros criadores de imagem, abriu o laptop que carregava debaixo do braço. Com poucos toques de virtuose do teclado, ele exibiu suas propostas na tela.

– Bom, temos aqui um cenário bastante urbano, OK? – disse, com sotaque britânico afetado. – Ambiente de concreto, totalmente cinza, pós-hip-hop...

Decifrando: letras grandes em arco-íris dispostas em estilo grafite num muro de tijolos escuros.

– ... e ao mesmo tempo muito descontraído – ele completou a exposição pomposa. – Mais para Berlim-hippie-chique do que Nova-York-speed. Gostaram do efeito?

Eu não gostei nem um pouco, mesmo abstraindo todo aquele palavrório pretensioso. Não falei nada, é claro, mas deve ter sido percebido, pois Luc me interrogou com o olhar.

– Elle? O que você acha?

– Hum... É um pouco difícil dar minha opinião sobre uma única proposta. Vamos ver as outras?

O diretor de arte não deu um pio. Eu acabara de entrar, sem nenhuma dúvida, para o campo de seus adversários, todos aqueles babacas ignorantes e sem cultura visual que davam palpites sobre suas criações como quem escolhe papel de parede. Ele já me detestava, era flagrante.

– Sim – ele sibilou, com ar melindrado. – Há sempre outros caminhos, claro...

Subentendido: errados.

Enquanto ele fazia desfilar suas imagens, onde se misturavam sugestões de logotipo, créditos e mesmo alguns elementos de cenário para o programa no qual eu seria levada a me exibir dentro em pouco, senti a presença de Louis nas minhas costas. Ao sentir o aroma de seu perfume, no qual a baunilha dominava aos poucos as notas florais, mas também a onda febril que emanava dele, concluí que menos de um passo nos separava. Quando ele se inclinou um pouco acima do meu ombro, possivelmente sob o pretexto de observar a totalidade da tela, pude sentir sua respiração acariciando minha nuca – eu tinha prendido os cabelos com a ajuda do famoso alfinete –, onde uma mecha rebelde esvoaçava preguiçosamente.

Cada uma de suas expirações era um suplício para mim. A pele do meu pescoço arrepiava um pouco mais a cada passagem da corrente de ar quente, ligeiramente adocicada. Não pude refrear o tremor que atravessou minha espinha, o que era praticamente uma confissão.

– Prefiro a opção mais campestre – anunciei de repente, com uma voz constrangida.

Um ambiente *naïf*, que lembrava as telas exóticas de Henri Rousseau, mais para floresta tropical do que para os bosques do Loire.

Ao dizer isso, virei meu busto na direção de Luc, e o homem colado em mim foi obrigado a evitar-me com um gesto de recuo instintivo. Os automatismos sociais que nos são inculcados desde a mais tenra idade, e que nosso corpo assimila, são às vezes bem práticos.

Ele encarou o desacato com um olhar irritado. Eu bem sabia que, ali ou em outro lugar, eu não lhe escaparia tão facilmente. As palpitações espasmódicas do meu ventre e o punho de ferro que, por baixo, torcia meu monte de vênus, eram a prova flagrante.

– Tudo bem – aprovou o diretor grisalho –, mas por que o campo?

– Bem... – improvisei. – Primeiro porque parece menos previsível do que um cenário urbano quando se fala de cultura e sociedade.

Pow! Um soco no nariz de Chris, o esteta. E um ponto para mim, a julgar pelo aceno de cabeça aprovador de Philippe Di Tomaso, homenzinho de tez e físico de ameixa seca que ainda não pronunciara uma palavra.

– E depois me parece uma forma de indicar que não nos limitaremos à realidade parisiense, que a descentralização será a tônica do nosso projeto, e não apenas uma postura de burgueses boêmios desligados da vida real.

– Bem observado – concordou Luc Doré, com um sorriso surgindo nos lábios.

Eu soltara a primeira bobagem que me viera à cabeça, um palavrório de marketing para o qual todos os professores tinham recomendado atenção durante o curso. Entretanto, aquilo pareceu suficiente para satisfazê-los. Eu estava descobrindo que, no mundo do trabalho, um pouco de embromação bem articulada importa mais do que considerações refletidas. Mais vale impressionar do que convencer.

– Louis? Sua opinião?

– Sobre as criações de Chris... ou a prosa arrumadinha que a srta. Lorand acabou de nos dizer?

Seus olhos se fixaram nos meus como ferrões enterrados em madeira macia. Eu fiquei petrificada, incapaz da menor reação. Contudo, no meu corpo de pedra eu sentia certos órgãos batendo com toda força: meu coração, mas também meu sexo, esse traidor, que a situação pareceu revelar.

Ele teria percebido? Talvez, pois, afastando-se do meu rosto, seu olhar começou a vasculhar com lascívia cada dobra do meu vestido preto como se ele fosse um fino véu de bruma.

Que momento ele tinha preferido, na noite da véspera? Com que instante meu ele se deleitara mais? Lembrei do ovo saindo de mim, melado de prazer, retido no vestíbulo vaginal como uma glande desproporcional com dificuldade de sair... como se fosse seu próprio pênis.

– Ao contrário, o que Elle acaba de dizer me parece muito sensato.

O produtor voou em meu socorro.

– Ah, é?

Louis se ergueu tanto quanto permitia a bengala e sua manqueira, pavão em seu domínio, para adotar as poses que exprimiam melhor do que palavras o que todos nós éramos para ele: vulgares animais de fazenda.

– Sim – concordou Luc. – Se quisermos atrair bastante público no horário nobre com um programa cultural, não podemos nos fechar em um gueto para a elite que passa as noites no Châtelet e os fins de semana em Bayreuth. Temos que renovar tudo isso!

Pelo silêncio embaraçado que se seguiu, eu compreendi que Louis só precisaria de um gesto para colocar no devido lugar o diretor do programa, talvez até dispensá-lo na hora. Mas ele se conteve e abandonou por um instante meu corpo trêmulo, percorrido por espasmos dolorosos e agradáveis ao mesmo tempo, para se concentrar no seu contraditor.

– Queremos produzir um programa cultural ambicioso... Não uma cópia desse reality-show "O amor está no campo"!

– Você propõe o quê? – perguntou Philippe, encarando-o sem medo aparente. – Especiais sobre seus amiguinhos do Marais, o programa inteiro?

Para minha grande surpresa, ele não agarrou o Senhor Ameixa pelo colarinho – o que seria facílimo para ele –, e permaneceu numa calma olímpica.

– Não. Veja, eu sei separar meus gostos pessoais e nossa programação para o público. E, me desculpe, mas seu exemplo é tão caricatural quanto os de Luc.

– Nesse caso, que conceito você apresentaria? – desafiou-o Luc.

– Não estou dizendo que é preciso fazer um programa para os *happy few* dos coquetéis. Ao contrário. Eu acho que o acesso aos prazeres de que estamos tratando aqui é um direito fundamental. A meu ver, dar prazer ao cérebro é tão vital quanto exultar o corpo.

Breve olhar de brasa na minha direção. Eu revia o tom progressista, quase libertário, que me chocara na galeria Sauvage.

Mas ele ainda estava falando de arte e de cultura? Não, contestava meu sexo, suficientemente úmido para aderir espontaneamente ao algodão delicado da minha calcinha. O leve movimento de bacia que esbocei para descolá-la só fez piorar a situação, pois o tecido se insinuou na dobra carnuda, chegando ao botão cor-de-rosa faminto de contato.

– Quer falar do quê, afinal? Da arte de defumar peixes dos esquimós?

– Não especificamente – ele replicou com uma seriedade em descompasso com a ironia de Luc. – A menos que ela se torne um fenômeno de moda nas margens de nossos rios. Quando for o caso, por que não?

– Quer fazer um programa sobre tendências, sobre sociedade, é isso? – contrariou-se Luc.

– Sim... e não. Acho que o que atrairá os espectadores é a ideia de serem os primeiros a agarrar o que os vizinhos do lado disputarão no dia seguinte. Chame isso de tendências, se quiser, eu chamo de pepitas. Coisas ainda raras hoje, mas que logo todas as pessoas vão querer ter em casa, com elas, nelas...

Ele fez uma pausa depois dessas palavras, o que não devia ser fruto do acaso ou de um acidente de sua elocução, sempre perfeita.

– Pode ser um livro, um CD, mas também um acessório da moda, uma receita culinária ou um novo comportamento da sociedade. A cultura está nisso, nos dias de hoje. Nesses fenômenos tão poderosos quanto efêmeros, e que ditam nossos atos melhor do que a política ou a religião. Quem desloca as multidões, hoje em dia? O papa? Uma manifestação contra uma reforma?

Não... Mas o lançamento de um novo tablet, um *flash mob* artístico, a estreia de um filme ousado... eis o que nos estimula. Eis o que desperta nosso desejo.

Como se quisesse dirigir melhor o discurso para mim, e só para mim, ele se levantou, colocou-se atrás de mim e aproveitou a súbita proximidade para se inclinar sobre as minhas costas, pousando a mão livre no encosto da cadeira, fazendo com que minha calcinha entrasse em ebulição. Eu teria dado qualquer coisa, naquele instante, para enfiar minha mão ali... E tirar a dele das minhas costas sem fazer escândalo também...

Ele prosseguia como se não tivesse nada a ver com os fenômenos que desencadeava, borboleta inconsciente de seus efeitos devastadores.

– É um mundo de ideias onde cada um pode e deve ir pesquisar para dar sentido ao seu cotidiano. Vocês não veem como nossas vidas carecem do sublime?

Sua exaltação deixou os outros desconcertados. Eles eram sem nenhuma dúvida inteligentes o bastante para entender tal discurso, mas também bastante lúcidos para perceber o que, posto em imagens e difundido pela emissora, podia haver de perigoso ou até subversivo num projeto como aquele. Em outras palavras: era tudo, menos consensual, e portanto decididamente impróprio para atrair anunciantes ávidos de conceitos simples e, de preferência, já comprovados.

Luc sondou seus acólitos em busca de um apoio razoável – Philippe tinha jogado a toalha e Chris se desesperava, mudo, com o fato de a conversa tê-los levado para tão longe de suas criações – e depois expressou-se em seu próprio nome:

– OK, não estou dizendo que não haja verdade em tudo isso. Mas você teria um exemplo concreto de tema para nos esclarecer? Alguma coisa que você já incluiria no primeiro programa...

– Não acha que devíamos convidar Albane para o nosso pequeno debate, caso nos aprofundemos neste tipo de problemática?

Não sei o que me deu para enfrentar assim a fonte de meus tormentos, cujo poder sobre mim – o interior do meu sexo distendido era testemunha – não parava de crescer, dia após dia, hora após hora. Talvez eu estivesse tentando quebrar o encanto enquanto ainda fosse tempo, aproveitando o fato de não estarmos sozinhos, ele e eu.

Ele se ergueu bruscamente, e ficou na minha frente de novo.

– Já fiz um *briefing* para ela sobre o assunto.

– O quê? Mas quando foi isso? – insurgiu-se Luc.

– Há mais de um mês. Ela já tem quinze minutos de programa preparados há duas semanas.

Não era apenas uma iniciativa de franco-atirador. Na estrutura hierarquizada da emissora, mesmo uma novata como eu podia ver naquilo um verdadeiro crime de lesa-majestade. Em nenhuma hipótese o diretor de comunicação podia se arrogar tamanho poder. Agindo assim, ele passava conscientemente por cima das prerrogativas do diretor do programa e do produtor.

Contudo, os dois implicados fingiram receber a notícia com educação.

– E ele fala do quê?

– Considerando o atraso de vocês, não venha me dizer que se incomoda por eu ter me adiantado...

Eu me perguntava que tipo de pressão ele podia ter exercido sobre minha nova colega, por sinal tão arisca, tão independente, para obrigá-la a esse passo em falso. Teria dormido com ela? A segurança que ela exibia provinha desse tipo de apoio oculto?

Martelando o chão com a bengala, Louis já preparava a saída, próximo da porta translúcida.

– Não, evidentemente ganhamos tempo – vociferou Luc. – Mas você há de convir que eu me pergunto o que seria essa linha editorial no mínimo... inesperada.

– Conhecendo você, acho que vai amar. É um tema absolutamente na ordem do dia...

Seu sorriso malicioso destilava um subentendido cáustico, que os outros dois homens aparentaram não notar, mas que Luc Doré revidou num tom glacial.

– Ou seja?

– Saiba que no Japão mais de um terço das estudantes são obrigadas a vender o corpo para financiar seus desejos supérfluos: roupas, baladas, contas de telefone celular etc.

– É este o seu assunto? – falou Philippe, engasgando.

– Não. Meu assunto tem a ver com a França. Elas certamente são menos numerosas do que lá, mas aqui também existe uma pequena comunidade de jovens bonitas que aumentam seus rendimentos na horizontal.

Eu, deitada no divã do quarto Marie Bonaparte... Ele só podia estar pensando nisso!

Como na noite anterior, achei que ia desabar como uma massa inerte, impotente, absolutamente dominada pelo instinto, pelo sexo.

– Isso não é novidade... – resmungou Luc. – Já houve um livro e até um telefilme, se bem me lembro.

– Tem razão. Mas a novidade é que agora não são só meninas mortas de fome entregando-se em suas casinhas de subúrbio. Existe uma oferta estruturada, com moças de alto nível, instruídas, capazes de circular nos meios mais abastados... Algumas são até ativas, trabalham em cargos de responsabilidade.

– São acompanhantes, ora! – exclamou o produtor.

– Melhor do que isso. Não são nem simples acompanhantes nem putas de luxo. O serviço delas assemelha-se ao das gueixas, para voltarmos ao Japão. Damas de tamanha qualidade que são capazes de extasiar tanto o intelecto quanto os sentidos de seus clientes.

– E como você chama essas criaturas de luxo?

O riso atrevido de Philippe indicava não somente seu interesse todo pessoal como também que ele já tinha contratado moças por hora ou por noite.

– *Hotelles.*

– Hotéis?

O emprego do neologismo me fez cambalear mais um pouco: a cumplicidade de Rebecca e Louis não poderia mais ser negada.

Ele soletrou a palavra, letra por letra, cada uma acompanhada de uma batida de cílios que me era destinada, menos firme do que um piscar de olhos, mais sutil, mais íntima. Uma depois da outra, suas carícias a distância me atingiam na cabeça, no peito, no ventre e no sexo.

Se pudesse fazer o menor movimento, teria pulado na garganta dele. Mas eu estava ali, sufocando, dividida entre vergonha, raiva e essa força invisível que comprimia minha vagina, logo antes do prazer, logo depois da dor, em algum lugar no centro de mim e dos meus temores mais viscerais. Eu tinha vontade de gozar e de me bater ao mesmo tempo, incapaz de me livrar do ódio que me invadia sem levar junto os farrapos de fascinação e desejo bruto. Tudo se fundia numa mesma aflição, e se Luc não tivesse decidido encerrar a reunião, me arrancando daquele enganador torpor de vulcão, eu acho que teria começado a chorar na frente deles.

Como um autômato, saí da sala algum tempo depois de Louis sumir no corredor. Como um zumbi, voltei para minha própria sala às cegas, guiada por um sentido de orientação que a mim mesma surpreendeu. Como uma boneca de pano, desabei na poltrona de couro, de costas para a cidade e seu frenesi, com o olhar perdido no cenário ainda virgem da minha sala de trabalho. "Virão instalar seu computador amanhã", prometera Chloé.

– Chloé?

A secretária de David tinha como maior qualidade sempre atender ao primeiro toque de seu telefone, no pior dos casos no segundo, jamais além disso.

– Sim, Elle... Em que posso ser útil?

– Você não me disse se eu tinha outros compromissos depois da reunião da produção...

Reunião de "despojamento" teria sido mais apropriado.

– Você não tem nada previsto. Foi um bocado para um primeiro dia, não?

Ela sorriu ao responder, com um tom conivente, mais relaxada do que durante nossos primeiros contatos. Como eu não me mostrara hostil logo de cara, estava na hora de ela se tornar próxima da mulher do patrão.

– Eu imagino... – murmurei, ausente.

– Aliás, David me encarregou de lhe dizer que ele vai mandá-la para casa quando Luc liberá-la.

– Ah, certo.

Atenção. Cortesia. Tratamento especial. Em uma palavra: David. Mas, provavelmente, ele ignorava a presença do irmão na reunião e o quanto o fato de me dispensar tinha sobre mim o efeito de uma libertação.

Como eu poderia suportar mais de um dia no mesmo trabalho que ele?

– Aliás, você achou seu pacote?

Pacote, pacote... meus olhos perscrutaram a sala à procura de um...

– Sim... – gaguejei.

Ela não o tinha posto em cima da mesa, mas em cima de uma cadeira, num canto que a abertura da porta escondia do olhar de quem entrava.

Embalado em papel prateado. Novo primo na família do meu Dez-vezes-por-dia.

– Perfeito. Então está bem. Até amanhã, Elle.

Desliguei sem responder, já de pé.

O pacote era maior e mais pesado do que os precedentes. Além de um envelope, cujo conteúdo eu já adivinhava – cartão magnético do quarto, cartão e convite escrito –, ele continha uma caixa de joias de veludo azul-escuro. Um modelo muito mais grandioso do que aquele que David me dera com o anel de Hortense.

Controlei a tentação de abri-la e peguei primeiro o envelope. Cartão magnético, sem nome nem número, emitido pelo Hôtel des Charmes, como não podia deixar de ser. Um bilhete, com a mesma letra redonda e delicada, sedutora, na qual se podia confiar sem temor.

Vinte e duas horas,
com sua roupa mais bela.

Ele nunca fora tão enigmático. Quanto ao novo mandamento, seu objetivo era inequívoco, era fácil antecipar o que se exigia de mim dentro de algumas horas.

3 – Te entregarás aos olhares sem reservas.

A surpresa única e verdadeira da remessa estava na caixa de joias. Eu reprimi um grito no momento de finalmente deflorar seu segredo. Dentro dela, na almofada de seda, jazia o mais extraordinário colar que eu vira na vida. Mesmo as peças mais raras expostas na vitrine da Antiquités Nativelle não se igualavam. Tinha três fileiras de uma coleção extravagante de esmeraldas – à primeira vista mais de trinta, de tamanhos diversos – em uma trama de ouro rosa e uma infinidade de diamantes, dispostos em correntes ou agrupados em medalhões em toda a volta. Não havia necessidade de ser especialista para adivinhar que uma joia daquelas era parte de uma fabulosa herança, mas sobretudo que seu valor beirava o inestimável. Era preciso ser louco para dar um presente desses, e mais ainda para encaminhá-lo numa caixa comum, deixada aos cuidados despreocupados de responsáveis pela correspondência e secretárias.

Muda de admiração, eu examinava a peça, patrimônio esplendoroso chegado às minhas mãos por não sei qual milagre, quando soou o toque do meu celular, cruelmente banal e contemporâneo.

– Oi, menina, sou eu.

Sophia, evidentemente.

– Oi. Tudo bem com você?

– Hã... Você se lembra de que comemos juntas hoje, não faz nem três horas, não é?

– Sim, sim... Desculpe. Minha cabeça está em outro lugar.

– Estou vendo. E você não é a única.

– O que aconteceu com você?

– Comigo, nada... nada diretamente. Mas imagine que depois da nossa salada eu passei na rue du Roi-de-Sicile de novo.

O endereço da Belas da Noite, sede da agência.

– E daí?

– Na última vez que estive lá, como eu te disse, ninguém atendeu. Mas desta vez cruzei com a porteira. Passei uma conversa nela, disse que eu tinha deixado meus pertences lá em cima...

– Ela abriu?

– Abriu... E creio que eu preferia que o não tivesse feito.

– Por que diz isso?

– Porque não me cheirou nada bem, querida: o apartamento estava totalmente vazio. Nem rastro de Rebecca ou de arquivo. Sequer uma lata de lixo com velhos papéis. Deserto total. Um Gobi no Sena.

Enquanto eu a escutava, por curiosidade digitei BDN no site de buscas do meu smartphone. "404 file not found", ele respondeu quase imediatamente. Arquivo não encontrado...

Quando lhe contei mais esta descoberta, ela se lamentou em voz baixa, mais aflita do que eu jamais a vira:

– Não existe mais. Imagine: as *hotelles* não existem mais.

Louis certamente não teria esta mesma opinião.

19

O que para Sophia parecia um desastre, para mim não estava longe de ser a melhor notícia dos últimos dias. Com o fim da agência Belas da Noite, do site e do arquivo das profissionais, só restavam como únicos traços de minhas atividades clandestinas algumas fotos roubadas, que poderiam até ter sido alteradas por um espírito mal-intencionado. Hoje em dia na internet quase qualquer um é capaz de colar um rosto em outro corpo, em uma imagem fixa, assim como em uma sequência animada. Por outro lado, esta volatilização apagava a dívida contraída com Rebecca.

Em resumo, não sobrava mais nada ou quase nada que fosse desagradável a ponto de me fazer temer um confronto com David. Pelo menos era o que eu repetia a mim mesma no momento de deixar a torre Barlet, me agarrando a essa reviravolta como a uma boia de salvação que o destino finalmente me jogava.

Botei a caixa de joias dentro da bolsa, mas ainda assim senti necessidade de dar uma volta antes de ir para casa. Lembrei do chicotinho que Louis me dera – que não saíra, desde então, da pilha de roupas onde eu o escondera – e dos elogios que ele fizera aos especialistas do Hôtel Drouot. Intratáveis, mas na sua opinião os mais competentes da capital. Minha intuição foi boa, tive a confirmação disso assim que abri a porta da loja sem frescuras situada em frente do prédio moderno onde funcionava a prestigiosa sala de leilões.

A apresentação do meu tesouro agiu sobre eles como um sésamo, varrendo em parte as prevenções que poderiam lhes inspirar meu gênero, minha idade e o meu estilo de jovem desmiolada. Um deles se mostrou particularmente diligente... e ainda mais loquaz:

– Hum, eu o conheço. É um dos colares mais célebres da imperatriz Eugênia, esposa de Napoleão III.

Portanto, eu não tinha me enganado a respeito da antiguidade, nem do valor. Contudo, o velho careca cortou meu entusiasmo suspendendo as meias-luas que caíam sobre seu nariz avermelhado:

– Mas este aqui é uma réplica de época. Um belo trabalho, não se engane... Era muito comum os joalheiros produzirem um duplo de menor valor a pedido de suas clientes. Assim, madame usava a cópia quando ia à cidade, enquanto o modelo mais precioso ficava cuidadosamente guardado no cofre.

– Como consegue distingui-lo do verdadeiro colar?

– Oh, é bem fácil, veja: as pedras são lapidadas menos finamente, são ligeiramente mais grossas, às vezes engastadas com menos metal precioso, portanto mais suscetíveis de se soltar em caso de choque ou durante o uso... É todo um conjunto de detalhes, mas que não engana, creia-me.

– E o original?

– Não está mais na França há muito tempo, senhorita. Passou um tempo nas mãos da família real do Irã e depois foi comprado, há uns trinta anos, por um colecionador asiático que eu conheço bem, em Seul.

Por mais apaixonante que fosse sua conversa, ela me esclarecia pouco sobre o que me preocupava.

– O senhor tem absoluta certeza de que ele pertenceu à imperatriz Eugênia?

Pelo que eu sabia, nenhum quarto do Des Charmes levava o nome dela. Por uma razão simples: Eugênia de Montijo, marquesa de Moya, imperatriz dos franceses, esposa de Napoleão III, nada tinha de cortesã.

Seria um erro? Uma pista falsa?

– Sou categórico em afirmar. As joias dela são todas identificadas por nossa empresa e inventariadas nos mínimos detalhes. Eugênia possuía uma das mais ricas coleções de sua época. Por outro lado, se a senhorita está me falando deste colar em particular, ela não foi a única mulher de renome a usá-lo.

Chegamos ao ponto... Atenta ao relato, eu esperava que ele citasse sabe Deus qual estrela hollywoodiana.

– A Païva é incontestavelmente a mais célebre delas.

– A Païva... – repeti, sonhadora, vasculhando minha memória.

– Esther Lachmann era seu verdadeiro nome. Uma mundana que teve um dos salões mais concorridos do Segundo Império. Ela foi a primeira a comprar de Eugênia o original deste colar. Seiscentos mil francos, imagine só: para a época, era uma quantia colossal!

– E onde morava essa Païva? – manifestei minha curiosidade.

– Hoje visita-se sobretudo o seu palacete no Champs-Elysées, presente de um de seus amantes, Guido von Donnersmarck, primo de Bismarck. Mas ela morou durante mais tempo em sua casa na praça Saint-Georges.

A mesma onde nossos passos tinham nos levado, Louis e eu.

De volta ao Hôtel Duchesnois, passei o final da tarde remoendo essas informações. A pedido de Armand, entreguei o anel de noivado para ele providenciar a nova gravação: "Annabelle e David, 18 de junho de 2009."

Em troca, o mordomo me entregou uma folha quadriculada e dobrada, perfurada do lado esquerdo, que reconheci imediatamente. Por pouco não larguei o anel que estava deixando aos seus cuidados.

– Você achou isto quando? – interroguei com a voz trêmula.

– Ainda agora, depois do almoço. Eu diria entre quatorze e quinze horas, uma coisa assim.

No momento em que começávamos nossa reunião, na presença de Louis. Portanto, sua mão não era a mesma que pusera o bilhete na caixa do correio. Teria contratado alguém para essa tarefa? Ysiam talvez, cujo serviço no Des Charmes o fazia praticamente vizinho da rue de la Tour-des-Dames. Uma saída rápida durante uma pausa, e a coisa estava feita. Quem notaria um modesto entregador indo-paquistanês em um bairro onde pululavam representantes de sua comunidade?

Comecei a desdobrar o papel com prudência, desmontadora de mina de minhas próprias emoções. Após dois dias de privação, dois dias de silêncio epistolar, eu não podia presumir seu conteúdo, e menos ainda minha reação. Eu ficaria indiferente? Ou, ao contrário, de novo mergulharia no estado de ebulição que a presença de Louis provocara algumas horas antes? Teria ele a intenção de evocar o modo como, de certa forma, eu me entregara a ele na noite anterior, em cima do divã?

Uma bola de pelo surgida como um projétil me tirou de repente a folha das mãos: Félicité. Desde sua mudança para cá, ela alternava entre períodos de depressão, escondida dentro de um armário, enrolada em cima da pilha macia dos meus casacos, e alguns raros acessos de euforia durante os quais se entendia com Sinus e Cosinus, os pugs de David, como unha e carne. Eles tinham escolhido nosso quarto para parque de diversões. Rodavam pelo quarto como três círculos de um mesmo turbilhão. Parecia que estávamos em um desenho animado de Tex Avery.

Decidida a se livrar dos dois perseguidores, a gata saltou de repente pela janela entreaberta. Eu corri para fechá-la, dando um ponto final àquela sarabanda, quando percebi o felino subir no muro contíguo que separava nosso jardim do de Mademoiselle Mars. Os miados agudos que chegaram até mim indicavam que Félicité, na sua fuga, tinha tomado um caminho que ela não sabia fazer em sentido inverso.

Dois minutos depois, pressionei o interfone moderno do número 1 da Tour-des-Dames. Acima da porta azul, a antiga placa esmaltada de forma oval conservava o estado original:

BUREAU DES VOYAGES DE LA JEUNESSE

O homem que, no final de uma longa série de toques de campainha, terminou abrindo, trajando macacão de trabalho, não fez nenhum esforço para ser amável. Manifestamente, eu o atrapalhava. Robusto, cabeça raspada, o maxilar tão largo quanto as maçãs do rosto, ele parecia um praticante de luta livre da década de 1960. Seu olhar me varreu dos pés à cabeça, sem sequer uma parada no meu peito erguido pela emoção.

– Sim?

– Bom-dia – sussurrei. – Sou sua vizinha do 3. Acho que minha gata fugiu para o seu jardim.

– Hum... E daí?

– Na verdade, acho que a bichana ficou presa do outro lado do muro. Ela não consegue voltar.

"Minha gata", "bichana", "ela"... Nada a fazer, eu não conseguia pronunciar a palavra bichana em público, ainda mais diante de um desconhecido pouco simpático, sem uma perturbação incontrolável. Preferia soltar incoerências gramaticais, que não enganavam nem a mim nem a meus interlocutores.

– Tem certeza?

– Tenho, eu a vi pular.

– Tudo bem, vou dar uma olhada.

Eu esbocei um passo para entrar na casa, como se fosse segui-lo, mas ele deu um empurrão na porta, me proibindo inequivocamente de segui-lo dentro da construção.

Por trás da porta fechada, eu podia ouvir os barulhos típicos de alguma marcenaria. Tive a oportunidade de identificá-los durante um tempo que me pareceu bastante longo. Ele reapareceu enfim, segurando a fugitiva pela pele do pescoço, como a mamãe gata transporta seus filhotes.

– É a sua? – perguntou, de má vontade.

– É... Obrigada.

Mal segurei Félicité e a porta azul já batia de novo, sem um cumprimento, sequer um tchau. "Tipo sinistro", diria Sophia.

A folha perfurada tinha ficado exatamente no lugar onde meus três bagunceiros a tinham feito voar. Finalmente tive direito a apreciar seu conteúdo.

Uma brincadeira de mau gosto? Ou um esquecimento... Qual a outra forma de interpretar a folha em branco?

Sentada na beira da cama, com o olhar perdido no fundo do jardim, onde Félicité e os pugs já começavam outra brincadeira, não levei muito tempo para entender o sentido da mensagem oca. Se a folha tinha sido entregue limpa, é porque ele me incumbia de escrevê-la. Todas essas notas, todas essas incursões forçadas nos meandros da minha libido não tinham por objetivo senão este instante, quando seria a minha vez de pegar a caneta, de não conter por mais tempo a vontade de fazê-la correr no ritmo dos meus desejos.

O toque do meu celular interrompeu o curso dessas reflexões. Durante o tempo em que eu me confrontava com a cortesia do vizinho, mamãe tinha deixado uma mensagem:

Bom-dia, minha querida, é a mamãe. Espero que seu primeiro dia de trabalho tenha sido bom. Aliás, eu não espero: eu tenho certeza.

Minha mãe e a sua incondicional confiança.

Eu não estou lá essas coisas. Imagino se esta viagem aos States faz mesmo sentido. E depois a sra. Chappuis disse que o Max Fourestier é um dos cinco melhores hospitais de Hauts-de-Seine. Ela leu numa revista... Não é tão mal, não acha? O que eles podem fazer mais ou melhor lá nos States?

Minha mãe, sua insuportável vizinha e sua propensão a ver tudo pelo lado contrário do binóculo. Menos por ignorância ou estreiteza de espírito do que por humildade. Como se ela não merecesse o melhor.

Ah, sim, aconteceu uma coisa boa hoje: teu David me fez outra surpresa. Calissons d'Aix e peônias maravilhosas. É adorável, mas precisa dizer para ele parar, querida! Não sei mais onde botar todas essas coisas...

Maude, minha mãe, sempre pronta para acreditar no primeiro conto de fadas, bastando que eu seja a heroína.

Um beijo grande. E não precisa ligar para mim. Estou certa de que tem coisa melhor para fazer esta noite.

Não estava com coragem, mas mesmo assim me forcei. Tive que repetir a ligação várias vezes, pois a linha estava sempre ocupada, até ela atender. Nem um dia se passava sem eu ligar para ela. Já fazia parte de nossos rituais antes da doença, e mais ainda depois, quase sempre na mesma hora, no final da tarde. Eu a escutava reclamar de Laure Chappuis, chegando até a rir dela. Nós falávamos de coisas fúteis e simples, mas isso nos fazia bem.

Uma hora depois, quando a luz que entrava pela janela estava ficando alaranjada, percebi no hall ruídos que não pareciam dos moradores de quatro patas da casa. Como Armand geralmente executava seu serviço com uma discrição próxima da furtividade, que a alguns poderia parecer suspeita, a fonte de tal balbúrdia só podia ser...

– Elle, querida! Sou eu!

David voltou para nossa casa às 18 horas: uma palavra soava como uma intrusa nesta frase. E não era o pronome possessivo, pois quanto mais os dias passavam e mais eu me aclimatava a este porto calmo e sofisticado, mais eu me sentia também "na minha casa".

– Pode vir aqui embaixo?

Latidos contentes dos cachorros que se aproximam e festejam o dono, também eles surpresos com a chegada prematura. Portas abrindo e fechando à procura de um brinquedo para os animais ou de um copo para o uísque revigorante.

– Armand, você está aí? – chamou, sem se dirigir a ninguém. – Pode vir aqui na sala também?

Fui a primeira a chegar no cenário neopompeiano da peça principal. Ao contrário do nosso quarto ou da cozinha e do banheiro, esta tinha sido restaurada o mais exatamente possível de acordo com o espírito original do lugar. Tudo parecia de época, até o mobiliário estilo Império, com seus frisos florais onde brincava uma nuvem de pássaros do Paraíso, ou o piano de meia-cauda que ocupava um ângulo oposto ao jardim.

O beijo que David deu na minha testa também pareceu vindo de outro século. Contudo, não foi sem ternura.

– Saiba que você causou uma forte impressão em todo mundo!

– Verdade? – Eu me espantei com falsa modéstia.

Ele me sorriu como se fosse uma evidência que não fazia senão confirmar suas previsões a meu respeito.

– É sim! Luc e Albane apostam em você. E mesmo Louis, que eu não escondo que manifestou no começo algumas reservas sobre sua contratação, se mostrou muito bem impressionado com sua autoconfiança durante a reunião com Chris e Philippe. Posso lhe dizer que seu primeiro dia não podia ter sido melhor!

Um dia em que Louis tinha feito de mim seu objeto. Um dia em que ele havia me demonstrado mais uma vez que eu estava à sua mercê. Se eu não tivesse sabido do fim da Belas da Noite, não estaria longe de pensar que foi um dos piores dias da minha jovem existência. E meu último também, ao mesmo tempo que o primeiro, na BTV.

– Armand! Venha cá!

Ele veio depressa do hall de entrada, onde os três animais da casa também tinham se reunido. Sua face lunar, na qual a leve vermelhidão que cobria nariz e bochechas contrastava com a brancura imaculada dos cabelos e sobrancelhas, surgiu quase imediatamente. Inverno e verão, ele usava invariavelmente uma calça de veludo marrom, camisa branca sob um colete abotoado e mocassins de couro marrom.

– Foi para isso que eu quis que nós dois chegássemos mais cedo hoje à tarde – disse David dirigindo-se a mim. – Armand vai nos fazer um breve relatório dos preparativos.

– E, graças a Deus, tudo está indo muito bem – apoiou o serviçal com seu timbre profundo, cheio de calor. – Por onde você quer que eu comece?

Eu notei, não sem uma ligeira surpresa, que ele chamava David de "você", e que este o chamava de "senhor". Como pai e filho nas velhas famílias de origem aristocrática ou da mais alta burguesia. Eu era capaz de apostar que Armand fizera mais ou menos papel de pai para os irmãos Barlet depois da morte de André e Hortense.

– O senhor é que sabe.

Armand tirou um óculos de aro de tartaruga do bolso do cardigã e ajustou-o no nariz avermelhado. Mergulhou o olhar duplicado nas notas que segurava nas mãos, cuidadosamente coladas no peito, como se temesse que descobríssemos o final da história.

– Então... Para começar, agradeça em meu nome à sua amiga, srta. Petrilli. Eu recebi a cópia dos documentos de identidade, bem como o formulário assinado.

– Perfeito!

Por uma vez Sophia não providenciara nada relacionado a indecências...

– Seus documentos, senhorita, foram entregues na prefeitura. Precisei insistir para que aceitassem incluí-los nos casamentos previstos para o dia marcado. Em pleno mês de junho e com dez dias de prazo, não foi fácil, mas felizmente, este ano, dia 18 cai numa quinta-feira, e não num sábado. Caso contrário, não teria dado!

– A que horas é a cerimônia?

– Treze horas. Não é o ideal, admito, mas proponho que ofereçamos uma primeira taça aos convidados aqui, antes de seguirem a pé para a prefeitura. Alguns salgadinhos permitirão que os estômagos aguentem esperar até a hora do almoço.

– Muito bem – aprovou David, visivelmente nas alturas.

Quanto a mim, eu sentia como um feliz presságio a desenvoltura com que Armand desfazia uma a uma as nuvens que pairavam sobre nossa união. Graças a ele, tudo parecia finalmente clarear acima de nossas cabeças e aplanar sob nossos pés. Excetuando-se o agravamento da doença de mamãe, nossas núpcias se anunciavam sob os melhores auspícios. Até melhor do que isso...

– Acha que posso revelar a Annabelle nossos segredinhos?

O homem de cabeleira branca adotou um ar de conspiração em relação ao meu futuro marido.

– Lógico! Sempre vai ter o suficiente para o dia D!

Segredos? De que segredos eles falavam?

Estremeci ante a ideia dos mistérios que aqueles dois podiam compartilhar, mas mesmo assim fiz questão de não deixar transparecer senão minha excitação de menina.

– Conte! – encorajei Armand.

– Bem: antes de mais nada, saiba que todas as pessoas da sua lista confirmaram presença.

Até Fred?, eu me espantei intimamente.

– Depois, vou precisar que a senhorita me ajude a estabelecer o planejamento das mesas. Não dá para repartir duzentos e cinquenta pessoas ao acaso, menos ainda na última hora.

Eu tinha escutado direito: ele falou em duzentos e cinquenta convidados... Minha agenda de endereços jamais teve tanta gente.

– Mas nunca poderemos receber esse mundo de gente! – exclamei, varrendo o espaço com um olhar circular.

– Justamente. É por isso que vamos montar duas tendas no jardim. Não estou dizendo que com o palco, o bar, os animadores previstos e o espaço de segurança para os fogos de artifício... não vá ficar apertado. No entanto, mandei fazer simulações locais, e no fim acho que vamos conseguir resolver sem ficar parecendo o metrô na hora do rush.

– E se chover? – perguntou David.

– Liguei para o meu contato no Weather Channel. Ele é categórico. Nem uma gota de chuva em Paris entre 15 e 20 de junho. É fato garantido para o maior programa de previsão meteorológica. O que a NASA utiliza para seus lançamentos, se eu bem entendi.

Esse diabo de Armand, espécie de Merlin do mundo encantado que David punha a meu serviço, tinha decididamente resposta para tudo.

– E quanto àquela pessoa você sabe quem?

– Ela virá, nenhum problema. Prometeu até aparecer ao vivo no seu programa, Elle, na data de sua escolha.

– Maravilha! – empolgou-se David, animado como um menino.

– Em função das disponibilidades dessa pessoa e de suas passagens pela França, claro – apressou-se a esclarecer o outro.

Fiz cara de quem não compreendia, uma vez que era evidentemente o que esperavam de mim.

– "Você sabe quem"?

Como única resposta, Armand limitou-se a tirar de sua pilha de papéis soltos o último CD da artista que se apresentaria no dia para nós, a apenas alguns passos dali: a maior estrela dos últimos trinta anos em pessoa.

Não que eu apreciasse a esse ponto sua música, mas quem no mundo não teria suplicado para que tal celebridade aparecesse no dia do próprio casamento?

– Em compensação, seu agente foi firme: um set de uma hora, nem um minuto a mais.

– O que isso representa? – quis saber David. – Umas quinze músicas?

– É isso. Umas doze, mais cerca de três pedidos de bis. O tempo para o brinde e para cortar o bolo é um bônus, caso ela aceite ficar quinze minutos depois do final da apresentação.

Eu estava simplesmente embasbacada. A rainha da música pop não só nos daria parabéns em pessoa, como cantaria para nós durante uma hora!

David também estava exultantc.

– Obrigado por tudo, Armand.

– De nada.

– Agora, me faça o favor, eu gostaria de ficar sozinho um instante com Elle.

– Claro.

A silhueta compacta eclipsou-se, deixando atrás de si um leve rastro de colônia.

Se Louis era capaz de fazer vibrar meu corpo sem nem precisar me tocar, David tinha a faculdade milagrosa de dissipar com poucas palavras todas as minhas dores infantis: eu não duvidava nem um instante que os prodígios realizados por Armand fossem fruto de suas instruções. Com ele, eu não era mais a menina modesta, abandonada pelo pai e criada por uma mãe sem dinheiro. Eu me tornava tal como ele tinha me visto antes de todos os outros: competente, segura... poderosa. E isso me fazia um bem enorme.

Porém, mesmo mimada como eu era, coberta de atenções e de surpresas, eu me sentia mais espectadora do que atriz do espetáculo que estava próximo, como se eu mesma estivesse na lista dos convidados. O fato de só ter que aceitar as escolhas feitas em meu lugar por certo era confortável, mas me envolvia tão pouco que eu quase não me surpreenderia se finalmente me anunciassem que a noiva escolhida não era eu, e sim uma outra. Na minha gaiola dourada, eu bem que gostaria de ter o direito de dizer alguma coisa sobre a cor do poleiro ou o conteúdo do comedouro. Toda aquela organização impecável me parecia tão pouco espontânea, e tão longe do casamento precipitado de David e Aurore, levados como tinham sido por sua paixão!

– Há uma última surpresa que eu queria te fazer...

Um salto de paraquedas sobre o Hôtel Duchesnois com vestido de noiva, como Johnny Hallyday no Stade de France?

– Sim? – falei, pouco natural.

Nossas núpcias transmitidas ao vivo em cadeia pela BTV?

– Eu não cheguei a lhe falar sobre isso... Mas não queria que fizéssemos uma viagem de lua de mel para qualquer cenário de cartão-postal.

Imagens de praias infinitas e mar azul foram se apagando dentro de mim, sem real pesar. Eu sabia que teríamos a vida toda e todos os meios desejados, podíamos deixar para mais tarde esse tipo de capricho.

Com um tom exageradamente jovial, eu o convidava a falar mais:

– Então... Aonde vamos?

– Para o mar... Mas não no fim do mundo. É aqui. Quero dizer, na França.

– Quer que eu adivinhe, é isto?

Minha proposta brincalhona pareceu desconcertá-lo.

– Não... Não. Eu só queria que você soubesse que esse local é mais importante para mim do que qualquer outro. Até mais do que aqui. E eu queria compartilhar isso com você.

– Tudo bem – concordei com um sorriso submisso. – Mas você não quer me dizer antes de chegar a hora... Estou enganada?

– É isso!

De repente, ele recuperou seu radiante sorriso de estrela.

Mas minha pergunta seguinte iria dissipá-lo tão depressa quanto apareceu.

Para o mar... Um lugar tão importante para ele que não podia considerar outro para passarmos nossa noite de núpcias... Uma peregrinação que, graças ao nosso amor, ele imaginava terapêutica, suponho. De que outro lugar podia se tratar, a não ser aquele onde Aurore morrera?

Então meus pensamentos e minha língua se soltaram ao mesmo tempo:

– A aliança que você me deu...

– Eu sei, está muito apertada. Armand me disse que você a entregou a ele para ajustá-la.

– Não é isso... Esse anel não foi usado só por sua mãe, não é?

Ele estacou, repentinamente rígido numa atitude impassível, tão pouco natural nele.

– Você já o pôs em outro dedo antes do meu.

– Quem lhe contou estas asneiras?

Eu não tinha mais diante de mim o sedutor, o homem da voz de veludo, mas o capitão de indústria, o animal de sangue-frio que conduzia sua vida como uma série de aquisições hostis.

– O anel, David... Ele fala por si. Aurore e você... Vocês se casaram em 1988?

Sua expressão crispou-se de repente. De uma hora para outra, nada mais diferenciava seu rosto do de Louis. Sua delicadeza evaporara, e eu tive a clara sensação de ver nascer sob meus olhos um monstruoso híbrido dos dois irmãos Barlet.

– É a última data gravada dentro dele, 1988.

– Que história maluca é essa?

Ele deu os poucos passos que nos separavam com uma rapidez inquietante. No instante seguinte, ele estava ali, ameaçador, de pé na minha frente.

– Aurore Delbard – blefei. – Ela foi sua primeira mulher... Sim ou não?

– Foi Louis que lhe contou essas mentiras?

Meu silêncio valeu como uma confissão. Eu podia ler em David o combate que ele travava para se dominar. A cada inspiração ele parecia recuperar o domínio de seus nervos e de seu discurso.

– Não sei que farsa esse cretino inventou para impressionar você... Mas sim, nós conhecemos uma Aurore Delbard quando tínhamos 20 anos. O que ele visivelmente deixou de lhe dizer é que ficou doido por essa moça.

Chegou a querer se casar com ela, é verdade. Infelizmente para os dois, foi por mim que ela se apaixonou.

– E você não?

– Não, eu não.

Com um gesto inesperado, rápido demais para que ele pudesse evitar, segurei seu braço esquerdo, agarrando a braçadeira de seda com todas as minhas forças. Ele fez uma careta de raiva. Ou teria sido de dor?

– Então não foi por causa dessa Aurore que você fez esta coisa no braço? Você tem certeza?

Ele tentou se livrar, mas eu não soltei, agarrada a ele como à minha salvação, como um marinheiro que se firma na amurada varrida por ventos e vagalhões altos como prédios. Cada esforço dele para se soltar me atingia como uma nova onda.

– Solte! Você está me machucando!

– Me responda, David...

A bofetada partiu de repente. Teve como efeito imediato me fazer soltar. Depois apertou o botão que todas as mulheres possuem e que um simples toque basta para liberar as lágrimas.

– Desculpe, Elle... Eu...

Eu me endireitei, humilhada, sacudida por soluços que um resto de orgulho e de dignidade lutava para reprimir. E sussurrei com uma voz rouca que não me pertencia mais:

– Me deixe! Me deixe... Merda!

Ele deve ter compreendido que qualquer tentativa de me acalmar seria vã, pois atravessei a sala sem encontrar o menor obstáculo, nenhuma mão para me apaziguar. Agarrei minha bolsa em cima do aparador da entrada, bem como o casaco que eu largara ali.

Mais adiante, no hall monumental, reparei que a ampulheta já tinha vertido metade de seu conteúdo. Com as patas coladas no globo de vidro, Sinus, Cosinus e Félicité tentavam pegar o fluido que escoava sem parar da parte superior. Na minha raiva e precipitação, com um pé já do lado de fora, me pareceu que o que se esgotava ali escapava de mim tanto quanto das garras deles. Tudo corria tão depressa quanto a areia, inclusive a minha vida.

20

Quando chegamos à idade adulta e sabemos escutar os sinais emitidos por nosso corpo sem considerá-los ofensas ou traições, nos tornamos capazes de sentir nascer dentro de nós a determinação, a capacidade de apagar as dúvidas, de fazer despontar a ação. A respiração se acelera ou, ao contrário, se acalma. Os músculos se contraem ou relaxam. Quero dizer com isso que não é necessário ser uma mulher excepcional para perceber os sinais físicos provocados pela vontade de lutar. Há uma tensão que precede a batalha. O impulso vital de defesa ou de proteção.

Eram umas oito horas da noite quando fugi do Hôtel Duchesnois. Perambulei durante duas horas, sem sentir em momento algum vontade de me sentar ou descansar, sequer de matar a sede com um Monaco. Pelo contrário, minha vontade era de manter a resolução marcial, a força de guerreiro que tomara conta de mim.

Volte, por favor. Eu gostaria que conversássemos. Calmamente. Eu te amo.

Enquanto caminhava, eu ia apagando uma por uma as mensagens de David sem responder a nenhuma. Cada vez que eu apertava a tecla de apagar, minha raiva dele parecia crescer. Ele podia me mandar quantos torpedos quisesse, eu não nutria nenhuma indecisão: eu ia acabar minha noite no Des Charmes. Para puni-lo, provavelmente: também para ir em busca de um pouco do estranho consolo que às vezes se encontra na submissão, e da leve degradação que provoca.

Contudo, passo após passo, fui diminuindo o ritmo e uma calma nova se impôs pouco a pouco em mim. Os olhos escuros de Louis me apareceram, assim como seus cílios piscando quando ele pronunciou a última palavra referindo-se a mim, no final da reunião: *hotelles*.

Eu não ia a esse maldito encontro apenas para me entregar a ele, mas para lhe arrancar alguns preciosos farrapos de verdade. Eu não estava fazendo o jogo de um contra o outro. Era o meu jogo, antes de tudo. Confrontado com a versão de David, o que ele iria responder? A história de Aurore Delbard era uma paixonite de adolescentes, um episódio a mais da novela da perpétua rivalidade dos dois? Se fosse esse o caso, por que David se esquivara da minha pergunta sobre seu braço com tamanha violência?

Sim, é verdade, entrando no Des Charmes depois de ter percorrido o bairro sem outro propósito senão o de dar vazão à minha fúria, eu estava pronta para apertar o pescoço de quem resistisse...

O sr. Jacques, por exemplo, envolto na sua insuportável obsequiosidade.

– Boa-noite, Elle...

– Eu não sei o que o senhor vive combinando com Louis Barlet... – rosnei por cima do balcão, sem dar tempo para ele completar os salamaleques. – Mas quero lhe dizer que não vou mais deixar que me tranquem em um dos quartos sem dizerem nada. Experimente passar mais uma vez a chave... e eu vou apresentar queixa! O senhor me ouviu bem?

Passado o instante de estupor, ele se empertigou, recuperando sua distinção e segurança naturais. Foi com um sorriso perfeitamente afável que me respondeu, acentuando propositalmente cada pontuação:

– Mas você apresentaria queixa do quê, cara Elle: aliciamento ativo? Prostituição? Dois ou três clientes assíduos do hotel poderiam fazer o relato das vezes em que você lhes ofereceu favores em troca de um pouco de dinheiro vivo. É o que você quer, senhorita?

Mesmo desvelando finalmente seu jogo verdadeiro, ele não perdia sua lendária cortesia. Mesmo ameaçando, ele continuava sendo o paradigma de tato que sua clientela, sobretudo a estrangeira, tanto apreciava.

– Sem contar que seria muito fácil para mim proibir seu acesso aos quartos a partir de agora – acrescentou, seguro do poder que tinha sobre mim. – E eu não acho que isso corresponda aos seus anseios. Senão não estaria aqui esta noite, fiel ao convite e exatamente na hora combinada.

Ele estava me provando que nada ignorava das maquinações de Louis. Nem da minha urgência em revê-lo, embora se enganasse a respeito das minhas intenções.

Eu ia contra-atacar, sugerir-lhe que eu também conhecia sua atividade e que seria fácil para mim provar diante da polícia – e aos olhos, mais severos ainda, da justiça – que seus famosos "quartos alugados por hora" não camuflavam senão um vulgar puteiro, quando uma voz se elevou às minhas costas, quase divertida:

– Elle? Elle, você por aqui?

Eu me virei bruscamente, com os nervos prestes a explodir, disposta a esbofetear o primeiro inoportuno que aparecesse, quando reconheci meu cliente da semana anterior, o quarentão atlético e desajeitado, o que me fazia perguntas na intimidade tão estapafúrdias como: "Você tem preferência por alguma posição?" Aquele que eu então acreditei, ingenuamente, que seria o último.

– Boa-noite... – balbuciei com surpresa e raiva contida.

Mas o mais exasperante não era sua aparição inopinada. De braços dados com ele, reconheci imediatamente a morena de plástica perfeita com quem Louis se exibiu na noite em que nos conhecemos. Como da outra vez, com o corpo ideal colado no de seu acompanhante, ela me exibiu um olhar no qual se lia o mais soberano dos desprezos.

Será que trabalhara para a Belas da Noite? Com o site e o arquivo desaparecidos, eu não tinha mais como verificar. De todo modo, supus que seu físico de alto padrão lhe permitia oferecer seus serviços diretamente, sem precisar lidar com intermediários.

Olhando para mim com mais surpresa do que desejo, o homem manifestou, de forma excessivamente barulhenta para o meu gosto, uma surpresa sincera:

– Eu juro, você tem o dom da ubiquidade!

– Como disse?

– Espere... Foi você que eu vi há cinco minutos na praça Saint-Georges?

De fato, eu tinha andado sem rumo pelas ruas do bairro, cega de tantas angústias e fantasmas, mas estava mais ou menos certa de não ter passado por lá.

– Sim... Sim, devia ser eu... – confirmei, para não encabulá-lo.

* * *

Despedi-me deles o mais educadamente que pude, diante das circunstâncias, e fui em direção aos elevadores, onde um camareiro me esperava. Naquela noite, eu quase lamentei que não fosse Ysiam, meu indiano delicado e tímido, mas um ruivo alto de nariz pequeno e rosto com mais sardas ainda do que o meu.

– O Païva, por favor.

– O Païva – concordou o ascensorista. – Quarto andar.

As portas eram todas cor de prata, do mesmo tom opalino e cintilante que Louis empregava nos seus bilhetes. Eu deduzi que aquele andar, de uma maneira ou de outra, era dele, talvez mesmo de forma exclusiva, e que então eu estava pondo o pé no seu reino.

O ruivo me conduziu sem uma palavra até uma das portas e deslizou para mim o cartão no leitor magnético. O batente girou nas dobradiças com um ligeiro guincho, abrindo-se lentamente para a decoração mais barroca que eu já tinha visto naquele hotel.

A exemplo de seu modelo – ainda se pode visitá-lo hoje em dia no Champs-Élysées –, a réplica idêntica dos apartamentos da marquesa impunha-se desde o primeiro olhar como um extravagante exagero de materiais preciosos e ornamentações. O mais impressionante nesse quarto em estilo Segundo Império era sem dúvida nenhuma o cuidado aplicado ao teto com sancas de madeira, cinzeladas, marchetadas, douradas a ouro fino em todas as linhas de aresta, e quase sempre modeladas segundo formas geométricas tão diversas quanto o quadrado, o oval ou o losango, cuja protuberância pontuda dardejava em alguns pontos em direção ao chão, como uma estalactite equívoca finalizada por uma espécie de glande.

Aos inevitáveis espelhos gigantes, ladeados de colunas à antiga, um de cada lado do aposento, acrescentava-se também uma lareira, sustentada por duas elegantes cariátides de bronze e instalada surpreendentemente sob a janela. Seria puramente decorativa?

As tapeçarias florais correspondiam traço por traço, nuance por nuance, ao espesso tapete que cobria o chão e abafava o barulho dos meus saltos. Pois, na esperança um pouco boba de dominar a situação, eu pusera os sapatos de noite, tal como Rebecca os havia definido, correspondentes ao traje número três. Meus doze centímetros de orgulho feminino e de desconforto para caminhar. O dia das nossas compras nos grandes bulevares já me parecia longínquo...

Não esperei nenhuma instrução para tirá-los e usufruir do contato direto dos meus pés com a lã tão macia e fofa quanto um colchonete para ginástica. À minha maneira, usando meus mais belos adornos – o colar de Eugênia no pescoço –, eu combinava perfeitamente com aquele cenário. Eu não era apenas uma visita, *eu era* a Païva.

Eu acabara de constatar que aquele quarto, ao contrário do precedente, não tinha nenhum elemento de tecnologia moderna aparente, quando algumas notas musicais se elevaram em volta de mim, atestando a presença de uma aparelhagem de amplificação em algum lugar atrás dos lambris. Eu conhecia aquela melodia... Mas era incapaz de dizer o título ou o intérprete.

– "Tunnels", do Arcade Fire.

Na mesma hora, meu coração disparou de susto. Depois reconheci a voz que acabara de se elevar, sublinhando a batida grave da bateria, enrolando-se nas volutas do piano, inoportuna e contudo tão familiar. A de Louis, que identifiquei com alívio, até mesmo um prazer que eu não podia negar nem reprimir.

No lado oposto, junto da porta de entrada, o estalo da fechadura me indicou que eu era mais uma vez sua cativa.

Passado o momento de pasmo, tentei me recompor e me dirigi a ele tão alto e tão naturalmente como se ele estivesse presente do meu lado. Um afluxo de sangue desconhecido me bateu surdamente nas têmporas, na base do pescoço e no baixo-ventre.

– Não poderia parar com esta comédia, só por um momento?

– Comédia? Comédia erótica então... E na qual você assumiu perfeitamente seu papel, Elle. Quer que eu torne a lhe mostrar sua atuação de ontem à noite para que se convença?

Que ele filmara tudo não era uma surpresa. Era apenas uma lâmina de assoalho suplementar escondida sob meus passos.

Ignoro o porquê, mas eu achava que, na véspera, meus embates solitários não tinham sido pontuados por nenhum acompanhamento musical. A menos que se considerassem os gritos e os gemidos dos dois atores na tela como a melhor trilha sonora possível...

– Achar a música perfeita para fazer sexo é um trabalho de grande fôlego – recomeçou ele nos bastidores. – Para alguns, o trabalho de uma vida. Faz anos que eu me esforço, e ainda não estou certo de ter encontrado a partitura ideal.

Eu sabia perfeitamente: meu único meio de fazê-lo falar, de atraí-lo pouco a pouco para o *meu* terreno, era aceitar em um primeiro momento suas próprias regras. Talvez só assim eu conseguisse ter ascendência suficiente para ele me conceder algumas migalhas de sinceridade e uma visão, por mais reduzida que fosse, do seu passado comum com Aurore.

– E como deveria ser essa música de sexo segundo seu gosto? Estou curiosa...

Meu interesse súbito deve tê-lo desestabilizado, pois ele demorou um instante para responder. Depois, finalmente:

– Um ritmo lento. Repetitivo. Quase mecânico. Para a maioria de nós, o prazer não vem senão com a repetição contínua, incansável, de um mesmo movimento, de uma mesma estimulação... A música escolhida deve corresponder à regularidade, à obstinação em fazer o outro gozar.

– Tudo bem, eu quero acreditar na sua palavra. Mas me dê exemplos. Tenho certeza de que tem milhares na cabeça.

– Oh, nem é preciso ser um melômano. Alguns dos trechos mais populares do patrimônio musical são odes mal dissimuladas à sexualidade e ao seu ritmo tão particular. O *Bolero* de Ravel, sobretudo, com seu crescendo e sua explosão final.

A metáfora sonora era explícita, com efeito.

– E, o que mais? – insisti. – Alguma coisa que você podia pôr para tocar, aqui e agora...

– Não sei...

– Alguma coisa que tivesse a ver comigo... – provoquei. – Comigo.

Propor-lhe o desafio não significava me colocar em posição de ascendência sobre ele, mas me pareceu equilibrar nossas forças. Eu não era mais só a menininha inocente que ele sacrificava a seus caprichos eróticos. Eu me tornava uma parceira de jogo completa, e tal pensamento bastava para me deixar à vontade por um instante.

Até então eu não tinha prestado especial atenção na cama. Contudo, era difícil evitar, pois era maciça, composta de cabeceira e pés de madeira trabalhados, nos quais eu percebia motivos de anjinhos carregando uma lira ou uma harpa.

Em cima da colcha da cama, vi uma máscara. Não era parecida com o modelo branco, anônimo e sem estilo usado pelos dois amantes do dia anterior. Parecia mais uma máscara do carnaval de Veneza. Pensei instantaneamente num dos raros filmes eróticos que eu vira na vida, sob um álibi cultural bem cômodo: *De olhos bem fechados*, de Stanley Kubrick. Um dos raros filmes também a figurar no panteão das lembranças cinematográficas, sob uma montagem que pertencia somente a mim, cuja evocação era capaz de me excitar. Como um flash, me surgiu a mulher magnífica, nua, em cima de saltos tão altos quanto os meus hoje, que acabaria estirada na gaveta de um necrotério sob o olhar petrificado de Tom Cruise, pronto para beijar seus lábios azulados.

– Esta, por exemplo... – respondeu Louis depois de um tempo que eu imaginei dedicado à pesquisa do trecho adequado.

O ritmo atordoante invadiu o quarto, e estremeci ao dar um nome à batida surda que ressoava até o fundo do meu ventre: eu sempre adorei...

– "Karmacoma" – disse eu. – Massive Attack.

– Vejo que você conhece os clássicos. É quase surpreendente, para alguém da sua idade. Afinal, você só tinha 9 ou 10 anos quando esse álbum saiu.

– É próprio de um clássico, não? Sobreviver à geração que o viu aparecer.

A música não era tudo nas escolhas dele. O texto contava pelo menos o mesmo tanto, como portador de sentido, transmissor das mensagens que Louis não era capaz de formular sozinho. A voz de 3D, o cantor do mítico grupo de Bristol, imiscuiu-se neste outro diálogo, silencioso, que se estabeleceu entre nós:

You sure you want to be with me
I've nothing to give.

Entre duas estrofes dessa melopeia enfeitiçante, o balanço do ritmo da flauta se repetia, implacável, imprimindo aos meu quadris um movimento incontrolável. Praticamente sem me dar conta, comecei a dançar, suavemente, de maneira quase imperceptível. O transe: era este o propósito daquela composição. E de toda relação sexual?

Don't want to be on top of your list
Phenomenally and properly kissed.

Mas eu não podia me deixar levar, cair mais uma vez na trama de sua insídia e perversidade, mesmo que ela só visasse a mim, acionando não sei que fio invisível. Eu tinha que me segurar, retornar ao confronto que me trouxera até ali:

– Aliás, que idade Aurore teria hoje?

– Não estou entendendo o que ela veio fazer aqui! – defendeu-se, num tom mais seco.

– David disse que foi você que ficou louco por Aurore.

– Que absurdo! Ele é que se casou com ela! Foi ele que...

Ele parou, como se uma outra parte de si mesmo amordaçasse a que se abria no presente.

– ... Que passou por tudo por causa dela – continuou.

Ao menos ele me confirmava que seu primeiro relato, aquele em que David se consumira por Aurore até o irreparável, era provavelmente o mais sincero dos dois. Suas negativas posteriores não passavam de um jogo que fazia comigo.

– Mas você... Você também gostou dela, não?

Um longo silêncio me respondeu, depois o aumento do som. A música estava agora presa às paredes como um elemento suplementar da decoração, conferindo a ela um volume e uma presença inéditos, vibrantes, quase vivos.

– Seria preciso fazer a pergunta ao Louis de quinze ou vinte anos atrás... – esquivou-se. – Só posso testemunhar sobre o que sente o Louis de hoje.

Eu não ouvia outro barulho além da sufocante intensidade da música, quase ensurdecedora agora, mas mesmo assim era capaz de jurar que alguma coisa se deslocava no quarto em torno de mim. Movimento furtivo. Fiquei desorientada por alguns instantes e depois, me aproximando da parede oposta à cama, notei uma imperceptível modificação na sua superfície, sem conseguir determinar de imediato a natureza da alteração. Foi preciso que outras aberturas, todas idênticas, aparecessem em toda a volta do quarto para que eu finalmente me desse conta do que se tratava: pelo menos vinte olhos mágicos, postigos reduzidos a um simples orifício, tinham se aberto. Atrás de cada um deles, um olho se colara e me observava à vontade.

– Tire a roupa, Elle.

– Você não está pensando que eu vou...

– Eles estão esperando – ele me cortou.

Os olhos piscaram em torno de mim como para confirmar seus dizeres. "Te entregarás aos olhares sem reservas", me intimava o mandamento do dia. Então era assim que ele gozava? A distância? Sem jamais tocar na mulher que cobiçava?

Talvez tudo fizesse parte de um acordo entre David e ele, mais ou menos secreto, mais ou menos tácito: um consumaria o que o outro não chegava sequer a tocar. David era o ator, imperfeito, desajeitado, e Louis, o eterno espectador, puro, envolto em desejo contido e ideais, uma sexualidade sublimada onde a carne era mais sonhada do que devorada. Aurora teria sido vítima dessa partilha? E, no meu caso, seria possível que David ignorasse tudo sobre o jogo que o irmão executava à minha custa, destilando encontros e ultimatos como um suplício?

História verídica: antigamente, sempre que o tempo permitia, mamãe secava nossa roupa do lado de fora, pendurada numa corda, no terraço na frente da casa. Lá pelos meus 15 ou 16 anos, na idade em que as formas femininas se estabelecem, minhas roupas de baixo, calcinhas e sutiãs, começaram de repente a desaparecer do varal. A princípio culpamos o "vento malandro", como diz a canção de Brassens, embora o sopro malicioso e seletivo só levasse as minhas roupas íntimas de mocinha, poupando as de mulheres maduras. Depois da quarta calcinha desaparecida, nós montamos guarda, olhando pela janela da sala, de olho na minha preciosa lingerie. Depois de um mês de mistério, fui eu que resolvi o enigma: percebi nosso vizinho da esquerda, um aposentado solteiro de uns 60 anos que, da janela do seu banheiro, estendia uma vara de pescar e conseguia fisgar minhas roupas de baixo de algodão branco, tão leves que ele não tinha nenhuma dificuldade em arrancá-las dos prendedores e depois puxá-las girando o molinete. Cheguei a vê-lo cheirar as calcinhas recém-lavadas, com ar enlevado. Naquele dia eu me senti envergonhada e suja, como se aquele velho nojento tivesse encostado de verdade o nariz na minha ~~xere~~ vulva ainda virgem. Foi com esta imagem odiosa na cabeça que, no entanto, nos meses seguintes, eu me fiz as carícias mais frenéticas, fazendo questão todas as vezes ~~de limpar~~ de enxugar em seguida meu sexo úmido com o triângulo de algodão, só para deixar ali, pensando naquele homem, o que ele nunca mais ia poder cheirar. Tão jovem e já um pouco perversa, vejam só...

(Nota manuscrita de 10/6/2009, redigida por mim.)

Como para melhor alterar minha decisão, outra modificação operou-se na disposição do quarto: por baixo de cada orifício surgiu uma portinhola mais larga do que alta, com tamanho suficiente apenas para deixar passar uma mão. Várias mãos surgiram ao mesmo tempo, estendidas para dentro do quarto, ávidas para agarrar o que ali estava e que por enquanto se recusava para eles: eu.

– Veja como eles querem você! Não há um homem neste mundo que não possa desejá-la.

Creio que o trecho de música voltara ao começo, numa espiral lancinante. Ele procurava desmontar meu problema, martelar meu espírito e meu corpo com qualquer instrumento suscetível de enfraquecer minhas defesas, para amolecê-lo, abri-lo como um fruto maduro e, no final, fazer jorrar meus desejos.

– Você é tão bonita... Mostre para nós.

Eu observava aqueles dedos famintos com um misto de medo e louca excitação, cambaleando de uma ponta à outra do quarto, pronta para deixá-los me tocar. Foi então que Louis insistiu, com uma convicção que fez voar em pedaços minhas inibições:

– Prove para eles!

Com alguns gestos irrefletidos, como se fosse uma marionete pendurada nos fios deles, fui me despindo lentamente. Cada gesto pesava uma tonelada. Cada peça de roupa era uma luta previamente perdida, caindo invariavelmente no chão, onde se juntava às outras. Quando me livrei da calcinha, com o colar de esmeraldas e diamantes preso no pescoço como último enfeite, a voz dele então me intimou, cada vez mais grave, cada vez mais envolvente:

– Ponha a máscara no rosto.

Tudo aquilo podia não passar de simples repetição da minha primeira rendição, ali mesmo, alguns andares mais abaixo, na vez em que ele quis que eu ficasse nua e entregue à máquina fotográfica.

– Não tenha medo... Eles não estragam nada, eles desvelam... Agem como um revelador.

De fato, acabei me aproximando das mãos anônimas e, em contato com elas, senti cada parte de mim que elas tocavam existir de forma diferente, ganhar um volume ou uma textura inédita. Eu nunca sentira minhas nádegas tão macias, minha barriga tão carnuda, nem notara a reentrância da minha cintura. Nenhuma palma jamais exaltara o contorno pesado dos meus seios como fez agora aquela palma sem nome e sem história.

– Se você pudesse ver como eles a desejam!

"E você? E você?", gritou em silêncio minha vagina. Mas, de olhos fechados, passando de mão em mão, pequena bola de carne palpitante, saltando de um canto a outro do quarto, eu não tinha mais condição de replicar o que quer que fosse. Eu rodava sem parar, movimento incessante em que cada uma das minhas passagens aguçava um pouco mais a avidez deles, para frustrá-la em seguida, já avançando para a seguinte.

Após vários giros, alguns dedos se tornaram mais ousados, aventurando-se entre minhas nádegas, agarrando os tufos de meus pelos púbicos e tentando claramente uma incursão fugaz dentro da minha fenda, de onde a secreção escorria num fluxo e transbordava em pequenos fios pelas coxas.

– Continue... Continue assim...

Quanto mais eu escapava por entre os dedos deles, sob os olhos deles, mais me parecia que meu corpo inteiro ganhava uma consistência nova. Eu não existia mais somente como Annabelle, soma dos meus órgãos e membros, fruto apenas da minha consciência, mas de agora em diante eram os desejos deles conjugados, todos grudados em mim, que teciam meu novo estofo, minha nova pele. Eu era, porque eles me queriam. Louis não poderia ter dito melhor...

Karmacoma, jamaica'aroma

Sim, o aroma do êxtase, esse perfume tão suave e tão reconhecível que anuncia o prazer, era esse mesmo o odor que flutuava entre nossas paredes. Eu podia senti-lo através das finas divisórias.

Do outro lado das divisórias ou então...

O que tinha acontecido? Com os olhos desvendados, imóvel bem no centro do quarto, pude então notar que as aberturas se situavam na altura da cintura. Uma depois da outra, foram completadas com outro órgão, único e contudo tão diverso, segundo o exemplar e seu estado, aqui flácido, ali já em plena ereção, comprido ou curto, fino ou mais grosso, circundado ou não. Umas vinte vergas apontavam para mim, arremessando-se no desconhecido e na esperança de que eu as tocasse como eu mesma fora tocada.

Cambaleei até uma, até outra, efetuando uma nova ronda, passeando a ponta dos dedos pelas glandes erguidas como quem acaricia uma nuvem de espigas num campo de trigo, só pelo prazer de senti-las vergar, vibrar de impaciência e retomar sua orgulhosa posição tão logo a suave pressão que eu exercia sobre elas desaparecia. Enquanto ia passando, de uma ou duas limpei as gotas do líquido seminal que já afloravam. Levei aquela seiva até o nariz. Cheirava tão forte, cheirava tão bem...

Mas o que eu podia fazer com todos aqueles desejos? Quem era eu para pretender satisfazer a todos? Eu era apenas uma. Tudo que eu queria era satisfazer um único homem. Louis? David? Qual dos dois mais do que o outro?

A resposta teria a ver com os sentidos, imposta como era por meus sentimentos e pelo casamento próximo. Contudo, quanto mais eu passava em revista aquele exército de falos, menos me sentia capaz de escolher, de excluir uma opção em proveito da outra. Louis teria conseguido pelo menos isto: introduzir em mim a dúvida, na falta de introduzir ele mesmo em mim.

Não era tanto pelo batalhão de paus que ele reunira ali, à minha disposição. Era pelo imenso campo de possibilidades eróticas que eu me preparava, contudo, para condenar, proibidas pelo juramento da minha união com David, e guardar comportadamente, como já fizera com o chicotinho, entre duas pilhas de roupas.

A música se calou. O mestre desta estranha cerimônia deve ter percebido meu desconforto, pois proclamou com voz suave o que manifestamente era o fim da nossa sessão:

– Pode tornar a se vestir, Elle.

Como das vezes precedentes, o clique automático da fechadura se fez ouvir do lado da porta. Os sexos anônimos também obedeceram à ordem, pois todos desapareceram pelas aberturas ao mesmo tempo que os postigos se fechavam, um por um. Antes de se fechar, o último deles deixou passar um envelope, que caiu em cima do tapete florido.

Ainda seminua, a bunda e a xoxota imperfeitamente cobertas pela calcinha transparente, eu me precipitei para o objeto. Do envelope branco tirei um maço de notas de cem euros que quase me fizeram gritar de vergonha... Depois, olhando bem o resto do conteúdo, eu me acalmei e entendi sua utilidade. Num cartão havia uma "Lista de leituras obrigatórias" com dezenas de títulos, uns trinta talvez. E, preso nele com um clipe, achei um cartão de visitas com um nome e um endereço:

La Musardine
Livraria erótica de Paris
Rue du Chemin-Vert, 122, 75011 Paris

Ele me obrigava a fazer os deveres de casa.

21

10 de junho de 2009

– Desta vez não posso me dar ao luxo de recusar... Minha TV velha só pega dois canais de filmes esquisitos.

Mamãe acabara de receber sua entrega-surpresa do dia: uma TV de última geração, tela plana 3D e conexão a cabo, cujas dimensões vertiginosas revelaram-se no mínimo desproporcionais ao espaço restrito da sua sala de estar.

– Mas diga a ele que é um exagero. Ainda nem nos conhecemos... e ele já me deu anos e anos de presentes de Natal!

– O que você quer, mamãe, David é assim mesmo. – Eu fingi me lamentar.

– Eu sei que não vou durar muito tempo...

– Psiu, não diga isso! – repreendi-a delicadamente.

– ... Mas não é uma razão para recuperar o tempo perdido antes da hora. Mas como este rapaz pode se dar ao luxo!

Dois entregadores tinham se apresentado uma hora antes e enfrentado todas as dificuldades do mundo para fazer caber o monstro tecnológico naquela casinha de bolso. Concluídas as conexões, eles tinham acabado de sair, deixando-a um pouco incrédula, um pouco feliz, e sobretudo bestificada, impressionada com a enxurrada benfazeja que se abatia sobre nós.

– Já a ligou, ao menos?

– Sim, sim... Estou assistindo à minha novela. Antes eu tinha a impressão de que era transmitida diretamente do Brasil. E agora parece que os atores desembarcaram aqui em casa. Mas é uma sensação bem agradável!

Após tantos anos de frugalidade e desconforto, anos em que cada centavo que poderia ter adoçado seu cotidiano fora destinado a mim, bem que ela tinha o direito de se entregar a esses prazeres inocentes. E, até certo ponto, eu não podia senão me alegrar que fosse assim. Até certo ponto, insisto, pois eu conhecia a origem dessa prodigalidade sem limites.

Mas, nesse dia, outro detalhe despertou minha atenção.

– Mamãe... Foi nesta manhã que você recebeu a nova TV?

– Sim, acabei de lhe dizer: neste instante. Por que está me perguntando isso?

Uma coisa à toa, sequer a sombra de uma intuição. Contudo...

– E o presente anterior, qual foi mesmo?

– Bem... as peônias e os calissons. Aliás, como eles são gostosos! Acabei tudo ontem com a enjoada da Laure Chappuis. Você não faz ideia do que ela ainda inventou para se queixar...

Parei de escutá-la, a ela e suas chacotas sobre a inenarrável sra. Chappuis, e fiquei recapitulando. As peônias e os calissons: logo depois da noitada no quarto Marie Bonaparte, a noite do ovo vibratório.

Uma última verificação se fazia necessária.

– E os macarons de rosa, você se lembra de quando foi?

– Não tenho ideia. Há dois dias. Talvez três.

Dois, registrei na mente, agora bastante segura.

Os macarons de rosa: chegados a Nanterre no dia seguinte do primeiro encontro misterioso que eu cumprira no Hôtel des Charmes.

– Mas o que está havendo, minha Elle? Está preocupada?

– Não, mamãe, não é nada...

Só um nó a mais dado por ele no meu pescoço. Um elo suplementar tecido por ele, sem eu saber, entre nossas vidas. Não havia mais coincidência possível: após cada um de seus convites, e caso eu cumprisse devidamente a missão que ele me impunha, ele me recompensava já no dia seguinte sob a forma de um presente entregue a Maude. Eu aquiescia, e ele me dava um de seus docinhos, me atingindo onde sabia que eu era mais vulnerável. Rue Rigault, 29, em Nanterre.

As notas de cem euros embolsadas na véspera me queimavam através do couro da carteira. Ele não estava retribuindo meus encantos, não. Era bem pior. Como tinha muito dinheiro, simplesmente comprara a minha vida, com passado e mãe cancerosa incluídos. O que éramos nós para ele, a não ser uma minúscula empresa falida que ele podia adquirir e esmagar impunemente? O irmão talvez fosse o rei das aquisições hostis, mas seguramente eu era a única fusão-aquisição que contava aos olhos de Louis.

Eu recomecei, com o fone colado no ouvido para melhor dissipar a vertigem.

– Por falar nisso, tenho uma coisa para lhe dizer.

Já era tempo. Finalmente contei para ela a grande novidade. Desde o anel de família que estavam ajustando para mim, até o dispositivo principesco que David e Armand tinham concebido para mim em segredo, o que provocou estranhos soluços encantados. Tive que vasculhar minha mente e antigos sonhos de menina para poder simular uma alegria que me escapava. Embalei tudo em algumas historinhas de contos de fadas, misturando sem remorso o verdadeiro e o falso para compor um quadro suficientemente convincente: o pedido de casamento no barco, os presentes de que ele também me cobrira... chegando a afirmar que não tinha sido informada da data, tão próxima, tão maravilhosamente escolhida, senão na noite da véspera. Última e divina surpresa.

Ela acolheu meu relato sem uma palavra, mas eu adivinhava do outro lado do fio, com algumas lágrimas.

– Não chore, mamãe.

– Não, não... – ela gemia, entre duas fungadas sonoras. – Você tem razão, é completamente idiota. Mas eu estou tão feliz... tão feliz por você, minha filha.

– Eu sei... Agora você entende melhor por que ele cobre você de presentes assim?

Tudo bem. Não é bonito mentir para a mãe moribunda, mas teria eu o direito de estragar a felicidade dela, de infligir-lhe uma outra versão mais turva, mais obscura? Versão na qual eu me entregava a desejos sem rosto? Uma história em que não sabia mais em que acreditar, no que pensar, em quem amar... e a quem oferecer meu corpo no final para ter acesso ao prazer. O que ela teria compreendido, e mais ainda aceitado, do jogo perigoso que Louis Barlet me impunha? Estávamos bem longe das fadas e suas varinhas mágicas. Bem longe do ideal sonhado por uma mãe para sua filha querida.

O sonho começa assim: eu sou a noiva, no dia do casamento. Estou em lágrimas, fechada na minha suíte nupcial. Meus padrinhos tentam sem sucesso me trazer à razão, mas eu me recuso obstinadamente a deixá-los entrar. A causa deste drama?

Estou nua. Meu vestido foi destruído. ~~Mãos desconhecidas arrancaram-no de mim em circunstâncias que me escapam~~. Está tudo estragado. Eu não poderia me apresentar diante dos convidados com um outro traje. Um dos amigos do meu futuro marido encontra, contudo, palavras para me convencer. Eu abro a porta para ele. Abraçando-me, ele me consola. Depois me beija e finalmente me deita no chão. Estou tão desesperada que me sinto disposta a me entregar a ele. Porém, com o sexo em cima de mim, ele se masturba com aplicação. Muito depressa, provavelmente depressa demais para seu gosto, fluxos ininterruptos de esperma jorram dele e se espalham por todo o meu corpo. O sêmen me envolve e me veste com um roupa branca que seca na hora, diretamente na minha pele. Eis-me vestida com o sêmen dele. Eis-me salva.

(Nota manuscrita de 10/6/2009, redigida por mim.)

Desde seu gesto e suas palavras infelizes da véspera, David e eu não nos faláramos mais. Sua saída matinal para o escritório, sua indisponibilidade crônica no celular, tudo favorecia um mau humor compartilhado.

– Bom-dia, escritório de David Barlet, em que posso ser útil?

– Alô? Chloé?

Ela não reconheceu minha voz, talvez menos segura no telefone do que em pessoa:

– Sim? Quem está falando?

– Chloé, é a Elle.

– Elle...

A secretária zelosa vasculhava claramente a memória, desconcertada por meu diminutivo ambíguo.

– Annabelle Lorand, se você preferir.

– Elle! Oh, desculpe! Não esperava ouvir você ao telefone. Algum problema?

Nove horas e vinte e três, devia lhe lembrar o relógio da sua mesa, ou seja, perto de uma hora de atraso em relação ao horário que eu deveria respeitar.

– Não... É que não estou me sentindo muito bem.

– Algo grave?

– Acho que não. Só um resfriado danado – menti. – Pode avisar a David e também a Albane que não estarei em condições de trabalhar hoje?

Segundo dia de trabalho e já adoentada. Se ainda restasse uma pessoa na empresa disposta a me segurar por haver caído ali de paraquedas, ela iria provavelmente aproveitar para largar. Pois ninguém acreditaria na desculpa esfarrapada, nem meu futuro marido nem meus novos colegas. Louis interpretaria a ausência como uma fuga, o único meio que eu encontrara para me subtrair momentaneamente da sua rede? Pouco me importava. Para mim, era urgente me distanciar. Dar finalmente uma pausa no curso tão caótico, tão caprichoso, da minha relação com os dois irmãos Barlet. Eu precisava de outras luzes além dos objetivos de ambos, sempre incompletos, vagos ou francamente contraditórios, a ponto de eu me perguntar se a flagrante incoerência não tinha por objetivo fazer eu me perder nos meandros da dúvida e do medo.

Sozinha em casa, Armand pouco visível e sobretudo tão pouco disponível, tratando dos nossos preparativos fora de casa, tive todo o tempo para examinar os cômodos e os cantos que até então negligenciara. Desde que me mudara para ali, tinha me limitado preguiçosamente ao nosso quarto, o banheiro contíguo, o salão e, de modo mais raro ainda, a cozinha. Mas esse passeio pelo meu novo lar me permitiu avaliar toda a extensão do prédio projetado pelo arquiteto Constantin, o mesmo que desenhara o planejamento de Nouvelle Athènes.

O que devia ter sido no passado o *boudoir* ligado ao quarto de Mademoiselle Duchesnois – hoje o nosso – servia agora de escritório para David. Uma peça, como eu já tivera ocasião de constatar e de dar com o nariz na porta, que permanecia constantemente fechada a chave.

Uma chave... A palavra ricocheteou em mim até tocar uma lembrança recente. A chave enferrujada, visivelmente forjada há alguns séculos, que Louis pusera junto do primeiro envio... E se ela abrisse o acesso aos segredos do irmão?

No momento de enfiar a haste metálica na fechadura, estaquei. Eu estava certa de querer levantar o véu sobre esse passado do qual eu seria, de fato e para sempre, excluída? No fundo, o que aquilo me traria? David, como cada um de nós, como eu com meu pai fantasma, não tinha direito ao esquecimento? A que eu lhe dedicasse um amor incondicional e sem suspeitas, à altura das generosidades com que ele me prodigalizava?

Mas a tentação era forte demais, e eu introduzi a ponta arredondada no orifício escuro e oco com um gesto seco, que eu queria que fosse sem arrependimento.

– Sou uma cretina... – murmurei para mim mesma.

... E ainda por cima bem ingênua de imaginar que aquilo seria fácil. Chave e fechadura eram tão estranhas uma à outra quanto se pode imaginar. Impossível empurrar o objeto até o fundo, e mais impossível ainda fazê-lo girar lá dentro. Nada a fazer.

O resto da casa não me revelou mais pistas. Nos poucos móveis que me eram acessíveis, magníficas peças de estilo Restauração em harmonia com nossa decoração; particularmente no salão e na sala de jantar, só achei maços de papéis e recortes de jornais sem importância, a maior parte referentes às atividades do Grupo Barlet. Alguns fora de ordem, reunidos em pilhas aleatórias, no meio de revistas de economia, a metade delas exibindo David na capa... Interessante resumo de sua ascensão, anos após ano, década após década. Eu me senti revendo o seriado *The Persuaders!*, que atravessara minha infância televisiva.

Mas tive tempo de folhear vários fichários grossos, que sintetizavam os artigos mais significativos. Reli sobretudo a página inteira do *Monde* que eu percorrera no trem, há apenas três meses, não sem um pouco de nostalgia. Era difícil acreditar que daqui para a frente eu compartilharia a vida com o homem da fotografia...

Acomodada na *chaise-longue* do salão, com Félicité colada na minha barriga – ela estava cansada, suponho, das brincadeiras rudes de Sinus e Cosinus –, entreguei-me a pensamentos tão desordenados quanto contraditórios. Passeando uma mão distraída pela pelagem tigrada, macia e relaxante, eu me forçava a não ceder a especulações maniqueístas. Era outra lição que meu professor bigodudo tinha me inculcado no seu pequeno breviário do jornalista emérito: mesmo em caso de guerra, nenhum assunto devia ser tratado em termos de oposição definitiva. "Só na Bíblia e nos filmes hollywoodianos se vê, de um lado, o Bem, imaculado, puro, sem qualquer defeito, e, do outro lado, o Mal e seu cortejo de faltas e pecados. Infelizmente, a realidade não é Caim e Abel nem Luke Skywalker contra Darth Vader. Ela é sempre infinitamente mais emaranhada. E nosso papel é justamente o de destrinçar essa meada inextricável. O de puxar o fio desse novelo para depois mostrá-lo ao público, sem jamais imputar a quem quer que seja um suposto pecado original. Não existe uma causa primordial. Não há apenas um ponto visível na longa cadeia da causalidade. Compete a nós escolher um ponto e explicar por que o escolhemos. Isso constituirá o ponto de vista adotado, ou o tema." Para meu grande desespero, o senhor do bigode tinha mil vezes razão.

Contudo, tudo teria sido muito mais simples para mim se Louis tivesse se limitado a mentir e me manipular como seu brinquedo. Se não tivesse exposto nada de mim, nem desejo nem prazer. Tudo teria sido mais claro se David tivesse retido a mão, em vez de seus segredos.

Eu tinha que me esforçar além da conta, eu fervia. Minha ociosidade não era senão uma ilusão de ótica. E eu só devia essa calmaria à minha posição temporária de retirada. Nem uma nem outra, eu sabia, demorariam muito tempo.

Retirei da minha bolsa os papéis fornecidos na noite anterior por uma portinhola anônima no quarto da Païva. Levei um tempo consultando a lista que Louis me dera. Mesmo que alguns títulos me dissessem alguma coisa – minha cultura erótica era próxima de zero –, tive que admitir que jamais lera nenhum daqueles livros. Os mais conhecidos deviam provavelmente ter chegado a mim graças a adaptações cinematográficas:

1. *Femmes secrètes,* Ania Oz
2. *Lunes de fiel,* Pascal Bruckner
3. *O amante de Lady Chatterley,* D. H. Lawrence
4. *As onze mil varas,* Guillaume Apollinaire
5. *Sexus,* Henry Miller
6. *A história de O,* Pauline Réage
7. *A filosofia na alcova,* Marquês de Sade
8. *Emmanuelle,* Emmanuelle Arsan
9. *Delta de Vênus,* Anaïs Nin
10. *Fanny Hill,* John Cleland
11. *Complexo de Portnoy,* Philip Roth
12. *Les Mémoires d'une culotte,* Aymé Dubois-Jolly
13. *Le Con d'Irène,* Louis Aragon
14. *Autoportrait en érection,* Guillaume Fabert

15. *História do olho,* Georges Bataille
16. *La Femme de papier,* Françoise Rey
17. *O açougueiro,* Alina Reyes
18. *O amante,* Marguerite Duras
19. *La Mécanique des femmes,* Louis Calaferte
20. *La Foire aux cochons,* Esparbec
21. *Le Cahier noir,* Joë Bousquet
22. *Las edades de Lulú,* Almudena Grandes
23. *A vida sexual de Catherine M.,* Catherine Millet
24. *Dictionnaire horizontal,* Jean-Luc Fornelli
25. *Éros mécanique,* Pierre Bourgeade
26. *O belo sexo dos homens,* Florence Ehnuel
27. *Baise-moi,* Virginie Despentes
28. *Crônica de um amor louco,* Charles Bukowski
29. *Ma vie secrète,* Anônimo
30. *A entrega,* Toni Bentley

Quer se tratasse de *Baise-moi* ou *Les Mémoires d'une culotte,* eu não conseguia me ver lendo a maioria deles na frente de David ou, pior ainda, num local público como o metrô.

Ainda nao me sentia pronta – eu estaria um dia, ou seria de fato importante que eu estivesse? – a assumir aos olhos do mundo essa parte de mim mesma. Contudo, a vontade estava ali, inegável, apontando seu dedo.

Do alto dos meus conhecimentos muito limitados, notei, entretanto, que nenhuma lógica aparente parecia conduzir o programa de leitura: nem cronológica – passava-se, por exemplo, de Sade a Philip Roth sem transição –, nem linguística, nem mesmo erótica, uma vez que o mais leve disputava com o mais cru. Era precisar confiar e me entregar, partindo do primeiro, leitura após leitura, segundo o percurso que ele refletira e compusera para mim?

Reflexão bruta: ~~o sexo~~ o amor físico, aquele que nos arranca das contingências terrenas, que nos arrebata e faz esquecer de tudo, nunca é apenas uma questão de sexo, de dois corpos fugazmente aproximados. O único sexo que realmente nos encanta só pode ser fruto de nosso imaginário, de nossas dúvidas, de nossos questionamentos e das esperanças que depositamos num mundo desconhecido. Fantasiar significa acreditar ser o primeiro ou a primeira a fincar a bandeira em um novo planeta. Talvez seja falso, mas se o sonho for muito bom, bastará decolar – e recomeçar! Um pequeno passo para minha xoxota, um passo de gigante para a minha vida sonhada. É no vazio dos nossos pensamentos e devaneios úmidos que o sexo desabrocha, melhor ainda do que no ventre ou nas nádegas. Deixando nosso espírito divagar, entregando nossa pele às carícias, somos capazes de sentir prazer em troca, aqui e agora.

(Nota manuscrita de 10/6/2009, redigida por mim.)

Como na véspera, a porta de entrada abriu-se numa hora não habitual, dissipando às pressas a perturbação que pouco a pouco me envolvera e me deixara fora de mim, me levando a regiões úmidas e escarpadas. E como eram excitantes os lugares onde Louis me convidava...

– Elle, você está aí?

A voz de David soava como um carrilhão, animada, quase determinada, passando por cima alegremente da nossa desavença do dia anterior como se fosse um obstáculo negligenciável que um pouco de bom humor bastava para apagar.

– No salão – respondi com uma voz apática.

Ele apareceu na mesma hora, radiante, mais solar do que nunca, carregando nos braços uma gigantesca capa de roupa, por trás da qual uma parte dele desaparecia. Só o seu sorriso satisfeito se via acima da massa de plástico cor-de-rosa. Pelo aspecto bufante da coisa, mas também por seus contornos inacreditáveis, adivinhei imediatamente que não continha um terno masculino.

– Alô, alô! – anunciou, em tom pueril.

Se suas centenas de funcionários, se os senhores da imprensa econômica ou os mais próximos parceiros financeiros chegassem a vê-lo assim, as ações do Grupo Barlet seguramente perderiam dezenas de pontos no CAC!

– O que é isso?

No exato momento em que ele surgiu, eu decidi diminuir a tensão. Assim como obtivera de Louis um arremedo de confissão ao preço de algum sacrifício, eu não poderia fazer David falar sem fazer o papel que ele esperava de mim.

– Seu vestido!

– Meu vestido?

Acolhi a surpresa com um sorriso conciliador.

– Quer dizer, foi o da mamãe no casamento dela. Lembrei-me outro dia: minha mãe tinha exatamente o mesmo corpo que você. Uma diferença mínima, claro, que mandei corrigir. Ele está aqui!

Não pular na garganta dele. Não perguntar se com o vestido acontecia a mesma coisa que com o anel: ele não foi só da mãe dele, foi também de outra. De uma morta.

– Mas, querido... – sussurrei ingenuamente. – Você não sabe que não pode ver o vestido antes do dia D?

– Quem lhe disse que eu vi?

Ele exibia um ar de triunfo juvenil, que já devia ostentar, adolescente, quando derrotava o adversário no tênis.

– Bem... Suponho que tenha acontecido, não?

– Você supõe mal, sra. Barlet. Desde que o tive nas mãos, ele nunca saiu de sua capa opaca. Salvo na costureira, mas eu não fiquei nas costas dela espiando!

– E o casamento dos seus pais? E as fotografias?

– Estão todas amareladas, mal se vê...

Sua expressão de desgosto pretendia ser enternecedora. Como recusar uma oferta de reconciliação tão franca, tão generosa? Uma vez saído o vestido de sua capa, esta possibilidade desapareceria totalmente. Acreditando nas suas palavras, fui para a sala de jantar para examiná-lo longe dos olhos dele. Eu nunca vira, e muito menos usara, algo tão prodigioso.

– Ele é... fabuloso!

– É um Schiaparelli! – ele gritou do cômodo contíguo. – Elsa Schiaparelli já era velhinha na época, mas desenhou-o sob medida para mamãe. É uma peça única, você sabe!

Única, sim, o qualificativo cabia maravilhosamente àquele esplendor, do qual nenhum detalhe, nenhum acabamento e ainda menos o estado de conservação podia trair a idade. Ao contrário da maior parte dos vestidos de noiva, este não tinha nenhum toque indigesto de tule ou de gaze, nem bordados ou detalhes vaporosos excessivos. Para resumir minha impressão inicial, subjugada, eu exclamei em surdina:

– É um vestido de verdade... Simplesmente um vestido de verdade.

– O que você está dizendo?

– Nada, eu disse que vou provar o vestido.

– Isso mesmo, minha linda! Eu o trouxe para isso. Se ainda precisar de alguns retoques, é bom que a gente saiba sem demora.

Não seria necessário, percebi logo que a seda cor de pérola tocou minha pele. Os quadris, a cintura, os seios e até minha bunda arrebitada demais para meu gosto, em geral tão difíceis de caber nos modelos *prêt-à-porter*... Todo meu corpo encontrou seu lugar, plena e naturalmente, como se fosse moldado na massa por um escultor. A parte de cima ficou perfeita no meu tronco, um simples bustiê cruzado em V enfeitado de babados sem exagero, depois se alargando a partir dos quadris em uma corola drapeada, cujos três movimentos superpostos simulavam encantadoramente o rodopio de uma valsa. Cada camada unia-se à seguinte por grandes flores do mesmo tecido, cujo centro bordado de strass dava ao conjunto uma nota luxuosa.

– Então?

– Então... Está perfeito!

Girando nos meus saltos altos, puxada por algum cavalheiro invisível, eu estava diante do grande espelho da sala de jantar. Reconhecia perfeitamente a mulher cujo reflexo me sorria, mas ainda assim ela me parecia outra. Tinha certeza de uma coisa: não ganhara nem perdera um só grama durante as últimas semanas, mas alguma coisa na Elle, em mim, claramente havia mudado. Eu estava mais desabrochada, mais generosa. Até minha tez parecia mais clara. As sardas que pintavam meu rosto, e que eu sempre detestara, me pareciam de repente o mais sublime e mais natural dos ornamentos. Duas ou três, aliás, tinham aparecido em cima da minha boca, como botões num terreno fresco e úmido.

Então era verdade o que diziam: os olhares de desejo tinham o efeito de nos moldar, de exaltar em nós o que há de mais belo, de mais amável. E os olhares colados em mim na véspera tinham definitivamente me livrado dos resíduos adolescentes grudados até hoje. Eu tinha deixado minha antiga pele no Des Charmes e saído de lá nova, vestida com um novo eu capaz de se sentir belo e desejável. Que quisessem possuir este novo corpo não me parecia mais absurdo.

* * *

Atrás da porta que eu tivera o cuidado de passar a chave, David se impacientava. Calculei que o momento era bem escolhido para baixar minha máscara de gratidão e de submissão.

– Me prometa: *ela* nunca usou, pelo menos?

– Usou o quê? Do que você está me falando? – ele começou resistindo.

Eu insisti, falando o mais delicadamente, o mais carinhosamente possível:

– Aurore... Ela nunca usou este vestido?

– Não! Por que ela faria...

Ele estava mentindo, eu podia ouvir a alteração impertinente de sua voz, a vaga hesitação, tão diferente de sua segurança habitual. E ele já procurava descartar o assunto como quem deixa cair uma fruta podre da árvore.

– Eu posso entrar?

– Não... Enquanto você não tiver respondido às minhas perguntas.

– Elle... – ele se fez mais queixoso. – Eu já disse tudo que você precisava saber: um banal triângulo amoroso. Louis ama Aurore, que ama David... que não ama Aurore. Ponto. Não há mais nada a acrescentar.

Fingi acreditar totalmente naquele roteiro bem amarrado demais, depois voltei à carga:

– A depressão dela foi por causa disso?

– De jeito nenhum. Ela estava doente muito tempo antes de a conhecermos. Louis e eu.

– Então por que ela se jogaria num mar revolto... a não ser por despeito?

– Não sei. Ninguém ficou sabendo o que aconteceu exatamente. Nem Louis. Embora tenha sido o primeiro a chegar no local.

– Ele tentou salvá-la?

Louis tinha dito o contrário. Atribuíra ao irmão o papel de herói cavalheiresco. Mas por quê?

– Sim. Mas não pôde fazer nada... A não ser arrebentar o joelho nas pedras. Depois, nas semanas que se seguiram, chegamos a achar que ele não andaria nunca mais.

– É toda a história?

– É – confirmou ele, com um desembaraço recuperado. – Mas a polícia fez uma pequena investigação, a princípio de simples rotina.

– Por que “a princípio”?

– Porque de um interrogatório para outro Louis se contradizia muitas vezes.

– Mas ele não foi investigado, no final?

– Não... A polícia concluiu que foi acidente.

Sua voz chegou mais perto de mim. Supus que tinha se encostado no batente, pronto para entrar.

– E você... o que acha?

Ele deixou se escoarem vários segundos antes de recomeçar, mais grave:

– Conhecendo o temperamento desafiador de Louis, confesso a você que ideias bem esquisitas passaram pela minha cabeça.

– Por exemplo?

– Besteiras...

– Está sabendo que não vai entrar aqui antes de me responder?

– Achei que ele podia tê-la empurrado dos rochedos, foi isso! – soltou, quase envergonhado. – Aurore e ele conheciam de cor o lugar onde tudo aconteceu. Em resumo, é espantoso que ela tenha sido surpreendida por uma onda naquele lugar... Mesmo numa noite de muito vento.

– Acredita que ele seria de fato capaz de uma coisa dessas?

– Não... não sei... Acho que nunca se pode avaliar antecipadamente o que um indivíduo é capaz de fazer por ressentimento.

Com isso, ao menos ele marcava um ponto. Mas eu não me dei por satisfeita. Eu via lacunas na sua versão dos fatos: e com relação ao braço? O que tinha acontecido?

Mas evitei prudentemente provocar os mesmos efeitos da nossa última discussão. Ele acabara de me confessar mais sobre o assunto do que por certo contara a qualquer outra pessoa.

Tirando o vestido, que eu mais que depressa recoloquei na capa, limitei-me a acrescentar:

– Você teve raiva dele... Não é?

– Sim... imagino que sim. Mas para nós tudo isso ficou para trás há muito tempo...

Procurava se convencer, confinar a culpa e o fantasma no lugar onde todos devem permanecer, na lápide do esquecimento?

Suplicante, ele bateu levemente à porta, que terminei destrancando. Não seria a primeira vez que ele me via de calcinha...

... Porém seria a primeira que ele me possuiria naquele aposento, cuja decoração antiquada evocava em mim comportadas reuniões ao pé da lareira, mais do que efusões e suspiros.

Ele me abraçou espontaneamente, sem que eu de início conseguisse avaliar se vinha buscar comigo prazer ou consolo. Ficou imóvel vários segundos, o nariz mergulhado no meu pescoço, agitado por fracos sobressaltos destinados a ajustar seu corpo ao meu. Parecia uma criança ferida refugiada no colo materno.

Passei minha mão na nuca dele, gesto lento e suave, a meu ver mais reconfortante do que erótico, que ele entendeu, contudo, como um convite. Sua mão acariciou minhas costas, e foi descendo, até o início do rego. Com o contato, minhas costas se dobraram num movimento reflexo, que ele também deve ter considerado como uma incitação a prosseguir. Não tínhamos mais transado, ele e eu, desde minhas duas capitulações sucessivas no Des Charmes.

Que parte da nova Annabelle, a mulher que eu acabara de descobrir no espelho, pertencia-lhe agora?

– Não batizamos ainda esta sala, não é? – ele sussurrou no meu ouvido.

Eis o tipo de proposta diferente de nossos embates normais, isentos de desafio, infelizmente desprovidos de qualquer noção de jogo. O que estava acontecendo com ele?

Eu contemplava nós dois no espelho imenso, esculpidos pela luz crua da tarde estival, belos tanto quanto podíamos ser. Nós combinávamos, qualquer terceiro olhar teria afirmado. Eu não era a única que se metamorfoseara. Nele, a modificação era mais sutil ainda, no espaço de um segundo eu teria jurado captar nos seus lábios o mesmo sorriso canalha, cruel e canibal, que Louis pousava em suas presas.

– Venha!

Sem esperar meu consentimento, ele me carregou até a comprida mesa de mármore com pés de bronze e me colocou deitada em cima da pedra gelada. Só tive tempo para um breve arrepio, pois ele já me puxava para ele, minhas pernas elevadas, os pés pendurados no vazio. Ele empurrou minhas coxas para a barriga e se inclinou no meio delas, com a boca na altura da minha calcinha. Eu podia sentir sua respiração quente atravessar o algodão acetinado e afagar meu sexo até então seco como um biscoito.

Ele afastou o tecido com um só dedo e começou a lamber minha vulva de baixo para cima, como se quisesse me lambuzar. Alcançado o ápice erétil, ainda aninhado e protegido por seu capuz protetor, ele voltava ao começo, com uma aplicação digna de manual.

Felizmente, ele compensava a inabilidade escolar com uma lentidão exasperante, suficientemente dosada apenas para me dar vontade de sussurrar:

– Mais depressa...

– Assim está bom?

– Sim, continue. Mas mais depressa.

Ele obedeceu servilmente, não sem um certo sucesso. Cada vez que a língua dele passava, eu podia sentir meus lábios – grandes e pequenos – incharem, pouco a pouco se preparando para receber aquele intruso. Claro, com aquela regularidade de metrônomo e a preocupação de umedecer igualmente toda a zona, ele nunca demorava suficientemente para o meu gosto no meu botão sensível. Que reclamava mais, bem mais. Enquanto uma de suas mãos se aventurava nos meus seios, aplicando uma massagem que estava longe de me desagradar, eu pus o dedo médio em cima do clitóris órfão e comecei a esfregá-lo, tal como há muito aprendera a fazer.

Por um instante desconcertado com minha iniciativa, David estacou:

– Você fica tão bonita assim...

Mas naquelas palavras doces eu não ouvia apenas seu timbre suave, enfeitiçante. Juntavam-se agora dez vozes, cem vozes, mil talvez, tantas quanto o Hôtel des Charmes poderia conter de homens à minha disposição.

Eu prosseguia minha atividade sob seu olhar subjugado, sua fascinação de acólito. Pela primeira vez, não me repugnava oferecer-lhe tal espetáculo.

Ao mesmo tempo que senti um arrepio, uma interrogação me percorreu inteira: no meio daqueles sexos estendidos para mim no quarto da Païva... será que o de Louis era um deles? Eu o teria tocado sem saber? Se eu não tivesse cedido à minha embriaguez, talvez o tivesse reconhecido por uma tensão particular, por uma nervura, e, nesse caso, eu o teria engolido com um fervor decuplicado?

O de David me penetrou com um golpe seco, decidido, sem aviso. Eu não o tinha visto chegar, e sua invasão súbita me petrificou. Eu não o queria, pelo menos não ainda, não agora.

– Continue se acariciando – ele ordenou.

Que ele me dominasse assim não era um problema. Mas, seguindo seu instinto de macho apressado, movido pela incontrolável urgência de terminar, ele partia em pedaços as peças do quebra-cabeça fantástico que eu acabara de esboçar.

– Não, tire! – eu o intimei.

Tive que recorrer a um tom tão decidido que ele me obedeceu sem a menor recriminação. Graças a Deus, nem tudo tinha ido pelos ares: a imagem se recompunha progressivamente, a de uma boca ávida, disposta a tudo para me satisfazer, lábios soldados no meu sexo até extrair dele o suco adocicado do meu gozo.

– Agora meta! – prossegui minha diretivas.

O coitado foi tomado por um instante de pânico: como eu podia proibir-lhe e exigir-lhe de uma frase para outra? Eu esclareci imediatamente o engano, com uma voz do fundo das entranhas, que eu desconhecia:

– Sua língua... quero que você a enfie dentro de mim... Anda!

E foi assim que ele se submeteu, a ponta de carne cor-de-rosa remexendo-se dentro de mim, estendida ao extremo, mergulhada suficientemente fundo para que eu me sentisse penetrada, porém não completamente. Servida, não conquistada. Acoplado como uma sanguessuga, ele a revirava obstinadamente na entrada da minha vagina.

Seus lábios desapareciam nos meus, agora banhados com um fluido espesso, de onde escapava uma espuma branca que escorria por sua boca toda, como um bigode de secreção vaginal e amor.

Eu li em uma das minhas revistas femininas que uma ginecologista francesa resolvera o mistério do ponto G. Ele não seria uma zona erógena autônoma, injustamente presente em algumas mulheres e ausente em outras. Trata-se na realidade, com base em estudos de imagens, de uma protuberância escapada das profundezas do clitóris. Com efeito, e ao contrário de uma ideia grandemente difundida, ele não se limita aos poucos milímetros de sua face emergida, protegida por seu célebre capuz. Dentro do ventre da mulher, ele se prolonga por uma dezena de centímetros onde, de acordo com a anatomia e a corpulência de cada uma, enerva os órgãos que ficam próximos. A sensibilidade que algumas mulheres experimentam no reto, em particular *durante a sodomia, resultaria dessa mesma presença em nós, tão bem escondida, tão mal conhecida.*

(Nota manuscrita de 10/6/2009, redigida por mim.)

– Mais depressa... Sim!

A cada rotação, a língua comprimia a protuberância grumosa da minha fenda, minúscula almofadinha de prazer que só esperava esse tratamento.

– Isso, aí! Aí!

Ele entendeu a instrução e se concentrou por um instante apenas naquele ponto primordial. Mas de repente, sem outro aviso além de um movimento de recuo inesperado, e em resumo bastante desagradável, ele saiu de dentro de mim. Então, com um golpe seco, enfiou no mesmo lugar seu membro, duro ao extremo, cuja umidade própria me provava a que ponto de impaciência ele também chegara. Era mais forte do que ele, ele não podia ficar às minhas ordens mais que alguns instantes, era preciso que finalmente dominasse, que conquistasse, que me invadisse. Por sorte, seus trabalhos preliminares tinham preparado tão bem meu sexo que seus vaivéns mecânicos prolongaram os efeitos, e eu me abri o máximo possível para recebê-lo nas minhas profundezas mais sensíveis, não longe do útero. Ali, eu sabia, uma pequena língua de mucosa mais macia e sensível do que o resto, difícil de alcançar com a ponta do indicador ou do médio, era capaz de me fazer gozar muito depressa. Era ali. A glande agora socava cadenciadamente o ponto onde meu corpo pareceu de repente se concentrar por inteiro, atraído por uma força inexplicável, semelhante a um buraco negro, que fragmentou cada um de meus membros, cada uma das minhas células, antes de projetá-los em toda minha volta, pelos quatro cantos da sala, voando sobre os feixes de luz vindos do exterior. Mergulhados num abismo onde despenquei por fim, pesadamente.

Pela primeira vez, ele me fizera gozar, ele sozinho, sem nenhuma intervenção manual de minha parte, ele e sua boca e seu pau, todos os dois ainda lambuzados com meus líquidos.

Mas será que fora só ele o autor daquele milagre? Em seu suspiro, pareceu-me ouvir o gêmeo (ou quase) de outro.

22

11 de junho de 2009

Meu caderno! Meu caderno, meu caderno, meu caderno...

Ainda nua na sala de jantar, atordoada, a virilha e as coxas lambuzadas do meu prazer, fiquei repetindo as duas palavras quase até sentir vertigem, como o Avarento de Molière despojado de seu tesouro. Meu caderno prateado, largado à vista de todos, em cima da nossa cama. Meu Dez-vezes-por-dia, agora acrescido das minhas próprias notas. Eu jamais sobreviveria à vergonha que David me faria passar caso pusesse os olhos naquelas linhas. Quanto às páginas não escritas pela minha mão, eu preferia nem pensar nas mentiras que teria que inventar para justificar sua presença e conservar um pouco da estima, da confiança dele.

Galguei a escadaria de quatro em quatro, traseiro nu, minhas roupas cobrindo de qualquer jeito os peitos e a barriga, rezando para não cruzar com Armand ao sabor de seus deslocamentos furtivos pela casa. Em cima, eu já escutava os passos do meu homem no nosso quarto. Depois eles pararam, subitamente. Ao entrar finalmente no cômodo, eu o vi de costas para a porta, contemplando o jardim, e não podia adivinhar o conteúdo de suas mãos juntas diante do corpo. Minha respiração parou quando constatei que o caderno desaparecera de cima do edredom.

Por fim, acabando com meu suplício, ele se virou.

– Diga...

Suas mãos estavam vazias. Inspiração profunda. Fim do pesadelo? Ou ele tivera tempo de surrupiá-lo e camuflá-lo no meio dos seus pertences?

Nova crispação do punho no meu peito despido, esmagando cada mamilo como uma uva madura.

– Sim?

Contra a luz, seu rosto apagado parecia vazio de qualquer expressão. Até sua voz me pareceu menos suave e carinhosa do que a que eu conhecia.

– Mas será preciso que você volte...

Para onde? Para minha mãe? Nanterre? Junto de Fred, onde jazia minha vida de antes, tão medíocre, tão minúscula?

– Não me leve a mal, mas a escolha que fiz não tem nada a ver com meus sentimentos por você.

Mas do que ele estava falando então...? Se eu estava ali, não era porque ele me amava?

– Mas eu tive mesmo assim que batalhar um pouco para todo mundo aceitar a sua chegada.

Eu tremia de apreensão, entrevendo finalmente o sentido de sua declaração, mas apenas balbuciei, prudente:

– Minha chegada...?

– Na BTV. Do que acha que estou falando? Os sindicatos não costumam apreciar quem cai de paraquedas, você sabe. Para eles, enquanto você não provar a que veio, sua contratação será considerada apenas resultado do "teste do sofá".

Ele já praticara? Tirei a ideia da cabeça e exibi uma fisionomia compreensiva.

– Sim, claro... Eu entendo.

– E a mim, eles não vão deixar em paz – acrescentou, com o olhar tristonho.

Novo afluxo de ar nos meus pulmões. Então era apenas isso. Nem tudo me levaram. Não imediatamente. Não ainda.

Mas... onde foi parar o maldito caderno?

– Mas se você quiser se impor sozinha – ele insistiu no tema –, por suas próprias qualidades, terá que permanecer à frente junto com eles. E mais até do que eles. Esse tipo de gente ou você intimida ou você ataca. Eles não entendem meias-palavras.

Christopher e Louis já tinham me proporcionado um gostinho dessa intransigente cultura corporativa. Eu devia ganhar meus galões em contato com eles, no terreno deles, era evidente. Não podia pretender ganhar seu respeito e apoio enclausurada aqui ou entrincheirada na prisão de vidro do meu escritório. Eu ainda tinha tudo a demonstrar.

– Você tem cem por cento de razão... – admiti.

"Mas", gritou o silêncio ligado à frase, "não consigo suportar cruzar com teu irmão? Mas ele está programando uma reportagem que corre o risco de revelar tudo a meu respeito?"

– Então... Coragem!

Ele se aproximou de mim e me abraçou com o ardor tranquilo próprio dele, que generosamente compartilhava em cada contato.

– Você acha aceitável eu ainda ficar em casa só até amanhã? Depois, eu prometo, retomo meu lugar como um bom soldadinho.

Eu raramente usava os surrados artifícios femininos cujos efeitos nos homens nunca falhavam: olhos e bocas arredondados, pestanas batendo, leve inclinação de cabeça... Era agora ou nunca. E mesmo que não pudesse me ver, encolhida como eu estava no ombro dele, ele deve ter percebido minha mímica suplicante.

– OK, só amanhã. Mas depois... ao trabalho, moça! E sem discussão.

Ele soprou um sorriso conciliador no meu pescoço, que me ofereceu a oportunidade que eu esperava.

– Aliás, você não teria visto um caderninho jogado em cima da cama?

– Um caderninho?

Ele se afastou e me lançou um olhar franco em que não distingui o menor traço de duplicidade.

– É, um caderno prateado...

– Não. Já olhou debaixo da cama?

Ele estava debaixo da cama, com efeito. E em cima da cama passamos boa parte do restante do dia, apenas interrompidos por um lanche deixado junto à porta por Armand – privilégio de abastados que podem viver em casa, como no hotel – e algumas ligações urgentes que David tinha que atender.

Infelizmente, durante essas horas preguiçosas, eu não consegui nem uma vez um orgasmo como o da sala de jantar. Retorno à normalidade de nossas efusões básicas.

No dia seguinte, de manhã, não era o meu caderno que me esperava na mesa do café da manhã – desta vez eu o guardara em segurança num bolso interno com fecho da minha bolsa –, mas uma grossa pilha de folhas datilografadas, reunidas com um prendedor de papéis de prata em forma de garra de águia. Eu devia ter visto nisso um presságio...

– Bom-dia, Elle! – exclamou Armand, todo animado.

Sem me consultar, já devidamente a par de nossos hábitos matinais, ele me serviu uma grande xícara de chá-verde muito claro, preparado segundo meu gosto, na perfeição.

– Bom-dia, Armand.

– David deixou isto para a senhorita ler.

– Estou vendo... Mas do que se trata?

Dr. Christian Olivo, Tabelião em Paris, anunciava o cabeçalho austero na primeira folha, com o emblema estilizado da República Francesa desenhado, metade dele comido pela pata da ave de rapina.

– A minuta do contrato de casamento. Vou deixar também um marcador vermelho e um bloco autoadesivo para a senhorita acrescentar as modificações que desejar.

Um contrato de casamento? Em nenhum momento David mencionara na minha frente essa maneira tão formal de considerar nossa união.

Mexi a colher dentro da caneca fumegante e folheei o grosso documento, página por página, parando meu olhar de modo aleatório sobre uma linha ou uma alínea, nas quais determinadas palavras chamavam minha atenção. A despeito de minhas noções jurídicas bastante sumárias, não tive nenhuma dificuldade em compreender que a convenção tinha por objetivo essencial a preservação dos haveres e do patrimônio da família Barlet. "Separação total de bens", especificava sem ambiguidade a rubrica "Natureza do Regime Matrimonial".

Eu podia certamente compreender, e a mulher independente que havia em mim – ávida de autonomia, feroz defensora do dever das mulheres de se assumir em todos os campos – tratou de minimizar o que eu descobria ali. Mas a frieza burocrática com que os termos me eram submetidos, a ausência de diálogo prévio, tudo isso teve o efeito de uma bofetada.

– Preciso terminar de ler até quando? – perguntei num tom glacial.

– Se possível, ainda hoje.

Considerei por um instante a pilha de folhas perfeitamente arrumadas, depois ergui os olhos para o mordomo vestido no seu eterno colete de lã.

– Tudo bem. Pode levar tudo.

Ele ficou confuso por um ou dois segundos, depois manifestou o espanto em voz alta:

– Tem certeza de que não quer ler mais detalhadamente? Ou submeter algumas passagens a alguém do seu círculo? Um advogado?

– Não, não... está muito bem assim.

– Este contrato lhe impõe obrigações, Elle. A senhorita não pode assiná-lo sem ler.

Seu conselho soava como as advertências em letras mínimas no final dos anúncios de fórmulas de crédito abusivas: "um crédito impõe obrigações e deve ser reembolsado." Tentei não ouvir na frase dele uma advertência igualmente funesta.

– Eu sei perfeitamente. Mas confio em David.

– Sim, claro – ele assentiu com sua voz bonachona. – Mas mesmo assim...

– Eu tenho razão, não é? – cortei-o, com os olhos subitamente fixos nos dele. – De confiar totalmente nele...?

Ele teve dificuldade em reprimir um ricto no canto dos lábios. Já teria começado a beber, tão cedo assim?

– Sim... Sim, evidentemente.

Mergulhando minha torrada no chá, na mesma hora misturado com uma camada de manteiga derretida, eu concluí, falsamente bem-humorada:

– Então está tudo certo.

Ele recolheu o monte de folhas, o bloco e a caneta, e me informou sobre o resto do procedimento como se também ocupasse, na existência tão organizada de David, o papel de escrivão:

– Muito bem, vou poder preparar a versão definitiva. Deixo esta noite em cima do aparador para a assinatura.

– Perfeito. – Eu o dispensei com um olhar. – Obrigada, Armand.

Assim que acabei de engolir meu café da manhã, recebi a ligação de Sophia com tanta alegria quanto uma grande corrente de ar fresco. Vesti correndo meu jogging e entrei no metrô para encontrá-la. Ela morava num pequeno apartamento barato em Nogent-sur-Marne, no extremo oposto de Nanterre, na linha A do trem suburbano, porém acessível sem baldeação em apenas trinta e cinco minutos da casa de minha mãe. Seu estúdio, localizado no último andar de uma moradia da década de 1970, embora cúbico e sem charme, tinha o mérito de ficar a alguns passos do Bois de Vincennes. A vista eterna para o terminal de ônibus e a via férrea não tinha nada de agradável – razão provável do aluguel barato –, mas pelo menos ela não tinha ninguém morando em frente para espiá-la durante suas homéricas aberturas de pernas no ar.

Encontrei-a com o seu conjunto rosa-claro, diante do Le Relais, o grande café com varanda na esquina das avenidas Clemenceau e Des Marronniers.

– Olá, ricaça!

– Olá, obcecada...

O tipo de troca de gentilezas que era a marca de nosso afeto recíproco, e que ao mesmo tempo permitia a cada uma extravasar delicadamente suas pequenas mágoas.

Seguimos imediatamente para uma pequena corrida pela avenue de Nogent, ao longo da pista de equitação já suja de bosta das cavalgadas do princípio da manhã. Numa quinta-feira de junho, no meio da manhã, os corredores não eram numerosos, tampouco os ciclistas ou cavaleiros. O bosque parecia só nosso e, apesar da dificuldade dos meus pulmões com a falta de condicionamento, felicitei-me intimamente por conseguir renovar nossos velhos hábitos dos tempos de universidade. Sophia costumava se exercitar regularmente, mas eu não: cada passada mais rápida despertava um grupo de músculos adormecidos, em breve doloridos.

– Anda, velhinha! – ela me encorajava. – Quero lembrá-la que dentro de uma semana terá um vestido para botar em cima de toda essa pelanca que lhe serve de corpo!

O céu estava claro, o ar ainda fresco, e uma brisa perfumada de aromas florais nos acariciava suavemente, tornando o passeio ainda mais agradável. O caminho estava praticamente sem veículos, a não ser, paradas aqui e ali em vagas dos estacionamentos desertos, algumas caminhonetes enferrujadas, cuja presença e uso nesses lugares eram bastante evidentes. As prostitutas que se vendiam por algumas notas de dez euros, a maior parte clandestinas sem documentos vindas a preço de ouro da África Ocidental, ficavam enfiadas dentro de suas cabines miseráveis.

– Se continuar assim... – suspirou Sophia. – Olhe aí onde eu vou acabar!

– Pare de bobagem! Que história é essa?

– Não tenho mais um tostão, Elle! Recebi a primeira notificação formal dos meus aluguéis atrasados. E lembre-se de que a trégua invernal para as expulsões... é no inverno! Não no mês de junho.

– Tentou outra vez ligar para o celular de Rebecca?

– Essa ordinária sumiu totalmente do mapa. A linha profissional foi cortada. E eu nunca soube de outra.

– Espere, não é tão dramático. Você ainda tem seus "espetáculos"... As aspas com que eu cercara esta última palavra, pudica precaução oratória para não dar nome aos seus *peep-shows*, não conseguiram diminuir sua exasperação. Ela interrompeu subitamente a corrida, com o rosto rosado pelo esforço e a raiva nascente, e pôs as duas mãos nos quadris.

– Eu queria ver você lá, Madame Barlet cheia da grana!

– Nem tão cheia de grana assim. – Tentei aliviar a atmosfera, pensando ainda no contrato apresentado por Armand.

Mas minha amiga não me deu tempo para desenvolver o assunto:

– Merda, Elle... Vou fazer 26 anos, não tenho namorado, nem emprego fixo, meus pais não têm um tostão e também não estão nem aí pra mim.

– Sophia...

– Você não entende? Não tenho mais nenhum recurso. Nadinha! E não vou enfiar o dedo na xoxota diante de velhos nojentos doze horas por dia pra pagar meu aluguel!

– Eu já te disse. Posso te emprestar um pouco de grana.

De repente, na curva de uma estreita alameda transversal, um barulho de motor zumbiu às nossas costas, vindo da calçada, nos obrigando a olhar para trás.

Uma limusine escura de vidros fumés, um modelo alemão na minha opinião pouco conhecido, rodava lentamente, bem junto da calçada elevada. Ela parou de repente no nosso nível.

O vidro de trás abriu do nosso lado. Como nos filmes de espionagem, mal se via o rosto que permanecia na penumbra do veículo luxuoso, de um cinza bem escuro.

– Bom-dia! Você é a Sophia, não é?

A voz que vinha lá de dentro, atrás da qual se podia escutar o trecho repetitivo do *Bolero* de Ravel, não me dirigiu uma palavra.

– Sim...

– Sou Louis Barlet. Futuro cunhado de Annabelle. E também o diretor de comunicação da BTV.

Sophia, que sempre fora segura e brincalhona, se desmanchou, siderada por aquela súbita aparição.

– Você a emprestaria para mim? – perguntou, apontando para mim com um movimento de queixo. – Não vai se zangar comigo, espero?

Só então o rosto emaciado de Louis apareceu, todo sorrisos, tão afável naquele instante quanto sabia ser feroz em outras circunstâncias. As notas de baunilha e lavanda que escapavam pela janela entreaberta confundiam-se com o perfume das plantas. Tal era o poder de Louis Barlet: em toda parte deixar sua marca, moldar cada lugar, cada situação à sua exata imagem, reconfigurá-las apenas pelo poder de sua presença, como quis fazer comigo ao escrever meu nome pela cidade.

– Temos uma pequena urgência para tratar, Elle e eu, a respeito do programa dela.

Como se pode mentir com tamanha pose? Era evidente que ele nos seguira até ali, e que sua aparição escapava de qualquer motivo profissional.

Com o cotovelo apoiado na janela, indolente, ele não tirava os olhos das formas de Sophia, vantajosamente moldadas pelo legging e o top colado no corpo.

– Então...? – insistiu em tom gozador. – Não vai querer alugá-la para mim?

Parecia dito sem o menor subentendido, mas eu era capaz de jurar que, com aquelas palavras, a pele tão pálida da minha amiga tinha enrubescido.

– Vou! – ela finalmente se recompôs. – De todo modo, ela está se arrastando como uma vaca!

Eu me rebelei com a observação:

– Obrigada! E que tal a "vaca" dizer o que ela acha?

– Vamos! Não se faça implorar, uma vez que sua *colega* insiste.

– Tudo bem? Não se incomoda de ficar sozinha?

– Não se preocupe, eu corro mais depressa do que os tarados do bosque!

Desta vez, foi ela que plantou o azeviche escuro dos olhos nos do nosso visitante-surpresa.

Dito isso, ela aplicou um empurrão nas minhas costas cujo objetivo eu não soube dizer se era para me exortar ou para se livrar de mim.

Louis abriu a porta, afastou-se no banco para me deixar entrar, depois bateu na divisória fosca que nos separava do motorista para lhe dar o sinal de partida. Foi só o tempo de fechar a porta junto de mim e já partíamos, em meio ao rugido grave do motor de alta cilindrada.

Eu nunca ~~fodi~~ transei dentro de um carro. Contudo, é de uma banalidade! Às vezes tenho a impressão de ser a única, ou mais exatamente a última, a viver experiências ~~sexuais~~ eróticas pelas quais todos e todas já passaram. ~~A começar por Sophia, que já me falou bastante sobre o que dá para fazer num espaço tão exíguo.~~

No caso, se tivesse que acontecer alguma coisa dentro daquela limusine, teríamos a vantagem de contar com todo o conforto necessário. O amplo espaço abaixo dos bancos teria me permitido ajoelhar na frente dele, me instalar no meio das suas pernas e pôr o pau para fora. Embalada pela suspensão macia do carro, minha boca iria e viria nele, sem esforço. De vez em quando eu morderia a base da glande ao me ajeitar e evitar que um buraco no asfalto o fizesse entrar fundo demais na minha garganta. Quando ele gozasse, no final, eu puxaria um lenço da caixa de lenços de papel à disposição e com ele limparia minha boca coberta de esperma, como uma única varrida de limpador de para-brisas.

(Nota manuscrita de 11/6/2009, redigida por mim.)

– Para onde está me levando? – desafiei-o com uma voz estridente que até a mim irritou. – Ao Des Charmes? Minhas noites não lhe bastam?

– Bem que eu gostaria, acredite... Mas não faria nada sem o seu consentimento.

Ele parecia sincero, quase chocado com o fato de eu colocar em dúvida seus modos e sua boa-fé.

– Não tive a impressão de que a delicadeza tivesse contido você, até agora!

– Está enganada – me corrigiu, segurando minha mão. – Se em algum momento eu tivesse sentido que você estava realmente reticente em relação ao que eu propunha, eu teria parado tudo imediatamente. Aliás, você viu bem, na outra noite... Fui eu que dei um fim à nossa sessão. Eu não forço nada, Elle. Só faço acompanhá-la por um caminho no qual você entrou por vontade própria.

Sua audácia era desconcertante. Eu, por vontade própria, naqueles quartos? Eu, que ele fizera refém de suas bacanais, vítima de sua chantagem odiosa?

Confirmando minhas prevenções, ele fechou a mão sobre a minha e a manteve prisioneira por um instante, e depois, como se tivesse voltado a si, largou-a subitamente, tomado por um combate interior que seu rosto sofria para mascarar. Sentindo meu olhar fixo nele, virou a cabeça para o lado oposto para melhor escapar do meu exame.

Notei contudo, pela primeira vez, que falávamos abertamente dos encontros no segredo acolchoado do hotel gerido pelo sr. Jacques. De certo modo, o fato de ele evocá-lo tão livremente valia por uma confissão. Por fim, ele avançava na minha direção com o rosto descoberto. Por fim, o Louis social se confundia com o Louis secreto e manipulador, cada um dos dois procurando claramente sobrepujar o outro.

Lamentei não ter nada para guardar como prova, sequer a função de gravador do meu smartphone para poder emboscá-lo. O bolso da minha calça de moletom cinza não continha senão minhas chaves e um pacote de lenços.

– E o que nos impede de avançar até mais longe, hein? Quem lhe disse que eu não queria mais naquela noite?

O campo de vergas eretas, estendidas para mim, fremindo sob meus dedos ondulou na minha lembrança. Eu podia quase perceber o som indistinto de seus gemidos e seus suspiros através das horas que nos separavam.

– Você simplesmente não estava pronta, Annabelle... Não ainda. Há muitas coisas que deve descobrir, antes de seguirmos adiante.

Ele abandonara a arrogância que exibia tão ostensivamente em público. Nem sátiro mascarado, nem fanfarrão cheio de si, eis o que devia ser o verdadeiro Louis. Seu perfume acariciou meu nariz, mas eu me segurei, forçando minha atitude e minha voz para não me deixar embriagar uma vez mais.

– Como suas sugestões de leitura, por exemplo? É isso?

Qual era mesmo o título do primeiro volume da lista? Ah, sim: *Femmes secrètes*... Eu devia considerar aquilo um programa que me era destinado?

O primeiro estágio de uma formação? Era isso que ele queria de mim, afinal, que eu fosse também uma mulher secreta que ele possuiria como seu brinquedo quanto tempo lhe aprouvesse, sem o irmão saber?

– Sim, faz parte. Mas não é só isso...

Ele interrompeu a frase, voluntariamente enigmático.

Em vez de me responder, inclinou-se para o microfone que lhe permitia comunicar-se com o motorista e falou para ele:

– Para as Tulherias, por favor.

O motor roncou e, nervoso, nos colou nos encostos de couro macio, tão suaves de tocar. A sensação de potência e abandono era agradável e relaxei por um instante, observando Louis com o canto dos olhos, sempre tão febril e contido. O que ele podia temer de mim? Ele é que me tirara da minha amiga e da minha vida. Ele é que brincava com a minha vida como um vulgar passatempo.

Do lado de fora, os prédios tinham substituído as árvores. Uma ligeira redução de velocidade, assim como um concerto de buzinas impacientes, me indicou que tínhamos entrado em Paris.

– Veja, Elle, não se pode progredir no conhecimento de si e das próprias sensações se não começarmos tomando plena consciência do ambiente no qual nosso corpo se inscreve.

De novo aquela conversa fiada professoral, e na verdade um pouco vazia, com que ele nos gratificou durante a reunião sobre o programa: "Vocês não veem como nossas vidas carecem do sublime?"

Contudo, a forma como ele pronunciava cada uma das palavras ressoava em mim, tocando uma corda invisível cujo *lá,* onda benfazeja, tomava pouco a pouco cada um dos meus órgãos. Eu sempre podia recusar, mas ele tinha este poder sobre mim: me fazer vibrar, não importava o que dissesse, fosse qual fosse seu discurso.

– E depois?

Deixei claro que não me contentaria com uma fórmula geral.

– Veja lá fora! Não há uma rua, uma porta, um banco público ou mesmo uma simples calçada que não conte uma história de sexo. Em cada um desses lugares, por mais minúsculo que seja, você pode estar certa de que houve dezenas, ou mesmo centenas de beijos, gemidos... talvez até orgasmos!

Eu retruquei sem me abalar:

– Sim, mas também assassinatos, pedidos de socorro, lágrimas...

– É aí que você se engana, Elle. O prazer tem por certo necessidade de uma dose de morbidez para explodir, mas ele é sempre mais forte do que a morte. Sempre, entendeu bem?

Eros, Tânatos, pulsão de vida, pulsão de morte, e seu combate eterno para dominar a psique humana: sua base teórica, oriunda de Freud, era bem conveniente. Mas onde o psicanalista austríaco terminara por ver uma tensão que visava o equilíbrio entre as duas forças, Louis parecia acreditar na vitória final do prazer sobre o nada. Onde sua tese se tornava perturbadora, e mesmo bastante sedutora, é no fato de ela integrar uma dimensão espacial e histórica.

– E sabe por quê, Elle?

Seus olhos brilhavam com uma nova intensidade. Insensivelmente, ele se inclinara para mim, e eu podia sentir a chama que o consumia naquele instante.

– Não.

– Simplesmente porque para *uma* morte, uma destruição e, antes, o nascimento que levou a elas, houve centenas de vezes em que os corpos se aproximaram, em algum lugar da gigantesca paisagem erótica que você está contemplando. Centenas de vezes em que as pessoas terão gozado, aqui, bem à nossa volta. Para quem sabe olhar atentamente, os traços do prazer serão sempre mais fáceis de perceber do que os dos acontecimentos trágicos a que você se referiu.

– Por que não... Mas o que isso tem a ver conosco, você e eu?

– Espere mais alguns instantes, eu vou lhe dar um exemplo que vai ser muito eloquente. Você verá.

Ele murmurou de novo para a frente do veículo, com a boca quase tocando a divisória:

– Richard, pode acelerar um pouco, por favor? Obrigado.

De imediato o carro passou para a pista de ônibus, afastando-se da confusão de veículos enfileirados na rue Saint-Antoine para alcançar a toda velocidade a rue de Rivoli, sem medo das operações policiais que eram numerosas naquela região.

Ele, o seu olhar, a sua voz, o seu cheiro, a promiscuidade da cabine do automóvel, as mãos que eu via roçar o couro macio e que poderiam também correr sobre outra pele... Eu estava quase sufocando e tomei a liberdade de abrir o vidro elétrico do meu lado, um pouco de ar para refrescar meus sentidos exasperados.

Recuperar minha capacidade de pensar. Recuperar o controle. Não me deixar tomar por esse doce torpor.

– Tudo bem – acabei concordando. – Mas com uma condição: parar de me importunar com essa história de Aurore. Quero saber tudo sobre as condições da morte dela. Quero a verdade, Louis. Inteira.

Ele olhou para mim com surpresa – não era a primeira vez que eu a chamava pelo nome? – e com uma espécie de respeito. Ou talvez mais ainda, pois li no seu olhar um sentimento digno, profundo.

Uma nova onda me percorreu sem que eu pudesse resistir, e imaginei que ele teria mil oportunidades, dado o espaço confinado do carro, de enfiar a mão sob o elástico frouxo do meu velho jogging, depois dentro da calcinha. Essa ideia provocou uma contração involuntária nos meus grandes lábios e, embaixo, no períneo, que eu dominei não sem dificuldade. Se por um azar eu chegasse a me molhar, então...

Na verdade não é um sonho, é mais um pensamento, um desses
sonhos úmidos que às vezes eu tenho, o tempo de um sinal
vermelho ou de uma parada do metrô na estação,
logo dissipado pelo retorno do movimento.
Nesse breve lapso de tempo, eu atribuo a todos os homens
que me cercam o mesmo rosto. É claro que eu escolho os mais
bonitos entre eles, que eu os copio e colo nos seus vizinhos para
que todos pareçam iguais diante do meu desejo. Assim arrumados,
nenhum me parece repulsivo. Todos parecem dignos de que eu os
receba. Eu os sinto diversos, múltiplos, ornados de diferenças,
nem que sejam os odores tão variados de suas peles, mas eu os
vejo únicos. Assim reunidos, e mesmo que tão numerosos,
eu não tenho nenhum escrúpulo em me entregar às suas mãos
que me alisam ou me apalpam, e aos seus dedos e sexos
que me penetram, um após o outro.
~~A cada novo parceiro, o sexo me parece maior e mais duro
dentro de mim.~~ Quando volto a mim, sempre acho que não sou

grande o bastante, que sou dotada de número insuficiente de orifícios para satisfazer a todos. Tenho raiva desta minha lacuna e torno a partir, com o rosto vermelho e a calcinha um pouco molhada, dirigindo a eles a promessa de fazer melhor da próxima vez.

(Nota manuscrita de 11/6/2009, redigida por mim.)

Contudo, fora a mão que ele segurou por alguns segundos, Louis se absteve de qualquer contato. Sim, de fato, à sua maneira, feita de contradições e súbitas reviravoltas, aquele homem me respeitava. Ou será que toda aquela reserva era uma forma ainda mais sutil de dispor de mim, como e quando ele quisesse, e não apenas quando as circunstâncias o permitissem?

– Estamos chegando... – cochichou, vasculhando o cenário urbano com olhar impaciente. – E você vai ver: o que eu queria lhe mostrar vai satisfazer sua curiosidade.

Eu não entendia muito bem a associação entre as Tulherias e a morte de Aurore, mas, agarrada na alça da porta, não encontrava nada para contrapor a ele. Melhor assim, pois tudo que poderia sair da minha boca naquele instante teria soado como um pedido para que ele se atirasse em cima de mim. Para que me comesse. Para que me poupasse das explicações doutas e me concedesse o que insistia em negar em cada um de nossos encontros.

Finalmente, as estruturas do Louvre emergiram à nossa direita e, com algumas aceleradas extremamente potentes, ultrapassamos o palácio dos reis da França para alcançar o oásis de verdor oferecido pelas Tulherias no tecido tão denso da cidade. No entanto, eu sabia que não tinha sido sempre assim. E que ali onde hoje havia árvores erguera-se no passado um segundo edifício, o Palácio das Tulherias, incendiado pelos insurgentes da Comuna de Paris em 1871.

– Embora nem sempre o personagem histórico tenha se comportado à altura, todos nós podemos nos identificar com um deles. É um jogo bem divertido.

Em que caminho tortuoso ele estava me fazendo entrar agora? Decidi não contrariá-lo, e alimentei até seu capricho do momento, recorrendo intencionalmente a uma dessas licenciosidades que ele tanto apreciava:

– Eu sempre me vi como a Ninon de Lenclos... Mas provavelmente superestimo um pouco meus talentos...

Suas mãos agora cruzadas pareciam dominar uma à outra e lutar para que nenhuma das duas corresse na minha direção.

– David, por exemplo – ele prosseguiu, sem comentar minha referência –, possui todos os atributos de um pequeno Bonaparte. Carismático, voluntarioso, conquistador... Um homem que toma tudo pela força, e que consegue tudo ou quase tudo.

Eu sentia uma pontada de crítica sob o panegírico, ou talvez a incompreensão de uma natureza muito diferente da sua. Mas eu tinha que admitir que a comparação não era sem fundamento, excetuando o físico, suave e afável em David, seco e inquietante no imperador dos franceses.

O carro parou na esquina da rue de Rivoli com a avenue Lemonnier, coberta até o meio de seu comprimento pelo prolongamento do Jardim das Tulherias. Sempre distante, Louis refrescava minhas noções de história muito lacunosas:

– O palácio que ainda existia aqui há cento e cinquenta anos era a peça central do Louvre na sua versão mais completa. Entre outros ocupantes de prestígio, cita-se Napoleão I, que estabeleceu como ponto de honra transformar em sua residência oficial o lugar onde Luís XVI caiu. Mas não é o que nos interessa aqui...

– O que é então?

– Toda ou quase toda a história amorosa de Napoleão Bonaparte se passou dentro deste pequeno perímetro. No Palais Royal, ele perdeu a virgindade quando era jovem oficial sem um tostão. A algumas ruas daqui ele viu Joséphine pela primeira vez. E dentro desse palácio hoje desaparecido ele recebia a maior parte de suas inúmeras amantes.

Eu tinha vontade de sacudi-lo: mais uma vez, qual a relação com David, com Aurore? E sobretudo: qual a relação conosco? Com esse desejo manifesto, recíproco, que inflava dentro do automóvel até fazer fremir cada molécula do ar rarefeito?

Mas não precisei intervir, pois ele sabia perfeitamente onde nos levaria seu preâmbulo erudito:

– Como Napoleão ao conhecer Joséphine, David, nos primeiros tempos, ficou sob o domínio de Aurore. Ela fazia dele absolutamente tudo que queria. Até o enganou sem nenhuma vergonha.

Eu tinha dificuldade em imaginar um David apaixonado maltratado e corneado.

– Mais tarde, depois do casamento, quando ele começou a assumir funções mais importantes dentro do grupo, exatamente como Bonaparte passou do nível de oficial subalterno ao de general, e depois cônsul, a relação de forças entre os dois inverteu-se progressivamente. A partir de então, ele era o visível, o que todas as mulheres cortejavam...

– E Aurore?

– Rapidamente perdeu o viço. Vivia impaciente dentro de casa e começou a afundar na depressão.

– David começou a traí-la também, foi isso?

Como eu também traía David, ao meu modo...

– De maneira quase compulsiva, e sem se esconder – ele concordou, sem julgamento. – Nas Tulherias, uma escada de serviço que começa no térreo levava diretamente a um segundo quarto, menor do que o quarto principal suntuoso, instalado embaixo do gabinete de trabalho do imperador, onde Constant, criado principal de Napoleão, mandava subir as jovens da corte escolhidas previamente pelo imperador.

– Por que está me contando tudo isso?

Ele se virou finalmente para mim, severo e incandescente, como um predador, tão seguro de sua força que podia se dar ao luxo de deixar a presa divagar à vontade, sem duvidar nem um instante de que iria comê-la no final. De fato, seu olhar já me devorava.

– Porque na época de que eu estou lhe falando, David ainda não morava no Hôtel Duchesnois. Ele ocupava o apartamento que hoje é o meu, na avenue Georges Mandel, no 16º arrondissement. Um apartamento que oferece um recurso comparável ao das Tulherias: um pequeno conjugado situado em cima, e que nos pertence igualmente, tem acesso pela escadaria principal, mas também por alguns lances de escada que vão até lá a partir do meu apartamento. Mandei fechar esse acesso já faz muito tempo. Mas, naquela época, David se servia dele com mais frequência do que...

Como seriam essas mulheres de uma noite?

Quantas mulheres David teve antes de mim? Nunca falamos disso. Devo contá-las em dezenas, em centenas... Mais?

É possível não ter ciúme de casos do passado? Quando se possui um corpo, é possível apagá-lo da memória, é possível esmagar todas ou todos de que uma vez usufruímos?

(Nota manuscrita de 11/6/2009, redigida por mim.)

Era essa a natureza profunda de David, caçador incansável, sempre ávido de novas presas, enquanto Louis se concentrava em uma só: eu?

Eu me perguntava onde uma escada secreta poderia estar escondida no Hôtel Duchesnois.

– Ele lhe falava disso?

– Sim. Ele se vangloriava comigo. Para ele, aquilo alimentava nossa pequena competição.

Seu rosto até então impassível foi sacudido por um ricto apenas perceptível.

– A atitude dele chocava você?

– Ela não me chocava... me revoltava! Eu não suportava que ele se livrasse de Aurore como de um brinquedo quebrado, só porque ela era mais frágil do que ele. Só porque ela...

– Porque...

– Para justificar seus desvios de conduta, David insinuou que Aurore tinha *talentos* muito limitados. E que apesar de tentar resistir à tentação, ele não podia se satisfazer com o que ela tinha para lhe oferecer.

Ele não precisou me detalhar a natureza dos talentos em questão.

– Você via as coisas de outra forma... – arrisquei.

Ao dizer isso, pousei no seu joelho uma das mãos que ele notou com um olhar cheio de desejo e sofrimento. Eu a retirei na mesma hora. Não queria estragar o momento, mesmo que tão casto, tampouco queria assustar suas confidências e vê-las se afastar para sempre.

Louis, o libertino, Louis, o perverso, transformara-se sob meus olhos em um Louis transido, dividido entre seus anseios e o peso esmagador de suas lembranças, visivelmente preocupado em me preservar. Seus cuidados me desconcertavam.

– Sim. Eu acho que era David que a sufocava. No momento em que se conheceram, ele fez dela seu objeto perfeito, uma espécie de ser intocável.

Ele a idealizara tanto... que quando soube das escapadas de Aurore, fez tudo para cortá-la do mundo.

– Fez ela pagar.

– Eu diria até que ele quis recuperar o controle sobre o casal. Lembre-se: David é Napoleão. Você pode tirar tudo dele, salvo o poder. Trancar Aurore dentro de casa era o meio mais cômodo para afirmar sua ascendência. A saúde dela era boa desculpa, e os médicos pagos por ele se mostraram bastante complacentes ao prescrever repouso constante.

– Então ela nunca saía?

– No final, quase nunca... A não ser na avenue Mandel ou em Dinard, ela vivia sob uma redoma. O pior é que não se queixava. Tornou-se totalmente dependente dele.

Napoleão e Joséphine, o soberano e sua velha amante abandonada. Entre David e Aurore, não podia ser a diferença de idade que triunfara sobre a paixão. Então o quê? Era preciso acreditar nesta hipótese cheia de amargura: suas necessidades sexuais tão divergentes tinham afastado um do outro?

– E depois?

Uma nova batida na divisória para intimar Richard-o-motorista a arrancar.

– No dia da morte de Aurore, estávamos todos em Dinard, na Roches Brunes, a grande casa de campo que papai comprara numa encosta em Malouine. Ele a adquirira uns vinte anos antes, como um capricho, revendendo parte de suas ações do *L'Océan*.

Dinard.

"No mar... Mas não no fim do mundo", sugerira David, referindo-se à nossa lua de mel. Então era lá que ele planejava me levar? Lá onde tantas lembranças agarravam-se à paisagem tormentosa...

– Vocês ainda vão lá?

– Eu, não... – respondeu em surdina. – Nunca mais voltei lá. Continua praticamente no mesmo estado. Creio que só Armand vai até lá limpar um pouco, uma vez por ano, mas é tudo.

– Então, naquele dia, o que aconteceu?

David se ausentara precipitadamente, supostamente por causa do trabalho, como sempre. Aurore ficou fechada no quarto. Ela chorava o tempo todo. Tinha descoberto uma mensagem de uma das amantes dele. Resumindo...

– Você também estava lá?

– Estava, com minha companheira na época.

Então, Louis Barlet já teve "companheiras". Ele, o animal selvagem e arisco, tinha se deixado por um tempo prender na prisão de um casamento, tal como a situação devia lhe parecer. Algum dia voltaria a ela pela própria vontade?

– Foi minha amiga que conseguiu falar com Aurore através da porta e ficou sabendo o que tinha acontecido. Um vaudeville banal... e infelizmente um episódio muito semelhante a tudo que ele já lhe infligira antes.

Eu não o interrompi mais. Pelo ar grave que o rosto dele adquirira, percebi que precisava se extravasar completamente.

– Depois nós saímos para jantar em Saint-Malo, nós dois. Meus pais estavam lá. Armand também. Não havia nenhuma razão para nos preocuparmos.

Aparentemente, sim...

– Ela fugiu sem ninguém ver, durante a noite. Você verá, quando for até lá...

David contara a ele o destino de nossa viagem de núpcias?

– A casa fica pendurada na falésia. Do lado do mar, o único acesso para a praia é por uma pequena escada muito escarpada. Ela desemboca em um caminho que fica coberto na maré alta.

Eu não consegui expulsar a visão macabra que surgiu de repente em mim:

– Ela se afogou lá?

– Sim... Enfim, não ficou claro. Porém, logo abaixo desse caminho, há rochedos muito grandes, muito pontudos. Quando o mar os descobre, as pessoas acham que podem andar por ali, mas na verdade eles são cheios de buracos e fendas. Basta enfiar o pé num deles para se ver imobilizado.

– Por quê?

– A água que entra ali age como uma bomba. Ela suga você. E mesmo que o mar suba pouco, não é preciso muito tempo para ser submergido. Se ninguém vier ajudar para puxá-lo para fora nos minutos seguintes...

O relato corroborava o que ele já havia feito, vários dias antes, diante de uma xícara de chá.

Eu notei sem ousar perguntar que nosso carro seguia agora para oeste, ultrapassando a Concorde e a Étoile.

– Você acha que pode ter sido um acidente?

– Honestamente, não. Eu não acredito.

Isso foi expressado sem emoção.

Seu olhar, que até então estava virado para a janela, voltou-se para mim, e ele me deu um sorrisinho aliviado. Será que eu fui a primeira a quem ele fez essas confidências?

– De todo modo, nunca se saberá... Quando cheguei no local, era tarde demais, é lógico. Como um idiota, eu quis mergulhar ali mesmo... Tudo que consegui fazer foi ser puxado da mesma maneira. Só que eu tive um pouco mais de sorte. Só deixei lá este aqui...

Ao mesmo tempo, ele dava tapinhas no joelho avariado com um gesto cansado...

– Como você saiu?

– Foi um pescador que voltava para o porto que me viu. Ele correu o risco de se aproximar da margem mais do que era autorizado, só para me tirar de lá.

– Você deve a vida a ele!

– Sim. E não sei sequer de quem se trata. O idiota nunca quis dar o nome ao pessoal do hospital de Saint-Malo. Foi embora do mesmo jeito que veio.

– E Aurore?

– Quando recuperei a consciência, minha companheira me contou que o corpo dela não fora encontrado. Seus restos provavelmente ainda estão lá, em algum lugar do fundo do mar... talvez já misturados com restos de conchas.

– E David... Qual foi a reação dele?

– Exatamente a que eu já lhe contei, Elle. Ele, que foi tão mal-amado, não suportou seu desaparecimento. Vários anos depois, ele fez o talho que ainda carrega no braço. Durante um tempo, chegou a botar a culpa em mim: saiu contando a torto e a direito que eu é que tinha empurrado a mulher dele nos rochedos.

Mais uma vantagem para sua versão. Ela coincidia com as últimas afirmações de David sobre o caso, sinceras ao menos sobre esse ponto.

– É absurdo, evidentemente. Minha amiga pôde testemunhar que eu estava no carro com ela no momento dos fatos.

E as autoridades concluíram que fora um simples acidente. Fim da história. Fim de Aurore. "O prazer é sempre mais forte do que a morte", afirmara Louis um pouco antes. Quanto a mim, eu não conseguia constatar que ele triunfara sobre sua velha rival, ou que Eros mostrara sua superioridade em relação a Tânatos nesse drama doloroso.

Eu me aprumei no banco, fazendo chiar o couro sob meu peso, e Louis mergulhou outra vez na contemplação silenciosa da paisagem. O relato daquele drama tinha praticamente dissipado a bruma sensual que flutuava entre nós desde nossa partida de Nogent.

Depois da longa série de túneis que perfuravam os subsolos da Défense, desembocamos numa avenida de subúrbio que me era familiar, a nacional 13, no ponto onde ela atravessa o sopé de Suresnes e do monte Valérien, depois Nanterre. Estremeci ante a ideia de que ele fosse querer me acompanhar até a casa de mamãe, mas o automóvel prosseguiu sua louca aventura na direção oeste sem fazer nenhuma parada.

Finalmente, depois de passar pelo centro de Rueil, viramos à esquerda numa alameda de castanheiras. Logo em seguida o carro estacionou diante do portão de um elegante castelo, que reconheci sem dificuldade: Malmaison, o porto de paz e vegetação, ainda hoje reputado por seus roseirais, que Bonaparte ofereceu a Joséphine assim que a conquistou.

Mas eis que após as confidências penosas ele voltou a ser de repente ele mesmo, superficial, imprevisível, a peça que ninguém derruba num tabuleiro louco cujas casas mudam constantemente de cor e lugar.

Pela primeira vez no nosso périplo, eu me virei inteiramente para ele e fiquei de frente, pronta para confrontá-lo, disposta a não mais ficar à mercê de suas constantes alterações de humor:

– O que é que você quer de mim especificamente? Qual é o seu jogo?

– Eu não jogo, Annabelle – ele respondeu com a maior seriedade. – Eu nunca jogo. Tudo que eu faço é... revelar.

Mais uma vez, seus olhos mostravam sua sinceridade, clamavam sua inocência e, paralelamente, me transpassavam de uma ponta à outra.

– Revelar?

– É, é isso. Me considere... um material fotográfico. O agente que faz aparecer a imagem invisível contida nos seus nitratos de prata. Provavelmente você não se dá conta... Mas eu a percebo. Eu a vejo começando a surgir de você...

A cor escolhida por meu Dez-vezes-por-dia, assim como suas outras remessas de presentes, então não era fortuita? Cor prata. A cor da revelação.

– Materiais fotográficos não existem mais hoje – retorqui com um pouco de desprezo. – Ninguém mais usa. Acabou. É tudo digital.

– Não na minha casa.

O sorriso acabou se abrindo como uma flor nova no seu jardim. Com um gesto discreto, quase modesto, ele apontou a construção de estilo neoclássico, de pedras brancas e telhados de ardósia.

– Você já entendeu... eu sou de outra época!

Como ele saltou bruscamente da limusine – com toda a vivacidade que lhe permitia sua perna deficiente –, o tornozelo se descobriu um instante, tempo suficiente para eu entrever na pele outra tatuagem, outra letra, espécie de eco ao *a* gravado no punho. Era um D maiúsculo, aplicado com uma fonte com ornatos entrelaçados.

A e D. Em outras palavras: AD.

– Aurore Delbard – não consegui deixar de murmurar.

23

O restante do dia foi uma sequência de momentos agradáveis e divertidos, na graça primaveril das sebes de rosas e à sombra das fileiras de tílias. O perfume das flores lembrava o de minha mãe, e um véu de culpa flutuou alguns instantes sobre mim quando pensei no pouco tempo que eu passava com ela ultimamente.

Felizmente, apesar de modesto, o parque de Malmaison era um encantamento: sem ostentação, sem chafarizes espetaculares, ele oferecia um vasto espaço agradável para se andar a esmo, fora da cidade e do tempo. Assim como fez em Paris, Louis tentou ser apenas um guia refinado, grande conhecedor de casos picantes, às vezes até indecentes, sempre envoltos numa nuance equívoca, que transformava a história numa verdadeira enciclopédia de costumes dissolutos. Aliás, ele se deteve mais do que o necessário na dependência que Napoleão mandou construir para poder receber suas amantes sem importunar a que morava na casa.

Comemos um rápido almoço tardio numa brasserie vizinha, e a tarde já estava chegando ao fim quando a limusine me deixou no Hôtel Duchesnois.

– Até breve? – limitou-se Louis a me perguntar, com um sorriso de esperança e humildade.

Eu não havia notado até hoje, mas naquele instante reparei que uma covinha nascia na sua face direita cada vez que ele parecia sinceramente comovido. A covinha da verdade, como a batizei então, já tinha aparecido nas raras vezes em que ele se entregara a mim sem artifícios. No jardim do Museu da Vida Romântica. E também, mais cedo no dia de hoje, dentro do carro, quando ele me fez o relato completo da morte de Aurore.

– É... pode ser – foi minha única resposta. – De todo modo, não faltará oportunidade nas emocionantes reuniões na BTV!

Ele apreciou meu traço de suave ironia e acariciou minha mão com a ponta dos dedos.

A porta do meu lado se abriu de repente, antes mesmo que eu segurasse a maçaneta. Richard-o-motorista, que permanecera atrás do volante o dia todo sem se mostrar para nós nenhuma vez, surgiu contra a luz.

– Senhorita... – resmungou o colosso, afastando-se para me deixar descer.

Consideração surpreendente, após tanta discrição.

Mas, uma vez do lado de fora, e na luz, eu fui capaz de reconhecer aquela cabeça, o maxilar e, acima de tudo, a afabilidade de um mastim... o "tipo sinistro". O vizinho tão mal-encarado que me devolvera Félicité como se ela fosse lixo, era ele!

Fiquei boquiaberta. Ele retornou ao seu assento na parte da frente do carro, seguindo-se uma batida de porta e o ronco surdo do motor. Eu ainda estava pensando no desagradável mistério, e o carro já arrancara e já estava no outro lado da rua, abóbora moderna, barulhenta e veloz.

Como em geral acontecia naquela hora, e mais ainda depois que Armand passou a correr a cidade tratando dos nossos preparativos, a casa estava vazia. Quanto às três pestinhas, elas deviam estar no jardim, aproveitando o sol quente que iluminava a fachada sul do Hôtel Duchesnois.

Ao lado do envelope prateado – eu ainda podia falar de surpresa? – notei a presença de um bilhete manuscrito de David, prova de que ele passara por aqui durante o dia:

Novo jantar de trabalho com os coreanos.
Conhecendo os hábitos deles, vão encher a cara.
Risco de voltar tarde. Não me espere.
Te amo
D.

Levei bastante tempo abrindo o outro envelope, que, antes mesmo de ser aberto, me pareceu menos recheado do que os precedentes. Com efeito, ele continha exclusivamente o habitual cartão magnético do Des Charmes, bem como dois cartões de visitas.

A ausência de nota explicativa servia de teste: de agora em diante, supunha-se que eu conhecia o lugar e a hora de nossos encontros. Hôtel des Charmes, 22 horas.

Virei os dois retângulos de papel rígido e descobri, estupefata, que cada um continha um mandamento diferente. Louis não tinha mais necessidade de repetir um deles para me convencer a ir. Sabia de antemão que eu estaria lá. E, uma vez que era um fato consumado, ele podia agora aumentar a velocidade:

4 – Ao teu mestre te submeterás.

Depois, talvez ainda mais intimidadora sob sua aparente benevolência, contendo em estado latente uma ameaça surda, vinha uma segunda ordem:

5 – Teu desejo escutarás.

O que eu sabia verdadeiramente sobre minhas volúpias? Se o estratagema de Louis tinha de fato despertado em mim desejos apagados pelo tempo ou por trepadas sem graça – um revelador, ele dissera... –, quem disse que eu tinha certeza de querer realizá-los? Portanto, o que valiam as pontadas de prazer, os acessos agudos de gozo, e por natureza efêmeros, diante das imensas terras cercadas de felicidade segundo David Barlet?

Decidi respeitar, por ora, o silêncio mentiroso de David. Se a história contada pelo primogênito era tão confiável quanto ele pretendia, então David não passava de um vulgar dissimulador. Ele tinha sido a primeira vítima da loucura de Aurore, ao mesmo tempo que seu carrasco. E eu podia imaginar o manto de vergonha e infâmia sob o qual ele vivia desde então, os anos quase não apagando a dor lancinante daqueles longínquos acontecimentos, impotentes para aliviar o peso de seus erros. Eu era para ele um território virgem, uma empresa que desta vez daria certo sem descaminhos, e tal ambição justificava bem alguns silêncios, por mais pesados e desleais que fossem à primeira vista.

Depois do almoço rápido na cozinha, com Sinus e Cosinus nos meus pés à espera das migalhas que eu lhes concederia, eu me fechei no quarto e tirei do meio da minha roupa íntima os tesouros oferecidos por Louis nos últimos dias: a chave misteriosa, o chicotinho, o ovo cuja simples visão ainda provocava em mim contrações incontroláveis, o colar da Païva e até o alfinete de cabelos, pago por Louis, sim, mas cuja escolha coubera sem nenhuma dúvida ao irmão. Virei cada um deles nas mãos, apreciando a suavidade de um ou a riqueza ornamental do outro. Duros e delicados, lisos e rígidos, penetrantes e impenetráveis, eles compunham um mosaico estranho, um bricabraque fiel aos contrastes de seu remetente. Sutilmente equívocos. Contudo, essas antiguidades eróticas não eram nada se eu não decidisse tomar posse delas. Suas sábias encenações não tinham outro objetivo senão este: fazer de mim uma atriz de meus prazeres, e fazer desses objetos inanimados meus parceiros vivos.

Então, por que nenhum objeto acompanhava minha convocação do dia? Outra surpresa inventada por ele me aguardaria no local? Ou eu deveria esperar por algo mais *encarnado*?

Sim, uma nova contemplação no grande espelho de nosso quarto bastou para me convencer, eu tinha mudado. Definitivamente, sem dúvida. Eu não era mais uma *hotelle*, menos ainda um móvel de encaixe, demasiado dócil, que David acreditava poder montar à sua vontade. E se eu persistisse em aceitar docilmente os luxuosos trunfos que ele me servia – esta casa, este vestido e o casamento de primeira classe –, que ele ajustava para mim com o maior cuidado, que parte de mim continuaria viva? Quem sobrevivia dentro de mim? Eu mesma nessa vida dourada, ou a menina de Nanterre? Quanto à nova Elle, a que eclodira ao sabor dos meus encontros secretos com Louis, ela aspirava a quê? Só ela sabia? Em que quarto seria devorada dali a pouco?

Desprovida de indícios materiais, apresentei-me finalmente diante do Des Charmes, alguns minutos antes da hora habitual. Vinte e duas horas, menos alguns quebrados.

Entrei sem um olhar para o sr. Jacques, ocupado em escrever alguma coisa. Depois da nossa última discussão, eu não tinha como solicitar mais uma vez sua ajuda, e fui direto para os elevadores.

– Boa-noite, senhorita!

Deparei-me com o sorriso de Ysiam com uma alegria não fingida. Seus longos cílios bateram um pouco mais rápido, sinal de que o prazer era compartilhado. Mesmo sabendo que se sujeitava a Louis, ele conservava uma inocência que me fazia simpatizar com ele, apesar de tudo.

– Boa-noite, Ysiam. Pode me levar para o quarto certo?

– Claro. Qual é?

Sua boca se alargou. Ele exibia um ar brincalhão.

– Bem... Eu imagino que você saiba, não?

– Eu, sim. Mas é a senhorita que deve me dizer!

Já que ele queria que fosse assim...

– Tudo bem. Vejamos o que eu ainda tenho comigo: tenho uma chave, uma velha chave que poderia abrir qualquer porta...

– Qualquer porta – ele confirmou, não descontente em prosseguir o jogo. – Logo, nenhuma.

– Hum... eu não tenho mais colar, nem ovo... Tenho um alfinete de cabelos.

– Tem certeza de que ele está no seu estoque de acessórios?

– Não... Você tem razão. E, nesse caso, só me resta... um chicotinho!

Ele aquiesceu com uma piscada de olhos contente.

– Pronto! Acertou!

– Um chicotinho... – repeti, sonhadora.

Qual de nossas lendárias cortesãs podia ter feito uso de tal brinquedinho? Tentei passar em revista os títulos dos quartos que eu conhecia, mas nada me vinha. Quando, de repente, a alguns passos atrás dele, eu percebi um cartaz retrô...

Ysiam acompanhou a direção do meu olhar distraído. Ele se voltou. No cartaz emoldurado, réplica recente de uma publicidade de época, podia-se ver uma dançarina espanhola segurando um leque em uma das mãos, e com a outra, como para sublinhar melhor sua postura marcial, estava armada com um chicote. E então eu só precisei ler o nome da tenebrosa beldade: Lola Montez.

– Lola Montez? – eu me espantei, enfatizando o Z final. Não se diz Montès?

– *Lola Montès* é o título do filme que Max Ophuls fez baseado na vida dela. Mas seu nome verdadeiro era Montez.

Recitada sua liçãozinha – não duvidei por um segundo da origem daquela informação –, ele me conduziu para a cabine do elevador e nos dirigiu com uma leve pressão do polegar para o segundo andar.

O espetáculo revelou-se surpreendente. Onde os corredores dos outros andares brilhavam com cores vivas, todo o andar em questão era revestido de preto, inclusive paredes, portas e tapete. A iluminação dos apliques, ainda que forte, tinha dificuldade para atravessar aquela escuridão de forno. E, para não correr o risco de tropeçar, era preciso avançar passo a passo, quase tateando, até o quarto.

Mergulhado numa penumbra densa, matizada pelos reflexos de uma ou duas fracas luminárias incidindo no dourado dos rodapés e do teto, o interior do quarto não era mais alegre. Aquele falso sepulcro em memória da cocote mais mítica da era romântica inspirava mais recolhimento do que erotismo. Mas o clique da porta sendo trancada às minhas costas me lembrou de repente do que eu viera buscar ali, como uma chicotada aplicada nos meus sentidos.

– Aproxime-se...

Como na vez anterior, a irrupção dessas palavras sem rosto no espaço fechado me tirou do estupor, uma descarga sonora que por pouco não me provocou um grito de susto. Mas, desta vez, não se tratava de alto-falante. O timbre metálico, distorcido pelo artifício eletrônico de um codificador de voz – ou outro aparelho do tipo –, não provinha do teto do quarto, mas do lado oposto à porta, onde a densa escuridão não permitia mais distinguir o que quer que fosse, silhueta ou decoração.

Percebi contudo um movimento furtivo naquela opacidade. Eu era capaz de jurar: estavam vindo na minha direção. E eu recuava a passos lentos, cada um de meus movimentos desacelerados pelo medo e pelo desejo misturados, velhos cúmplices de nossos mais odiosos pesadelos, emboscados à espera do despertar.

– Não tenha medo. Se você está aqui, é porque já não tem medo.

O som produzido era assustador, porém as inflexões pretendiam ser tranquilizadoras. Ditas essas palavras, ele se mostrou parcialmente. Permanecia entretanto anônimo, coberto de látex preto e fosco, envolto numa espécie de manto do mesmo material, que cobria o conjunto de seu corpo esbelto e chegava à ponta dos pés. Extraordinária fantasia que lembrava uma mistura de diversas imagens da infância – praticante de luta livre, gigante de circo – e certas fantasias mais adultas – Mulher-Gato, sadomasoquistas submissos ou sei lá mais o quê.

O volume distendido do material elástico, brilhando proeminente sob seu baixo-ventre, indicava claramente que ele já estava de pau duro.

– Não é? – ele insistiu.

Prudentemente, eu concordei:

– Não, não estou com medo...

Das costas, ele tirou um objeto fino e comprido que não consegui imediatamente identificar.

– Então venha aqui. Você não corre nenhum perigo.

Um chicote! Comparável ao que Louis me enviara, e com o qual eu brincava alguns minutos antes.

Um detalhe então chamou minha atenção: apesar da escuridão, era flagrante que o homem que se encontrava na minha frente não segurava nada parecido com uma bengala e nem parecia necessitar de tal apoio para ficar de pé.

– Você não vai... – eu engasgava.

– Chicotear você? Não. Não se não for necessário. Não se você se comportar bem.

Eu tentava recuperar o domínio da minha voz e da minha razão.

– Pode parar, isto já está indo longe demais para mim.

– Tsss... – ele sibilou, avançando. – Nós ainda não fomos a lugar algum e você já quer fugir!

– Não quero apanhar!

– Quem disse que vai? Há mil coisas diferentes para se fazer com *isso*, sabia?

Para ilustrar seu argumento, ele começou a acariciar meu corpo com a ponta de couro macio através da muralha irrisória das minhas roupas. Cada passagem me eletrizava como se fosse sua língua.

O que, em outras circunstâncias, como simples espectadora, provavelmente teria me parecido grotesco, destilava em mim o filtro de um abandono tão doce quanto venenoso. Estar no centro da sua atenção e de seu instrumento abatia minha razão, anteparo frágil erguido entre mim e meus desejos. Minhas defesas caíam uma por uma e eu sentia a imperiosa necessidade de me deixar levar por suas ordens.

– Feche os olhos... Concentre-se no que está sentindo.

Não precisei reabri-los para perceber sua presença, mais próxima, quase ao meu alcance a julgar pela respiração que varria meu rosto e pescoço a intervalos regulares. O que me desconcertou, em compensação, foi a falta flagrante de cheiro corporal. Nenhuma outra coisa emanava dele, sequer um resto de água-de-colônia, a não ser o aroma artificial de látex, acre e intenso.

Então ele pegou minha mão, e com uma delicadeza cheia de deferências me conduziu até a cama, também coberta com lençóis pretos, um cadafalso de seda onde ele me deixou cair lentamente.

Fato estranho, minha queda desencadeou a difusão de um fundo musical, que se elevou das alturas do quarto e caiu sobre nós como uma chuva fina, depois cada vez mais forte.

Eu não conhecia a música, mas tive de admitir que combinava perfeitamente com a situação, melopeia envolvente, de batida repetitiva, cantada numa língua que eu era incapaz de identificar. Parecia o canto gregoriano de um culto novo, do qual as mulheres seriam as grandes sacerdotisas. As palavras importavam pouco, pois bastava se deixar suspender por aquela voz tão nas alturas, até onde ela culminava.

Uma por uma, o homem retirou minhas roupas – eu tinha ido sóbria e simples naquela noite – e prosseguiu sobre meu corpo despido o passeio langoroso da tira de couro. Pela contida precisão de seus gestos, eu adivinhava uma musculatura desenvolvida, mas seca.

– A música chama-se *Forever without end...* – ele sussurrou para mim.

É o que me inspirava o chicote, que parecia ter integrado um mapa detalhado das minhas zonas erógenas mais sensíveis. Seu alvo eram somente as melhores, demorando-se com uma aplicação perfeita nas que desencadeavam estremecimentos mais suaves, mais longos e sobretudo mais visíveis. A minha nuca aprovou, fremente. Os meus ombros acompanharam, com um estremecimento incontrolável onde uma leve dor disputava com o prazer. Mesmo o triângulo de pele sem nome, situado entre a orelha e a nuca, manifestou seu contentamento e satisfação. E o que dizer dos meus seios, do meu ventre e de todo o interior extasiado das minhas coxas que se abriam um pouco mais a cada passagem, trêmulas e tão curiosas de descobrir o que viria depois, como se lhes contassem essa história pela primeira vez?

Todo o meu corpo era percorrido por uma mesma tensão, impaciente, ávido de descobrir e, mais do que tudo, de sentir mais. Mais forte?

– Gosto muito disso... – suspirei, sem que eu mesma soubesse se estava falando das carícias ou da música.

A intrusão súbita do bastão de couro entre os meus grandes lábios me fez soltar um guincho exasperado. Ele esfregou minha fenda várias vezes, sem forçar, aplicando uma pressão apenas suficientemente marcada para que cada passagem fosse um suplício, meu tronco estendido ao extremo, a cintura afundada, projetando meu sexo ao encontro dele.

– Ai!

O primeiro golpe na barriga foi desferido de repente, leve, e entretanto suficientemente firme para que eu sentisse o peso.

– Você não devia me bater!

Eu me levantei, furiosa, mas uma mão me forçou de novo sobre a cama, sem que me fosse possível escapar de seu peso.

– Chicotear não é bater.

– Ah, é? Explique a diferença para minha pele!

– Não se fixe nas palavras... Sinta, em vez disso.

Longe de me cortar as sensações, minha breve raiva amplificava os sinais enviados por meu corpo. A cada golpe vibrado, eu esperava mais, suspensa na intensidade do seguinte, me perguntando antecipadamente sobre a violência, mas também a parte de mim que ele tocaria. Ele riscou meus seios, depois as coxas, depois os lados da minha bunda, evitando cuidadosamente o rosto, contorcido de dor e tesão.

Eu reprimi, apesar de tudo, um reflexo de pânico quando ele montou de repente em cima de mim, com os joelhos impedindo qualquer movimento dos meus braços, e eu, esmagada sob seu corpo, entendi o que ele tramava: o contato gelado do metal no primeiro pulso, a argola sendo fechada, depois outra vez a mesma coisa para prender a outra mão.

Algemada.

Ao reabrir os olhos para adivinhar o prosseguimento que ele contava dar ao meu agradável martírio, descobri que tudo desaparecera: as velas tinham sido apagadas e o quarto repousava numa escuridão perfeita. Eu não podia mais situá-lo no espaço, a não ser sua respiração ou o pouco calor perceptível desprendido por seu corpo tapado.

Ele deve ter lido esse último pensamento, pois ouviu-se o barulho de um fecho, e eu concluí que finalmente ele estava tirando a roupa. Ao fazer isso, não liberou apenas o corpo, mas também a fragrância tão familiar que a capa de látex havia mantido até então prisioneira.

Baunilha. Lavanda. Em um palavra: Louis. Ou um homem perfumado como ele?

As últimas dúvidas evaporaram quando sua voz, de volta ao timbre natural, juntou-se ao cheiro:

– Não existe escuro suficientemente escuro para eclipsar você...

Supus que ele falava... da minha beleza?

O chicote não foi o único acessório cuja réplica ele trouxe nessa noite.

– Oh, não!

O ovo metálico que ele acabara de mergulhar sem me consultar no meu sexo era gêmeo do outro que ele já me fizera experimentar.

– Sim – limitou-se a confirmar.

Depois, sem entender o que ia acontecer em seguida, escutei o deslizar sutil de seus pés no tapete e depois o duplo clique de uma porta que se abre e torna a se fechar.

Ele tinha realmente saído?

Não tive tempo para outra hipótese. Em mim, o grão do prazer havia germinado, o ovo animara-se espontaneamente, movido por uma ordem que eu imaginava distante. Com as mãos atadas, era-me impossível controlar qualquer coisa, seja sua potência, seja sua trajetória em mim, e menos ainda a duração das vibrações.

O primeiro orgasmo atingiu minhas entranhas como uma implosão. Eu não me senti dispersa, e sim o contrário, recolhida em uma bola de fogo e prazer, compactada como uma escultura moderna da qual só teria emergido o sexo, a vulva siderada.

– Não é isso... É você... – Quase chorei de êxtase e frustração.

Eu queria acabar. Ou melhor, queria começar tudo. Não aguentava mais esses jogos e esse gozo mecanizado. Eu o queria. Dentro de mim. Sem mais esperar, a não ser pelo tempo que nós dois nos imporíamos para gozar.

E no próprio instante em que ele transpôs a soleira, eu acrescentei, desesperada e queixosa, reconhecida e entregue:

– Venha...

Sem uma palavra, ele se precipitou sobre mim e tirou o ovo da minha vagina. O fluxo que escorreu alcançou meu peito, como uma onda calmante. Eu me sentia submersa. Aspirada pelo turbilhão do meu orgasmo. Afogada, e feliz assim.

– Me possua... Me possua – eu supliquei.

Ele se fez de surdo ao apelo, como se eu tivesse ficado muda. Em vez disso, senti que ele se ajoelhava no meio das minhas pernas, puxando meus quadris com um movimento brusco para a beira da cama. Começou a lamber meu sexo encharcado como um sedento saído do deserto.

O contraste com o método empregado por David era marcante. Onde meu futuro marido brilhava por sua regularidade de metrônomo, Louis era todo acidentes, interrupções e mudanças de ritmo. Ele não tinha necessidade de se imiscuir em mim para explorar o melhor. E o que poderia retardar meu prazer – não dizem que a cunilíngua só vale se for demorada e aplicada? – atiçava mais ainda meu tesão, inchava os lábios da minha vulva, erguia meu clitóris até ápices inéditos.

Não sei mais a propósito de quê um dos professores da faculdade achara bom citar para Sophia e para mim, como exemplo de obra de fotografias eróticas: Née de la vague, de Lucien Clergue. Imediatamente tive curiosidade de procurar na internet para ver do que se tratava, e fiquei fascinada tanto quanto incomodada pelas imagens de belezas nuas, a maior parte sem cabeça, mergulhadas em ondas de espuma.

A visão daqueles corpos me remetera ao meu próprio sexo, que sempre me deixara pouco à vontade, embora tal detalhe tivesse, para o gênero masculino, o poder de me excitar: ~~o cheiro da minha boceta~~ do meu sexo. Eu podia muito bem me acomodar e esconder isso num canto secreto dos meus complexos se, várias vezes por dia, embora vestida e perfumada, eu não sentisse seu cheiro a emanar delicadamente. Nos bancos da escola e depois da faculdade, assim como numa sala de cinema ou sentada num banquinho de metrô, em toda parte onde as circunstâncias me botavam em contato com desconhecidos, eu tinha certeza de que eles eram capazes de sentir o eflúvio tão recendente, tão almiscarado, da ~~minha boceta~~ minha xotinha. Pois justamente essa fragrância marinha, que desde sempre eu atribuí ao meu sexo, as páginas do livro me pareciam também exalar.

(Nota manuscrita de 11/6/2009, redigida por mim.)

Com a ponta da língua, ele se insinuou sob o capuz e brincou um bom tempo com meu botão, diretamente, apagando este último anteparo ao mesmo tempo que meus derradeiros escrúpulos. Por um instante foi quase doloroso, mas de repente um raio atravessou o quarto e atingiu-o, ele, o minúsculo órgão da minha felicidade, rasgando meu ventre, queimando minhas entranhas com uma braçada de fagulhas que embaralhavam minha visão e desconjuntavam um por um todos os meus outros sentidos.

– Oh, siiim!

Eu estava fulminada. Consumida. Eu não era mais uma mulher que goza com um Não, mas com um Sim.

Desta vez, não o ouvi sair. E foi só ao mexer um dos braços que compreendi que ele tirara as algemas.

Mas, mesmo solta, mesmo libertada, eu sabia: eu lhe pertencia agora. Eu podia me casar com quem quisesse. Inclusive com seu irmão. Eu podia construir em volta de mim uma existência de conforto protegido.

Eu teria, doravante, um único mestre: e era Louis.

Era ele.

24

12 de junho de 2009

Confrontada com um problema pessoal importante ou, pior, um dilema, eu sempre agi da mesma maneira, ou seja, seguindo o método menos jornalístico e menos profissional possível: em vez de ir buscar exemplos edificantes ou pontos de comparação junto das pessoas que me eram próximas, eu via todos os filmes que tivessem relação com a referida problemática. Em muitos aspectos, eu confiava mais nos cineastas do que nos meus colegas da imprensa ou nos especialistas, psicólogos ou sociólogos formados, para saber como lidar com questões íntimas. Por exemplo, com relação ao câncer de minha mãe, revi diversas vezes, nas semanas que se seguiram ao diagnóstico, *Caro Diário*, de Nanni Moretti, um dos filmes sobre o tema mais aptos a nos reconfortar.

Sobre o amor compartilhado entre dois irmãos ou duas irmãs, me parecia difícil ser mais correto e sensível do que *Hannah e suas Irmãs*, de Woody Allen, ou ainda outro filme italiano, a saga *O melhor da juventude*, cuja visão, ainda adolescente, me fizera aderir definitivamente à causa da sublime Jasmine Trinca, de quem eu logo passei a imitar a boca amuada e os grandes olhos assustados.

Ao contrário do Elliot da famosa Hannah, que voltava comportadamente para a vida de casado depois de um tour excitante nos braços da ardente Lee, eu me recusava essa fatalidade burguesa, carimbada com o selo da moral e do conformismo. Não fazer escolhas, como tentei me convencer a noite inteira seguinte – que eu passei me virando de um lado para o outro, junto a um David inerte –, já era uma forma de escolha.

Afinal, não daria para viver assim, dividida entre expectativas, partida ao meio, eu mesma dilacerada entre meus desejos e minha razão, meu corpo e meu coração, entre o que quis me conquistar pela astúcia e pela força e a outra vertente de mim mesma, mais serena, na qual os dias se escoariam sem paixão, mas também sem dor, acalentados pela música suave do conforto, da ternura e da facilidade?

– Bom-dia, Elle. O contrato definitivo está pronto. Está em cima do aparador, como combinado. Se quiser dar uma última olhada e assinar...

Armand apareceu na cozinha no café da manhã, tão discreto como um espectro. Quanto mais a data do casamento se aproximava, mais eu o achava com má aparência. O estresse dos preparativos? O abuso do álcool decorrente dele?

– Sim, obrigada, Armand. Tenho certeza de que está perfeito.

Aos mandamentos de Louis, fora dos padrões, violentos e excitantes, respondiam os imperativos decretados por David, um monte de regras que contribuiriam para fazer da nossa vida comum um longo passeio programado por um regulador de velocidade. Nenhum choque, nenhum acidente, a embriaguez comportada de um percurso no qual os dias bons não se distinguiriam dos ruins, amortecidos como seriam pelo airbag do dinheiro dele e das minhas concessões. Eu poderia até fechar os olhos, pois tudo estaria definitivamente sob controle.

– Ah, já ia me esquecendo! – ele exclamou antes de retornar às urgências do dia. – O joalheiro me devolveu o anel. Tomei a liberdade de deixá-lo no seu quarto, em cima da mesa de cabeceira.

Ao lado do dossiê que continha o contrato, achei outra pilha, menos grossa, mas cuja presença por certo me perturbou mais: na pasta plastificada, um maço de folhas em branco perfuradas, idênticas às que já tinham me sido entregues. Como se ele não duvidasse um instante que eu iria usá-las, meu fornecedor já previa a sequência que eu daria ao meu Dez-vezes-por-dia. Melhor, ele mesmo fazia seu retorno em grande estilo, pois exatamente na última página ele rabiscara, com sua letra tão reconhecível, as seguintes palavras:

Quando ponho a vossos pés uma eterna homenagem,
Quereis por um instante que eu mude de semblante?
Vós capturastes os sentimentos de um coração
Que para vos adorar fez-se criador.

Eu vos adoro, meu amor, e minha pena delirante
Deita no papel o que não ouso dizer.
Com atenção lede as primeiras palavras de meus versos:
Vós sabereis que remédio aportar a meus males.

Fiquei estarrecida por um momento diante da forma tão singular – desde quando ele se expressava em versos? – e ainda mais abalada pela essência. Declarar-se assim, tão abertamente, numa linguagem sem artifícios, apesar da elegância, nada tinha a ver com ele.

Depois, apanhando na sala o tablet que nunca deixava a mesa de centro, procurei as primeiras palavras do texto na internet. A referência me surgiu na mesma hora, evidente: "Resposta de Alfred de Musset a George Sand." O poema em código de George Sand não me era estranho, mas a réplica de seu amante me era desconhecida. A chave da decodificação era aqui mais simples, uma vez que era dada no penúltimo verso: "Com atenção lede as primeiras palavras de meus versos." Assim fazendo, resultava na simples pergunta: "Quando quer que eu deite com você?"

Clicando aqui e ali no site de busca, descobri também a última resposta dada por George Sand a esse jogo literário que ela mesma iniciara: "Esta insigne graça que vosso coração reclama/Escurece minha reputação e repugna minha alma." Em suma: esta noite.

Um sorriso interior floresceu em mim: era esse o plano dele? Estabelecer entre nós, através do meu caderninho, uma correspondência comparável à que mantiveram em sua época as duas penas inspiradas?

Repesquei meu Dez-vezes-por-dia no fundo da bolsa e registrei nele os dois versos em questão. Ainda que Louis jamais os lesse, pelo menos o diálogo entre nós não seria interrompido.

Eu me pergunto se, desde que me tornei sexualmente ativa, tomei uma única vez a iniciativa de uma relação, mesmo fugaz, com um dos meus parceiros. Acho que não, e não me orgulho disso... Não é uma questão de vergonha, e sim de arrependimento, uma vez que hoje acredito que, dos dois, aquele que expressa em primeiro lugar seu desejo ganha um prêmio. Teria tido mais orgasmos, ou sido uma amante mais conforme às fantasias deles, *se tivesse me atirado algumas vezes para cima dos meus ex-amantes? Jamais saberei. Meu sexo, e meu corpo inteiro, serão para sempre órfãos dos arrebatamentos que não tiveram no passado.*

(Nota manuscrita de 12/6/2009, redigida por mim.)

Animada pela nova brincadeira, eu me preparei às pressas, leve e solta. A hora corria com uma velocidade louca, e depois de dois dias de ausência eu não podia me permitir um atraso, que seria objeto de novos comentários. Eu já imaginava que falavam mal de mim, e que a torre Barlet inteira comentava perfidamente minha inconsequência.

– Ufa! Tive medo de que não voltasse nunca mais!

De acordo com seu deplorável hábito, Chloé se jogou em cima de mim mal atravessei a porta automática do hall. Ela parecia ainda mais febril do que há dois dias. Minha ausência provocara tantos problemas para o pessoal? Eu pensei nas observações de David com relação ao olhar implacável dos sindicatos.

– Imagine! – eu me defendi. – Por que eu não voltaria?

Ela me olhou como se eu fosse uma louca ou uma ermitã saída do seu retiro depois de dez anos privada de qualquer informação.

– David não lhe disse nada?

Disse o quê? Será que ele tinha cedido à pressão dos sindicalistas de carteirinha e me sacrificado no altar da paz social?

– Era para ele ter me falado alguma coisa em particular? – perguntei com menos segurança.

– A Alice!

Eu o revi segurando nos braços consoladores a loura prostrada.

– Alice e Chris!

Alissecris... Parecia algum impropério quebequense. Mas apesar dessa ideia tresloucada, não era hora de brincar.

– Desculpe, Chloé, mas não estou entendendo nada do que...

– Chris Haynes, o diretor de arte, e Alice Simoncini... foram surpreendidos em pleno ato, se você entende o que eu quero dizer. Na sala dela!

A sublime diretora de marketing se oferecera àquele pretensioso por despeito?

– Desculpe – eu fingi estar acima desse tipo de fofoca sórdida –, mas continuo sem ver a relação comigo...

– Eles foram demitidos por justa causa, todos os dois! Bem no dia em que você chegou aqui. Sem indenização, sem seguro-desemprego, sequer uma festa de despedida... Nada.

Eu não conseguia acreditar nos meus ouvidos.

– Todo mundo só fala disso. Parece que o Yves, da informática, acionou a webcam pelo celular dele, via rede, e filmou tudo. Bom, mas não passa pela minha cabeça olhar uma coisa dessas. É nojento!

A maneira lasciva com que ela ajeitava o coque insinuava justo o contrário.

Eu não parava de pensar na cena que surpreendera entre meu homem e sua funcionária demitida. Então não era o fim de uma aventura anunciada sob meus olhos, como eu havia pensado de início. Era a demissão. Sob a fachada de solidariedade, quase ternura, ele se comportara como o mais inflexível dos patrões. Uma noite ele a convidava para jantar na sua casa. No dia seguinte ele a punha no olho da rua como uma pária.

Essa perspectiva pousou nas minhas costas a mão gelada da dúvida e do medo. E se ele viesse a saber da estranha relação que ligava a partir de agora seu irmão e eu, quem poderia impedi-lo de me infligir a mesma sorte? Expulsa, repudiada... perdida!

Nossa chegada ao décimo oitavo andar me provou que a efervescência descrita por Chloé ainda não tinha cedido. E se me vigiavam assim através das divisórias envidraçadas enquanto eu avançava pelo corredor, não era por ser a minha vez de caminhar para o cadafalso, mas, sim, para ler no meu rosto os efeitos daquela notícia. Quer me agradasse ou não, eu agora fazia parte das personalidades da emissora cuja opinião, apesar de não ter peso no destino da empresa, ricocheteava de ouvido em ouvido e ocupava os espíritos.

– Não preste atenção neles – cochichou a secretária de David no meu ouvido. – Eles se perguntam quem será o próximo. Estão inquietos...

E eu também!

– ... mas no fundo não são maus.

Ao chegarmos à minha sala – ao primeiro olhar constatei que não havia nenhum bilhete prateado me esperando –, Chloé começou com suas obrigações cronometradas:

– Oito e quarenta e oito... Já estou pelo menos seis minutos atrasada no meu planejamento. Vou deixá-la, mas não hesite em me chamar, se precisar de alguma coisa.

Supus que aquilo, como sua acolhida no hall, fazia parte das instruções da diretoria e de alguns pequenos privilégios que meu status particular requeria. Em cima da minha mesa sempre tão vazia, um bilhete manuscrito de Albane me informava que eu era esperada às nove horas no andar de baixo, para meus primeiros ensaios de câmera. Portanto, só tive tempo para um espresso horrível, cuspido por uma máquina asmática, antes de descer para a arena.

Usando um agasalho esportivo informal e uma calça de camuflagem, a jornalista me recebeu com um sorriso franco no seu traje de combate. Ela me deu dois sonoros beijos nas bochechas antes mesmo que eu estendesse a mão.

– Olá! Você está melhor?

– Sim... tudo bem. – Eu fingi um tom longinquamente sofredor.

– OK. Melhor assim. Porque chega de conversa. Hoje começamos as coisas sérias. É o grande dia em que você entra na luz!

– Eu vi isso...

– Aliás, me siga, vou lhe apresentar toda a equipe técnica.

Ou como ser projetada em menos de quinze segundos na penumbra de uma sala de controle diante de quinze pares de olhos que nos julgam, bolhas mudas de condescendência que nada, nem mesmo nosso mais belo sorriso, poderia furar.

– Bom-dia...

Mas não foi o seu número nem suas expressões de velhos caminhoneiros tatuados que me deixaram sem voz após a tímida saudação. O que me deixou estupefata foi ver no meio deles...

– Fred!

Ele se afastara do grupo e avançava para mim, tão à vontade quanto se tivéssemos um encontro marcado para um brunch entre colegas.

– Olá, minha Elle.

"*Minha* Elle", devidamente enfatizado, a fim de que todos pudessem apreciar o tom possessivo do pronome.

Eu o segurei pela manga e puxei-o para fora, para o estúdio vazio ainda desprovido de iluminação.

– O que está fazendo aqui? Não basta ir fazer escândalo em frente da minha casa?

– Primeiro diga bom-dia e depois se acalme. Como está vendo, fui contratado por um tempo determinado de seis meses. E para sua informação, todo mundo está nos vendo.

Acho à vezes uma idiotice, e mesmo um pouco injusto, que o que aprendemos sobre nossa própria sexualidade, ou o que nossos antigos amantes descobriram sobre o assunto, não seja transmitido ao parceiro do momento. Assim como existe um boletim médico, deveria haver para cada um de nós um boletim, não preenchido por nosso médico, mas por todos ou todas que um dia dividiram nossa cama. Assim, quando nos vemos pela primeira vez na cama com uma nova conquista, ela poderia consultá-lo e proceder diretamente aos gestos e carícias que nos agradam, em vez de tatearem dias ou meses, às vezes toda a duração do relacionamento.

O que Fred poderia escrever sobre a Elle íntima que ele conhecera? Por exemplo, que ele não conseguia encontrar um modo de me fazer gozar me lambendo? ~~Ou então que eu era medíocre na felação, tímida, incapaz de engoli-lo tão profundamente quanto ele gostaria, enojada com a ideia de receber o esperma dele na minha boca, favor que eu lhe recusava sistematicamente?~~

(Nota manuscrita de 12/6/2009 redigida por mim.)

Uma olhada oblíqua através da grossa parede envidraçada me confirmou que o bando dos técnicos se deleitava às escondidas com nosso encontro intempestivo. A amiguinha do patrão que dá de cara com o ex, uma história engraçada para quebrar a rotina.

– Você foi contratado para o *meu* programa?

– Sim. Eles estavam procurando um técnico de som disponível. Olha eu aqui!

– Assim, por acaso? – fulminei-o em surdina. – Está me gozando?

– Tenho cara disso?

* * *

Então ele me contou que, depois da sua saída precipitada do Hôtel Duchesnois, Louis fez de tudo para localizá-lo, a fim de contratá-lo. Os dois homens tinham bebido umas cervejas juntos uma noite, há alguns dias, e na saída, um pouco tonto, Louis prometera colocá-lo no grupo audiovisual dirigido pelo irmão, "a título de compensação".

– O que ele disse? – rosnei, do fundo do meu furor. – "A título de compensação"?

– É, foi isso. Ele achou que era um acordo honesto, e eu também: o irmão me roubou a namorada, ele me arruma um emprego.

O mais aflitivo nessa história não era o fato de Louis manipular a angústia de Fred e sua gritante necessidade de um emprego. Não, o que me humilhava mais do que tudo que ele me fizera suportar até agora era a maneira como sua nova maquinação me relegava ao nível de vulgar valor de troca no mercado do emprego.

– Suponho que David não esteja a par do pequeno arranjo que vocês fizeram...

– Bem, não... Não vejo por quê. É entre mim e Louis.

Quanto mais nossa discussão durava, mais a hilaridade ganhava as tropas fechadas na sala de controle. Alguns já deviam ter trabalhado com Fred, pois vi dois ou três lhe fazendo caretas e outros pequenos gestos cúmplices e obscenos.

No fundo, o que eu podia responder àquilo? E o que eu poderia ter dito a David que ele não interpretasse como uma confissão de ligação persistente e culpada com meu ex-namorado ou um desentendimento suspeito com o irmão?

Então escolhi a opção seguinte, aproveitando a ocasião que me era oferecida para retomar as rédeas do curso das coisas.

– OK, Fred. Tem uma coisa que é preciso que você saiba, a propósito de Louis.

– Ele dá em cima de você, não é?

É impressionante como em poucos dias, graças à magia de um recrutamento milagroso, ele parecia ter finalmente cortado comigo qualquer ligação afetiva. Louis acertara em cheio: devolvendo-lhe a honra, esgotara a raiva do meu ex bem como a fonte dos sentimentos que ele ainda nutria por mim.

– Não exatamente. Digamos que ele se comporta estranhamente.

Omiti cuidadosamente todos os capítulos a respeito dos convites, os mandamentos e nossos encontros no Des Charmes, e insisti na forma como ele me cercava com uma prodigalidade sem limites, da qual a mamãe era a primeira beneficiária.

– Ah, sim, de fato... É esquisito.

– É chato te dizer isso...

Eu fiz uma careta.

– O quê?

– ... e isso não tem nada a ver com a sua capacidade, é claro, mas eu acho que se ele escolheu você, não foi uma coincidência. É a mim que quer atingir através de você ou da mamãe.

Ele ficou me olhando um instante, circunspecto, de repente mais sério, de novo tomado pela violência que eu conhecia bem.

– Entendi... Segundo você, se me oferecem um bom emprego, não pode ser porque eu valho a pena. É necessariamente relacionado à senhorita e ao seu umbiguinho!

Eu tentei segurá-lo pelo braço, mas ele se soltou com um gesto brusco.

– Não fique zangado, Fred, que merda...

Ele já se aproximava do grupo de colegas, quando minha pergunta o fez estacar:

– Ele não te disse? Hein?

– Não disse o quê?

– Que você trabalharia para mim? Tenho certeza de que ele não esclareceu isso.

– Hum... É verdade. Ele não disse nada. Foi o RH que me contou. Mas o que isso prova?

– Que ele te manipula, simplesmente. A lista dos técnicos do programa está fechada há uma semana – eu disse, blefando. – Se você aterrissou aqui e David não está sabendo, é porque Louis interveio.

– É possível – admitiu, sempre desconfiado.

– Não vê que ele brinca com você, com todos nós? Para um sujeito como ele, nós não somos nada. Insetos que ele esmaga com o sapato!

A imagem deve ter alcançado o alvo, pois vi pela intensidade dos olhos dele que eu reconquistara toda sua atenção.

– E o que você propõe?

– Se David souber como você foi contratado, vai anular o contrato. Eu lhe garanto.

– O que faz você ter tanta certeza?

– Quando você chegou aqui?

– Anteontem.

– Então você viu como ele demitiu os outros dois coelhos, a lourona e o metido a besta... Em menos tempo do que leva para assoar o nariz.

Eu estalei os dedos para reforçar o efeito.

– Tudo bem. Imagino que teu silêncio não será gratuito – ele sugeriu com um brilho mais intenso no olhar.

– Digamos que sim, é uma troca de favores: você fica neste emprego...

Eu interrompi minha frase, à procura do único serviço que Fred tinha realmente condição de me prestar. O único suscetível de equilibrar o jogo de poder a que Louis me submetia, nova página no diálogo mudo que nós dois havíamos estabelecido.

– E eu?

– E você... você se vira para gravar as conversas de Louis com o círculo dele.

– Está delirando? Está achando que sou James Bond?

– Não quero saber como você faz, Fred. Mas trate de pegar as comunicações dele no fixo, registre quando ele conversar próximo de um microfone em algum estúdio... Tudo que você conseguir me interessa.

A intervenção de Albane encerrou nossa tratativa, mas eu li a aprovação no seu movimento de cabeça resignado. Pobre Fred: até as boas notícias se transformavam para ele em perfídias.

– Elle? Você vem para a maquiagem? Se quiser acabar os ensaios antes do almoço, é bom começar logo.

O restante da manhã voou. A presença constante de Albane do meu lado, ela, a quem todos respeitavam, assim como as passagens-relâmpago de Luc e Philippe pelo estúdio para se assegurarem do bom andamento da fase inicial, contribuíram para instalar um clima sereno entre mim e a equipe. Até

Fred se recolheu, dominando o seu orgulho de macho ferido e se mostrando mesmo bastante disposto, em certos momentos, a contribuir com uma brincadeira ou piada para descontrair a atmosfera.

A moça que apareceu nas telas de controle parecia pouco mais que uma dublê de atriz, mas, com o passar das horas, consegui me habituar àquele estranho desdobramento e a suavizar minhas expressões e meus gestos sob o olho implacável da câmera.

– Você vem almoçar conosco? – perguntou Stan, o diretor do programa, como se o convite partisse dele.

Eu teria preferido mil vezes uma salada e um Monaco com Sophia, mas, pensando na integração, aceitei o convite de boa vontade e mordisquei meu hachis Parmentier com a maior tranquilidade possível.

Albane, cujas formas inexistentes atestavam um certo desregramento alimentar, nos deixou na entrada do refeitório. Contudo, foi ela que me segurou, tão logo larguei a bandeja no balcão.

– Elle! Posso lhe falar dois minutos?

– O que está acontecendo? – perguntei, alertada por seu ar aborrecido.

– Tomara que a comida do refeitório tenha estado à altura, porque você vai precisar de reservas.

– De reservas... Por quê?

À sua maneira, enérgica, um pouco seca, ela me arrastou sem uma palavra para o banheiro feminino, vizinho do self-service. Depois, no meio do burburinho e das conversas de mulheres retocando a maquiagem, ela confessou finalmente:

– Começamos amanhã à noite – ela disse num rompante.

Para não desmaiar e dar tempo para ela concluir, banquei a idiota:

– Começamos o quê?

– O programa.

– Está brincando? Os outros te encarregaram de me sacanear?

– Acredite-me, eu preferia...

– Mas por quê? Quem decidiu isso?

– Quem você acha...?

Ela reprimiu um sorriso mordaz.

Se David tivesse decidido me jogar na cova dos leões, teria sido quase igual para mim. Eu não entendia o sentido desse sacrifício. O que ele esperava me mandando desse jeito para a frente de batalha?

– Ele decidiu assim, sem mais nem menos, chegando no escritório?

– Não, evidentemente. Acabamos de saber que nosso concorrente direto antecipou seu novo programa de variedades em uma semana.

– E o nosso vai começar amanhã à noite – especulei.

– Exatamente.

– Mas é um absurdo! Eu achava que tinham nos colocado na quinta-feira por não ser um dia de programação muito exposta.

– Eu também achava.

– Não se põe uma casquinha de noz comandada por um grumete em frente de um porta-aviões inimigo!

Minha metáfora deve ter lhe agradado porque ela me gratificou com um gesto amistoso da mão, fato raro nela.

– Bom, vamos aprender a nadar, não temos escolha!

Trocamos alguns olhares aflitos, as duas envoltas por um instante numa nuvem de pó de arroz e perfume.

– O que Luc acha disso?

– Como você: que vamos ser massacrados. Mas vai dizer isso a um almirante que só tem olhos para o grumete em questão...

Baixei os olhos e depois a cabeça. Ela tinha toda razão. Os sentimentos que David nutria por mim afetavam seu discernimento. Ele não decidia mais como patrão, mas como homem apaixonado, impulsivo, confiante em excesso, incapaz de escutar os discursos alarmistas ou simplesmente prudentes de sua equipe.

Quando me viu enfiar a cabeça na sua sala, Chloé franziu os olhos e avaliou imediatamente a urgência da situação.

– Dá pra falar com David?

– Sim... – Ficou em pânico por um instante, antes de consultar a tela do computador, depois o relógio. – Ainda tem dez minutos. Depois ele sai para uma reunião fora. Posso anunciá-la?

– Sim, por favor.

Meu futuro marido me recebeu de braços abertos, como se eu lhe fizesse uma banal visita de cortesia, uma vizinha preocupada em manter relações cordiais.

– Elle! Querida! Já soube da grande notícia?

Eu não imaginava que a sala de um homem tão importante pudesse ser tão despojada. Além da mesa, três poltronas e um pequeno sofá, a peça continha como decoração apenas um busto em bronze do pai, André Barlet. Também ele era a primeira vez que me era apresentado.

David me abraçou por um breve instante e me apontou o assento em frente ao dele, como teria feito com qualquer um de seus colaboradores.

– Maravilha, não?

– Maravilha, sim – concordei com lassidão. – Mas totalmente impossível também.

– Por quê? Por causa do idiota do Haynes?

– Não, eu...

– Não estou nem aí. Temos pelo menos vinte cenários todos prontos na reserva. Só precisam ser instalados, ajustar as luzes... e tocar pra frente!

Tudo parecia muito simples, e mesmo concebível, tão logo expresso por seu entusiasmo desconcertante.

– David... você está esquecendo um detalhe.

– Qual?

– Eu nunca fiz TV!

– Fez sim! – Ele começou a rir.

Era o mesmo que tentar convencer o Dr. Fantástico a *não* apertar o botão.

– Não fiz não!

– Está se angustiando à toa. Você tem a melhor equipe de profissionais de toda a TV francesa com você.

Um dos quais o Fred, meu ex... O tipo que queria acabar com você alguns dias atrás.

– Legal! E para falar do quê?

– Fica fria! Albane me disse que ela tem vários temas preparados em estoque para cobrir três programas.

"Um dos quais uma reportagem sobre as *hotelles*!", gritei para mim mesma.

Não pude mais conter minha exasperação. Se alguém ainda podia abrir os olhos dele nesta casa de loucos, este alguém era eu.

– Enfim... Você insiste em não compreender, é isso?

– Não compreender o quê?

Ele ficou sombrio.

– Que eu sou nula! Nula, entendeu? Me dei mal em todos os testes de seleção, David. E não foi exclusivamente porque teus concorrentes são cegos ou canalhas.

– Eles são um bando de babacas.

Eu me levantei com um salto.

– Você não pode botar um programa na mão de uma debutante como eu no horário mais importante da emissora, e sem nenhuma preparação! É delírio! Eu não estou pronta, David, e ponto final!

Pela expressão dele, fechada, impassível, percebi os efeitos da minha explosão verbal.

– Não farei o programa – concluí, com um tom mais comedido.

– Você vai fazer – ele replicou na mesma hora.

– Não.

– Você vai fazer... porque eu quero... porque você é minha mulher...

Ainda não, não pude me impedir de pensar.

– E porque se você sair desta sala insistindo na sua posição, não vale a pena voltar amanhã. Nem depois, aliás.

Ele estava pronto para me despedir, eu, sua noiva, que ele cobrira de elogios um momento antes, como fizera com Alice e Chris, cortando suas cabeças com o aço de sua vontade irrevogável.

– Reflita bem, Elle. Se você não fizer esse programa amanhã, continuará sendo minha mulher, a mulher que eu amo... Mas nunca mais será funcionária desta empresa. Essa parte da nossa vida será encerrada.

25

– Bom, não é porque temos que fazer o programa sair de qualquer jeito que vamos nos deixar intimidar, certo?

Quanto mais eu conhecia Albane, mais apreciava a energia dessa jovem menos rude do que parecia. À medida que encarávamos o prazo fatal do dia seguinte, eu compreendia a razão dessa atitude: em um mundo masculino por natureza, não há cinquenta maneiras de existir. Podíamos compor um personagem de criatura dominadora intocável, uma mulher fatal como Alice, mas nesse caso é preciso dispor dos atributos necessários e aceitar viver permanentemente sobre os doze centímetros de seu pedestal, com o pó de arroz na mão; ou, a exemplo de Albane, podíamos desafiar os homens no terreno deles, o do profissionalismo e da fala firme. Eu dispunha de todo o restante da tarde para apreciar seu sentido inato dessa fórmula, seu humor ácido e a capacidade de transformar a mais banal das realidades em assunto palpitante.

– Não podemos nos limitar a encadear reportagens como uma criança que enfia continhas no colar da mãe. Devemos encontrar um fio condutor que seja a base de tudo. Mesmo que seja uma gororoba, devemos dar-lhe um título mais global.

– Está pensando em alguma coisa?

– Hã... sim. É para quebrar o galho, pois com esse prazo apertado vai ser difícil achar melhor: qualquer coisa como "Os dez prazeres do verão".

– Muito bom – aprovei. – Poderíamos refinar mais: "Os dez prazeres do verão, cinco para ele, cinco para ela."

– Bem pensado...

– Cinco prazeres para cada um, sendo um proibido – acrescentei, tolamente orgulhosa do meu achado.

– Excelente! E tem a ver com o tema que Louis tanto insistiu no outro dia. Eu não sabia como propor a prostituição ocasional como boa ideia para ocupar as férias. Mas vai ficar impecável nessa tua rubrica.

Ou como dar um tiro no pé com um sorriso nos lábios.

– Tem certeza? Me incomoda um pouco essa reportagem...

– Por quê? – ela ironizou. – Mexe com a feminista feroz que existe em você?

– Sim... Tem isso. Sobretudo tenho medo de que estrague um pouco o resto. Sei que Louis considera os fenômenos da sociedade como fazendo parte da cultura. Mas se pudéssemos evitar começar com o trash...

– Concordo com você. Mas vejo uma imensa qualidade nesse tema.

– Por já estar preparado? – suspirei.

– Exatamente. E mais ainda: ter sido produzido com os recursos secretos de Louis Barlet. Como quem não quer nada, já fazemos dez por cento de economia no orçamento do episódio piloto.

– É tanto assim?

– Se quisermos defender nosso ganha-pão em caso de audiência insatisfatória, sim, pode mesmo ser vital.

– Entendo. Mas por que você tem certeza de que isso pode acontecer?

– Eu estou lhe dizendo. Nunca se viu um programa sem preparação e sem publicidade dar certo. Se um pequeno capricho de Louis nos permitir provar que, a despeito da baixa audiência, o programa é mais barato do que todos os outros, eu digo "vamos nessa"!

Não achei nenhum argumento válido como resposta. Portanto, o tema ia ser as *hotelles*. Eu tinha mais é que engolir aquele sapo e beber um grande copo d'água junto para fazer passar melhor. De imediato, me limitei a alguns goles de um chá quente que Albane mandou preparar para nós.

– Se você quiser, ensaiamos agora – sugeriu minha colega. – Você ficará menos constrangida no estúdio se tiver tempo para preparar uma introdução que te permita adotar um distanciamento... Assim, do tipo: "Estou propondo o tema para vocês, mas é para melhor denunciar os safados que recorrem a esse tipo de serviço."

Nunca vi muitos filmes pornôs na minha vida. Quatro, talvez cinco, todos no período em que Fred achara bom a gente assistir juntos, supostamente para animar uma libido adormecida. Minha única lembrança dessas sessões é um medo infundado, contudo incontrolável, que me tomava todas as vezes na hora dos créditos iniciais. Não era medo das minhas reações ou de ficar perturbada por um espetáculo que eu achava degradante. Não... era o temor absurdo de ver aparecer na tela meu corpo e meu rosto, como se uma dublê minha tivesse participado da filmagem sem eu saber. Essa perspectiva idiota me bloqueava totalmente, e Fred não podia entender o motivo de eu ficar paralisada assim. Interiormente, sob minha pele de mármore, eu fervia. Meu sexo estava em ~~alerta vermelho~~ fogo. E quanto mais uma das atrizes se parecia comigo, mais minha fenda molhava com um ~~fluido~~ néctar abundante e espesso.

(Nota manuscrita de 12/6/2009, redigida por mim.)

Essa atenção a engrandecia. Decididamente, sob a carapaça um pouco grosseira vivia um ser bem mais sutil e solidário do que parecia.

– Não, não, se você diz que está bom, confio em você... – concedi, relutante. – É você a profissional.

Da arbitragem à capitulação, passei o resto do dia olhando-a dar forma ao *meu* programa. Mas o que eu esperava, precisamente? Eu mesma não dissera a David, algumas horas antes, que eu não sabia nada? E, sem uma Albane para atenuar minha incompetência, meu começo na emissora não teria sido mais convincente do que um trabalho feito por ginasianos, eu bem sabia, comparado a seus automatismos experientes.

Eu estava tão assoberbada com tudo aquilo, arrastada pelo fluxo trepidante da minha nova colega, que quase esquecia os Barlet, suas mentiras e as redes que ambos me atiravam, emaranhadas de maneira inextricável, cada nó encobrindo um entrelaçamento ainda mais complexo.

Com meu celular no modo silencioso, esqueci de consultar as mensagens. Finalmente, graças a uma breve pausa, ouvi a voz de minha mãe me contar que três operários tinham vindo naquela mesma manhã à casa dela para consertar os mil pequenos detalhes que envenenavam seu cotidiano e que ela deixava deteriorar, tanto por falta de forças quanto por falta de dinheiro: interruptores fora de uso, ladrilhos soltos, canos entupidos e pintura descascada.

Albane voltou à minha sala acompanhada de uma jovem morena de óculos que carregava vários cabides com roupas de primavera.

– Elle, eu te apresento Géraldine. Ela será responsável por seu guarda-roupa no programa...

Trocamos os devidos cumprimentos.

– Vamos cuidar mais do conceito para os programas seguintes – ela prosseguiu. – Mas, por enquanto, como nosso tema é a "bela no campo e chapéu de palha", é isto o que queremos lhe propor.

Ou seja, cinco vestidinhos floridos, cada um mais curto e transparente do que o outro. Fiquei vendo elas os mostrarem um por um sobre o próprio busto antes de fazer minha escolha, e me decidi por um modelo rosa e branco, absolutamente virginal.

– Este aqui está bom.

– Vendido! – aprovou Albane com um tom definitivo. – Se com isso você não arrebatar de púberes a aposentados... é porque eu estou por fora das fantasias masculinas!

Destinada a descontrair a atmosfera, a observação só fez sublinhar uma evidência que eu ocultava com todas as forças: dentro em breve eu estaria exposta a milhares de olhos anônimos, e todos iam depositar em mim suas esperanças e mais ainda suas críticas, todos iam avaliar a embalagem tão imperfeita e eu não poderia fazer nada para impedir. Pior, era eu que me apresentaria diante deles, por minha livre e espontânea vontade. Diante desse calvário, o exibicionismo ao qual Louis me submetera no Des Charmes me parecia pouca coisa...

Essa recreação marcou o fim de nossa sessão de trabalho do dia. A figurinista foi embora, levando à sua frente o vestido escolhido como se fosse o sagrado sacramento da cerimônia midiática que se aproximava.

– Amanhã de manhã, você pode vir a que horas?

Ela estava falando de amanhã, um sábado, primeiro dia do fim de semana. Mas não precisou me relembrar: a partir de agora, eu tinha que fazer esse tipo de sacrifício.

– Cedo. Antes das oito horas. Suponho que David virá também, e então chegaremos juntos pela primeira vez.

Lamentei na mesma hora a frase que sublinhava meu status especial na empresa. Mas o largo sorriso que ela me dirigiu à guisa de tchau me provou que não se importara.

– Se me permite um conselho – disse ela, já no corredor –, não programe nada para esta noite. E, sobretudo, durma cedo!

Eu me preparava para deixar a torre Barlet quando Fred se apresentou na porta da minha sala, impressionado em me descobrir ali, naquele santuário:

– Entre! – eu o encorajei.

Ele fechou a porta atrás de si, exibindo um ar de conspirador que não combinava com ele.

– Tenho uma coisinha pra você. Duas, aliás.

– Já?

– Sim. Louis é um senhor muito ocupado, o tempo todo pendurado ao telefone. Aliás, eu me pergunto o que ele faz exatamente, fora passar tempo ao telef...

– OK, vamos aos fatos – cortei-o, ligeiramente irritada.

– Ele discutiu um tempão com o irmão no estúdio.

– Ah, é? A respeito do programa?

– Não, não exatamente... Não gravei tudo desde o começo, mas digamos que Louis me pareceu criticar David pela demissão de Alice.

Não deixava de ser surpreendente. No quê a sorte de Alice poderia afetar um dândi egoísta como Louis? "Minha namorada na época", ele dissera sem nomeá-la, no seu relato da morte de Aurore. Desde quando Alice Simoncini trabalhava para os Barlet? Será que ela...?

– Pode ouvir...

Ele apertou o play de um gravador eletrônico de bolso. As vozes dos dois irmãos invadiram o silêncio da minha sala:

"– Merda! Você não pode dispensá-la como uma vagabunda qualquer! Quer que eu te lembre o número de vadias que você trouxe para dentro da sua sala nestes últimos quinze anos?

– Cale esta boca! Agora!

– Oh, é muito fácil – debochou Louis –, basta pedir a Chloé para contar as tuas recomendações de "Favor não incomodar"... Você é tão fácil de decifrar quanto uma porta de quarto de hotel, cara...

– A diferença é que aqui é a *minha casa*. Trepo com quem eu quiser e aonde eu quiser! Não a Alice!

– É por ela ter achado que era um pouco a casa dela também que você se livrou dela dessa forma? É disso que você a culpa? De ter ficado atrás de você tempo demais?

– Não tem nada a ver, e você sabe muito bem.

– Ou foi por ela resolver dar para o cretino do Chris Haynes? Você não a quer mais, mas não gosta que outro use seu velho brinquedo, é isso?

– Você está começando a me encher o saco, Louis! Continue assim e não serão só duas demissões esta semana!

– Faça o que bem entender! Se você soubesse há quanto tempo espero por isso!"

Subitamente, um ruído mecânico cobriu as vozes deles, interrompendo a conversa. Imaginei a aparição provável de um técnico no estúdio.

Sob o olhar vigilante de Fred, não fiz nenhum comentário sobre o fato de aquela conversa ter sido um golpe para mim. Apenas perguntei:

– E a outra gravação, o que é?

– Uma ligação do fixo dele. Tive dificuldade para interceptar, mas no fim deu para captar alguma coisa.

– Ele ligou para quem?

– Aparentemente, uma Rebecca sei-lá-de-quê. Ele não disse o sobrenome dela.

Finalmente, ela ressurgia. Um retorno à cena que, sem me surpreender, provocou em mim um mal-estar inexplicável.

– Continue – ordenei.

– Elle... Não tenho certeza se você vai querer ouvir isso.

Ele parecia sinceramente embaraçado.

– Por quê?

– Porque eles falam de você. E de David.

O que eles poderiam falar a meu respeito que eu já não soubesse?

– Mesmo assim, quero ouvir. Eu sou blindada.

De novo ele acionou o play.

"– Becca? Sou eu.

– Bom-dia, meu Lou. Como vai?

– Vou levando. Ainda que a situação esteja cada vez mais difícil de suportar aqui.

– Imagino.

– Quase fui às vias de fato com David ainda agora. Não sei quanto tempo fazia desde nossa última briga... mas estivemos a dois dedos de recomeçar. Como na época em que nos engalfinhávamos por causa de Aurore.

– Tudo isso acabou.

– Sim... enfim, mas parece que não. Não de todo.

– Você não pode perder o sangue-frio – ela o encorajou. – Não agora. Ele precisa continuar acreditando que você está do lado dele.

– Eu sei, eu sei...

– E do outro lado, a coisa está avançando como você quer?

– Sim. Está indo. Acho...

– Você acha que ela vai acabar desistindo?"

Estariam falando de mim? O que veio em seguida me deu a confirmação:

"– Não tenho ideia. Armand me disse que ela aceitou assinar o contrato de casamento.

– Você não deve desanimar: enquanto ela não disser sim, ainda te resta uma esperança.

– Sim, é claro – ele concordou, com uma lassidão não habitual.

– Quer que eu fale com ela?

– Hum... Talvez. Não vejo o que isso mudaria.

– Você confia em mim, sim ou não?

– Sim... sim...

– Veja, você me pediu para fechar a agência e eu obedeci!

– É verdade. Obrigado.

– Ligo para ela e mantenho você informado.

– Tudo bem. Um beijo.

– Coragem. Você sabe que pode contar comigo, meu Lou. Totalmente."

As informações sacolejavam dentro da minha cabeça. Eu teria que escutar várias vezes seguidas para analisar tudo. Aquela familiaridade entre eles, a maneira com ela o chamara de "meu Lou", mas sobretudo a segunda parte da conversa... quando a questão era me fazer renunciar à união com David. Por quê? Eu não conseguia visualizar o elo que faltava entre essas confidências e o grande jogo erótico ao qual Louis havia me feito aderir. Tudo aquilo tivera desde o começo este único objetivo: fazer com que eu abandonasse o projeto de casamento com David? E nesse caso, de onde vinha esse obscuro propósito, ele que me conhecia só há poucas semanas? E por que razão ele teria entrado em contato comigo através de seus famosos bilhetes perfurados, antes mesmo de eu conhecer aquele com quem eu terminaria me casando? Não tinha nenhum sentido, nenhuma lógica...

Eu estava no meio das minhas divagações quando o celular tocou. "Número privado", indicava a tela do aparelho. Dispensei Fred com um sorriso crispado.

– Tudo bem – ele resmungou. – Já vou.

Meu grito imobilizou-o junto da porta:

– Fred!

– O que foi?

– Sinto muito.

– Não, tudo bem – ele disse, confuso.

– Por *tudo isso*, quero dizer.

Ele deu de ombros e arrastou os pés até a outra extremidade do corredor. Enquanto eu terminava de falar com Fred, a pessoa misteriosa que me ligou deixou uma mensagem de voz:

"Elle, é Rebecca. Rebecca Sibony. Sei que Sophia e você tentaram falar comigo... Eu lhes devo algumas explicações. Talvez até mais a você, na verdade. Tem um pequeno restaurante libanês na esquina da rue du Roi-de-Sicile com a Ferdinand-Duval. Chama-se L'escale du Liban. Estarei lá às 20 horas. Peço que venha sozinha, por favor. Até já."

Foi o tempo de deixar com Chloé uma mensagem para David de que me ausentaria, depois tomar um táxi por conta da empresa e chegar alguns minutos adiantada no bairro que ainda não conhecia alguns meses antes, quando Sophia me levara lá.

Para matar o tempo, fiquei olhando as vitrines vizinhas. Cada loja parecia ter sido criada ali pensando em mim. Cada letreiro ressoava como um aspecto de mim mesma ou da situação presente: a Dame 2 Coeurs era uma loja de lingerie mais ousada; a Sens Unique oferecia perfumes sob encomenda; e a Dollhouse, renomada loja de bonecas junto ao prédio onde se situara pouco antes a agência, que dividia seu reduzido espaço de vendas com roupas íntimas e brinquedos eróticos.

Sophia me contou um dia como ela começara sua coleção de brinquedos eróticos. Uma de suas amigas da faculdade, uma sueca particularmente liberada, lhe dera um pequeno vibrador de plástico cor-de-rosa. Comum, mas eficaz. Como Sophia fala um inglês básico, ela se enganou a respeito do que lhe dissera Jenny-a-sueca. Ela pensou com toda boa-fé que era um presente, portanto um objeto novo... mas na verdade tratava-se apenas de um empréstimo. Em outras palavras, ela já tinha gozado várias vezes graças ao brinquedinho de aparência tão inofensiva, quando compreendeu que sua colega já fizera uso dele muitas vezes antes dela.

Tal informação, que poderia fazê-la deixar de gostar de brinquedos eróticos, de Jenny e do sexo em geral, ao contrário, excitou-a ao máximo. E ela nunca mais devolveu o brinquedo à sueca, que terminou deixando-o com ela de boa vontade.

(Nota manuscrita de 12/6/2009, redigida por mim.)

Quando entrei no restaurante libanês, Rebecca me fez um sinalzinho discreto do fundo da sala. Ela estava exatamente como eu a conhecera nos nossos raros encontros: excessivamente arrumada, exageradamente loura, magra de dar medo e, para completar, aspergira uma dose de Shalimar suficiente para perfumar a rua inteira.

Ela fingiu que beliscava docinhos orientais e apontou para eles com suas unhas intermináveis.

– Quer experimentar? São de amêndoas, uma delícia.

– Não, obrigada... Não estou com fome.

Mentira. Mas eu não estava ali para um jantarzinho de amigas.

Ela começou por me servir uma mentira tão massuda e indigesta quanto parecia ser o seu doce. A polícia tinha baixado, alguns dias antes, em vários hotéis frequentados pelas meninas do seu catálogo. Privadas de um ponto de encontro, elas se viram na impossibilidade de oferecer um serviço completo a seus clientes. Com isso, toda a atividade da Belas da Noite tinha cessado de maneira imediata, razão pela qual ela fora obrigada a fechar provisoriamente as portas.

A ponto de esvaziar as salas? De cortar a linha telefônica? De não atender mais uma única ligação? Aquilo não se mantinha de pé. Mas eu não tinha como divulgar o que escutara da sua boca na gravação pirata de Fred.

– Você conhece Louis Barlet há muito tempo, Rebecca?

Ela disfarçou a surpresa com a naturalidade das velhas raposas que conseguem nunca pestanejar. Contudo, eu podia adivinhar o estupor no qual a pergunta a mergulhava.

– Bastante, sim. Por que isso te interessa?

– Porque ele e eu vamos ter que nos cruzar com bastante frequência, agora.

Ela me lançou um largo sorriso, no qual pude ler sua tentativa de recuperar a ascendência perdida.

– É verdade! Eu soube do seu casamento com David. Meus cumprimentos. Você vai figurar bem no alto da lista das uniões de prestígio que a agência ensejou.

– David Barlet nunca foi um dos meus clientes.

– Ah, é? – ela se esquivou, com o olhar ausente.

– Ele já esteve com outras meninas?

Como ela ainda fugisse do meu olhar e ao mesmo tempo da minha pergunta, eu segurei suas duas mãos e as mantive prisioneiras nas minhas com firmeza. Eu não estava nem aí para saber se David dormira com todas as *hotelles* do catálogo. Não era esse passado, sobre o qual sua disputa com Louis se revelava bastante explícita, que me interessava.

Ela me fuzilou com suas íris azuis, mas depois, invadida pouco a pouco pela determinação que brotava das minhas palmas ferventes, ela adoçou e pousou finalmente em mim um olhar pesado e enternecido, onde pude ler uma tristeza sem idade.

– Conheço Louis desde que eu tinha 21 anos. Ele tinha apenas 15. Nós nos conhecemos num dos ralis que a mãe organizava para David e ele. Com todo aquele dinheiro, e a competição estúpida entre eles, os dois irmãos Barlet não tinham muitos amigos. Hortense achava que convidando gente jovem e fina, escolhida entre os filhos de suas relações de negócios, eles aprenderiam a se misturar. Com exceção de mim, que não tinha muita coisa a ver com aquele meio, foi praticamente um fracasso.

– Vocês foram amantes?

– Eu e Louis? Sim, pode-se dizer que sim. É desagradável te contar isso, mas eu era seu pneu sobressalente. A cada desgosto amoroso, ele voltava para mim. Justo o tempo de reparar um pouco seu orgulho... Depois ele tornava a partir para outra. Mais jovem. Mais fresca.

Rebecca, a velha amante, porto de indulgência e ternura no tumulto da sua vida sentimental.

Mas então, naquela noite em Dinard, no restaurante de Saint-Malo e depois no carro de volta a Roches Brunes... não era Alice!

– Quando Aurore morreu... Vocês estavam outra vez juntos não é?

– Sim. Eu estava lá. Como em todas as vezes que ele precisou de mim.

Foi dito sem amargura. Ao contrário, percebi ali um amor infinito por aquele que brincava comigo. Um amor que nunca fora retribuído.

– Mas isso não bastou para o impedir de se atirar feito um idiota na água – ela deplorou.

– Ele poderia tê-la salvo.

– Não. Naquela noite ou em outra, ela ia conseguir o que queria. E David também, no fim das contas.

Ela sabia perfeitamente que, ao afirmar isso, eu não podia senão aprofundar meu interrogatório.

– David? Está insinuando que ele desejava a morte dela?

– Não exatamente. Mas Aurore doente não servia mais para muita coisa. Ela só era uma pedra estragada na coroa dele.

Eis que ela o descrevia para mim tal como Louis havia feito ao chegar nas Tulherias, como um monarca que não enxergava suas relações com os outros senão em termos de glória e ambição. Um homem cínico o suficiente para desejar o desaparecimento daquela que empanava sua própria imagem e um futuro profissional que todos prediziam brilhante.

– Você acha que ele a deixou afundar sem fazer nada?

– Sem fazer nada... e mesmo lhe dando uma ajudinha.

A instalação descrita por Louis me voltava à memória: a garçonnière em cima do apartamento da avenue George Mandel. A profusão de amantes. A escada secreta. O perfeito Don Juan, o consumidor de mulheres sem escrúpulos aparentes.

Empanar sua imagem: não era exatamente o que Rebecca estava fazendo na minha frente, a pedido de Louis? Eu me contive para não cuspir meu desprezo no rosto dela. Que David fosse autoritário, egoísta, disposto a usar os outros como simples peões, tudo isso era inegável. Suas decisões intempestivas, até aquele acesso tirânico, no mesmo dia, comigo... Mas isso fazia dele um monstro, um quase assassino, tal como os dois cúmplices procuravam pintá-lo para mim?

Tentei determinar que obscuro contrato ligava os dois. Não estariam simplesmente dando vazão ao seu despeito?

– Como Louis se recuperou do acidente? Quero dizer, com exceção do joelho?

– Mal. Ele se sentiu culpado de não ter conseguido fazer nada naquele dia. Porém, mais ainda por não ter intervindo mais cedo ante o irmão. Quando ainda havia tempo para tirar Aurore dele.

– O que o impediu?

– O jogo – ela disse como única resposta.

Eu não estava certa de ter captado todo o sentido, nesse contexto.

– O jogo?

– O desafio permanente entre David e ele. Talvez o fato de Louis ser o primogênito... Mas, naquela época, já era claro que David ganhara a disputa. Definitivamente.

– Com o que ele sabia sobre David, teria podido contestar. Chantageá-lo!

– Era tarde demais. André, o pai deles, já havia nomeado o herdeiro. Louis não podia fazer mais nada...

Durante alguns minutos, ela me contou como Louis desde então se refugiara em um mundo imaginário feito de amor às lindas cartas, de paixões tão românticas quanto efêmeras, de jogos eróticos mais ou menos tortuosos. Contudo, Rebecca tinha para ele todas as desculpas: Louis era a primeira vítima, e mesmo a única verdadeira, da morte de Aurore. Ela se esforçava para fazer um retrato dele mais sensível, frágil, ferido, despedaçado pela loucura do pai e a dureza do irmão tanto quanto pelas rochas de Dinard. Mas eu não conseguia ocultar o manipulador que queria cortar minha felicidade pela raiz. Ele, o meu mestre?

Quanto mais ela insistia naquele discurso, mais eu me sentia a ponto de explodir.

– Você me perguntou como ele se recuperou? A resposta é: atribuindo-se a ilusão de controlar cada aspecto da própria vida. Inventando para si roteiros sempre mais elaborados... Você provavelmente terá dificuldade em acreditar, mas naquele tempo ele não era esse pernóstico que dá lições de vida e elegância a todo mundo.

Era tão belo quanto um bronze. E tão magnético quanto uma fera. E tão...

Eu sabia de tudo aquilo. Não precisava que a velha amante dispensada insistisse em promovê-lo. Eu estava bem posicionada para saber que poder Louis exercia sobre as mulheres.

– Era um rapaz tão gentil... tão generoso.

Sua última afirmação, que pretendia ser uma confidência do tipo que duas amigas se fazem na hora do chá, acabou com a minha calma:

– Chega de histórias! Se ele é tão sensível e bom quanto você diz...

Pronto. Eu tinha alcançado o instante crítico em que não tinha outra escolha senão me revelar. Hora de baixar as diferentes máscaras que tinham me feito usar no Des Charmes. Nem Sophia estava tão informada.

Longe de rebentar como as ondas na baía de Saint-Malo, atingindo a costa com grandes golpes sonoros, minha raiva se soltava como um longo curso d'água, largo e poderoso, que nenhum dique conseguiria conter.

– ... Por que ele faz esse jogo comigo? Por que ele quer ferrar meu casamento? Eu sou o quê para ele? Um peão em cima de um tabuleiro velho? Sua revanche contra David? O epílogo da guerra que eles começaram há vinte anos?

– Não é nada disso.

– Ele não vê que pode liquidar com vinte mulheres como eu sem sequer arranhar o irmão? Ele pode me massacrar como bucha de canhão, pode me foder ou fazer com que seja fodida por outros, em todos os quartos de hotel da terra se lhe der na telha... ele jamais vencerá David. Jamais!

Ela sacudiu a cabeça para a direita e para a esquerda. Mas, ainda que eu me sentisse segura, podia quase notar um tom sincero naquela negação silenciosa.

– Você não entendeu nada. Nada, nada.

Ela proferiu isso como uma revelação que fazia a si mesma.

– Entendeu o quê?

Ela continuou balançando a cabeça, incrédula, incansável, como se pudesse apagar tudo.

O que começara por me abalar terminou me irritando.

Então, sob o olhar estarrecido de garçons carregando zakuskis, levada por uma necessidade visceral de desabafar, esgotada pela constante pressão de seus segredos, eu bradei a plenos pulmões:

– ENTENDEU O QUÊ?

No encaixe de tantas mentiras, cada revelação me prendia dentro de uma matriochka menor. Aquela casa de bonecas ia me sufocar. Dentro em breve eu também seria um brinquedo quebrado nas mãos deles. Um brinquedo morto. Como Aurore.

– Ele não faz tudo isso contra David.

Um sorriso doce embelezou de repente os seus lábios, que até então eu sempre vira muito finos e secos.

– Ele não faz isso contra ninguém. Ele faz por você.

Um sorriso manso que mais parecia um testemunho, presente que ela se preparava para depositar nos meus ouvidos.

Com um olhar seguro, ela repetiu:

– Simplesmente por você.

26

Simplesmente por mim.

Levei alguns minutos avaliando a dimensão dessa revelação, sentindo-a se espalhar por mim, lenta perfusão de incredulidade e alegria. Diante de meu silêncio, Rebecca se sentiu obrigada a esclarecer que era de boa vontade que me cedia Louis, que há muito tempo ela aceitara que a felicidade de seu único amor passava por outras mulheres sem ser ela própria. Foi com o mesmo entusiasmo eu não captava mais do que uma de cada duas palavras ou nem isso – que ela me contou em detalhes tudo que ainda os ligava. A ela e a Louis. A começar por onde moravam. Desde que ele ocupara o amplo apartamento da avenue Georges Mandel, ela mesma passara a morar no sala e quarto situado no andar de cima, a antiga garçonnière de David. Como Louis me dissera, a escada de serviço entre os dois apartamentos não existia mais. Dessa forma, nenhum dos dois podia aparecer na casa do outro sem autorização. Tão próximos e no entanto independentes. Era comum eles não se verem durante dias seguidos. Mas saber que o outro estava a alguns passos bastava para reconfortá-los.

– Mas tudo isso vai acabar em breve... – ela se lamentou com um suspiro.

– Por quê?

Minha pergunta pareceu surpreendê-la:

– Eles não lhe contaram?

Fiz cara de inocente, ainda sob o choque.

– Sobre o quê?

– Sobre as obras!

As marteladas e enxadadas que se ouviam do nosso jardim. Richard-o-motorista de macacão de trabalho. Alguns instantâneos passaram pela minha cabeça.

– Quando foram morar na rue de la Tour-des-Dames, André e Hortense compraram o palacete ao lado.

– O de Mademoiselle Mars... – murmurei para mim mesma.

– Sim. Eles reformaram o primeiro, o maior dos dois, e mudaram para lá com os meninos, nessa época. O palacete de Mademoiselle Mars ficou muito tempo do mesmo jeito, com a mesma aparência que tinha na década de 1940.

Lembrei da placa esmaltada afixada acima da porta de entrada: "Bureau des Voyages de la Jeunesse." Albergue da Juventude.

– Na verdade, o Hôtel Mars ficou abandonado até a morte de André e Hortense – ela esclareceu. – O testamento deles especificava que David devia herdar o Duchesnois, e Louis, o outro.

Perdi a compostura e subi outra vez o tom:

– Louis... Louis é nosso vizinho?

Como puderam me esconder? David, e mais ainda Armand, que comentara comigo os transtornos causados pelas obras acontecendo no prédio vizinho... Por que ninguém me esclarecera esse ponto?

– Ainda não. Faz dez anos que ele iniciou um projeto completamente louco: restaurar seu palacete idêntico ao original. Até o menor afresco ou a menor maçaneta de porta. Pelo que já vi, é magnífico. Mas é também um verdadeiro sorvedouro. Toda a sua parte da herança está sendo gasta ali.

Eis que se dissipava ao menos um dos mil pequenos mistérios que o cercavam: Richard não se encontrava por acaso atrás da porta azul, no número 1 da rue de la Tour-des-Dames, o dia em que Félicité fugira. O motorista de Louis tinha parte ativa no projeto de seu patrão.

Depois de um longo e caloroso abraço que me pegou de surpresa, Rebecca me fez aproveitar o conforto de seu Mini cor creme, me levando ao Hôtel Duchesnois. Eu não conseguia mais apreciar o palacete vizinho, à esquerda, com olhos indiferentes. Saber que Louis moraria ali dentro em breve era como se embaralhassem outra vez as cartas das minhas dúvidas, das minhas resoluções e dos meus desejos, sem que eu pudesse determinar com que mão ficaria no final da partida.

– Cuide-se – disse ela, na hora em que eu saía do carro.

* * *

Foi o que fiz na hora que se seguiu. David ausente mais uma vez, aproveitei para tomar um banho quente demorado. Tentei com todas as forças tirar da cabeça as palavras de Rebecca, mas elas ficavam voltando, no ritmo das nuvens de espuma. Elas não desapareceram, infelizmente, quando eu finalmente destapei o ralo. Estavam coladas na pele. Vestiam-me melhor do que qualquer roupão de banho ou qualquer roupa: "Ele faz por você. Simplesmente por você."

Quando desci para o térreo vestida num simples penhoar – eu podia ouvir Armand trabalhando na cozinha –, encontrei em cima do aparador o contrato de casamento pronto, assim como um novo pacote prateado. Richard-o-motorista seria seu mensageiro?

Rasguei o papel e abri a caixa com o fervor de uma criança no dia do Natal. Além do cartão magnético e do bilhete esperado, continha um esplêndido leque de renda preta com armação esmaltada, também cor de ébano, cuja extremidade, com um bojo incomum, projetava-se como um falo. O bilhete que acompanhava o conjunto era semelhante aos precedentes:

Vinte e duas horas.
Como de hábito,
é você que deve achar
nosso quarto.
Traga tudo com você.

Só a última recomendação já me deixava em agonia. *Todos* os objetos que ele me dera até então? De volta ao quarto, fiz um rápido inventário e botei todos os objetos numa bolsa pequena.

Seria mais outra sessão de brinquedos, como dava a entender seu novo mandamento?

6 – Teu prazer dominarás.

Ele estaria pensando, mais uma vez, em adiar o instante em que entraríamos em contato de verdade, e assim me deixar louca?

No momento de sair, olhei para a ampulheta gigante, cujos três quartos do conteúdo já tinham passado para o lado de baixo. E eu, de que lado estaria de agora em diante? Era absolutamente necessário que escolhesse um?

Por falta de resposta, deixei meu corpo decidir, meus pés acharem um caminho, meu ventre correr para onde obteria boas carícias, meu sexo se jogar em cima de tudo que pudesse agradá-lo, chupá-lo, lambê-lo ou abri-lo em dois como uma fruta madura, de que ele tanto gostava.

Eu não tinha mais o controle de nada. Não era mais do que a soma de meus órgãos famintos de sensações. Um quebra-cabeça erógeno que aspirava apenas a juntar os seus pedaços, e que gemeria cada vez que uma nova peça encontrasse seu lugar certo.

A rue Pigalle estava animada naquela noite. A alegria ambiente – grupos de jovens falando alto e bebendo nos bares de calçada – já envolvia o ar com um perfume de verão. Eu poderia ser como eles, estar no meio deles, bebericando meu Monaco com Sophia, me deixando paquerar, sem levar a sério, por rapaz da minha idade, na maior despreocupação.

Mas, bem ao contrário, eu tinha um só objetivo, eu me via aspirada por uma única força, inconsequente, porém lúcida. Tão concentrada que não tive nenhuma dificuldade para decifrar o enigma do dia. O sr. Jacques podia ir para o inferno. O leque me falava mais do que todos os outros objetos guardados na minha bolsa. Ele não podia pertencer senão a uma única cortesã do Des Charmes: Caroline Otero, conhecida como a Bela Otero. Dançarina do Folies Bergère na virada da década de 1900, de beleza misteriosa, famosa pelos hábitos levianos e pela ofuscante graciosidade dos seios de um redondo perfeito, ela manteve, além de seus amantes, algumas amizades sáficas, notadamente com a escritora Colette.

Eu não tinha como me enganar. Já ocupara o quarto dela quando era ainda uma *hotelle*.

Como na vez anterior, entrei sem cumprimentar o *concierge* e fui encontrar Ysiam diante dos elevadores, fiel ao posto.

– Está muito bonita esta noite... Quero dizer, mais ainda do que das outras vezes – consertou imediatamente com uma encantadora falta de jeito.

– Obrigada, Ysiam. Você pode me levar até o Bela Otero, por favor?

Passados alguns instantes, ele me anunciou com um tom de confidência:

– Primeiro andar. Por gentileza, me siga.

Achei comovedor ele ainda usar de tanta cerimônia entre nós, uma vez que as situações e os gestos se repetiam todas as vezes, idênticos: o corredor, a porta dourada que abrem para mim, depois trancam às minhas costas na mesma hora...

O quarto correspondia à minha lembrança, decorado como um bordel dos anos loucos, com tapeçarias de veludo vermelho adamascado e espelhos rococó emoldurados de arabescos. Na parede, cartazes originais do Folies Bergère lembravam a glória passada daquela que dava ao quarto seu nome e sua alma. Logo ao primeiro olhar, compreendi que o encontro seria em todos os pontos diferente dos anteriores. A começar pela iluminação, intensa, quase ofuscante sob a profusão de lustres acesos, o oposto da penumbra à qual eu acabara por me habituar.

A outra mudança foi, pela primeira vez, a presença de uma pessoa no quarto antes mesmo de eu entrar. Excluí voluntariamente o encontro precedente, uma vez que Louis – ou aquele que se fizera passar por ele – estava escondido no escuro no momento da minha entrada e só tinha se manifestado num segundo tempo. Enfim, e não era a menor das novidades, desta vez não se tratava de um homem, mas de uma mulher.

A máscara que ela usava, que escondia de mim sua identidade, não deixava contudo nenhuma margem à dúvida, pois seu corpo, em cada uma das zonas características que observei detalhadamente, busto, cintura, quadris, nádegas e mais ainda as pernas bem torneadas que sustentavam o conjunto, era portador dos voluptuosos atributos do seu sexo. Ela era simplesmente magnífica. A pele, cujo tom de âmbar cobria com elegância infinita músculos longos e ágeis, completava o esplendor com uma nota luminosa, exaltada pelas inumeráveis lâmpadas flutuando no teto. A jovem estava imóvel, mas tudo nela, o meneio indolente, a mão graciosa pousada na cintura, revelava a flexibilidade e a graça de uma dançarina, à imagem da Bela Otero. Como esta última, por fim, ela exibia os mais belos seios que eu já tinha contemplado, de uma firmeza alta e altaneira, com uma curvatura impecável.

Mas foi só quando ela avançou para mim, tão felina e harmoniosa quanto uma modelo na passarela, que eu a reconheci de fato. Era aquela a quem eu chamava de Liana, a incrível morena pendurada no braço de Louis na noite de nosso primeiro encontro, e depois no do antigo cliente, no hall deste mesmo hotel. Do seu físico impecável emanava a altivez de alguém cuja perfeição nos esmaga, a nós, simples mortais.

– Não tenho nenhuma vontade de...

Ela pousou nos meus lábios um indicador tão fino e leve quanto um caniço para me intimar a calar-me. Os dela formavam um "psiu" mudo.

Ela guiou meus gestos com uma autoridade natural, mas sem brusquidão. Eu me surpreendi ao descobrir nela uma suavidade lânguida, quase amável. Ela estava sem nenhuma dívida executando um serviço encomendado, mas, como todas as acompanhantes de alto luxo, sabia dar a seus gestos fabricados a ilusão do sentimento. Atriz, mais do que prostituta.

À nossa volta se ouvia uma peça para piano que eu não conhecia – outra vez Chopin? –, quando ela começou a tirar minha roupa, lentamente, com a aplicação de uma figurinista, preocupada em não amarrotar nada. Cada peça de roupa era motivo de um novo leve toque de sua mão na minha pele, que estremecia um pouco mais a cada contato.

Quando terminou de me despir, foi vasculhar, sem me pedir autorização, minha bolsa carregada com meus tesouros, tirando de lá o leque.

Apresentou-o a mim como se fosse um sacramento, como se minha aprovação lhe importasse, e, uma vez que eu, pasma, não me mexia, ela começou a esfregar o cabo do leque na própria vulva, da qual escapava um líquido claro por uma abertura da calcinha. Em pelo menos uma coisa ela não estava simulando: quando brandiu o leque mais uma vez sob meus olhos, o objeto brilhava, reluzente com o seu desejo.

– Lamba – ela me intimou com uma voz profunda e acariciante.

Eu obedeci, a princípio timidamente, depois com mais ardor, engolindo o cabo de laca preta como se fosse a mais deliciosa das glandes. Para me encorajar, ela estendeu as mãos para mim e pousou-as nos meus ombros, longas e fabulosamente acetinadas, tão macias e leves quanto folhas boiando na água, e me acariciou com uma lentidão exasperante, depois com precipitação, até o meu pescoço, meus seios e em seguida meu ventre. Ali, seus dedos brincaram um instante com a minha penugem, alisando-a com a palma da mão, um dedo ou dois se perdendo no limiar da minha fenda.

Certa da minha docilidade, ela se fez mais audaciosa. Ajoelhou-se na minha frente e, com uma das mãos firmemente apoiada na minha cintura, agarrando minhas carnes com todas as forças, insinuou o cabo esmaltado na entrada da minha vagina. Minhas pernas tremeram sem eu querer, e quase bambeei. Mas a pressão da palma de sua mão e do cabo que deslizava pouco a pouco no meu ventre me mantiveram numa espécie de equilíbrio, em que o leque fazia o papel de uma estaca na qual eu me empalava com deleite, com um suspiro atrás do outro.

As dimensões do objeto não excediam as de uma verga, mas o que provocava uma sensação nova, em compensação, era sua extrema rigidez, afastando as paredes do meu sexo com autoridade. Eu não me sentia rasgada nem vasculhada, eu me sentia preenchida, invadida, inacreditavelmente dominada. E que tal prazer pudesse se originar daquele objeto banal e me ser oferecido, além do mais, pela mais exótica das mulheres, só aumentava minha perturbação. Eu logo me encaixei naquela estaca plantada dentro de mim, flexionando os joelhos, sentindo até onde minhas insondáveis profundezas podiam acolher o intruso.

– Agora venha.

Sem retirar o leque, ela me conduziu até a cama coberta apenas por um lençol branco e me deitou com tanto cuidado como se eu fosse uma flor, para que nenhum toque no leque dentro de mim pudesse ferir minhas entranhas.

Eu compreendia perfeitamente que, aceitando aquela nova postura, eu me entregava ainda mais inteiramente a ela. Eu não tinha mais condição de avaliar, de raciocinar, de opor o menor argumento àquela doce loucura. Tão doce...

Os dedos de Sophia saindo da boceta. Os gritos da jovem gozando na luz negra. Os peitos perturbadores de uma desconhecida no metrô, há alguns dias. Os flashes se sucediam em mim, pequeno carrossel de imagens onde as mulheres ocupavam a frente da cena, e produziram em mim efeitos que eu não podia mais negar. Eu jamais tocara em qualquer uma delas, e eis que todas se ligavam para me oferecer um êxtase. Era eu que as desejava, mas eram elas, pela mão delicada de "Liana", que me possuíam.

– Mais depressa... – eu me ouvi dizer, implorando sem reconhecer a voz que brotava da minha garganta. – Continue, mais depressa!

Ela mergulhava e retirava o leque da minha vagina com força e regularidade, estimulando meu sexo sem parar, exibindo um vigor que sua silhueta esguia não deixava entrever. Através de minhas pálpebras semicerradas, eu podia ver a excitação nos seus olhos apertados, nos lábios que ela mordia com força, na tensão de todo o seu ser voltado para minha fenda maravilhada, que ela não parava de espicaçar enquanto não obtivesse o orgasmo esperado.

Ele se anunciou no mais profundo de minhas entranhas, como uma bola nascendo no meu umbigo e rolando lentamente, pesada e cheia ao extremo, esmagando todos os órgãos na passagem. Chegando na porta do útero, inchou mais ainda, fez uma breve parada e estourou como uma onda no canal úmido e distendido, arrastando tudo, arrancando a cada milímetro fragmentos de prazer e acabando por gritar. Tive a vívida sensação de que o grito saía da minha boceta dilatada mais do que da minha boca. Naquele momento, não consegui mais distinguir os dois orifícios, e o prazer fulminante que cada um dos dois tinha em se expressar.

– Muito bem... – ela aprovou com um tom douto. – Você gozou de fato com a vagina.

Realmente, o prazer que senti foi tamanho que a retirada repentina do leque quase me fez berrar de dor. Parecia que tinham acabado de arrancar todo o meu baixo-ventre.

Louis tinha atribuído a si mesmo o título de revelador. E, entregue a aspectos até então inexplorados da minha sexualidade, eu me via sufocada pela emoção, com o sexo ávido e nem um pouco saciado, esperando o próximo tratamento que ele me reservava nos bastidores, como uma criança espera a sobremesa. Sem duvidar por um minuto de que ele ia querer me dar. Em suma, confiando nele, assim como na minha capacidade de receber o que ele me oferecia. Apagado o medo, os sentidos finalmente despertos, cada nova experiência desvelava em mim uma a uma das facetas de outra mulher, que minha educação, meus princípios e, mais do que tudo, minha ignorância tinham até então fechado a sete chaves. Eis que elas se liberavam, enfim. Eis que elas tomavam a palavra, uma após a outra, cada uma expressando suas vontades singulares, suas fantasias particulares. Naquele momento, eu não gozava apenas como a Bela Otero, mas também como Marie, Joséphine ou Lola.

Meus olhos ainda estavam cerrados de prazer quando escutei a porta se fechar. Liana saiu sem se despedir. Agora só havia eu, meu corpo extenuado de prazer, abandonado na maciez da cama, e o andamento infernal do piano – uma mazurca ou uma polonaise? – soprando sobre ele, arrancando-lhe os derradeiros estremecimentos.

Pareceu-me inconcebível que me largassem assim, ainda insatisfeita, sozinha para dispensar a mim mesma as sensações que eu ainda reclamava. Nada poderia me saciar, a não ser ele. Eu queria Louis. Eu o queria para mim, só para mim, agora, disposta a ser nem que fosse um simples episódio, uma *hotelle* a mais no seu quadro de caça. Se me possuísse ao menos uma vez, talvez eu pudesse acabar com aquilo, deixar para trás seu perfume tão intenso, seu olhar possuído, aquela covinha na face direita e, acima de tudo, libertar-me da certeza, talvez enganadora, que me persuadia de que ser sua reuniria todas essas mulheres ocasionais, fazendo de mim o centro de um prazer perfeito, uno, concentrado. Eu não viveria mais apenas de minhas fantasias. Ele não seria um amante como os outros.

Sim, se ele me penetrasse ainda que uma única vez, com um membro que eu imaginava tão comprido e duro como o cabo do leque, tão adequado para me preencher...

Quando era adolescente e ainda não tinha conhecido nenhum rapaz, uma vez eu fiquei tão impaciente para conhecer as sensações da penetração que improvisei para isso um brinquedo erótico à minha moda. Depois de comprar um único preservativo numa máquina de rua junto de uma farmácia vizinha - eu esperei que fosse tarde o suficiente para me aventurar sem ser vista -, eu tirei a camisinha da embalagem, depois a enfiei, não sem dificuldade, em uma banana pequena e ainda verde que eu pegara na cozinha. Infelizmente, só consegui introduzir entre meus lábios a ponta daquele pênis improvisado, o que foi insuficiente para me deflorar. A pressão sobre o hímen, esticado como um tambor, me dissuadiu de ir mais longe, mais fundo. Com a respiração curta, em pânico com a ideia de fazer uma bobagem que mamãe não ia poder ignorar, porém ainda mais excitada, eu desisti e me contentei com uma masturbação em regra do meu clitóris, mais saliente e ávido de carícias do que nunca.

(Nota manuscrita de 13/6/2009, redigida por mim.)

No entanto, quanto mais ele me fazia morrer de impaciência, quanto mais adiava o instante, preterindo nossos desejos à sua vontade, esgotando nossos nervos com suas ausências ou aparições furtivas, mais Louis me obcecava. Ele se tornara meu mestre porque soube se fazer desejar, seduzindo-me com pequenos toques, tão sutis e envolventes quanto os bilhetes que caíam sobre mim como um véu suave e invisível.

Eu poderia chamá-lo, gritar seu nome, socar a porta e alertar o hotel inteiro. Eu sabia que seriam tentativas vãs. Eu sabia que a hora da nossa aproximação era a que ele escolheria, só ele. Já teria escolhido? Teria programado, em algum lugar, em uma agenda ou na folha de um caderno?

Os minutos corriam e ficou evidente que ninguém viria se juntar a mim. E que eu não teria outro recurso senão os meus próprios para me ocupar até uma libertação que tardava. Então deixei meu olhar passear pelo quarto. Uma luminária de cabeceira com cúpula em forma de pirâmide; uma escrivaninha de mogno cujos pés eram tão finos que era difícil acreditar que pudessem suportá-la; um vaso de vidro fosco com um buquê de lírios brancos...

Passando a mão pelo lençol da cama, achei o leque. Por um instante, fiquei surpresa por não o terem confiscado, e então o mandamento do dia me voltou à memória: "Teu prazer dominarás."

Era, pois, o que se esperava de mim. E enquanto não me sacrificasse a essa exigência, eu permaneceria prisioneira daquele quarto.

Nem por isso me precipitei. Levei até bastante tempo observando mais de perto aquele objeto de coleção. Olhando-o bem, a extremidade do cabo não esboçava apenas a forma de uma glande túrgida de desejo. Havia no negro da laca certos detalhes de realismo sutil: a dobra da pele na sua base, a fina tira elástica do freio e até as nervuras salientes sobre a haste, cujo contato tão agradável eu sentira em mim. Fiquei me perguntando que modelo as teria inspirado. Será que...

A pergunta não esperava resposta. Ela só esperava uma coisa, que eu introduzisse o cabo no meio dos meus lábios rosados e liquefeitos com uma mão firme. Que era a vez de eu me prodigalizar, só com meus talentos, o prazer que ele me recusava. A princípio prudente, fui acelerando progressivamente a cadência até projetá-lo no fundo de mim, provocando violentos movimentos involuntários em que todo o meu corpo se erguia e caía pesadamente numa sucessão de gemidos indescritíveis. Quando o novo orgasmo me atingiu, creio ter sentido lágrimas rolando no meu rosto. Espasmos curtos e convulsivos sacudiram meu ventre sem parar. Eu era uma paisagem sob a intempérie, um pedaço de terra castigado pela tempestade. De repente, imobilizei meu gesto, mantendo o objeto bem dentro de mim, incapaz de retirá-lo. O leque ficou ali durante muito tempo, até os músculos que o prendiam finalmente se distenderem e me libertarem dele.

Eu lhe oferecia tanto e Louis me dava tão pouco...

Ou seria o contrário?

27

13 de junho de 2009

Há alguns anos, quando nós duas penávamos mais ainda para conseguir fechar o mês, Sophia me convenceu a participar de um negócio que ela acabara de descobrir. Foi assim que, em troca de um vale de trinta euros que ela me daria ao final da transação, eu entregava a ela uma das minhas calcinhas usadas, um modelo de algodão bem simples, que ela se encarregava de vender num site especializado. Com o dinheiro no bolso, eu tratava sobretudo de não saber o que acontecia com a minha roupa íntima. Tudo aquilo me enojava um pouco, e eu acabei me recusando a renovar a experiência.

Mas hoje, anos mais tarde, às vezes ainda me pergunto sobre o destino da calcinha ligeiramente manchada na entreperna. Teria conservado meu cheiro? O homem ainda mete o nariz nela antes ~~de bater uma punheta~~ de se masturbar? Ele a largou no meio das outras, devolvida ao anonimato, ou jogou fora após um uso único?

(Nota manuscrita de 13/6/2009, redigida por mim.)

"Aurore Delbard": o site de busca listava somente duas ocorrências do seu nome. Apenas duas, e ambas erradas. Pensando bem, Aurore morreu numa época em que as vidas privadas não eram exibidas como hoje no espaço aberto da web e das redes sociais.

Mas ainda assim, que ela não aparecesse em lugar nenhum, em nenhuma foto de colégio, nenhuma lista escolar ou universitária, nenhuma árvore genealógica, era de surpreender. Sua família ou o próprio David teria apelado para uma dessas empresas encarregadas de purgar a memória eletrônica? Em todos os casos, o resultado estava ali: Aurore Delbard não deixara nenhum traço na teia de sua passagem pela Terra.

Esta perspectiva abriu-se como uma brecha, um breve instante de embriaguez e pânico, depois se fechou imediatamente: e se Aurore não passasse de uma impostura, fruto de uma imaginação doentia? Era impensável. Que interesse eles teriam em inventar a história dessa mulher? Por que compor tamanha farsa só para mim?

Ao botar outra vez a aliança no dedo nesta manhã, eu tive a sensação de deslizar para dentro da vida de um fantasma, de um ectoplasma sem passado nem contornos. Pior, de um ser de pura ficção.

O meio mais seguro de devolvê-lo ao seu limbo, de expulsá-lo da minha vida, estava na ponta da minha caneta: assinando o contrato desejado por David e entregue por Armand, eu daria à nossa união e ao presente bem mais consistência do que todas as lembranças, reais ou inventadas. Dez vezes esta manhã eu suspendi a caneta esferográfica nos cantos das folhas a rubricar, retirando-a todas as vezes, impedida por uma força invisível cujo nome eu conhecia bem e pelo domínio que ele exercia agora sobre mim:

Encontro na emissora, minha linda.
Eu acredito em você.
Eu te amo.
D.

O bilhete de David, deixado na mesa do café da manhã, não me levantou o astral já baixo. Contudo, era o grande dia. O da minha estreia ao vivo. A concretização de algo muito desejado e que qualquer outra jovem no meu lugar, consciente da sua sorte, teria considerado uma bênção. Sim, tudo deveria se apagar – minhas idas ao Des Charmes desapareceriam na noite, a voz e o cheiro de Louis se evaporariam – diante da importância do que estava em jogo e da iminência do acontecimento. Eu deveria tremer de medo, bater os pés de impaciência, gemer de entusiasmo, mas era justo o oposto: eu me sentia apagada, sugada para outro lugar, bem distante das contingências e da minha ambição, que agora me parecia não mais do que uma agitação vã e insignificante.

* * *

Minha má vontade era tamanha que levei um tempo enorme para me juntar à equipe, que já me esperava no estúdio. No caminho, cheguei a me dar ao luxo – o que até me surpreendeu – de saltar na estação Père Lachaise, na linha 2 do metrô, com um cartão de visitas na mão.

Do lado oposto do célebre cemitério parisiense, abria-se a avenue de la République, larga e faustosa e, à esquerda, a pequena rue du Chemin-Vert, nitidamente mais estreita e popular. Desci sua inclinação suave sentindo os aromas de kebab, que, já de manhã cedo, perfumavam a calçada lotada de lixeiras transbordantes. Os cheiros misturados de carne grelhada e lixo me provocaram um certo enjoo, felizmente varrido por uma corrente de ar fresco.

Espremida entre um bazar paquistanês e uma mercearia atacadista, a vitrine bordô da livraria podia ser avistada de longe. O letreiro em relevo continuava discreto, sem menção à natureza particular das obras à venda: La Musardine. Mas uma olhada rápida na vitrine bastou para dissipar as dúvidas.

Empurrei a porta e avancei pelo espaço silencioso, atapetado de vermelho, com prateleiras generosamente guarnecidas, onde alguns curiosos flanavam. Eu esperava encontrar ali tarados vestidos de capa, velhos de olhares libidinosos, prostitutas em roupas sumárias. Mas, a despeito de uma maioria masculina, os clientes me pareceram bem normais. No máximo, dois ou três casais presentes se abraçavam um pouco mais apertado, o homem sussurrando na orelha de uma companheira que corava, ou um outro deixando cair a mão no traseiro amplo e arredondado da sua amiga. Iriam transar assim que terminassem as compras? Achariam ali o combustível necessário às suas fantasias?

A organização temática era visível: à esquerda e na entrada, literatura erótica; à direita e perto do caixa, obras fotográficas e livros de capa dura; no fundo à direita, livros com ilustrações e histórias em quadrinhos; e por fim, no fundo à esquerda, os ensaios, os livros práticos e alguns acessórios.

Com minha lista na mão, encontrei sem dificuldade os primeiros títulos recomendados, que foram formando um a um a pequena pilha instável que eu fazia para mim. Como eu não podia demorar – alguns olhares mais insistentes nas minhas curvas começavam a me provocar um ligeiro mal-estar –, me dirigi para a única vendedora, uma morena sem graça de cabelos curtos, quase dormindo atrás do balcão. Mas diversas capas me detiveram no caminho. Tratava-se de uma série de álbuns de fotografias, todos pertencendo claramente a uma mesma série intitulada *Pink Pussy.* Dentro, exibiam-se as vulvas arreganhadas de mulheres jovens e sorridentes, parecendo felizes por se revelarem assim. Fiéis à promessa do título, seus sexos eram tão frescos e rosados quanto possível, entre a flor exótica e a borboleta de carne.

Eu ainda estaria sob a influência do desregramento da véspera? A mulher enviada para mim por Louis tinha me perturbado a esse ponto? Eu me surpreendi virando as páginas sem conseguir parar, fascinada pela exibição sem artifícios, me perguntando se eu também poderia ser uma delas, ou se obteria algum prazer daquelas rachas perfeitas, abertas e úmidas, caso eu me armasse de um brinquedo duro e comprido para introduzir nelas.

O desabamento da pirâmide de livros empilhados nos meus braços me tirou do estupor. Uns vinte olhos me perscrutaram, meio reprovadores, meio sorrindo. Gaguejei uma desculpa, tratei de recuperar meus livros, prestando atenção para que minha saia não descobrisse demais minhas coxas nem moldasse indecentemente minha bunda, e paguei às pressas as compras, rubra de vergonha, exibindo no rosto e na voz uma confusão de menina que, no entanto, eu me achava capaz de superar.

Recuperada a calma, não ousei entretanto tirar nenhum dos livros de dentro da sacola de plástico escuro durante todo o trajeto subterrâneo que me conduziu até a Porte de Sèvres. Por ora, uma humilhação só me bastava, considerando que a prova da noite que se aproximava corria o risco de me reservar outro tanto.

– Você está atrasada, mas não é grave...

David surgiu na minha sala sem um bom-dia.

– O essencial, no momento, é que você esteja em forma. Tomou um bom café da manhã pelo menos?

Ouvindo-o, sentindo sobre mim seu olhar intenso, tive a impressão de ser um puro-sangue na manhã da primeira corrida. Ele só faltou alisar meu focinho e apalpar meu lombo para avaliar minhas fraquezas ou chances de vitória. Era isso que ele vira em mim, naquele jantar tão formal em que nos conhecemos: a próxima pepita de sua emissora, a pedra ainda bruta que ele lapidaria à sua vontade, e da qual faria sua joia?

– Sim, sim, tudo bem... eu comi.

– Frutas secas? Comeu frutas secas?

Ele andava em círculos, me avaliando, claramente inquieto com o desempenho da sua potranca, febril como um fornecedor de drogas esportivas antes da corrida.

– Não, mas vai dar tudo certo. Prometo.

Eu não ousava imaginar o que ia acontecer comigo se eu o decepcionasse.

– Bem... tenho certeza de que você vai *bombar*!

O vocabulário de gente jovem combinava com ele tanto quanto um kilt com um agente funerário. Mas pouco lhe importava o ridículo. Ele se embriagava com a própria adrenalina, alcançava o desempenho máximo bem antes da reta final.

E se eu me revelasse na tela o pangaré que eu supunha ser, provavelmente uma sorte comparável à de Aurore me seria reservada. Ele me empurraria do rochedo? Meu nome também desapareceria em um inferno virtual de onde não sairia jamais?

Ele me deu um beijo na nuca que pretendia ser terno, disposto a varrer as ideias sombrias que estavam agarradas nos meus cabelos, com o nariz enfiado neles e as mãos alisando meus ombros seminus. Enquanto não me falasse do contrato de casamento, enquanto se limitasse a ver em mim sua nova musa, eu podia me entregar às suas carícias desajeitadas.

– Eu te quero – sussurrou no meu ouvido.

Eu inclinava minha nuca para escapar dos beijos, cada vez mais intensos.

– Não aqui...

– Por quê? Tem medo de ser flagrada pelo patrão?

Ele riu baixinho da própria pilhéria, confiante em si e nas pessoas em que apostava, como sempre. Tudo em que tocava supostamente virava ouro. Sempre foi assim. Ele sempre saíra vencedor. Salvo com Aurore...

– Ah, perdão...

Os olhos azuis de Fred surgiram na soleira da porta, depois pousaram sobre nós dois, surpresos, e exibiram de repente o brilho de ódio que eu conhecia de cor. Mas ele se conteve, ao contrário de David:

– O que você quer? O que está fazendo aqui?

Percebi que os dois homens nunca tinham se visto. E se Fred não podia mais ignorar que cara tinha o chefão da BTV, seu empregador, o mesmo não acontecia com David, para quem aquele rapaz mal barbeado, de jeans e camiseta, só podia pertencer ao lumpesinato assalariado da sua empresa. Desprezível a seus olhos, e que devia ser tratado como tal.

– Eu...

Eu devia apresentá-los? E, se a resposta fosse sim, até que detalhes de nossas histórias respectivas eu devia me aventurar? Quanto a Fred, ele devia temer que eu revelasse as circunstâncias de sua entrada na emissora, provável razão de seu silêncio constrangido, suspenso à minha reação.

– "Eu" o quê? Dê o fora!

– Querido... – acabei intervindo com um tom de conciliação. – É Fred Morino, técnico de som do programa. Imagino que estejam me esperando no estúdio?

Arregalei bastante os olhos para que nosso interlocutor compreendesse a mensagem e entrasse no meu jogo.

– Isso mesmo – ele concordou, tremendo de raiva contida.

– Ah... muito bem.

David jamais perdia a pose, jamais, não importava o interlocutor. Então ele se empertigou, mais frustrado do que realmente furioso, e se contentou em admoestar Fred com um tom paternalista, como quem passa um pito em um moleque:

– Enfim, urgência ou não, bate-se na porta antes de entrar.

Ele apontou para a porta da minha sala, escancarada quando Fred se apresentou, com um mau humor tão evidente que era impossível disfarçar.

E dizer que eu incluíra meu ex na lista dos convidados para o nosso casamento... O dono da casa o expulsaria da recepção antes que ele pudesse esboçar sua costumeira reação?

– Tenho que ir – eu disse com um tom leve para David, saindo atrás do técnico.

Era o momento ideal para sair rebolando, piscar os olhos, fazer caras e bocas. Em outras palavras: de exagerar minha feminilidade como num filme pornô. Sua sentença após o desastre talvez fosse atenuada ou ao menos adiada.

– E guarde com carinho o que você queria me *dizer* ainda agora... – falei afetadamente. – Estou interessada.

* * *

Tão logo cheguei no corredor, Fred e eu nos esquivamos, a passos largos. Eu estava tão à flor da pele quanto ele. A incongruência da situação não apenas me pusera no suplício. Ela levantara o véu sobre um lado inteiro, e viciado, da minha relação com David. Deus sabe como desejei tudo aquilo, aquele homem perfeito, uma vida de poder e riqueza, privilégios envolvendo meu cotidiano com uma película de invulnerabilidade. Mas nem por isso eu podia desprezar o que tinha sido. Eu não podia deixar a menina de Nanterre, ou os que a haviam acompanhado, na soleira de uma porta que afinal estava aberta... Eu não podia ficar dentro e fora ao mesmo tempo.

Evitei descontar meu nervosismo em cima de Fred, desencadeador involuntário e vítima colateral do redemoinho.

– Ninguém te pediu para vir me chamar, não é?

– Não – ele admitiu. – Mas fuçando a linha fixa do nosso amigo Louis, achei uma coisa bem interessante.

– O quê?

– O registro das ligações dele desde a última atualização do sistema, ou seja, cerca de três meses de comunicação.

– E daí? – eu me irritei. – Ele pede uma garota de programa todos os dias às 18 horas?

– Não exatamente, não – ele respondeu com um sorriso.

– Para quem ele liga então?

– Não sei se você vai acreditar, mas não há nenhuma dúvida sobre o número... Eu reconheci imediatamente.

– Desembuche, Fred, merda!

– Ele liga para a sua mãe. Maude. O número discado é o da casa de vocês.

Meu olhar se evadiu um instante para a sala com divisórias, onde um exército de jornalistas preparava os textos para os flashes de notícias da tarde. Depois eu me voltei para ele, estupefata.

– Minha mãe? Você tem certeza?

Ele me enumerou os números da linha fixa dela sem sombra de hesitação.

– Só esta semana ele ligou para ela três vezes. – Ele leu no papelzinho colado na palma da mão.

Pensei em todos os presentes que ele mandava para ela, as famosas recompensas pelos meus préstimos horizontais.

– E... Eles se falam muito tempo?

– Bastante, sim. Segunda-feira, vinte e dois minutos. Quarta-feira, só onze minutos. E ontem, dezoito, com uma pequena interrupção de trinta segundos no meio, ele deve ter precisado atender uma outra chamada.

Aquilo excedia largamente o tempo de uma ligação de cortesia ou uma simples verificação – verificar o quê, aliás? Eram verdadeiras conversas.

– Ela não pode simplesmente ter atendido e esquecido de desligar?

Não era uma hipótese mais absurda do que outra qualquer. Da mesma maneira que meu verdadeiro-falso amante, verdadeiro-falso cunhado, ligando para minha mãe para bater papo como dois velhos amigos.

– Não, não acho. Os novos modelos de aparelhos desligam automaticamente assim que a linha é cortada, para evitar que não seja ocupada inutilmente. Se ninguém falar, ele desliga sozinho no fim de um minuto ou dois. Não vinte.

O que toda a *expertise* de Fred não podia me informar era a natureza das conversas. E sob que identidade Louis conseguia fazer minha mãe se soltar assim. Ele se fazia passar pelo próprio irmão? Ou por Armand, com o falacioso pretexto de informá-la dos preparativos do casamento?

– Você diz que ele liga para ela desde quando?

– Eu ainda não contei a você. Começou no final de abril.

Ou seja, pouco depois de eu conhecer David, numa época em que o relacionamento ainda era um segredo... e bem antes de Louis dar a minha mãe qualquer presente – ao menos os que eu sabia. Sob que pretexto escuso ele entrara em contato com ela? E por que ela se ligara a esse correspondente sem rosto?

Depois de um lanche rápido na companhia de uma Albane infatigável, a tarde transcorreu como num sonho, agitada contudo por uma profusão de atividades que cumpri como um robô.

Quatorze horas, teria precisado Chloé: ensaio no estúdio na companhia de Stan, nosso diretor, para detalhar minha posição inicial e meus deslocamentos durante o programa, num cenário rural preparado às pressas. Dos trabalhos de Chris, só fora mantido o logotipo da emissora, impresso numa grande placa de papelão rígido fixada no fundo e habilmente iluminada para que fosse sempre visível.

Dezesseis horas: leitura completa dos textos redigidos pela equipe de Albane. Eu respirei ao constatar que ela tomara o cuidado de não fazer de mim uma dessas bobocas petulantes como as que pululavam nos programas concorrentes. Meus textos eram sóbrios, precisos, ousados, mas sem excessos, bastante próximos do que eu mesma teria escrito se a confiança de David tivesse chegado até o ponto de me confiar essa parte.

Dezessete horas: recepção dos meus dois convidados – um conhecido livreiro que nos faria compartilhar sua seleção de livros para a praia, assim como uma dançarina profissional que nos daria uma demonstração dos passos mais modernos para brilharmos nas pistas do verão – e simulação de conversas supostamente "informais".

Dezoito horas: chá e biscoitos, seguidos de uma sessão, a meu ver interminável, de vestir, pentear e maquiar, durante a qual eu me senti um chantili que não parava de aumentar.

Aquela boneca rígida sob uma camada de base, um vaso de porcelana pronto para receber a luz no seu vestido florido... Era mesmo eu?

– Faça como se você tivesse 12 anos e brincasse de apresentadora de TV com as amiguinhas – disse Albane como último conselho.

– Aos 12 anos eu só queria ser Marie Curie ou Françoise Giroud, mas enfim...

– Você entendeu o que eu quis dizer: finja. Todos os que hoje apresentam os programas mais importantes começaram fazendo cara de imbecil diante dos espelhos. O resto vem depois, ralando diante do público.

Isso não era muito tranquilizador, mas talvez puxasse o tapete dos meus detratores quando começassem a criticar minha inexperiência, o que não ia deixar de acontecer. Pois é assim que as pessoas desse mundinho funcionam, elas esquecem rapidamente de seus próprios erros e estão prontas para passar a perna e dar uma rasteira no recém-chegado capaz de eclipsá-las pela simples virtude de ser novidade.

Dezenove horas e trinta, e ainda uma hora inteira para esperar. Fingi que precisava me isolar para percorrer os corredores desertos do décimo oitavo andar, com meu traje de estúdio, toda pintada e enfeitada, à procura de uma saída de emergência que eu não ousaria usar. O acaso das minhas perambulações me conduziu diante de uma sala que claramente acabara de ser esvaziada de seus móveis. "Alice Simoncini", anunciava ainda a pequena placa de plástico branco, à direita da porta. Girei a maçaneta: estava aberta. A única coisa que me chamou a atenção, naquele espaço sem alma, foi o cheiro persistente. Distingui o perfume da bela loura, floral e adocicado, ao qual se misturavam outras notas, mais ácidas. Era o cheiro do amor, o buquê composto pelos órgãos sexuais? Quantas vezes eles teriam transado ali, Chris e ela, a alguns passos da sala de David? Eu tentava imaginar os dois, a grande silhueta flácida do amante apertando a bunda de Alice contra a janela envidraçada, vasculhando seu sexo com mão febril, babando seu tesão na nuca fina e arrogante daquela presa inesperada.

Jamais se deve surpreender os amigos trepando...
Antes de Sophia, minha melhor amiga era Sabine. Parecíamos gêmeas, de tanto que nossa semelhança era perturbadora, inclusive para nós duas. Passávamos horas nos observando no espelho, tentando localizar nossas dessemelhanças. O único detalhe que nos diferenciava sem equívoco era seu par de olhos de um azul intenso, espetacular. Uma pequena vantagem sobre mim, em termos de sedução, de que ela tirava todo o proveito possível, atraindo os garotos mais bonitos do colégio.
Numa tarde de quarta-feira em que ela me convidara para ir à sua casa, eu cheguei quinze minutos antes da hora marcada, certa de encontrá-la diante da TV ou mergulhada na leitura de um de seus livros de vampiro - "mas muito sensuais!" - de que ela tanto gostava. A porta da frente da casa dos pais estava aberta. Bem como a do seu quarto. Achei normal, pois no meio da semana e àquela hora ela costumava estar sozinha em casa. Mas não era o caso. Da escada, gemidos, quase miados, me alertaram sobre a natureza do que se desenrolava no andar de cima. Mas não pude resistir à tentação. Subi os degraus pé ante pé e, pela fresta da porta, apreciei durante os vinte e cinco minutos que precederam nosso encontro o modo como Sabine perdia as estribeiras na cama. A maneira, que me pareceu então totalmente indecente, de arquear as costas, quase partindo as costelas, enquanto era pegada por trás.

~~As palavras inconvenientes que ela berrava, enquanto ele enfiava sua "rola", e ela mesma se qualificava de "cadela", de "puta", de "a maior vagabunda do colégio".~~ O ardor guloso em engolir o membro do parceiro até o fim. Os ganidos de hiena impudica no momento de gozar...

Fui embora sem ruído e rapidamente, eu que ainda era virgem, pois me senti de repente ofendida nos meus sonhos. A partir do dia seguinte, e até o fim do ano, me recusei obstinadamente a lhe dirigir a palavra. Ele deve ter adivinhado a razão de minha súbita frieza, mas jamais ousou abordar o assunto abertamente. Aquela cena de trepada crua, animal, em que eu entretanto depois me inspiraria diversas vezes para me excitar sozinha, é a última lembrança que tenho da minha amiga.

(Nota manuscrita de 13/6/2009, redigida por mim.)

Onde vc está, estrela? Estamos no último ensaio com Luc e Stan. Te esperamos, mexa-se!

Um SMS de Albane me chamou à ordem e, como ela mesma diria, tratei de voltar rapidinho para o andar de cima, que agora fervilhava em meio à tensão particular que precede a estreia de um novo programa. David em pessoa honrava o estúdio com sua presença, fato ao que parece extraordinário a julgar pelo zum-zum meio assustado e animado das tropas.

Em compensação, uma ausência me pareceu também notável e até mesmo surpreendente: a de Louis, que, me disseram, ninguém vira no prédio durante o dia inteiro.

Fingi assistir à edição das vinte horas na companhia da minha equipe afrontosamente brincalhona – para dissipar a pressão, eu supus –, mas posso dizer que meu espírito estava bem longe da torre Barlet.

Onde ele podia estar? No Des Charmes? Assombrando o Hôtel de Mademoiselle Mars, espectro claudicante no meio de pedaços de obra? Ou simplesmente em casa, diante da tela, aguardando como um telespectador qualquer a hora fatídica da minha condenação à morte televisiva?

O que veio em seguida foi um pesadelo em cores, entremeado de gargalhadas forçadas e envoltas em bom humor artificial. Conforme me soprara

Albane, eu ofereci uma pantomima próxima do ridículo, mas que todos fingiram achar pertinente, à altura da minha falação exagerada não totalmente inteligível... Sem contar meus cento e cinquenta "Então agora" por minuto.

As fichas preparadas pela redação me queimavam tanto as mãos, magnetizando meu olhar, aspirando toda minha angústia, que eu não escutava uma mísera palavra das reportagens feitas fora do estúdio, e cheguei até a esquecer de algumas falas ao retornar ao set, embora tivessem sido devidamente sussurradas por Stan no meu ponto eletrônico, e materializadas a alguns passos de mim pelo teleprompter.

– Respire, não é uma corrida! – sussurrou diversas vezes o diretor dentro do meu conduto auditivo. – Nesse ritmo, mal vamos aguentar meia hora. Mantenha o foco!

Cinco minutos antes do final, tive direito a um retoque de maquiagem e uma pausa para o xixi, tempo suficiente para a apresentação do famoso tema proposto por Louis, o último do programa. Após o quê, não me restaria mais do que uma breve conclusão para ler no teleprompter, e meu calvário chegaria ao fim.

– Está indo muito bem! – me encorajou Albane no caminho do banheiro. – Só um pouco menos de velocidade. Deixe seu interlocutor desenvolver como quiser. Você sempre terá tempo de cortá-lo, se ele se alongar demais.

Isolada no toalete, incapaz de produzir uma mínima gota, apesar da bexiga pronta a explodir, tratei de reprimir uma furiosa vontade de esvaziar o estômago.

Teria preferido nunca mais sair. Nunca mais. Ficar ali com meu vestidinho florido e o cheiro de xixi, no calor e protegida, mundo sem marido, sem amante, e sem espectadores para rir de mim.

"... Não, comecei por acaso, não posso falar verdadeiramente de escolha..."

Os ecos abafados do programa, reproduzidos pelos alto-falantes do estúdio, me chegaram sob a forma de fragmentos mais ou menos inteligíveis:

"Eu vou ser um pouco indiscreto, mas você chega a sentir prazer no que faz com esses homens?

– Sim, claro, acontece aliás com bastante frequência... Não é apenas um serviço."

Não era apenas um serviço, com efeito, o das *hotelles*. Eu também poderia testemunhar.

A prudência, e até um pouco de medo, deve ter me confinado ali onde eu estava. Mesmo assim eu saí, curiosa, apesar de tudo, por escutar o que aquela jovem tinha a dizer. A sua voz, distorcida nos agudos para preservar seu anonimato, saltitava de uma maneira que não me era totalmente estranha. Entrando na sala de controle, onde uns vinte monitores reproduziam o mesmo rosto mascarado, eu quase desabei e vomitei sobre os técnicos agarrados a seus comandos.

Eu conhecia aquela máscara: era a cópia idêntica da que Louis me fizera usar no quarto Marie Bonaparte quando eu tinha observado o casal em plena ação.

Mas havia algo mais familiar ainda: os gestos amplos, os cachos escuros que rolavam sobre os ombros, e mais do que tudo a maneira tão direta de se expressar...

"Enfim, não é sacanagem pela sacanagem, não acredite nisso! – dizia a voz anasalada pela distorção. – A gente conversa, fala das nossas vidas. Às vezes rola até um ciumezinho... e com eles também."

As únicas palavras que conseguiram sair da minha boca, fio de voz tão fraco e tão desesperado que por certo devo ter sido a única a ouvir, foram:

– Porra, Sophia... Não. Não você.

Seu rosto pálido de estupor, quando Louis se apresentara a nós, no Bois de Vincennes.

Seu interesse sincero, sob o riso sacana, quando descrevi para ela a armadilha na qual Louis me fazia cair dia após dia, "Não quer apresentá-lo a mim? Adoro esse tipo de cara meio gozador!". Seu entusiasmo com meu Dez-vezes-por-dia, que ela não deixou de dizer que tinha mais a ver com ela do que comigo.

Um por um desses elementos voltavam à superfície e arrancavam do seu rosto a máscara que todos viam na tela.

Que comédia de mau gosto ela estava desempenhando ali? E sobretudo, qual teria sido o preço de sua traição? O suficiente para ela conseguir fechar o mês, talvez. Um bom punhado de notas, como o que ele pusera nas minhas mãos na galeria ou me dera para fazer compras de livros eróticos na Musardine. Ou então – a perspectiva me sufocava além das palavras e da dor que só fazia aumentar – esses dois seriam amantes? Zombariam de mim, da minha credulidade, no momento de transar? Debochariam da minha falta de jeito no sexo, das minhas prevenções de menina boboca no momento de pularem um em cima do outro e se extasiarem sem reservas, casal perfeito na sua sede de descomedimentos?

Desde quando ele a possuía?

– Ao vivo, em trinta segundos! – berrou Stan em algum lugar perto de mim.

– Elle! Elle, está tudo bem?

A voz de Albane já não conseguia mais atravessar o casulo que aumentava a cada segundo em volta de mim. Está tudo bem? O que eu podia responder a isso?

A mão dela apertava minha nuca, mas não era eu que estremecia a cada novo espasmo.

– Elle! Elle, merda! Fale comigo!

Não, gentil Albane, eu não estou mais aqui com você há muito, muito tempo. Eu perdi todo contato com a sua realidade. A minha não passa de um longo soluço frio, que me envolve como uma camada de gelo. Esquimó gigante no meio do estúdio. Tudo que se passa do lado de fora chega até mim através de uma vigia embaçada, abafada, e nada me parece capaz de rasgar tal cortina.

– Ao vivo, vinte segundos! Ei, meninas, hora de dar as caras no estúdio. Aqui... e agora!

– Porra, não sei o que está acontecendo com ela...! – gritava Albane, tomada de pânico. – Ela desmaiou! Chamem um médico na enfermaria!

Nos monitores, Sophia respondia a última pergunta do entrevistador, cuja ausência na imagem não deixava contudo nenhuma dúvida quanto à identidade:

"– Eu soube que vocês mesmas se deram o nome de *hotelles,* é isso mesmo?

– Sim, é verdade.

– Pode explicar em duas palavras o sentido dessa palavra aos que nos assistem?

– Bom, *hotelle* é uma palavra-valise. Primeiro o adjetivo inglês *hot,* eu acho que está suficientemente explícito...

– Com efeito!"

Nova chamada desesperada de Stan:

– Ao vivo, dez segundos! Fazemos o quê?

– Solte os créditos! Qualquer coisa! – bradou Albane. – Foda-se!

Através das minhas lágrimas, o rímel escorria como se tivesse derretido de repente.

"... e depois tem *elle*, que significa que, quando se aceita esse papel, somos capazes de interpretar todas as mulheres.

– Muito bonito. E você se sente mais *hot*... ou mais *elle*?

– Ah, eu sou definitivamente *hot*! – ela respondeu, soltando uma gargalhada. – Elle... Elle não sou eu. Elle é a minha amiga..."

Jingle. Ao vivo. Sem mim.

Créditos de fim.

28

14 de junho de 2009

Quando finalmente voltei a mim, todo mundo agiu como se não tivesse acontecido nada, todos dispostos a manter sob o véu do segredo e do pudor meu incompreensível ataque de nervos. A negação deve ter lhes parecido a atitude mais caridosa.

Melhor, todos vieram me apresentar seu pequeno cumprimento por minha "formidável apresentação", até Luc, Philippe e Sam, exageradamente entusiastas, que no entanto se arriscavam bastante, e que por certo estavam metidos numa enrascada por causa da minha inconsequência profissional. Ainda que eu não fosse a primeira escolha deles, cabia-lhes transformar a matéria bruta que eu era em um bom soldadinho, operacional e sem caprichos de diva frustrada. Por suas expressões consternadas por trás dos sorrisos crispados, eu adivinhava que seria em cima deles que despencariam os raios de David. Meu fracasso seria também o deles, eles não podiam ocultar.

– Albane! Você sabe onde está David?

Segurei minha colega pelo braço. Li nos olhos dela um misto de decepção, piedade, mas também compaixão. Albane não era uma pessoa afetuosa, mas era suficientemente independente de espírito para admitir esse tipo de derrapagem. Ela era bonita, ainda jovem e competente... Seria devido a um incidente semelhante a este o fato de ela não aparecer ao vivo?

– Na sala dele. Por quê?

– Quero falar com ele – eu disse, sustentando bravamente seu olhar.

– Não é possível. Ele pediu que ninguém o incomodasse.

– Quero explicar o que aconteceu...

– Eu sei, eu compreendo... mas ele especificou "ninguém mesmo". Suponho que isso inclui você também. Sinto muito.

Senhor no seu castelo, David devia estar ruminando sua ira e se perguntando sobre a atitude certa a tomar, por um lado no contexto da emissora, em que estava fora de questão dar o braço a torcer ou mostrar-se complacente e frouxo; por outro lado, a questão da nossa relação de casal, que o incidente, ainda que não afetasse diretamente, acabara de arranhar. Podia-se imaginar um presente de casamento mais apropriado da minha parte... Um relógio de luxo, por exemplo, que me pareceu se apagar pouco a pouco na vitrine da Antiquités Nativelle, como uma lembrança de agora em diante fora de propósito.

Eu esperava tudo da parte dele: o desprezo soberano, sinal de sua clemência e generosidade, bem como um repúdio em regra, ou então uma raiva desabando em cima de mim como uma torrente. Até onde ele estaria disposto a preservar nosso relacionamento? Até onde manteria sua imagem de diretor inflexível? Uma coisa era certa: ele não podia se mostrar mais pusilânime comigo do que com seus outros funcionários. Minha admissão por pistolão tinha sido muito criticada. Se me privilegiasse, ele perderia toda credibilidade, sua autoridade se derreteria sob o sol de seu amor por mim.

Assim, voltei sozinha ao Hôtel Duchesnois, sacolejando dentro de um táxi que me pareceu atravessar a capital em dois piscares de olhos cansados. Um Armand atarefado, quase nervoso, visivelmente bem longe das nossas considerações do dia – tão longe que não ousei lhe perguntar o que tinha achado da minha apresentação – correu para mim com notas e documentos na mão.

– Tenho finalmente o menu definitivo. Quer que eu lhe mostre, senhorita?

Fiz que sim com um sorriso ausente, e meus olhos voejaram por cima das linhas mais do que leram a impressionante sucessão de iguarias. Do fundo do meu torpor, pareceu-me que Armand tivera o cuidado de conformar suas escolhas com meus gostos, dando especial atenção aos frutos do mar e a doces nos quais as frutas vermelhas predominavam.

– Parece perfeito – disse eu, com entusiasmo forçado.

– Tem certeza? Ainda podemos modificar.

– Não, não, não mude nada. Estou certa de que será...

Não dizer "sublime", nem "esplêndido", nem "magnífico", nenhum desses superlativos de uso geral de que David abusava.

– ... Divino. Pronto, será divino.

Ele acolheu meu cumprimento com um sorriso afável, mas seu ar satisfeito se dissipou em seguida, dando lugar a um ricto de aflição.

– É chato ter de lembrá-la... mas o tabelião está exigindo suas cópias assinadas.

– Minhas cópias?

– Do contrato...

– Ah, sim... o contrato.

– Tudo deve estar assinado antes do casamento civil, senão os termos do protocolo não serão válidos. Será preciso refazê-lo completamente.

– Claro, eu compreendo. Eu lhe entrego amanhã.

– Assinado? – ele insistiu, erguendo uma de suas sobrancelhas grossas.

Eu sentia que ele não queria manifestar apenas sua preocupação com o trabalho bem-feito. Além do interesse de seu patrão, ele parecia ter um interesse pessoal em que eu cumprisse meu dever.

– Sim, evidentemente – respondi, como que apanhada em falta. – Assinado.

Tudo já foi dito e escrito sobre o poder reconfortante dos gatos. Sua calma contagiante e sua indolência, o ronronar tão regular que basta escutar para nos fazer adormecer...

Foi na esperança de que ela me trouxesse uma paz, mesmo que fugaz, que me colei em Félicité, enroscada em volta dela como se eu fosse sua mãe. Eu já fazia isso quando criança, para me consolar. Uma vez ou duas, interrompi essas efusões para ligar para Sophia, mas é claro que a celerada não atendeu. Depois acabei caindo num sono agitado, assombrado por sonhos absurdos em que Albane era escolhida para me substituir no *Cultur'Mix*, e que ela decidira apresentá-lo completamente nua, sob o olhar estranhamente indiferente dos técnicos e dos telespectadores.

Ao despertar, não percebi nenhum traço da presença de David. Nem de sua passagem por nossa casa. Nenhuma toalha largada embolada no chão do banheiro, nem o menor vestígio de sua água-de-colônia. Ele teria voltado?

Uma vez mais, minhas ligações para o celular dele soaram no vazio. Depois, no meio da manhã:

– Elle? Bom-dia, é a Chloé.

– Chloé? Mas... você trabalha aos domingos?

– Não. Eu transferi minha linha para casa. Sempre faço isso quando sinto que o fim de semana vai ser um pouco agitado na emissora.

Supus que se tratasse de uma ordem do meu noivo, e não de uma iniciativa pessoal. Mesmo num dia de descanso, seu exército devia estar pronto para retomar o combate a um simples sinal de sua parte.

– O que você quer?

– David me encarregou de avisá-la. Ele passou a noite no escritório.

Lembrei do sofá na frente da mesa de trabalho dele, onde era perfeitamente possível dormir, embora com certo desconforto. Supus que isso jamais o dissuadira de terminar ali certas noites de trabalho particularmente pesadas. E que Chloé abastecia devidamente uma de suas gavetas com camisas e cuecas limpas, para atender às exigências do dia seguinte.

– Ele gostaria que você fosse encontrá-lo – ela acrescentou com um tom de pedido.

Minha garganta apertou. Então ia acontecer. E eu achava que minha demora em rubricar o contrato de casamento tinha afinal sido ditada mais por prudência do que por leviandade.

– Quando?

– Agora.

O nó em torno do meu pescoço apertou mais um pouco, deixando passar só o ar suficiente para eu murmurar:

– Tudo bem. Só o tempo de eu me vestir...

– Ótimo. Vou avisá-lo imediatamente.

No entanto, David teria de arcar com os custos e Chloé levar uma boa descompostura, pois eu não estava mais disposta a ser repreendida como uma garotinha, nem a ouvi-lo perdoar meu erro. Oh, eu iria à sua convocação dominical, é lógico, mas o faria no meu horário e quando me sentisse pronta a enfrentá-lo. Não antes.

Enquanto isso, fiquei relaxando na cama com Félicité, com meu Dez-vezes-por-dia aberto em cima das coxas. Tentei escrever nele, mas meu espírito escapava para bem longe das doçuras do sexo. Minha caneta arranhava o papel no vazio, e eu riscava cada uma das palavras tão logo escritas. Eu gostaria, como Louis, de conseguir captar, em todos os lugares e em todas as circunstâncias, os vestígios deixados pelos amantes que tinham me precedido. Impregnar-me com seus humores, suspirar como haviam suspirado, estremecer com eles, em uníssono. Mas nada me ocorreu naquele dia no Hôtel Duchesnois, a despeito de todos os conquistadores cujas sombras ainda ali flutuavam – dentre os quais incluía-se o imperador em pessoa.

O sexo é sempre ~~melhor~~ mais forte do que tudo? É possível o espírito estar tão torturado por preocupações mais graves ou mais urgentes a ponto de desaparecerem os pensamentos ousados que passam habitualmente por nossa cabeça? Ou o fluxo da libido acaba sempre arrastando e afundando todo o resto, como numa torrente sem fim?

(Nota manuscrita de 14/6/2009, redigida por mim.)

Quanto mais a manhã se escoava, mais eu esperava ligações furiosas de David. Porém, durante um tempo que me pareceu tão doce quanto infinito, nada veio perturbar a quietude primaveril que soprava pela janela entreaberta um vento fresco e sereno. O que me surpreendeu mais ainda, tratando-se de minha aparição televisiva da véspera, foi o silêncio dos que me eram próximos. Que minha mãe não se apressasse a comentar esse momento para ela histórico, que algumas antigas amigas da faculdade não aproveitassem para se manifestar... Que Rebecca não explodisse de raiva com a ideia de eu romper meu compromisso de confidencialidade em relação à Belas da Noite, tudo isso era estranho... Quase suspeito. O final truncado tinha sido tão evidente? Tão prejudicial para minha imagem? Será que provocara algumas confusões? Imbuída do que ainda me restava de orgulho, preferi manter minha reserva para não me expor a seus falsos cumprimentos.

Era domingo, dia sem imprensa no nosso país, um dia sem reapresentação dos melhores momentos da TV na véspera. Ninguém comentaria publicamente minha deserção antes de amanhã. Salvo talvez as redes sociais, essa colmeia zumbindo sem cessar milhares de fofocas inúteis?

Não, nada na página oficial da emissora no Facebook, nem na conta pessoal que fora aberta a pedido de Louis com meu nome de apresentadora e dentro em breve de mulher casada: Elle Barlet. As postagens mais recentes datavam da antevéspera, eram de subordinados de Louis que tentavam alimentar a página para lançar um burburinho até então inexistente. O *Cultur'Mix* ainda não figurava em nenhuma programação de TV, e só podia ser assim, haja vista a precipitação com que fora lançado.

Sem outras distrações para esquecer o que me aguardava, matei o tempo de folga remexendo nervosamente a pilha dos livros comprados na Musardine, catando uma linha aqui, um parágrafo ali, sem conseguir me concentrar na leitura. Tudo escorregava sob meus olhos como uma paisagem após o desastre.

Que Louis também permanecesse mudo não era surpresa. Era mais uma decepção. Se ele via em mim outra coisa além de uma presa, uma nova engrenagem na apavorante maquinaria erótica em que dissipava sua melancolia, então era agora ou nunca o momento de manifestar seu apoio. Ou mais ainda, quem sabe...

Terminei lendo do começo ao fim as poucas páginas do prefácio do Divino Marquês para sua obra-prima, *A filosofia na alcova*. Ele se dirigia nestes termos e sem rodeios "aos libertinos":

> Voluptuosos de todas as idades e todos os sexos, é a vós somente que dedico esta obra; alimentai-vos de seus princípios, pois eles favorecem vossas paixões, essas paixões, que horrorizam os frios e tolos moralistas, não são senão os meios que a natureza emprega para submeter o homem à visão que ela tem sobre ele; não escutai senão essas paixões deliciosas; o seu órgão é o único que deve vos conduzir à felicidade. Mulheres lúbricas, que a voluptuosa Saint-Ange seja vosso modelo; desprezai, a exemplo dela, tudo que contraria as leis divinas do prazer que dominaram toda a sua vida. Jovens por muito tempo contidas dentro dos liames absurdos e perigosos de uma virtude fantástica e de uma religião ignóbil, imitai a ardente Eugénie; destruí, pisoteai, com tanta rapidez quanto ela, todos os preceitos ridículos inculcados por pais imbecis.

Imagino que Louis não teria escrito de outra forma se quisesse pôr no papel seus planos a meu respeito, eu que, por ser sua coisa, ainda não era sua amante. Por mais apropriadas e virtuosas que fossem, tais palavras não me pareciam menos vãs. Eu não queria discursos ou palavras. Lições ou advertências. Eu não queria que me tratassem como princesa, também não como escrava ou simples objeto de prazer ou elemento decorativo. Eu queria apenas que um ou outro, David ou Louis, me pegasse nos braços, me oferecesse sua ternura ao mesmo tempo que eu lhe daria minha confiança, e que esse arrebatamento único varresse um passado no qual eles me mantinham cativa e que não me dizia respeito. Eu queria existir diante deles, para eles, e não ser tratada como um conceito de mulher ou como uma questão abstrata, fruto da desagregação familiar dos dois.

É um debate que eu nunca resolvi no meu foro íntimo: até que ponto é agradável ser um objeto sexual para o parceiro? Quero dizer com isso ser um mero brinquedo, um instrumento de que ele dispõe ao sabor de suas necessidades. ~~Uma puta às suas ordens.~~ A forma como um dos meus raros clientes no Hôtel des Charmes usou a minha boca me incomodou, e até me enojou um pouco. Ele não a penetrava com o recato que amantes normais manifestam. Não, ele a fodia com grandes movimentos das costas, mergulhando o pau entre meus lábios com violência, chegando a bater seu baixo-ventre no meu nariz, procurando claramente atingir minha glote com sua glande enorme, pronto para gozar a cada nova estocada. Eu sufocava, e achava de certo modo degradante essa invasão brutal da minha boca, essa coisificação que ele me impunha, como se os assaltos bruscos do seu cacete fossem me amordaçar para sempre, obliterar minhas palavras, como se de agora em diante ele fosse dispor da minha boca à vontade, como um orifício a mais para devastar.

Eu teria reagido com igual desgosto se amasse aquele homem? Poderia suportar ser a criatura do meu amado?

(Nota manuscrita de 14/6/2009, redigida por mim.)

Esse pensamento me levou para as conversas telefônicas entre Louis e mamãe reveladas por Fred. Por que ele se preocupara com ela todo esse tempo? O que poderia motivar uma atitude tão surpreendente, até imprópria, a não ser seu interesse por mim e a construção daquele gigantesco empreendimento para me cercar – e me destruir?

Posso falar com vc agora?

Fred, justamente, se manifestava afinal. Mas eu não estava com cabeça nem paciência para escutar seus sarcasmos ou os que ele pudesse ter recolhido na véspera com seus novos colegas.

Por volta do meio-dia, outra mensagem, esta glacial, me chamou às obrigações:

Estou esperando vc. D.

Tomei um rápido banho e enfiei às pressas meu traje número um, terninho, colar de pérolas sintéticas e sapatos de saltos quase baixos. Sóbria e profissional.

Vinte minutos de táxi mais tarde, desembarquei diante da torre de vidro, radiante sob o sol. Contudo, vista do exterior e sob esse ângulo, nada podia ser mais opaco do que suas imensas superfícies envidraçadas. Sob o brilho excessivo, o mistério Barlet era decididamente bem preservado.

Na ausência de Chloé, a porta da sala de David permanecia entreaberta, um convite explícito para empurrá-la. Esgueirei-me pela abertura, com a intenção de ser tão fina e discreta quanto uma folha de papel, quando uma rolha passou rente ao meu rosto, logo após o pop característico.

– Você é a apresentadora do *Cultur'Mix*? – Ele me recebeu com um tom brincalhão e uma garrafa de champanhe na mão.

Eu permaneci prudente, no meu canto da sala, a uma distância respeitável de seus gritos e sobretudo de suas mãos.

– Hã... Parece.

Ele encheu as flûtes dispostas na sua frente e depois se encaminhou para mim com os dois copos delicados na ponta dos dedos, e me estendeu um deles, todo sorrisos.

– Nesse caso, beba comigo, senhorita. Alguma coisa me diz que você bem mereceu...

– Alguma... alguma coisa? – eu gaguejei, espantada.

– ... E que eu fiz bem de apressá-la um pouco. Ouça isso – anunciou, apanhando atrás dele uma tabela com números. – Cinco vírgula dois por cento de *share* de audiência!

– É bom? – perguntei, bancando a inocente.

– Está brincando? Sabe qual foi a melhor marca do TNT no ano passado, incluindo canais de notícias e de variedades?

– Não.

– Sete vírgula oito. E com um grande filme americano! Cinco vírgula dois por cento num programa de variedades e numa estreia... É milagroso!

– Verdade?

– Você não está se dando conta: estamos na cola dos Top 20! Logo de cara!

A essência de sua visão estratégica me escapava, mas, diante de sua irresistível alegria e após alguns goles da bebida borbulhante, eu também me deixei conquistar pela embriaguez do triunfo.

Perdoada minha saída prematura e catastrófica, esquecidas minhas falhas de debutante, desaparecido o medo de ser desmascarada pela reportagem de Louis, dissipado o rancor que, alguns segundos antes, eu pensava que sentiria eternamente por Sophia.

Tudo que restava era um número tão inesperado e sobretudo tão favorável que ele transformava meu desastre em grande acontecimento, minha derrota em vitória, santificando antecipadamente minhas futuras apresentações. Eu estava tão aliviada, repentinamente, que tinha vontade de rir e de comemorar o acontecimento com ele. De lhe devolver a chance extraordinária que ele me dera e que, ingrata como eu era, eu havia empanado.

– Então... na próxima, vamos entrar em cheio nos Top 20! – fanfarronei, segura de mim como uma boba.

– Espere, o programa fez tanto sucesso que desde ontem Paris inteira está me ligando. Todo mundo querendo aproveitar, querida.

Eis o que justificava, suponho, sua noite passada no sofá, onde um lençol e uma manta estavam jogados. Não foi o furor que o mantivera assim desperto, mas sim a excitação. Isso explicava também seu silêncio e a convocação feita por Chloé, em vez de por ele mesmo.

– Até o bestalhão do Haynes veio implorar para voltar ao programa! – ele exultava mais e mais.

Quando me abraçou com um ardor não habitual, eu me abandonei sem resistência, contaminada pela energia e pela impetuosidade que tinham me subjugado desde que trocáramos nossas primeiras palavras. Napoleão-David acabara de conquistar um novo território – em parte graças a mim – e, como boa Joséphine que eu era, eu devia recompensá-lo. Ao menos foi assim que a mão que ele enfiou dentro da minha calcinha entendeu as coisas.

O toque do telefone desalojou-a rapidamente.

– Não se pode ficar tranquilo! Sim? – ele gritou no telefone depois de dois passos nervosos.

"É o Louis", ele me fez ler nos seus lábios, apontando para o aparelho. Informação seguida de um gesto com o indicador que queria dizer: "Vá para sua sala, eu encontro você lá."

Louis? Onde se metera esse animal, no momento do meu apogeu? E o que ele fizera por mim, comparado ao que David me concedera em uma única alucinada jornada de trabalho? Era absolutamente pueril, mas eu não conseguia mais afastar muito tempo as imagens de mim nas manchetes das revistas de TV, os instantâneos roubados nos tabloides, as festas que, na companhia dos meus pares, eu frequentaria dentro em breve junto com a nata midiática de nosso país, não mais na qualidade de coadjuvante, não, mas de igual para igual. Eu refazia para mim o cinema dos meus 16 anos, e eu era a heroína.

Enquanto Louis me confinava no meu papel de cortesã, borboleta por certo preciosa, mas entregue apenas aos seus olhos, David me escancarava as portas do mundo, aquele mundo a que aspirava há muito tempo. Ele compartilhava com todos o olhar de esteta e de conquistador que pousava sobre mim. Eu não era propriedade sua, eu era uma obra-prima no seu museu, e ele estava decidido a cobrar ingresso dos que quisessem me ver.

Mal tinha fechado a porta da sua sala, quando ouvi a primeira explosão de voz:

– Não me fale assim! Você ouviu? Eu te proíbo de... Eu te proíbo...!

Fiquei um instante à espreita, mas o meu celular tocou, traindo minha presença. Não tive outra escolha senão me afastar no corredor.

– Merda, Fred, você ligou em má hora. O que há de tão urgente?

– Teu programa.

– O que tem o meu programa?

É um sucesso. "E isso te deixa mordido, não é?", eu me contive de acrescentar.

– Você viu as imagens, desde ontem à noite? Quero dizer: o que passou na TV...

– Sim... – hesitei.

– Não o que você viu nos monitores da sala de controle. As verdadeiras imagens exibidas num aparelho de TV de verdade.

– Bom, OK, não... O que isso muda?

– Não passou.

– Como assim?

– Você me entendeu muito bem: o primeiro *Cultur'Mix* não foi exibido ontem à noite. Eles transmitiram o filme previsto na grade.

– Você está brincando?

Pela ausência de resposta imediata, percebi que ele falava sério. Muito sério.

– Como estávamos todos na emissora ontem à noite e não tivemos tempo de assistir ao vivo, liguei para um amigo esta manhã só para ele me dizer como tinha ficado na tela. Assistido em casa, você sabe. Eu queria programar uma gravação e, com o estresse da estreia, me esqueci.

Na TV dele, na referida hora, o amigo em questão não vira nada além de um filme sem graça, passado pela enésima vez.

– Ele não estava brincando com você? – eu engasguei.

– Não. Eu verifiquei. Liguei para dois outros, que não se conhecem, para ter certeza de que não estavam de sacanagem comigo.

Minha voz tremia como em pleno inverno. Gotas de suor brotavam na minha testa fervente.

Como atores da noite do ensaio geral, tínhamos realizado nosso programa a portas fechadas, sem verdadeiros espectadores. Entre nós, só para nós.

– Ouça, só pode ser uma brincadeira... Acabo de sair da sala de David. Ele me contou dos índices de audiência. Foi um suc...

– Tudo falso, Elle – ele me cortou. – Não sei de onde ele tira esses números, mas é tudo inventado. Eu também custei a crer. Então acabei entrando em contato com o responsável técnico pela transmissão, o Guillaume. É ele que administra o fluxo de imagens que sai da torre. Nós dois nos conhecemos há bastante tempo, e de tanto eu insistir, ele acabou soltando.

– Soltando o quê?

– Que não foi um acaso. Ele recebeu uma ligação de David em pessoa, no momento em que você começou no estúdio.

Eu me recusava a ver a evidência:

– Uma ligação pra quê?

– Merda, Elle... Eu juro a você que não estou lhe contando isso por nossa causa nem para tentar ficar bem com quem quer que seja... Mas, porra, você precisa abrir o olho com esse seu noivo!

– Uma ligação pra dizer o quê, cacete?

Segurei meu grito, com medo que ecoasse no corredor deserto.

– Para pedir a ele que não considerasse o sinal vindo da sala de controle do estúdio e passasse o filme programado, na hora prevista.

Eu não achei nada para dizer. Acabei reagindo, enquanto meus passos me levavam para os elevadores:

– Por que ele decidiu isso? Enfim, *naquele momento*?

– Não tenho ideia. Há um controle na sala dele do décimo oitavo. Ele verifica tudo que passa no monitor principal da sala de edição. Ele tem direito de vida ou morte sobre tudo que é mostrado aos telespectadores, inclusive de programas ao vivo.

– Sim, eu entendo. Mas o que não explica... *isso*.

– Tudo que eu sei é que David viu você na tela... E que deu a ordem a Guillaume. Foi isso. Você conhece toda a história.

Toda a história, sim, que eu tentava juntar com alguns aspectos positivos, como um homem no mar que se debate para achar uma boia de salvação. Ao menos Rebecca não me perseguiria; ao menos Sophia não ficaria exposta no seu papel de *hotelle*; ao menos ninguém aqui ia poder me associar à minha vida dupla. Ao menos, e talvez o mais importante de imediato, meu desabamento no final do programa não teria nenhuma consequência desastrosa.

Mas o alívio não sufocou muito tempo a raiva que subia dentro de mim. Berrar? Correr para a sala de David? Saltar no pescoço dele? Esbofeteá-lo? Liquidar as contas que se acumulavam, dia após dia, entre mim e ele, e que já estavam pesadíssimas?

Eu já não tinha mais vontade de levantar o véu sobre essa pantomima, nem de compreender a razão da reviravolta. Eu já estava cheia dos Barlet e de seus fingimentos. O que eu obteria a mais dos dois, a não ser novas mentiras, novas humilhações? Uma traição a mais...

– Elle? Elle, tudo bem?

Fred me lembrou do que eu tinha que fazer.

– Sim...

– Tem certeza? Quer que eu vá até aí?

– Não, não, pode deixar... – respondi apertando o botão do elevador. – Posso te pedir um favor?

– Sim, claro.

– Enquanto isso não vazar para o público, não fale disso com ninguém. Pode fazer isso por mim?

A cabine do elevador chegou e abriu suas mandíbulas de aço. Ao entrar, tive a sensação de me engolfar por decisão própria na goela de um monstro: o gênio da torre Barlet, que logo iria me engolir. Assim que o elevador se movimentou para imediatamente mergulhar nas profundezas do edifício, o sinal enfraqueceu e eu não escutei a resposta de Fred. Apenas supus que podia confiar nele.

O que mais me restava?

29

Uma bola de fogo em um mangá japonês.
Uma explosão em um filme de ação americano.
Um baixo pesado da música tecno inglesa.

Eu me limitei a essas três imagens. Meu professor de bigode teria orgulho de mim, qualquer que fosse sua opinião sobre as metáforas de outra geração que não a sua. Falando sério, eu me sentia aniquilada. David, Louis, Sophia, Rebecca... e mesmo Maude, minha própria mãe, todo mundo mentia para mim. Todo mundo dissimulava. Cada um me dava uma versão truncada, amputada ou maquiada. A realidade que me ofereciam parecia aquelas construções virtuais dos videogames ou dos filmes de ficção científica, cujo protagonista vê pedaços inteiros desabando à medida que avança. Como um gigantesco cenário feito de pixels, que não tem mais consistência do que um sonho. Matrix para os nulos, para *a* nula.

Que ironia eu não poder contar senão com um homem que eu abandonara. E, no calor daquele meio-dia estival que me abocanhou na saída da torre, eu quase comecei a rir. De impotência e de raiva.

Chegando ao Hôtel Duchesnois, constatei que eu não era a única que estava ferida. As brincadeiras entre minha gata e os dois pugs não tinham dado certo, pois eu encontrei Félicité encolhida em um canto, ainda trêmula, com o focinho arranhado e uma das orelhas mordida sangrando. Peguei-a no colo, com bastante cuidado para que ela não me ferisse também em um reflexo de defesa, depois me muni do necessário para desinfetar seus machucados, com toques de compressas de algodão.

Cumprido meu dever, fechei-a no meu quarto, protegida dos dois predadores de dentes pontudos. Ali, naquele momento, ela não estaria em segurança mais do que eu, mas não imaginei outra solução. Seria necessário levá-la para Nanterre? Eu também deveria voltar para lá? Esforcei-me para não acentuar essa comunhão de destino que parecia nos unir, a ela e a mim, e para não ver na sua dificuldade do dia um sinal que me era dirigido. Mas estava difícil. A desgraça se nutre de tudo que pode fazer sentido em torno dela, para sobrecarregá-la ou para dissipá-la. Por ora, cada detalhe me feria e me arrastava para o abismo.

Evitei ligar para cada um dos autores do meu drama. O que eles teriam para acrescentar? Que nova farsa me apresentariam? Por enquanto, eu só tinha minha raiva e minha incompreensão para jogar-lhes na cara. Nenhum elemento tangível a confrontar-lhes, a não ser a última descoberta de Fred. Não era suficiente. Alguns poderiam alegar ignorância, e outros se limitariam a invocar um lamentável desprezo: "Ah, ninguém te disse? Foi só um ensaio geral nas condições de programa ao vivo. A verdadeira estreia é na próxima semana." Então está bem...

Ouvi-los me enganar, perceber a quase imperceptível alteração nas suas vozes ou o olhar que escapa para a esquerda, todos os sintomas incontestáveis de sua duplicidade, era demais para mim. Ou melhor, não suficiente. No meio do imbróglio, cujo esquema básico me escapava – quem manipulava quem? Qual era o papel de cada um? Quem tinha consciência da impostura? – David me surgia como o arcano mais sombrio, mais elusivo, do dispositivo. Ele, o luminoso, o solar, o carismático, na verdade não passava de um astro negro, cuja única face, estreito crescente enganador, permanecia iluminada. Todo o resto eram apenas trevas, e quanto mais eu me enfronhava, mais me interrogava sobre a maneira como eu me apaixonara por ele.

Como ele me parecera da primeira vez? Eu me lembro de sua voz, tão próxima, tão suave, tão sedutora. Eu não entrevira então suas outras vertentes? Como pôde tão facilmente me enganar, eu que sempre me orgulhei do meu discernimento, qualidade à qual meus professores anteviam um futuro radioso em uma carreira de jornalista?

Pois muito bem, eu estava chegando lá. Já tinha o fio da meada. Minha perspectiva. Se eu quisesse ter acesso ao David secreto, aquele que conspirava contra mim, aquele que ainda me escondia o essencial do seu passado, eu teria que retornar à nossa gênese. À noite do nosso encontro. Alguns exercícios de respiração, com Félicité ronronando seu reconhecimento contra minhas costas, contiveram o fogo que me queimava desde as revelações de Fred. Não demorou para que eu me acalmasse o suficiente para fazer as ligações. Embaraçosas, porém necessárias.

– Mamãe? Sou eu. Como você está?

– Eu vou bem... porque você está ligando para mim.

Sabia que ela era sincera, a mil léguas de querer reclamar de mim, mas ainda assim seu tom de voz apagado apertou meu coração.

Alguns dos meus papéis pessoais não tinham saído das gavetas da minha minúscula mesa de trabalho de Nanterre. Entre os quais uma pilha desordenada de cartões de visitas, onde se misturavam alguns contatos profissionais, bares ou restaurantes que eu frequentara vários anos junto com Sophia, e finalmente os clubes libertinos e outros locais de dança onde ela se apresentava. Repugnava-me fazer minha mãe mexer nesse ninho de vespas, mas eu não via outro meio de pôr a mão nas coordenadas de...

– Marchadeau... – soletrei para ela. – E, A, U no final. Como água da fonte.

Ah, se tudo tivesse sido tão límpido como água da fonte, tão fluido, se também tivesse matado minha sede de verdade...

– Acho que está aqui, minha filha... François Marchadeau. Redator-chefe adjunto de *L'Économiste*. É isso?

– É ele mesmo. Pode me dar o número do celular dele?

– Você conhece um bocado de gente, hein?

Decidi por enquanto não perguntar-lhe sobre suas misteriosas conversas telefônicas com Louis Barlet. Fosse qual fosse seu papel na maquinação dos dois irmãos, ela só podia ser uma engrenagem involuntária, um peão inconsciente. Se alguém me amava incondicionalmente, era ela. Eu podia duvidar de tudo, não disso.

Sua voz estava fraca. A cada telefonema, eu a sentia se afastar de mim, desaparecer por trás de uma cortina cada vez mais grossa que filtrava as notas alegres para deixar passar apenas um som metálico e rouco, espesso, às vezes tão confuso que eu quase não conseguia reconhecer o timbre que conhecia melhor do que qualquer outro. A mão que a estrangulava por dentro não a largava mais um só segundo. Provavelmente não relaxaria mais o aperto de agora em diante, até o fim.

Depois de ativar a função de número privado no meu celular, liguei para o jornalista de economia umas dez vezes. No começo, tocou diversas vezes, antes de cair na secretária eletrônica. Finalmente, depois de numerosas tentativas, a secretária eletrônica atendeu ao primeiro toque da minha chamada, sinal de que ele decidira não ser mais importunado. Eu tinha esquecido desse detalhe. Teria eu atendido se, como ele, estivesse sendo incomodada por um correspondente anônimo em pleno repouso familiar numa tarde de domingo? Provavelmente não. Após um momento de hesitação, deixei uma mensagem cuidadosamente preparada:

– Bom-dia, François. É Annabelle Lorand, Elle, se preferir. Suponho que se lembre de mim. Creio, aliás, ter visto seu nome na lista de convidados para nosso casamento, quinta-feira que vem. O que significa que nos veremos em breve...

Não mais do que quatro dias, eu me surpreendi pensando, a partir de agora mais fremente de angústia do que de impaciência.

– ... É o seguinte: minha ligação é meio particular...

Se eu quisesse prender sua atenção, e que ele não traísse duas décadas de amizade fiel com David, eu teria que blefar. Infelizmente, eu não dispunha de outras armas, a não ser as da impostura. Depois de tudo, era chegada minha vez!

– ... O acaso pôs em minhas mãos certas informações delicadas sobre o Grupo Barlet. Bem como sobre David...

Interrompi minha fase de propósito. A futura sra. Barlet procurando desenterrar uma história suja sobre o marido era motivo para surpreender e escandalizar o velho parceiro de tênis...

– ... Poderia me ligar neste número? É urgente. Não gostaria que esse tipo de rumor caísse nas mãos de qualquer um.

Como eu esperava, isso bastou para fazê-lo morder a isca. Dez minutos depois, ele me ligou:

– Você se lembra em que circunstâncias nós nos conhecemos, não lembra? – entoou com acrimônia, sem um boa-tarde. – E se lembra de *quem* David é para mim?

– Não me esqueci em absoluto, François. Assim como não esqueci de com quem terminei aquela noite no Des Charmes.

Lembrança por lembrança, ameaça por ameaça, nossas posições estavam firmadas, e a discussão podia prosseguir em um clima por certo detestável, porém equilibrado, onde cada uma das forças presentes podia considerar a outra de um ponto de vista sólido e recuado. Não era mais preciso fingir. As máscaras haviam caído.

– Imagino que ele ignore este telefonema.

– Sim.

– Muito bem – ele aprovou após um silêncio. – Então vamos falar claro, os dois. David é meu amigo, um amigo como só se tem um na vida, e eu não tenho necessidade nem vontade de passar um domingo escutando as milhares de fofocas que correm a respeito dele. De todo modo, eu já conheço a maior parte.

– Não se trata disso...

– Sempre se trata disso – ele me cortou. – Você só conhece David há pouco tempo, Elle. Ainda não deve ter noção do que representa ser um homem tão exposto, tão influente, tão cortejado. Nem do que é viver no seu círculo íntimo. Por enquanto, você apenas entreviu os aspectos mais agradáveis, eu diria mesmo mais recreativos, dessa vida: portas que se abrem como por encanto, salas que se esvaziam com um estalar de dedos, barcos ao luar...

Alusões diretas ao pequeno milagre que David executara para mim, desde aquela noite até o pedido de casamento no Sena. Deduzi que os dois colegas não faziam apenas bater bolinha duas vezes por semana sob a estrutura de plástico branco do clube ultraexclusivo a oeste da capital, La Châtaigneraie. Até que ponto levavam suas confidências no momento do voleio ou do smash?

– Não sou nem tão jovem nem tão idiota a ponto de pensar que minha vida com ele vá se resumir a isso. Não me tome por mais boboca do que sou, por gentileza.

Ouvi o sopro discreto de um sorriso que saturou um instante o microfone do seu celular. François Marchedeau era homem de apreciar a capacidade de polemizar das mulheres jovens. Devia até excitá-lo um pouco o fato de elas lhe resistirem assim. Nossas breves efusões tinham me revelado um temperamento brincalhão, mais refinado e mais hábil do que deixava transparecer sua posição de retraimento e humildade em relação aos ex-colegas de escola.

– Eu não duvido – ele continuou, mais comedido. – Mas você ainda não conheceu todo o resto: os paparazzi, os artigos maldosos, as rasteiras dos invejosos e dos bajuladores... Sem falar das ameaças.

Foi o que ele disse, seguro do efeito que iria produzir:

– Quer um exemplo? Um de nossos amigos comuns da HEF encontrou a mulher degolada em casa pela máfia de um conglomerado dos países do Leste.

– Quando foi isso? – perguntei, tentando não trair minha emoção.

– Já faz uns dez anos, mas esse tipo de "acidente industrial" faz parte das eventualidades para as quais homens como David devem estar preparados.

"Acidente industrial." Sua forma de classificar a morte de uma inocente, sacrificada no altar dos interesses financeiros, era glacial.

Mas não fiquei abalada. Vasculhei meu espírito em busca de um último argumento, aquele que ele não poderia refutar, e que o incitaria a me ver em segredo.

– Justamente.

– Justamente o quê?

– O que eu tenho a lhe dizer tem a ver *comigo*. Diretamente.

– De que maneira?

– Minha integridade está igualmente em jogo.

Meu tom e a minha escolha das palavras foram suficientemente dramáticos para suscitar-lhe uma forma de interesse. Eis que seu instinto de jornalista começou a pulsar. Eu sabia, uma vez que possuía o mesmo órgão, embora ainda em forma de embrião, erétil à menor promessa de um furo jornalístico.

– Integridade... física? – ele inquiriu com gravidade.

– Não, profissional.

Ele deu um risinho nervoso, entrecortado por grandes goles sonoros de uma bebida que eu imaginava quente. Devia estar ainda no seu brunch dominical.

– Bom, podemos nos encontrar, se você quiser, mas estejamos de acordo que você nunca fez esta ligação e que nossa conversa de daqui a pouco jamais ocorreu.

– Impossível estar mais de acordo – concordei com seriedade.

Estas fórmulas de conspiração não deixavam de me excitar. Reacendiam minhas lembranças cinematográficas mais palpitantes, atiçando minha imaginação e convocando as sombras de alguns espiões, reais e fictícios. Mas esse sentimento pueril desfez-se bem depressa. Não havia nada de engraçado ou divertido. Era da minha vida que se tratava, e da maneira como os dois irmãos neuróticos brincavam com ela. Era ela que eu via desmanchar-se nos meandros lodosos de sua antiga rivalidade.

– Você conhece o Marly, na Cour Carrée do Louvre?

– Sim... Nunca fui lá, mas sei onde fica.

– Estarei lá dentro de uma hora. E não mais do que uma hora.

– Combinado.

– Eu também tenho uma família a dois passos de explodir e preferiria que isso não acontecesse num domingo à noite, a duas semanas das férias escolares.

Esta última frase, vagamente infantil, indicava que ele se preocupava acima de tudo com os filhos, o que me comoveu.

Sophia: três ligações perdidas, mostrou a tela do celular assim que desliguei. Eu me sentia incapaz de falar com ela por enquanto. Talvez até... para sempre.

Tomei um banho rápido e optei por um traje ligeiramente mais sedutor do que meu sóbrio terninho. Meu futuro interlocutor não era indiferente ao meu corpo farto, disso eu já sabia. Eu iria aproveitar-me disso para desestabilizá-lo e obter dele um pouquinho mais do que estava disposto a soltar. Portanto, decote acentuado, sutiã meia-taça e saia na metade das coxas.

Eu não tinha nenhuma vontade de seduzir me enfeitando assim. Aliás, durante minha conversa com Marchadeau, meus atrativos desempenharam seu papel sem mim. Eu era um belo invólucro sem ninguém para pilotar seus atributos. Meus seios apontavam, se quisessem. Minhas coxas se desnudavam como bem entendessem. ~~Meu sexo podia se deixar entrever através da fina cortina de algodão da minha calcinha.~~ Pouco me importava...

Contudo, ao me vestir ainda agora, não pude evitar de pensar no desafio que Sophia um dia se impusera na minha presença: achar a roupa perfeita, a que seria suscetível de derreter o homem mais frio ou mais seguro de suas reações. Um conjunto compreendendo um vestido, lingerie e saltos altos, tudo ao mesmo tempo tão curto, tão colante, tão transparente, tão ousado, tão integralmente voltado à exaltação dos próprios encantos que ninguém poderia resistir a ela.

Qualquer espectador dessa obra-prima de charme enganador
teria uma irresistível vontade de se atirar sobre ela.
Eu me pergunto se nesse dia ela achou a fórmula mágica.
Digo a mim mesma que, no fundo, ela não precisa de nada disso
para levar quem quiser para a cama.

(Nota manuscrita de 14/6/2009, redigida por mim.)

Assim vestida, arrojada como há muito tempo não me sentia, eu descia a grande escadaria circular, quando Armand me pegou no último degrau.

– Annabelle... A senhorita vai sair?

Eu poderia jurar que ouvi o tom surdo da censura. Seu corpo forte obstruía a passagem, dissuasivo.

– Sim. Não vou demorar muito. Por quê?

– Tenho alguns detalhes para ver com a senhorita.

– De que tipo?

– Bom, o fornecedor das tendas não tem mais na cor bege. É preciso escolher uma outra cor... senão não teremos nenhuma.

Eu estava me sentindo agora tão longe das tendas bege, dos fornecedores para o casamento... e dessa união, sob qualquer tenda que fosse...

– Mais tarde, pode ser? – eu me esquivei com um tom vago.

Eu forçava a barreira natural da sua corpulência, quando uma ideia me surgiu. Vasculhei rapidamente minha bolsa à procura da grande chave sem fechadura que não saía mais de lá. Uma intuição.

– Armand... Você conhece esta chave, não é?

Ele pareceu surpreso, franziu os olhos sob o tufo das sobrancelhas e finalmente disse:

– Não, ela não me diz nada...

– Esta chave não abriria o portão da Roches Brunes, por acaso?

Ele ergueu um olhar embaraçado para mim, que se misturou bruscamente com desaprovação, negligenciando o fato de que eu não podia conhecer o refúgio da família Barlet.

– Não tenho ideia. Eu só fui lá uma ou duas vezes.

Eu sabia que ele mentia, as palavras de Louis ressoavam ainda nos meus ouvidos: "Acho que Armand vai até lá fazer um pouco de limpeza uma vez por ano..."

– Tudo bem. Eu vou ver – concluí, com um tom voluntariamente enigmático.

In loco, pensei, mas preferi me calar. Afinal, não era esse o destino da nossa lua de mel, minha e de David?

Eu não tinha mais tanta certeza de que era mel que escorreria. Não tinha mais certeza de nada.

30

O carro trafegava pela autoestrada quase deserta a uma boa velocidade. Ao longo dos quilômetros, ultrapassamos caminhões que desobedeciam a proibição de circular aos domingos, sob o olhar de concupiscência indolente de seus motoristas. O sol ainda alto no céu se eclipsava cada vez que entrávamos em um dos túneis, numerosos no trecho precedente ao pedágio. Sophia só diminuía a velocidade ao se aproximar dos radares fixos, assinalados por grandes painéis no acostamento. Não tínhamos trocado uma palavra desde que partíramos de La Tour-des-Dames e, ainda que quiséssemos, o vento que atravessava o teto aberto do conversível teria levado tudo embora consigo, no rastro dos cachos castanhos da minha amiga que esvoaçavam com graciosidade.

– Você agora tem um carro, é? – limitei-me a perguntar a ela no telefone, glacial.

– Não é meu. É da Peggy. Ela sempre disse que se eu precisasse...

Peggy. Sua *outra* melhor amiga. A que compartilhava suas lembranças de infância e a quem Sophia, num impulso generoso, levara antes de mim para a Belas da Noite.

– Muito bem, então acho que foi na hora certa.

Mas, segundo Rebecca, "Peggy era do tipo encrenqueira, uma menina cheia de histórias". Ela acabou largando a agência em circunstâncias esquisitas, apresentando queixa de estupro contra um dos clientes que havia insistido em terminar a noite em um lugar diferente do Hôtel des Charmes, em um estabelecimento menos seguro do que o do sr. Jacques.

Lá, ele teria tentado reproduzir exatamente certas cenas particularmente picantes de um best-seller erótico, cujos episódios mais violentos não teriam sido do gosto da delicada Peggy, mulher mignon de peito desproporcional, que cativava os homens justamente por seu busto poderoso. Queixa na polícia, processo, acordo financeiro... Um bom dinheirinho para a moça, mas também um motivo para macular a reputação das *hotelles* de madame Sibony.

O fusca de capota arriada pegou uma via secundária e depois o eixo que seguia para oeste, longe da capital, longe das revelações das últimas horas... para melhor voltar a elas no final. Eu sabia, e foi por isso minha necessidade urgente de Sophia, a traidora.

Duas horas antes, naquele domingo de junho, o terraço do café Marly transbordava de turistas. Todas as línguas do mundo ouvi em volta de mim, exceto francês. Discrição garantida. E eu não tinha dúvida de que este tinha sido o critério que guiara a escolha do meu interlocutor.

François Marchedeau chegou dez minutos atrasado, sem uma palavra de desculpa. Em vez disso, ele me apontou o pátio do Louvre e sua pirâmide de vidro e disse:

– Sabia que foi André Barlet que deu a ideia da pirâmide ao Mitterrand?

– Não... – admiti, cética.

Essa frase invocava o quê? Os próprios Barlet? Eu não duvidava que André, assim como Pierre antes dele, e David depois, tinham percorrido os corredores da República em busca de apoio. A partir de certo nível, tudo se torna política. Tudo se joga ou se desfaz sob a opulência dos gabinetes ministeriais. Mas daí a imaginar que ele cochichava no ouvido do presidente... No ouvido da esfinge.

– Mitterrand não podia sair do Élysée de forma apropriada para se instalar no Louvre. Mas, na intimidade, ele dizia querer deixar um sinal de sua autoridade presidencial.

– Um sinal de que natureza?

– Simbólica. Obviamente, ele queria os atributos do rei sem ter o título. Então André teve a ideia de gênio, a partir do apelido mitológico que lhe atribuíam seus detratores. E o que está atrás da Esfinge de Gizé... a não ser uma pirâmide?

Dei um gole no meu Monaco, muito bem dosado, determinada a encurtar aquele blá-blá-blá erudito. Pouco me importavam naquele instante as mil historinhas com que a família Barlet tecia sua própria lenda. Eu não era biógrafa deles, muito menos hagiógrafa... era apenas uma jornalista. Era apenas uma moça deslocada em busca de verdade.

– O que eu tenho a dizer lhe interessa... Ou vamos para a fila, para prosseguir a visita?

Apontei para a fila de curiosos que se estendia desde a entrada envidraçada até o Arco do Triunfo do Carrousel. Vestido às pressas, calça jeans e camisa polo, ele não destoaria no meio daquela multidão com mochilas às costas e máquinas fotográficas atravessadas no peito.

– Você está tão bonita quanto eu me lembrava – ele me elogiou como única resposta, com um sorriso sedutor.

– Aparentemente não o suficiente para aparecer na TV.

Eu não paro de me espantar com isso, de tão grande me parece ser o fosso entre os gêneros. Nós, mulheres, esquecemos facilmente os homens que nos possuíram, ~~comeram, foderam, segundo o foco adotado por eles.~~ Ao menos é o que sustentava o autor de um artigo de revista, e eu concordo com ele. Eu não oculto o sentimento que eles me inspiraram, mas suas mãos sobre mim, seus paus dentro de mim, todas as sensações que eles me provocaram se apagam. E eu não quero mais nada deles.

Os homens, em compensação, conservam, a respeito de suas conquistas, por mais antigas que sejam, uma atitude de proprietário. O corpo agarrado um dia continua sendo deles para sempre, mesmo de maneira tênue, mesmo que eles não o desejem mais. Eis o que explica muitos dos comportamentos masculinos, e essa propensão que todos compartilham de querer dormir com suas ex, ~~de retornar às vaginas conhecidas,~~ ao passo que uma mulher acha isso anacrônico, incongruente, até mesmo impróprio.

(Nota manuscrita de 14/6/2009, redigida por mim.)

A partir de então, só tive que desenrolar meu pequeno relato tingido de raiva e amargura: a preparação do *Cultur'Mix* em tempo recorde, a data de estreia precipitada e, para completar, uma transmissão escamoteada. Claro, eu guardei para mim a parte que dizia respeito a Louis e à sua reportagem orientada, para dizer o mínimo.

Só precisei extrapolar um pouquinho, aplicando a mesma fórmula a outros programas e outras jovens jornalistas da emissora antes de mim, para chegar até esta frase:

– David forja programas e inventa índices de audiência para favorecer a promoção das assalariadas que ele leva para a cama... ou que cogita levar.

O olhar de Marchadeau permaneceu um segundo a mais no meu decote, como se isso bastasse para justificar as motivações do seu amigo, depois se ergueu, inexpressivo, visivelmente indiferente.

– Se for este o caso, com todo o respeito... você se deu melhor do que as outras! David não é exatamente o tipo que pede em casamento a primeira que chega.

– Um presidente de emissora mente para todos os funcionários, dilapida dinheiro da empresa para fins pessoais... e você não fica chocado?

– Se eu tivesse que me comover com todos os abusos financeiros dos chefões do CAC 40, eu passaria minha vida com o nariz num lenço, Elle.

Foi dito sem cinismo, apenas como a constatação de uma evidência. Uma realidade que nem ele nem ninguém seria capaz de modificar em um sentido mais conforme à moral.

– Acredite em mim – ele insistiu no discurso. – Não tenho nenhuma complacência com os conchavos obscuros dos grandes patrões. David sabe disso. Nós dois discordamos mil vezes a esse respeito. Seja porque ele mesmo levou vantagens inconfessáveis, seja porque acobertou alguns de seus coleguinhas.

– Mas você não escreve uma palavra sobre isso nas suas colunas! – repliquei no ato, desdenhosa.

– Se eu me lançar nessa cruzada, logo me desacreditarão e estarei fora do jogo. Não vou lhe ensinar isso, você não é tão ingênua: um anti-establishment é muito mais eficiente se deixar que o príncipe lhe dê tapinhas nas costas do que se lançar aos moinhos com o estandarte ao vento.

Sua metáfora quixotesca não me convenceu. Quando ele fizera da pena uma arma? Alguma vez se livrara do poder econômico que o tinha na mão para dizer em voz alta o que jornalistas como ele sussurravam entre si na sombra das redações?

– Sua lealdade o honra. David tem sorte de ter amigos como você... – fingi tomar o partido dele. – Quanto a mim, me desculpe pelo excesso de juventude, mas ainda nutro algumas ilusões sobre *nossa* profissão.

Todo o meu efeito residia nesse pronome pessoal, que nos associava voluntariamente, a ele e a mim. Ambos jornalistas, apesar de nosso diferencial abissal de idade e experiência.

– Não me venha com essa história da probidade que se desbota com a idade, Elle... Não *você*.

Era a vez de ele usar subentendidos. Aquele "você" tão enfatizado não era dirigido à moça bem-comportada para quem ele olhava, mas à amante que ele pagara no Des Charmes com algumas notas, alguns meses antes. Apesar dos riscos corridos, decidi me aventurar por essa via perigosa que ele acabara de abrir totalmente:

– É você que decide pensar assim, François. É uma escolha sua – blefei. – Como será minha escolha revelar a David como você e eu terminamos a noite naquele dia.

– Você jamais faria isso – ele procurou me convencer. – Você tem muito a perder.

– Está enganado, eu já perdi o essencial.

– Perdeu o quê?

– Minhas ilusões. Sobre ele... sobre você.

Esbocei uma saída furiosa, puxando minha saia no momento de me levantar, mas a mão dele segurou meu punho e prendeu-o na madeira castanha da mesinha redonda.

– Espere...

– Me largue – intimei-o com uma voz comedida.

– O que você está me contando não é nada ao lado dos dossiês de que disponho sobre o Grupo Barlet...

Ele soltou minha mão, certo de ter retido minha atenção. De fato, eu me deixei cair sobre a cadeira vermelha.

– Verdade? – desafiei-o a dizer mais.

– Verdade.

Seus ombros arriaram, subitamente esmagados por um peso invisível. Ele parecia antecipadamente esgotado pelo que iria me dizer. Seus olhos escaparam um momento para os arcos abertos que deixavam deslizar sobre nós um suave ventinho refrescante. Sem óculos escuros, ele lutava contra os raios que batiam na nossa parte do terraço, piscando os olhos com insistência.

De volta à sombra, ele me olhou de maneira ambígua, que eu não pude decodificar senão assim: eu era ao mesmo tempo a pior e a melhor coisa que lhe acontecia. Uma maldição, mas também uma ocasião que não surgia toda hora. A de cortar o cordão que o prendia desde sempre a David. A hora da revanche. A hora de morder a mão que fazia seu pescoço dobrar há muito tempo. Tempo demais.

– Estamos perfeitamente combinados – ele recomeçou à meia-voz. – Nós nunca nos vimos *e* eu nunca lhe disse o que se segue.

– Combinado.

Ele deu dois goles na cerveja antes de começar, com um pouco de espuma ainda agarrada no lábio superior. Um lábio fino que eu havia apertado contra os meus, eu pensei, por mais inconveniente que fosse tal pensamento.

– O Grupo Barlet não produz apenas programas de TV na França.

– Disso eu sei.

– Claro... O que não sabe é que há certos países onde o que o grupo produz nada tem de convencional.

Eu já tinha compreendido, porém ainda precisava ouvir o resto.

– Tipo o quê?

– Pornografia. Coisa pesada. Através de diversas empresas de fachada, é óbvio.

A deturpação de títulos de livros ou de obras cinematográficas utilizados para batizar os filmes pornôs sempre me fez sorrir. E corar. A Biscate do Soldado Ryan, Jorrada nas Estrelas ou Fuckest Gump. No filme que projeto para mim, quase sempre como apoio dos meus embates solitários, eu imagino o personagem principal, um operário bem-dotado e vigoroso, atravessar a tela do pornô para vir me satisfazer no meu quarto. ~~Ele me faz gozar e não poupa nenhum dos meus orifícios.~~ Chegado ali por acaso, acaba me preferindo, em vez das atrizes siliconadas que se desesperam, privadas de parceiro do outro lado do espelho. Elas têm como única ocupação nos observar, o ator e eu, em plena demonstração de nossa harmonia sexual (quase) perfeita. Na verdade, o sexo dele é grosso demais para o meu, o que nos obriga a adaptar posições nas quais só

a glande e o terço superior do pau, mais estreito, me penetram.
O título desta obra-prima exibida apenas numa única sala,
a das minhas fantasias:
A Glande Púrpura do Cairo.

(Nota manuscrita de 14/6/2009, redigida por mim.)

Eu pensei na informação antes de replicar:

– E por quê? Afinal, grupos de mídias bem conhecidos não escondem serem *também* produtores de conteúdos para adultos. Não incomoda ninguém, nem o público nem, sobretudo, os acionistas.

– Você tem razão. É menos o conteúdo dos programas em questão do que as condições nas quais eles são rodados que apresentam problemas.

– Ou seja?

Ele pigarreou e lavou a garganta com um novo gole cor de âmbar.

– As jovens que participam nesse gênero de filme são muito menos caras, e também muito menos tinhosas, nos países do Leste: Hungria, Bulgária, países bálticos... Algumas chegam a trabalhar de graça. Então se torna realmente interessante para um produtor e distribuidor como Barlet. Economicamente, entenda-se. Custo reduzido a nada ou quase nada, lucro máximo.

– De graça?

Não pude reprimir minha exclamação de espanto.

– Quase de graça. O produtor local pratica o toma lá, dá cá; a moça faz três ou quatro filmes em troca de um visto de permanência no país de sua escolha. França, Inglaterra, Alemanha etc. Molhar a mão de um funcionário sai sempre mais barato do que o cachê de uma estrela do pornô *made in France*.

Um detalhe me escapava.

– Qual o interesse para o produtor? Se elas são tão baratas, o produtor não pode simplesmente pagar as moças por suas atuações?

– Sim, mas o método de que estou falando permite alargar consideravelmente o viveiro de atrizes. E portanto oferecer produtos renovados com maior frequência, pois há muito mais candidatas à imigração do que à dupla penetração. O pornô é um gênero de cinema no qual o star-system tem um impacto muito fraco. Só há duas ou três atrizes realmente conhecidas e que faturam com seus nomes.

Fiquei com a impressão de que ele me falava de legumes embalados na seção de hortifruti de um supermercado.

– É repugnante...

– Totalmente repugnante. Mas torna-se muito menos quando você é uma doutora em química de 25 anos ganhando trezentos euros por mês e sem perspectiva de evolução no seu país de origem. Elas se convencem de que é apenas um mau momento que têm de passar para chegar ao eldorado que vão encontrar aqui.

Sua forma de sintetizar a problemática dessas jovens era dura, mas refletia a realidade, infelizmente.

A lucidez cáustica que eu ouvia e que lia também nos seus traços crispados – eu tinha dificuldade em dar a ele a mesma idade de David, ele parecia ter no mínimo dez anos mais –, por que a aplicava com tanta parcimônia? Por que eu mesma não sofri as consequências, na noite em que nos conhecemos?

Eu não podia esquecer o objetivo verdadeiro daquele nosso encontro: uma certa noite de gala, onde David surgira para mim.

– Por que você não contou nada para ele?

– Contou o quê?

Ele pareceu sair de um pesadelo.

– Sobre mim. Sobre o que eu era para você naquela noite...

– Para o David?

– Sim. Para o David. Nas festas, nas suas partidas de tênis... Você teve cem vezes a possibilidade de fazê-lo. Seria fácil ocultar os *detalhes* embaraçosos demais para você.

Detalhes relativos ao tempo em que permanecemos deitados, explorando o cenário de um quarto Joséphine, Mata Hari ou outro.

Como ele não achou nada para responder, eu enfiei mais fundo o prego que me oprimia:

– Isso se faz entre amigos, não? Prevenir o outro sobre o que se descobriu sobre a pessoa por quem ele se enrabichou. Impedir que ele faça um casamento errado. Você pode chamar de acompanhante de luxo, de *hotelle*, ou do que quiser... Mas naquela noite eu não era nada além de uma puta.

Ele franziu os olhos cheios de uma candura infantil. Eu podia ver que sua surpresa não era fingida. Uma garotinha que corria no café Marly, uma longa arcada onde a galeria central quase não tem largura suficiente para dois passantes, esbarrou na cadeira dele sem que ele reagisse. Ele ficou me olhando com um sorriso pesaroso nos lábios.

– Enfim, Annabelle... Ele sabia precisamente *quem* e sobretudo *o que* você era para mim aquela noite.

A despeito do zumbido nos meus ouvidos, eu ouvi muito bem.

A deflagração repercutiu nas abóbadas da galeria e tornou a cair pesadamente sobre mim. Ninguém em torno de nós se mexeu. Meu mundo desabava, não o daquelas pessoas.

– O que lhe dá tanta certeza?

– O que me dá tanta certeza... – ele repetiu para si mesmo, com o olhar ausente. – Quer dizer que você não sabe nada das atividades dele fora do audiovisual?

– Que atividades?

Segurei minha cadeira com as duas mãos, como se ela ameaçasse sumir debaixo de mim.

– A Belas da Noite, a agência...

– Sim, e daí?

– Pertence a ele – concluiu baixinho, consciente do golpe que me infligia.

E, como bom gestor de seu patrimônio, cioso da rentabilidade de suas aplicações, ele investira no que para ele, contudo, não era senão uma "pequena empresa", segundo François Marchedeau.

Em outras palavras: nenhuma das figurantes do catálogo de Rebecca lhe era totalmente desconhecida – ao menos de rosto, uma bonita carinha na tela ou em papel brilhante – nem que fosse de reputação.

Não dizer mais uma palavra.

Sequer dizer adeus.

Sair do café sem cambalear, sem esbarrar nas crianças ao passar.

Entrar no metrô.

Entocar-me no vagão, esperando nunca mais sair dele, e que o sopro agudo do metrô me levasse e dissolvesse o que restava de mim.

Voltar ao Hôtel Duchesnois, vazio, e enfiar numa bolsa alguns pertences. Sem verdadeiramente refletir sobre o que me seria útil, nem sobre a duração da minha viagem.

Ligar para Sophia, com um bola de chumbo na barriga, outra na garganta. Capaz apenas de articular. Senti-la alarmada na outra ponta do fio, a amiga que ela ainda é, incondicional.

Depois ficar aguardando até a hora de ela me levar para longe, afundada em uma poltrona da sala, com Félicité no colo, as lágrimas grudadas à flor das pálpebras. Incapazes de rolar, como eu sou incapaz de compreender o que está acontecendo.

Eu abri a porta, decidida a esperar na rua por uma Sophia iminente, quando avistei Ysiam, compenetrado como de hábito, aparecer no portão carregando um pequeno pacote dentro de uma sacola plástica. Eu não tinha me enganado. Ele era de fato uma engrenagem no mecanismo que me triturava. Uma peça inocente transportando até mim a força que me destruía, dia após dia.

– Bom-dia, senhorita.

– Bom-dia, Ysiam.

– Está indo embora?

– Sim... – gaguejei, como se com medo do flagrante. – Não por muito tempo. O que o traz aqui?

– Tenho uma encomenda para a senhorita.

– Da parte de quem?

– Não sei. Foi o sr. Jacques que me pediu para entregar. Então eu entrego.

Clique. Ysiam-a-engrenagem viera fazer o seu serviço.

– Compreendo. Pode me dar.

Entreabri o portão para ele poder me passar a sacola, depois dispensei o rapaz com um sorriso infinitamente menos delicado e desarmado do que o dele.

– Espero que sejam boas notícias – ele disse, já se afastando.

– Sim. Também espero.

No pequeno pátio circular, abri o pacote com dois gestos febris. Eu não esperava nada. Eu só queria sumir. Sumir e compreender. Eu sabia que, mais uma vez, aquela caixa conteria mais mistério do que respostas.

Contudo, não havia cartão magnético do Des Charmes. Nem bilhete marcando encontro. Acomodado no fundo da sacola, desembrulhado, um único objeto, acompanhado de um cartão de visitas. Tirei a máscara, uma máscara veneziana semelhante à que Louis já me fizera usar em um de nossos encontros. Eu a joguei de qualquer jeito na minha bolsa e peguei em seguida o retângulo branco de verso virgem. A frente continha um único mandamento. Mais um. O sétimo, e ao qual eu não tinha mais nenhuma intenção de me submeter:

7 – O desconhecido explorarás.

No entanto, logo arrancada da melancolia pelo canto de pneus a alguns passos de mim, pensei que era exatamente o que eu estava prestes a fazer. Espeleóloga de um abismo onde eu esperava me encontrar.

31

O sol, até então generoso, começou a se pôr e a atmosfera a refrescar. Paramos para fechar a capota do automóvel no acostamento da autoestrada. Sequer prestei atenção ao seu nome. A duas semanas das férias, ainda estava muito pouco frequentada, sem os gritos de crianças e os papeis engordurados que não tardariam a se espalhar durante todo o verão.

Sophia encheu o tanque com o dinheiro que eu lhe dei, sempre sem trocarmos uma única palavra. Só depois de percorrermos uns cem quilômetros, no momento em que viramos à direita para pegar a estrada que daria em Rennes, finalmente saí do meu mutismo obtuso. Por que nesse instante? Não tenho ideia. Imagino que estava pronta. E, ademais, eu nunca fui do tipo rancoroso. Uma vez a traição consumada, melhor entender o que a havia motivado. Eu precisava saber.

– Como você conheceu Louis? – perguntei de cara.

– Juro a você que não sabia que se tratava de Louis Barlet.

Ela parecia sincera.

– Quem você achava que era?

– Um cliente... Um cliente como qualquer outro.

Primeira estocada no coração: por certo dormiram juntos.

Como agora era eu que dirigia, com as mãos firmemente agarradas no volante, não pude manifestar minha raiva com nenhum gesto. Só fechei os olhos uns segundos, antes de Sophia exclamar:

– Ei! Preste atenção!

Voltei a mim, e a ela.

– Em nenhum momento ele lhe disse o nome dele?

– Não. Ele se apresentou com um nome falso, Richard.

Richard, o nome do motorista.

– Mas ele não é o único – ela continuou. – Você sabe tão bem quanto eu: há muitos que preferem guardar um anonimato completo, no caso de...

No caso de as esposas se mostrarem curiosas demais. No caso de, por coincidência, voltarmos a nos cruzar, cliente e acompanhante, em um contexto... menos privado. E, por que não, no caso improvável de o sujeito em questão ser o cunhado (e amante) de nossa melhor amiga.

– Você o *viu* com frequência?

– Duas, três vezes, não sei mais exatamente.

Sim, ela conhecia precisamente o número e as circunstâncias de seus encontros. Mas, como me indicava seu tom ligeiramente humilde, que combinava bem pouco com ela, ela procurava me poupar. No fundo, e apesar da raiva de que eu não conseguia me livrar, eu agradecia a ela por isso.

– E... como ele chegou a lhe propor uma entrevista sobre sua atividade?

– Ele se disse jornalista e também escritor.

– Ele contou para quem trabalhava?

– Não. Somente que ele criava temas como freelance e que revendia depois a estúdios de produção, órgãos da imprensa ou às vezes diretamente a alguns canais de TV. Ele minimizou ao máximo, tipo: "Em geral nunca é transmitido."

Eu sabia que Louis era capaz de personificar o rosto da verdade no meio das piores mentiras. Sophia por certo não se dera ao trabalho de notar a sua famosa covinha da verdade, aquela que não me enganava.

– Mas você sabia que Rebecca nos proibia de falar sobre nosso trabalho.

– Sim, claro... Mas ele me garantiu que eu não seria reconhecível. E que eles modificariam minha voz. Em suma, que seria algo totalmente anônimo.

Anônimo para todos os outros, menos para mim.

– Ele te pagou por isso?

Olhei pelo retrovisor esquerdo antes de mudar de faixa e comecei a ultrapassar o carro à nossa frente, manobra que dispensou Sophia de responder durante um instante. Eu não era boba. O tique-taque obsessivo do pisca-alerta zumbia como uma confissão.

– Então? – insisti. – Ele te pagou bem?

– Dois mil.

– Euros?

Eu quase engasguei.

– Claro que sim... em copeques é que não seria...

– Dinheiro vivo, imagino?

– Sim. Em notas de quinhentos. Nunca tinha segurado uma na mão, sabia? É bem estranho. Você não pode imaginar a sensação de poder que isso dá!

Nessas condições, o que primeiro me parecera uma punhalada nas costas revelava seu verdadeiro rosto: ela só agira assim por necessidade, por instinto de sobrevivência. Por cupidez também. E Louis devia saber suficientemente de sua situação e de seus hábitos perdulários para adivinhar que ela aceitaria tal oferta sem um mínimo de hesitação ou de escrúpulos.

Mas eu não conseguia acreditar que a escolha da minha amiga tivesse sido fortuita. Menos ainda inocente. Era a mim, evidentemente, que tinham visado através dessa armação particularmente tortuosa.

Uma montanha de detalhes, uma infinidade de perguntas permanecia sem resposta. Se a transmissão da reportagem destinava-se a me desestabilizar, que consequências Louis esperava? Que me demitissem? Que eu pedisse demissão? Minha saída da BTV por certo seria o ideal para ele. Mas precisava me humilhar para isso?

Marca após marca, quilômetro após quilômetro, minhas interrogações passavam de um irmão ao outro, de Louis a David. Pois – e todo o nó do mistério me parecia estar concentrado aí –, se David conhecia desde o início minhas verdadeiras atribuições na noite em que nos conhecemos... por que Louis quis me chantagear?

Meus pensamentos se embaralhavam como o dia que caía, cobrindo a paisagem verde com um véu cinza-rosado, depois cada vez mais neutro.

– Tornou a vê-lo?

– Não depois da filmagem, não. Rebecca me disse que "Richard" queria me rever, uma ou duas vezes, mas eu disse não. Eu achei que era um pouco estranho, dorm...

Ela se conteve com uma expressão embaraçada:

– ... rever um cara que tinha me entrevistado. Sobretudo sobre esse tema.

Seu susto, o sentimento de pânico que eu lera no seu rosto no Bois de Vincennes, não era fingido. Bem como a vergonha que a havia mantido afastada de mim desde então. Ela estava a mil léguas de imaginar em que maquinação ela se metera sem querer. E, pela perturbação que eu notava nela, por vê-la tão espantada, encolhida no plástico cinza da porta, era claro que ela compreendia ainda menos do que eu.

Mesmo assim terminou soltando, com um tom quase galhofeiro:

– Você sabe que ele é meio pirado...

– Por que diz isso?

Ela se virou para mim, com seu sorriso maroto servindo de desculpa.

– Não me diga que não viu as tatuagens dele...

– Vi. O "A" , o "D"... Por quê?

Eu citei de cor as duas que eram visíveis em público e que eu pude perceber durante meus passeios com Louis. O leve estremecimento lascivo do seu olhar me confirmou que, ao contrário de mim, ela tivera o privilégio de admirá-las todas e que outros mistérios tinham se desvelado.

– Espere, isso é apenas a ponta do iceberg! O Alphabet Man é o iceberg inteiro!

– "Alphabet Man"? – Quase caí na gargalhada. – Que apelido é esse?

– Eu não te contei? Ele tatuou todo o alfabeto no corpo.

– Eu sei disso! – falei, irritada.

– Não é doido? Ele levou quatro ou cinco anos gravando as vinte e seis letras na pele. Não são todas iguais não: ele varia os tamanhos, os tipos de letra, o desenho etc.

– Coisa de demente... – concordei.

Eu mesma percebi a ambiguidade deste qualificativo: era obra evidente de um demente e, ao mesmo tempo, algo prodigioso. Perfeitamente ele. Perfeitamente coerente. Eu não precisava mais que ela me explicasse a razão da empreitada: eu a discernia sem dificuldade: Louis sonhava viver de sua escrita. Louis teria dado tudo para escrever e não fazer senão isso. Até em seu próprio corpo, que logo representaria a matéria viva de sua arte e que ele usaria como uma paleta.

Imaginei por um instante o corpo nu do homem do traje de látex preto que havia escapado de mim no escuro. Tentei dispor uma a uma as letras do alfabeto nos seus músculos secos e tensos, cujos movimentos de felino exaltavam os traços arredondados ou finos dos caracteres.

Eu não devia me perder nessas imagens. Afinal, era o mesmo homem que me preparara a armadilha! O que me enganara todo esse tempo.

– Sophia... tenho uma última pergunta para te fazer e...

Eu engoli em seco. Uma dor inesperada se fez sentir. Eu tinha a impressão de engolir uma bola de boliche cada vez que a saliva passava.

– Sim?

– Eu preciso que você diga a verdade.

– Mas é lógico! – ela exclamou, desejosa de se emendar. – Claro.

Nova opressão na minha laringe.

– Por um acaso... Por um acaso você teve David como cliente?

– O quê?

Ela quase berrou.

– Você é maluca! De jeito nenhum!

– Você pode ter pegado David sem saber quem era.

– Não tem nada a ver! David é uma figura pública. Eu já tinha visto a foto dele.

Eu não me lembrava de ter mostrado a ela uma fotografia, nem em manchetes de jornal, nem as poucas imagens que eu conservava na memória do meu celular.

– Confesse – eu disse com um sorriso. – Você o googlou?

– Bom, sim. Você acha o quê? Minha melhor amiga sai com um bilionário. O mínimo é querer saber que cara ele tem! Não?

– É, é...

Uma placa de sinalização varrida pelos faróis do carro nos indicou que estávamos chegando a Rennes e que em breve teríamos que sair para contornar a cidade pelo oeste, antes de subir para o norte, em direção a Saint-Malo.

– Por que está me perguntando isso? Você me acha maluca a ponto de dormir com teu noivo com conhecimento de causa?

– Não, claro que não... – eu disse, voltando ao nosso tom de cumplicidade. – Não é isso.

– É o quê, então?

– Não sei bem. Uma ideia...

Um pesadelo, para ser franca. Uma dessas quimeras saídas dos bosques sombrios que cercavam a estrada de um lado e do outro. Lembrei de repente que tínhamos acabado de atravessar o Mayennais, região famosa por suas lendas mórbidas, seus charlatões e feiticeiras. Como um eco a estas últimas, uma placa surgiu subitamente na noite para nos anunciar a localidade atravessada: La Roche-Aux-Fées. Um arrepio frio me percorreu, contraindo meu pé direito no acelerador.

Felizmente, Sophia não insistiu. No fim das contas, o que eu poderia lhe dizer que não fosse a expressão bruta do meu medo? Das minhas angústias mais secretas?

Louis e David, cúmplices? Os dois unidos naquela tenebrosa e ridícula encenação? Eu não conseguia acreditar. A discussão deles ao telefone, pouco antes de eu falar com Fred, bastava para me convencer de sua desunião. Ao menos de um profundo desacordo, do qual eu era o objeto provável.

Ou então os comparsas estariam em plena disputa do butim, no caso, eu? Pior: aquela cena também faria parte da peça que eles me pregavam, em conluio?

– Não está com fome?

Minha amiga me trouxe de volta às considerações mais práticas e imediatas, apontando para um posto de gasolina, onde havia uma pequena lanchonete.

– Sim. Tem razão.

O sanduíche estava borrachudo e sem gosto. E meus pensamentos, muito pouco mais frescos. Nós demoramos o menos possível e partimos dali com o pé embaixo, decididas a não parar mais antes de chegarmos ao nosso destino.

Foi preciso ainda uma boa hora para chegarmos à ponta de Malouine, local das mais suntuosas mansões da costa. Saint-Malo, sua vizinha da frente, era selvagem, rude e, acima de tudo, impregnada de história. Dinard se apresentou a nós como uma bela adormecida, aristocrática e reservada, uma princesa da *Belle Époque* no seu manto de granito e pinheiros-mansos. O tempo ficara encoberto e, no céu escurecido, podia-se distinguir as pesadas nuvens que vinham do mar em direção à costa. Ameaça de borrasca.

Nossas fantasias são simples caprichos que devemos evitar aplicar ao pé da letra ou constituem, ao contrário, um combustível que precisamos derramar no grande motor da libido para que ele comece a roncar?

O que sei é que algumas das que eu pude experimentar não foram agradáveis na prática. Transar na água, por exemplo. Nós tentamos uma vez, Fred e eu, durante uma semana de férias nas

Baleares. O sal, a areia, o movimento perpétuo da água, a dificuldade para achar uma posição estável no fundo, os fluidos corporais, os lubrificantes naturais carregados pelo mar... Nada foi tão confortável e agradável como tínhamos imaginado. Meu parceiro, surpreendido pela água fria, acabou brochando. Experiência sem prazer e bastante lamentável. A ser colocada na lista das más ideias. Fantasia seguinte?

(Nota manuscrita de 14/6/2009, redigida por mim.)

Seguimos lentamente pela avenue Poussineau, com os olhos fixados nas casas de estilo 1900, todas ricamente ornadas de frisos e decorações de cerâmica, cujos nomes faziam sonhar: Kerozar, Belle Assise, Roche Plate, Ker Annick... Roches Brunes, a que procurávamos, ficava na extremidade da rocha escarpada, onde a estrada Des Douaniers fazia um curva e depois seguia em ângulo reto para o oeste. Enquanto o granito e a pedra escura dominavam nas outras construções, esta se distinguia por seu estilo pavilhão de caça Luís XIII, diretamente vindo de Versalhes. Mais imponente do que todas as vizinhas, edificada diretamente na falésia, a Roches Brunes se destacava do restante das mansões da vizinhança, como para melhor sublinhar o status privilegiado de que gozava. Nós pudemos então estacionar na frente dela sem preocupações. E ninguém apareceu para fazer perguntas quando chegamos no portão, cujas pontas afiadas dissuadiam qualquer tentativa de transposição ilegal.

– E agora? – perguntou Sophia. – Como vamos entrar?

– Com *isto*... Assim espero.

Com efeito, a ponta de metal denteada inseriu-se sem dificuldade na fechadura, que não opôs nenhuma dificuldade às duas voltas enérgicas que eu lhe apliquei. Restavam os poucos passos no cascalho cor de terra batida até a porta de entrada, que, como por milagre, rendeu-se com igual complacência a nossa única chave. Por certo não era o dispositivo de segurança mais eficiente que se podia imaginar, mas isso provava que a mansão não era ocupada há muito tempo, o que nos convinha bastante.

No interior, já no hall de entrada, o cheiro de poeira e mofo incomodou nossas gargantas. Como nos filmes de fantasmas, os remanescentes de mobília estavam todos cobertos por grandes lençóis brancos, pardos pelo tempo.

– Uma beleza, veja só, a casa de veraneio do teu noivo! – Sophia não pôde deixar de comentar.

Não precisamos de muitos minutos para abrir tudo, retirar os panos, passar uma vassoura rápida e devolver ao térreo um semblante de vida. Não era tão tarde, mas nenhuma de nós duas cogitou por enquanto em subir ao andar de cima para preparar nossas camas. Se é que lençóis limpos ainda existissem por lá.

Vasculhando minha bolsa à procura de um lenço – excesso de ácaros por metro quadrado para meu nariz alérgico –, topei com meu celular. Cinco mensagens de texto e três mensagens de voz. Todas provenientes de David. Não levei mais de um segundo para apagar tudo sem consultar.

Negligenciando o estado de decrepitude do lugar, Sophia maravilhava-se com seu lustro passado, ainda entrevisto nos pormenores e que apenas as dimensões das peças bastavam para atestar:

– Que maluquice ter um bem como este na família e deixá-lo sem uso... Jamais entenderei como funcionam os ricos. Parece que nada do que possuem tem verdadeiramente importância para eles. Deve ser porque têm grana demais...

Não dei importância a sua moral de botequim, mas na verdade ela acabara de levantar uma questão interessante: era nesta casa quase em ruínas, de interior vetusto e encardido, que David pretendia passar nossa lua de mel? Difícil de acreditar.

Enquanto Sophia revirava a cozinha, eu resolvi explorar o segundo andar. Os quartos pareciam ter parado em um tempo bem anterior ao drama de Aurore. Alguns não deviam ser redecorados há meio século. A pintura descascava em vários pontos. As camas pareciam afundadas pelo peso de gerações de dorminhocos. Não me demorei nesses vestígios. Estava à procura de outros. Estava em busca de lembranças, qualquer traço que pudesse, melhor do que móveis ou cortinas, testemunhar o que os irmãos Barlet teriam vivido ali. Os dois primeiros quartos estavam vazios de qualquer elemento desse tipo. O terceiro foi mais prolixo, uma vez que as três gavetas de uma velha cômoda de madeira escura, que me opuseram inicialmente uma resistência, transbordavam de papéis velhos, cadernos e fotografias empilhados em desordem.

Não quis convidar Sophia para ver comigo. Preferi examiná-los sozinha, pelo menos uma primeira vez. A maior parte eram fotos de férias tiradas há uns trinta anos. Viam-se David e Louis, meninos sorridentes e na aparência unidos, numa infinidade de cenas de praia: em um barco de borracha, em plena construção de um castelo de areia, equipados dos pés à cabeça para pescar camarão, um caranguejo brandido na ponta de uma pinça, jogando frescobol... e assim por diante. Era o olhar do fotógrafo – André Barlet, eu supus – ou apenas um reflexo de suas relações, mas David aparecia sempre em primeiro plano, seguro de si, triunfante, e Louis, na sua sombra, ligeiramente atrás, apesar de ser alguns centímetros mais alto. O dominante e o dominado. O caçula, convencido de sua vitória futura. E o mais velho, delfim infeliz, provavelmente já ocupado em maquinar sua revanche.

– Elle? Tudo bem? Quer que eu suba? – gritou Sophia do térreo.

– Não, não, eu já vou. Fique aí embaixo. É ainda mais nojento aqui.

– Não quer sair para beber alguma coisa? Vai querer passar a noite com o nariz enfiado nestas velharias imundas, é?

– Hum... Eu não, não, mas é que eu estou um caco. Mas saia você, se quiser – encorajei-a. – Você só tem que levar a chave. Eu a deixei em cima da lareira da sala.

Escutei seu passo decidido no andar de baixo, depois outra vez:

– Tem certeza? Você ia se sentir melhor. Pensar melhor.

– Não, de verdade... Gentileza sua.

Eu não teria recusado uma bebida reconfortante, mas, no último quarto do andar de cima, eu acabara de pôr a mão em novos tesouros. O conteúdo desta vez não era maior do que uma caixa de sapatos, mas ela regurgitava de instantâneos da família Barlet completa, inclusive os pais, André e Hortense, que eu via pela primeira vez.

– Bom – ela concluiu num tom falsamente resignado. – Eu fico com você, então...

– Não, pode ir! Fará bem a você.

Percebi um risinho abafado, seus passos na escada estalando sob seu peso, depois no final da escada, até vê-la surgir na soleira da porta que ficara aberta:

– Não, tudo bem. Olhe o tesouro que eu achei.

Ela brandiu uma garrafa de formas arredondadas, coberta por uma camada de pó, bem como dois copos que ela tivera o cuidado de lavar, ainda escorrendo água.

– O que é? – perguntei, levantando o nariz.

– Um Vieil Armagnac. Que tal?

– Vamos nessa... – aprovei com um sorriso.

Depois que nós duas nos servimos, ela se sentou ao meu lado no assoalho de parquê e pegou sua parte da pilha.

– Procuramos o quê, exatamente?

– Qualquer coisa da época do primeiro casamento de David.

Mas a maior parte das fotos, do lado dela e do meu, remontava a uma época bem anterior. Do tempo em que os Barlet pai e mãe eram ainda o jovem casal sorridente, cheio de projetos e ambições.

Várias fotos datavam do dia do casamento deles. Reconheci imediatamente o vestido Schiaparelli usado antes de mim por Hortense. O vestido que supostamente eu ia vestir dentro de três dias, e que caía maravilhosamente bem nela, melhor do que em mim. Se é que eu ia mesmo usá-lo...

Passou pela minha cabeça que eu ainda não assinara o contrato apresentado por Armand, cujos motivos para fazê-lo me escapavam cada vez mais.

Refeições em família, férias no mar ou na montanha. Natais no salão da Roches Brunes... Aquelas fotos não me informaram nada que eu já não soubesse. Sobretudo, estranhamente, não havia qualquer presença feminina em torno dos irmãos Barlet. Mesmo chegados à idade adulta, eles nunca apareciam de braço com uma noiva ou amante. Também não havia Aurore nem Rebecca naquelas imagens amareladas, de borda branca, ou nas polaroides de cores esmaecidas, que o papel fotográfico alterado colava umas nas outras fazendo pilhas compactas.

Um estalo seco, seguido de um longo som metálico, estridente e sinistro, nos sobressaltou. O barulho se reproduziu uma ou duas vezes, refletindo o vento que soprava do lado de fora e envolvia a casa com seu fôlego ofegante. Seu bafo de mar.

– Não é nada, são as janelas – quis me tranquilizar Sophia. – As dobradiças devem estar completamente enferrujadas com esta umidade.

Um grande gole de Armagnac, longa língua de fogo que aquecia meu esôfago como uma lareira, acabou me serenando.

– Eu preciso ligar para a mamãe. – Lembrei-me de repente antes de me levantar.

– OK. Eu continuo um pouco – respondeu Sophia com um tom ausente, absorta com as fotos amareladas.

Quando desci a escada, notei pela janela envidraçada do lado do mar que a noite agora envolvia a mansão com um negror completo e insondável. Excetuando o farol do Grand Jardin e a iluminação pública que clareava as muralhas de Saint-Malo, o horizonte estava saturado de uma escuridão de azeviche.

Toda essa opacidade me fez pensar na minha mãe.

– Sou eu! – eu disse, com um esforço sobre-humano para parecer natural.

– Boa-noite, minha filha.

A voz dos dias ruins. A voz que procura esconder o que ela tem verdadeiramente. A que podia enganar todo mundo, inclusive Laure Chappuis, mas não a mim.

– Eu recebi mais uma incrível cesta de frutas, ainda agora.

– E então, provou as frutas?

– Não... Não, não sinto muita fome, você sabe. Todos esses tratamentos me dão náuseas.

A gulodice em pessoa não tinha mais prazer em comer. Decididamente, não era bom sinal.

– Tem certeza de que está bem, mamãe? Quer que eu vá até aí?

– Não... Fique onde está, minha querida.

Depois ela encurtou a conversa em que cada palavra pronunciada lhe parecia uma tortura. Tão logo desliguei, liguei para um outro número, o de Ludovic Poulain. O jovem recém-saído da residência médica, mas que mamãe se tomara de simpatias, tornara-se seu médico permanente. Enquanto o estado de Maude não necessitasse de hospitalizações regulares, era ele que a acompanhava, era ainda ele que ela chamava em caso de fraqueza súbita. Tratava-se de algo mais grave esta noite, eu podia sentir.

– Dr. Poulain?

– Sim... – resmungou a voz juvenil do outro lado. – Quem está falando?

– Sinto muito incomodá-lo tão tarde. Annabelle Lorand. Nós já nos cruzamos na casa da minha mãe. Sou a filha de Maude Lorand.

– Sim, claro. – Ele adoçou vagamente.

– Doutor, eu estou bem preocupada. Estou na província neste momento. E acabo de falar com a minha mãe no telefone... Ela não está nada bem.

– Hum... Quer que eu passe para vê-la?

Eu não ousei pedir a ele. Apesar de sua pouca idade, esse médico exalava solidariedade e consciência profissional. Eu rezava para que ele não as perdesse depressa demais. Não enquanto mamãe precisasse dele.

– Se não for incômodo, eu gostaria sim.

– De forma alguma. Posso ir até lá amanhã de manhã, antes das minhas consultas. Meu consultório não é longe da casa dela.

– Amanhã... – murmurei, incapaz de esconder minha decepção.

– Quer que eu vá agora, é isso?

– Não...

Sim!, eu bradava em silêncio.

– Não se preocupe... Eu compreendo. Vou calçar os sapatos e vou até lá. Eu lhe telefono para contar como foi minha visita.

Desliguei no momento exato em que uma rajada mais violenta do que as precedentes fez estalar o vigamento, lúgubre lamentação que se propagou por toda a estrutura da velha construção. Nesse local da costa, nada se interpunha entre a mansão e o alto-mar. Os ventos do norte a atingiam com toda força, sem dar nenhuma trégua ao antigo esqueleto.

Enquanto eu não me estabilizasse, não teria coragem de retomar minhas investigações.

– Vou ficar um pouco aqui embaixo! – gritei para Sophia.

– Está bem.

Sem TV. Sem rádio. Nenhuma revista, mesmo velha. Eu não tinha outro recurso, enquanto aguardava notícias, senão um livro que comprei na Musardine e apanhara no momento de partir. O primeiro da lista de Louis: *Femmes sècretes*, de Ania Oz. Naquele momento, eu tinha tanta vontade de literatura erótica quanto de um banho gelado nas ondas que eu ouvia batendo nos rochedos. As ondas onde Aurore tinha desaparecido.

A capa era bonita: um corpo delicado de mulher com um pesado camafeu pendurado no pescoço, saindo de uma nuvem violeta que acentuava seu mistério. Depois, de página em página, fui me deixando prender pelo relato do narrador, um escritor intrigado com os desaparecimentos de mulheres até descobrir um mundo subterrâneo onde uma comunidade de amazonas reduzia os homens ao estado de escravos sexuais. Ele era um deles. Vítima inicialmente insubmissa, mas no final dócil. Não pude evitar de fazer a comparação: essa história, por mais fascinante que fosse, era exatamente o oposto da minha situação atual. Sua contrapartida masculina. E eu não podia acreditar que Louis colocara esse livro por acaso no primeiro lugar de suas recomendações. Além dessa oposição tão evidente, tão categórica, com minha própria existência, outras verdades deviam se esconder ali, e tal perspectiva me motivou uma leitura mais atenta ainda. Era isto que ele esperava de mim: uma capitulação total – e incondicional – do meu corpo? De certa forma, ele sabia que meu corpo já lhe pertencia... Então era o quê?

O dr. Poulain desincumbiu-se como prometido, me fazendo uma breve ligação que pretendeu ser tranquilizadora. Com o que ele acabara de lhe prescrever, minha mãe aguentaria até o casamento, depois até sua grande viagem para Los Angeles, dois dias mais tarde. Depois... Ele não podia garantir nada e confiava, como eu, como ela, na competência de seus colegas americanos.

Eu ia preparar para nós duas camas no andar de cima quando o ronco de um motor potente se fez ouvir do lado de fora. Duas buzinadas soaram no meio do rugir do vento e do mar enfurecido.

Espreitei pela abertura envidraçada da porta de entrada. Uma chuva forte começara a cair e eu distinguia mal o veículo, cujos faróis orientados para a casa me ofuscavam. Eles piscaram duas vezes, junto com o toque da buzina. Então eu me precipitei para fora, debaixo da chuva torrencial que me açoitava, em direção ao carro. Bastaram alguns passos para eu reconhecer a limusine de Louis. Mas, em vez dele, saindo do feixe luminoso, Richard-o-motorista avançou para mim com um grande guarda-chuva na mão.

– Boa-noite – grunhiu, tão ameno quanto de hábito.

– Boa-noite. Posso saber o que está fazendo aqui?

– Devo levá-la para onde é esperada. Só isso.

– E você veio de Paris para isso? – eu me espantei por mera formalidade.

– Sim – ele respondeu de forma banal, como se fizesse todo sentido.

– E aonde vamos?

– Não sei. Tudo que eu sei é o endereço que ele me deu.

Eu poderia ter dito não. Poderia ter fugido, largá-lo ali e me trancar na casa. Também poderia ter corrido para o fundo do jardim e pulado de cabeça no mar, como Aurore antes de mim. Poderia ter punido os Barlet privando-os de seu novo brinquedo.

Em vez disso, exigi apenas dele:

– Pode me dar uns cinco minutos, para eu trocar de roupa?

– Não vale a pena. Leve apenas a máscara que você recebeu.

Eu obedeci sem reclamar, com a blusa encharcada colada no peito, peito que se erguia com frenesi.

– Sophia! – gritei da entrada.

– Sim, o que foi?

– Vou sair.

– Vai *sair*? Está de brincadeira? Você não queria vir comigo há dez minutos...

Eu não achei nada para argumentar, a não ser o motivo resumido a um nome, tão crível quanto explícito:

– É o Louis...

Nenhuma resposta.

– Você me ouviu?

– Ouvi. O que eu posso fazer? Vá viver sua vida.

Eu saí na mesma hora, com a máscara na mão, sob um verdadeiro dilúvio.

Uma vez que o próprio Louis quebrava os códigos de nossos encontros, deslocava nosso campo de jogo, nós íamos transpor uma nova etapa. Não podia ser diferente.

O carro partiu lentamente, disposto a entregar a quem de direito sua encomenda. Eu não valia mais do que isso naquele momento, e essa perspectiva odiosa me excitava.

32

No fundo, o que tenho a perder? O que ainda pode se interpor entre mim e meus desejos? Minha sede de verdade? Vejo perfeitamente que ela se afasta cada vez mais a cada descoberta. Minha lealdade a David? Que lealdade? A palavra me parece bem mal aplicada, tratando-se de um homem que me traiu.

Já ultrapassei esse tipo de dilema. De agora em diante, e esta noite em particular, é meu corpo e somente ele quem comanda. É ele que se deixa ninar no banco de trás da limusine. É ele que me leva para meu novo encontro de sexo desconhecido.

A noite se espalha em torno de nós, percorrida por ecos marítimos e bruscas lufadas de vento, mas eu não presto atenção. Nem chego a me surpreender quando o carro para bem no meio de uma zona industrial, logo depois de passar pela placa Saint-Malo. A rua é deserta, toda ladeada de depósitos sinistros. A região não parece verdadeiramente um local de prazer. Estou quase acreditando numa brincadeira de mau gosto, quando Richard-o-motorista estaciona diante da vitrine espartana de uma casa de banhos. Ele abre a divisão que nos separa e, pelo retrovisor, me faz sinal de que sou esperada na calçada em frente.

A entrada do Brigantin, "sauna - banho turco - espaço de relaxamento", parece uma cabana de praia implantada em uma das construções metálicas cinzentas, idêntica em todos os pontos a seus vizinhos retangulares. Com minha máscara na mão, eu entro. Parece a recepção de uma piscina. Limpo, branco, higiênico. Um tipo saradão, de cabeça raspada e camiseta branca moldando seus peitorais, fala comigo como se já nos conhecêssemos:

- Você é a Elle. Vou lhe dar seu roupão e sua toalha. Os vestiários são logo à sua direita.

- Mas eu lhe devo...?

- Absolutamente nada. Já foi pago.

O cheiro persistente de cloro não convida ao amor. Sentados em banquinhos escolares, dois homens tão musculosos quanto o porteiro tiram a roupa sem constrangimento. Uma incerteza me assalta. Pois os dois rapazes não prestam nenhuma atenção em mim, embora eu também me dispa, apresentando a eles minhas nádegas arredondadas em vez dos seios e dos pelos púbicos. ~~Sempre tive um pouco de vergonha da abundância crespa dos meus pelos em um lugar específico.~~ Seus olhares sequer avaliam meu traseiro calipígio, mas já se estimulam mutuamente o sexo, com olhos curiosos e ávidos, promessas de gestos em breve mais explícitos, mais diretos.

A sala onde estou, vestida com minha máscara, com o roupão entreaberto sobre meus seios pesados, me confirma o que eu temia: o Brigantin é um local de encontros para homens, exclusivamente. Eu sou a única mulher. Talvez até a primeira a entrar ali. Este local é dedicado aos trabalhos de aproximação. Algumas dezenas de homens, de toalha na cintura, contentam-se com olhadelas, com mãos furtivas ou francamente exploradoras, e beijos mais ou menos intensos. Um deles me nota e me pega com firmeza pela mão:

"Venha... É por aqui que se torna interessante." A exemplo do colosso da recepção, eles devem ter sido informados da minha presença ali. Ninguém parece surpreso de me ver. Todos parecem me tolerar.

Através de um corredor fracamente iluminado por uma fileira de minúsculas lâmpadas vermelhas encaixadas no teto falso, ele me conduz até uma alcova tão escura quanto exígua. A luz que chega

até ali é suficiente apenas, após um tempinho de acomodação, para distinguir o número e a postura dos ocupantes. Eu avalio os protagonistas em cerca de quinze. Uma onda de gemidos me atinge desde a entrada, uma simples portinhola de saloon que deixa passar sons e cheiros. Misturam-se o suor, as águas-de-colônia diversas, almiscaradas, marinhas ou florais, e um eflúvio mais ácido, cuja natureza não deixa nenhuma dúvida. A maior parte está acoplada em dois, papai-mamãe ou por trás, mas alguns se juntam em três ou quatro, sem que se consiga determinar perfeitamente quem chupa quem, quem penetra quem. Pouco a pouco, meu embaraço se dissipa e eu aproveito o privilégio que me é oferecido: ser a única mulher, a única suscetível de poder olhar sem ter que por isso participar.
O modo como um rapaz moreno, efebo de uns vinte anos, chupa o membro desproporcional de seu amante me perturba.
É bem mais do que aplicação ou gula. Ele parece sentir ainda mais prazer do que o outro, no qual ele aplica os lábios frescos e complacentes, lambuzados de líquido seminal. Quando o outro ejacula finalmente na sua garganta, ele emite um soluço que pode ser confundido com os sobressaltos de um orgasmo, e não com uma legítima sufocação.
De repente, um corpo ativo emerge da massa e fica diante de mim. Esbelto. Musculoso. Tenso. Eu não consigo tirar os olhos dele. Creio reconhecer cada contorno, cada relevo desse busto esculpido. Não ouso erguer meu olhar até o seu rosto. Tenho tanto medo de reconhecê-lo... Mas o fantasma de Louis se evapora. O homem que olha para mim é um mestiço cuja pigmentação sutil surge como um raio mais ardente ao cruzar meu olhar. Não consigo dizer se estou aliviada ou decepcionada. Eu me pergunto sobre o sentido dessa nova etapa nas nossas relações. Por que me confrontar com isso? Só entrevejo uma resposta: ele quer me fazer experimentar a beleza das efusões brutas, sem tabus nem barreiras, essas trepadas diretas, à vezes confusas, aleatórias, e que contudo brilham com uma radiância tão límpida, tão pura, expurgada de todo o resto. Não há

belos, não há feios; não há ricos, não há pobres; não há trepadas boas nem ruins; ~~nem vergas pequenas ou grandes.~~ Somente paus e bundas que se querem, famintos. Zonas erógenas que exultam ao acaso de suas colisões, uma para a outra, uma contra a outra, perfeitamente anônimas. Nada além do desejo.

- Tome, é para você.

Meu guia reaparece e me estende um falo artificial de um tamanho que me parece assustador. Não me vejo introduzindo tal monstro em mim. Ainda menos diante deles, por mais ocupados que estejam. Então, com as costas coladas na parede, as pernas afastadas só o que é preciso, introduzo dois dedos na minha fenda molhada. Eu não me sentia tão úmida assim há muito tempo. Minha vagina aspira-os como uma boca voraz. O movimento de balanço da minha bacia é suave, lento, e contudo suficiente para mergulhar em mim as falanges necessárias ao meu prazer. Meu gemido se mistura aos deles. Sua diva. Sou sua solista. E quando finalmente meu gozo explode, com uma só nota queixosa, meus olhos embaçados fixos nos seus paus reluzentes, eu seria capaz de jurar que seus gritos me aplaudem.

O desconhecido eu explorei.

(Nota manuscrita de 15/6/2009, redigida por mim.)

33

15 de junho de 2009

Eu voltei muito tarde. E Sophia saiu muito cedo, supus, uma vez que a casa estava vazia quando cheguei. Ao que tudo indica, ela terminou largando as pilhas de fotografias para se conceder também uma diversão mais de acordo com seus hábitos. Não tive outra solução senão deixar o portão e a porta abertos para ela poder entrar quando chegasse. Não a ouvi estacionar diante da casa, nem empurrar em seguida as duas portas barulhentas, eu dormia o sono dos justos.

Vinte e uma ligações perdidas, sete mensagens.

Assim me recebeu meu celular quando saltei da cama. Fiquei um pouco espantada por David não ter vindo me buscar pessoalmente. Ou não ter enviado ao local um de seus factótuns. Mas quem sabe: Armand talvez não tivesse revelado o segredo, o que não deixava de me surpreender. E depois, pensando bem, era segunda-feira, começo de uma semana na qual, como de costume, cada hora da sua agenda já devia estar cheia. Inteiramente tomada pelas obrigações patronais. Que sua futura esposa tivesse se mandado por certo era uma contrariedade, uma pedra no seu sapato envernizado, mas também um acontecimento menor se comparado com as obrigações cruciais que deviam aguardá-lo desde a primeira hora.

– Olá, menina! – eu disse a Sophia, que vestia uma camiseta velha e uma calcinha de outras eras.

Seus cachos castanhos caíam sobre um rosto que parecia amarrotado. A noite deve ter sido bem longa e bem regada. Talvez bem horizontal também. Com ela, todas as opções eram possíveis.

– Fala baixo!

Ela segurava a cabeça com as duas mãos, as palmas cobrindo as orelhas.

– Grande noite?

– Hum... Já conheci maiores – falou em surdina, com seu duplo sentido licencioso. – Mas não foi ruim.

Com um gesto alarmado, fingi a santinha hipócrita.

– Não diga nada. Trate de não me dizer nada.

– De todo modo, eu... eu não estou em condições.

– Café da manhã?

– Sem dúvida! Café duplo, no mínimo.

A chuva da véspera dera lugar a um sol generoso, e um céu límpido nos acompanhou até o centro da cidade, a um bar aberto na beira da praia. Os clientes eram raros. O garçom, um gorducho afável, manifestou sua alegria de servir duas moças "tão bonitas e sofisticadas" com mimos: dose caprichada de café, porção dupla de manteiga e docinhos, suco de laranja espremido na hora em vez do engarrafado previsto no menu.

Podemos nos sentir sexualmente atraídas, de maneira incontrolável, por um homem que nos desagrada em tudo? É a grande interrogação da estação nas manchetes dos jornais. Uma jornalista, escritora feminista reputada, acaba de publicar um romance no qual revela seu tórrido relacionamento com um político caído em desgraça por seu envolvimento em um rumoroso crime contra os costumes dois anos antes. No livro, ela expressa seu fascínio por aquele que qualifica de "porco", vinte anos mais velho do que ela, pegador notório, cujo vício reconhecido - quase assumido - em sexo precipitou sua decadência profissional e midiática. Que ela exponha desse modo a sua estima, fascina e escandaliza.

Lendo as colunas de debate que essa publicação suscitou, eu me pergunto se já não senti semelhante atração. Não por homens feios ou de má fama. Mas eu teria sem dúvida que me perguntar sobre o poder que exercem sobre minha jovem pessoa os homens mais velhos.

O mais fácil seria associar isto ao pai ausente, que eu procurava substituir. Mas há outra coisa, algo mais bruto, mais animal, nessa forte preferência: seus corpos mais rugosos, mais peludos; suas glandes escurecidas pelo tempo; os testículos mais pesados na palma da minha mão; seus cheiros mais almiscarados; adoro esses atributos de velhos símios. Eu jamais os trocaria pelo frescor róseo e imberbe dos macacos jovens. Para me agradar, o corpo de um homem não deve se resumir a uma carícia delicada. Ele deve ser como uma luva áspera capaz de arranhar meu couro. Eu também já notei: embora mais raro, o esperma deles é mais viscoso, mais espesso. Eu prefiro.

(Nota manuscrita de 15/6/2009, redigida por mim.)

Satisfeitas, passamos um bom tempo contemplando a baía e o mar ao longe, sob o olhar negro e faccioso de Alfred Hitchcock. Sua estátua, ornada com um corvo em cima de cada ombro, fazia eco à mansão projetada sobre a falésia na vertente leste, réplica bastante convincente da inquietante residência dos Bates em *Psicose*.

– É por causa do festival, tudo isso – nos explicou o garçom, falador demais para nosso gosto.

– Festival? – Sophia ergueu para ele uma pálpebra impaciente.

– O festival de cinema inglês. Ah, não podem perder, vem muita gente, artistas e tudo o mais!

Nosso silêncio acabou vencendo aquela conversa sem fim, e pudemos nos dedicar à nossa observação muda. O sopro anunciador de um dia mais suave nos acariciou, trazendo da praia os gritos das gaivotas e os odores de sargaço.

Sophia rompeu nossa ascese:

– Então, você descobriu coisas interessantes?

– O quê...?

– Na casa. Vasculhou bastante as gavetas, não?

– Ah, sim... Mais ou menos. Nada de muito conclusivo.

– O que você esperava?

A pergunta que martelava na minha cabeça não era "o quê", mas sim "quem".

Considerando o segredo que os irmãos Barlet cultivavam em torno de Aurore Delbard e do papel que ela desempenhara na vida deles, o fato de a jovem defunta estar ausente dos arquivos familiares era mais uma decepção do que uma surpresa. Eu hesitei um instante antes de compartilhar com a minha amiga esse grau de confidência, depois detalhei para ela até onde ia meu conhecimento sobre o tema.

– Se eu entendi bem, eles apagaram completamente essa moça da história deles?

– É o que parece...

– É estranho, eu concordo... – disse ela, e emendou em seguida: – Ao mesmo tempo, se uma jovem tivesse morrido por causa da rivalidade que você mesmo instigou entre seus filhos, você guardaria fotos de recordação na sua casa? Francamente?

Seu bom senso falava certo. Certas tentações revisionistas não se alimentam exclusivamente de sombrios desígnios. Em geral, quando se trata de um drama íntimo, é melhor jogar uma mortalha pudica e tranquilizadora sobre a dor. O meio mais seguro de esquecer é ocultando os traços da tragédia.

– Não está errado – eu admiti com o canto da boca.

– Mas, se você quiser, eu te ajudo a procurar mais. Tenho certeza de que ainda tem coisas que você não viu no fundo dos armários.

Aceitei sua oferta de ajuda e voltamos para Roches Brunes, desta vez pegando a estradinha Des Douaniers, utilizável somente na maré baixa. Esse estreito caminho de granito, cimentado apenas em uma parte, corria rente ao promontório rochoso de Malouine. Dali, a vista sobre Saint-Malo e o resto da baía, Grand e Petit Bé, Cézembre ou Conché, era perfeita. No meio do percurso, um cartaz vermelho e branco nos advertia: *Desaconselhável para nadar, corrente muito forte. Perigo.*

Pouco depois da escarpa, acreditei reconhecer o lugar que Louis me descrevera no banco traseiro da limusine: a muralha abaixo da mansão, com uma pequena porta branca e alguns degraus que levavam até a estradinha. Mais embaixo, grandes blocos de pedra afloravam, facetas de granito cujas arestas pareciam tão cortantes quanto lâminas, entre as quais um pé ou uma perna podiam facilmente ficar presos.

– Ela morreu aqui.

Apontei o local para a minha amiga com uma voz apagada.

– Aqui? – Ela se espantou. – Mas estamos em terra. Ninguém pode se afogar aqui! É ridículo!

O perigo parecia bem pequeno, com efeito, na maré baixa e com o tempo bom, mas bastaria um pouco mais de água e de ondas para reter qualquer um naquela armadilha, rapidamente imersa, afastada do mundo que pulsava a alguns metros dali.

Como para confirmar essa hipótese, um pedestre nos mostrou um homem em traje de mergulho, que visivelmente ficara preso na armadilha da maré ascendente, muito rápida naquele local, em cima de uma pequena faixa de areia a cento e cinquenta metros da praia. A distância parecia insignificante vista daqui, mas ele estava aflito. Após vários minutos de hesitação, minutos preciosos em tais circunstâncias, ele acabou se jogando na água e conseguindo não sem dificuldade chegar à margem, lutando contra a corrente poderosa.

Não trocamos mais nenhuma palavra até a casa. Depois de escancarar todas as janelas e deixar entrar um pouco de ar fresco, começamos a esvaziar em cima do chão empoeirado o conteúdo de todas as gavetas acessíveis. Contudo, duas delas nos resistiram, e nossos esforços para arrombar suas fechaduras com a ajuda de cabides ou de uma velha chave de fenda foram vãos.

Em meio aos antigos odores de encáustica e de revelador fotográfico, passamos as horas seguintes acocoradas no chão observando cada clichê, voltando aos que nós já tínhamos rapidamente examinado na véspera. A pesca, longe de ser milagrosa – como sempre, nenhuma imagem de Aurore –, revelou contudo algumas belas fotos. Entre elas notadamente as realizadas, ao que parece, antes do desaparecimento da jovem, e outras depois dessa data, com André e Hortense ainda vivos. Nas primeiras, as expressões eram por certo mais alegres do que nas segundas. Via-se notadamente um Louis jovem, de sorriso franco e despreocupado, sensivelmente mais redondo de rosto do que hoje, ternamente abraçado a uma bela loura de olhar selvagem, na qual custei a reconhecer Rebecca. Mas era de fato ela, já empetecada como hoje, de blusa listrada inspirada em Jean-Paul Gaultier ou Étienne Daho, em suma, a moda da época.

– Decididamente – lamentou-se Sophia – eles fizeram o serviço direito.

– Sim... É engraçado...

– Engraçado?

– Parece... Aurore deixou bem poucas coisas... Parece que ela é que quis desaparecer.

Minha observação a desconcertou, mas ela não aprofundou essa conjectura despropositada e voltou a mergulhar o nariz nas pilhas de papel amarelado.

Inútil explicar-lhe o cenário nebuloso para onde essa hipótese me levava. Como as desaparecidas de *Femmes secrètes*, Aurore pode ter decidido deixar um vazio atrás de si, supremo estratagema para punir os Barlet por seus maus-tratos. Mas a comparação parava aí: enquanto as amazonas de Ania Oz se escondiam para se proteger dos olhares e ressurgir triunfantes no final, Aurore, por sua vez, tinha simplesmente morrido. Mais duramente castigada ainda do que os que a tinham levado a este limite dramático.

A última hora da nossa presença na Roches Brunes foi dedicada a uma investigação em regra dos mínimos recantos da mansão. Desta vez não se tratava mais unicamente de fotografias, mas de qualquer indício que nos permitisse achar uma pista que nos conduzisse a Aurore ou, mais exatamente, aos vestígios de sua vida passada.

Já íamos jogar a toalha, desencorajadas pelos montes de bibelôs rachados, catálogos de venda por correspondência obsoletos e remédios vencidos, quando Sophia exclamou:

– Olhe!

Do meio das camadas de uma pilha de folhetos, ela puxou um cartão de visitas profissional, sujo e amassado, cujo estado atestava uma idade avançada.

Jean-François DELBARD
Tabelião
Placître, 8
35 400 ST MALO
Telefone: +33 99 32 69 45
Fax: +33 99 32 69 47

– Delbard, não é o nome da sua afogada?

– É – assenti laconicamente.

Eu nunca ouvira falar de um Jean-François Delbard. Nem Louis nem Rebecca o haviam mencionado, em nenhum momento.

– Você viu o número? – insistiu Sophia. – E o fax. Não data de ontem...

Com efeito. E isso nos indicava que um membro da família de Aurore tinha morado e trabalhado nesta região, a princípio antes da morte dela, a se acreditar no sistema de numeração empregado. Um irmão? Um tio? Talvez mesmo seu pai?

– Qual o código de área da região? – eu perguntei.

Ela apanhou o primeiro folheto de propaganda que achou e me respondeu:

– Zero-dois.

Eu digitei imediatamente o número inteiro no teclado virtual do meu celular e aguardei o toque repetitivo da chamada. Mas, em vez disso, uma mensagem de voz automática me indicou que o número não era mais válido. Desde quando? Mistério. Aproveitei para consultar a lista telefônica, mas a telefonista não encontrou nenhum Jean-François Delbard no banco de dados, nem em Dinard, nem na vizinhança de Saint-Malo. Cheguei a pedir-lhe que refizesse a pesquisa com ortografias alternativas, sem mais sucesso.

– Ou ele deixou a região ou morreu – concluiu Sophia, depois que eu desliguei.

Morto. Morta.

Sua observação, aparentemente óbvia, me abriu uma nova perspectiva.

– Você é demais! – exclamei, abraçando-a de repente.

– Mas o que foi que eu disse?

– Venha, vamos embora daqui. Te explico no caminho.

Quinze minutos nos bastaram para pôr um pouco de ordem na casa e fechar o portão da Roches Brunes com os seus segredos bem guardados.

Por sorte, o registro civil da prefeitura de Dinard ainda estava aberto. Infelizmente, nenhuma Aurore Delbard – ou mesmo Barlet – estava registrada, não havia certidão de nascimento nem de óbito.

Sem nenhuma hesitação, tentamos a sorte com seus colegas de Saint-Malo.

– Sim, tenho uma Aurore Delbard. Nascida em 12 de abril de 1970. Falecida em 25 de dezembro de 1989.

– Que merda... – disse Sophia, expressando em voz alta nosso estarrecimento comum. – Ela se matou no dia de Natal!

Na noite de Natal, e não durante um banho de mar nas férias, como Louis dissera em sua primeira confidência sobre o assunto...

– Onde foi enterrada? – perguntei à funcionária da prefeitura.

– Faz parte da família, senhorita?

– Não... Mas ela foi a primeira mulher do meu futuro marido.

Devo ter-lhe parecido sincera, e um pouco digna de solidariedade, pois ela disse em seguida:

– Nós não temos este tipo de informação nos nossos registros. Mas pensando no endereço que você está me dando... há uma chance de ela estar no cemitério de Rocabey. Se a família dela possuir um jazigo lá, evidentemente.

Munidas de um itinerário rabiscado por sua mão desajeitada em cima de um mapa turístico, fomos no fusca até o cemitério. Rocabey é um triste bairro de Saint-Malo, imprensado entre a estação de trem e as docas do porto mercantil. Uma placa na entrada informava aos visitantes sobre algumas celebridades enterradas ali: Robert Surcouf, o mais célebre dos corsários de Saint-Malo, além do ator Daniel Gélin.

Após alguns minutos de caminhada ao acaso pelas alamedas, demos finalmente com um coveiro, de costeletas e carrinho de mão, que coçou o alto da cabeça um instante antes de nos fazer compartilhar sua iluminação:

– Ah, sim, Delbard... como o tabelião!

Bingo.

– É isso – confirmei. – Como o tabelião. Aliás, Aurore é sua... – eu interrompi a frase na esperança de que ele a completasse.

– ... Filha dele, sim. Ou talvez sobrinha. Não é impossível eu confundir com os Dolé. Ou mesmo os Bazin.

Não vamos conseguir arrancar mais nada dele, me sinalizou Sophia, erguendo as sobrancelhas inquietas.

O túmulo dos Delbard era uma pedra de mármore rosa bastante simples, sem retratos e, segundo toda a evidência, abandonado: sem flores, sem decorações, nenhum sinal de interesse por suas sepulturas. Crescia uma vegetação selvagem que ninguém se dera ao trabalho de arrancar. Quatro nomes estavam listados sob o mesmo patronímico familiar: Amédée (1910-1985), Suzanne (1912-1999), Jean-François (1938-2005) e Aurore (1970-1989).

– Ela morreu antes do pai – notou Sophia.

– E até da avó.

Nem mais um único membro da família parecia estar neste mundo, ninguém passível de ser interrogado. A não ser...

– A mãe dela... Ela não está aqui.

– Talvez esteja ainda viva – especulei.

– Sim... Não perguntamos os nomes de seus pais no registro civil. E agora já está fechando.

De fato, o sol que declinava assinalava uma hora já tardia para a administração local.

Usando a conexão 3G do meu smartphone – reparei que David parara de me assediar, nenhuma nova tentativa de falar comigo estava registrada desde o final da manhã –, pesquisei a seguinte informação: "Rebecca Sibony" + "Belas da Noite". A junção, ainda que improvável, me devolveu o seguinte resultado, graças à inscrição da agência no registro de empresas: a de Rebecca era manifestamente domiciliada em sua casa, Belas da Noite Cia. Ltda., avenue Georges Mandel, 118, 75116 Paris Cedex.

– Quer que a gente vá até a casa dessa ordinária?

O natural de Sophia reaparecia:

– Quero.

– Acha mesmo que ela vai nos esclarecer?

– Não sei. É possível.

Eu esperava que sim.

Afinal, excetuando David e Louis, ela era a última testemunha do drama. Não a mais imparcial, obviamente, mas a única ainda viva. Nosso passeio à beira-mar tinha apenas suspendido a ponta de um véu que, como os lençóis nos móveis da Roches Brunes, ainda cobria os Barlet e preservava seu enigma. Ela necessariamente sabia mais do que me contara na última vez, na rue du Roi-de-Sicile.

Há muito tempo, na fotografia que eu roubara, aquele olhar malicioso de Rebecca me convidava a ir falar com ela. Ela podia preparar suas respostas, limpá-las das últimas mentiras e preencher os últimos vazios: eu estava chegando.

34

16 de junho de 2009

Pausa para um xixi. Pausa para jantar. Encher o tanque. Avançávamos em direção a Paris aos bocados, como se adiando o que nos aguardava na capital. Com pouca pressa de preencher as zonas de sombra que a Roches Brunes e suas gavetas empoeiradas tinham posto em evidência durante aquela jornada sobrecarregada. Se Aurore era natural da região, como David e ela tinham se conhecido? O que realmente se passara naquele 25 de dezembro de 1989 para que a jovem se jogasse no mar revolto? Por que David se ausentara no dia de Natal – "a negócios", alegara Louis – deixando ficar o irmão, os pais e, acima de tudo, sua esposa deprimida... seria ela também uma *hotelle*?

Por fim, fizemos uma parada em um hotel de beira de estrada, entre Angers e Le Mans, pois nenhuma das duas tinha mais coragem de assumir o volante. Nossa noite tinha sido curta, a dela mais ainda do que a minha. Um mínimo de repouso era necessário se não quiséssemos nos arriscar a um acidente no meio de um tráfego intenso de caminhões.

Escrevo numa escuridão quase completa. Acho que Sophia já está dormindo, na cama ao lado da minha. Ela respira alto, mas de forma regular. Eu não consigo conciliar o sono. Por causa das nossas descobertas recentes? Por causa de tudo o que ainda nos espera em Paris?

Não, é só porque, a cada aceleração da sua respiração, eu imagino que a minha amiga, longe de dormir um sono profundo, está se masturbando freneticamente, ~~o indicador apertando o clitóris, o médio mergulhado no sexo.~~ Essa presunção não é nova: desde meus 13 anos, cada vez que tive a oportunidade de dormir no

mesmo quarto que uma amiga, eu me fiz esta pergunta. Ela está se masturbando? Ou então: será que ela consegue se acariciar sem que eu perceba? Este pensamento me atormenta tanto que acabo todas as vezes enfiando uma mão na minha própria calcinha e, com o indicador, que eu tento controlar ao máximo, excito meu clitóris até ele capitular e me arrancar alguns suspiros. Sophia teria me escutado nessa noite? Teria se perguntado também sobre minhas atividades noturnas?
A coabitação de duas pessoas no mesmo quarto, sejam elas do mesmo sexo ou do sexo oposto, limita-se a esta pergunta: ela sente desejo? Por mim? Por si mesma?

(Nota manuscrita de 16/6/2009, redigida por mim.)

No dia seguinte de manhã, partimos antes de o dia clarear. O túnel da Porte d'Orléans, cuja iluminação de néons alaranjados eu gostava, nos engoliu quando o dia apenas despontava sobre os entrelaçados filamentosos dos viadutos que saturam este subúrbio do sul.

Pegamos a pista interior na direção oeste e saímos na Porte de la Muette, depois de percorrer uma volta quase inteira do eixo circular, obedientemente guiadas pelo GPS do carro.

Ainda era muito cedo. Aquela manhã de segunda-feira em plena Paris continuava fluida e a atividade era reduzida nas ruas. Só os padeiros, alguns cafés e os caminhões de lixo já estavam de serviço. Cinco e cinquenta, indicava o relógio digital do carro com grandes números verdes.

– Vamos aparecer a esta hora na casa dela, é isso mesmo? – perguntou Sophia.

– Não, você tem razão. Café?

– Café – ela concordou.

O número 118 da avenue Georges Mandel era um grande prédio da década de 1970 ou 1980, de um branco imaculado, e no qual cada janela ou vidraça era contornada por um alvéolo de concreto arredondado, formando uma saliência na fachada.

O hall de entrada também era kitsch, e achar o nome de Rebecca entre a multidão de moradores nos tomou alguns minutos – eu notei, paralelamente, a presença de um Barlet no oitavo andar. Uma voz ainda empastada atendeu o interfone, depois de um tempo que me pareceu interminável. Era evidente que nós a acordáramos.

– Sim?

– Rebecca, é a Annabelle.

– E a Sophia! – gritou a minha amiga por cima do meu ombro.

– Vou abrir para vocês – ela se limitou a responder. – É no nono andar, primeira porta à direita.

Ela nos recebeu descalça, de penhoar de seda fúcsia jogado por cima da camisola de um rosa mais suave. Descabelada, sem maquiagem, ela acusava ter passado dos 40 há um bom tempo. Vi rugas que nunca notara até então, habitualmente enterradas sob camadas de pó e de base. Mas os olhos, apesar do peso das pálpebras, continuavam os mesmos que desafiavam o fotógrafo na foto roubada. Quem teria tirado aquela fotografia?

– Vocês querem alguma coisa? Um chá? Um café? Um copo d'água?

Ela nos conduziu até a pequena sala que dava para a rua. Era moderna, limpa e arrumada, apesar de cheia de suvenires e bibelôs, essencialmente retratos de Rebecca na companhia de uma impressionante galeria de celebridades, de braços dados. Sophia não pôde deixar de arregalar os olhos incrédulos ao reconhecer um apresentador de TV ou uma estrela da música.

– Não, obrigada, acabamos de tomar um café – eu respondi por nós duas.

– Bem, se não se incomodam, eu vou fazer um chá para mim.

Enquanto ela preparava a bebida, pude olhar em detalhes o interior. Grandes blocos de metal cinza desapareciam parcialmente sob uma escrivaninha abarrotada de papéis em pilhas instáveis. Supus que se tratasse dos arquivos da Belas da Noite. Toda aquela tralha deve ter vindo do escritório vazio da rue du Roi-de-Sicile...

Depois, na parede oposta, reparei num detalhe mais singular ainda: apesar do papel de parede amarelo-claro, a moldura de uma porta desenhava-se de modo bastante claro, um fino debrum preto aflorando sob o papel. O acesso ao apartamento de Louis! – pensei com um brusco aperto no peito, que tratei de reprimir antes de a dona da casa voltar para o lugar com a xícara na mão. Uma nuvem de Shalimar nos acariciou e logo se misturou aos vapores de jasmim que escapavam da água fumegante.

Vendo-a girar a colher maquinalmente num chá sem açúcar, tornei a pensar no nosso último encontro e na sua vida, de modo geral. Ela também tivera uma existência desprovida de real sabor, privada da ternura que Louis lhe havia recusado. Definitivamente rejeitada pelo amante eterno, ela nunca, ao que tudo indicava, se recuperara totalmente do desapontamento. Nenhum curativo, nem nos seus amores nem nos seus negócios, conseguiu preencher esta brecha, pela qual sua energia acabou vazando.

Um pensamento passa pela minha cabeça e eu o afasto na hora: um quarto, três mulheres... todas foram possuídas (ou quase) pelo mesmo amante. Devo lamentar? Devo rir? É revoltante... ou, ao contrário, excitante? Qual de nós, no fim das contas, soube melhor do que as outras fazê-lo gozar? A mais bonita, a mais apaixonada... ou, ao contrário das expectativas, a mais rebelde?

(Nota manuscrita de 16/6/2009, redigida por mim.)

Embora ela parecesse esperar que eu finalmente abrisse fogo, por certo não esperava minha pergunta:

– Rebecca, em que ano foi criada a Belas da Noite?

Eu já conhecia a resposta. A informação constava do cadastro da empresa que eu consultara para obter o endereço. Eu só queria ouvir da sua própria boca.

– Em fevereiro de 1992.

Exato. Ou seja, mais de dois anos depois da morte de Aurore. Segundo toda a lógica, Aurore não poderia portanto ter sido uma das nossas.

– E antes da Belas da Noite?

Sophia se meteu na conversa, desta vez com pertinência:

– Você dirigiu outras agência deste tipo?

– Não, foi a primeira. Antes disso, eu fiz um pouco de relações públicas, como assalariada.

– Para qual empresa?

– Para diferentes casas de espetáculo e também uma distribuidora de filmes. Mas faz muito tempo, tudo isso.

As amizades que ela exibia tão ostensivamente nas paredes eram sem nenhuma dúvida dessa época, e, eu especulei, essas mesmas pessoas deviam ter vantajosamente inchado as fileiras de sua clientela, uma vez montada a agência.

– Mas vocês não vieram até aqui para falar da minha carreira! – ela disse com um tom suave e nostálgico. – Se é que se pode chamar assim...

Agora que pusera Louis nas minhas mãos, que vira em mim a depositária oficial de um homem com quem não sabia mais o que fazer, não lhe restava mais nada além de algumas velhas lembranças. E este apartamento, de onde ele se afastaria em breve. Definitivamente. Ela, que me parecera tão segura de si na ocasião de nosso primeiro encontro, agora me dava a impressão de uma carcaça de navio, gasta depois das muitas tempestades, largada em um canto afastado do porto onde ninguém mais vai visitá-la. Descascada. Despedaçada em alguns pontos. O esqueleto quase à vista.

– Na última vez... – recomecei o curso do meu interrogatório. – Por que você não me disse que David era o dono da Belas da Noite?

Evidentemente, ele não aparecia no registro das empresas. Era esperto demais para isso. Seu nome devia se esconder por trás de um desses títulos obscuros, incluídos na lista de acionistas da empresa, que eu não tive tempo de sondar.

Com um duplo e rápido piscar de olhos, ela me provou que a pergunta a espantava bastante. Em seguida, após um longo gole de chá fumegante, ela levantou os olhos para o céu.

– Não vou nem perguntar quem lhe contou isso...

– De todo modo, eu não responderia – repliquei com desenvoltura. – Você conhece a regra: um jornalista protege sempre suas fontes.

Eu não tinha nenhuma razão para encobrir François Marchedeau. E David acabaria por certo adivinhando quem tinha deixado vazar, mas isso só dizia respeito a seu velho amigo, a ele e a mim.

– David simplesmente me emprestou dinheiro para financiar a criação do negócio – ela se desculpou sem firmeza. – E há mais de quinze anos... Foi tudo.

– Você quer dizer que ele não possui nenhuma participação? – interveio Sophia, que eu sentia se impacientar do meu lado.

– Sim. Mas ele não é majoritário há muito tempo.

Com algumas pesquisas específicas, a informação seria de fácil verificação. Mas não me contentei com suas explicações puramente administrativas.

– Você não me respondeu: por que esconder o papel de David na Belas da Noite? Por que não me dizer que ele conhecia meu papel na noite em que nos conhecemos?

– É tão importante? – ela perguntou piscando os olhos.

– Sim – respondi com firmeza.

Contudo, eu não tinha a meu favor senão um punhado de datas, de informações fragmentadas, tudo recoberto por uma camada de intuição. Nada me provava que a atividade de sua agência pudesse estar diretamente ligada ao drama de Aurore Delbard. Nada me explicava a posição tão delicada que eu ocupava manifestamente entre os dois irmãos Barlet, nem o elo entre os dois enigmas.

Rebecca foi percorrida por um arrepio, que a levou a fechar o decote de seu penhoar. Menos por pudor do que por uma necessidade patente de se proteger, de envolver o corpo tão magro com uma armadura acetinada, macia e protetora.

– Deus sabe que David não foi para Aurore o marido que ela esperava... Mas ele penou loucamente para se recuperar depois que ela desapareceu.

A braçadeira. As cicatrizes no antebraço esquerdo. Eu já sabia de tudo isso. Inútil voltar ao assunto. Com um sorriso leve, eu a encorajei a prosseguir.

– Como os anos passavam e ele não conseguia fazer o luto... ele teve essa ideia. A menos que tenha sido Louis. Eu nunca soube de verdade.

– Qual ideia?

Problema: por que fazemos uma pergunta cuja resposta já sabemos?

– A Belas da Noite, lógico!

Solução: porque ela dói mais ainda na boca de outra pessoa. As palavras dos outros são lâminas afiadas; nossa busca ingênua da verdade, a veia que lhe estendemos. Compete a eles agir, a eles o irreparável.

– Eu não entendo – interferiu minha amiga. – Qual a relação com o seu ex?

– Digamos que David não suportava viver sozinho. Mas ele também não tinha intenção de estabelecer um relacionamento tão destrutivo quanto o que manteve com Aurore. Ele não queria mais toda aquela loucura, aquela histeria...

– Ele concebeu a agência como um gigantesco elenco! – exclamei quase sem voz.

Sophia estava igualmente atônita. Enquanto eu afundava no sofá, esmagada, ela, ao contrário, empolgava-se, sentada na beira das almofadas, prestes a pular.

– Ele não pensou que também poderia ter uma parte de responsabilidade no desastre?

– David não é do tipo que faz exame de consciência.

Eu só podia concordar com tal observação. Tudo adquiria um sentido novo, cada elemento recolhido nas últimas semanas ocupava finalmente seu lugar no quadro. Uma vez que ele me achara, uma vez que ele me considerara digna de suceder a Aurore, mais nada justificava perpetuar aquela atividade que, durante todo esse tempo, não fora senão um pretexto para sua busca desesperada.

Após algumas respirações profundas, consegui sair do meu torpor:

– E por que ele confiou a você essa missão?

– Na época, eu estava sem emprego. Eu creio que Louis sentia um pouco de culpa por ter me deixado de novo...

Ela quase se desculpava, como se, por sua vez, ela não estivesse à altura das expectativas do mais velho.

– Mas isso não era garantia de competência – atacou Sophia, sem papas na língua.

– É verdade... mas eu aprendi depressa. E depois meus empregos anteriores tinham me fornecido o mais importante: o arquivo de clientes.

Ela confirmou meu sentimento ao varrer com o olhar seu pequeno museu pessoal.

– Você achava que era blefe? Que as receitas não tinham importância?

– Não com David como patrão – suspirou Rebecca.

Em outras palavras, de fachada ou não, a agência funcionava sob o mesmo comando das outras filiais do Grupo Barlet, e devia se submeter a seus imperativos de rentabilidade.

Uma incoerência me chamou atenção, contudo, nesse cenário tão bem armado.

– Vai me dizer que levou dezessete anos para desencavar uma moça como eu?

Tão comum quanto eu, ouvia-se claramente na minha inflexão consternada. Annabelles Lorands não desfilavam o ano inteiro nos elencos organizados pelas emissoras de David, frescas e dispostas a tudo para vencer?

– Sim – ela afirmou, desta vez, contudo, sem piscar. – Eu disse a você: David é muito exigente. Em tudo. E mais ainda com qualidade das mulheres com quem se relaciona. Então imagine a mulher *dele*!

– Se ele quisesse a mulher perfeita – veio em meu socorro Sophia –, há sites de relacionamento que oferecem milhares de critérios. E não faltam boas candidatas a um bom casamento, pode acreditar em mim.

– Eu confirmo que David atrai bem mais mulheres do que ele consegue levar para a cama. Mas esses sites não existiam na época.

Eu acusei a alfinetada sem reclamar. Ela não fazia senão me lembrar de uma evidência, que por certo eu esquecera bem depressa: o homem com quem supostamente eu ia me casar era um dos mais cortejados da França, quiçá da Europa. Mesmo que me fosse difícil apreciar sua notoriedade além de nossas fronteiras.

Ela pousou a xícara na mesa de centro e depois suspendeu uma mecha de cabelos descoloridos que caía obstinadamente sobre a testa, como uma chamada à ordem.

– De todo modo, o problema não está aí...

– Enfim, é grotesco! – terminei explodindo. – O que eu tenho de tão excepcional?

Ela me ofereceu o mesmo olhar carregado de ternura e compaixão que já dirigira a mim durante nosso último encontro.

– Digamos... Digamos que seja um conjunto de coisas – começou ela, evasiva. – É difícil resumir em três palavras.

– Com trezentas deve dar – retorquiu Sophia na mesma hora. – Temos todo o tempo.

Rebecca me lançou um olhar que, sem se desobrigar totalmente, devolvia a outros a responsabilidade de me libertar. Eu não me enganava, pois ela acrescentou imediatamente, dirigindo-se apenas a mim, negligenciando Sophia como se ela estivesse ausente da sala:

– Eu creio que compete *a eles* dizer isso a você...

A dupla ambivalência de sua resposta não me escapara: ela não pretendia ignorar a resposta, apenas achava preferível que me fosse transmitida por outros que não ela mesma. Por eles. Ela poderia ter dito: "É David quem tem de lhe dizer." Mas ela escolheu associar os dois irmãos nesse último segredo. Eternamente ligados.

Dentro da minha bolsa, eu podia sentir a vibração do meu celular insistir. O sujeito não se rendia, interrompendo o assalto das minhas perguntas num instante crítico.

– Sim? Alô? – atendi com um tom seco.

O número era privado, mas tive dificuldade de acreditar que uma chamada tão matinal, e sobretudo tão obstinada, pudesse ser engano ou um serviço de telemarketing.

– Annabelle?

Aquela voz. Eu conhecia aquela voz. Conhecia sobretudo o timbre característico que, sob o aparente distanciamento, não conseguia dissimular plenamente suas modulações dramáticas. A voz do contratempo, da má notícia, do anúncio final.

– Sim... sou eu.

– Ludovic Poulain. Desculpe chamá-la tão cedo. Não estou incomodando?

Diga que o senhor se enganou de número, dr. Poulain. Que quer esclarecer um detalhe dos efeitos colaterais da medicação que passou para a minha mãe. Diga o que quiser, qualquer coisa, menos o objetivo verdadeiro da sua ligação que, sem ter sido dito, já escorre pelo aparelho como um veneno.

As palavras dele me transpassaram sem me tocar, sem despertar a menor emoção ao passarem. Com a mão trêmula, eu me limitei a vasculhar minha bolsa de grife com as duas iniciais entrelaçadas. Eu me esforçava tanto para encontrar um objeto cuja natureza eu mesma ignorava que uma foto caiu no chão com a frente voltada para o assoalho.

Rebecca se curvou para apanhá-la e, instintivamente, virou-a. Ela se viu ainda jovem na praia de Dinard, nos braços de Louis. Desaparecido de sua vida e contudo ainda presente em cada um de seus gestos, cada uma de suas palavras, cada uma de suas escolhas. Impossível de erradicar. Era o seu câncer.

35

– Mamãe? Está me ouvindo, mamãe?

Nenhuma resposta, claro. Sequer um pestanejar para acusar recepção. Só uma massa inerte em um leito branco. O hospital tem essa faculdade de tornar irreconhecíveis os que nos são próximos, cuja aparência achávamos ter guardado de uma vez por todas. Erro grosseiro. Eles não são mais filho, amigo, pai ou mãe. Mas, sim, pacote de carnes, lençóis e aparelhos piscantes. Não os chame mais de Maude, Lola ou Henri. Chame *isso* de um doente, de agora em diante. Quase anônimo.

Afundada sob os tubos e a máscara do respirador, minha mãe parecia minúscula. Parecia um bebê, um prematuro cuja vida só se mantém graças aos fios ligados a máquinas pulsantes que bombeiam fluxos artificiais, contudo capazes de manter o organismo numa ilusão de respiração.

Foi Laure Chappuis quem deu o alerta. Assim, a insuportável sra. Chappuis tinha de fato uma função neste mundo, apesar de suas recriminações perpétuas e seu temperamento de mastim: anjo da guarda, como se fala de um cão atrás da sua grade. Um anjo rabugento e intratável, mas capaz, em caso de urgência, de velar por minha mãe. Ela acabara de provar. No meio da noite, ela notara uma fumaça espessa saindo da chaminé de aeração da casa da minha mãe. Admita-se que ela não tinha nada melhor para fazer, naquela hora avançada, a não ser inspecionar as casas vizinhas. Ela devia estar com falta de revistas de fofocas ou de telenovelas. Ou talvez tivesse avistado o "gentil doutor" passar um pouco mais cedo e se preocupasse verdadeiramente com a amiga.

Depois da visita que o dr. Poulain fizera à sua casa a meu pedido, Maude cismou de aquecer uma porção das batatas gratinadas que fizera na véspera, tomada de uma súbita e surpreendente fome noturna. Qualquer pessoa teria simplesmente aquecido o prato direto no micro-ondas, mas ela resolveu botar o prato inteiro no forno, regulando o termostato no máximo.

Mas o calmante administrado pelo médico não tinha demorado a fazer efeito. Mamãe adormeceu, deixando a comida e o forno entregues ao seu calor infernal. Duas horas mais tarde, a casa estava invadida por uma fumaça cinzenta e ácida que ameaçava seu ocupante de asfixia. Os bombeiros chegaram a tempo de botá-la sob oxigênio e transferi-la imediatamente para o Max Fourestier, o hospital público de Nanterre, onde ela costumava receber o tratamento quimioterápico de três em três semanas.

Quando consegui falar e contar para ela o motivo daquela ligação tão mal vinda, Sophia não hesitou um segundo:

– OK, vamos. Eu levo você até lá – ela decretou, já na porta.

– Não, deixe, eu me viro. E depois você tem que devolver o carro a Peggy...

– Pare com essa bobagem. Eu disse a ela que entregaria hoje. Não estabeleci a hora. Vamos!

Rebecca permaneceu na sua poltrona, com a fotografia na mão, incapaz do menor movimento. Ela nos mostrou um sorriso consternado à guisa de despedida. Tudo lhe seria como sempre retirado, portanto, até a grande cena das revelações. *Sua* cena.

O trânsito não estava mais tão fluido como na nossa entrada na capital e levamos perto de uma hora para alcançar a avenue de la République, longa artéria sem charme ladeada por conjuntos habitacionais e casas decrépitas. O alto muro junto à rua assemelhava-se mais à muralha de uma prisão do que a de um estabelecimento de saúde. Contudo, uma vez passado o pequeno pavilhão de recepção dos visitantes, o hospital de Nanterre até que tinha uma certa majestade.

Depois de atravessarmos o pátio à nossa esquerda, passamos sob um arco atrás do qual estava afixada a impressionante lista dos serviços. Bem embaixo, assinalados por pequenos quadrados de cor vermelha, dois deles me enregelaram: *Emergência, Necrotério*. Continuei consultando, até encontrar a linha *Oncologia*, não mais animadora.

O pessoal, sorridente e atencioso, nos conduziu até o quarto dela. Levada primeiramente para a emergência, tinha sido transferida de setor de madrugada, depois que um médico estimara que seu estado não necessitava mais de cuidados imediatos e que seu prognóstico vital não estava mais sob ameaça, ao menos nas próximas horas.

Sophia me deixou na cabeceira de mamãe, onde, por falta de interlocutor, terminei cochilando na cadeira de plástico duro, ninada pelo bipe regular do monitoramento, atordoada pelo calor ambiente.

– Elle... Elle, tudo bem?

Antes de identificar a voz, eu o reconheci pela mão firme e quente pousada no meu ombro. Arrancada de um sonho dissipado assim que meus olhos abriram, eu sabia que ele não fazia parte do sonho. Ele pertencia à realidade crassa do hospital: vetusta, sinistra, mórbida.

Sem calcular direito as palavras que saíam naquele momento da minha boca, eu expulsei David do quarto com uma brutalidade contida que me surpreendeu, uma espécie de fúria sedativa, injetada no tranquilizante da minha própria dor:

– Saia daqui.

Empurrei seu peito tão firme com as palmas das minhas duas mãos, como quem procura afastar duas paredes. Ele mal recuava.

– Querida...

– Vá embora. Você não tem o que fazer aqui.

– Me explique ao menos o que está acontecendo!

– Está acontecendo que mandei você sair deste quarto. Está claro, não?

– Mas, Elle... Você desapareceu há dois dias! E eu encontro você aqui...

– Pode sair, eu já disse!

– Está bem, está bem...

Ele capitulou, voltando para o corredor de marcha a ré, com uma careta incrédula à guisa de desculpas.

– Espero você no pátio – ele disse enquanto se afastava.

Quem o avisara? Rebecca, só podia ser, uma vez que eu exigira de Sophia a mais absoluta discrição sobre o acontecido.

Durante a hora e meia que se seguiu, eu fiz das tripas coração para entrever, ainda que por um instante, o chefe de serviço encarregado da minha mãe. O bonitão metido, grisalho orgulhoso de seu bronzeado precoce para a estação, apareceu como por milagre pouco depois das onze horas.

– Annabelle Lorand. – Eu lhe estendi uma mão febril, trêmula de esperança. – Sou filha dela.

Designei mamãe com um gesto vago, sem ousar pousar os olhos nela.

– Professor Laurent Placement, sou o diretor deste serviço.

Eu entendi "Pansement", e julguei ser uma piada de mau gosto. Mas ele me mostrou um rosto calmo, quase frio, distante das blagues da sala de enfermagem. Era apenas meu inconsciente precisando tornar mais leve uma situação tão penosa, nem que fosse com piadas bobas. Quanto à parte de mim lúcida e sensata, ela não esperava senão fatos.

– O incidente desta noite... agravou o estado dela?

– Não, mas evidenciou a fraqueza extrema da sua mãe.

– Fraca... até que ponto?

– Até não poder mais ficar sozinha em casa – ele afirmou, peremptório. – Ela precisa de cuidados constantes.

– O senhor sabe que ela deve viajar para se tratar nos Estados Unidos dentro de quatro dias?

Ele não manifestou a menor contrariedade, mas Deus sabe como esse tipo de afronta devia espicaçar seu orgulho de profissional.

– Estou ciente, sim. Mas lamento ter de lhe dizer que não será possível. No momento, esperamos o resultado das novas análises que eu pedi esta noite, assim que ela deu entrada.

O George Clooney do hospital tinha, pois, uma consciência profissional, mais para dr. Ross do que para dr. Maboule. Há quanto tempo estaria no posto?

– Essa viagem é a última chance dela! – eu me insurgi. – O senhor não pode privá-la disso só por...

Para preservar sua reputação? Para justificar seu salário? Eu não sabia que fórmula agressiva jogar na cara dele.

Ele devia estar habituado a lidar com parentes querendo agarrar seu pescoço, transtornados pela incerteza e pelo sofrimento. Mas senti que ele reparou que meu caso era diferente, que havia algo mais além do sofrimento cego e surdo aos seus argumentos. Ele prosseguiu com um tom calmo e claramente mais suave:

– Srta. Lorand... Sua mãe não tem mais muito tempo de vida.

– Mas eu sei! É justamente por isso que...

– A senhorita não me entendeu – ele exclamou, segurando meu ombro. – Não estou lhe falando de semanas, estou falando de dias.

Como era possível? Nem fazia tanto tempo assim a mesma equipe lhe dera vários meses!

– Ao que parece, nós fomos otimistas demais nas nossas estimativas – ele admitiu com uma sinceridade que me deixou sem voz. – Os exames que foram feitos esta noite deverão nos confirmar o que temíamos: metástases provavelmente atingiram os principais órgãos vitais. Mesmo que fôssemos capazes de substituir seu coração, pulmões e fígado por novos, e de uma só vez, não poderíamos fazer mais nada por ela. Tudo que devemos fazer agora é aliviá-la o melhor que nossos procedimentos permitem.

Clínicos. Precisos. Desprovidos de qualquer afeto. Tais eram suas palavras. Eu não queria um discurso sem fingimentos? Tinha sido atendida.

– A senhorita sabe – ele sentiu vontade de se justificar – que eu fui o primeiro a apoiar essa terapia alternativa proposta por meus colegas americanos. Quando o paciente é tratado muito cedo, eles têm obtido remissões espetaculares. Mas...

– Mas deveria ter sido tentada há muito tempo? É isso que o senhor está querendo me dizer?

– Para ser franco, no caso da sua mãe, não creio que teria modificado o cenário. Quando ela chegou neste centro, já era tarde demais para se pensar em aplicar esse método com reais chances de sucesso. A doença já estava instalada.

Mamãe e sua vigilância aplicada a tudo, salvo a si mesma. Mamãe e seus “Ora, mas não é nada” quando eu a advertia a propósito de suas pequenas dores. Mamãe que, quando eu ainda era menina, tinha quebrado o rádio ao cair da escada e levado mais de uma semana para procurar um médico, com um braço numa tipoia de lenço, roxo e inchado.

Mamãe que sempre tinha coisa melhor e mais urgente para fazer do que cuidar de si mesma.

– No máximo, teríamos ganho algumas semanas, talvez alguns meses...

Pensar desse modo provavelmente o tranquilizava, mas para mim a dúvida persistiria. Mesmo quando Maude Lorand for apenas uma pedra de mármore rosa em algum lugar de um cemitério.

Então eu refutei seu condicional, e me agarrei com todas as forças à perspectiva da viagem salvadora:

– Por enquanto, prefiro manter o que está previsto. Se ela for transportável, é claro.

– Ela é... – ele admitiu com o canto da boca. – Enfim, ela será, se sair do coma a tempo.

– Evidentemente – concordei com um tom dócil e cheio de esperança.

– Contudo, no curtíssimo prazo, seria preferível a senhorita se organizar para passar o máximo de tempo aqui.

Eu ergui para ele um olhar vazio, olhos arregalados de criança, esperando que, com um grande sorriso, ele fosse dissipar meu pesadelo.

– Eu me caso depois de amanhã – eu disse por fim.

Ele ficou desconcertado por um instante, esgotadas todas as suas fórmulas de circunstância, antes de acrescentar:

– Case-se. Talvez seja o que pode fazer de melhor, imediatamente. Por você e por ela.

Se ele tivesse alguns anos a mais, eis o tipo de pai ideal em cujo braço eu sonharia em me apresentar diante do altar. Eu expulsei a imagem estapafúrdia.

– Ela vai recuperar a consciência? Quero dizer, antes...

Eu não conseguia ter a coragem de pronunciar a palavra, nem nenhum de seus sinônimos, por mais pudicos que fossem. Optei então pela fórmula seguinte, mais otimista:

– ... antes de nossa partida?

– Sim, claro. Sua mãe ainda tem belas praias de lucidez diante dela.

Apreciei a fórmula, o gosto acre da ironia se insinuando contudo na minha boca: belas praias de lucidez. Entre dois o quê? Dois comas? Dois delírios? Os mais belos momentos de nossa vida tinham sido diferentes disto: belas praias de riso, de prazer ou de alegria, entre dois períodos de dor suprema?

– Não se preocupe – ele me confortou com a ideia. – Ela verá você. Você vai poder falar com ela.

Como uma boneca mole, eu poderia ter me deitado junto de mamãe, esperado com ela que uma de nós duas se fosse, ou ainda me desmanchado na hora em cima do linóleo cinzento, manchado pela idade e pelos sapatos das enfermeiras.

O médico segurou de novo o meu braço, eu supus, para me sustentar.

– Tudo bem? – ele perguntou querendo dar mostras de um último traço de humanidade.

– Sim... Sim, obrigada. Acho que preciso tomar ar.

– Não se esqueça de deixar seu número de celular com as enfermeiras do andar. Elas pode entrar em contato com você a qualquer hora.

Eu ignorei o conselho e corri para o lado de fora. Raios quentes me lembraram que, dentro de cinco dias, o verão estaria aqui e com ele sua doçura benéfica. Eu não ia aproveitar. Não ia ser este ano que eu exibiria o bronzeado dourado do professor Placement.

Não cheguei a dar três passos no pátio e David surgiu na minha frente. Sua irrupção teve para mim o efeito de uma brincadeira de mau gosto. O fato de ele me esperar todo esse tempo era talvez o aspecto mais absurdo de sua presença no local.

– Você não tinha uma reunião do conselho de administração? – eu o agredi, friamente.

Ele franziu olhos desarmados.

– Não...

– Ah, não, como sou idiota: é uma pesquisa de audiência que vai inventar!

Nem sei por que eu disse isso. Provocação inútil. *Cultur'Mix*, meu programa fantasma e natimorto, era a menor das minhas aflições. A raiva que me acometera depois da ligação de Fred me parecia tão bizarra agora. Tão insignificante.

Eu continuava correndo pelo calçamento desconjuntado, torcendo os tornozelos várias vezes, quando a mão dele agarrou meu punho e interrompeu meu deslocamento desajeitado.

– Pode me deixar explicar?

Eu olhei para ele por um instante com os olhos vazios, incapaz de achar naquele manequim disfarçado, fingindo ambição, poder e orgulho, o homem que havia encantado os primeiros instantes de nosso encontro. Até sua voz não me parecia mais a mesma, de repente desvestida de seus atributos célebres: mais matraca do que carícia.

– Continue... – eu o desafiei sem esperar nada dele.

Ele, o autossuficiente, o soberbo, me impressionava por sua capacidade de exibir a mais convincente das humildades. Seu olhar, normalmente tão altivo, perdia-se nas irregularidades do solo esburacado. Mas nem por isso ele me soltava.

– Quando vi você naquele vestido, no meu monitor... penteada daquele jeito...

– O quê? Virou especialista em vestuário agora? Eu achava que era o que estava por baixo que o interessava mais.

Minha observação atingiu-o como uma bofetada, mas ele não pareceu decifrar a alusão pérfida.

– Quando papai ainda dirigia o grupo, eu pedi a ele para mandar fazer testes com Aurore.

O que se seguiu correu como uma fonte:

– Naquele vestido, é isso?

– Não era aquele, mas um muito parecido, sim.

Se ele estava falando a verdade, eu podia com efeito imaginar o choque no momento de me descobrir assim na tela.

Eu o deixei prosseguir.

– Eu acho que... que eu não suportei ver você arrumada igual a ela.

A ferida, eu podia ver nas suas pálpebras caídas, era real.

– Foi por isso que você pediu ao Guillaume para não levar ao ar o programa?

– É uma idiotice, eu sei. Sinto muito...

Que seja.

Mas o que responder a isso? Por mais sincera que fosse, sua confissão não apagava o resto. Ela não ocultava de nenhum modo o que François e Rebecca tinham revelado.

Eu poderia ter me contentado com sua confissão emocionada, me satisfazer com as lágrimas que ele parecia conter com esforço e fechar rapidamente a redoma do esquecimento. Poderia ter me satisfeito mais uma vez com suas promessas de uma vida melhor. Mas eu já sabia coisas demais...

– A Belas da Noite só serviu para isso, não é: achar para você outra mulher? Outra Aurore?

Sua expressão se fechou com um ricto incrédulo. Ele não esperava que eu soubesse tanto. Menos ainda que eu tivesse a audácia de enunciar assim, na sua cara.

– Não é tão simples assim... – ele procurou criar uma cortina de fumaça.

– Sim ou não: a empresa de Rebecca serviu de agência matrimonial particular? Sim... ou não? – martelei estas últimas palavras.

Seu ar desolado não conseguia dissimular completamente a irritação que o agitava. Ele pulava de um pé para outro ou batia no chão com a ponta do sapato, agitado por uma febre impossível de refrear.

– Sim... Mas devo esclarecer que a ideia foi de Louis.

"A menos que seja Louis. Eu nunca soube direito", admitira Rebecca.

– E daí, o que isso muda?

– Muda que eu não quis nada disso. A Belas da Noite não foi concebida como uma armadilha. De todo modo... não do meu ponto de vista. Só um meio de tornar possível nosso encontro.

– E Louis? – eu o pressionei mais.

Minha pergunta pareceu surpreendê-lo.

– Louis é um eterno solteiro. Do tipo pegador, sempre em busca de carne fresca.

A observação me feriu com tanta força quanto se tivesse sido dirigida a mim. Não que eu mesma me incluísse nesse famoso rebanho onde ele, como bom lobo que era, selecionava suas vítimas. Na verdade, era como se eu mesma fosse o predador que ele descrevia, e eu não suportasse ver minha natureza profunda pintada dessa maneira. Como uma vulgar consumação. Um simples pendor mórbido.

Após várias sessões no Des Charmes, eu sabia: era bem mais do que isso.

– Para ele, a Belas da Noite foi durante muito tempo uma bênção do céu. Ele só precisava pegar o telefone para que Rebecca o abastecesse. Estranha relação essa, aliás, na qual o traficante tem ciúme da droga que fornece ao seu viciado...

Era uma das primeiras vezes que ele me falava abertamente do irmão, e falar dele nesses termos visivelmente não lhe causava nenhum problema. Sequer procurava justificá-lo ou explorar a razão de sua compulsão por sexo. Ele o condenava, e com palavras que não tentava abrandar.

– ... em suma, eu nem quero saber de todos os detalhes, mas creio que algumas vezes chegou a ser torpe.

Torpe?

As obscuras jogadas expostas por Marchadeau me vieram à cabeça. As extravagâncias erotomaníacas de Louis eram bem inofensivas em comparação.

– Torpe? – eu me sobressaltei. – Torpe como um filme pornô com escravas do Leste Europeu?

Minha audácia o pegou de surpresa e o deixou sem réplica.

– Hein? – insisti. – Torpe como me deixar dormir com o seu melhor amigo na noite em que nos conhecemos?

Ele soltou minha mão na mesma hora. Por sua expressão, eu soube que falara o suficiente. Ele enfiou a cabeça nos ombros como para se proteger dos golpes que se abatiam sobre ele, e depois, voltando à sua atitude natural, encheu outra vez o peito, pronto para se defender ponto por ponto:

– Os investimentos de que você está falando foram feitos sem eu saber.

– Verdade? – eu o crucificava com meu sarcasmo.

– Verdade. A pessoa que os montou em nome do grupo já foi demitida há vários anos. Mas no feliz mundo das finanças esse tipo de negócio nos segue como uma sombra... Mesmo depois que já ter se livrado dele.

Eu continuava estupefata. O animal midiático que ele era, habituado às entrevistas mais tortuosas, voltava à superfície. Eu continuava decidida a não me deixar encurralar sem combater.

– Você pode verificar. Stephen Delacroix: é o nome do analista que eu contratei. E que me deixou na mão.

– E por que ele teria feito isso?

– O que você acha? Por causa da concorrência. Para me envolver em um lamentável processo por crime contra os costumes. Para me ejetar do meu posto e poder comprar o Grupo Barlet por uma bagatela. Esse tipo de coisa acontece todos os dias, mas a imprensa quase nunca toca no assunto.

O método era bastante parecido, com efeito, com o que François Marchadeau me descrevera ao telefone, depois no terraço do Marly. Uma guerra econômica na qual todos os golpes eram permitidos.

Como eu ainda lhe opunha um silêncio obstinado, ele fez uma careta de provocação à sua maneira, evidentemente destinada a me fazer reagir.

– Pergunte a Marchadeau, se você não acredita em mim! Aparentemente vocês dois são mais próximos do que eu supunha...

O epílogo havia excedido o acordo estabelecido entre os dois? Imaginei rapidamente a sequência, tal como agora ela se redesenhava para mim, plano após plano: François me encomenda a Rebecca, por ordem de David; David finge me conhecer durante a festa, apagando assim o estratagema pouco brilhante empregado para me descobrir – eu teria aceitado revê-lo, eu mesma o teria achado tão fascinante se tivesse sabido a quê, e, mais ainda, *a quem* nós devíamos o encontro mágico? Marchadeau pôde então ceder o lugar, pois sua missão foi cumprida. Porém, no último momento, ele quebra o combinado e me leva para o Des Charmes, convencido de que eu jamais iria confessar tal desvio àquele que seria meu futuro marido.

Era preciso admitir que fazia todo o sentido. Afinal, David procurava uma nova mulher, não a primeira puta que chegasse...

Foi a minha vez de segurar a sua mão. E depois de me apertar contra ele, movida por um impulso irresistível. Ele era tão firme e quente quanto na minha lembrança. Estava cheirando a uma água-de-colônia que eu não conhecia, um hesperídio leve e acidulado à perfeição, que acabou me acalmando.

Por que voltar para ele se eu ansiava por outros braços que não os dele? Por culpa? Remorso por ter visto nele um monstro que não era?

Eu podia muito bem absolvê-lo, uma vez que, ouvindo-o, não havia nada a ser perdoado. Do que eu podia acusá-lo, no fundo? De ter se servido de tudo para me encontrar? De ter usado sua fortuna para fabricar para si uma vida mais bela, mais harmoniosa, sem drama nem loucura?

À minha maneira, com minhas incessantes perguntas, minha obsessão pela verdade, minha curiosidade de repórter permanentemente atiçada pelas revelações de Rebecca ou de Louis, eu não tinha me comportado melhor.

David talvez fosse de fato um autocrata, instável e colérico, exigente e fantasioso, capaz de tudo para obter os brinquedos com que sonhava. Mas ele não tinha direito a uma mulher mais amorosa de verdade do que ávida de transparência?

Ele tinha suas zonas de sombra. De agora em diante eu tinha as minhas.

Creio ter sido nesse momento que finalmente tomei consciência do desfecho notificado pelo professor Pansement, incapaz de contrapor o menor bálsamo a esta evidência crua: mamãe ia morrer, quaisquer que fossem os efeitos benéficos da terapia americana.

Talvez no mês que vem. Talvez dentro de um ano. Ou mesmo aqui, imediatamente, agora. Sob estes tetos de pintura descascada. E eu não podia enfrentar isso sozinha. Eu precisava de um suporte no qual me apoiar. Precisava de um David a quem me aconchegar.

Necessidade de um pilar sólido para o edifício tão frágil que eu me tornara.

36

17 de junho de 2009

Quando um armistício é frágil e exposto antecipadamente a novas crises, certos sinais não enganam. Eu estudei isso no curso de história a propósito do Tratado de Versalhes, que todos concordam hoje, já trazia em si os germes do conflito mundial que estava por vir.

Contudo, nenhum mau presságio veio perturbar as horas que se seguiram. Eu devia ter desconfiado. A descontração que reinava no Hôtel Duchesnois era idílica demais para ser totalmente real. Até Félicité, Sinus e Cosinus pareciam ter alcançado uma forma de acordo tácito sobre a divisão de seus campos de jogo, a gata reinando no andar de cima, e os dois pugs instalando seu império no térreo e no jardim.

Artigo primeiro: Depor as armas.

Ao contrário do esperado, David não voltou para o escritório. Com um telefonema resoluto, avisou Chloé que não retornaria à torre Barlet naquele dia. Afinal, como eu mesma escutei-o lembrar sua secretária, nós estávamos na véspera de seu casamento. Nosso casamento.

Numa curiosa inversão de papéis, ele se pôs à disposição de Armand para ajudá-lo nos últimos detalhes em meio aos quais o mordomo, com o rosto vermelho de estresse, parecia se afogar. A tarefa do meu futuro marido consistia essencialmente em guiar os operários que, em cima da grama já parcialmente amarelada pelos primeiros calores, erguiam a tenda principal, um cenário temporário, bem como diversas pequenas tendas anexas.

Artigo segundo: Recuar no seu próprio campo.

Tratei de me refugiar no quarto. Félicité adormecera em cima do contrato de casamento, que não tinha deixado nosso leito conjugal. Retirei o documento de baixo daquela preguiçosa peluda, rubriquei uma por uma as numerosas páginas das três cópias, um exercício maçante, depois fiquei com minha caneta por um tempo suspensa acima do espaço vazio dedicado à minha assinatura. Se existe um gesto que efetuamos de maneira automática, irrefletida no seu movimento, é este. Contudo, naquele instante, por um estranho reflexo de reserva ou de proteção, escolhi não apor minha assinatura normal. Eu me contentei com um "Annabelle Lorand", redigido às pressas que, apesar de mais explícito e escrito pela minha mão, não deixava de ser uma mentira. Pior: uma falsificação.

Armand por certo ignorou, pois não reclamou quando finalmente devolvi o maço de papéis cujas páginas essenciais ele conferiu na minha frente.

– Só resta rezar para que o escrivão do dr. Olivo carimbe tudo isso até amanhã ao meio-dia – ele se lamentou.

– Confio em você.

– Ah... Seu vestido voltou da costureira. Se puder prová-lo agora, ia nos evitar algumas preocupações adicionais amanhã de manhã.

Artigo terceiro: Despir o uniforme e vestir os trajes da paz.

Aquiesci no ato, sozinha na frente do espelho do quarto, iluminada pelo sol quente que acariciava toda a lateral da casa e o jardim. Através da janela entreaberta, eu podia captar os gritos dos operários em vários idiomas, assim como a batida seca de tubos metálicos sendo montados.

Ajustado à perfeição pela costureira, o vestido Schiaparelli combinava melhor ainda com minhas formas amplas e exigentes do que durante a prova anterior. Segunda pele, luva... Eu não sabia mais que imagem invocar para definir a sensação surpreendente de que tinham me costurado o tecido direto na carne. Contudo, não senti nada ao me contemplar dentro daquele invólucro perfeito. Eu era uma estranha naquele sublime envelope. Achava-me na pele de uma outra. Em um papel que não parecia ter sido escrito para mim. A pergunta que ficara sem resposta não saía da minha cabeça: "O que eu tenho de tão excepcional?"

Como a menina tão simples que eu era podia justificar dezessete anos de paciência e busca obstinada? Que homem podia ser tão louco a ponto de sacrificar tanto tempo numa busca tão irrelevante? Tudo isso por isso, por mim, nós? Eu não ousei arriscar a menção inútil.

Artigo quarto: Honrar os bravos.

Deitada junto de Félicité, com meu nariz no seu pelo quente e cheiroso, eu me entregava a esses pensamentos, tão indolente na aparência quanto tensa no íntimo. *Femmes secrètes* na mão, eu não li uma linha. Pela primeira vez há dias e dias, eu não escrevia sequer uma palavrinha no meu Dez-vezes-por-dia.

Eros e Tânatos. Indissociáveis. Sim, mas às vezes entrávamos tão inteiramente no reino de um deles, abertamente, sem reservas, que era impossível sonhar com o outro. Então ficávamos repletos somente de sexo *ou* de morte, e um dos dois se retirava, aceitando deixar por um momento o campo livre para seu eterno parceiro, interrompendo por algum tempo o seu tango louco e obsessivo.

Naquela manhã, a morte parecia ser a grande vencedora do dia e das próximas horas. O quarto de uma moribunda que eu acabara de deixar... O vestido de uma morta que eu me preparava para usar... E mais uma outra defunta, que eu dentro em breve ia substituir no braço do seu homem, que estava bem vivo.

– Fica chateado comigo se eu sair esta noite? – perguntei a David, inclinado com Armand sobre a lista de convidados.

– Não... Claro que não. Aonde você vai?

– Sophia improvisou uma despedida de solteira para mim.

– Ah... Sei. Então divirta-se.

O sorriso forçado contradizia o voto.

– Francamente, eu preferia ficar aqui ajudando vocês...

– Por quê?

– Acho isso meio enjoado. E depois não estou nem um pouco com cabeça para esse tipo de programa entre amigas.

– Mas, pelo contrário: saia sim! Tenho certeza de que vai ser legal. A Sophia parece ser uma moça divertida.

Ele, que fabricara nosso romance peça por peça, e que controlara os mínimos aspectos da nossa união, eis que se mostrava ao menos liberal. Acreditava até nas virtudes curadoras da improvisação...

Eu tentava me persuadir de que esta mentira ia ser minha última. Que eu seria depois a melhor esposa possível, fosse qual fosse a duração de nosso casamento. Uma hora ou uma vida.

Artigo quinto: Rever sua dissuasão.

Eu não ficara surpresa ao achar um novo embrulho prateado em cima do aparador, alguns minutos antes. E tinha afastado imediatamente a ideia tresloucada, garantia contudo de minhas boas resoluções: a de abri-lo na frente de David. Revelar-lhe como o irmão se infiltrava no seu próprio estratagema, como passageiro clandestino, para tentar me atrair para ele. Falar do Des Charmes, dos quartos sem número, dos encontros...

Mas de nada me adiantava indispor os irmãos Barlet mais do que eles já estavam. A hora do acerto de contas não demoraria.

Além do cartão magnético do Des Charmes, a caixa continha o cartão de visitas habitual, bem como um único objeto: uma cueca boxer preta, igual às que eu vira mais de uma vez cobrindo as nádegas dos clientes do Brigantin. A que cortesã célebre uma roupa de baixo com aquela poderia corresponder? Enquanto eu a virava em todos os sentidos, um detalhe da fabricação chamou minha atenção. Além das costuras habituais na parte da frente, outras apareciam na parte de trás, onde devia se alojar o traseiro. Várias pequenas protuberâncias, perceptíveis ao toque, atestavam a presença de botões de pressão. Eles nada tinham de decorativo. Formavam uma minúscula janela de tecido, ligeiramente mais comprida e larga do que um bilhete do metrô. Eu já tinha percebido este tipo de abertura em calcinhas de mulheres, sempre do lado da fenda, que a abertura permitia liberar em caso de urgência. O fato de estar presente ali, no lado de trás, deixou-me pensativa. A hesitação se dissipou logo em seguida quando descobri o novo mandamento:

8 – O proibido desafiarás.

Eis o que Louis achava que podia me reservar, na sua loucura, na véspera do meu casamento. O acesso proibido. A capitulação extrema, quer seja homem ou mulher... A abertura de um novo orifício de prazer, como uma nova flor de sensações, perspectiva tão agradável quanto temida.

Artigo sexto: Consolidar alianças.

Fechada no closet do quarto, protegida dos ouvidos indiscretos, liguei para Sophia. Fora de questão eu ir sozinha a esse último encontro.

– Você pode estar no Des Charmes dentro de quanto tempo? – cochichei.

– Estou no trabalho, agora...

– Onde fica? Na Pigalle?

– É. Ainda tenho quatro rodadas pra fazer.

Eu a imaginei tal como a tinha visto recentemente, oferecida aos olhares, sob a iluminação vermelha, o sexo fendido, aberto, dois dedos dentro dele...

– Venha, por favor. Eu te pago o que você perder.

– Espere, se eu fizer isso, posso dizer adeus ao meu trabalho!

– Porra, Sophia, você chama isso de trabalho? Se quiser, David faz duas ligações e te arranja um cargo em uma empresa de verdade. Sem strip ordinário diante de gordos asquerosos.

Saiu sem querer. Eu expressava em voz alta o desgosto que a atividade dela me inspirava, e que eu calara por tanto tempo.

– Fico feliz em saber que você poderia ter me ajudado antes de eu vir parar aqui – ela resmungou só para salvar as aparências.

– Eu não vou lá sozinha – insisti. – Preciso realmente de você.

Nada mais verdadeiro. Eu precisava de um apoio. Evidentemente, era impossível imaginar pior dama de companhia do que Sophia quando a questão era controlar meu corpo e meus desejos, e me lembrar dos imperativos da minha razão. Mas eu não via outra pessoa capaz de abandonar tudo após um telefonema e voar para me ajudar na mesma hora.

Assim, trinta minutos mais tarde, era uma Sophia desarrumada, desgrenhada, e contudo pontual que me aguardava na pracinha do Des Charmes, bem em frente à cabine pública azul onde Louis já me torturara.

Ao entrarmos no hall, o sr. Jacques franziu a testa para expressar sua legítima surpresa. Ele não estava esperando nos ver desembarcar em delegação. As *hotelles* entravam às vezes com um homem e saíam sempre sozinhas. Elas nunca chegavam em duplas, menos ainda vestindo um trapo qualquer. Logo nas minhas primeiras palavras, o tom foi dado, tão tenso quanto na nossa troca verbal anterior:

– Qual quarto? – perguntei secamente, sem preâmbulos.

– Constato que perdeu suas boas maneiras, Elle... Sinto muito por você.

– Guarde sua afetação para os que pagam os quartos. Como o senhor sabe, só o que faço é me deitar.

Minha alusão indiscreta à real vocação de seu estabelecimento lhe provocou uma careta irritada. Assim era o sr. Jacques, aquele tartufo de casas de tolerância. Quem quisesse podia se permitir as piores perversões no seu hotel, contanto que jamais mencionasse o assunto diante dele.

Ele se empertigou, puxou as lapelas de sua libré, com a nuca rígida, pronto para me dar a informação que eu queria...

– Tudo bem. Você é esperada no...

... quando eu o interrompi:

– Espere! Não me diga nada. Prefiro que escreva aqui.

Estendi-lhe o cartão de visitas do oitavo mandamento, virado ao contrário, o lado em branco para cima. Meu súbito capricho o desconcertou:

– Por que isso?

– Só para ver. Por favor.

Ele olhou para nós duas, depois foi a vez da minha amiga apressá-lo:

– Faça de uma vez, pois a moça está lhe pedindo com muita educação.

Ele pegou a caneta que nunca saía do balcão, um modelo em laca preta com o qual brincava sem parar, e rabiscou com uma caligrafia redonda e ampla que reconheci desde os primeiros arabescos:

Chevalier d'Éon.
Terceiro andar.

Minha intuição estava certa: era ele o autor dos convites, e os camareiros do hotel, Ysiam à frente, seus prováveis entregadores. O Des Charmes era o centro da teia tecida por Louis. Para onde ele não ia parar de me levar enquanto esse capítulo de nosso relacionamento não fosse encerrado.

– Obrigada – eu disse, sorrindo com reconhecimento. – É tudo que eu queria saber no momento.

Nós já nos apressávamos na direção dos elevadores, quando virei-me de repente:

– Ah, sim... Já ia me esquecendo de uma coisa. Sophia vai ficar perto da porta. E está fora de cogitação o senhor ou algum de seus funcionários tirá-la do corredor enquanto eu estiver do lado de dentro.

– Como quiser – ele assentiu sem olhar para mim.

Naquela noite, o ascensorista ruivo estava de serviço. Tão pouco conversador quanto de hábito, o rapaz limitou-se a nos levar ao terceiro andar, o das portas azul-escuras, e nos conduzir até a que fechava a extremidade do corredor. Quando ele terminou de destrancar a porta, Sophia dispensou-o com seu olhar de fogo, e ele tratou de desaparecer, deixando nós duas no umbral:

– Vai ficar tudo bem, amiga?

– Vai, não se preocupe.

– Não hesite em gritar se houver problema, hein?

– Tudo bem. E você? Vai ficar plantada onde?

– Notei que há uma escada de serviço bem ao lado do elevador. Vou esperar atrás da porta.

– Legal.

– Quer que eu te ligue quando o vir passar?

Eu estava certa de que Louis não faltaria ao encontro. Que ele viria desta vez em pessoa, que não ia me deixar no meio de uma plateia de criaturas no cio ou despachar no seu lugar um de seus duplos de um ou outro dos dois sexos.

– Não. Não vai mudar nada. Sei o que tenho de fazer.

Dizendo isso, segurei com uma mão o colarinho cruzado do meu sobretudo, pesado demais para a estação e o calor ambiente, apesar da fina sarja desprovida de forro.

Ela me deu uma última piscadela a título de encorajamento e desapareceu na penumbra do corredor.

Artigo sétimo: Ocupar os territórios abandonados pelo inimigo.

A decoração Luís XV do quarto Chevalier d'Éon, razoavelmente carregada, não fazia senão aumentar a sensação de abafamento. A única janela, como na maior parte das outras peças do hotel, estava fechada.

Tapete espesso de inspiração oriental, tapeçarias murais com estampado *toile de Jouy* azulado e pesado mobiliário de madeira marchetada compunham a decoração. As peças principais eram uma penteadeira com espelho basculante e uma cama com uma imponente cabeceira adamascada. A estrutura de madeira dourada era circundada por um alto baldaquino de seda azulada, combinando com a cor do andar.

Eu queimava sob o meu sobretudo de sarja áspera. Sentia como se estivesse presa na armadilha de um suadouro, e, segundo o que conseguia ver do meu rosto nas diversas superfícies refletoras, o desconforto era mostrado nas minhas faces rubras. Passei a mão ainda fresca pela nuca descoberta, meus cabelos estavam presos num coque mole, na esperança vã de acalmar a sensação de estar cozinhando.

Mas resisti à tentação de tirar a roupa. Eu não queria desvelar meu efeito. Era mais importante do que tudo. Era minha vez de surpreendê-lo. De ultrapassá-lo, só uma casa que fosse. Provar-lhe que eu não era apenas um peão na sua mão fina.

A abertura repentina da porta talvez fosse a hora da minha libertação. E eu não sonhava senão em me livrar daquela canga à qual eu voluntariamente me prendera. Pela primeira vez, ele apareceu ali e diante de mim em plena luz. Findas as máscaras, os capuzes ou as fantasias. Adeus penumbra e inteligentes encenações destinadas a apagá-lo tanto quanto a me perder. Ele usava um de seus ternos cintados tão elegantes, aberto sobre um colete cor de bronze. Com o castão da bengala, empurrou a porta até fazer a tranca estalar, sinal de que éramos agora refém um do outro.

– Boa-noite, Elle.

Antes de amadurecer meu plano, eu revolvera mil maneiras de abordá-lo. De lhe dizer umas verdades. De devolvê-lo ao purgatório de sua libido delirante e fantasias doentias. Eu fizera bem de prever um plano B.

Ele deu um passo na minha direção, me contemplou da cabeça aos pés, mais abatido, ao que parece, do que realmente encantado de me ver uma vez mais fiel ao seu encontro. Com a ponta da bengala, começou a suspender a bainha do meu sobretudo, chegando até a altura dos joelhos e depois à metade das coxas. Da maneira mais exasperante possível. Deslizando o olhar sob a sarja áspera à medida que ela ia subindo. Esperei que a extremidade metálica, tão fria por contraste, estivesse suficientemente alta entre as minhas pernas para segurá-la e puxá-la com um golpe seco.

Com um gesto reflexo, ele agarrou a outra ponta do bastão e, desequilibrado, caiu para a frente, na direção da cama.

Eu sei: não é muito nobre tirar proveito da desvantagem do adversário.

Ele bateu na estrutura de madeira dourada, com os dois joelhos no chão, ficando com falta de ar depois do choque contra seu esterno. Só então ergueu a cabeça na minha direção.

Desamarrei meu cinto e abri totalmente as laterais do sobretudo: seios e barriga nus, eu só usava a cueca boxer de algodão preto que ele havia mandado me entregar.

Artigo oitavo: Estabelecer as regras da partilha.

Ele se levantou e, apoiando-se na palma da mão, se sentou na beira da cama. Não exibia o sorriso arrogante que eu vira quando nos conhecemos. Também não era aquele ser sofredor, esmagado por seu passado, que me levara para passear nas Tulherias e em Malmaison. Mais perplexo do que envergonhado, mais encantado do que surpreso, participava do espetáculo. Feliz, talvez aliviado, por eu finalmente tomar a iniciativa e ele não ter mais que definir as regras dos nossos jogos.

Aproveitei a confusão para tirar o impermeável, lento escoar de sarja rígida ao longo do meu corpo até o chão, depois tirei os sapatos de saltos altos, um de cada vez.

Ajoelhada entre as pernas dele, abri com um gesto seco o fecho da calça e vasculhei através da abertura, depois da cueca, para extrair seu sexo. Que subia, planta trepadeira cujo comprimento compensava a finura. A glande se descobriu espontaneamente sem que eu tivesse que tocá-la. Seu relevo em ponta prolongava a verga de forma harmoniosa, sem desproporção muito acentuada. Um pérola de líquido seminal já vazava pelo orifício, pronta para escorrer ao longo do freio e umedecer toda a mucosa violácea.

Apliquei as duas palmas sobre suas coxas com a maior firmeza, para travar qualquer movimento de rebelião. Depois, sob seu olhar siderado e indefeso, mergulhei de cabeça, com a língua apontada para a extremidade da glande. Com a ponta rosada da língua, numa lambidinha de gata, coletei a gota de fluido espesso, em seguida chupei toda a superfície da protuberância, lustrosa de saliva, luzidia de desejo, antes de engolir sem avisar o seu pau inteiro.

– Não... Assim não... – ele gemeu, em desacordo flagrante com o membro que crescia no fundo da minha garganta.

À medida que eu deslizava minha boca, os movimentos incontroláveis da sua bacia exigiam mais, mais forte, mais depressa. Mas, a cada uma de suas guinadas, eu, ao contrário, me retirava, deixando por um segundo seu sexo no vazio, desnorteado, para melhor alongar seu martírio e multiplicar seu desejo. Essas interrupções, de início breves, prolongaram-se o suficiente para me permitir intercalar algumas palavras entre cada nova incursão do membro em mim:

– O que é proibido para você?

Enfiá-lo na minha garganta até o fundo. Sentir nisso um prazer que me surpreendeu.

– Comer a mulher do teu irmão? – Passei a tratá-lo da forma mais familiar possível.

Enrolar minha língua em volta da glande túrgida, prestes a romper, prestes a liberar seu fluxo branco e a deixá-lo me invadir. Sentir minha fenda se liquefazer.

– Mentir para ele... Fazê-la gozar para você se vingar melhor?

Insinuar a ponta da língua no orifício e perceber seu movimento de recuo, surpreso por esse assalto em um lugar tão sensível. Resistir à vontade de insinuar um dedo em mim e experimentar a sensibilidade da minha matriz, que eu sentia a cada instante mais fervente.

– Não chega para você?

Acelerar o movimento de vaivém. Produzir os barulhos de sucção característicos que um dia um dos meus amantes me confessou que aumentavam sua excitação e prazer.

– De todo modo, eu contei tudo para o David.

Empurrar seu tronco para a cama, com uma palma que bateu subitamente no seu peito. Cortar no ato qualquer tentativa de a minha vítima se soltar.

– O quê? – ele rosnou.

Retomar meu trabalho no seu sexo extasiado, agora fora de controle, entregue apenas aos meus caprichos. Segurá-lo com meus lábios reluzentes, por enquanto inteiramente abertos, depois minhas faces contraídas em volta do intruso.

Eu o mergulhei em mim até sufocar. Até ele também ficar sem fôlego. Até privá-lo de palavras.

– Mas ele me ama, saiba.

Ele bem que tentava se soltar, com sua carne vibrante na boca, mas eu apertava a testa contra seu baixo-ventre para prevenir qualquer rebelião. Eu era dona do instante e esperava continuar.

– Ele me perdoou tudo.

Última imersão, atravessada por um espasmo que anuncia um fim próximo.

– Pare! – ele começou a gritar. – Pare, estou dizendo!

O tapa partiu de repente. Não com muita força, mas suficientemente seco para arrancar seu pênis dos meus lábios. Nós dois nos erguemos, ambos tão surpresos com o desfecho brutal. Ele jogara pesado: eu podia ter apertado o queixo com um movimento reflexo e trincar seu membro bem no meio, com uma dentada. Cortá-lo, simplesmente, como um prosaico biscoito.

– Você não entende – ele começou, com o pau ainda duro saindo da braguilha.

– Não entendo o quê? Que você quer fazê-lo pagar pela morte de Aurore? Que você se serviu da minha atividade na agência que permitiu a David me encontrar para você me chantagear?

Então, com a face cavada pela emoção, ele se mostrou tal como eu o vira em Malmaison.

– Não é isso... – gaguejou, mais vulnerável do que eu jamais o tinha visto.

– O que é então? – eu quase berrei. – O que estamos fazendo aqui... a não ser trair David?

A covinha da verdade. O pequeno furo carnudo que surge no seu rosto quando ele não está mentindo.

– Apenas colocando o plano dele em prática.

– Como é?

– Só o plano dele... – ele reiterou, com o olhar vazio.

"Ele não faz tudo isso contra David", defendera-o Rebecca. "Ele faz por você."

Por mim ou pelo irmão?

O nevoeiro se dissipou subitamente sobre a paisagem devastada que Louis evocava. Um campo em ruínas. Todo esse tempo eu acreditara que eram rivais, e eis que eles se revelavam cúmplices.

– Você está querendo me dizer que foi David que lhe pediu para me atrair para cá, para estes quartos?

Ele se limitou a fazer que sim com a cabeça.

– Essa encenação, os pacotes, os mandamentos... Foi ele que quis?

– Evidentemente – ele disse dolorosamente. – Ao menos em relação ao objetivo. Ele me deixou livre para criar a forma. Os detalhes.

Titubeando, fui me apoiar no móvel mais próximo, uma escrivaninha com uma infinidade de pequenas gavetas na frente.

Era ainda pior do que eu podia imaginar. Eu não tinha me entregado a essa libertinagem por um motivo tão nobre quanto o rancor ou o despeito. Eu apenas me tornara o acessório erótico de dois loucos. Dois irmãos suficientemente malucos para compartilhar suas fantasias, ao mesmo tempo que seus brinquedinhos.

– Mas não é pela razão que você acredita – ele se apressou a acrescentar.

– Ah, sim? Porque você vai me dizer que pode existir uma boa razão para isso...

Apontei para o quarto com um gesto da mão que incluía o hotel inteiro, mas também todos os nossos encontros precedentes. Enquanto buscava a palavra adequada, revi mentalmente as cenas, uma a uma, mais picantes a cada vez, lenta subida aos meus desejos brutos, ferozes, anônimos. Eclosão do meu sexo ávido.

– ... para toda essa merda!

– Sim... – ele disse, baixando os olhos.

– Continue! Me diga!

Seus olhos se cobriram de uma ternura inédita. Ele inspirou profundamente antes de me contar o que se assemelhava a uma confissão.

– Para você não ser como ela.

Aurore. O alfa e o ômega da feminilidade segundo os Barlet. O eterno padrão ao qual, apesar das quase duas décadas de busca e esforços incomensuráveis para me encontrar, eles ainda queriam me indexar.

Oh, eu vi perfeitamente qual era o plano. Entrevi sem dificuldade qual era o defeito dela, que eles acharam conveniente corrigir desta vez em mim: a sexualidade. Elle, eu, sua substituta, não seria uma boneca sofredora e sem prazer. Para alcançar a perfeição desejada por David, era preciso dar forma à candidata, despertar seus sentidos, aguçar seus desejos, estimular cada zona do seu corpo e do seu cérebro num único e mesmo impulso. Máquina de prazer.

– Para que você seja...

Ele procurava o termo adequado, uma palavra que, como todas as que me dirigia, ele pudesse compor com as letras inscritas na sua própria carne. Indissociáveis de seu corpo e de seu desejo.

– Para que eu seja o quê? Propriedade de vocês? É isso? A que é mandada para ser humilhada nos quartos de hotel ou lugares clandestinos?

– Não. Simplesmente para que você seja completa.

As aspas que emolduravam o qualificativo eram quase visíveis esvoaçando em torno de mim. Eu, a inacabada.

Grogue como um boxeador no final do novo assalto, não esperei o gongo nem o golpe seguinte. Levei a mão aos cabelos e tirei o alfinete com um gesto rápido. Um instante depois, sem que ele pudesse reagir, eu estava de pé junto dele, com a ponta de prata apertada na sua garganta, pronta para fazer correr o sangue. Ele tentou segurar meu punho, mas eu fiquei firme, movida por uma força insuspeitada.

– Há pelo menos um capítulo em que vocês têm razão, David e você...

– Largue isso aí – ele implorou.

– Eu jamais serei uma Aurore. Jamais me deixarei esmagar como ela. Por nenhum dos dois.

Eu apertei a agulha metálica com uma força crescente. Poderia ter enfiado e deixar Louis como morto naquele cenário duvidoso, vítima de seu próprio roteiro, morto por seu personagem principal. Poderia ter cedido ao meu primeiro impulso, à necessidade imperiosa de acabar com aquilo, ainda mais poderosa do que meus mais viscerais desejos.

– Elle, largue este alfinete... Agora.

Eu suavizei ligeiramente a voz, mas não minha ameaça, com a ponta sempre encostada no pescoço dele.

– Eu vou largar. Mas antes é preciso que você entenda uma coisa, Louis. Acabou o jogo comigo.

– Sim, eu sei... – ele gemeu, a mil léguas da antiga arrogância.

– Agora eu dou o meu cu quando eu quiser e para quem eu quiser. Eu *dou*, você entendeu? Eu não vendo. Não negocio. E ninguém dispõe dele no meu lugar.

– Elle... Ouça.

– Não! – retruquei, furiosa, decidida a não ceder a palavra um só segundo. – Não, é você que vai me escutar. Amanhã eu vou me casar com David, quer você queira ou não. Quer ele tenha me manipulado como você diz... ou que seja mais uma das tuas manobras. Não estou nem aí. E só vou trepar com ele. Só com o meu marido.

– Por favor... Tem outra coisa.

Eu estava surda. Dura. Forte. Agora, nada do que ele pudesse dizer me faria vacilar.

– Você pode pegar o catálogo inteiro da Belas da Noite, não estou nem aí.

Três batidas secas na porta me tiraram do transe.

– Elle? Elle, menina, tudo bem aí?

Sophia se preocupava. Ela devia ter percebido o tumulto e os sons abafados da nossa luta.

Como única resposta, joguei o alfinete no chão e ele quicou várias vezes, fazendo ruído. Antes que Louis pudesse se levantar, com a calça prendendo os tornozelos, peguei meu sobretudo no chão e corri para a porta. Ainda nua. Finalmente livre da fantasia que não era a minha, da identidade que quiseram me impor à força.

No mesmo instante, como um eco ao som do meu alfinete de cabelos, a ampulheta gigante se quebrava no piso xadrez do Hôtel Duchesnois. Eu só ficaria sabendo ao voltar para casa, uma hora mais tarde.

Mil e um pedaços espalhados em toda a extensão do hall. Mil e um estilhaços, por culpa da minha gata e dos dois cachorros da casa. Os inimigos hereditários não tinham conseguido resistir à tentação de um novo conflito, e sua última investida vencera o colosso de madeira e vidro.

Com algumas horas de antecedência, a contagem regressiva tinha terminado. E o destino que ela debulhava ficara parado no montinho de areia imóvel, no meio dos destroços: eu ia me casar com David Barlet. Eu não escaparia à minha sorte, mesmo escrita por um outro. Eu seria sua mulher, sua amante e mais do que isso ainda, se ele me pedisse; atenta às suas necessidades, sem jamais renunciar às minhas, sem jamais me esquecer nem me dissolver nas suas dores passadas. Em hipótese nenhuma eu seria uma Aurore.

Não. Eu seria eu.

37

18 de junho de 2009

As nove horas cintilaram no despertador do nosso quarto. O sol, como se tivesse pressa de começar o dia, já banhava o cômodo com raios generosos. O contato de David no Weather Channel cumprira sua promessa: tempo radioso, céu sem nuvens. Foi meu primeiro pensamento na manhã do nosso casamento.

Eu acordara tarde demais para uma circunstância como aquela. Bela Adormecida afundada num sono eterno – tive muita dificuldade para conciliá-lo depois que cheguei do Des Charmes –, eu esperava o beijo redentor do meu príncipe.

– Bom-dia, senhora minha mulher! – disse David sorrindo no momento em que finalmente abri os olhos.

Sentado na beira da cama, ele usava uma calça de sarja bege e uma polo amarela. Os ecos atarefados do pessoal contratado para a ocasião já enchiam toda a propriedade, pátio e jardim incluídos, e subiam até nós em ondas abafadas.

– Daqui a três horas, caro senhor – repliquei no mesmo tom brincalhão, apontando o mais curto dos dois pequenos ponteiros de aço. – Não antes. Por enquanto, sou ainda a "senhorita sua noiva".

– Como a senhora-senhorita quiser. Mas o senhor lembra à senhorita-sua-noiva que lhe resta apenas o tempo suficiente para ela se arrumar como deseja.

Enquanto ele falava, notei que a tira de seda no seu antebraço esquerdo tinha mudado de cor. Ao branco nacarado habitual sucedera um cinza perolado muito suave, tão sutil que, segundo o ângulo e sob o efeito da luz, poderia se confundir com a outra versão. Supus contudo que este combinava melhor com o terno cinza que ele não tardaria a usar.

– Você ainda não se vestiu? – eu falei por falar.

– Não. Ainda tem um monte de coisas para fazer. E, com o calor previsto, não tenho vontade de deixar auréolas de suor no meu terno desde já.

Pronto. Ali estávamos nós, sorridentes, belos e afáveis. Eu conversava com ele à vontade, exibindo a mais despreocupada das desenvolturas, porém concentrada ao extremo, a fim de que nenhuma das minhas palavras traísse o que ficara sabendo sobre ele. David, o manipulador. O perverso. Um homem suficientemente louco ou infeliz – não é a mesma coisa? – para dedicar dezessete anos da vida para prender uma avezinha como eu nas suas redes. E entortá-la, corpo e espírito, até calcá-la sobre suas velhas e dolorosas lembranças. Uma mulher por uma outra, mas desta vez tão conforme com suas expectativas que nenhuma doença, nenhum acidente poderia empanar sua felicidade pré-fabricada.

– Tudo bem. Então se manda! Tenho certeza de que Armand tem com que se ocupar.

Tratei de não forçar meu sorriso.

– Isso mesmo, trabalho não falta! – disse, enquanto desaparecia.

Antes de colocar o vestido de noiva, e depois de passar pelas mãos da cabeleireira e da maquiadora assim que pulei da cama, enfiei um conjunto de moletom cinza e desci para dar uma olhada no andar de baixo. A atividade de colmeia era impressionante, quase estonteante, a ponto de cada um parecer seguir um fio invisível, esticado ao extremo, entre seu ponto de partida e o objetivo final da missão. Todos os profissionais já estavam a postos: recepcionistas, operários, jardineiros, cozinheiros, copeiros, garçons diversos, floristas, lavadeiras, pirotécnicos, músicos e técnicos de som, além de uma multidão de extras destinados ao serviço particular dos convidados, assim como outras funções, que eu tive alguma dificuldade para identificar.

– Bom-dia, Armand – cumprimentei o mordomo.

– Bom-dia, Elle. Meus melhores votos para este dia magnífico!

– Obrigada.

A solenidade desajeitada da sua fala me deixou um pouco sem graça, tanto que eu mudei de assunto na hora:

– O que fazem aquelas pessoas no jardim?

Com um movimento de cabeça discreto, indiquei duas mulheres de certa idade vestidas com túnicas de algodão branco, de cabelos presos com um lenço de cor viva, que circulavam pelo espaço onde se montavam as mesas, uma com um pêndulo na mão, a outra, com o dedo levantado ao vento.

– Ah, são as senhoras do feng shui.

– Do feng shui? – Eu me espantei.

– Sim. Não era para eu lhe dizer, mas é um presente de Louis: para que o casamento de vocês se desenrole sob os melhores auspícios possíveis, ele fez questão de contratar as duas especialistas para harmonizarem o espaço da recepção.

Pergunta: existe um feng shui erótico? Pode-se influenciar a natureza e a qualidade de nossos embates em função dos lugares onde são praticados e a maneira como os arrumamos? Meu clitóris seria mais reativo segundo a disposição dos móveis ou a cor das paredes? ~~Meu ânus mais complacente e disposto a se dilatar para quem quisesse aventurar-se nele?~~ Meu amante ficará de pau mais duro ou menos duro? Meu conselho: escolham a cor laranja para os orgasmos múltiplos!

(Nota manuscrita de 18/6/2009, redigida por mim.)

Essa atenção era surpreendente, mas nela eu reconhecia a sensibilidade do meu futuro cunhado à alma dos lugares e a suas memórias. Eu me perguntava se ele iria cercar seu novo lar, o Hôtel de Mademoiselle Mars, de tais precauções. Era provável... Uma pergunta que chamou imediatamente outra: quando ele iria se mudar? Quando o homem que me infligira semanas de humilhação, de angústia, mas também de uma intensidade rara, quando este homem se tornaria nosso vizinho?

Deixando o velho serviçal entregue às suas urgências, eu prossegui minha inspeção. Não havia mais um cômodo, mais um canto da casa que não estivesse ocupado e entregue aos preparativos daquele exército laborioso. Evitar os carregadores e os pratos, bancos e mesinhas, saltar obstáculos entre mesas e carrinhos lotados tornava-se um esporte em si. Eu não quis enumerar as quantidades inacreditáveis de comestíveis que eu via passar, todas embaladas com um cuidado irreprochável. Algumas desapareciam sob as redomas de prata ou de papel-alumínio, outras mal se deixavam entrever, e as montanhas de delícias me remetiam à rainha das glutonas, que não provaria sequer uma migalha daqueles tesouros doces.

Desde que me levantara, eu não tinha largado meu celular, talismã insignificante na palma da minha mão, adiando o momento de ligar para a enfermeira de plantão. Em poucas e decididas palavras, ela terminou me informando que minha mãe recuperara a consciência, mas que continuava muito fraca. Suas palavras eram tão contadas quanto seus dias. Ela as liberava agora com parcimônia e reduzia cada frase ao essencial, longe de qualquer tagarelice. Escutar os outros também parecia esgotá-la. "Eu acho que ela está se reservando um pouco para você", comentou a enfermeira para me culpar. Ao menos me poupou da pergunta final, a que eu temia mais do que tudo e da qual eu mesma me esquivava tanto quanto possível: "Quando pensa em vir vê-la?"

Quando fosse tarde demais? Quando as palavras não se contariam mais em dias ou em horas, mas em minutos? Quando ela estivesse incapaz de me reconhecer?

Minha deambulação sonhadora tinha ao menos esta virtude: esvaziar minha cabeça. Eu vagueava ao sabor dos aposentos e dos grupos de pessoas, simplesmente preocupada em não atrapalhar. Chegando sob a grande tenda que os operários tinham acabado de montar na véspera à noite, eu me aproximei de um rapaz branco, de camisa branca e colete preto, que colocava os nomes dos convidados diante dos pratos de porcelana imaculada. Ele me pareceu muito jovem, estava com a lista de convidados e o plano das mesas na mão, de sobrancelhas franzidas, e eu sorri para aquela concentração.

– Bom-dia. Está tudo correndo bem?

– Bom-dia... – ele respondeu mal erguendo os olhos.

– Eu sou... eu sou a noiva. – Senti necessidade de me apresentar devidamente.

Para acreditar nessa hipótese que a minha roupa contradizia, apontei para o meu penteado montado, com um dedo dando uma volta no coque alto.

Ele se aprumou imediatamente e olhou para mim, interrompendo sua obra, como que apanhado em falta.

– Ah, perdão! Bom-dia, senhora! Hã... senhorita. Meus parabéns.

Eu quase caí na gargalhada, mas me limitei a um sorriso ligeiramente zombeteiro, que eu esperava que fosse tranquilizador.

– Obrigada. Mas eu não quero atrapalhar o seu trabalho.

Então meu olhar caiu sobre o pequeno cartão retangular que ele acabara de colocar em cima da toalha imaculada, de onde escapava um perfume inebriante de flores recém-cortadas. *Luc Doré*, anunciava o cartão. Eu praticamente o arranquei da mão dele, sob o olhar assustado do rapazinho. Mas não era o nome do convidado que acabara de provocar um aperto no meu coração.

Luc Doré

Era a caligrafia tão particular da escrita. A mesma exibida em todas as missivas anônimas do meu Dez-vezes-por-dia.

– Desculpe – importunei mais uma vez o rapaz. – Você sabe quem escreveu estes cartões?

– Sim, senhorita, foi o sr. Armand.

– Tem certeza?

Não descontente de se ver interrogado sobre um detalhe mais nobre do que apenas a disposição das etiquetas, ele se empertigou um pouco, sem contudo abandonar seu papel ou sua cortesia.

– Sim, tenho certeza disso, eu o vi fazer ainda agora. Tem alguns que ainda nem estão secos.

Estremeci diante da ideia: Armand, o eterno cúmplice de Louis, redigindo todos os horrores que aquele demente ditava e depois me enviava. O que será que Louis lhe prometera para fazê-lo aceitar uma missão tão doentia, tão ingrata? Algumas garrafas a mais? Seu silêncio sobre as incursões do velho mordomo à cave da família para roubar?

Ou então ele era tão perverso quanto aquele que o encarregava? Sempre se deve desconfiar de velhos senhores de ar inofensivo. Não imaginamos o resto de vida e de desejos que enxameiam sob as calças de veludo e coletes de tricô.

Eu me pergunto se Louis também teria escrito um diário de nossos encontros. Teria anotado em algum lugar o que sentira em cada uma de nossas entrevistas? ~~Ele teria um Dez-vezes-por-dia mais explícito ainda?~~

Ele, que dava tanta importância ao que escrevia, que gostaria de viver só de sua literatura, que palavras teria escolhido para descrever minha perturbação, meu corpo faminto dele, meu sexo penetrado por todos os objetos que ele me oferecera, por não dar a si mesmo?

(Nota manuscrita de 18/6/2009, redigida por mim.)

Evidentemente, o culpado não estava em parte alguma. A quem quer que eu perguntasse, me mandavam para outra parte da casa. Pouco me importava. Eu já sabia o suficiente.

Incessantemente, a campainha da porta soava de maneira estridente, interminável desfile de fornecedores e entrega de todos os tipos: pratos, flores, garrafas, louça ou tecidos diversos, material sonoro ou pirotécnico etc.

Foi uma encomenda bem diferente que chegou no hall no momento em que eu passava por ele a caminho do meu quarto:

– Sou eu!

Sophia, dentro do vestido mais indecente que eu já tivera a oportunidade de ver, estava ali, com os braços levantados em um V triunfante, o quadril jogado para o lado de um modo próprio para exaltar suas formas.

– Sim, minha querida, você tem direito a ficar de queixo caído.

Ela mantinha a pose, esperando provavelmente que eu desse uma volta em torno dela para melhor me extasiar! O pedacinho de pano que a cobria era não apenas ajustado o máximo possível às linhas do corpo, como também transparente em metade de sua superfície e mais curto do que qualquer outro minivestido à venda legalmente no comércio. Surpreendentemente, talvez graças ao tom bege do tecido, a impressão geral não era de vulgaridade.

– Caramba! Está a fim de pegar alguém?

– Um cara, não sei... Mas acho que já achei!

Inútil especificar. Eu a conhecia o suficiente, a ela e seus caprichos, para compreender do que se tratava: sua roupa ideal, aquela que lhe conferia um poder de atração sem igual sobre o sexo masculino. A armadilha de homens perfeita.

Eu aprovei com um gesto de cabeça e uma expressão exagerados.

– Está muito bom. A menos que o tecido tenha sido fundido na sua pele, não vejo como pode estar tão colado. Onde você desencavou esta maravilha?

– Escolhendo entre os velhos trapos da Peggy. Você não vai acreditar, mas ela ia jogá-lo fora!

– Espere, mas Peggy é um verdadeiro bacalhau... Ela não é dois números menor do que você?

– Pois é! Justamente!

Isso explicava em parte.

– Você acha que é usando uma roupa do seu tamanho que vai fazer virar a cabeça dos homens? – ela insistiu num tom ousado.

– Visto assim... de fato...

Ela me gratificou com um sorriso radioso, capaz de apagar a lembrança das nossas desoladoras peripécias da noite anterior.

– Bom, também não é tudo isso. Você não teria um outro vestido para me mostrar?

Eu a levei para o andar de cima, protelada por seu maravilhamento que, a cada porta entreaberta para uma decoração suntuosa, a petrificava de incredulidade:

– Quando você me falou de um *hôtel particulier*, eu nunca imaginei que fosse um palacete tão suntuoso!

Eu dei de ombros, como para me desculpar e lhe dar a entender que, tanto quanto ela, eu não passava de uma visita naquele lugar. Em nada responsável por aquele escândalo de refinamento. Achei que Sophia fosse desmaiar para sempre, quando por fim retirei o Schiaparelli da capa de plástico e ele surgiu em cima da cama, onde o depositei com cuidado.

Ao sair do estupor, Sophia me gratificou com uma de suas réplicas nas quais, em tom de humor, a satisfação era sempre maior do que o azedume ou a inveja:

– Você me lembra para eu me casar com um bilionário numa próxima vida. Combinado?

– Não se preocupe – eu me diverti com a observação. – Eu lembrarei.

– Vai vesti-lo agora? – ela me apressou com um ar guloso.

Olhei-a fixamente por um segundo, alargando meu sorriso com uma expressão conivente, do tipo que anuncia as bobagens que gostávamos tanto de fazer juntas quando éramos estudantes.

– Um minuto... Tive uma ideia...

Fui até o closet, de onde voltei quase na mesma hora com as mãos carregadas de carretéis de linha, um estojo cheio de agulhas e pedaços de feltro de cores variadas.

– Espere... Você pirou?

Ela compreendera perfeitamente aonde eu queria chegar. Conhecia de cor meus caprichos ligados à costura.

– Estou com cara de quem pirou? – eu a desafiei com o olhar, já pronta para enfiar uma linha cor-de-rosa no buraco recalcitrante da agulha.

– Porra, Elle, você vai customizar seu vestido de casamento? É sério?

– Hum... Concordo com você. É um pouco sério para o meu gosto.

Ela quase sufocava de espanto e indignação, com a mão estendida para a minha, disposta a conter meu gesto sacrílego.

– Mas você não tem ideia do preço de uma roupa dessas?

Em suma, não sei o que me deu naquele momento. A fórmula mais simples e mais cômoda que me veio à cabeça foi: ser eu mesma.

– Sim, por isso mesmo... – concordei com um gesto evasivo. – É este o problema: eu sei quanto custa.

Eu não estava cem por cento segura de querer me livrar dele, nem hoje nem num outro dia. Então o melhor era tornar o fardo de seda e bordados mais agradável. Acrescentando a ele um pouco de cor, *minhas* cores, para esquecer de quem aquela roupa fora a mortalha.

Intuição: nossas fantasias são como os pedaços de tecido
decorativo com os quais enfeito meus vestidos.
Colamos um aqui, outro ali, sobre a realidade de nossas efusões,
para realçar suas cores, romper a monotonia.
Graças a eles, customizamos nossa sexualidade.
Exemplos de acréscimos: uma boca colada no meu sexo;
um torso colado na minha bunda; minha língua lambendo-o de
cima a baixo, como para lavá-lo...

(Nota manuscrita de 18/6/2009, redigida por mim.)

Com algumas tesouradas e agulhadas hábeis, fiz jorrar um campo de flores selvagens, voluntariamente grosseiras e anarquicamente dispostas, fixadas ao seu suporte por costuras tão visíveis quanto possível.

Sophia não sabia mais o que dizer nem o que fazer para me impedir de perpetrar tamanha carnificina.

– Você não tem medo da reação de David?

– Medo? Não... Eu não tenho mais medo – respondi sem uma sombra de hesitação.

Entre dois pontos dados com raiva, eu lhe revelei a cumplicidade – desta vez comprovada – de Armand, a serviço dos dois irmãos Barlet e de suas maquinações dignas de um romance policial. Sabendo disso, eu podia me permitir semear alguns grãos de fantasia e de rebelião naquele roteiro tão perfeito, tão implacável que poderia me conduzir aos mesmos extremos que Aurore.

– Eu entendo agora como Louis podia saber tudo isso de mim antes mesmo de nos conhecermos. Fácil: ele tinha dois espiões no local!

– Saber o quê, exatamente? – quis entender Sophia.

– Você nem imagina. Detalhes que só se conta ao travesseiro.

Sophia era capaz de entender e de tolerar muita coisa em matéria de planos doentios, mas também tinha seus limites, sua moral. O respeito pela vida privada fazia parte deles.

– Você quer dizer que David chegou a contar a ele como você trepava?

– Pelo que li em algumas mensagens...

Eu me fiz por um instante o inventário de todas as confidências feitas a David – se ele não era a fonte, eu preferia não saber como Louis conseguira as informações – que eu achara no caderninho: a descoberta do meu próprio sexo, minha primeira vez, meu gosto específico de ser pegada por trás, minha sensibilidade fora do comum aos odores íntimos, meus orgasmos com "Não", em vez de "Sim"...

– ... Não há mais dúvida possível.

– Porco! – indignou-se Sophia, como fazem os adolescentes.

E nós rimos em surdina, com o nariz mergulhado na imensidão de seda e dobras bufantes.

Em pouco tempo, minha bricolagem chegou ao fim. Sophia não ousou comentar, pois sabia que eu não estava nem aí para sua opinião sobre o massacre. Então, como na vez em que David me pegara em cima da mesa da sala, a única vez em que, por seus próprios meios ou quase, ele me fizera gozar, eu deslizei para dentro daquela maravilha em forma de vestido.

– Uau! Simplesmente uau! – ela exclamou revirando olhos eloquentes. – Eu não sei se o meu dá vontade de me estuprar... Mas o seu dá claramente vontade de casar com você.

Eu ria abertamente da sua observação quando meu celular vibrou em cima da cama, onde, com minhas duas mão ocupadas com a costura, eu o largara. O visor indicava ligação de um telefone fixo.

Sob o olhar intenso de Sophia, e cada vez mais concentrado à medida que o estranho diálogo se desenrolava, eu encadeei uma série de monossílabos afirmativos.

– Era do hospital?

– Sim... – murmurei.

– É ...

O fim. O termo. A conclusão. O fim do fim. O fim da linha para todo mundo, e para uma certa mulher em particular. Ela sentia constrangimento quanto à escolha do termo a empregar, só restando o constrangimento, nem mais uma palavra que conseguisse pronunciar.

Larguei meu celular na cama, como se a espessura da colcha pudesse engoli-lo e, com ele, as más notícias.

– Não, ainda não terminou... Mas ela está me chamando com insistência. Preciso ir até lá.

– Quer que eu vá com você?

– Não... Não, fique com Armand. Ele vai precisar de você para fazer todos os convidados esperarem.

– OK. Eles devem chegar a que horas?

– Meio-dia, para os aperitivos.

Calcei o primeiro par de sapatilhas que achei, sem uma palavra a mais, e corri para a escadaria, com Sophia no meu encalço.

– Ei! Não vai avisar David?

– Avise você! – eu disse por cima do ombro.

– Mas ele nem me conhece!

Seu grito impotente não se prendeu no meu rastro. Eu já estava do lado de fora, com os pés batendo no asfalto quente, cada novo impacto dando força a uma onda surda que palpitava nas minhas têmporas e parecia fender mais um pouco meu crânio entreaberto como um fruto passado.

Eu conhecia o ponto de táxi mais próximo, em frente à igreja da Trinité. Um velho Peugeot branco me aguardava lá, com o chofer negro quase saindo pelo vidro totalmente aberto de onde escapavam os ecos estridentes de um grande prêmio de Fórmula 1. Ele levou tão pouco tempo quanto um dos bólidos para chegar ao Max Forestier.

No corredor do serviço de oncologia, podia-se cruzar com a morte sob seus diferentes rostos: calvos macilentos, doentes de pijama arrastando seus soros como se tivessem mil anos, enfermeiras extenuadas e não muito mais bem-dispostas do que seus pacientes... Todos tão atarefados que ninguém notou meu exuberante traje, nem minha invasão do quarto de minha mãe fora do horário de visita.

Eu só vi minha mãe, ainda mais afundada sob a meada de tubos do que durante minha visita anterior. O movimento de suas pálpebras, embora fraco, atestava que seu espírito estava alerta. Eu aproximei minha cadeira da cama e me inclinei sobre seu corpo na iminência da partida.

– Mamãe... mamãe, sou eu, Elle.

Novo piscar de cílios para validar. E, naquele instante, não precisei de nenhum médico para estabelecer o prognóstico certo: a saída do coma não era senão uma chamada antes da saída de cena. Desta vez definitiva.

Nós jamais veríamos a América juntas. Nós não tentaríamos o impossível do outro lado do oceano. A aventura acabava aqui.

– Estou vendo que você me ouve, mas você é capaz de falar comigo?

O sim foi tão fraco que eu poderia confundir com o gorgolejar tímido de uma das múltiplas bolsas de soro.

– Chegue mais perto – ela me implorou formando as palavras com os lábios, sem fôlego para pronunciá-las em voz alta:

– Foi o Louis...

Ela ia morrer, e suas últimas palavras evocavam o homem a quem eu devia meu martírio – exaltante, excitante suplício. O homem cujo nome ela jamais proferira diante de mim, e com quem ela mantinha conversas secretas.

– O que tem ele? O que ele fez com você, mamãe?

– ... Ele me deu tudo isso.

Notei apenas os dois imensos buquês de flores e uma caixa de chocolates tão grande quanto a mesa de cabeceira. Mas eu compreendia que sua confissão excedia esses poucos presentes e que ela também reconhecia nele o benfeitor anônimo que, durante os últimos tempos, a havia coberto de presentes.

– Eu sei... Mas você, como você...

Ela pousou na minha boca o indicador, trêmulo e descarnado, para me intimar ao silêncio. Para me dar a entender que minhas perguntas eram supérfluas, que ela me daria ainda mais respostas do que eu esperava.

– Ele veio entregar...

– Hoje, você quer dizer?

– Não. Todas as vezes.

– Louis? Ele veio te ver em Nanterre?

Essa eventualidade jamais me passara pela cabeça. Que eles mantivessem contato telefônico já seria bastante inesperado. Mas Louis visitando Maude na casinha da rue Rigault... estava bem além do que eu podia compreender.

Ela aquiesceu.

– Veio muitas vezes?

Um fenômeno estranho se produziu. Ela esboçou um sorriso que se alargou pouco a pouco e transfigurou sua aparência agonizante em um ícone radiante.

Contudo, o esforço que fazia para me responder parecia colossal:

– Quase todos os dias. E quando não podia vir, telefonava.

As famosas ligações rastreadas por Fred. Ao se lembrar, ela pareceu se libertar da dor que a mordia sem trégua, como um cão raivoso.

Era inegável que, quaisquer que fossem as sombrias motivações de Louis Barlet, ele trouxera aos últimos suspiros da minha mãe um reconforto, até alegria, que eu mesma fora incapaz de lhe oferecer. Eu achei tudo tão absurdo, tão injusto, que cheguei a morder minha bochecha por dentro para não explodir.

– Mamãe... O que eu vou lhe perguntar é muito importante: desde quando Louis passou a visitar você? Você se lembra?

– Sim, sim... Eu estou morrendo, não louca! – ela se insurgiu, quase inaudível, num último impulso de sobrevida. – Deve fazer três meses. Talvez mais...

Ou seja, provavelmente antes de eu conhecer David, no período que agora eu designava como "trabalhos de aproximação". Uma vez escolhido o espécime que eu era, os dois irmãos Barlet tinham pacientemente cercado aqueles ou aquelas – Maude, Sophia, Fred etc. – que compunham o círculo dos meus íntimos. Assim, nenhum destes últimos iria pensar em se opor à minha entrada na nova família, e o infernal duo só teria o trabalho de me acolher.

Mas isso não explicava a assiduidade com que Louis visitara minha mãe. Que ela se sentisse lisonjeada por receber tais atenções se entendia. Porém, quanto a ele, que prazer aquele dândi decadente podia obter na companhia dela? Suburbana, pobre e velha, ela era tudo de que o esteta, erotômano ainda por cima, teria desejado fugir. Por que desempenhar seu papel de sedutor além do necessário?

– Por que você nunca me falou disso?

– Ele não queria. Era nosso pequeno segredo. Como os *stéts*.

– Os States? – corrigi sem pensar.

– Sim. Ele devia ir comigo – ela afirmou tão orgulhosamente quanto lhe permitia seu minúsculo fio de voz.

Eu acreditei em um delírio, em um efeito secundário da morfina que, no tratamento paliativo, devia escoar em doses razoáveis pelos pequenos tubos translúcidos e depois nas veias dela.

– Você tem certeza disso?

– Olhe na minha bolsa...

Seus olhos esgotados, saturados de vasos rompidos e cobertos por um leve véu branco que não anunciava nada de bom, me indicaram a mesa baixa do outro lado da cama.

A bolsinha de couro gasto e amassado continha pouca coisa, e eu não tive nenhuma dificuldade de retirar um envelope vermelho, branco e azul, marcado com um planisfério em grandes elipses. Dentro, cuidadosamente arrumadas, eu achei não uma, mas duas passagens de ida e volta para Los Angeles, datadas para o dia 28 de junho e em classe executiva.

Sua reticência em me deixar acompanhá-la no périplo me surgia sob uma outra luz. Não era mais uma questão de pudor, de sacrifício de uma mãe pela filha. Meu carrasco e minha mãe eram bastante íntimos para ela aceitar participar do jogo de mistério. Graças a ele, ela recuperara por um momento a leveza dos seus 20 anos e um jardim secreto como cultivamos apenas nessa idade feita de ilusões. E, apenas por isso, eu gostaria de agradecer a ele.

Ela inspirou ruidosamente, de um modo que achei preocupante, e acrescentou quase sem forças, esgotada por nossa conversa breve:

– Eu acho que ele te ama muito, ele também...

Eu não sabia o que responder a isso. Então encadeei uma última pergunta:

– Ele te disse?

Mais nenhuma palavra podia sair dela, a menos que fosse junto com seu fôlego. Ela fez que sim com a cabeça num movimento quase imperceptível.

– Quando?

De novo seus olhos serviram de indicador e me trouxeram a resposta esperada: as flores ainda frescas, a caixa de chocolates ainda intacta... coisas que não estavam presentes no quarto na véspera. A mensagem era clara: Hoje. Esta manhã. Talvez logo antes de eu chegar ali.

Depois o seu olhar pousou no meu vestido, que ela pareceu descobrir e observar em detalhes tanto quanto permitiam suas forças que se esvaíam.

– Você está tão bonita... – ela murmurou. – Louis deve estar muito orgulhoso.

Eu não mencionei o erro de nome. Ou talvez não fosse um erro. Talvez fosse sua maneira de santificar a escolha que ela sentia lentamente se modificar em mim. De me dar sua bênção.

Segurei sua cabeça entre minhas mãos e enfiei o nariz no seu pescoço, reduzido a um espaço ossudo e um pedaço de pele cinzenta e seca. Apesar dos odores persistentes de detergentes e produtos usados no tratamento, eu senti seu perfume de rosa. Ou então eu o convoquei, não saberia dizer. Fiquei ali bastante tempo, bebendo daquela fonte tranquilizadora,.me sentindo incapaz de aplacar minha sede, eu, a filha que tanto recebera e tão pouco dera. Nem mesmo nas últimas semanas, ocupada como eu estivera em construir aquela falsa felicidade...

Durante esse tempo, Louis é que estivera presente do lado dela. Ela a distraíra com uma doçura de viver capaz de atenuar os efeitos deletérios da doença. Sua boca devia ter-lhe parecido menos seca, suas vertigens, menos graves, seus acessos de fraqueza, mais suportáveis.

Ele seria para sempre o gênio bom de seus últimos dias.

Mamãe piscou os olhos diversas vezes, pareceu que era para chamar minha atenção. Ou seria um último reflexo, o estremecimento muscular que anuncia o grande mergulho?

O estalo seco no cateter liberou uma dose extra de analgésico que me pareceu considerável. O monitoramento cardíaco permanecia igual. Contudo, eu a sentia partir para um estado de consciência que me escapava. Era impossível dizer se ela sairia dele ainda uma vez, ou mesmo várias, antes que tudo finalmente se encerrasse. Meu rosto quase tocava o dela, contudo seus olhos me evitavam, deslizando pouco a pouco para a esquerda, à medida que suas pálpebras caíam. O que estaria querendo me dizer?

Observei o quarto à minha volta como se o visse pela primeira vez. Tudo era vazio e de um branco triste. Com exceção dos presentes de Louis, o único objeto aparente era um casaquinho de lã rosa que o bom dr. Poulain deve ter pegado às pressas no momento de colocar sua paciente na ambulância.

O único armário, cuja metade era ocupada por um guarda-roupa, estava semiaberto. Quase caí da cadeira ao perceber, através da abertura, o embrulho que ocupava toda a prateleira.

Um pacote prateado. Pelo visto, deixado ali por Louis em pessoa, destinado a mim.

Vacilante, consegui mesmo assim me levantar e pegar o pacote no espaço plastificado e manchado. Com algumas impacientes unhadas, eu o abri. Em cima, pousado sobre um duplo fundo de papel prateado, havia apenas um cartão, o habitual mandamento:

9 – Tuas fantasias desposarás.

Que fantasias? Mas, sobretudo: de quem?

Coloquei o cartão sobre o lençol amarelo, pequeno retângulo puro que destoava de seu suporte, e retirei a folha intercalar. O que estava por baixo me surpreendeu tanto que permaneci imóvel por alguns segundos. Depois segurei o pequeno maço de fotografias e, com a respiração agitada, comecei a examiná-las, uma por uma, lutando para não precipitar demais minha observação e não perder nenhum detalhe.

Contudo, já na primeira foto, tirada nos degraus de alguma prefeitura – a de Dinard? –, no dia das núpcias de David e Aurore, eu tive a sensação de finalmente estar saindo de meses inteiros de cegueira. Eu enxergava, por fim. A evidência jorrava do papel amarelado e me entrava pelos olhos. Eu teria preferido não ver nada, não saber de nada?

De uma imagem à outra, o fenômeno poderia ter variado, ser menos surpreendente, menos flagrante, mas era justo o inverso que se produzia. Quanto mais eu via Aurore tal como foi, tal como viveu – ali no braço de Hortense durante um passeio à beira-mar, ou deitada na areia com um maiô de poá –, mais eu tinha que aceitar a evidência e me render à sua crueza seca, implacável, cortante como os rochedos que a mataram: eu era sua sósia. Como ela era minha. Duas irmãs gêmeas, nascidas com duas décadas de intervalo e caídas sob o signo de seu carrasco comum.

Não se tratava de uma longínqua semelhança. Nós não compartilhávamos apenas nossas formas redondas, nossos cabelos compridos castanhos, nossos olhos verdes e sardas constelando narizes e faces. Em todos os pormenores, até no formato do rosto, no contorno das pálpebras e na indecência dos lábios carnudos, eu era igual a ela.

"Nunca serei uma Aurore", eu havia me prometido no dia anterior no Des Charmes, diante de um Louis à minha mercê. Contudo, eu tinha sido, desde o segundo em que David, a menos que tenha sido Louis ou Rebecca, me escolhera no catálogo da Belas da Noite... e em cada uma das etapas seguintes: o encontro milagroso com David, seu pedido de casamento no barco... inclusive os momentos em que eu me sentira como uma reles bola num jogo de frescobol entre os dois irmãos.

Nas três últimas fotografias, Aurore usava um vestidinho de saia rodada que ia até os joelhos, cujo corte e grandes flores primaveris evocavam de maneira chocante o modelo que a encarregada do guarda-roupa da BTV escolhera para mim para a estreia do meu programa. Teria sido por recomendação de David? Ou fora apenas uma coincidência que, por si, justificara a reação impulsiva de David e minha retirada do ar?

Dezessete anos para achar o clone perfeito. Provavelmente, dezenas de candidatas, sem saber, tinham sido reprovadas por David. Até chegar a minha vez. Até eu aparecer, fantasma de uma outra mulher, palimpsesto de uma história que não era a minha e que quiseram que eu vivesse.

Mas eu não era mais perfeita do que Aurore, Aurore a louca, Aurore a intocável e a frígida, tinha sido antes de mim. Foi então que Louis interveio, e que sua missão começou: apagar a lembrança pura da santa e fazer de mim uma mulher plena, desejada, sensual, uma mulher com desejos e orgasmos, diferente da original, que se perdera em um mundo de sofrimentos desprovido de qualquer prazer. Tal era o sentido da educação que, encontro após encontro, ele supostamente me proporcionava. "Tudo que faço... é revelar", ele me dissera em um acesso de sinceridade. Revelar a infinita paleta de deleites que me eram acessíveis, ao mesmo tempo me mantendo intacta para o caçula. Eis por que ele jamais me penetrara. Eis por que ele tinha zelosamente mantido a distância entre o mestre e sua discípula.

A última foto do maço foi um novo choque. Ela fora tirada na Galeria Sauvage, na tarde em que Louis me apareceu. Eu ignorava que uma máquina tivesse conseguido capturar o instante. Estávamos de frente um para o outro. Nós nos olhávamos, intensamente, tomados pela estranha tensão que se apropriara de nós. Não era a melhor das lembranças que eu compartilhava com ele. Contudo, assim reavivada, funcionava também como o líquido mágico que, segundo após segundo, ativaria os cloretos de prata da minha memória: Louis, que velara pela minha mãe; Louis, que dera a Sophia meios de sobreviver no seu momento mais crítico; Louis, que tirara Fred do desemprego; Louis, que escrevia meu nome na cidade... Louis, que, a despeito da missão que o irmão lhe atribuíra, comportara-se como o anjo protetor destes tempos conturbados.

Louis, que, de acordo com os termos de Rebecca, não agira senão por minha causa. Simplesmente por minha causa. Apesar do irmão.

– Tudo bem, senhorita?

A enfermeira que cruzara comigo no corredor, vacilante, perdida como uma menininha no meu vestido de noiva amarrotado, com o maço de fotos na mão, me pegou de surpresa. Longos soluços me escorriam sem sobressaltos, num fluxo pesado e tranquilizador. Antes de sair do quarto, eu dera adeus à mamãe tão ternamente quanto possível, um demorado beijo na sua testa, depois nas bochechas. Não podia fazer mais do que isso. Não podia suportar assistir ao que viria em seguida. Fechara as pálpebras dela ainda quentes e trêmulas sobre olhos que se esvaziavam pouco a pouco de sua luz, como duas pequenas chamas que a morte já não deixava soprar.

A enfermeira insistiu:

– Tudo bem? Quer se sentar? Ou tomar um copo d'água?

O que eu podia responder? Que estava perdendo minha mãe e ganhando um amor no mesmo instante? Que precisava abandonar a primeira no seu leito de sofrimento para ir direto ao segundo? Que finalmente meu ventre ficaria em harmonia com meu coração? Que finalmente eu poderia dar livre curso ao que sentira durante nossos passeios, mas também, mais fugazmente, durante nossos encontros no Des Charmes? E que quanto mais o retrato verdadeiro de Louis se revelava, inesperado, tão diferente de suas máscaras cínicas e contudo tão próximo do que Rebecca me esboçara, mais minhas dúvidas se dissipavam?

Eu podia não dizer nada. Ou responder de forma banal, no presente.

Escolhi, em vez disso, um outro tempo. Uma outra visão.

Deixei um suave sorriso aflorar nos meus lábios inundados de lágrimas.

– Obrigada. Vai ficar tudo bem... Vai ficar tudo bem, agora.

38

Nada podia ser menos certo. Eu era apenas uma noiva andrajosa, com o rosto banhado em lágrimas, que avançava tateando pelo corredor impregnado de cloro e éter, jogada de uma parede a outra, pequena bolha de aço ejetada no fliperama de sua nova vida. Pronta para irromper...

... mas ainda insegura. A dois dedos de desabar no chão de linóleo esverdeado. Incapaz de ver mais longe do que a dor daquele instante.

Annabelle = Aurore. Uma equação simples, mas que eu ainda não conseguia compreender, menos ainda aceitar.

E se a declaração em imagens fosse um último ardil de Louis? E se eu estivesse entrando na última fase do plano concebido por David, e que seu irmão, por razões que ainda me escapavam – culpa? –, tivesse seguido até agora ao pé da letra?

No entanto, eu tinha visto nascer a sinceridade sem que ele a controlasse, uma pequena depressão que seu rosto oferecia ao meu olhar e às minhas esperanças: sua covinha. "Tem outra coisa", ele murmurara no momento em que eu saía do quarto, na noite passada. Outra coisa para me dizer, para me mostrar... ou seria para me infligir?

Os usuários que esperavam na parada do 378 ignoraram meu traje excêntrico e meu ar descomposto, ocupados em carregar suas cestas pesadas ou em ruminar o próprio sofrimento. Uma noiva amarrotada esperando um ônibus; eles já devem ter visto outras. É a vantagem dos bairros pobres: cada um cultiva sua pequena desgraça sem se imiscuir na tristeza alheia. Uma forma de respeito indiferente preservava a infelicidade de cada um.

Por fim o ônibus chegou e o pequeno grupo compacto se comprimiu contra a porta dupla pneumática que se abriu com seu chiado tonitruante.

Eu saíra tão depressa que não tinha levado nada, a não ser uma pochete contendo minhas chaves e um pacote de lenços que eu amarrotava um por um, enxugando o que dava para ser enxugado, lágrimas e maquiagem. O táxi de ida iria para a conta da BTV. Mas eu estava sem um tostão quando o motorista, um homem de cabeça raspada com um brinco na orelha direita, me chamou:

– Seu passe, moça.

– Ah, sim.... – balbuciei.

Comecei a vasculhar a bolsinha, deixei cair as chaves, envergonhada, peguei-as em meio a pés apressados, prontos para me pisarem ao avançarem veículo adentro, quando uma mão firme me suspendeu.

– Tudo bem, ela está comigo.

O rosto não me era totalmente desconhecido.

– Legal. Parabéns para a recém-casada – ironizou o motorista. – Mas isso não a dispensa de pagar a passagem.

O desconhecido, um moreno de estatura média de roupa de fim de semana mais para elegante, revistou rapidamente o bolso do jeans e tirou de lá uma moeda de dois euros, enfiando-a no guichê. Ele parecia irritado com o tom cortante do motorista.

– Pronto. Está bom assim?

– Seu troco – limitou-se a responder o motorista com um tom seco. – E o seu bilhete.

Meu salvador apanhou o pequeno retângulo de cartão magnético e marcou-o por mim, me levando até um banco, onde me afundei sem uma palavra, com o olhar absorvido pelo desfile ininterrupto de casinhas pobres e conjuntos habitacionais. O ônibus já tinha partido. Mesmo sob o sol, aquele canto de subúrbio encravado entre os grandes conjuntos, a terra de ninguém industrial e os intermináveis viadutos rodoviários, destilava uma poesia sinistra.

– Não está me reconhecendo? – perguntou o homem providencial com um sorriso tímido.

Eu o olhei por um momento, depois confessei, lacônica:

– Não... Para dizer a verdade, não.

– Bertrand Passadier. Nós conversamos no trem, outro dia.

Um outro dia já distante vários meses, e que me voltava vagamente como uma camada de névoa. O que ele estaria fazendo ali numa quinta-feira ao meio-dia? Já estaria de férias, ou trabalhava meio-expediente? Uma licença excepcional para visitar um parente? Na verdade, pouco me importava.

– É possível – concedi.

– Não, é verdade, eu me lembro bem. Você ia se mudar para Paris.

Eu não respondi nada. Dizer o quê? Como resumir o fiasco monumental que tinham sido as últimas semanas? Como compartilhar com ele o campo em ruínas que era a minha vida, mas onde um broto minúsculo havia nascido na cabeceira da minha mãe agonizante?

– Eu ia, de fato – terminei dizendo. – Mas estou de volta a Nanterre.

– Ah, é? Mas este vestido...

Ele apontou para a minha roupa com um olhar entre a curiosidade e o espanto.

– É só um disfarce.

– Ah. Isso me surpreendeu também...

Decididamente, o pobre rapaz estava sempre atrasado em relação à minha realidade ou às minhas mentiras.

Explorei nervosamente minha pochete e constatei que o celular ficara no quarto conjugal, para onde eu nunca mais retornaria.

– Você tem um celular? – perguntei, fixando meu olhar sem brilho no dele.

– Sim. Claro.

– Pode fazer uma ligação para mim?

– Por você, está querendo dizer?

– Isso mesmo.

Ele puxou o moderno smartphone do casaco e me estendeu com um ar pretensamente sedutor.

– Não prefere que eu lhe empreste?

– Não... Não, não prefiro.

Eu não tinha nenhuma vontade de ouvir Armand me passar um sermão, perceber o burburinho dos convidados se impacientando atrás dele ou ouvir os gritos de raiva de David tentando arrancar dele o aparelho.

Ditei o número do Hôtel Duchesnois para um Bertrand Passadier desconcertado, que apertou finalmente o indicador prudente em cima do botão verde.

– Quem deve me atender? – ele hesitou.

– Não importa... O pessoal com quem eu morava em Paris.

– O que quer que eu diga a eles exatamente?

– Diga simplesmente que está ligando da parte de Aurore...

A mensagem me pareceu bastante explícita. Assim David saberia que eu sabia. Assim as máscaras cairiam, e a visão que David tinha do meu rosto se desvelaria aos olhos de todos: a imagem de uma outra que não era eu. A de sua mulher defunta, a primeira e única sra. David Barlet. Sua esposa para toda a vida. Ou melhor, para a morte.

– Aurore, é como você se chama? – ele sorriu, idiotamente sedutor.

– Sim – menti. – Diga que Aurore foi recuperar seus pertences em Nanterre. E diga também que ela não vai mais voltar.

– Você tem certeza?

Ele se entristeceu, avaliando finalmente o drama de uma situação que até então apenas lhe parecera uma feliz coincidência.

– Sim.

– E se a pessoa pedir para falar com você?

– Diga... que eu não estou mais com você. Que você é simplesmente o mensageiro.

Ele aprovou com um movimento de cabeça constrangido e fez o que eu pedi, repetindo palavra por palavra o texto que eu soprara. Como as vozes pareciam se embaralhar e se amplificar no alto-falante do aparelho, eu fiz sinal para que ele desligasse sem esperar mais, cortando no ato a histeria e as tentativas de me alcançar. Pois, na comprida avenida, junto de uma via expressa, sem obstáculos nem sinais de trânsito, o motorista do 378 me levaria para longe, esmagando suas contrariedades do dia sob o acelerador.

– O lugar para onde eu liguei – inquiriu meu acompanhante, indiscreto e solidário... – é o seu casamento, é isso?

– *Era*, sim. Mas não tem mais nenhuma razão de ser.

– Tem certeza do que está fazendo?

Mais uma vez, eu não achei nada para replicar. Eu não tinha certeza de nada. Exceto talvez o instinto de sobrevivência que me levava para longe da rue de la Tour-des-Dames.

Eu não precisava de muito esforço para imaginar o caos que deixara atrás de mim. David, louco de raiva. Armand, despeitado. Sophia, instada a justificar minha deserção. Os outros convidados, chocados, não ousando acreditar num roteiro que parecia de cinema, hesitando entre a retirada polida e o indefectível apoio ao marido ridicularizado.

Os empregados contratados para o dia já deviam estar reembalando comidas, bebidas e doces. As flores já deviam estar murchando de indignação em seus vasos, onde a água não tinha me esperado para estagnar. Cada um fazia seu pequeno discurso consternado, oferecendo a ajuda que jamais daria, e tratando de fugir do local do desastre com medo de ser infectado. Há desgraças que acreditamos ser contagiosas.

Quando descemos no terminal com o restante dos passageiros, meu bom samaritano dos transportes públicos me estendeu seu cartão de visitas, um modelo simples e barato, do tipo que se encomenda às centenas pela internet:

– Tome... Nunca se sabe, se quiser falar com alguém. Sobre qualquer coisa.

Eu peguei o cartão e, tão logo ele desapareceu na esquina da farmácia em frente à estação, eu o joguei na primeira lixeira que apareceu. Eu não precisava de um Bertrand Passadier na minha vida, como não precisava de um Fred ou de um David.

Bertrand Passadier se masturbou sonhando comigo nas últimas semanas? Não, a verdadeira pergunta é: quantas vezes ele se masturbou pensando em mim? Eu o fiz gozar mais do que suas outras imagens mentais, ~~ou do que as piranhas que ele certamente fica vendo na internet?~~

Já que todos somos assim, devíamos ser dotados de uma espécie de detector, de uma bola de cristal erótica, capaz de nos anunciar, desde o primeiro contato, se vamos para a cama ou não com a pessoa que nos atrai tanto. Quantas decepções seriam mortas antes mesmo de nascer? Quantas tensões, conflitos, talvez até guerras, podiam ser evitados graças a tal recurso? Quanto tempo ganho e energia poupada pela mais nobre das causas? Em vez disso, passamos a vida correndo atrás do que há de mais belo e sensual...

(Nota manuscrita de 19/6/2009, redigida por mim.)

Retornar à casa vazia e silenciosa me causou uma impressão estranha. Era certo, de agora em diante, que eu seria a única a pôr os pés ali. Mesmo tendo crescido lá, eu me sentia como uma intrusa entre os pertences de minha mãe, o amontoado de velharias empoeiradas. O cheiro de queimado persistia em todos os cômodos. Ninguém deve ter tido o cuidado de arejar a casa depois da sua partida precipitada para o hospital.

Na sala, ao lado do pequeno memorial cujas imagens eram todas dedicadas a mim, eu achei os vestígios dos presentes trazidos pelas próprias mãos de Louis, cada caixa ou embalagem religiosamente conservada, mesmo quando já vazias de seus conteúdos. Macarons, calissons d'Aix, frutas em conserva... Eu os inspecionei, mordiscando sem apetite uma ou outra das guloseimas restantes. Não conseguia encarar a perspectiva da triagem próxima, os sacos de lixo que teria que encher às dezenas para embalar os restos da vida dela no plástico impermeável e terminar jogando tudo na rua, no dia em que o lixeiro passava.

No meu quarto – eu sequer sabia quando tinha entrado ali pela última vez –, tomei um susto com a luminosidade de um pedaço de papel prateado amarrotado dentro de uma cesta, brilhando com os raios do dia como uma bola multifacetada caída do teto. Tão ridícula quanto inoportuna. Houve um tempo em que mamãe teria retirado dali na mesma hora, durante suas múltiplas faxinas semanais. Porém, nas últimas semanas, ela se limitara ao essencial, praticamente incapaz de chegar até o andar de cima.

A campainha estridente do telefone fixo, na entrada, arrancou-me destes pensamentos opressivos. Eu hesitei um instante em me precipitar. Depois de tocar só duas vezes, o barulho cessou, para recomeçar quase imediatamente após exatos três segundos, com dois toques suplementares, e assim por diante: o código combinado com Sophia. Tínhamos decidido que, em caso de urgência, recorreríamos a este método.

– Sophia?

– Sou eu. Não tenho muito tempo.

– Você ainda está aí?

– Estou. Enfim, fui até a rua por dois minutos, mas David não me larga.

– Sinto muito...

– Não devia sentir, eu te juro. Esse cara é doido. Desde que Armand recebeu a ligação do teu amigo, ele está tiranizando todo mundo. Caiu em cima dos empregados. Botou na rua os que queriam impedi-lo de virar as mesas...

Eu tinha dificuldade em imaginá-lo tão violento. Contudo...

– Ao mesmo tempo, ele tem razão para ter um ataque – admiti.

– Por isso estou te ligando: ele sabe que você está aí na casa da sua mãe. Ela vai te buscar.

Eu sempre podia me entrincheirar, como tinha feito com a mamãe no dia em que Fred apareceu aqui, meio de porre e transtornado. Mas tinha certeza de que David acharia outros meios de persuasão que não fosse ficar batendo na porta envidraçada. Ele não tinha algumas amizades nos altos escalões da polícia?

– Obrigada, querida.

– De nada. Mas se manda daí logo!

Ela estava certa: eu devia ir embora o mais depressa possível. Sem esperar um confronto que só resultaria em meu desfavor, e do qual eu não esperava mais nada. A verdade, eu a trazia comigo, na minha cara, em cada um dos traços que me levavam ao passado dele. Ao passado *deles*.

– Aliás... Louis está aí?

– Não, ainda não vi o lobo.

Em outras circunstâncias, tais palavras, na boca de uma mulher de sexualidade tão desenfreada, teriam me feito sorrir. Eu me limitei a registrar a informação. Louis não estava ausente por incúria. Ele tinha dúvidas se eu encontraria seu último presente antes da hora das minhas núpcias. Ele sabia a onda de choque que a revelação provocaria em mim, o mandamento "Tuas fantasias desposarás" soando como um eco às fotos que mostravam a maquinação de David de forma tão explícita.

Depois de desligar, eu subi de quatro em quatro os degraus. Do seu esconderijo, o papel prateado continuava me fazendo um sinal. Apesar do exagero e das mil ilusões produzidas por todo seu brilho, ele se mostrara mais autêntico do que todos os presentes e todas as demonstrações de afeto de David. Apesar de seu mistério, ele me abrira para aquela parte tão profundamente reprimida de mim mesma. Para sensações que até então me eram proibidas, os desejos inesperados.

Louis me afirmara diversas vezes: os jogos licenciosos que imaginara para mim não tinham outro objetivo senão este, me revelar. E eles nada deviam à mente tortuosa do irmão. Vinham apenas dele, dele e de seu amor por mim.

E o que eu fazia para agir da mesma maneira? Do que eu ainda precisava para finalmente agir?

Apanhei o papel amarrotado e descobri que uma segunda bola, feita do mesmo material, jazia sob a primeira. A embalagem do primeiro envio. Era disto que eu precisava. Com ele eu deveria fechar o ciclo começado dez dias antes. Bem no fundo da cesta, encontrei finalmente a caixa de papelão que ele havia embrulhado.

Eu sabia o que tinha de fazer antes da fuga. Não tinha mais qualquer dúvida, nem sobre o destinatário do meu próprio envio, sem sobre seu conteúdo. Por sorte, o armário de remédios do banheiro ainda continha alguns preservativos, do tempo de Fred. Peguei um deles e botei dentro da caixa. Por falta de um cartão em branco, rabisquei a ordem seguinte num papelzinho colorido arrancado de um bloco:

10 – Ao meu mestre me submeterei.

O mais impetuoso dos mandamentos não é aquele em que o fiel se oferece? Aquele que escolhe para si, escreve para si, ainda que seja um ato de submissão... Eu gostava da ideia de brincar com os códigos de Louis. De apropriar-me de sua retórica, disposta a parafraseá-lo.

A intenção era só minha.

Quero me submeter, quero me abrir, quero molhar-me para você infinitamente. Quero inventar em mim novos órgãos, novos orifícios, novos sexos para melhor acolher você. Quero corrigir meu DNA para lhe oferecer um corpo inédito e como nenhum homem jamais conheceu. Quero redefinir para você o próprio conceito de submissão. Quero ser a mulher múltipla que substituirá todas as outras, a que exaltará em você a fera assim como a que acariciará o cordeiro, ambos por fim reconciliados em você.

(Nota manuscrita de 19/6/2009, redigida por mim.)

Tudo embrulhado às pressas, só me restava escrever o nome e o endereço na folha em branco, que eu grudaria com fita adesiva na frente da encomenda:

Eu hesitei sobre o endereço. Porém, uma vez que Louis desejara ficar na sombra, este se impôs:

Avenue Georges Mandel, 118
75016 Paris

Minha mão estava febril. Minha escrita, confusa. Suficientemente legível, estimei mesmo assim, para chegar até as mãos certas. Mãos que eu imaginava rasgando o papel e, dentro em breve, correndo para mim, desta vez livres, liberadas de todas as obrigações fraternas, voltadas apenas para o tempo presente.

Deixei propositalmente de acrescentar uma hora e um local para o nosso encontro. Tais detalhes não eram óbvios? Vinte e duas horas. Onde? Ele sabia.

Quanto ao quarto, ele não precisaria nem dos olhos nem da inteligência para adivinhar, apenas da memória. E do nariz. Usei a água de rosas de minha mãe, deixada como de hábito sobre a penteadeira do seu quarto, e vaporizei generosamente o pacote. Rosa como o castelo de Malmaison. Rosa como Joséphine. Rosa como o cheiro de uma mulher que não queria nenhum outro Bonaparte.

A hora passava, o perigo se aproximava. Contudo, eu ainda não terminara minhas tarefas de escrita. Em uma folha solta, escrevi as linhas seguintes, de uma penada só e sem nenhuma rasura:

David,
Nunca analisamos suficientemente o que nos motiva
a compartilhar a vida de um homem ou de uma mulher.
Tenho muito medo de que, no seu caso, e no que me diz respeito,
você não tenha sabido muito bem.
Eu não quero me tornar uma outra, mesmo amada
por você loucamente, mesmo moldada sem os "defeitos"
daquela que eu substituo.

Ao contrário do que dizia meu recado para o Armand,
eu sou Annabelle, Elle, e em nenhum caso Aurore.
Nossos invólucros talvez sejam parecidos, mas nossos corações
não poderiam ser mais diferentes. Eu não aspiro senão a viver.
Eu não aspiro senão a gozar cada instante.
Eu o deixo para que você corra atrás da alma dela,
e eu, de minha parte, continuarei a exaltar a minha
tanto quanto possível.
Perdoe-me desde já se algumas das minhas escolhas futuras
o ferirem. Podemos nos considerar quites a partir de agora.
Um beijo.
Elle

Enfiei minha missiva dentro de um envelope de formato A4. De dentro do vestido tirei um dos retratos de Aurore que eu havia guardado sob o elástico da calcinha, e pus junto. Fechado, o envelope ficou sobre a mesa de cabeceira coberta com seu eterno papel plastificado. Convencida de que, de uma maneira ou de outra, David acabaria encontrando.

Do antigo telefone de discador circular, liguei finalmente para o número do serviço de entregas conveniado com o Grupo Barlet, que eu nem me lembrava de ter memorizado.

– Sim, bom-dia, Annabelle Lorand, da BTV.

Bom-dia, pode me dizer seu código de cliente, por favor?

– Pois não, dezoito zero seis.

Um código que eu escolhera, é claro. Minha data de aniversário. A data deste mesmo dia. Dezoito de junho. Dia de uma chamada que abalaria minha existência.

– Perfeito. Em que posso ajudá-la, senhorita?

– Preciso que venham apanhar uma encomenda na rue Rigault, número 29, em Nanterre.

– Destino, por favor.

– Avenue Georges Mandel, número 118, Paris, 16.

– Muito bem. É uma encomenda urgente?

– Sim, *muito* urgente – eu acentuei meu pedido.

– Está anotado. Tenha um bom dia, se...

– Espere! Seria possível apanhar a encomenda no número 27 da rue Rigault?

– Sim, não há problema. Na casa de quem deve ser retirada?

– Da sra. Chappuis. Laure Chappuis.

– Muito bem. Rue Rigault 27, então.

– Exatamente. Obrigada.

A sra. Chappuis não se espantou com nada: nem de me ver irromper na sua casa de vestido de noiva, a maquiagem borrada fazendo longas trilhas pretas rosto abaixo; nem com o fato de eu estar ali, diante dela, depois de uma hora da tarde, ou seja, durante a cerimônia do referido casamento; mesmo o favor inédito que eu lhe solicitava me pareceu não surpreendê-la. A única coisa com que se importou foram as notícias que dei da minha mãe, e que bastaram a seu ver para justificar meu estado e minha presença na escada de sua casa. Laure Chappuis gostava da sua vizinha. Como uma amiga, talvez até como uma irmã. Isso era agora evidente, quando vi duas grossas lágrimas rolando por suas faces murchas, levando junto um pouco de pó de arroz. Fora preciso esperar este dia, após várias décadas de camaradagem seca e implicâncias, para ela se permitir expressar-se sem rodeios, abandonando finalmente sua máscara de mal-humorada.

Ela me tranquilizou quanto ao cuidado que daria à minha encomenda e bateu a porta sem mais uma palavra. Sem querer, eu acabara de empurrá-la também para o túmulo.

À minha maneira, eu saíra do túmulo onde David pretendera me fechar.

39

Eu me chamo Annabelle Caroline Lorand.

Mas todo mundo me chama de Elle. Todos os meus próximos, pelo menos.

Nasci no dia 18 de junho de 1986, às 22 horas em ponto.

Foi nesta mesma hora, em 18 de junho de 2009, no minuto e no segundo exatos do meu vigésimo terceiro aniversário, que entrei no quarto Joséphine de Beauharnais, no Hôtel des Charmes. Entrar, para sair de uma adolescência que tinha durado demais. Entrar, para sair de um invólucro que não tinha mais a ver comigo e do qual o amor nascente pouco a pouco me despira. Deixar finalmente os contornos indecisos da menina rechonchuda e me tornar a mulher completa que Louis soubera perceber em mim. Aprimorada. Talhada pelo cinzel afiado de seus olhos e suas mãos tão finas. Saída da minha casca, florescente de agora em diante.

Nascida do meu sexo.

Depois de fugir de Nanterre, passei o resto do dia vagando por Paris no meu vestido de noiva remendado, com os sapatos na mão, descalça no asfalto aquecido por um sol escaldante. O verão já havia chegado, com alguns dias de antecedência. O verão e seus terraços lotados; o verão e suas roupas curtas revelando coxas, barrigas e ombros; o verão e seus paqueradores de rua que pareciam ter hibernado e que acordam aos primeiros raios de sol. Ao sabor de minhas andanças, eu os deixava me cortejar, doce eco do bem-estar que crescia em mim. Um fogo de que eu já antecipava o ardor devastador no instante em que o liberasse. Dentro em breve. Esta noite.

– Ei, garota! Quer casar comigo?

– Sinto muito, hoje não dá – respondi, rindo de bom grado.

– E aí, gostosa! Você já tem o vestido, classe, tem tudo! Vou ser seu marido! Posso te fazer uma porção de filhinhos.

E o engraçadinho fez um movimento sugestivo com os quadris, mordendo com os incisivos o lábio inferior numa careta imitando o golpe final.

O mínimo que se podia dizer é que ali minha roupa não deixava ninguém indiferente. Não eram só os machos no cio que se viravam quando eu passava. Para as garotinhas, eu era uma princesa de contos de fada. Para os adolescentes, uma noiva punk de alguma banda alternativa. Para todos os outros adultos, uma espécie de louca, uma excêntrica, talvez até perigosa, uma drogada, que convinha evitar, alguns chegando a mudar de calçada quando me viam de longe.

Eu não estava nem aí. Ignorava os olhares. Estava exausta, mas bem. Meus pés, sujos pelo asfalto, pareciam flutuar no calçamento brilhando de calor, como se levados por uma almofada de ar e de desenvoltura. Não temia mais o menor obstáculo nem qualquer encontro, uma vez que agora eu sabia para onde me encaminhava, para que felicidade plena e incondicional. Pensei muito na minha mãe naquele momento, mas tinha consciência, sem precisar ouvi-la, de como ela teria me incentivado a agarrar minha sorte, a não ficar com pena dela, a ir viver a minha vida sem perder tempo por conta de sua partida inevitável.

Dentro de um velho moinho de café na cozinha, eu achara algumas notas de dez euros. O "tesouro de emergência", segundo minha mãe. Suficientes para poder pagar vários Monacos espumantes e um sanduíche num bistrô.

Era um estabelecimento bem rústico, a ponto de dispor ainda de um telefone atrás do balcão. A dona, uma cinquentona de cabelos ruivos, me estendeu o aparelho com um sorriso de conivência.

– Tome, querida! Você tem cinco minutos para dizer não a ele.

– Pois eu digo sim agora mesmo! – berrou um bêbado largado na outra extremidade do balcão de zinco reluzente. – Tá vendo esta menina aí, Simone? Ela me lembra a minha Véro...

– Justamente, a tua Véro disse não. Então trate de deixar a moça em paz. Entendeu?

Eu liguei para o Max Forestier. O estado de minha mãe era crítico, porém estacionário. Cada minuto que passava podia ser decisivo, sem que fosse possível antecipar qual. Dei à enfermeira o número do celular de Sophia, pedindo que a avisasse em caso de urgência. Ao menos até o dia seguinte. Depois... só Deus sabe onde eu estaria e em que medida seria alcançável.

Adotadas as precauções, retomei meu passeio, atravessando todo o centro da capital, displicente, entregue à suavidade, o espírito tão vazio que o meu peito se agitava, disparando em todos os sentidos.

No Louvre des Antiquaires, permaneci um tempo boquiaberta diante de uma vitrine de bengalas antigas. Adeus relógios antigos. Eu agora só tinha olhos para as elegantes bengalas cujos castões trabalhados, em prata, cobre ou marfim, contavam tantas histórias singulares.

Nem sei como acabei chegando na rue du Chemin-Vert. Reconheci na hora a fila de bazares e kebabs. Depois a placa da fachada bordô. Com a badalada do carrilhão, dez pares de olhos masculinos voltaram-se ao mesmo tempo para minha imponente silhueta de seda e feltro. Acreditei identificar um ou dois rostos que notara por ocasião da minha última visita.

Evitei cuidadosamente os álbuns de fotografias eróticas e fui direto para um exemplar de *Femmes secrètes,* em cima de uma das mesas dedicadas à literatura. Só me faltavam umas cinquenta páginas para ler. O que justificava perfeitamente a compra de um segundo exemplar.

Com meu livro na mão, aliviada dos meus últimos euros, subi a rua de mão única, deixando à minha direita o cemitério Père-Lachaise. Sentei-me no primeiro banco exposto ao sol que apareceu, sob as folhagens sombreadas do bulevar de Ménilmontant. Envolvida pelo burburinho do trânsito, mergulhei sem dificuldade na minha leitura.

De imediato, o fim do livro me desconcertou. O personagem principal, o autor que partira à procura da mulher desaparecida no labirinto de uma cidade subterrânea, aceitou sem condições sua nova condição de escravo sexual, entregue ao prazer daquelas mulheres. Transformado em propriedade de Cyprie e Sophie, ele aderiu por vontade própria ao projeto das duas de fundar uma nova comunidade de amazonas.

Não demorei a fazer um paralelo com a minha situação atual. Também eu estava pronta para uma rendição completa e sem outra reserva senão minha sede de descoberta, cuja extensão me parecia infinita. Porém, como o narrador do romance, eu não cedia por pura lascívia. Meu abandono a Louis não era apenas uma capitulação dos meus sentidos exacerbados, inflamados pelos tratamentos sucessivos que ele me infligira. Nem mesmo um extremo ao qual eu teria aceitado chegar por amor a ele. Agora eu via: era um desabrochar de todo o meu ser. Como uma fruta que é descascada, cada contato elétrico sobre meu corpo deixara à vista a camada inferior, sessão após sessão, até desvelar minha carne vibrante. E amante. Até expor meus sentimentos e deixá-los palpitar à luz do dia.

A luz que me acariciava acabou me convencendo disso. Com as franjas do meu vestido suspensas sobre as coxas, de olhos fechados, eu a deixei irradiar os poros da minha pele, cuja sensibilidade despertava um pouco mais a cada minuto. A tarde passou como num sonho, penetrada pelas vozes longínquas dos pedestres e alguns flashes das minhas noites no Des Charmes. Foi como se visitasse todos os quartos, um depois do outro, e cada um desencadeasse em mim uma sensação nova, um desejo inédito. Atrás de cada porta eu encontrava uma letra desta Alphaville, deixada pelo meu Alphabet Man. Seria possível o hotel ter apenas vinte e seis quartos? A perspectiva era divertida e, entregue à minha indolência, fiquei pensando nela e me vieram outras ideias igualmente tresloucadas.

Imaginei também o mensageiro entregando meu pacote prateado na avenue Mandel. Louis abrindo a porta para o homem de capacete, depois explorando o conteúdo da caixa, seu belo rosto emaciado tenso de surpresa.

Cortado por um sorriso grave.

Por volta da hora do jantar, peguei o metrô para me aproximar do local do nosso encontro. Ao descer na estação Notre-Dame de Lorette, eu poderia perfeitamente ter evitado a rue de La Rochefoucauld e seguir até a Pigalle, mas uma pontada de curiosidade me fez dobrar à esquerda, na rue Saint-Lazare, até chegar na Tour-des-Dames, a apenas poucos passos do Hôtel Duchesnois. Visto dali, o pânico por meu desaparecimento parecia encerrado. Todos os convidados tinham se retirado há muito tempo, uma vez esgotados os consolos e encorajamentos de praxe.

Avistei somente dois furgões de aluguel com as portas traseiras totalmente abertas. Um deles cheio de comida ainda intacta, o outro, com tábuas e tubos metálicos, saídos provavelmente do palco que tinham desmontado. Eu me perguntei se a cantora pop, cuja apresentação privada deveria ser o ponto alto da recepção, teria dado com o nariz na porta, haja vista minha deserção. A menos que tivesse sido avisada a tempo.

Estava eu na minha contemplação, quando uma silhueta densa saiu do pátio circular e correu para mim, tropeçando na calçada difícil.

– Elle!

Eu comecei a fugir, perseguida por um Armand resfolegante, novamente vestido com sua calça de veludo e colete.

– Elle! Volte aqui!

Graças ao declive pronunciado da rua, e apesar dos babados de seda que atrapalhavam meus passos, não tive nenhuma dificuldade em despistá-lo. Na esquina da rue d'Aumale, ficou claro que ele não me alcançaria mais. Com uma olhada por cima do ombro, eu o vi batendo em retirada, provavelmente voltando para advertir seu patrão da minha aparição furtiva.

Minha irrupção fora estúpida, mas suponho que me era necessária. Não se deixa a antiga pele para trás, a não ser depois de queimá-la devidamente. Eu precisava avaliar uma última vez o que eu havia escolhido perder para estimar o justo valor de tudo que em breve ganharia.

Pensei em convocar Sophia, depois desisti. O que ela me contaria que eu não podia adivinhar? Eu tinha deixado o furor de David para trás, e seu relato nada podia mudar. Em vez de ficar remoendo um passado impossível de reescrever, era infinitamente mais agradável deixar crescer em mim a pequena bolha do presente, viva e doce, cravejada de promessas e sensações iminentes.

Eu não conseguia ficar parada. Quanto mais se aproximava a hora, menos eu era capaz de me acalmar, menos ainda de me sentar. Foi de pé que comi o saboroso *bobun* servido num estabelecimento vietnamita, a apenas poucos passos do hotel, enfiando cada garfada na boca como se minha sobrevivência dependesse disso.

A última hora, enquanto as lojas fechavam uma após a outra, eu passei rodando o quarteirão, fazendo incansavelmente o mesmo percurso, constatando a cada passagem as mudanças de cenário. Cada vez que completava uma volta, eu sentia pertencer a ele um pouco mais, que aderia às suas fachadas. Eu me tornava finalmente uma ateniense. Por certo não tão acostumada como Louis a ler cada detalhe arquitetônico como se fosse dirigido a mim, porém mais permeável à sua poesia do que antes. O bairro inscrevia-se em mim da mesma maneira que meu nome fora escrito nele.

Pensando nisso, eu não lamentava ter largado meu segundo exemplar de *Femmes secrètes* em cima do banco, no bulevar Ménilmontant. Dentro em breve, um(a) desconhecido(a) o pegaria e, por sua vez, mergulharia na fantástica cidade onde as mulheres mandavam. Escolheria então ser uma delas ou tornar-se o seu brinquedo. Pouco me importava: cabia a outro decidir.

Vinte e duas horas e um minuto, 22 + 1 = 23. Tenho 23 anos.

Empurro a porta dourada do Joséphine. O sr. Jacques me forneceu um cartão magnético sem me exigir nada em troca e sem fazer nenhum comentário desagradável. Ele pareceu quase aliviado por me ver. Também eu fazia parte daquelas paredes. Marie, Margaretha, Caroline, Esther, Lola e as outras. Agora sou uma delas.

O quarto está do mesmo jeito do que quando o ocupei duas semanas atrás com meu cliente atlético. Entretanto, só o conheci mergulhado na mais completa escuridão, e ele agora está inundado pela luz do sol poente. O astro só se eclipsou há uns três minutos e ainda cobre o edifício com sua derradeira claridade. A única janela está aberta. A luz entra por ela para ir lamber as dourações, cujo tom alaranjado exalta o brilho dos móveis.

Louis está imóvel no meio do quarto.

Nu. Frágil.

Ele me espera.

Também ele adquire um novo realce naquele fogo que declina. Também ele se entrega pela primeira vez sem rodeios ou artifícios. Nem mesmo a eterna bengala. Apenas ele, à mercê desta nova história que começa, ele e sua atitude de repente tão vulnerável, aberta como as páginas brancas de um segundo caderno que escreveremos juntos. Apesar do meu convite, nenhum de nós comandará o outro de agora em diante. Ficaremos apenas assim, nesta postura de descoberta, dispostos a aceitar o momento, prontos a deixar brotar em nós o que deve nascer. Não antecipar nada. Não programar nada.

* * *

Mudo, ele me vê entrar no quarto. Com um dedo na boca, me dá a entender que qualquer palavra seria supérflua esta noite. Eu paro a alguns passos dele. Antes de qualquer coisa, desfruto o espetáculo. Curto a cena, antes de me lavar com seus fluidos. Quero me desnudar contra sua pele, me esparramar no seu desejo, rolar na pintura dos nossos suores, nossos cheiros, me dourar no ouro fino do seu amor.

A luz o molda, estátua de pele branca e músculos longos, perfeição de carne que eu morro de vontade de agarrar e morder. Eu o descubro realmente pela primeira vez. Na sua integralidade. Na sua graça. Deleito-me com sua harmonia. Quem disse que só o corpo das mulheres pode ser um espetáculo fascinante?

Meu apetite por ele é total, intacto, devorador, como uma bolha quente que pulsa segundo o instante no meu peito, ventre ou sexo. Daqui a pouco não vou poder mais me conter. Daqui a pouco não serão mais somente corpos se procurando, se apertando, e finalmente se fundindo. Daqui a pouco nós nos amaremos.

Mas de nada serve a pressa. Seus olhos me dizem.

Enquanto o sol completa seu percurso atrás das abóbadas brancas do Sacré Cœur, a silhueta dele mergulha na sombra. Só permanecem iluminados seu rosto de perfil e o ombro esquerdo. Eu ainda não tinha notado, mas o ombro está coberto com uma tatuagem inédita: suas iniciais, em arabescos à inglesa, aninhadas num arbusto de rosas trepadeiras desenhadas com tinta preta. Nenhuma cor, unicamente as linhas e o sombreado sutil dos tons acinzentados. Um ramo espinhoso avança pela clavícula até chegar ao pescoço, onde desabrocha num tímido botão. Ele deve ter feito esta tatuagem recentemente, caso contrário eu a teria visto saindo pelo colarinho da camisa.

E eis que ele se encarna diante dos meus olhos: o homem-alfabeto, decidido a escrever em mim sua própria linguagem. A encontrar finalmente as palavras certas. Não as que jogam comigo, mas as que expressam, as que inspiram e sentem.

* * *

Apenas a sua presença faz vibrar o ar, como a música em surdina que adensa o espaço vazio entre nós, soprando cada poeira em suspensão: *Words like violence break the silence, some crashing in, into my little world.*

Os elementos da decoração que nos cerca me parecem se dissolver e se misturar com as partículas que flutuam em volta. Dentro em pouco todo o resto será aniquilado. Só restarão ele, eu e esta luz.

Ele se aproxima a passos lentos. Não tem pressa. Nem ele nem eu. Temos uma noite inteira para rever esta cópia que ficou entre nós em rascunho.

Seu olhar mergulha em mim, me transpassa suavemente, e pontos incandescentes se acendem imediatamente no meu ventre. Pegam fogo e me queimam. *Painful to me, pierce right through me. Can't you understand, oh my little girl.* Louis enfatiza o sentido, martelando a injunção com um leve movimento do indicador. Seu dedo de anjo batuca no lábio superior ao ritmo da música eletrônica. Entendi perfeitamente minha lição: nossos corpos, e só nossos corpos, estarão autorizados a se expressar. A eles caberá a tarefa louca de curar as feridas e fechar as mil fissuras que ainda nos afastam.

Suas mãos são as primeiras a se mover, mensageiras dos prazeres que estão por vir. São tão finas, mas me parecem tão firmes, tão poderosas.

Com alguns gestos delicados, elas me libertam das minhas pétalas de seda branca. O vestido desaba frouxamente em cima do tapete oriental. Estou vestida apenas com um sutiã meia-taça e uma calcinha imaculados, convocando a lua para o nosso culto. As palmas trêmulas envolvem naturalmente as curvas da minha cintura. Sob suas mãos, sinto meu corpo emitir luz. Nossas peles se fundem uma à outra como uma única e mesma matéria. *All I ever wanted, all I ever needed is here, in my arms. Words are very unnecessary, they can only do harm.* Eu sou finalmente dele. Nós vencemos tudo, superamos tudo. Nós nos encontramos.

No entanto, o ligeiro arrepio que o percorre revela-o incrédulo: ele ainda não consegue acreditar. Ele aumenta a força do abraço. Ele me segura, não quer mais me soltar. Agarra-me como se temesse que eu fugisse. Apesar de prender-me assim, sinto que me quer livre de agora em diante. Que seu amor não será mais a prisão abafada do nosso começo sob encomenda.

Quanto a mim, estou tremendo tanto que acho que vou desabar. O contato com ele me mantém de pé. Cada nova pressão quase me faz desmaiar.

Ele é a causa e sua solução. O mal... e seu remédio. Tenho vontade de me deixar cair sobre seu tronco, de experimentar sua força e me entregar a ele inteiramente.

Não é o que ele quer. Ele me ergue. Ele me quer ereta, tensa, orgulhosa. Divina. Não serei uma boneca lânguida nos seus braços. Ele não me fez transpor todas as etapas, descobrir todos os recursos em mim para exigir apenas um simples abandono. Alguém já me amou assim? Já me desejaram a ponto de me infligirem mil suplícios, mil delícias, todos igualmente doces e ardentes, indissociáveis? Lágrimas brotam dos meus olhos e logo me submergem.

Mas não devo relaxar. Tenho que agir. Também eu tenho que fazer frente a ele. Atacá-lo como a uma montanha, plantar minhas garras na sua vertente como picaretas de alpinista. Tenho que escalá-lo. Ele já me conquistou, corpo, coração e alma. Eu quero possuí-lo, como um homem possui uma mulher. É minha vez de ocupar cada um de seus órgãos e neles fazer circular mais depressa um sangue regenerado. É minha vez de lhe trazer a vida.

Uma risada noturna na rua entra pela janela e nos assopra como a duas velas. Mas não estamos a ponto de apagar. Nós ardemos. Nossos corpos ainda não se tocaram e já se consomem. A superfície de nossa pele parece saída de um planeta próximo demais de sua estrela. O contato só poderá ser doloroso.

À sua água-de-colônia mistura-se o cheiro corporal, que sinto pela primeira vez. Do meio das coxas, percebo também subir o perfume do seu sexo, já pronto, esfaimado. Ele aponta para mim, abolindo a distância que restava. Tenho a sensação de que nossas intimidades vão se misturar com a mesma graça de nossos odores. De que o aroma de nossas peles e cabelos misturados serão igualmente harmoniosos.

Sim, desta vez sou eu que inicio, eu que conquisto. Seguro seu membro – o aveludado da pele é uma divina surpresa – e o levo delicadamente aos meus lábios molhados. O toque da glande no meu clitóris age como uma descarga elétrica. Uma deflagração abre ali a última brecha, a que só esperava por isso.

Minha garganta se aperta de repente, quando uma bola de lava desaba por meu peito até as entranhas, provocando na queda um monte de reações incontroláveis e deliciosas. Arqueio as costas, ergo a lombar, entreabro meus lábios ávidos. O desejo me arranca um breve gemido, varrido por sua vez por uma nova onda que sacode toda a parte inferior do meu corpo e me faz vacilar. Eu ardo e me liquefaço ao mesmo tempo.

Anos de desejo escoam e me submergem, como um marinheiro levado por um barco no mar. Titubeio por um instante, depois retomo minha postura, sempre de pé, meu corpo à minha total disposição.

Há várias semanas que só espero um único instante: ele e eu. Há meses que ele espera também. Infinitamente esperado, pronto para mim. Destinado a me satisfazer plenamente, só a mim.

Seu pênis não poderá apagar, com uma estocada, todas as provações que ele me infligiu. Seria fácil demais. Vou precisar gozar muito para reparar. Amá-lo mais ainda. Precisarei de milhares de carícias, de gestos suaves, de olhares plenos de desejo e benevolência.

Será preciso que eu o faça exultar também, que o comande com autoridade e rigor, torturando seus sentidos, impiedosa, lúbrica, viciosa, para esquecer o que foram nossos começos deturpados. Planejados por um outro.

Mas não duvido de que, no final, nossos corpos reunidos, fundidos, amalgamados em uma única e mesma massa de orgasmo, magma pesado e colante, recobrirão todas as palavras duras que dissemos um ao outro.

Como para me dar razão, uma nova erupção nos abala, nascida de nossos sexos juntos, e relança a atividade do vulcão que nos une.

Depois eu o masturbo delicadamente contra minha coxa. Ele adiou o meu desejo todo esse tempo em um interminável suplício, agora eu quero prolongar sua frustração até o ponto de ruptura. Até ele não aguentar mais. Até ele suplicar. Até esfregar-se em mim como um cão alucinado de desejo. Até uivar da fome que sente de mim. Até me morder de agonia. É a sua vez de ser meu brinquedo.

Então eu brinco, com cuidado, com ternura, como quem acaricia o que tem de mais precioso. Minha mão parece minúscula em volta do seu membro. Eu o envolvo inteiro com dificuldade. Gosto de senti-lo imenso para mim. Eu o acaricio com a ponta dos dedos, e cada passagem provoca um estremecimento ao longo da pele sedosa e lhe arranca um suspiro maravilhado. Por um instante o aprisiono na minha palma, pequena ave recolhida, e o libero em seguida para que retome seu voo. Uma outra vez, sinto a glande úmida e inchada palpitar no oco da minha mão, como se seu coração não tivesse mais limite e vibrasse em cada um de seus órgãos.

Quanto mais o acaricio e mais ele sofre, mais o sinto. Aos murmúrios curtos sucedem longos gemidos. Uma queixa quase contínua. Ele fica louco. Implora com sua voz grave, que ressoa como um bordão inebriante no meu ouvido:

– Me possua... Me possua, agora.

O seu pedido, como faria uma mulher, faz correr uma lava incandescente nas minhas entranhas. Que ele se entregue a mim me perturba. Lá fora o dia desapareceu. Nossos corpos não se destacam mais da escuridão, a não ser por fragmentos de luz projetados até nós pela iluminação pública da pracinha.

Sinto seu líquido escorrer de desejo em cima da minha coxa e se fundir com o rio que escorre de mim. Nossos fluidos formam um só. Eles me revestem do mesmo desejo. Tenho cada vez mais dificuldade de me refrear. Ser a mestra de nossos jogos não é também sucumbir como quero? Me entregar se eu quiser?

Nossos dois ventres estão agora soldados um no outro. Nossa respiração profunda os dilata, aperta e nos molda juntos, prelúdio doce e relaxante da fusão de nossos sexos. Mas não há pressa, mais uma vez. Uma hora, uma noite, uma vida de desejos se abrem para nós.

Ele tenta introduzir um dedo em mim, que eu retiro para acompanhar seu passeio lânguido pelo contorno da minha vagina, depois pelos rebordos intumescidos dos lábios, pela floresta de pelos que os recobre por fora, até a ponta ávida que emerge de lá. Meu pico do amor. O contato do indicador com meu ápice pudico me provoca uma nova lágrima. Ele não é mais o selvagem que me devasta, o mercenário que responde às ordens. Ele é o homem que deseja tudo de mim. O que me acolhe como vencedor, e a quem meu arco minúsculo consagra.

Ele sabe disso. Prolonga a pressão, descreve em toda a volta do botão círculos que me enlouquecem, e cujos efeitos sobre mim embaçam seus olhos. Ele fecha as pálpebras, concentrado apenas nas sensações que florescem sob a ponta de seus dedos. Ele adora me ver tão pronta para explodir. Ele me ama por eu saber me amar. Minha bacia ondula suavemente sem que eu possa controlar. Meu corpo me escapa. Só obedece às suas mãos hábeis. Oscilamos juntos, flexíveis, fluidos, acometidos apenas por pequenos sobressaltos, numa dança em que cada figura nos inventa e nos define.

Eu olho para o seu rosto e busco desesperadamente seu olhar. Uma mesma onda silenciosa nos percorre. Esse instante à beira do precipício é o mais delicioso que tivemos até agora. E apesar de ambos sabermos que outros mais sublimes ainda nos aguardam, ficamos ali, petrificados, sugando o momento como se fosse uma balinha dura de eternidade. Um segundo de acidez. Na minha garganta apertada, reprimo mil doçuras e um único "Eu te amo". A hora das declarações soará sempre cedo demais. Com exceção dos nossos corpos, não há nenhuma pressa.

Enquanto ele acaricia meus lábios com uma insistência refinada, meus olhos se fecham, e eu sinto o orgasmo rugir no horizonte do meu ventre, um tsunami que já domina toda a extensão da minha paisagem, do umbigo até os lábios, pronto para carregar tudo. Com o sexo apertado contra meu quadril, Louis não para mais de ofegar. Ele vai gozar junto comigo? Pode-se dar e obter prazer, tão depressa, só com alguns toques?

Agora eu sou a mulher decaída, o anjo de nossa degradação voluptuosa. Eu o pego pela mão como faria uma mocinha com seu primeiro amante. Conduzo-o até a cama. Temos todo o tempo necessário para reinventar nosso prazer, mas eu sei o que quero dele agora. Vem à minha lembrança a citação de Saint-Exupéry que minhas amigas de colégio costumavam copiar nos cadernos: "Amar *não é* olhar *um para o outro,* é olhar *juntos* na mesma direção."

Esta noite, que será nossa primeira vez, não transaremos com os olhos nos olhos. Mas gozaremos na mesma direção. Nossos orgasmos visarão o mesmo ponto, longínquo e invisível... O firmamento.

Eu me deito de bruços. Afasto ligeiramente as coxas para reservar lugar suficiente. Abaixo do vão das costas, minhas nádegas se avolumam orgulhosamente, desenhadas, generosas. Minha fenda, luzindo de desejo, deixa-se apenas adivinhar no espaço entre as pernas. Contudo, ela nunca emitiu um apelo tão estrondoso para ser ocupada. Ele se deita sobre mim sem me esmagar, como uma coberta de pele e de carne, longa e quente, suave ainda que angulosa em certos lugares, sólida. Seus ombros e peito e, mais embaixo ainda, o ventre, todos inacreditavelmente firmes, adaptam-se a cada detalhe mais grosso ou mais delgado do meu relevo.

Com uma mão ele agarra o pequeno estojo prateado que aguarda em cima da mesa de cabeceira. Ainda com uma mão, consegue rasgar o envelope e retirar o conteúdo com um gesto seguro. Sempre com uma mão ele veste o pau, que eu sinto se impacientar entre minhas nádegas. Ele poderia ter dispensado. Eu poderia ter dispensado. Mas ele respeita minha ordem: ele se quer tal como eu o quis.

Ele entra em mim lentamente, centímetro após centímetro, sentimento após sentimento. Uma sensação de bem-estar e libertação me invade. Meu corpo o recebe pela primeira vez, contudo minha vagina o reconhece. Ele é exatamente como eu o entrevira, depois acolhera na minha boca. Longo e fino. Preciso, quando se trata de tocar as zonas reativas nas minhas profundezas. Delicado, quando se trata de apertá-las onde são mais sensíveis, na fronteira tão tênue entre o êxtase e a dor. Forte, quando entra e sai de mim, as paredes do meu sexo adaptando-se à sua forma, friccionando-o com arrebatamento a cada uma de suas investidas, até guiar a glande e depois a haste dentro dos meus recônditos mais voluptuosos. Eu o acolho, eu o sugo, eu o engulo. Torno-me mais profunda para que entre todo dentro de mim. Ele desliza em mim sem parar, como em um tobogã. Ele me vasculha com ternura. Vez por outra se retira, para melhor experimentar a doçura perfeita do instante e dar a nós dois as alegrias dos reencontros, ao me preencher e me satisfazer outra vez.

Um outro espasmo logo nasce, rebentando em mim como uma onda, depois outra, crescendo até esmagar meu prazer na minha fenda que não acaba mais de se abrir para ele. Duas flores imensas parecem então nascer, uma no alto, uma embaixo, saídas da mesma raiz, alimentadas com a mesma seiva.

Quando o primeiro orgasmo sobrevém, eu enterro o rosto no travesseiro. Viro a cabeça para a direita e a esquerda. Ela se rebela. Meu sexo se rende. Eu gemo interminavelmente, com a boca entreaberta, a face coberta pela cortina pudica dos meus cabelos, de onde emergem meus lábios carnudos como uma orquídea. Seus dentes tentam mastigá-los. Ele soca com mais força dentro de mim, nas minhas nádegas enfraquecidas. Ele acelera. Meu abismo incendeia. Não me dá nenhuma trégua. Não vai se contentar só com um gozo. Quer nos aniquilar de prazer, nos exaurir de amor. Um tapete de bombadas. Hiroshima meu A, meu E, meu L.

A sua mão direita foi para debaixo da minha barriga, de onde se irradia por todo o maciço da minha vulva. Um dedo médio autoritário esmaga outra vez meu clitóris. De início obstinado, ele aceita o tratamento e incha, incha e rola, reclamando com mais firmeza ainda. Uma onda mais dolorosa jorra dele e vai se juntar aos rugidos surdos nascidos em volta do meu útero. As duas vibrações se encontram enfim. Elas se unem em um concerto no qual o pizzicato dos meus gritos, incontrolável, vem excitar os rosnados de fera que acompanham sua ejaculação, grandes dardos secos tão vivos quanto o trovão.

Enquanto meus amantes de ontem teriam desmoronado, ele continua a ondular em cima de mim, dentro mim, duro e resoluto. Compreendo que não estamos senão no começo, e minha boceta treme de espasmos encantados, radiosos, nada saciados.

– Mais...

Minha queixa não espera resposta. Eu sei que vai ter mais, durante noites e dias, de um quarto ao outro. Que editaremos mil outras regras que não deixaremos de transgredir.

Sua tenacidade neste ataque me prova o quanto sou querida, esperada, desejada. Talvez até amada. Não, minha felicidade me corrige em seguida: certamente amada. Totalmente, mesmo. Um clarão estranho parece se elevar de nossos corpos, um halo misterioso. A aurora de nossos orgasmos futuros. Ele nos envolve sem jamais declinar, e nos suspende no ar, trêmulos, frágeis, como duas borboletas apaixonadas.

O quarto já não existia mais à nossa volta. O céu se abre em cima e nos atrai para ele. A bolha de luz eleva-se lentamente e nos carrega com ela, nela, para as nuvens. O tempo de um sopro, de um vento da noite, ficamos suspensos no espaço, em órbita, dois fetos unidos um ao outro. Contemplamos a terra nova que nasce lá embaixo. Não poderia durar senão um segundo, poderia durar alguns bilhões de anos. Tempo e espaço estão definitivamente abolidos, assim nossos corpos reunidos acabam de decidir. Nós não dormimos, nós não sonhamos: gozamos o instante e recriamos o mundo segundo nosso prazer. Elle e Louis. Ela e ele.

* * *

Sem parar um instante de ir e vir em mim, embora mais suavemente, ele estendeu um braço na direção da gaveta de uma mesinha à nossa esquerda. Tirou de lá um objeto plano que não reconheço de imediato, mas que brilha na penumbra de uma maneira estranhamente familiar.

Meu Dez-vezes-por-dia! Ele me surge, reconhecível entre mil por sua capa prateada, ao ser posto sobre os lençóis, perto do meu rosto. Louis abre a última página, e eu constato que as linhas que correm ali não foram feitas pela minha mão. Pouco me importa saber como foi que ele o recuperou.

Tudo que vejo, tudo que dança no papel é a valsa de nossas confissões embaralhadas, o *pas de deux* que é agora um só.

Eu sorrio. Eu compreendi. Ele vê e cobre minha nuca de beijos leves, pequena chuva de carinhos que dá arrepios e revela outros apetites, bem no meio das minhas coxas.

Meu desejo por ti é total, mesmo que fatal. Quero passar minha vida a explorar-te sem contudo jamais te descobrir inteira. Quanto mais eu te possuir, mais esconderás segredos, mais teu sexo será um continente desconhecido e indomado, rico de tantos recursos, ciumento de seus prazeres.

Me promete.

(Nota manuscrita de 18/6/2009, redigida por Louis.)

Sua mão se projeta outra vez, e ele extrai desta vez um objeto que parece caber dentro da mão. Ele o coloca sobre a capa da nossa obra comum. É uma chave. Não um cartão magnético, mas uma chave de verdade, de um metal fosco e pesado na palma. Na ponta, está amarrada uma pequena etiqueta de papel. Apesar da escuridão, consigo ler a mensagem manuscrita:

Bem-vinda
ao quarto número 1

Quarto número 1?

Quase rompo nosso silêncio gostoso para interrogá-lo. Depois me contenho. No instante seguinte, tudo se esclarece. Se os quartos do Des Charmes não têm número, é porque compete a cada um atribuir-lhes, segundo as experiências que viverá lá. Segundo o amor que fará nascer e que engendrará.

Para mim, o Joséphine será sempre o quarto número um. O do meu primeiro orgasmo de mulher completa, de mulher que escolheu capitular para sentir um prazer maior. O da nossa primeira noite.

A aura que nos envolve não se dissipou. Ao contrário, está mais intensa do que nunca. Eu a percebo em volta de nós, surpreendentemente familiar. Ela nunca mais nos deixará.

Em compensação, eu não havia notado que, à primeira música, tão carregada de significado, sucedeu um fundo musical mais suave, mais hipnótico, que eu não saberia nomear.

– *Home* – ele me soprou no ouvido com um sorriso.

O título da música. E o novo status deste hotel, uma vez que está combinado que ele será para sempre a sede de nossos prazeres. Nosso porto. Nosso lar.

Nunca fui daquela categoria de mulheres que afirmam que todos os quartos de hotel se parecem. Que não passam de um único e mesmo espaço anônimo, sem classe ou personalidade.

Agora eu sei por quê.

AGRADECIMENTOS

Quero antes de mais nada agradecer a Anna Jarota, minha agente.

Agradeço também à equipe formidável que a cerca e que se preocupou com o nascimento deste projeto: Ted, Gwladys, Marc, Anne e todos os que eu esqueço e que se reconhecerão.

Agradeço aos editores pelo mundo, que confiaram na minha escrita francesa, com todos os seus tiques, coqueterias e galicismos intraduzíveis!

Agradeço a meu pai por ter alimentado meu imaginário adulto, graças aos livros espalhados pela casa quando eu era mais jovem.

Agradeço aos diversos tatuadores que acompanharam à sua maneira a gestação desta obra, durante todos os meses, e em particular às meninas formidáveis de Dragon Tatoo.

Agradeço ao Alphabet Man, menos virtual do que ele supõe.

Agradeço aos amigos pelo apoio incondicional e, no caso de alguns deles, por me estimularem sempre: Valérie, Thomas & Miguel, Sophie, Éric, Florence, Virginie, Cécile, Ovidie etc.

Agradeço por fim a Emmanuelle, que quererá, estou certa, perdoar meus (inúmeros?) empréstimos. Pois, como ela mesma me disse uma vez, em relação à minha atividade: "*Eu sou uma escritora, tudo o que disserem ou fizerem pode acabar no meu romance.*"

Não podia ter dito melhor...

BIBLIOGRAFIA

Aqueles que gostam de ler com música poderão percorrer as páginas deste livro escutando as que se seguem (em ordem aleatória):

Noturno nº 20 em dó sustenido menor, Frédéric Chopin
More Than This, Roxy Music
Neighborhood #1 (Tunnels), Arcade Fire
69, année érotique, Serge Gainsbourg
Bolero, Maurice Ravel
Karmacoma, Massive Attack
Dancin', Chris Isaak
Forever Without End, Jocelyn Pook
If You'll Be Mine, Baby Bird
Trio para piano op. 100 (segundo movimento), Schubert
Bust Apart, The Antlers
If You Run, The Boxer Rebellion
Carolyn's Fingers, Cocteau Twins
L'amour, Dominique A
Party Day, Cosmo Vitelli
Shadow Magnet, Dead Can Dance
The Last Beat Of My Heart, Devotchka
Something Good, Paul Haig
By this River, Brian Eno
Bela Lugosi's Dead, Camping Car
Walker, Cascadeur
Willow Tree, Chad VanGaalen
Arvo Pärt, Alina
Hoppipolla, Sigur Ros
Gnossienne nº 1, Erik Satie
The Persuaders Theme, John Barry
I Sold My Hands For Food So Please Feed Me, Get Well Soon
See My Eyes, DWNTWN
Breathe, Telepopmusic
Surface To Air, The Chemical Brothers
Consequence, The Notwist
Go With The Flow, Lacquer
A Pure Person, Lim Giong
Lady Sleep, Maximilian Hecker
A New Error, Moderat

Your Silent Face, New Order
Our Darkness, Ann Clark
Sensucht, Ellen Allien
All I Want, Kodaline
How It Ended, The Drums
Enjoy The Silence, Depeche Mode
Home, Wave Machines

Os que apenas começam a constituir sua própria biblioteca de literatura erótica poderão seguir as recomendações de Louis Barlet e ler com proveito (em ordem cronológica de publicação):

Ode a Afrodite, Safo
Satiricon, Petrônio
A arte de amar, Ovídio
Decameron, Boccaccio
Os contos de Cantuária, Geoffrey Chaucer
Vies des dames galantes, Pierre de Brantôme
Contes interdits, Jean de la Fontaine
Sonnets érotiques, Giorgio Baffo
História de minha vida, Giacomo Casanova
Le Sopha, Conte moral, Claude Crébillon
Fanny Hill, John Cleland
Erotika Biblion, Honoré-Gabriel de Mirabeau
Le Pornographe, Nicolas Edme Restif de la Bretonne
A filosofia na alcova, Marquês de Sade
Ma vie secrète, anônimo
L'Enfant du bordel, Pigault-Lebrun
Gamiani, Alfred de Musset
A Vênus das peles, Leopold von Sacher-Masoch
Chansons pour elle, Paul Verlaine
Journal d'une enfant vicieuse, Hugues Rebell
As onze mil varas, Guillaume Apollinaire
As façanhas de um jovem Don Juan, Guillaume Apollinaire
Manual de boas maneiras para meninas, Pierre Louÿs
Le Con d'Irène, Louis Aragon
História do olho, Georges Bataille
O amante de Lady Chatterley, D. H. Lawrence
Trópico de Câncer, Henry Miller
Nossa Senhora das Flores, Jean Genet
Sexus, Henry Miller
A história de O, Pauline Réage
Lolita, Vladimir Nabokov
Emmanuelle, Emmanuelle Arsan
Septentrion, Louis Calaferte
La Marge, André Pieyre de Mandiargues
O complexo de Portnoy, Philipp Roth
Vénus Erotica, Anaïs Nin
Crônica de um amor louco, Charles Bukowski

Eu e ele, Alberto Moravia
Medo de voar, Erica Jong
Les Mémoires d'une culotte, Aymé Dubois-Jolly
Lunes de fiel, Pascal Bruckner
O amante, Marguerite Duras
L'Orage, Régine Desforges
O açougueiro, Alina Reyes
La Femme de papier, Françoise Rey
La Mécanique des femmes, Louis Calaferte
Autoportrait en érection, Guillaume Fabert
Baise-moi, Virginie Despentes
Sex Vox Dominam, Richard Morgiève
Éros mécanique, Pierre Bourgeade
Dans ma chambre, Guillaume Dustan
La Foire aux cochons, Esparbec
Les vies de Loulou, Almudena Grandes
Vers chez les blancs, Philippe Djian
A vida sexual de Catherine M., Catherine Millet
A entrega, Toni Bentley
Femmes secrètes, Ania Oz